KB236658

문학의 이념과 표현방법의 변화

임영천 外 지음

국학자료원

표현 방법의 변화와
문학의 왜소화를 극복하는 사명

인간의 땅에 새로운 의미란 없듯이 문학의 경우도 예외가 아닐 것이다. 그러나 변화를 추적하여 이를 표현해야 할 일이 문학이 감당해야 할 몫이라는 점에 이론은 없을 것이다. 문학의 전통적인 표현 방법이 2천년동안 Pen에 의해 표현되어 왔지만 컴퓨터 자판으로 변화 한 것은 매우 일천한 역사일지라도, 그 변화는 거의 지난 2천년과 맞먹는 현상을 연출하고 있다. Pen은 남자의 생식기(penis)를 상징하는 권력(Power)의 의미와 상통했고, 이런 전통은 자판 문화에 의해 서서히 텃치의 형태로 이동을 감행하고 있다. 다시 말해서 남성만의 중심을 벗어나 유니섹스의 형태로 전환했다는 점이다. 여기서 전통적인 문학의 형태는 위기를 맛보게 되었고 또 표현의 전통성이 무너지는 즈음이 되었다.

심사(深思)와 명상과 철학과 장편의 길이가 찰나(刹那)와 감각과 조급증과 단편의 호흡에 어울리는 시대로 변하고 있어 문학의 제2기라는 용어를 헌사(獻詞)할 수 있을 것이다. 익숙한 문학의 장르는 이미 무너졌고—이런 토양 위에 전통적인 형태는 외면을 감수해야하는 시대를 작가들은 깨닫지 못하고 있다. 우리 「한국문학비평가협회」는 여기에 종(鍾)을 치고 있다.

비평은 향도(嚮導)의 임무에 헌신하는 작업이기 때문이다. 아울러

내일의 예언을 위해 과거를 정리하는 방법을 동원한다면 「한국문학비평가협회」의 소임은 열정적이었다.

　독선적 안목이기보다는 여지(餘地)의 창문을 열었고, 겹겹으로 포장된 허명(虛名)의 양지를 찾아다니는 비평의 시선을 소외당한 음지 작가의 발굴에 두었고, 내일을 찾아가는 안내의 임무에 땀을 흘리면서 지내왔다. 그러나 이런 자부심에도 불구하고 지극히 평면적인 문학의 접근을 어떻게 입체적인 안목으로 바라보고 분석할 것인가에 대한 문제는 숙제로 남아있음을 고백한다.

2002년 5월

한국문학비평가협회 회장 **채수영**

문학의 이념과 표현방법의 변화

임화의 이념과 문학

1930년대 임화의 시적 대응 양상

金正勳*

1. 들머리

임화[1]는 한국 막시즘 문학운동기의 대표적 시인이며 비평가였다. 임화의 시는 그 시기 프로시의 한 전형으로, 동시대 프로시의 성과와 한계를 잘 드러내고 있다. 그런데 임화 시의 가치와 사적 의의는 시에 표출되어 있는 내용이나 사상 자체에서보다는 당대 프로시의 숙원이었던 '새로운 프로시 양식의 창출'이라는 점에서 찾는 것이 합당한 듯하다. 이것은 일제 강점기 프로시의 존재 근거를 확보하고, 근대시의 일환으로 프로시를 자리매김하는 데 있어 이 점이 결정적일 수 있기 때문이다.

이런 시각에서 볼 때, 임화가 발표한 시 중 우리의 주목을 끄는 것은 1920년대 후반에 집중적으로 발표한 단편서사시 양식과 1930년대 중

반 이후에 내놓은 감정시 양식이다. 이 시들은 각기 동시대 프로시가 직면한 시적 표현의 한계를 극복하기 위한 적극적인 모색의 결과로, 각기 그 시대 프로시의 한 전형을 보여준다. 또한 임화 개인으로 볼 때도 가장 빛나는 문학적 성취를 보여준 시들이 대부분 이 두 경향에 수렴된다는 점에서 이 두 양식에 대한 집중된 논의의 필요성을 느낀다. 본고에서는 이 중 1930년대에 발표된 감정시 양식을 중심으로 이 시기 임화 시의 구체적인 특성과 의의를 살펴보고자 한다.

2. 전형기 프로시의 두 가지 대응 양상

프로문학은 1931년 7월 하순부터 시작된 〈제1차 검거 사건〉을 고비로 운동의 구심점인 카프 조직이 와해되면서, 심각한 침체 국면에 빠지게 된다. 이것은 후에 임화가 지적하고 있는 것처럼,[2] 무엇보다도 〈만주사변〉 등의 사회 정세 변화, 검열의 강화로 인해 이제까지처럼 복자 투성이로나마 목적성과 선동성을 고취하는 것마저 불가능해진 출판 사정, 그리고 천황제 사상에 대한 노골적 수용 압력 등으로 요약할 수 있는 객관적 사정의 급격한 악화에 기인하는 것이다.

그러나 문학상에서 볼 때, 이것은 기존의 유물변증법적 창작방법론과 볼세비키화 방침의 고수로 인한 오랫동인에 걸친 프로문학측의 창작 부진과, 이를 틈타 새롭게 대두한 순수시-기교주의 시와 모더니즘 시를 포함한 광의의 순수시-의 급격한 확산과도 밀접한 관련이 있었다. 프로문학은 객관적 사정의 급격한 악화로 인해 더 이상 볼세비키화 방침에 의거하여 직접적인 현장 투쟁에 돌입하거나 '무기로서의 예술'을 주장하면서 선동·선전성을 고취한다는 것이 근본적으로 불가능하게 되었다. 따라서 이제 새로운 투쟁 전략 하에 새로운 프로시 양

---

2) 임화, 「진보적 시가의 작금-푸로시의 거러온 길-」(풍림, 1937.1), 13쪽.

식을 강구해야만 하였다. 또한 순수시파의 급격한 증가와 이로 수반되는, 이제까지의 카프 문학운동이 이루어놓은 성과 부정이라는 당혹스러운 현실 앞에서 고질적인 문제점으로 지적되어온 '예술성의 결핍'을 더 이상은 방치할 수 없는 상황에 봉착하게 되었다.

이런 상황에서 1930년대 들어 프로시의 새로운 대응 방법으로 나온 것이 바로 〈풍자시〉와 〈감정시〉[3]이다. 이것은 모두 프로문학이 자신의 계급적 신념을 변질 없이 지켜나가면서 새로운 시대에 대응하기 위한 방법적 시도이다. 이 두 양식은 모두 이제까지 형식적이나마 노동자 대중을 독자로 상정하던 데에서 벗어나, 실질적인 독자층인 지식인을 자신들의 직접적인 독자로 상정한다. 또한 추상적인 이념을 전달하는 데 그치는 것이 아니라, 시인 스스로가 가장 잘 알고 있거나 관심을 가지고 있는 일을 이야기한다.

그러나 화자와 청자의 설정 방법, 시인의 태도 등에 있어 이들은 뚜렷하게 구별된다. 풍자시는 화자와 청자 모두를 부정적인 인물로 형상화하면서, 그들을 희화화시키는 방법을 통해 종국적으로 내포된 독자의 각성을 촉구한다. 반면, 감정시는 수신자의 흔적은 지워버리고 화자만을 남겨둔 형태로, 부정적인 데서 긍정적인 것으로 이행되어 가는 이 화자의 현실 인식의 변화를 드러내는 방식을 취하고 있다. 즉 풍자시가 청자의 희화적 형상화에 초점을 맞춘 대신, 감정시는 화자가 드러내는 인식의 정당성 표현에 초점을 맞추고 있는 것이다.

이러한 차별성은 기본적으로 더 이상 당의 공식 이념을 전면에 드러

---

3) 위 글에서 임화는 자신을 비롯한 이찬이나 윤곤강 등이 당시에 발표한 로맨틱한 경향의 프로시를 〈감정시〉라고 명명(17쪽)하고 있다. 이것은 이 부류의 시들이 "미래에 대한 불굴의 신념과 변혁의 정열을 간단없이 노래하고 있다."는 점에서 붙인 명칭이다. 이 명명의 적절성 여부는 논란이 될 수 있을 터이지만, 이 시기 이후에 발표한 임화 시의 실제와 지향점을 나름대로 대변해 줄 수 있다는 생각에 필자는 학위논문 〈임화 시 연구〉(한양대 박사학위논문, 1996.8) 이후 이 시기 임화 시를 지칭하는 용어로 '감정시'를 채택하고 있다. 아울러 이 시기 풍자시와 감정시의 구체적인 모습은 필자의 『임화 시 연구』(국학자료원, 2001.7)을 참고하기 바란다.

내지 못하게 된 상황에서 프로시가 취해야 할 임무에 대한 인식의 차이에 기인한다. 풍자시를 택한 이들은 1930년대 중반의 상황에서 프로시가 택할 수 있는 유일한 길은 현실의 잘못된 면을 폭로하는 것에 있다고 본 반면, 감정시를 택한 이들은 잘못된 현실에 대한 시인의 태도를 보여주는 것에 있다고 본 것이다. 즉 전자가 리얼리즘의 방법론에 좀 더 치중한 반면, 후자는 무엇보다도 '당파성'—사실은 상당 부분 '개인적인 차원의 신념'에 불과하지만—을 유지하는 것이 중요하다는 인식을 했기 때문이다.

그러나 풍자시는 당대의 지식인들이라면 쉽게 짐작할 수 있는 동시대의 일반 정치적 관심사를 주 소재로 선택했다는 점에서는 관심을 끌 수 있었지만, 근본적으로 동시대 프로시의 구체적 요청인 형상성 획득에 있어 실패하고 있었다. 동시대의 프로시는 그 이전 시기처럼 선명한 계급적 기치를 내걸고 투쟁할 수 있는 상태가 아니었고, 이 때문에 당파성이나 계급성을 일정하게 내재화하면서 이것을 시적으로 형상화할 수 있는 방법을 필요로 했던 것인데, 풍자시는 이런 시대적 요청에 부응하지 못했던 것이다.

또한, '풍자'라는 기법은 원래 현실의 중요한 정치적 또는 사회적 현안에 초점을 맞춰 그 정곡을 찌름으로써 독자들의 인식에 새로움의 충격을 줄 수 있어야 한다. 그러나 권한, 이병각 등이 발표한 풍자시는 식민지 조선이 처한 당대의 구체적 관심사를 직접적으로 다루지 않고 있었을 뿐만 아니라, 지나치게 대상과 주제를 알레고리화하고 간접화함으로 인하여 전달의 명확성과 메시지에 대한 독자의 관심을 크게 획득하지 못했다.

그리고 시 속에 주어진 상황을 설명하는 주체 즉 발화자 자신이 풍자의 대상이 되면서 독자의 주의를 끌고 있어, 메시지에 대한 독자의 신뢰성을 상실한다. 이것은 주체의 상실이라는 문제와 연관되어 시대의 폭압에 맞서는 프로시의 독자성 확보라는 측면에서 결격 사유로 드러난다.

한편 임화, 이찬, 윤곤강 등 주로 전 시기에 단편서사시를 창작했던 시인들은 이 시기 들어 새롭게 감정시를 주창하고 나선다. 이들이 보여준 감정시는 창작의 초점을 부정적 현실의 단순한 표현이나 반영에 맞추지 않고, 그것을 바라보는 그리고 그것에 주체적으로 대응해 나가는 인물의 내면 표현에 두었다는 점에서 풍자시와 차별성을 가진다.

3. 감정시의 양식적 특징

일제 강점기 우리나라 진보적 문학의 조직적 구심점이었던 카프가 해체되던 무렵부터 임화는 새로운 프로시 유형으로 감정시를 창작한다. 임화가 당시 감정시를 동시대의 부정적 현실에 맞설 새로운 대안으로 선택한 것은 무엇보다도 그가 자신이 직면한 현실에 대해 극도로 절망하고 있으면서도, 여전히 현실에 대한 깊은 관심과 변혁에의 정열은 포기할 수 없다고 판단했기 때문이다. 1930년대 중반의 현실은 한 개별적 시인으로서는 시대의 전반적 성격을 정확히 파악하기 어려운 시기였고, 더욱이 이 당시 중병을 앓고 생사의 기로에 놓였던 임화에게 이것은 불가능한 일이기도 했다. 때문에 그는 이제 현실을 추상적으로 논의하는데 그칠 것이 아니라, 그 시대 현실을 자기의 삶 속에서 체험하고 있는 한 개인이 구체적으로 그 현실에 의해 내면화되고 파편화되어 가는 모습과 그에 저항하는 모습으로 자기를 표현해야 한다고 생각한다. 즉 가중된 외적 폭압으로 인해 더 이상 직접적인 선동·선전시를 발표할 수 없게 된 상태에서 시인이 자신의 신념을 독자에게 전달할 수 있는 가장 효과적인 방법으로 선택한 것이 바로 감정시인 것이다.

그런데, 감정시는 발표되는 시기에 따라 다양한 양상을 보여준다. 현해탄 시를 발표하기 이전까지 임화가 발표한 시는 절망적 현실에 대한 영웅적 비가의 전형적인 양상을 보여주고 있다. 여기서 시인의 정서 속

에 흡입되면서 관념화되고, 추상화하여 표현되는 외부 현실은 황무지[4]
의 이미지로 표현된다. 그리고 이런 시대적 상황 속에서 시인과 동일시
된 시적 주체의 이미지는 '날지 못하는 새'나 '瀕死 지경의 새' 또는
'한개 여위인 囚人' 등으로 형상화된다. 때문에 이 시기 임화의 감정시
에는 관념적·추상적인 현실 인식 태도, 구체적 현실을 거세시키고 그
현실에 의해 촉발된 자신의 정서만을 일방적으로 다루는 주관적 편향,
이로 인해 시적 긴장을 상실하고 채 정제되지 않은 소재 차원의 정서를
표출하기 때문에 나타나는 장시화 경향[5], 그러면서도 절망 속에서도 자
신과 미래에 대한 낙관적 전망을 상실하지 않으려는 시적 주체의 필사
적인 노력 등이 혼재되어 나타나고 있다.

오오 이제는업는가? 暗黑의以外에!
오오 드듸어 暴風이 宇宙의 支配者인가?

[中略]

깊은 落葉松의密林과 두터운안개에쌓인
저 험한溪谷아레
지금 이 여윈 蒼白한새(鳥)는 나래를퍼덕이며
숨소리좃차죽은 미직은한 가슴우에 두손을얹고
어둠의恐怖 絕望의嘆息에 떨고잇다
———— 아무곳으로도 길이열리지않는 暗黑한溪谷에서.

---

4) 이러한 시대 인식은 〈암흑의 정신〉(청년조선, 1934.10)을 비롯하여 〈주리라 네 탐내는 모-든 것
  을〉(중앙, 1935.7), 〈다시 네거리에서〉(조선중앙일보, 1935.7.27), 〈옛 책〉(신동아, 1935.9), 〈
  최후의 염원〉(조광, 1935.11), 〈안개〉(조광, 1935.11), 〈일년〉(조광, 1935.12) 등 임화가 이 당
  시 발표한 대부분의 시에서 공통적으로 찾아 볼 수 있다.

5) 1930년대 중반 이후의 임화 시가 대체로 긴 행으로 이루어진 것은 시적 주체가 자신이 직면한 외
  부 세계를 정확히 파악하지 못하고, 단지 자신의 주관을 통해 파악된 그 불만족스러움과 부정함에
  대해 격정적으로, 그리고 관념적·추상적으로만 반응한 결과라고 할 수 있다.

영리한새여! 아즉도 良心의불씨가 꺼지지않은 조그만 心臟이여!
불룩내민 그 貴여운 가슴을 두드리면서
이러케! 소리쳐라!

「오라! 어둠이여! 우러라! 暴風이여!
怒呼하라! 死와 暗黑의「마르세이유」여!」

- 〈암흑의 정신〉 부분

이 시기 임화가 처한 현실과 그에 대한 임화의 기본적 인식을 확인해 볼 수 있는 이 시에서 임화는 자신이 살고 있는 세계를 암흑이 지배하는 시공간으로 파악하고, 이 속에서 어찌할 바 모르고 절망에 빠져 있는 나약한 한 인간의 비관적인 모습을 보여주고 있다. 이러한 비유는 이전 신경향시에서 흔히 나타나던 도식적인 이분법적 분류와 동일한 발상으로, 생생한 현실에 대한 리얼리티를 획득하지는 못한다. 또한 이처럼 자신이 살고 있는 세상을 '감옥'의 형상으로, 자신을 '囚人'으로 표현하는 것은 단편서사시 이래 임화가 즐겨 사용해오던 상용 표현이다. 다만 단편서사시에서는 주로 화자 자신이 아니라 그가 신뢰하고 존경하는 제3의 인물이 구금되어 있는 존재로 나타나며 감옥 자체도 한정된 일정한 공간을 가리키고 있는 데[6] 반해, 이때에 오면 화자 자신이 囚人의 이미지로 등장하며 감옥도 특정한 공간이 아니라 화자가 삶을 영위하고 있는 장소나 그를 둘러싸고 있는 모든 것으로 확산되어 나

---

6) 〈네거리의 순이〉에서의 누이동생 순이의 연인이자 시적 화자의 동지인 '근로하는 청년'이나, 〈우리 옵바와 화로〉에서의 '옵바' 등이 그 대표적인 사례이다. 다만 1930년대 이후에 발표된 작품인 〈양말 속의 편지〉나 〈오늘밤 아버지는 퍼렁 이불을 덮고〉에서는 시적 화자 자신이 옥에 갇힌 것으로 표현하고 있다. 이것은 시인이 직면한 외적 상황이 더욱 열악해졌음을 의미하는 것이며, 상황의 변혁을 위한 실천적 행동이 이제 거의 불가능한 상황에 직면했음을 암시하는 것이다.

타나고 있다는 점에서 중요한 차별성을 보인다. 이것은 임화가 단편서 사시를 쓰던 시기는 변혁운동의 실천적 가능성이 조금이나마 열려 있던 때였던 반면, 이 시기에 오면 이것이 거의 불가능해졌다는 현실 인식에 기인하는 것이다. 무엇보다 이것은 현실 자체의 폭압에 기인하는 것이겠지만, 임화에게 있어 더욱 문제가 되는 것은 이런 현실을 '절망'으로만 인식하고 마는 시적 주체의 나약함이다. 한 순간에 어찌할 수는 없는 현실 자체에 대해서 분노하는 것이라기보다, 상황이 이전보다 열악해졌다고 해서 쉽사리 자신이 가지고 있던 변혁에의 열망과 신념을 일순간에 포기하는 동시대인들의 소시민성이 그의 직접적인 비판의 대상이 된다.

물론 시인은 '영리한새'이며, '아즉도 良心의불씨가 꺼지지않은 조그만心臟'이어서 이런 절망적 상황에 그대로 동화되지 못하고 '巨大한苦痛'을 느끼며 그 타개책을 찾고 있다. 이와 관련하여 시적 주체가 '瀕死 지경의 새'로 형상화된 것은 좀더 주의해서 볼 필요가 있다. 새는 '飛翔'(flight)을 전제로 하는 것으로, 모든 종류의 지상적인 무거움과 굴레에서 벗어나려는 마음 즉 '자유'를 지향하는 마음을 담은 전형적인 시적 상징이다. 물론 임화에게 있어 이러한 마음은, 흄(T.E.Hulme)의 지적을 염두에 둔다면, 낭만주의자의 것이 아니라 고전주의자에 가깝다. 즉, 그의 시선은 항상 현실을 주시하며, 그 현실 속에서 한 개인이 어떻게 하면 자신의 신념을 포기하지 않으며, 어떻게 해야 자신의 신념을 실현할 수 있는지에 맞춰져 있다.

그러나 그가 생각한 타개책은 절망하지 않고 상황에 대결하려는 신념을 가지라는 추상적인 언술의 나열이나, 참고 견디라는 이야기 이상이 되지 못한다. 미래에 대한 낙관적인, 그리고 구체적인 전망은 전혀 보여주지 못한다. 때문에 얼어붙은 현실, 황무지적 상황을 극복하기

---

7) 임화, 〈영원한 청춘-세월〉(문학창조, 1934.6), 36-39쪽.

위해 시인은 얼음을 녹이고 다가오는 봄처럼, 거칠 것 없이 밀어닥치는 '세월'을 기다린다.[7] 물론 이것은 시적 주체의 개인적 '기원'일 뿐, 미래에 대한 진정한 확신이라고는 볼 수 없다. 더욱이 지난 시절 보여주었던 볼셰비키적 투사의 모습은 더 더욱 아니다. 이러한 임화의 태도는 당시의 개인적인 병약함과 두 차례의 검거로 인한 프로예술운동의 전반적 침체, 이제까지의 조직적 구심체였던 카프의 해체라는 격변기를 맞이한 암담한 현실 인식에서 기인하는 것이다. 그리고 무엇보다 현실에서 한 걸음 물러서 객관적으로 바라 볼 만한 여건이 되지 않았기 때문이다.

결국 이러한 정체성의 위기와 그 획득을 향한 모색의 시기에서 "어떻게 살 것인가?"의 문제에 당면한다. 때문에 '길의 모색 혹은 구도적 자세'가 당시 임화 시의 특징이 된다. 그리고 여기서 그는 "부끄러움 없는 삶을 살겠다."라는 윤리적 결의를 한다. 이런 식의 윤리적 결의는 유가적 전통의 핵심을 이루는 것이다. 이러한 내면의 도덕률이 도덕적 충동의 계기이며, 그의 윤리적 충동을 강화해 준다.

이 과정에서 중대한 역할을 하는 것이 1935년부터 1936년간에 걸쳐 순수시측의 대표적 이론가인 김기림·박용철 등과 벌인 기교주의 시 논쟁이다. '예술의 당대적 의미와 역할'이라는 문제를 놓고 1930년대 이후 새로운 주류로 등장한 순수시와 그 주창자들의 문제점을 짚어 본 것이 바로 이 기교주의 시 논쟁으로, 이 자리에서 장황하게 부연하지는 않겠지만,[8] 이 논쟁은 임화에 있어 흔들리고 있던 자신의 주체를 재건하는 계기가 된다. 때문에 논쟁이 끝난 후 임화 시에는 주요한 몇 가지 변화가 나타나게 되는데, 그 대표적인 것이 바로 '내적 대화'로 명명할 수 있는 기법의 사용이다. 이때의 '내적 대화'란 흔히 소설에서 의식의 흐름을 제시하는데 사용하는 〈내부 독백〉(monologue intérieur)과는

---

8) 이 논쟁의 자세한 전개 과정과 의미에 대해서는 졸저 『임화 시 연구』(앞 책, 143-152쪽)를 참고하기 바란다.

다르다. 여기서 사용하는 '내적 대화'라는 용어는 "화자가 자신이 가지고 있는 생각의 정당함을 주장하기 위해 이미 세간에 잘 알려져 있는 유명한 선언이나 특정 인물의 말을 제시하고, 그 언술들과 화자간에 오가는 일정한 대화 또는 화자의 일방적 해석을 통해 양자의 인식 차이를 드러내 보여주는 방식"으로 정의할 수 있다. 이때 '대화'의 쌍방이 모두 일정한 역할을 가지고 등장하여 동등한 정도로 자신의 생각을 밝히는 것이 아니라, 거론된(또는 상정된) 언술 주체의 반론 기회는 주어지지 않고 시적 주체가 거의 일방적으로 그 언술에 대해 자신의 해석을 가하기 때문에 '내적'이라는 한정어를 덧붙인 것이다.

이 기법은 시적 주체의 윤리적 결단을 보여주는 효과적 수단으로 사용되는데, 구체적으로는 세 가지 양상으로 나눠볼 수 있다. 첫 번째는, 시적 주체의 내면에서 흘러나오는 소리를 주변의 자연 사물을 통해 드러내면서 현재의 자신을 반성하고 추스리는 방식으로 이 기법을 사용하는 경우이다. 주로 〈낫(牛)〉, 〈버러지〉 등의 작품에서 이런 양상을 찾아 볼 수 있다. 두 번째는, 〈적―사랑합시다, 적을!〉이나 〈지상의 시〉 등에서 볼 수 있는 것처럼, 특정한 권위를 가진 언술을 거론하고 자신의 생각을 곁들여 이 언술을 새롭게 해석하는 방식으로 이 기법을 적용하는 경우이다. 마지막으로, 시적 주체 자신이 부정하고 싶은 인물이 쓴 글이나 말 또는 시의 특정 부분을 들어 비판하는 방식으로 이 기법을 적용하는 경우이다. 첫 개인 시집인 『현해탄』(동광당판, 1938. 2)에 수록된 〈나는 못 믿겠노라〉나 〈밤 갑판 위〉, 〈월하의 대화〉, 〈현해탄〉 등의 작품이 이런 식으로 내적 대화의 기법을 사용한 예이다.

내가 한마리 이름없는 버레와 다른게 무엇이냐.
고지식한 마음이 提出하는 質問의 對答을 찾을라고
한참을 머뭇거리다 한울을向하야 고개를 들었을제
甚히 怒한 太陽의表情에

두손으로 나는 얼굴을 가리었다.

-〈버러지〉부분

太初에 말이 잇느니라……
人間은 고약한 傳統을 가진 動物이다
行動하지 않는 말
말을 말하는 말
이브가아담에게 따준 無花果의秘密은
실상 智慧의 온갓 수다속에 잇섯다

[중략]

分明히 太初의 行爲가 잇다……

-〈지상의 시〉부분

어느 누군 사랑엔 입맛도 잃는다더라만,
이 바다 위 그대를 생각함조차 부끄럽다.

-〈밤 갑판 위〉부분

　어느 것이던 내적 대화 기법은 다른 이들의 현실 인식 태도를 선명히
드러내는 말을 제시하고 이에 대해 반박하는 형태를 취한다. 그리고 이
때 주 공격 대상이 되는 것은 순수시, 그 중에서도 정지용을 비롯한 순
수시파의 시에 내재된 몰역사성이다. 이러한 내적 대화 기법을 선택함
으로써 임화는 이제 부정적 현상에 대한 시적 주체의 반응에서 비롯된
센티멘탈리즘에 더 이상 함몰되지 않는다. 그리고 자신의 생각을 분명
하게 정리하여 자신의 신념을 재확인하고, 이런 자신의 생각을 좀더 설
득력있게 전달한다. 즉, 내적 대화 기법은 시적 주체가 자기 내면에서
우러나오는 부끄러움에 대한 인식을 바탕으로 하여 이를 윤리적 결단
으로 연결시켜 자기 자신의 신념을 다잡는 한편, 동시대 순수시파의 몰

역사성과 허위 의식을 비판하여 프로시의 대타 의식을 보다 공고히 하는 데 유용하게 사용되고 있다. 다시 말해 이 기법은 바로 어려운 당대의 현실 속에서 임화 자신의 시 창작이 지니고 있는 의미를 재확인하고, 그를 위한 주체 확립의 모색을 위해 채택한 것이라 할 수 있다.

그러나 타파되거나 수정되어야 할 것들을 단순히 "다르다!"라는 사실을 확인하는 차원에 그치고 있는 점은, 그가 여전히 추상적이고 관념적인 현실 인식에 근거하고 있음을 보여준다. 이런 상태에서는 미래에 대한 구체적 전망을 획득한다는 것이 힘들어진다. 따라서 필연적으로 현실에 대한 보다 구체적인 인식을 전제로 한 새로운 변화가 필연적으로 요구되었는데, 이때 시인이 선택한 것은 자신이 전체상을 파악하기 어려운 현실 그 자체가 아니라 동시대 지식인들의 보편적 체험이면서 자신의 구체적 체험이기도 한 도일 체험을 소재로 하여 거기에 정당한 역사의식을 부여하는 방법이다.

이런 임화의 의도를 충실히 반영하여 나온 것이 소위 '현해탄 시'[9]로 묶을 수 있는 부류의 시들이다. 현해탄 시편들의 소재가 되는 임화의 도일 체험은 1929년 7월 말에 있었던 일로, 그 당시 자신과 자신의 동료들이 가졌던 포부와 정열 그리고 희망을 1930년대 후반이라는 어두운 상황 속에서 환기하고, 이를 통해 현실을 극복하기 위한 불굴의 정신을 가질 것을 목적으로 현해탄 시편을 발표하는 것이다.

> 「반사—이」! 「반사—이」! 다이닛……」…
> 二等캐빈이 떠나갈듯 한 아우성은
> 感激인가? 협위인가?
> 旗ㅅ발이 「마스트」 높이 기여올라갈제
> 靑年의 가슴에는 굵은 돌이 나려앉었다

---

9) 여기서 '현해탄 시'라고 하는 것은 특정한 장르나 양식을 지칭하는 용어로 쓰이지 않았다. 동시대의 지식 청년들이 꿈과 이상을 가지고 건너가고 건너왔던 현해탄을 공간적 장소로 하여, 여기에 일정한 역사의식을 부여한 시들을 분류의 편의상 나눠 명명한 용어에 불과하다.

어떠한 불덩이가
과연 층계를나려가는 그의 머리보다도
더 뜨거웠을가
어머니를 부르는 어린애를 부르는
南道사투리

오오 웨 그것은 눈물을 자아내는가

- 〈현해탄〉 부분

한번도 뚜렷이
한번도 뚜렷이 불녀보지못한채
청년의 아름다운이름이 땅속에 뭇칠지라도
지금 우리가 일로부터 맨들어질
새地圖의 젊은 畵工의한사람이란건
얼마나 즐거운 일이냐

- 〈지도〉 부분

　　인용한 시편에서 보듯, 현해탄 시는 대체로 '그' 또는 '청년(들)'을 서정적 주인공으로 설정하고, 조선과 일본을 연결하는 '현해탄'을 공간적 배경으로 하여, 화자가 전지적 시점에서 서정적 주인공의 생각을 들려주는 형식을 취한다. 이때 공간적 배경인 현해탄은 이중적인 의미 공간으로 드러난다. 무엇보다 현해탄은 식민지적 질곡에 놓여 있는 조선의 현실을 극복할 수 있는 방법을 배워 올 수 있는 열려있는 통로이다. 때문에 현해탄은 변혁을 꿈꾸는 조선의 청년들에게는 그들의 희망과 이상, 열정, 그리고 동경을 실현할 수 있는 희망찬 통로로 인식된다. 그리고 서정적 주인공은 화자 자신, 그리고 근대 이래 변혁을 꿈꾼 조선의 지식인 청년 일반과 동일시된다. 즉, 서정적 주인공인 '청년'의 형상과 '청년'이 지니고 있는 이데올로기적 정당성 및 역사적 의미를 재확인하는 것이 현해탄 시의 기본적인 패턴이라 할 수 있다.

그렇지만 1930년대 후반으로 가면서 더욱 악화되어만 가는 국내외 정세로 인해 임화는 더 이상 자신의 신념을 견지할 의욕을 잃어버린다. 〈바다의 찬가〉(조선일보, 1937.6.23)를 비롯한 '찬가' 계열의 시는 바로 이런 임화의 상황을 알려주는 좋은 사례가 된다.

이 계열의 시는 다음 몇 가지 점에서 공통점을 가지고 있다. 우선 이 계열의 시에서는 이념의 내면화를 통하여 '전향'의 문제를 극복하고, 현실에 대한 시인의 응전력을 확보하는 것이 주된 관심이 된다. 그러나 시인의 체험 영역은 폐쇄적인 개인적 체험 즉 '나의 경험'에만 정향되고, 자신이 속한 집단에서 소속감을 잃은 시인의 운명론적 사고와 이념의 내면화, 내적 성찰을 통해 윤리를 견지하려는 시인의 전망 부재 의식만이 표현되어 있다. 따라서 주제는 보다 사적인 경향에 치우쳐 시인의 전기적인 요인에 의해 결정된다.

이 계열의 시에서 독자는 시인의 독백을 엿듣는(overhear) 기능만을 담당한다. 화자의 언술은 독자에게 향하는 것이 아니라 자기 자신에게로 향한다. 때문에 독자는 화자의 태도에 동조하거나, 아니면 거부하거나 하는 두 가지 입장 중 하나를 택할 수 밖에 없게 된다. 화자의 독백을 통해 독자의 의식이 새로운 각성에 이르게 된다거나 현실 의식이 예민해지기를 기다리는 것은 도로에 불과하다. 그러나 화자가 고민하고 있는 내용이 당대 지식인들에게 가장 보편적인 의미로 다가섰던 전향의 문제와 막시즘이냐 천황제냐 하는 사상 선택의 문제라는 점 때문에 독자들―이들 역시 화자와 동일한 계층 또는 부류로 생각하는 것이 일반적이다―은 대개 전자의 입장을 선택한다.

바람
눈보라가 친다
앞길 먼산

한을 에
아무것도
안보이는 밤

아 몹시 춥다

개한마리 안짓고
등불도 꺼지고
가슴 속
숲 이
호을노
흐득이는 소리

독개비 라도 만나고싶다

—〈밤길〉 부분

이 시에 표현된 것처럼, 화자는 자신이 직면한 현실을 짙은 어둠이 깔린 채 바람과 눈보라가 치는, 그렇지만 희망을 주는 한 줄기 등불조차 발견할 수 없는 상태로 인식한다. 화자는 이런 상황 속에서 자꾸만 추위와 외로움을 느끼면서도 포기하지 않은 채 홀로 밤길을 걷고 있다. 그는 죽을 수도 없는 상태라고 자신의 심정을 토로하고 있다. 외부 상황에 대한 묘사에 치중하고 있는 홀수 연과 떨어져 독자적인 한 연의 형태로 화자의 탄식과 외침—"아 몹시 춥다", "독개비 라도 만나고싶다" 등—을 드러내는 짝수 연을 교차시키는 방식은 이런 점에서 화자가 느끼는 절박함을 사실적으로 전달해주는 매우 효과적인 기법이라 할 수 있다.

자신과 함께 길을 가던 동료들의 소식도 이제 더 이상 들을 수 없을 정도로 상황은 절망적이고, 화자는 외로움을 탄다. 이것은 자신의 신념을 자꾸만 방해하는 객관적 현실에 대한 두려움이고, 그 두려움에 자신의 신념이 꺾일지도 모른다는 심정의 토로이다. 이것은 현실에 대한 시인의 응전력 상실에서 비롯된다.

『현해탄』 이후의 시들에서 임화는 이러한 주체의 패배를 자주 '운명'이라는 말로 요약하고 있다. 이때 임화가 말하는 '운명'이란 합리적인 인식과 극복이 불가능한 어떤 절대적인 힘이나 질서를 의미하는 것으로 파악된다. 말하자면 주체의 패배는 운명에 의해서 이미 예정되어 있는 필연적인 결과라는 것이다. 이처럼 정당한 가치를 실현하기 위한 영웅적인 투쟁에도 불구하고 끝끝내 운명의 질서와 힘 앞에서 무기력하게 붕괴되고 마는 주체의 모습은 비장한 것일 수 밖에 없고, 그러한 주체의 내면을 형상화한 시들은 비가적인 성격을 띠지 않을 수 없게 된다. 그리하여 여기에서 주관화된 형태로나마 제시되었던 시적 전망도 거의 자취를 감추고 오로지 승리를 기약할 수 없는 절망적인 몸부림만이 시적 형상화의 대상이 된다.

> 그럼으로
> 사랑은 亦시
> 죽엄보다도
> 괴로운것이
> 아니냐
> 온전한
> 愛情의 幸福이
> 누리어 지는곳은
> 뮤-즈여
> 우리들의 적의
> 모든 일홈이
> 地下에 뭇치고
> 白骨이
> 자갈이되어 굴으는

아……
그 莊大한
憎惡의平原이 아니냐[10]

　이때의 '적'은 일제일 수도, 부르좌 자본가일 수도 있다. 마찬가지로 '애인'은 식민지 조선일 수도, 핍박받는 프롤레타리아일 수도 있다. 그 어느 쪽이든 시인은 후자에 대한 자신의 사랑이 완전해지려면 전자의 완벽한 소멸이 전제되어야 한다고 이야기하고 있다. 그리고 진정한 시라면 그 속에 바로 이러한 사랑의 마음이 담겨야 한다는 것이다. 때문에 전자가 지배하고 있는 현실은 시인에게는 적대적이다. 현실에서는 후자가 아니라 여전히 전자가 강성하며, 시인에게 전자에게 사랑을 보낼 것을 요구하고 있다. 여기서 중요한 것은 자신의 결단이다. 둘 다에게 사랑을 보내는 척하느냐, 아니면 사랑을 할 대상과 증오를 보낼 대상을 명확히 구분하고 그에 따라 행동하느냐 하는 선택은 바로 시인 자신의 몫이다. 후자를 선택할 때 시인은 월계관을 버릴 수 밖에 없게 된다. 그것만이 시를 살리는 길이고, 그 마음을 지키는 유일한 방법이기 때문이다. 이제 임화는 스스로가 잉크 대신 피를 선택할 수 밖에 없는 상황임을 토로한다. 이것은 그의 절필 선언, 다시 말해 이제 시를 포기했음을 의미하는 것이다.

4. 감정시의 의의

　1930년대 들어 외적인 상황의 변화와 창작 부진에서 오는 내부의 문제에 능동적으로 대처하기 위해 내놓은 감정시는 혁명적 로맨티시즘론의 문학적 실천이며, 기교주의 논쟁의 직접적 산물이라 할 수 있다.

---

10) 임화, 「사랑의 찬가」(조광, 1938.4), 188-191쪽. 7연.

따라서 감정시는 순수시파에서 이야기하는 서정시들과는 달리 뚜렷한 사회의식과 역사의식을 견지하고 있으며, 부정되어야 할 외적 세계(outer-world)와 맞서는 시인의 내적 전망(inner-vision)을 담아서 표현된다.

감정시의 양식적 독자성은 〈내적 대화 기법〉과, 〈보편적 인물인 '청년'의 설정〉에서 찾을 수 있다. 감정시는 특별한 사물이나 현상에 의해 촉발된 개인의 서정적 감정을 노래하는 전통적 의미의 서정적 장르에 속하면서도, 다음 몇 가지 점에서 차별성을 갖는다. 감정시는 궁극적으로 자기 자신이 가지고 있는 불굴의 정신을 표출하는 데 목적을 두고 있다. 즉 감정시는 전통적인 서정시와는 달리 사회의식을 견지하고 있으며, 현실에 대한 대결 의식, 전망을 담은 심정적 저항 양식이라는 점에 특징이 있다.

이때 내적 대화 기법은 시적 주체의 윤리적 결단을 보여주는 효과적 수단으로 사용되는데, 대체로 다른 이들의 현실 인식 태도를 선명히 드러내는 말(또는 시)을 제시하고 이에 대해 반박하는 형태를 취한다. 이때 주 공격 대상이 되는 것은 순수시, 그 중에서도 정지용의 시에 내재한 몰역사성이다. 감정시의 서정적 주인공으로 등장하는 '청년'은 일제 강점기 우리나라 지식인 청년의 전형이다. 청년의 설정을 통해 ① 한 개인의 신변사나 사적인 감정이 아니라 동시대적 공동 체험을 효과적으로 표현하고, ② '청년'이 가지고 있는 불굴의 신념을 노래하여 동시대인들의 각성을 유도하며, ③ 현실과 주체의 내면 간에 이루어지는 '긴장'과 '갈등'을 적절하게 표현할 수 있게 된다.

감정시의 문학사적 의의는 다음과 같다. ① 사상성의 감퇴라는 한계에도 불구하고, 낭만성과 현실성을 조화롭게 결합시킴으로써 볼세비키화 단계 프로시의 메마른 관념성과 도식성에서 벗어나 프로시의 새로운 가능성을 개척했다. ② 카프 시절에 철저히 무시되거나 배척되었던 시의 서정성을 회복하려는 노력을 보여주고 있다. ③ 상징과 암시

등 종래의 프로시에서 쉽게 찾아 보기 어려웠던 새로운 형상화 방법을 동원하는 등 다양한 창작방법을 모색함으로써 시적 형상성을 확보하는 데 어느 정도 성공하고 있다. ④ 비록 내면화되고 주관화된 것이기는 하지만 영웅적 격정과 불굴의 정신으로 민족 해방의 전망을 끝까지 포기하지 않고 고수함으로써 동시대를 살아가는 독자들의 용기를 북돋우며, 또한 자신도 그로부터 시 창작의 동력을 얻고 있다. ⑤ 광복 후 다시 진보적 문학운동의 일선에서 활발히 전개한 창작과 비평 활동의 원동력이 된다.

‘偉大한 浪漫’과 투쟁의 관계

-林和의 理念과 詩-

이향아*

1

한국의 역사적 정치적 상황은 한국문학, 한국시인을 특수한 상황에 놓이게 하였다. 그중의 한 예로 林和를 들 수 있을 것이다.

그의 저서가 금서의 고삐에서 풀린 지 15년, 이 시점에서 우리는 어둠에 가리어 있었던 것들을 풀어서 명료하게 짚고 나가야 할 필요가 있다. 그런 의미에서 이번 한국비평가협회가 임화를 논의의 대상으로 선정한 것은 큰 공감을 얻을 수 있을 것이다.

그러나 임화의 행동과 거취를 한국과 한국문학이라는 조건에만 의존해서 평가할 수 없으니, 임화 자신의 족적이 그것을 증명해 주고 있다.

임화는 19세 약관의 나이에 문단에 나와[1] 1947년 월북하기까지 카프의 맹원으로서 유물변증법적 역사관에 입각한 외곬의 노선을 지향한 사람이다. 월북 이후 그의 존재는 한국문단권 밖에 있었을 뿐만 아니

---

* 호남대학교.

1) 임화는 1908년 10월에 서울에서 출생하였으며, 1926년 10월 매일신보에 첫작품 〈抒情小詩〉를 발표하였다.

라 납북, 월북, 재북 작가라는 특수 영역에 격리되어 있었다.

임화는 1920년대 말기에 동경에서 귀국하여 KAPF의 서기장이 되었으며, 일제말기 조선문인 보국회 평의원으로 친일활동을 하였고, 광복 후에는 월북하기 전부터 조선문학가 동맹을 결성하는 등 사회저의 문학의 기치를 활실하게 들었다. 그의 기동성과 활동성은 매우 적극적이었다. KAPF에 가담하여 활동한 작가들은 여럿이지만 KAPF, 그 중에서도 임화의 비중은 가볍지가 않다.[2]

그럼에도 불구하고 그는 자신이 충성을 바쳤던 공산주의 북한에서 미국의 간첩이라는 죄명의 반당분자로 몰려 사형되었다. 아이러니칼한 일이 아닐 수 없다. 그에 대한 평가 역시, 월북한 좌파의 시인이라는 사실과 북쪽의 남로당 숙청의 회오리에 말려 사형을 당했다는 양극적 사실이 이중적 선입견과 함께 병행하고 있다.

그가 공산주의 문학권에 진입한 지 20년 안팎, 의도된 침묵으로 그를 제약하기 반세기, 바야흐로 전개된 임화에 대한 논의와 분석이 상당기간 시행착오를 겪게 될 것은 오히려 당연한 일이라 해야 할 것이다.

위에서 소개한 임화의 족적으로 미루어 보더라도 그는 문학가적 기질보다는 정치가적인 기질이 더 강했음을 알 수 있다. 임화는 그만큼 사색과 분별에 앞서 선언과 행동을 더 내세웠으며, 조직과 구성의 핵심으로 서 있기를 좋아했던 것이다. 실제 문학에 있어서도 시보다 평론을 더 많이 발표했으며 시에서도 명령과 선동과 주장을 발표하는 일에 주력하였다.

임화의 시를 접하면서 필자는 첫째, 그가 표방했던 프로레타리아 문학이론은 실제의 시에서 성공을 거두었는가? 둘째, 그렇다면 그가 견지해 온 문학의 실상은 무엇인가 하는 두 가지 논점으로 응축하여 살펴

---

2) 김용직. 〈한국 프로문학과 林和〉,『林和文學研究』, 1991, 새미, 13-4쪽 참조.
　　김용직은 임화의 이러한 성향을 문학활동을 집단적인 형태로 펼치고자 한 점, 노상 조직에 참여하고 조직기구를 만들어 그 구심점 내지 핵심분자가 되려고 했던 그의 특성과 연관하여 설명하고 있다.

보려고 한다. 첫째의 것을 규명하는 것이 곧 둘째 항목에까지 미치어 위의 두 가지 논의도 결국은 하나로 통합하게 될 것이다.

2

임화는『현해탄』(동광당서점, 38. 2),『찬가』(백양당, 47. 2),『회상시집』(건설출판사, 47. 4) 등 세 권의 시집과, 평론집『문학의 논리』(학예사, 40), 그밖에 다수의 수필을 발표하였다. 임화는 그의 이론 〈위대한 낭만적 정신〉에서 다음과 같이 낭만주의를 정의하면서 낭만주의 노선을 옹호하였다.

나는 文學上에 있어 다음과 같은 조건하에 낭만주의 적인 것에 대하여 완전히 찬의를 표하는 자이다. 문학은 단지 어떠한 상태를 긍정하는 것이 아니라 항상 의욕하는 곳에서 시작되는 때문에…

그러므로 나는 如斯한 의미에 있어 '詩는 自然의 模倣이다' 라는 아리스토텔레스의 命題에 반대한다. '存在하는 것은 무엇이고 合理的이며 合理的인 것은 모두가 存在한다' 는 헤겔의 변증법적 합리주의를 역사적으로 수용한다.

작가는 문학에 있어 의욕하는데 물론 자유이다. 여기에 문학이 자유스러운 창조 행위가 되는 근거가 있다. 그러나 이 자유는 存在者가 합리적인 것은 그것이 生誕에 있어 합리적이었든 것에 기인하야 그것이 자기의 대립자에 의하여 부정되는 곳에서도 합리적이라는 역사적 합리성에서 파악되어야 할 것이다.

다시 말하면 태어난 마당에 있어 합리적인 것은 死滅하는 마당에서도 합리적인 역사 과정, 즉 가능성으로서 예상된 것이 존재자로서 형성됨으로 역사 과정은 辨證法的으로 갱신된다.

문학이 일반으로 존재의 자연한 상태에 肯定者-模倣-로 끝나는 것은 愚劣한 것이다. 그리하여 문학은 인간생활에 참여하고 그것과 더불어 생활하는 대신 항상 생활의 뒤에서 과거를 기록하는 무의미한 年代記에 끄칠 것이다. 그러므로 나는 인간생활에 적극적으로 가담하고 생활이 의욕사는 바를 의욕하는 創造 文學의 찬동자이다.[3]

임화의 어조는 다소 격앙되어 있고 그의 문장은 다분히 요설적이다. 그는 아리스토텔레스의 모방론에 반대하여 존재하는 것은 모두 합리적이라고 말한다. 자연 · 사회 · 사유 등의 발전을 물질의 운동과 대립으로 설명하는 헤겔의 유물적 변증법에 손을 들어 찬성하고 있는 것이다. 그것은 사회주의에 심취한 그가 당연히 추종할 만한 방향이므로 이견을 제시할 여지는 없다 하겠다.

그러나 우리는 여기서 임화가 주장한 낭만주의와 그의 프로레타리아 문학과는 어떻게 관련을 맺게 되는가 하는 의문에 대면하게 된다. 그는 위의 인용문에서 낭만주의에 찬의를 표하는 이유를 '문학은 단지 어떠한 상태를 긍정하는 것이 아니라 항상 의욕하는 곳에서 시작되는 때문에……' 라고 하였다. 위의 말을 통해서 우리는 임화가 낭만주의의 많은 특성 가운데 유독 행동성과 정열을 중시하고 있음을 알 수 있다.

다시 다음과 같은 발언을 통해서 임화가 정의하고 있는 낭만주의가 일반적인 낭만주의와 어떠한 차별성을 가지고 있는가 살펴보자.

1) 나는 낭만적 정신으로 문학을 관철하는 데서 작가들이 그르치기 쉬운 많은 위험에 대하야 눈을 감을 수는 없다. 그러나 이 희생은 문학을 모방의 복사화로 끝마치는 것보다는 장래할 조선문학 우에 더 많은 것을 기여하리라고 믿는다. 물론 우리들의 현재의 환경 조건은 더 한층 이 위험, 즉 부당한 과장과 불분명한 상징에로 우리의 문학을 몰아넣을 조건을 조장한다.[4]

임화는 그가 혐오하는 낭만주의 징후로 '부당한 과장과 불분명한 상

---

3) 임화, 『한국문학의 논리』, 〈위대한 낭만적 정신〉, 국학자료원, 1998, 22-5쪽.
4) 위의 책, 39쪽.

징'을 지적하고 있다.

주지하는 바와 같이 낭만주의는 18세기말 서구 문명에서 유입된 사조로 신고전주의의 질서와 균형 합리성에 대한 반발로 이해할 수 있다. 그것은 한편으로 합리주의와 계몽주의 및 물질적 유물론 일반에 대한 반발이기도 했다. 낭만주의는 개성 · 주관 · 비합리성 · 상상력 · 감성과 환상 · 자연스러움과 초월성을 강조한다. 워즈워스는 '강렬한 감정의 자연스러운 충일'(the spontanous overflow oh powerful feelilgs)로 영국 낭만주의 시운동의 선언이 되게 하였고 이는 전낭만주의(pre-Romanticism)의 발아가 된다.

이에 대하여 20세기 전반기 한국의 낭만주의는 전통적 도덕과 인습보다 개인의 자유와 창조의 가능성을 중시하였다. 한국의 낭만주의는 한 편 현실로부터 도피하려는 절망적 색채를 짙게 풍기기도 하고 공포와 비애 · 허무와 퇴폐 · 감상의 성격을 띠기도 하였다.

그러나 임화는 위의 글에서 낭만의 중요한 원인인 동시에 징후인 '감정의 과잉'이나 '열정의 발산'을 부정하려 하고 있다. 감정의 충일 그 자체가 낭만주의의 요체이며, 그것이 발산된 실체가 바로 낭만주의 작품임에도 말이다. 임화가 말하는 '부당한 과장'이란 곧 과도하고 난만한 감정의 표현이나 수식을 일컬을 것이다. 과장은 충일한 감동에서 올 것이며 충일한 감동은 완전한 긍정에서 온다고 볼 수 있다. 따라서 낭만주의는 부정이 아니라 긍정이며, 공유인 동시에 공감이다.

또 '불분명한 상징'이라는 말은 부적절하고 어색한 조어다. 시가 산문과 다른 특성 중 하나가 애매모호성인데, 그 애매모호성은 단일하지 않고 복합적이며, 직선적 표현이 아닌 암시적 표현이다. 상징은 애매모호성을 조성하는 데에 크게 기여한다. 상징 그 자체가 불분명성을 가지고 있기 때문이다.

2) 그러나 문학적 정신의 현실적 구조를 일층 견고히 축조하는 것으로

우리는 이 위험을 피하여야 한다. 뿐만 아니라 이 낭만주의는 가진 바 본래의 성질인 強固한 레알리즘에 의하야 그것은 스스로 배제될 것이다. 조선문학은 이러한 낭만주의로 말미암아 의욕하고 행위하는 문학이 되며 그 생명력은 전시대에 뿐 아니라 미래에까지 공감된다.[5]

위의 말을 통하여 짐작할 수 있는 것은 임화가 낭만주의를 리얼리즘의 한 부분으로 여기거나 같은 맥락으로 해석하려고 한다는 것, 그리고 낭만주의에 행동주의를 포함시키고 있다는 사실이다. 낭만주의의 주요 특성을 동경과 꿈, 이상의 추구와 감정의 충일로 여기지 않고 의욕적 행동주의와 강고한 리얼리즘의 한 줄기로 낭만주의를 파악한다는 것은 독특한 시각이아닐 수 없다.

사실주의라고 부르는 리얼리즘은 자연과 현실을 이상화되지 않은 모습 그대로 정확하게 묘사하는 데 바탕을 둔다. 낭만주의가 주관적임에 반하여 사실주의는 객관적이며 낭만주의가 환상과 이상을 중시함에 반하여 사실주의는 현실과 실제를 중시한다. 낭만주의가 다정다감 흥분과 낙관을 선택한다면 사실주의는 냉철한 분석 자각과 고발을 선택한다.

그러나 이 역시 임화는 다르다. '낭만주의는 가진 바 본래의 성질인 강고한 레알리즘에 의하여' 라고 한 임화의 말은 그 진의를 파악하기 힘든다. 다시 이어지는 다음과 같은 말을 들어보자.

3) 이 낭만주의는 강하게 역사적이고 無比하게 사회적이며 근본성격에 있어 레알리즘으로서 自己를 형성한다. 구체적인 현실성 우에서 가장 명확한 장래로 향할 이상과 자기를 결합시키면서 창조하기 때문에 필연적으로 농후한 향토성(민족주의적이 아니다!)으로 자기를 調色한다.[6]

---

5) 위의 글, 40쪽.
6) 위의 글, 41쪽.

'강하게 역사적이고 무비하게 사회적'이며 근본 성격을 따지면 '레알리즘'인, 임화의 낭만주의는 지역주의 내지 독특한 폐쇄주의를 의미한다. 낭만주의는 역사적인 필연성에 의해 발생한 것이며, 역사적 필연성 그것이 곧 낭만주의가 기도하는 이상이라고 임화는 말한다. 또 일시적이거나 공리적인 도식에 의하지 않고 하나의 생물체처럼 영속성을 가지고 발생한 낭만주의는 불멸하는 문학의 내용이 된다고 그는 역설한다. 그러나 유독 낭만주의에만 국한되겠는가. 세계문예사조의 어떤 부분도 역사적인 필연성과 무관하게 발생 혹은 쇠퇴하지 않았다.

임화가 말하는 지역주의는 사회주의다. 그는 사회주의라는 지역에서 자신의 견고한 이념만을 폐쇄적으로 고수하려고 한다. 그는 자신의 이념과 그 존립의 정당성을 강조하기 위하여 역사적인 필연성과 당위성을 들어가면서 무리한 논리의 전개로 강조하고 있는 것이다.

그러면 임화는 자신의 낭만주의 이론을 그의 시에서 어떻게 실현하고 있는가를 살펴보자.

결론부터 말하자면 임화의 프로문학적 격앙된 목소리는 센티맨탈리즘의 유약한 낭만주의에 묻혀서 목적지를 상실하고 있다. 자신이 부정하는 '부당한 과장'에 빠져 있을 뿐만 아니라 형상화되기 이전의 관념에 머물러 불분명한 상징을 실행하고 있는 것이다.

김동석은 임화에 대하여,

'文協'의 의장인 林和氏가 정치적으로 민족해방을 위하여 얼만한 역할을 하였는지 모른다.

그러나 詩集『현해탄』을 통해서 본다면 그는 詩人이면서도 詩人이 아니었다. [……] 그러나 林和는 詩人으로 아직도 출발 전이다. 芝溶처럼 단순치 않은 林和인지라 시에만 만족할 수 없으므로 그러나 詩를 버리기도 아깝고 해서 8월 15일 이후 '文協'의 의장이 되어 문화정책가로 발벗고(?)

나선 것이다. 허지만 林和의 관념 속엔 얼마나 굉장한 詩가 들었는지 모르되 작품행동으로 볼 때 아직 一家를 이룬 詩人이라 할 수는 없다.[7]

고 논평하였다. 즉 임화는 추상적인 이데올로기에 열중하였을 뿐, 이데올로기를 구체적인 행동에는 미숙하였다는 것이다. 다음은 그의 대표작의 하나라고 할 수 있는 〈네거리의 순이〉이다. 이 시는 시집 『玄海灘』의 서두에 실려 있는 임화의 대표작으로 그의 사상적 전향을 경계 짓는[8] 작품이기도 하다. 다음 전문을 인용하여 살펴 보겠다.

> 네가 지금 간다면, 어디를 간단 말이냐?
> 그러면, 내 사랑하는 젊은 동무,
> 너, 내 사랑하는 오직 하나 뿐인 누이 동생 順伊,
> 너의 사랑하는 그 귀중한 사내
> 근로하는 모든 여자의 戀人…….
> 그 靑年인 용감한 사내가 어디서 온단 말이냐?
>
> 눈바람 찬 불쌍한 都市 鐘路 복판에 順伊야!
> 너와 나는 지나간 꽃피는 봄에 사랑하는 한 어머니를
>
> 눈물나는 가난 속에서 여의었지!
> 그리하여 너는 이 믿지 못할 하얀 오빠를 염려하고,
> 오빠는 가냘핀 너를 근심하는,
> 서글프고 가난한 그 날 속에서도
> 순이야, 너는 마음을 맡길 믿음성 있는 이곳 靑年을 가졌었고,
> 내 사랑하는 동무는……
> 靑年의 戀人 근로하는 女子 너를 가졌었다.

---

7) 金東錫. 〈詩와 行動〉, 『越北作家代表文學』, 1989. 서음출판사. 334-7쪽
8) 임화는 『玄海灘』의 後記에서 〈네 거리의 順伊〉로부터 〈세월〉에 이르는 시기를 작품 경향 및 발전상 한 시대였다고 말하고, 그 이전을 轉向期의 작품이라고 밝혔다.

겨울날 찬 눈보라에 유리창에 우는 아픈 그 시절,
기계 소리에 말려 흩어지는 우리들의 참새 너희들의 콧노래와
언 눈길을 걷는 발자국 소리와 더불어 가슴 속으로 스며드는
청년과 너의 따뜻한 귓속 다정한 웃음으로
우리들의 靑春은 참말로 꽃다웠고,
언 밤이 주림보다도 쓰리게
가난한 靑春을 울리는 날,
어머니가 되어 우리를 따뜻한 품속에 안아 주던 것은
오직 하나 거리에서 만나 거리에서 헤어지며,
골목 뒤에서 중얼대고 일터에서 충성되던
꺼질 줄 모르는 청춘의 정렬 그것이었다.
비할 데 없는 괴로움 가운데서도
얼마나 큰 즐거움이 우리의 머리 위에 빛났더냐?
그러나 이 가장 귀중한 너 나의 사이에서
한 청년은 대체 어디로 갔느냐?
어찌 된 일이냐?
順伊야, 이것은…….
너도 잘 알고 나도 잘 아는 멀쩡한 事實이 아니냐?
보아라! 어느 누가 참말로 도적놈이냐?
이 눈물 나는 가난한 젊은 날이 가진
불상한 즐거움을 노리는 마음하고,
그 조그만 참말로 風船보다 엷은 꿈을 안 깨치려는 간지런 마음하고,
말하여 보아라, 이곳에 가득 찬 고마운 젊은이들아!

순이야, 누이야!
근로하는 靑年, 용감한 사내의 戀人아!
생각해 보아라, 오늘은 네 귀중한 청년인 용감한 사내가
젊은 날을 부지런한 일에 보내던 그 여윈 손가락으로
지금은 굳은 벽돌담에다 달력을 그리겠구나!

또 이거 봐라, 어서.
이 사내도 네 커다란 오빠를……
남은 것이라고는 때묻은 넥타이 하나뿐이 아니냐!
오오, 눈보라는 '튜럭' 처럼 길거리를 휘몰아 간다.

자 좋다, 바로 종로 네거리가 예 아니냐!
어서 너와 나는 번개처럼 두 손을 잡고,
내일을 위하여 저 골목으로 들어가자
네 사내를 위하여,
또 근로하는 모든 여자의 戀人을 위하여……

이것이 너와 나의 幸福된 靑春이 아니냐?

〈네거리의 순이〉 전문

임화의 시들은 대부분 長詩들이다. 위의 시 〈네 거리의 順伊〉는 53
행으로 〈주리라 네 탐내는 모든 것을〉-228행이나 〈나는 못믿겠노라〉
-123행, 〈현해탄〉-100행, 그리고 대부분 70-80행에 달하는 다른 시들
에 비하면 짧은 시에 속한다.

이들은 행의 수만 많은 것이 아니라, 엄청난 어휘의 집합으로 그들이
밀어내는 압력 때문에 거의 숨을 가눌 겨를이 없을 정도다. 임화의 長
詩들은 敍事的 성격을 가진 것들이 대부분이지만 敍事性이 없는 보통
의 장시들도 많다. 장시란 언어의 압축이나 조탁과정을 거치지 못한 산
문으로 조직력과 형상화에 미흡한 진술이 될 수밖에 없다.

앞에 예시한 〈네거리의 順伊〉에는 청년과 순이라는 두 인물이 시의
전편에 산재하여 나타나고 있다. 순이는 임화의 시에 자주 나타나는 젊
은 여자의 대명사다. 〈네거리의 順伊〉에서도 '너'·'누이동생'·'근
로하는 여자' 등으로 표현되는 順伊는 이와 대칭을 이루는 '내 사랑하
는 젊은 동무'·'귀중한 사내'·'용감한 사내'·'청년'·'사랑하는

동무'·'네 사내'·'마음을 맡길 믿음성 있는 이곳 청년' 등으로 이름을 달리하여 대응하고 있다.

이렇듯 여러 명칭으로 수식되고 있는 청년은 누구이며 정체는 무엇인가?

청년의 모호성은 〈우리 옵바와 火爐〉에서도 동일하다. 청년의 모호한 주장, 청년이 환기하는 모호한 긴장, 그 인생의 모호한 목표, 표면으로 노출되지 않은 모호한 행동이 시 전반에 기본적인 틀을 이루고 있다. 내일을 위하여 '젊은 날을 부지런한 일에 보내'는 청년이라는 말에서 시인이 그를 이상적인 인물로 그리려 했음을 알 수 있다. 그러나 청년이 지향하는 목적은 무엇인가? 구체성을 띠지 않은 채 '거리에서 만나 거리에서 헤어지며 골목 뒤에서 중얼대고 일터에서 충성'하는, '꺼질 줄 모르는 청춘의 모호한 정렬'을 지닌 인물로만 표현되어 있다.

'그 여윈 손가락으로 굳은 벽돌담에다 달력을 그리'는, 종로 네거리에서 순이를 붙들고 우는, 행동하지 않는 유약한 정신의 청년. 그가 성취한 것은 무엇이며, 그가 이루고자 하는 이상세계는 무엇인가? 청년이 가지고 있는 추상적인 정열은 모든 젊은이들이 공통적으로 가지고 있는 보편적 정서이며, 특성일 뿐이다. 다만 청년은 사회적 제 현상에 불만을 가지고 목표없이 浮遊하는 유한자이지만 무엇인가 도모하고자 하는 막연한 뜻을 가진 청년이다. 이것 또한 특별한 그 청년만의 개성은 아니며, 젊음의 보편성일 뿐이다.

시 가운데의 청년은 겉도는 열정을 절규로 분출했을 뿐, 아무런 소득도 성취도 없었다.

청년의 상대인 순이는 '눈물나는 가난 속에서 어머니를 여의'었으며 병약한 '하얀 오빠'를 염려하는 역시 '가냘핀' 여성이다. 전통적인 한국여성으로서 수동적이며 소극적인 인간형으로 나타나 있다. 그는 시적 화자의 '오직 하나뿐인 누이동생'으로 '근로하는 여성'이다.

그러나 그가 사랑하는 청년의 존재는 불분명하다. 시적 화자는 순이

가 '마음을 맡길 믿음성 있는 이곳 청년을 가졌었' 음을 확인하다가도
'그 청년인 용감한 사내가 어디서 온단 말이냐?' 고 청년의 존재를 부
정한다. 그 사내는 '근로하는 모든 여자의 연인' 이라고, 순이가 그 청
년의 유일한 대상이 아님을 암시하면서도 '청년과 너의 따뜻한 귓속
다정한 웃음으로 우리들의 청춘은 참말로 꽃다웠' 다고 지나간 일처럼
회상하기도 한다. 화자는 순이를 은연중 청년과의 애정행각의 희생 인
물로 내세우고 있다.

한편 시적 화자인 '나', 누이동생 순이의 오빠로서, 순이가 마음을 맡
기는 믿음성 있는 청년을 사랑하는 동무라고 스스로 밝히고 있다. '이
믿지 못할 얼굴 하얀 오빠' 는 청년과 순이의 사랑에 개입하여 '가냘
핀' 순이를 근심하고 그의 행복을 함께 기뻐하면서 한편으로는 사랑의
분석자로 임한다. 화자는 '이 가장 귀중한 너 나의 사이에서 어찌된 일
이냐?…어찌된 일이냐? 순이야, 이것은. 너도 잘 알고 나도 잘 아는 멀
쩡한 사실이 아니냐? 보아라! 어느 누가 참말로 도적놈이냐?' 화자 자
신도 회의하면서 분노하고 있지만 그 분노와 회의의 정체가 무엇인가
이해하기 어렵다. 다만 순이가 청년으로부터 부당한 대우를 받고 있음
을 짐작할 수 있을 뿐이다. 애매하고 몽롱한 인간관계가 독자의 시야
를 어둡게 한다.

3

임화가 표방하고 있는 것은 사회주의였지만, 표현된 실제에 있어서
는 낭만주의의 틀을 벗어나지 않았으며 병적 감상주의의 경향까지도
띄고 있다. 임화의 시는 반항의식과 파괴의식의 시, 계급적 현실을 형
상화한 시, 낭만주의 시라고 평가를 받아왔다. 임화, 그는 20대의 젊은
열정과 왕성한 의욕, 그리고 이상주의를 지향하는 평범하지 않은 개성
이 형성해 놓은 시인이었던 것이다.

그는 프로문학의 이론에 침잠한 시인으로 카프의 대표격이었으나 실제상에 있어서의 작품은 매우 관념적이며 공허하다. 이념시에서 흔히 볼 수 있는 구체적인 주의주장도 없고 가련한 분위기를 설정하여 동정을 구하는 듯 애조를 띠고 있다.

그의 시에 빈번하게 나타나는 이미지를 양대별하면 '꿈'과 '敵'으로 나눌 수 있을 수 있다. 이루고 싶은 이상을 꿈으로 설정하였다면 그에 저해되는 현실이 곧 敵인 것이다. 꿈은 적을 무너뜨리는 목적에 통해 있고 적은 꿈을 이루는 상대적 존재임을 독자가 상식으로 짐작하게 할 뿐 이 둘 역시 추상적인 위치에 있다.

김동석은 '春園이 민족을 위해서 쓴다는 詩나 林和가 계급을 위해서 쓴다는 詩가 다 詩로서 실패한 것은 둘다 不純했기 때문이 아닐까. 자기네들 하나를 어쩌지 못하는 사람들이 민족을 위하느니 계급을 위하느니 하고 그것도 散文이 아니요 순수해야 할 詩로 떠들어댄다는 것은 병든 지식인의 자의식이 낳은 비애였다'[9]라고 잘라 말했거니와 이는 그들이 표방하고 있는 슬로건과 실제상의 활동이 일치하지 않음에서 내려진 비판인 것이다.

시는 표현을 떠나서는 존재할 수 없다. 여기서의 표현이란 형상화가 이루어져 구체성을 띠었음을 의미한다. 그렇지 않을 때 시는 무의미한 흥분이나 절규에 머물 위험성이 크다. 시인에게 있어서는 어디까지나 시가 목표여야 하며 수단이 되어서는 안될 것이다.

---

9) 金東錫, 〈詩와 行動〉, 『越北作家代表文學』, 1989, 서음출판사, 377쪽.

『北의 詩人』(松本清張作)에 形象化된 解放空間의 林和
— 남의 '거울'에 비추어본 우리 모습—

신규호*

들어가는 글

우리 문단에 혜성처럼 나타나 파란만장한 풍파를 일으키고 비교적 단명으로 타계한 시인·평론가 임화(林和)에 대해 연구·평가하는 한 방도로, 일본의 작가 마쯔모토 세이쪼(松本淸張)의 장편소설 『北의 詩人』을 택한 것은, 한반도의 남쪽에서 태어나 활동하다가 북쪽으로 넘어가 형장(刑場)의 이슬로 사라진 그의 인간과 문학이, 남과 북에서 다같이 금기시(禁忌視)되어 온 특수한 상황으로 말미암아, 외국 작가의 창작 행위가 도리어 우리보다 자유롭고 객관적일 수 있다는 기대감에서이다.

마쯔모토는 임화보다 한해 먼저[1907년] 일본 규슈(九州) 후쿠오카 켄(福岡縣) 고쿠라시(小倉市)에서 태어나, 고등소학교를 마치고 회사의 말단사원으로 일하다 불혹(不惑)을 넘겨 《주간 아사히(週刊朝日》의 현상모집에 소설 「사이고사쓰(西鄕札)」로 등단한 작가로, 1952년 「어떤 '고쿠라' 전(小倉傳)」으로 아쿠타가와상(芥川賞)을 받았으며,

---

* 문학평론가.

1970년대에 이미 38권의 전집을 간행한 입지전적인 작가인데, 소년기에 《문예전선(文藝前線)》·《전기(戰旗)》 등을 읽다가 유치장에 들어간 일이 있고, 소위 '사회파' 작가로 불리는 점으로 보아, 아마도 그는 나까노 시게하루(中野重治)와 밀접한 관계를 맺고 있던 임화(林和)에 관심을 갖게 되는 한편, 자신이 징집으로 한국에서 복무한 경력을 살려, 『北의 詩人』을 창작한 것 같다. 51세 때 『중앙골론(中央公論)』에 연재하기 시작해서 1962년 3월에 완결된 이 작품은, 전집 제17권에 『상징(象徵)의 설게(設計)』·『소설 제은사건(小說帝銀事件)』과 함께 수록되어 있다.

이 소설은 평론가 김병걸에 의해 우리말로 옮겨져 1987년 미래사에서 나왔는데, 책의 제목에 '임화(林和)' 라는 두 글자가 덧붙었고, '원주' 보다 자상한 '역주' 가 달려 있르며, 부록으로 〈서정시인 임화〉(신경림)과 〈식민지시대 임화의 삶과 문학〉(신승엽)이 첨부되어 있다. 앞으로 본고에서의 인용은 모두 이 번역본을 이용하기로 한다(단, 표기는 개정된 것으로 바로잡겠음).

1. 소설공간의 분석

『北의 詩人』의 작가는, 창작의 실제에서 '줄거리' 를 중시했다. 그는 "소설은 역시 읽어서 재미가 있지 않으면 안 된다고 생각하므로, 나는 플롯에다 될 수 있는 한 서술성을 지니게 하려 하고 있다"[1]고 말한 바 있다. 이런 점에 착안하더라도, 이 작품을 구성의 단계를 따라 분석하는 것이 좋다고 본다.

그와 동시에, 작품공간 바깥의 당대 상황과 곁들여 나가면, 주인공 임화의 사람됨과 문학의 특징이 더욱 잘 드러날 것이니, 독자들은 남이

---

1) 松本淸張, 〈나의 小說作法〉, 《松本淸張全集》第34卷, 文藝春秋社), p.446

만들어준 '거울' 을 통해 '우리' 스스로의 모습을 비추어보는 것이 될 뿐더러, 역사와 소설, 특히 작가가 의도한 사회적 추리소설과의 관계도 드러날 것으로 기대된다.

그리고, 이 작가가 '줄거리' 를 중시한 것은, 추리소설 시법으로서의 소위 '3리(三理)' 의 하나인 '논리(論理)' 와도 깊은 관련을 지님을 말한다. 추리소설은 논리에 흠집이 있으면 치명적이기 때문이다.

그러면, 이런 점들에 유의하면서, 구성의 단계를 따라 작품공간을 분석해 나가기로 한다.

1) 발단

이 소설은, 일본군이 철수한 지 얼마 안 된, 해방 당년의 어느 가을날, 주인공 임화가 지나가는 서울 파고다공원 앞에서 발단한다.

1945년 10월 임화(林和)는 파고다 공원을 지나가고 있었다. 서울의 지붕 위에는 호수와 같은 하늘이 펼쳐져 있었다. 공기는 차고 건조했다. 길바닥의 먼지가 흔들리고 있었다.

임화는 걸어가면서 오늘은 몸의 상태가 그다지 좋지 않다고 생각한다. 오랫동안 병마에 시달리다 보니 그날 그날의 몸의 상태에 따라 세균의 증감을 대강 알 수 있게 되었다. 몸에 미열이 나고 늘 속이 축축해졌다.(p.11)

먼저, **시간적 배경**이 해방공간의 첫해 10월로 잡힌 것은, 격동하는 한국 사회의 격동기라는 점과, 주인공의 지병[폐병]이 악화되기 쉬운 계절 때문인 것 같다. 한 가지 덧붙여 둘 것은, 이 작가가 한국의 하늘이 아름다움 점을 그려내어 독자들에게 강한 인상을 심어 주려는 의도도 지니고 있었다는 점이다. 그는 한국의 자연, 특히 가을 하늘에 대한 경탄을 털어놓은 적이 있기 때문이다.[2]

한편, **공간적 배경**으로 '파고다' 공원을 선택한 것은, 「네거리의 시인」으로 널리 알려진 임화의 출생지와 가까운 점과, 3.1 운동의 유서 깊은 곳인 점에서 주인공의 고뇌와 관련을 맺기 위한 의도에서인 것 같다.

공원 앞을 지나가다가 주인공은, 지난날 지하에 숨어 노동운동을 해온 '안영달(安永達)'을 만나 이야기하는 가운데, 자신의 지병이 1930년대 중반 일본의 특별 고등경찰에 잡혀 옥살이를 한 데서 빚어진 사실이 밝혀지고, 이어서 '어두운 과거'가, 장차 있게 될[실은 대단원이 됨] 북한에서의 재판 진술서 인용으로 밝혀지는 바, 그 핵심적인 내용은, 1935년 6월 하순에 경기도경찰부 ㅌ특고부의 일본인 경부 사이가(齋賀)와 서울 신설정에 있는 한 절에서 만나 카프의 해산서를 내주는 반역 행위를 한 사실이다

따라서 이 작품의 짜임새는, 그런 반역적인 행위가 왜 일어났으며, 그것이 어떤 경로를 거쳐 치닫게 되느냐에 죄어져, 추리소설적 성격을 띠게 됨으로써, 일본에서 으뜸가는 추리소설가의 면목이 십분 발휘할 것으로 기대된다.

만남의 자리에서 임화가 진주해온 미군의 정책을 궁금해하자, 상대방은 정확한 정보를 쥐고 있는 사람을 소개해 주겠다고 나서, 두 사람의 관계는 더욱 가까워진다.

며칠 후, 안영달이 약속한 대로 기회동에 있는 임화의 집을 찾아왔을 때, 작품 공간에 아내 지하련(池河蓮)이 등장한다. 그녀가 안내하려 했으나, 안영달은 분명히 그녀를 피하고 싶어하는 눈치였다.

임화는 나갈 채비를 했다. 아내는 괜찮겠느냐고 물었지만 오히려 바깥에서 걷는 편이 좋을지도 모른다고 임화는 대답했다. 그런데 오늘 아침에

---

2) 이 작가는 〈반생기(半生記)〉(全集 第34卷) p.49와 p.53에서, 자신이 징집을 당해 한국땅 용산과 정읍에서 복무했을 때의 한국 가을하늘의 아름다움에 매혹당한 일을 술회하고 있음

젊은이들 세 사람이 찾아왔을 땐 몸이 아프다고 누워서 이야기했던 것이다. 세 사람 다 조선문학가건설본부의 젊은 작가로, 그 중 두 명은 임화의 시 애호가였고, 나머지 한 사람은 평론가로서 임화에게 경도돼 있었다. 그들과 이야기하는 동안, 임화는 줄곧 기침을 했다.

그는 안영달이 기다리고 있는 사이 외출할 준비를 하면서, 아무래도 서울의 공기는 나쁘다고 아내에게 말했다.

"몸에 지장이 있으면 마산으로 돌아가는 게 어때요?"

아내는 말했다. 임화도 지하련도 모두 마산 출신이다.(p.31)

지하련을 젖혀두고 은밀한 이야기를 나누려 하는 것이나, 소속 단체원들이나 평론가와 행동을 함께 하지 않았으면서도 안영달과는 만나려 하는 점으로 보아, 이 작품의 전개는 공개적인 면보다는 베일에 가려진 쪽을 선호함으로써, 역시 추리소설적 성격을 띠게 된다.

그런데, 여기에 등장한 지하련은 본명이 이현욱으로, 임화가 동경에서 사귄 이귀례(李貴禮)[이북만(李北滿)의 누이동생]와 이혼하고 나서 재혼한 아내인데, 작품 공간에 전처에 관한 설명은 일언반구도 없다. 여기서 지하련이 마산 출신이라는 것은 아래의 문헌에 의해 확인이 되지만, 임화가 마산 출신이라는 것은 근거가 없다. 그는 서울 낙산 태생이기 때문이다.

어떤 사정이 전개되었건 임화는 검거를 모면하며 또 이 무렵 폐병이 악화된 것만은 사실이다. 이현욱과의 재혼은 1935년 이후에 이루어지는데, 이때부터 임화는 정양 겸 주로 마산에서 기거하게 된다.

이현욱은 누구인지는 모르나 마산의 유명한 사회주의자 딸로 되어 있고 집안이 꽤 유복했으며, 1940년에 池河蓮이란 필명으로 소설가로 데뷔한다. 이때 백철이 추천을 하며 데뷔작품은 「결별(訣別)」(《文章》,1940.12)이다.[3]

---

3) 신승엽, 〈식민지시대 林和의 삶과 문학〉, (김병걸 역, 『北의 詩人 林和』), pp.326~7.

이 밖에도, 이 작품에는 잘못된 곳이 꽤 있는데, 번역자가 일일이 '주'를 달아 바로잡아 놓았다.

2)전개

인물과 배경 설명이 끝나고 주제 방향이 암시되고 나서, 작품은 전개 단계로 접어드는데, 여기서는 주인공 임화가 조직부장으로 있는 조선문학결설본부의 사무실로 돌아와, 전국문학자대회에서 보고할 문안을 작성하고 있다. 작품공간에는 지적되지 않았으나, 실은 임화는 해방된 지 사흘 만에 이 단체를 만든 것이다. 김윤식(金允植)은 그 경위에 대해 아래와 같이 전해 주고 있다.

이 역사적 감각의 민첩함·적확함, 그리고 날카로움에서 임화의 오른편에 나선 사람은 없다. 김남천이 그 뒤를 다랐음은 물론이다. 임화의 재빠름은 조선문화 건설 중앙협의회 아래 문학건설본부를 1945년 8월 18일에 만들고 그것을 주도한 사실로써 증명된다. 이들은 구카프계인 한설야·이기영·한 효 등과 대립하고, 또 이들을 흡수해서 조선문학가동맹(1946. 2. 8~9)으로 조직해 나갔으며, 소위 이것이 남로당의 문화 및 문학 노선이었다.[4]

그 초안을 통해, 작품공간에 한국문학의 과거와 당면목표 등이 소개된다. 우리 문학은, 소설에선 주로 러시아 문학에서 영향을 받았고, 시에서는 프랑스 문학에서 받았으나, 매개체인 일본 문학 그 자체에서는 별 영향을 받지 않았다는 것과, 아직 우리에겐 "다섯 사람의 모파상이나 졸라는 있어도 한 사람의 고리키나 베린스키는 없다." 는 것이 돋보

---

4) 김윤식, 《林和硏究》, 문학사상사, 1989, p.402.

이는데, 이는 일본문학은 서양문학을 받아들이는 수단에 불과했다는 점과, 임화 자신이 고리키나 베린스키의 후계자로 자임하고 나설 가능성의 시사와, 원작가 자신의 고리키나 베린스키로부터의 영향도 반영된 듯하다.

　이런 사항을 곰곰이 되삭일수록, 임화는 일제때의 전향에서 오는 고립감을 의식, 공포감에 전율하는 것이다.

　　'전향'을 단지 권력에 의한 탄압의 공포 때문이라고만 파악해서는 안 된다. 의외로 이와 같은 내면적인 요소가 외부 조건보다 훨씬 클지도 모른다. 임화와 같은 시인이자 낭만주의적 이론가는, 누구보다도 이와 같은 고립과 절망감을 한층 더 뼈저리게 느꼈던 것이다.
　　그러나 임화가 아무리 마음 속으로 변명을 해도, 일본의 침략 전쟁을 위한 선전용 영화를 도와주었던 과거는 암울한 열등감이 되어 그의 마음 속 깊숙이 앙금으로 가라앉아 있었다. 그는 이 굴욕감을 일제의 식민지 시대라고 하는 특수한 조건 속으로 던져버리고, 한국이 해방을 쟁취한 지금은 모든 과거를 잊어버린 상태에서 새로운 출발에 마음을 분발시키고 있었던 것이다.(p.45)

　이어서, 대외적인 활동이 눈부신 것과는 대조적으로, 임화 가족의 곤궁한 살림이 좀더 구체적으로 소개된다.

　　아내 지하련이 책상에 마주앉아 뭔가를 쓰고 있었다.
　　"아니, 오랫만에 소설을 쓰고 있소?"
　　임화는 놀리듯 말했다. 지하련은 그와 결혼하기 전에는 문학 소녀였다.
　　"배가 고파 견딜 수가 없어요." 지하련은 밝은 얼굴로 말했다.
　　"배고픔을 잊으려고 소설을 쓰고 있어요."
　　"설사가 날 정도로 포식한 인물을 그리는 거로군."
　　"그 반대예요. 그런 걸 쓰면 오히려 시장기가 돌아요. 그래서 인물을 별로 등장시키지 않고 산이라든가, 냇가라든가 셈이라든가, 그런 곳을 제가 혼자 돌아다니는 얘기를 쓰고 있어요."

"자연주의 소설이로군."

"여보, 당신이 이렇게 늦게까지 활동하니 걱정이 돼요. 몸은 좀 어때요?"

"오늘은 괜찮아. 바쁜 게 좋은가봐…… 어서 잠이나 잡시다."

하고 임화는 말했다. "배가 고플 때는 자는 게 그만이야. 될 수 있는 대로 빨리 위도 잠들게 하는 거야. 오늘은 공교롭게도 몸에 열이 없어서 당신 몸을 따뜻하게 해줄 수가 없겠는 걸." (pp.49~50)

이 대목은 꽤나 많은 것을 전달해 주고 있다. 명성있는 시인이나, 일찍이 부유했던 가정 출신인 주부가 궁상이 질질 흐르는 살림에 허덕이고 있는가 하면, 그래도 작가라는 이가 배고픔을 못 이겨 그걸 잊기 위해 엉뚱한 소설을 쓰고 있고, 열이 높았다 낮았다하는 주인공의 건강 문제가 애정과 관련되어 표현되어 있기 때문이다.

이런 어려운 때 안영달이 찾아와, 만남의 주선을 성사시키지 못한 걸 사과하고 돌아간 이튿날 아침, 한 사람이 집으로 찾아와 "오후 1시까지 CIC 사무실로 나와달라." 는 전갈을 함으로써, 임화는 새로운 인물과 만나게 된다. DDT 가루가 뿌려진 몸을 털고 안내를 받은 그는 미군 정보장교에게 조선의 독립을 추진하기 위한 도움을 받는 한, 우리 국민은 미국의 과도적인 조선 정책에 대해 환영할 뜻을 전하자, 상대로부터 "미국은 한국에 대해서 아무런 야심도 없다." 는 대답을 듣고 공적인 의심은 풀렸으나, 군정청이 총독부의 일본인 관리들을 계속 고용하다는 말을 듣고는 당황하지 않을 수 없었다. 자신의 전향 비밀을 쥐고 있는 일본인이 남아 있는 한, 그는 자유로울 수 없기 때문이다.

"그들 중에 몇몇은 유능한 관리이기도 하오."

임화는 그 말을 통역의 입을 통해 들었을 적에 약간 불안한 기분이 들었다. 그것은 한국인 전체의 불안이 아니었다. 임화 자신의 마음 속에서

일어난 한 점의 검은 구름과 같은 것이었다.(p.57)

한 점의 검은 구름' 은 시작(詩作)에서 흔히 말하는 객관적 상관물에 해당하는 것으로, 바로 심리적 불안의 표현이다. 정보장교로부터 조선문학건설본부와 조선프롤레타리아문학동맹의 조속한 합동계획 소식에 대한 진위와 임화 자신의 경력에 대해 질문을 받자, 임화는 자신도 수 개월간의 옥고를 치렀으나 끝까지 양심을 지켜내지 못했음을 드러내고 돌아서자, 근심에 싸이는 것이다.

임화는 길을 걸었다. 누군가가 그의 옆을 비켜 앞질러갔다. 그는 엉겹결에 뒤돌아 보았다. 누구도 그의 뒤를 밟은 사람은 없었다. 그를 알고 있는 아무와도 마주치지 않았다.(p.62)

이 대목은 정보장교와의 접촉에 의한 무의식적 공포감의 반영이다. 이런 심리적인 자취를 충실히 다룬 점에서, 이 작품에서는 소위 '3리(三理)' 의 하나인 '심리(心理)' 묘사도 뛰어남을 말해 준다. 그러나 여기서 간과해선 안 될 일은, 마쯔모토가 일반 '심리파' 의 심리 묘사와는 차원이 다르다는 점이다. 원작의 해설자 히라노 겐(平野謙)의 발언에 귀를 기울여 보자.

종래의 '심리' 파의 시야는 좁은 테두리의 환경(상황)에 한정되기 일쑤였다. 이에 비해 마쯔모토 세이쬬는, 직접적인 '상황' 을 다시 배후에서 싸고 있는 더욱 큰 환경(사회구조)까지도 시야에 포착하여, 그것이 '상황' 을 통해 개인에게 과하는 압박을 강조했다. 그 의미에서 그는 '사회파' 로 불린다.[5]

그러므로, 한때 사이가 부장이 시민에게 맞아죽었다는 소문을 듣고

---

5) 全集 第17卷, p.505, 引用者 國譯, 이하 본작품 인용 같음.

자신의 과거 음폐 가능성을 기뻐한 것도 잠시, 11월 초순 어떤 교회로
나와달라는 독촉을 받고 언더우드 목사를 만나 조선문학가동맹이 소
련의 영향을 받게 되느냐는 질문을 받고 나오다가, 과거 사이가 부장
바로 밑에 있던 '전향의 목격자' - 야마다(山田) 경부를 만나자, 그만
아연실색해 버린다. 목사와 정보장교가 "저주스런 과거의 증인"을 슬
쩍 자신 앞에다 끌어낸 속셈을 알아챘기 때문이다. 그는 고민에 빠질
수밖에 없다.

> 임화는 걸었다. 그는 모멸감으로 인해 온 몸의 힘이 쑥 빠졌다. 좌절
> 감 · 자기방기 · 패배감 등이 그의 가슴 속을 진흙탕처럼 꽉 메웠다.
> 이것이 단지 어젯밤 꿈의 계속이었으면 하고 문득 생각했다.
> 그만큼 야마다 경부의 출현은 그의 눈에는 짧은 것이었다. 시간으로 말
> 하면 2분간도 채 못되는 순간적인 일이었다. 언더우드 목사도 정보장교
> 도 야마다가 거기에 온 것을 의식하지 못한 듯한 태도였다. 야마다를 본
> 것은 임화뿐인 것 같기도 했다.
> 어쩌면 그것은 자기만의 환시(幻視)가 아니었는지 어둑한 회당을 가로
> 질러간 망령이 아니었던가.
> 그러나 그의 귀가 현실임을 입증했다.
> 여, 이건 임화군 아닌가? 참 오래간만이로군!' (p.77)

주인공에게는, 지난날 "태어나서 한 번밖에 살지 못해. 인간은 죽으
면 그만이야" 라고 한 특고의 회유와, 다른 유치인에 대한 고문 광경이
떠올랐다.

> 매일 밤 유도장에서부터 들려오는 동물적인 신음과 격렬한 목도 소리.
> 유리창은 지하실이고 그 위 유도장으로부터 두꺼운 벽을 통해 뒤쪽에서
> 의 소리가 새어 들어온다. 인간의 신음소리와 고함과 목도의 빠개지는 소
> 리를 들으면, 임화는 으레 빈혈이 나는 것 같았다.

간수에게 양 어깨를 부추켜 유리창 앞을 지나가는 넝마 조각 같은 사람을 보면, 임화는 얼굴을 가리고 싶었다. 밤새도록 고통의 신음소리가 귓전에서 떠나지 않았다. 주변이 조용해지고 간수의 구두발 소리가 사라지면, 그 다음 의사가 달려온다. 이윽고 유치인들의 눈을 피해 시체가 밖으로 운반된다.(p.79)

이 대목은, 전향을 강요당해 고민하는 임화의 심리를 밀도 있게 그렸을 뿐만 아니라, 일본인 작가의 붓으로 일제하의 일본 경찰의 잔혹한 고문행위의 실상을 폭로 증언한 점에서, 역사적 가치가 크다. 임화가 훗날 '전향'과 관련된 양심의 문제에 대해 아래와 같이 실토하고 있는 것을 보더라도 고문의 공포를 이용한 전향의 협박은 무척 강도 높은 것이었음을 알게 된다.

이때, 만일 '내'가 일개의 초부로 평생을 두메에 묻혀 끝막자는 것이 한 줄기 양심이 있었다면 이 순간에 '내' 마음 속에 강영히 숨어 잇는 생명욕이 승리한 일본과 타협하고 싶지는 않았던가! 이것은 내' 스스로도 느끼기 두려웠던 것이기 때문에 물론 입밖에 내어 말로나 글로 행동으로 표시되었을 리 만무한 것이고 남의 알 리도 없을 것이다. '나'만은 이것을 덮어 두고 넘어갈 수 없는 자기비판의 양심이 아닌가 생각합니다.[6]

그러한 잔인성의 소유자에게, 교활한 면도 있었음을 이 작품은 보여주고 있으니, "늘 조선민족을 열등한 민족이라 경멸하고 노예로 보고 있는 일본인"이면서도, "남의 비위를 잘 맞추"는 사이가의 청에 임화가 응하는 형식을 빌려, 작품공간에 주인공의 시 「현해탄(玄海灘)」이 인용되는 것이다.

---

6) 《林和硏究》, p.354.

이 바다 물결은
예부터 높다.

그렇지만 우리 현해탄은
두려움보다 용기가 앞섰다
산불이
어린 사슴들을
거친 들로 내몰은 게다

대마도를 지나면
한 가닥 수평선밖엔 태끌 한 점 안' 보인다
이곳이 태평양바다 거센 물결과
남진해 온 대륙의 북풍이 마주친다.

몽푸랑보다 더 높은 파도,
비와 바람과 안개와 구름과 번개와,
아세아의 하늘엔 별빛마저 흐리고,
가끔 반도엔 붉은 신호등이 내어 걸린다.(p.83)

　원작가의 의도는, 조선의 불온분자들의 조직 동향 보고차 이곳을 자주 남나든 일본인 형사부장의 칭찬 뒤에, 일본의 식민지통치의 단면을 드러내보이는 동시에, 주인공을 중심으로 한 조선 문인들의 초기의 문학적 항전의 의의도 시사해주고 있는 듯하다. 하지만, 이 작품은 북한의 문헌에서는 시인 자신과 함께 비판을 받도 있다.[7]

　주인공의 시작품이 인용된 계제에, 작가에 의해 '제사(題辭)' 처럼 작품 앞에 인용된 「암흑(暗黑)의 정신(精神)」에 언급한다.

---

7) 사회과학원 문학연구소, 《조선문학통사》 현대편, 1959, 인동판, p.248 참조.

지금 이
여윈 창백한 새는
날개를 퍼덕이며
숨소리조차 죽은
미지근한 가슴 위에
두 손을 얹고
어둠의 공포
절망의 탄식에 떨고 있다
　　　— 아무 곳으로도 길이 열리지 않는 암흑한 계곡에서

　1934년[26세]에 발표된 이 작품은, 시상을 파악하기가 힘드나, "미지근한 가슴"이나, "어둠의 공포", "절망의 탄식" 등으로 보아, 무기력하고 불안한 심정을 노래한 것으로 보여, 소설의 작가로 하여금 주인공의 성격이 반영되어, 작품의 주제와 밀접한 관련이 있다고 여겨져, 작품공간 바로 앞에 인용된 것 같다. 어쩌면 시인 자신의 경력이 화려한 것과 반비례하여, 불안이 커 몹시 고민하는 내면풍경을 노래한 것인지도 모른다.

　그리하여 작가는, 경력은 화려하나 지조는 지키내지 못한 일제하의 변절자의 해방공간에서의 추이(推移)를 줄곧 추적해 나간다. 주인공은 그것이 폭로될 위협을 느끼자, 미국정보기관에 협력하여 그 증거를 인멸(湮滅)시킬 심경이 되어갈 때, 안영달의 주선으로 미군정청 홍보처 여론국장인 설정식(薛貞植)을 만나는 것이다. 그리하여, 이 작품의 가장 두드러진 사건 중의 하나인 신탁통치 문제와 맞물리면서, '스파이'가 될 함정에 깊숙이 빠져드는 날키로운 국면을 맞고, 위기로 치닫게 된다.

3) 위기

설정식은 찾아온 임화를 제 집으로 데리고 가는 車 안에서, 정세에
대해 이렇게 말해 준다.

"4개국 신탁통치라고는 하지만 실제로는 미국과 소련의 공동관리이기
때문에, 이 두 나라가 인정하는 한국임시정부는 사실상 장래의 정부로 발
전하게 되는 겁니다. 이들 세력을 따라갈 수가 없을 겁니다. 따라서 곧 전
한국은 공산 사상의 독무대가 될 것입니다. 그러한 사태는 미국으로선 곤
란한 일이지요. 모스크바에서 삼국 외상회의를 가졌을 뿐, 그것은 일단
국제적인 신의 때문에 개최되었을 뿐, 미국의 진짜 속셈은 소련과 공동으
로 한국을 관리하고 싶지 않다는 겁니다." (p.110)

얼마 후, 이보다 좀더 구체적인 내용을, 임화는 《해방일보》 간부인
이승엽과 조일명의 대화를 통해 확인하게 된다.

"우리는 속임수에 넘어갔소." 이승엽이 말했다. "완전히 미국측의 선
전에 속은 거요. 미국측이 모스크바 삼상회의 결정에 관해 발표한 것은 사
실이 아니었소. 그들은 우리에게 일부러 잘못 발표를 해 준거요."
"그럼 그건 헛소문인가요?"
"아니, 결정 그 자체는 물론 진짜지만 신탁통치라는 게 속임수였소."
이승엽은 해설 비슷한 어조로 말했다. "사실은 '신탁통치' 가 아니오.
그러나 우리는 미군정청의 발표와 미국에서 흘러온 신문보도만을 들어서
잘못 알고 있었던 겁니다. 모스크바 결정은 '신탁통치' 가 아니라 '후견
(後見)' 이라고 해석해야 맞소."
"후견?"
"그렇소." (pp.128~129)

이런 해석은 자연 좌익으로 하여금 반탁에서 찬탁으로 표변(豹變)케

함으로써, 좌우익이 각각 시위를 벌여 대립을 격화시킴으로써, 통일의
기회를 놓치게 한다.

　해가 바뀐 [1946년] 2월 8일, 임화는 제1회 전국문학자대회에서 〈조
선문학 건설의 기본과제에 관한 일 보고서〉를 낭독하여 갈채를 받는
다. "계급문학과 민족문학의 대립 시기"에 관한 대목을 인용한다.

　　"그러나 이 시대가 단순히 양파의 분열시대로 조선 민족문학의 발전은
정체되었느냐 하면 그렇지 아니했습니다. 양파의 분열과 대립에도 불구
하고 조선문학의 발전은 의연히 쉬지 않았고, 오히려 조선의 민족문학 수
립에 필요한 여러가지 문제가 이 대립ㆍ투쟁을 통하여 밝혀졌습니다."
　　임화는 침을 삼켰다

　　"우선 첫째로 프로문학은 종래의 신문학 위에 몇가지 중요한 예술의 기
여를 했습니다. 내용에 있어서 미약한 진보성과 계몽성을 혁명성과 대중
성의 방향으로 발전시켰으며, 형식에 있어서 리얼리즘을 확립한 것은 큰
공적에 속하는 일이었습니다. 더욱이 중요한 사실은 프로문학은 협소한
소수자로부터 문학을 민중에게 해방시켰전 일이었습니다."
　　박수가 처음으로 터져 나왔다. (p.146)

　임화가 재능ㆍ기술과 성실ㆍ양심으로 민주주의적인 민족문학의 건
설에 노력하여 희생적으로 싸운 것을 강조하고 보고를 마쳐 큰 박수를
받으며 대기실로 나와 뜨거운 물로 목을 추기고 있을 때, 등 뒤에서 지
하련이 보고 있는 광경을 삽입함으로써, 부부간의 금실 좋음과 노선의
일치도 아울러 암시해 준다.

　임화의 보고와 관련하여, 여기서 다시 김윤식의 말을 들어 보기로 하
자.

　그것은 처음엔 박헌영의 8월 테제에 입각한 것이었으며 박헌영의 월북

이후엔 조금 발전하여 인민민주주의 노선으로 확정된 것으로 그 문학적 논거는 임화의 유명한 인민성(人民性) 개념정립에 있었고, 이 이론의 문학적인 최고의 수준은 두루 아는 바와 같이 유명한 청량산인의 〈민족문학론〉(《문학》, 7호, 1948.4)이다.[8]

일단 보고회는 성공이었으나, 대내적으로 좌우간의 대립이 더욱 격화되고, 대외적으로는 미소 공동위원회가 결렬되어 정세가 긴박하게 돌아가는 새봄의 어느 날, 임화는 미군정청 고문 로빈슨과 만나게 된다. "폐렴을 앓았던 처칠도 나았다는 신약"을 얻으러 안영달을 따라서 설정식의 집에 갔다가, 미군 정보고문을 소개받는 것이다.

> "로빈슨 박사입니다."
> 설정식은 두 사람 사이에 서서 말했다. 느닷없는 소개였다. 그 다음 그가 35,6세 가량의 미국인에게 영어로 임화를 소개하자. 박사는 넓적한 손을 임화에게 내밀었다. 임화의 두 손이 포장된 듯한 느낌이었다. 그 파란 눈동자를 보고서는 그의 뜻도 이쪽에서 한 말의 반응도 짐작할 수가 없었다.
> 로빈슨 박사와 설정식은 미제 의자에 나란히 앉았고, 임화는 미국인과 마주볼 수 있도록 단독 의자에 앉았다.(pp.152~153)

약의 효능을 듣고, 주사액 앰풀 스무 개가 들어있는 상자 두 개와 깡통 두 개를 설정식을 통해 얻고, 머지 않아 군정청이 공산당계 신문에 대해 어떤 조처를 취할 것이라는 정보까지 덤으로 얻어 가지고 나온다.

이를 계기로 임화는 건강은 회복하는 대신, 소속 단체와 당의 간부 명단을 한 교회에서 언더우드 목사를 거쳐 정보중위에게 넘겨주고, 일제 때 자신이 써냈던 위장 전향서를 돌려받는다.

---

8) 《林和研究》, p.402.

이는 곧 '스파이' 행각이다. 이와 관련하여 원작의 해설자 기구치 쇼텐(菊池昌典)은 이렇게 풀이하고 있다.

『北의 詩人』의 주인공 임화 역시, 북과 남의 파워 폴리틱스 속에서, 무참히도 그의 양심마저 산산이 찢겨 감을 실감치 않을 수 없다. 도대체 스파이란 무엇인가? 임화가 구한 '해방' 과 '독립' 의 길이어느새 옆으로부터 거대한 힘이 가해져, 벡터가 돌려진 결과가 안니겠는가. 의심암귀(疑心暗鬼)의 세계에 있어서는, 침묵과 무행위(無行爲)만이 안정을 보장하는 것이고, 그에 견딜 수 없는 이들은, 늘 정치 무대의 암전(暗轉)에 의해, 애국자와 스파이의 위험한 경계영역에 몸을 누이지 않을 수 없다. 임화와 같은 예는 결코 역사상. 드문 것은 아니다.[9]

그렇더라도 최소한 증거라도 지워졌으면 좋으련만, 그게 부질없는 일인 데 문제의 심각성이 있다.

사진을 찍어 두는 방법이 있다. 실물은 없어져도 사진은 남는다. 틀림없이 미국인은 사진을 찍어두었을 게다.
그러나 저쪽도 어리석었다.
임화는 미국인에게 넘겨준 서류의 내용이 대단한 것은 못된다고 생각했다.(중략)
문제는 서류의 내용에 있는 것이 아니다. 가치가 있는 것은 그것을 상대에게 넘겨 준 그의 행위 자체였다. 상대는 서류의 내용보다 그의 행위에 비중을 두었던 것이다. 가치는 넘겨준 서류보다 임화, 그 자신이었다.
비록 그 서류가 보잘 것 없는 팜플렛이었다 하더라도 그것을 가져온 인간이 중요한 것이다. 가치는 거기서 발생한다. 맨 처음 넘겨 준 끈은 약해도 그 끈의 끝에 보다 강한 다른 끈을 잇는 것은 가능하다. 마치 가느다란 실이 이음매나 철사가 되고 전선이 되어가듯이, 적은 횟수를 거듭할수록 보다 더 비중있는 것을 요구하고 그 요구도 끈질기게 될 것이다. 요구는

---

9)《全集》第19卷, p.493.

무한히 확대되어 간다.(pp.165~6)

여기서 말하는 '가치' 는 '논리·심리' 와 더불어 강조되는 '3리' 의 마지막 남은 '윤리(倫理)' 인 것이다. 그리고 '실→철사→철선' 으로 발전해가는 이치는, '바늘 도둑 쇠도둑 된다' 는 우리 속담이 극명하게 말해 주듯 빈틈없는 '논리' 이고, '횟수' 를 거듭할수록 더욱 비중 있는 것을 요구하는 일은 어쩔 수 없는 인간 '심리' 인즉, 필경 임화의 타락은 '3리' 의 삼위일체이자, '시작이 반' 인 셈이다.

그 결과, "정판사 위폐사건"[10]과 그 재판 과정을 둘러싸고 주인공에겐 의식의 분열 현상이 나타난다.

임화는 현재 자기가 두 개의 의식을 갖고 있는 것을 느꼈다. 하나는 이 혁명 전야와 같은 분위기 속에 자기의 몸을 얹어 놓고 있는 감동이었다. 일제시대에는 꿈에도 생각지 못했던 현실이다. 혁명이 일어날는지도 모른다. 오랫동안 기다리고 있었던 것이다.

그러나 그렇게 되면 나는 도대체 어떻게 될까? 변절자인 나의 발은 어디에 놓이게 되는가?— 이것이 또 하나의 의식이었다.(중략)

임화는 전투적인 시를 쓸 수가 없었다. 다른 시인들처럼 호방하게 투쟁을 노래하며 혁명의 정열을 북돋을 시를 좀처럼 쓸 수가 없었다. 아니 쓰려고 마음 먹으면, 그보다 먼저 동포들의 가난한 목가적인 모습이 눈 앞에 떠오르는 것이었다. 산과 숲, 들과 시내와 바다 등, 그 온갖 자연 속에 버섯 같은 거무스름한 초가집과 갈라진 흙벽이 연상되는 것이었다. 어둠 컴컴한 작은 창가에는 창백한 얼굴의 여인이 있다. 그의 시는 암울한 색체 속에 감상적으로밖에 나오지 않았다.(pp.182~3)

---

10) 이에 대해서는 번역본 『北의 詩人 林和』의 p.289의 '註' 제일 앞에 아래와 같이 따로 적혀 있음
  "또 한 가지 밝혀둘 것은 당시 정판사 위조지폐 사건을 담당했던 조재천 검사와 장택상 수도경찰청장이 이 소설의 내용중 정판사 위조지폐 서건이 실제의 사실과는 달리 기술된 부분이 있다는 반박문을 국내 잡지에 게재했다고 한다. 그 반박문이 게재된 잡지를 찾으려고 노력했으나 찾지 못하여 구체적인 내용에 대해서는 생략하였다."

정판사 사건이 계기가 되어 9월 4일, 조선공산당과 인민당 · 신민당이 합동하여 '남조선노동당'이 결성되어, 박헌영이 서기장이 된 후, 10월에 대구에서 폭동이 일어나, 간부들에게 체포령이 내렸으나, 언더우드 · 설정식과 연락을 취하여 이를 모면한 임화는, 불안한 가운데 현상이 유지되기를 바란다.

　　임화는 지금의 입장에 그냥 매달리고 싶었다. 적어도 그러한 입장 속에 자신의 평화가 있었으며 자유가 있었다. 이런 기분은 보통 건강한 사람은 알 수가 없다. 병을 앓고 있는 사람이 아니고서는 이해하지 못하리라.
　　— 아 슬프고도 아름다운 시를 쓰고 싶구나. 암울한 약자의 시를 쓰고 싶다. 운명적인 인생과 자연을 바라보며 명상에 잠기고 싶다. 노호하는 듯한 시는 나의 장기가 아니었다. 마음 속 깊이 스며드는 듯한 낮은 음색(音色)을 나는 좋아한다……
　　임화는 스스로 뻔뻔스럽다고 생각하면서도, 일제 통치시대가 오히려 나았다고 생각했다. 적어도 위장으로나마 전향을 하고 있으면 무사했다. 강권 앞에 온순한 모습으로 있으면 그만이었다. 한국사람 전체가 그때 그런 자세로 있지 않았던가?(p. 203)

　　임화는, 대구 폭동의 여파가 전국으로 번져갈 때, 그 소식을 전해들은 한 청년으로부터, "인민을 격려하는 시만이라도 꼭 써주십시오"라는 간청을 받자 "쓰고말고"라고 대답하고 자료를 긁어모으던 중, 언더우드의 호출을 받고 교회로 나가, 폭동의 배후 수사에 필요하다며 조직명부의 인도를 요청받고, 미국 정보부의 사명을 띤 안영달이 모처로 떠났다는 정보를 입수한 뒤, 자신도 그와 같은 '이중 직업'에 종사하게 된다.
　　때마침 체포령으로 쫓기는 자들로부터 대책을 수립하기 위해 비밀회의를 개최한다며 참석 권유를 받은 그는, 깡통을 열어 가루약을 입에

넣으며 이렇게 생각한다.

　　위험하긴 하지만 결정적인 것은 아니다. 마지막 순간에 문제없이 탈출
할 수 있을 것 같았다. 자기는 실천운동가가 아니라 문학인이기 때문이었
다. 예술이라는 아슬아슬한 안전판을 언제나 확보해 두고 싶었다.
　　아직은 괜찮다. 아직은 안전하다. 결정적인 고비에서 발을 헛딛고 있지
는 않다.
　　확실히 위험스런 시점에 와 있긴 하지만, 절대로 피할 수 없는 상태는
아니다.
　　이 지점까지 와서 사람들이 환히 볼 수 있는 노골적인 전향을 할 수는
없다. 외부에서 보더라도 그것은 틀림없이 가소로운 일이다. 임화는 공산
주의 예술운동의 지도자로서 경력을 쌓아 왔다. 그 진영에서 높은 평가를
받고 있다. 말단의 젊은이라면 몰라도, 체면이 있지. 명예를 지키고 싶다.
　　그리고 그는 물에 빠진 것은 아니었다. 격류의 중심부는 아직도 그가 서
있는 곳에서 멀리 떨어진 저 편에 있다.(p.235)

　　그래서 임화는 밀회장소인 이승엽의 은신처로 갔다가 돌아오는 길
에 미행을 당했고, 집에서 피를 토해 앓던 중 3.1절[1947년]을 맞아, 좌
우 양파간에 충돌이 일어났다는 소식에 놀라거니와, 미행자였던 형사
에 의해 서대문서로 연행되고, 가택수색을 당해 써놓은 시를 압수당한
다. 체포된 자들 중에서 그를 따로 갈라놓는 자가 밀회 장소에 있던 ‘북
에서 온 사나이’ 임음을 확인하자, 임화는 자신을 북으로 보내려는 ‘보
이지 않는 그물’ 이 둘러싸 차츰차츰 조여옴을 느껴 견딜 수 없어진다.
　5월 20일 미·소 공동위원회가 열렸으나 성과가 없었고, 좌우의 대
립은 더욱 격화되어, 서북청년단 데모대가 소련 영사관 앞에서 경찰대
와 충돌을 빚었고, 얼마 뒤 임화는 언더우드로부터 “당신도 남쪽에 있
지 못하게 되었습니다.” 는 통고와 함께 “그쪽으로 가면 이승엽 씨가 당
신을 돌봐줄 거” 란 위로의 말을 듣는다. 건강이 나쁘다는 애원에 대해

“감옥에 가는 길밖에 없군요.” 라는 냉담한 대꾸를 들을 뿐이었다.

여기까지 오면, 작가가 사회소설을 쓰는 데 추리소설적인 방법을 사용한 의도를 헤아리게 된다. 그 자신의 말은 이러하다.

조금씩 알아 간다. 조금씩 진실 속으로 들어간다. 이것을 그대로 사회적인 것을 주제로 삼는 소설에 적용한다면, 보통의 평면적인 묘사보다 독자에게 진실이 다가서게 되는 것이 아닐까?[11]

4) 절정

드디어 11월의 어느 날, 임화는 개성(開城)을 지나, 안내자를 따라 두 시간 가량 걷는다. 예성강(禮成江) 상류가 38도선의 경계 안에 들어 있는 것이다. “아내 지하련에게 날짜를 정해 놓고 나중에 오도록 일러주었으나, 그것을 기대할 수 없었” 거니와, 아직도 마음속으로는 탈출을 생각하고 있었던 것이다. 여정은 1킬로 정도밖에 안 남아, 한 시간 가량만 조심하면 되는 것이다.

― 도대체 나는 어떻게 되는 것일까?
임화는 스스로에게 투덜거렸다.
해방 후 외국군대의 편리를 위해 임시로 그어졌던 38선이 이처럼 한민족 전체를 두 조각으로 찢어놓고, 저마다의 인간의 운명을 결정적으로 매듭지어 놓으리라고는 상상조차 못했다. 그가 해 온 작업이 그 자신을 이런 갈라진 곳으로 끌고 들어가리라고는 전혀 생각조차 하지 못했다. 이것은 전쟁이나 다름없다.
임화는 지금 이 곳을 자유스런 입장에서 걸어보고 싶었다. 대낮이라면, 이 주변의 경치가 얼마나 아름다울까? 그는 전원을 좋아했다. 가난한 농

---

11) 《全集》 第34卷, p.390

가가 여기저기 점점이 흩어져 있는 풍경을 인간적인 시로 노래하고 싶
다. 그야말로 학대를 받으며 살아온 민족의 시를 황혼의 빛깔 속
에서 노래하고 싶은 것이다.
　혁명이라든가, 저항이라든가 하는 문구를 일체 쓰지 않고 마음 속에서
우러나오는 시를 쓰고 싶다. (p.262)

　이 대목에는, 그저 주인공 개인의 행동이나 심리만이 아니라, 한겨레
전체가 겪고 있는 불합리하고 부자연스러운 상황이 간결하면서도 실
감나게 서술되어 있다. 우선, 어쩔 수 없는 처지에 빠져든 주인공의 복
잡한 심리가 그려진다. 그럴수록 자유가 제한당한 현실에서 그걸 누려
보고 싶은 소망이 간절해지고 있음을 확인시켜 준다.
　다음으로는, 그런 개인들의 집합체인 민족이 겪는 부당하고 부자연
스러운 제약마저 드러내 보이고 있으니, 외국 작가의 눈에도 이렇듯이
부자연 · 불합리하게 비친 이 인위적인 국토분단의 모순이 해 방후 2년
3개월이 지난 시점[작품에 설정된 시기]까지 철폐되지 않았음은 물론,
작가가 이 작품을 쓴 60년대, 아니, 심지어는 필자가 본고를 쓰고 있는
새천년인 지금[2002년]까지도 ‘휴전선’ 이란 새옷을 갈아입고, 중무기
를 동원해 더욱 날카롭게 대치하고 있는 것이다.
　그러므로 이 소설은 스땅달이 말한 ‘길’ 을 비추는 ‘거울’ 의 연장선
상에 있으면서도, 남이 손으로 만들어진 ‘거울’ 이고, 우리는 이를 통해
‘스스로의 모습’ 을 들여다고 있는 것이다.

　이렇게 미구에 엄청난 국제적 사건을 부르고 말 운명적인 이 3.8선을,
주인공 임화는 마침내 넘어설 계제에 다다르고 만 것이다.

　갑자기 사나이는 큰 소리로 웃었다. “이젠 안심하셔도 됩니다.”
　“예?”

"38선을 넘었습니다. 이제부터는 아무리 소리를 크게 지르고 말소리를 내어도 상관없습니다. 임화 동무, 만세입니다."

임화는 목소리가 나오지 않았다. 드디어 넘었다고! 신열이 나기 직전처럼 몸이 부들부들 떨렸다.

이때 눈 속에서 검은 그림자가 셋이 다가오고 있었다. 회중전등이 임화의 눈을 부시게 했다.

"임화 동지를 모시고 왔습니다."

하고 안내자는 앞에서 상대에게 소리 질렀다.

"수고했습니다." 하고 저 쪽의 젊은 목소리가 인사를 했다.

"매우 피곤하시지요......이젠 안심하십시오. 여기는 북조선인민위원회의 땅입니다."

젊은 사나이가 자진해서 임화의 손을 잡았다.

"임화 동지, 참 잘 오셨습니다."

그들은 일제히 쾌활한 목소리로 말했다.

"저희들은 선생님이 오시기를 기다리고 있었습니다. 선생님의 시를 전부터 자주 읽고 있습니다. 아주 훌륭합니다. 저희들은 선생님 시의 애독자입니다."

임화는 입 속으로 고맙다고 말했다. (pp.262~3)

임화는 남으로 돌아가는 안내자의 손을 잡았다가 놓았으니, "상대의 손아귀에 언더우드와 이승엽, 설정식, 안영달 등의 신호가 있"음을 느꼈기 때문이다. 그 안내자는 교대한 새 안내자의 말에 의하면, "얼마나 많은 사람을 북으로 데리고 왔는지 모"를 위인이었다.

5) 결말

소설 『北의 詩人』의 구성은, 6년 가까운 주인공의 북한에서의 구체적인 삶의 모습을 보여 주지 않고 건너뛰어, 1953년 8월 3일부터 6일까지 4일간에 걸친 '조선민주주의인민공화국 최고재판소 특별군사법정'에서 열린 이승엽 그룹에 대한 재판기록(일부)의 인용으로 결말을 대신했고, 그 '판결문'에 임화의 운명이 지시돼 있었으니, 형법 4개조항에 의해 '사형' 및 '전재산 몰수'였다.

그 결과, 북에서의 주인공의 자상한 삶을 알 길이 없고, 심지어는 6.25 동란으로 남하하여 서울에 온 것이나, 낙동강 전선에 참가한 것도 알 수 없으며, 철퇴 후의 소식도 알 길이 없다.

소설의 구성은 작가의 고유 권한인 데다가, 본디 소설은 고대소설이 아닌 이상, 주인공의 생애를 출생부터 사망까지 다 다루라는 법은 없지만, 45세를 일기로 삶을 마감한 주인공의 생애 중 불과 3년 남짓한 시간만을 다룬 채, 수 년을 건너뛰어, 사형선고만으로 에릴로구식으로 다룬 것은 독자에게 큰 아쉬움을 남긴다.

그러면, 왜 작가가 이토록 중간사항들을 대담하게 생략해 버렸는가 하는 의문이 남는다. 그것은아마도 '스파이' 행위에 대한 윤리적 평가를 내리는 데 걸치적거릴 요소들을 말끔히 씻기 위한 의도였던 것 같다. 그는 제 나라 역사를 무대로 한 소설 창작에서도, 스파이 문제를 심도있게 다루었던 것으로 보아, 이런 추정이 가능해진다. 한두 예를 들면,「소설 제은사건(小說帝銀事件)」에서, 혐의자가 점령군[미군]의 보호하에 있음으로 말미암아 자유로운 수사 노력이 압살되어, 외국군에 대한 불신감을 읽을 수 있는가 하면, "「제로의 焦點」뒤에 분명한 것처럼, 범죄의 동기 부여의 배후에 일종의 전쟁 희싱자를 설정하여, 그 전쟁 희생자는 또 점령하의 아메리카 군정반대에까지 발전하는 체제 비판적 요소도 갖추고 있는 것"[12] 등이 그것이다.

---

12) 《全集》第17卷, p.646

2. 소설공간 바깥 풍경

이번에는, 『北의 詩人』의 소설공간 바깥풍경 중 중요한 사건을 몇 가지 첨가함으로써, 임화의 사람됨과 당대의 상황 파악에 도움이 되고자 한다.

우선, 북으로 간 임화와 그 동료들이 펼쳤던 문학의 양상을 짐작하게 해 주는 김윤식의 글을 인용한다.

'인민적 민주주의 민족문학 건설을 위하여' 라는 부제를 단 이 글은 김태준을 정점으로 하는 남로당 문화및 문학노선을 집약한 것으로, 북로당의 민족문학론과 당파성 중심의 북로당의 그것과의 대립 갈등이 분명해질 수 있었다. 1947년 가을에 월북하여 해주 제1인쇄소를 거점으로 하여 6.25 때까지 활동한 남로당의 문화노선은 북로당의 처지에서 보면 실로 가소로운 것이었다. 북로당은 한설야, 이기영 등 토착파와 연안 및 소련파의 합작노선이었는데, 이는 계급성으로 말해지는 유연성이 훨씬 경직된, 다르게 말하면 강요된 당파성으로 볼 수 있는 것이었다. [13]

다음에는, 6.25 당시의 임화의 동태를 살펴보자. 임화가 서울에 내려온 광경을 다룬 작품에 안도섭의 한 소설이 있다.

이날[6월 28일:인용자] 종로 네거리에는 인민군 탱크의 캐터필러소리가 요란히 굴러가고 있었다. 그 탱크 위에는 감격에 겨운 임화의 모습도 나타났다. 인민군 문화공작대의 자격이 아니라 종로 네거리의 시인으로 돌아오고 있는 것이다. 일찍이 동숭동 낙산 밑에서 자란 그가 지금 고향을 찾아 서울에 입성한 것이었다.

그는 그의 운명에 이끌렸음인지 목이 메게 노래를 터뜨리고 있었다.

---

13) 《林和研究》, p. 402

남은
원수들이 멸망하는
전선의 우뢰소리는
남으로 남으로 멀어가고

우리 공화국의 영광과
영웅적 인민군대의
위훈을 자랑하는
무수한 깃발들

수풀로 나부끼는
서울 거리는

나의 고향
잔등의 채찍을 맞으며
사랑한 우리들의 수도다.[14]

이번에는 임화가 다시 북으로 물러가기 직전의 모습을, 김윤식의 글
을 통해 알아본다.

임화와 백철의 마지막 대목은, 혜화동 개인집에서의 중대회의 석상에
서였다. 서울 상공에는 제트기가 저공으로 날으며 폭음을 내고 있는 마당
에 안회남이 등장하여 정중한 인사와 함께 정치보위부 간부의 '동무' 를
소개했고, 그 동무는 서울을 사수할 것이라는 일장연설을 했다. 백철은
박태원과 함께 회의 참석을 마치고 혜화동 길을 걸었다.
임화는 이로부터 서울을 떠나 평양을 거쳐 자강도 깊은 곳에서 어디 있
는지 모르는 딸 혜란[전처 소생:인용자]을 그리며 「너 어디 있느냐」고 외

---

14) 안도섭, 『세월이 가면』, 진한도서, 1997, pp. 194~5.

쳤다.[15]

끝으로, 임화의 반려자 지하련에 대해 알아보자. 그녀는 소설공간에서 "아내 지하련에게는 날짜를 정해놓고 나중에 오도록 일러주었으나, 그것도 기대할 수 없다"(p.259)는 지문이 나오는 것처럼, 성패 어느쪽도 단언할 수 없는 형편이었으나, "얼마나 많은 사람을 북으로 데리고 왔는지 모"를 에의 안내자가 위력이 발휘된 탓인지, 남편의 뒤를 따라 북으로 갔다가, 임화의 처형 비보를 듣게 된다. 그녀의 최후를 증언한 한 문헌이, 김윤식에 의해 수집, 전재되어 있다.

"지하련은 임화가 체포되어 총살현장의 이슬로 사라질 때 북한 땅에 있지 않았다. 당시 그녀는 피난지 만주땅에 머물러 있었다. 그녀는 임화가 미국의 고용간첩으로 체포되어 사형선고를 받았다는 충격적인 소식을 멀리 이국 하늘 아래서 들었으며 부랴부랴 평양으로 달려왔을 때는 남편의 시체도 찾을 수 없었다. 실성한 지하련은 치마끈을 풀어헤친 채 울며 불며 평양시내를 헤맸다." 이것이 임화의 죽음에 대한 유일한 통곡이었다.

"그 광경을 바라본 사람들은 몰래 눈물을 흘렸다. [……] 그러나 사람들은 누구도 그녀를 돌봐주지 않았다. 반동분자로 처형된 자의 아내를 동정한다는 것, 그것은 인간적인 동정에 앞서 사상적인 동정이 앞서는 것으로 당으로부터 비판을 받기 때문이다.

결국 지하련은 평북 회천 근처의 산간 외지로 끌려가 교화소에 격리 수용되었고 1960년 초에 병사하고 말았다."[16]

이렇게, 한반도의 남에서 태어난 임화 부부는 문학적 재능은 있었으

---

15) 《林和研究》, p.414.
16) 위의 책, p.516.

되, 북녘에서 비명(非命)에 가 버렸다.

나가는 글

기쿠치 캉(菊池寛)을 스승으로 섬겼으면서도 작품성은 정반대인 반권력 지향으로 나아가[17], "소화(昭和)[원년(元年)-1926년:인용자] 초기의 프로 문학을 이어받은 사람"[18]으로서, 외국인 진주군을 불신한 마쓰모토 세이초는, 자신이 징집당해 복무한 한국을 배경으로 삼아 임화를 다룬 사회적인 소설을 자신의 독특한 기법으로 처리하여, 두 체제 사이를 오락가락한 "스파이"에게 비극적인 최후를 마치게 하는 한편, 강대국의 일시적 방편을 위해 설치된 부자연·불합리한 인위적인 국토의 분단도 부각시켰으니, 『北의 詩人』은 일부 그릇되거나 과장된 점이 있음에도 불구하고, 사실 그대로가 아닌 허구임을 감안하면, 우리에게 스스로를 돌아볼 값진 '거울'의 구실을 해 준다고 본다.

그러나, 작품공간에서 다룬 기간이 워낙 짧아 작품공간 바깥풍경이나 주인공의 창작물인 시작품의 해석 감상에 석연치 않은 점이 있으므로, 『북의 詩人』 자신의 타계가 반세기에 육박하는 새 천년엔, 더욱 철저한 전기적연구와 알찬 원전비평의 바탕 위에 새로운 '임화상(林和像)'을 정립하는 한편, 우리 자신의 모습을 들여다볼 수 있는 새롭고도 반듯한 '소설이라는 이름의 거울'을 창작해야 한다고 믿는다.

---

17) 《全集》 第17卷, pp.486~7 參照.
18) 《全集》 第34卷, p.516.

〈사소한 그러나 잊을 수 없는 일〉의
복원을 위하여

-박완서론-

조회경*

I. 서론

박완서의 문학세계는 1970년의 데뷔작 『나목』이후 "철저하게 진창 투성이의 삶"[1]에 뿌리를 내려왔다. 이데올로기 때문에 오빠를 잃어야 했던 쓰라린 체험 때문에 작가는 사소한 듯 보이지만 단단한 일상적 삶에 안주하기를 소원했다. 그러나 막상 일상의 그늘에 숨겨진 추악한 몰골을 끌어안기에는 너무도 자의식적이었던 그는 소설 쓰기를 통해 일상을 벗어나고자 한다. "헛된 이데올로기에 대해서는 일상의 감각을, 일상의 안일함에 대해서는 '부끄러움' 을 요구하는 이율배반, 그 자체의 연결고리로부터 자유롭지 못한"[2] 것은 박완서 소설의 특징이다.

그의 소설적 행보는 이 시간에도 그의 삶의 여정을 따라 그 궤적을 드러내고 있다. 연륜이 더할수록 박완서의 인간 탐구는 새로운 국면을 발굴해 낼 것이다. 박완서는 1987년 발표한 「저문 날의 삽화1」 이후 노

---

* 성결대학교.

1) 신수정, 「자아의 서사, 소설의 기원-진경 시대 예술가의 초상」, 『박완서 단편소설 전집4』 해설(문학동네, 1999), p.388.
2) 위의 책, p. 378.

년의 삶을 다룬 작품을 지속적으로 발표했다. 이에 따라 박완서가 추구해왔던 여성성의 탐구는 노년여성의 문제로 확대 심화되는 양상을 보이고 있다. 소설집 『저문 날의 삽화』(문학과지성사, 1991) 이후 박완서는 "노부부의 삶이 처한 사회적·세대적 고립 상태, 그리고 그로부터 비롯되는 삶"[3]에 대하여 진지하게 성찰하게 된다. 1998년 간행된 소설집 『너무도 쓸쓸한 당신』에서 작가는 "사소한 일상사로부터 노년의 인물들이 느끼는 삶에 대한 다양한 감정과 의식의 단면들을 놀랍도록 생생하게 그려"내면서 특히 "애증이 복합한 여인네의 내면 심리에 대한 그녀의 묘사는 세밀하고 표현의 적확성의 묘를 얻고 있다"[4]는 평가를 받는다. 이는 박완서의 문학적 미덕[5]이 낳은 결과라 할 수 있다. 노년 여성에게 일어나는 일련의 사건들은 "노년의 문턱을 넘어선 한 인간이 대면하면서 부딪히는 위기의 산물이며 그와 같은 위기 의식 속에서 체험된 또 다른 현실"[6]임을 박완서는 생생하게 보여준다.

박완서에게 노인 문제는 우리 사회가 달려온 근대화의 산물로서 "가장 개인적인 듯 보이는 것이 실은 가장 사회 구조적인 것"[7]임을 작품을 통해 드러낸다. 이는 "남성 노인에 대한 따뜻한 이해"로 이어진다. 이런 변모는 "그가 줄기차게 비판해왔던 가부장적 남성들도 결국 가부장제의 희생자에 불과하다는 인식을 분명히 보여"주는 것으로 해석된다. 생의 황혼기에 대한 성숙한 통찰을 통해 "낡고 소멸해가는 것들에 대

---

3) 김경수, 「여성 경험의 소설화와 삽화 형식」, 〈현대소설〉9호(1991. 12), p. 333.

4) 김경수, 「삶의 무게가 실린 글의 가벼움―이청준과 박완서의 신작」, 〈현대문학〉517호(1998. 1), p. 347.

5) 김영민, 「슬픔, 종교, 성숙, 글쓰기-박완서의 경우」, 〈오늘의 문예비평〉18호(1995. 9), p. 278. "박완서의 미덕은 우선 겹으로 얽힌 인간관계 속에서 복잡하고 기묘하게 작용하는 힘의 구도와 역학, 그리고 특히 생활잡사의 微小한 구석구석을 부대끼며 살아가는 여성의 심리를 솔직하고 섬세하게 묘사한 데 있다고 할 것이다."

6) 손정수, 「체험, 미적 환영에서 새로운 역사성으로-김영현, 최인식, 박완서, 서정인의 소설」, 〈소설과 사상〉(1999. 봄), p. 300.

7) 한만수, 「썩 물렀거라 자전거」, 〈당대비평〉6호(1999.3), p. 463.

한 연민과 회한, 새롭게 발견하는 삶의 진실된 가치"[8]를 발굴했다는 평가는 노년을 다룬 박완서 소설의 결실이라 할 수 있다.

최근 김원일, 최일남 등 노년기에 들어선 작가들이 노년을 다룬 소설들을 내놓고 있다. 김윤식은 노인성 문학의 범주에 포함될 작품들이 근년에 다수 발표되고 있는 현상을 가리켜 "우리 사회도 선진국형 고령사회로 진입한 징후인지, 혹은 우리 작가들의 연륜이 노인성 체험의 경지에 이르렀음인지, 그 둘의 상승작용인지"[9]를 따지면서 우리 나라 작가의 성숙의 정도 즉 어른스러움에 더 무게 중심이 기울어진 형국이라고 진단한 바 있다. 그는 또한 주인공이 늙고 병들어 죽을 곳을 찾는다던가, 곱게 늙어서 종신하는 여인의 최후를 그렸다면 노인성 문학의 범주에 드는 것으로 본다. 그러니까 등장인물의 생물학적 나이가 전제조건이 되고, 노화에 따른 삶의 문제를 다룬 작품이면 일단 노인성 문학의 요건을 갖춘 것으로 본다는 것이다.

그러나 박완서 자신은 노인문학에 대해 특별한 의미를 부여하지 않는다.

> 노인 얘기를 썼기 때문에 노인문학이라고 한다면, 나는 노인 얘기도 쓸 수 있고, 아 무리 겪은 것밖에 못 쓴다고 하더라도 20세도 겪었고 30세도 겪었기 때문에 무엇에 대해서도 쓸 수 있는 거죠. 그런데 무엇이 아니라, 어떻게 썼느냐로는 나는 노인문학이라고 생각하지 않아요. 이를테면 진부한 것, 낡은 것, 고정관념, 편견 등을 항상 거부해왔다고 생각하기 때문에 노인들 얘기를 쓴다고 해서 진부한 문장을 써야 한다고는 생각하지 않아요. 그리고 저는 육체와 함께 감각이 늙지는 않았다고 생각합니다.[10]

---

8) 백지연, 「황혼의 삶을 향한 따뜻한 시선」, 〈동서문학〉 29권1호(1999. 봄), p. 304.

9) 김윤식, 「2001년도 중·단편 읽기」, 『제1회 황순원 문학상 수상작품집』(중앙M&B, 2001), p. 353.

10) 이문재, "문학을 찾아서", 『문학동네』 1999년 여름호, p. 32.

육체가 늙어가는 것은 인정하지만 진부하고 낡은 것, 편견이나 고정 관념을 거부하는 문학정신이 살아있는 한 감각이 늙지는 않는다는 것이다. 박완서는 다만 자신이 겪은 것을 그때그때 쓸 뿐이다. 문제는 항상 새로운 감각으로 쓴다는 것이다. 자신이 '살아온 삶의 모습을 굉장히 사실적으로 묘사'하는 것이 장기인 작가가 늙어가면서 대면하는 삶의 다양한 국면을 문학적으로 재현하면서, 노년의 의미화를 꾀하는 것은 우리 모두를 위해 다행한 일이다.

박완서에게 70대는 "때로는 망령하고도 노닐 수 있을 것처럼 육신은 아무 것도 아니게 가벼워지면서 자유의 경지 같은 게 예감처럼 다가오는 나이"[11]이다. 육신이 노쇠할수록 오히려 육신으로부터 자유로워지는 경지를 예감하는 박완서에게, 늙어간다는 것은 인간이 맛볼 수 있는 또 하나의 축복이다.

본고에서는 박완서의 소설 가운데 노년 여성의 삶에 초점을 맞춘 몇 작품을 중심으로 늙어감의 문제가 어떠한 양상으로 문학적으로 재현되는지 검토하고자 한다.

Ⅱ. 본론

1. 기억의 그늘 복원하기

「저문 날의 삽화1」은 「저문 날의 삽화12345」 연작 가운데 첫 작품이다. 박완서 특유의 방식인 "별 기대하지 않고 읽"지만 "다 읽은 뒤엔 기대하지 않은 모종의 감동이랄까, 의의를 얻게"[12] 하는 전형적인 작품이다. 김경수는 〈삽화〉 양식에 주목하여 작가 박완서가 여성들 개인의 사

---

11) 임규찬, 「황순원 문학상 후보작-박완서 '그리움을 위하여' 」(중앙일보, 2001. 8. 8. 수요일 14면).
12) 김윤식, 앞의 글, p. 357.

적 진실과 공적 진실을 연관지으려는 내밀한 의도에서 자전적 성향을
두드러지게 드러내는 〈삽화〉 양식을 채택한 것으로 보고 "이것은 어쩌
면 우리 시대의 여성성에 대한 소설화의 한 특이한 양상을 드러내는 소
설의 한 양상"[13]으로서 실제에 가까운 삶의 경험과 허구의 소설적 텍스
트를 상호 연관 지으려는 여성작가의 무의식적 기술방식이라고 규정
한 바 있다.

작품들은 사소하고 사사로운 이야기를 생각나는 대로 늘어놓는 노
인의 화법을 연상시키는 특이한 이야기 방식으로 전개된다. '삽화' 라
는 제목에서 이야기가 작고 사소한 내용일 것이라는 짐작이 가능하다.
노인들은 기억에 의지하여 이야기를 한다. 그것은 작고 사소하나 결코
잊히지 않는 것들이다. 걸러졌다는 뜻이다. "서사활동은 주체가 사건
화 되어 있는 대상을 의미화하여 소통하는 일련의 과정"[14]으로서 아무
렇게나 늘어놓은 이야기처럼 보일지라도 거기에는 의미화를 통해 가
치적 권위를 확립하려는 작가의 '가치적 욕구' 가 스며있는 것이다. 그
러므로 "박완서의 말 같은 글은 〈그냥〉 〈막〉 임의적으로 나온 것이 아
니라 지극히 선택적으로, 절제있게, 성심 들여 추구하는 말의 예술에서
나온 것"[15]이다. 그러므로 박완서의 이야기는 수다스러우나 가볍게 지
나칠 수 없는 공적 담론이 될 수 있는 것이다.

「저문 날의 삽화1」[16]은 서두부터 불안하고 긴장된 '나' 의 모습을 보
여준다. "헐레벌떡 달려왔기 때문에 정신이 얼떨떨했다(9)"라는 도입
부의 서술은 이 소설의 전반적인 분위기를 끌어나간다. '헐레벌떡' 과

---

13) 김경수, 「여성 경험의 소설화와 삽화형식」, 『현대소설』9호(1991. 12), p. 331.

14) 우한용, 「소설의 서사기능 상실과 회복의 논리」, 『현대소설연구』제8호(한국현대소설학회,
   1998. 6), P. 466.

15) 최경희, 「박완서 문학과 젠더」, 『박완서 문학 길찾기』(세계사, 2000), p. 171.

16) 박완서, 「저문 날의 삽화1」, 『가는 비, 이슬비』(박완서 단편소설 전집5, 문학동네, 1999)
   「저문 날의 삽화1」은 1987년 발표되었고 「저문 날의 삽화12345」 연작 가운데 한 편이다.
   이하 이 작품의 인용은 페이지수만 표기함.

'얼떨떨' 이라는 서술은 중늙은이의 대열을 향해 달려온 '나'의 내면적 정황을 아주 적절하게 드러낸다.

'나'는 가족의 안위를 삶의 전부로 알고 그것을 위해 전심전력하며 살아온 평범한 여인이다. 지배체제의 질서를 벗어나기를 본능적으로 거부하고 틀 안에서 자신의 가족만을 생각하며 사는 것이 '나'의 생활 방식이었다. 천주교 신자가 되지 얼마 안 된 '나'에게 고백성사를 드릴 기회가 찾아온다. '고백' 이라는 말은 '나'의 조바심을 불러일으킨다.

> 적어도 신부님쯤 되면 누구 눈에나 보이는 그런 잗다란 실수보다는 우리가 죄인 줄도 모르고 편히 몸담고 있는 크나큰 잘못, 진짜 죄에 대한 환기가 있어야 되지 않을까 바라고 있었다.(12)

진짜 죄에 대한 환기가 있을 것이라는 기대를 안고 달려온 길이기 때문에 진짜 죄를 고백해야한다는 조바심이 '나'를 긴장으로 몰아대고 있는 것이다.' '나'는 긴장과 초조 속에서 쫓기듯 줄을 서고 줄을 서도 줄곧 앞에 서 있는 중늙은이들을 관찰하면서 그 중 한 여자의 대머리를 참담한 심정으로 바라본다. 작가는 이런 정황 묘사를 통해 화자인 '나'가 세심하고 예민한 시선으로 세상을 관찰하고 반응하는 자의식적이며 주변적인 성향의 인물임을 드러낸다.

기왕의 박완서 소설에서 서술자는 "거의 언제나 단정적이며 자신만만하다"[17]는 평가와 함께 권위적인 특성을 지니고 있었다. 그런데 「저 문 날의 삽화1」의 서술자이자 화자인 '나'는 성당이라는 익숙하지 않은 장소에서 모든 것이 서투르다. 뿐만 아니라 자신이 고백하기를 원하는 것이 분명 있기는 하지만 그것을 표현할 수 없어서 무기력한 상태

---

17) 정호웅, 「스스로 넓어지고 깊어지는 문학」, 『가는 비, 이슬비』(박완서 단편소설 전집5, 문학동네, 1999), p. 361.

에 있다. 고백소 안의 풍경도 기대와는 달리 신부님과 마주 앉게 돼 있지 않았다. 마주 앉게 되어 있었다면 '나' 는 불완전한 언어를 보완할 수 있었을지도 모른다. 칸막이 저쪽의 신부님에게 고백한 죄는 사실 내가 하고 싶은 말은 아니었다. 박완서 문학에서 말이란 "막힌 것을 풀어내는 생명의 힘이"며 "죽은 말, 막힌 말은 곧 죽은 삶을 의미한다."[18] 진실을 말하고 싶었는데 형식적인 고백이 되고 말았다. 신부님은 잘못을 추상적으로 말하지 말고 하나하나 구체적으로 고백하라고 일러주었으나 '나' 는 오히려 '죄' 의 추상성 때문에 막막한 것이다. '나' 는 진짜 죄를 고백하고 싶어 조바심이지만 그것이 무엇인지 구체적으로 말할 수 없다. 정말 중요하고 진실한 것이 은폐되었다는 느낌 때문에 '나' 는 계속 허둥대고 있다. 일상은 감쪽같이 진실을 은폐하고 있으나 누구도 그 사실을 심각하게 받아들이지 않는다. 가장 가깝다고 여기는 가족 사이에서도 그것은 일상의 모습으로 우리와 함께 숨쉬고 있다. "우리 엄마는 백 살은 사시겠네(14)"라는 딸의 말 속에는 '백 살까지 살까 봐 미리 징그러워하고 있는 딸의 진의' 가 숨어 있다. 딸만 둘이던 집에 함께 살 남동생을 데리고 왔을 때, 딸들이 데리고 온 남동생을 귀애하는 것은 "그들이 평생 지게 될지도 모르는 책임에서 놓여나고 싶은 걸 뜻했으므로 한결 용의주도했다." 그런가하면 남편이 서재라고 부르는 방에는 고작해야 "일본말로 된 삼국지와 어쩌다 사 놓은 종합지가 몇 권 있을 뿐(15)"이다. 이처럼 실상은 언제나 은폐되어 있는 것이다. 말은 진실을 드러내기보다는 은폐하기 위해 사용된다. 이런 삶은 '나' 에게 무의미하기 때문에 '나' 는 결코 오래 살기를 바라지 않는다. 평온한 겉모습과는 달리 '나' 의 내면은 가닥가닥 엉클어져 있다.

'나' 의 삶을 보여주기 위해 삽입된 몇 개의 삽화는 선하지도 악하지도 않은 누구와 별로 다를 것 없이 열심히 살아온 노년 여성이 처한 내

---

18) 황도경, 「생존의 말, 생명의 몸」, 『우리 시대의 여성 작가』(문학과지성사, 1999), p. 53.

면의 정황을 드러낸다. '나'는 애보기의 신역이 고되다는 푸념을 잘하면서도 딸네 아이들을 기꺼이 돌봐주며, 손자들이 놀다간 집안을 치우면서 아이들이 흘리고 간 하찮은 것들에서 가슴 가득히 아이들의 체온을 느낄 수 있는 다정다감한 할머니다. 중늙은이 특유의 쓸고 닦는 결벽성 때문에 마룻바닥은 항상 거울처럼 번들거린다. 무슨 일이든지 완벽하게 끝낸다는 것이 '결코 좋은 일이 못' 된다는 것을 안 것도 최근의 일이지만 "오십여 년을 몸에 밴 완벽주의가 쉽게 고쳐질 턱은 없"다. 어떤 일이건 확신은커녕 "때로는 어렴풋했고 때로는 몸서리가 쳐지게 과장되어 다가"온다.

드러나지 않는 곳에 자리잡은 허위의식의 너울은 쉽게 극복할 수 있는 대상이 아니라는 섬뜩한 인식과 어쩌면 영원히 탈출구를 찾지 못하리라는 불길함 때문에 '나'는 몹시 피곤하다. 진짜 죄를 토해내지 못한 가슴은 고해성사를 끝내고서도 "속속들이 편안해진 건 아닌 듯 울고 싶게 막막하고 외로웠다." '나'는 어느새 전도서를 왼다. "아무리 보아도 보고 싶은 대로 보는 수가 없고 아무리 들어도 듣고 싶은 대로 듣는 수가 없다.(16)" 세상은 새록새록 새로워지고 있다 하나 '나'는 수없이 반복되는 잘못과 어리석은 짓, 헛된 욕망을 되풀이함으로써 나의 일상에 '수없이 떴다 풀었다 다시 뜨는 듯한 낡은 실이 몇 가닥씩 어떤 때는 온통 끼여들곤' 하는 느낌에 사로잡히게 된다.

서술자의 연상에 의해 여러 개의 삽화가 이야기 연쇄를 이룬다는 형식상의 특징은 몇 가닥의 낡은 실을 일상에서 걷어내기 위해 거듭 실을 풀어헤치고 낱낱이 가닥을 짓는 '나'의 성찰을 매우 적절하게 받쳐주고 있어서 내용과 형식이 일체를 이루는 경지를 이룬다고 할 수 있다. 나의 삶에 무시로 끼여드는 몇 가닥의 낡은 실로 비유되는 기억들은 "중산층의 속물근성이 얼마나 추악하고 질긴 욕망인지, 그러므로 섣불리 그것을 초월할 수 있다고 믿는 것이 얼마나 순진하고 헛된 이념인지를 드러"[19]내는 것과 관련된다.

이런 저런 연상은 드디어 영택이에 관한 기억의 언저리에 머문다. 영택이에 얽힌 기억은 '나'의 생애에 무시로 끼어드는 몇 가닥의 낡은 실로 비유되는만큼 '나'의 삶의 이면에 드리워진 죄의식의 중심이기도 하다. 정작 내가 털어놓고 싶어했던 죄는 이 사건과 관련된 것이라는 것을 '나'는 비로소 감지한다.

영택이는 남편의 죽은 친구가 세상에 남긴 육남매 중 막내였다. 어느 날 친구의 집을 찾아갔던 남편은 딱한 사정을 볼 수 없어 '나'의 집으로 영택을 데리고 온다. '나'에게는 딸만 둘이 있었다. 아들에 대한 갈망은 영택이를 받아들이게 했고 딸들도 영택이를 귀애했다. "그 아이의 머리속에 남아있을 우리집 자식이 되기 전의 기억에 생각이 미치면 치가 떨리는 적의를(20)" 느낄 만큼 '나'는 영택이에게 집착한다.

그러나 몇 년 후 영택이의 출생에 얽힌 불미스러운 소문을 듣게 된 '나'는 목구멍에 가시가 걸린 듯 영택이와 함께 하는 일상과 불화를 겪게된다. 남편의 친구가 영택이를 밖에서 낳아 들여왔다는 소문에 영택이를 향한 애정이 일순간에 식어버리고 재앙을 불러올 화근으로 그 아이를 바라보게 된다. 그것은 두려움이기도 했다. '나'는 그 아이가 '나'의 집안에 화를 부르지 않을까 전전긍긍하며 그를 불러들인 것을 후회했다.

내가 영택이를 구박한 건 사실이나 어디까지나 마음 속으로였지 지하실을 쓰게 할 만큼 드러내놓고 하진 않았다.(……)영택이가 멀쩡한 제 방 놓아두고 그런 지하방으로 제 짐을 옮긴 건 내가 그애를 구박하고 싶어지고부터였다.(19)

'나'의 교묘한 이간질로 남편과 영택의 사이는 서먹해지고 대학생

---

19) 신수정, 「자아의 서사, 소설의 기원-진경시대 예술가의 초상」, 『해산바가지』(박완서 단편소설 전집4, 문학동네, 1999), p. 380.

이 된 영택은 운동권친구들과 사귀며 공무원인 남편에게 위협적인 존재가 된다. 지배체제의 질서와 갈등한다는 것은 곧 재난을 의미한다는 '나'의 내면화된 규범은 영택이를 용납할 수 없다. '나'의 "이기적이고 그악스러운 자기보존 본능"은 분명 전쟁과 분단, 개발독재 등의 역사적 현실을 경험하면서 형성된 내면화된 규범이기도 하다. 나쁜 것, 나쁜 사람에 대한 맹목적인 공포를 나에게 심어준 분은 '나'의 친정어머니였다. "억척모성의 이중성을 바라보는 딸의 시선은 박완서 문학의 고유한 특질을 구성"[20]한다는 평가를 받을 만큼 박완서 문학에서 엄마는 말뚝이다. 엄마의 이중성은 이 소설에서도 반복된다.

어머니는 가난을 두려워하거나 부끄러워하지 않는 꿋꿋한 분이었지만 감옥소 근처에서 자식을 길러야 한다는 걸 퍽 불안해하고 때로는 굴욕스러워하기도 했다. (……)그때는 재판받으러 가는 미결수한테 용수를 씌워서 무개차에 태우고 다녔다. 용수는 머리끝부터 목 밑까지 내려오는 뾰족한 짚모자였지만 두 눈 있는 데만은 뻐끔하게 뚫어놓았었다. (……)구멍 속의 시선은 악을 농축한 무엇이었다. 어머니는 더했다. (……) 어머니는 우선 나를 당신 치마폭으로 폭 싸안으시며 눈감아라, 꼭꼭 감고 있어야 한다, 나는 (……) 마음 속 깊이 떨었다.
그후 철이 들고 나서 그 미결수들은 나중에 무죄가 판명되어 풀려나는 수도 있고 또 독립투사도 얼마든지 섞여 있을 수 있다는 걸 알게 되었다. 어머니는 왜 그 말을 안 해주었을까, (……) 이렇게 훗날 어머니를 경멸한 주제에 오늘날 손녀에게 해줄 수 있는 것 역시 똑같은 짓밖에 없었다. 손자의 칠흑같은 어둠에 행여나 반딧불만한 빛이라도 스며들까 봐 전전긍긍하고 있었다.(27~28)

이는 "식민지 근대의 경험과 분단 체제의 경험을 지속적인 역사적 과정으로 바라보는 박완서의 근대 비판"[21]의 연장이면서 어머니로부

---

20) 권명아, 「문학적 연대기」, 『박완서 문학 길찾기』(세계사, 2000), p. 59.

터 내면화된 나쁜 사람이나 악의 외양에 대한 무의식적인 공포가 아직도 '나'를 억압하고 있다는 고백이다. "나쁜 사람이 한번 눈독을 들이면 곧장 악에 물든다는 미신적인 공포감(28)"은 어머니의 것이자 곧 나의 것이었다. 권명아의 지적대로 우리는 모두 〈엄마의 말뚝〉에 매어져 있는 것이다. 이는 "식민지 규율권력이 작동하던 제도들과 제도 속에 투영된 이념들 그리고 이들을 통해 구성된 주체 형성의 모순적 방식이 여전히 분단체제 속에 작동하고 있다"[22]는 인식의 토로이기도 하다. 근대 주체 형성의 모순적인 모든 과정에 무비판적으로 자신이 참여해왔다는 반성적인 성찰이 오늘 '나'의 조바심의 근거인 셈이다. 작가는 몇 장의 사진을 삽입하듯 영택에 관한 정보를 드러냄으로써 영택이와 악이 無緣하다는 것을 드러낸다. 여덟 살에 '우리집'에 온 영택은 '총명하고 순진해서 곧 정이 들' 만큼 반듯한 아이였고, 탐나는 아이였다. 우리집에서 쫓겨난 후에도 "잘못했다고 빌러도 왔고 설이나 추석을 쇠러도 왔다"는 진술은 영택의 인간성을 은연중 독자에게 알리는 지표가 된다. 그것은 '나'의 가해의식을 더욱 강화할 뿐만 아니라 내면의 동요를 불러일으키는 요인이기도 하다.

　박완서 문학의 특징은 '지식인의 허위의식 비판, 소시민의 물욕, 부당한 권력에 대한 문학적 저항'[23]으로 요약할 수 있다. 박완서 소설의 주인공들은 그때마다 정확하고 날카롭게 문제를 지적해왔다. 그런데 이 소설의 주인공 '나'는 무기력하고 피곤한 모습으로 두 손을 벌리고 매일매일이라는 삶의 과정 속에서 이웃을 판단했던 모든 행위가 죄였음을 고백한다.

---

21) 위의 글, p. 65.

22) 위의 글, p. 66.

23) 하응백, 「모성, 그 생명과 평화」, 『조그만 체험기』(박완서 단편소설 전집2, 문학동네, 1999), p. 359.

놋쇠로 된 십자고상은 너무 반짝거렸다. 가까이에서 표정을 살피고 싶
어 다가가니 마침 내 입술이 못박힌 예수의 발에 닿았다. 그 우연한 사실
에 감동해서 나도 애절한 마음으로 그의 얼굴을 우러르며 물었다.
  "주여, 한 말씀만 하소서. 저희들이 매일매일 말과 행위로 못박는 죄인
중 의인은 몇몇이나 되리이까?(28)"

해답을 얻지 못하는 '나'의 질문은 미완의 결말을 통해 독자에게 열
려 있다. 이는 개인의 일상적 삶은 실제로는 그 뿌리가 눈에 보이지 않
는 잡다한 이데올로기가 작용하여 빚어낸 결정체라는 것, 때문에 개인
의 한 순간의 결단만으로는 근본적인 변화를 이룰 수 없다는 데에 기인
한다.
  중년여성의 소외된 삶을 다룬 작품에서 "박완서 소설의 감각주체들
은 감각의 모호함을 항상 구체적으로 자세히 설명함으로써, 그 비유적
의미를 일순간에 단일하게 고정시켜 버"[24]리는 경향이 있었다. 이는
박완서 소설의 특징 중의 하나로서 주제를 선명히 하려는 작가의 의도
때문이다. 그런데 「저문 날의 삽화1」에서는 소설주체의 해석적 서술
이 현저히 줄어들고, 애매모호한 일상의 불가사의를 인식하되 그 인식
의 저변을 열어놓는 열림의 구조를 채택하고 있다. 분명하고 날카롭게
잘못을 적시하고 단죄하는 일방적 당당함보다는 독자에게 질문을 던
짐으로써 자신의 내면화된 규범 앞에서 동요하고, 무수한 일상의 사소
함이 만들어낸 경직성에서 벗어나고자 하는 것이다. 손주의 조립을 지
켜보며 결과보다 과정이 중요하다는 것을 깨닫는다거나(「저문 날의
삽화1」) 노부부가 자동차 운전을 배우고 중고차를 사며 고속도로를 향
해 달려나가는 것(「저문 날의 삽화4」)은 경직된 자신의 내면화된 규범
을 깨뜨려보려는 노력의 일환인 것이다.

---

24) 이선미, 「여성 언어와 서사」, 『박완서 문학의 길찾기』(세계사, 2002), p. 212.

이와 함께 "감각적 체험의 자아와 이성적 판단의 서술자가 인물의 내면에서 공존"하면서 "감각의 모호함을 항상 구체적으로 자세히 설명함으로써, 그 비유적 의미를 일순간에 단일하게 고정시켜"[25]버려야 직성이 풀리던 박완서 소설의 인물화 방법도 조금씩 비유적 내면 진술로 방향을 틀고 있음을 확인할 수 있다. "전통적인 리얼리즘의 관습에 있어서 한 편의 소설을 둘러싸고 이루어지는 작가와 독자 사이의 의사소통은 텍스트 안에 존재하는 화자와 피화자 사이의 그것으로 간접화되고 매개화되었다고 할 수 있다."[26] 주인공 '나'의 막막함이나 안타까움이 놋쇠로 만든 십자고상을 대면하고 '나'의 입술이 예수의 맨발에 닿았을 때 해소된다는 것은 '자신의 페르소나를 동반'하고 독자에게 간접적으로 말을 걸었던 리얼리즘 소설의 관습에서 벗어나 자신만의 담화형식을 찾고자하는 작가의 심정을 대변한다. 자전적 성향의 〈삽화〉 양식의 선택을 통해 독자에게 더욱 간절한 공감을 기대하는 것과 주인공이 성당의 신부님을 통하지 않고 '놋쇠로 된 십자고상'에 직접 다가가 말을 건네는 것은, 추상이나 관념에서 비롯된 허구적 현실보다는 경험 현실 속에서 문제를 직시하려는 작가의 간절한 바람을 반영한 것으로 해석할 수 있다.

2. 환상, 환멸을 넘어서 그리움을 향하여

인간은 노화의 욕망을 키우고 산다. 아름다운 노년에 대한 환상은 노년의 초입에서 미래를 바라볼 때 생기는 것이기도 하다. 무지개를 잡으려는 어린아이처럼 언제나 미래는 환상 속에 저만큼 떨어져있다. 「저문 날의 삽화4」[27]에 등장하는 산지기네 노인은 행복한 노인의 전형이다. 그러나 철저하게 '바라보는' 노년의 풍경이다.

---

25) 위의 책, p. 215.
26) 김경수, 「자성소설의 대두와 그 의미」, 『현대소설의 유형』(솔, 1997), p. 50.

> 나는 노파를 볼 때마다 세월이 정지돼 있는 것처럼 느끼곤 했다.(……)
> 노파는 이십 년 전에도 오금이 붙어 잘 걷지 못해 양 무릎을 세우고 앉아
> 있었고(……)이십 년 전에 이미 노파는 더 늙을 수 없이 늙어버려 그후 쭈
> 욱 세월로부터 자유롭게 살 수 있었던 것이다.(89)

이 소설의 화자는"더 늙을 수 없이 늙어버"려서 "자신의 나이 뿐 아
니라 자신의 속에서 낳은 자식과 자식의 수효도 잊어버"(90)리게 되면
그 때 비로소 세월로부터 자유를 얻을 수 있으리라는 기대를 품는다.
그런가 하면 「저문 날의 삽화1」에서 팔순을 바라보는 친정어머니가
"세상 변화를 어린애처럼 즐거워하시면서 백 살을 살아도 죽을 때는
억울할 것 같다고 한탄"[28]하는 것을 바라보기도 한다. 중늙은이인 '나'
에게 바라보는 노년은 아름답다. 박완서는 아름다운 노년의 풍경을 소
설을 통해 꿈꾼다. 그것은 세대를 불문하고 인간 사이에 근본적으로 신
뢰할만한 것이 자리하고 있다는 믿음이 전제된, 소통이 가능한 풍경이
기도 하다. 그곳은 "고즈넉하나 쓸쓸하지 않은 그리고 도란도란 얘기
가 꽃피우는 곳"(89)이다.

> 집안으로 한 자는 넘게 들이비춘 가을 햇살이 검게 찌든 마룻장을 뚜렷
> 한 명암으로 양분하고 마루 끝에 앉기도 하고 걸터앉기도 한 세 사람이 도
> 란거리는 대로 미묘하게 일렁이고 있었다. 세 사람은 볕을 쬐고 있는 게
> 아니라 충만한 빛 속에 몸을 담그고 있는 것처럼 보였다.(89)

이 장면에서 우리는 노화에 대하여 품게 되는 "순진무구의 단순성"

---

27) 박완서, 「저문 날의 삽화4」, 『가는 비, 이슬비』(박완서 단편소설 전집5, 문학동네,1999)
　　본문에서 이 소설의 인용은 페이지수만 표기.
28) 박완서, 「저문 날의 삽화1」, 『가는 비, 이슬비』(박완서 단편소설 전집5, 문학동네, 1999), p. 16.

과 그 속에서 찾을 수 있다고 믿는 "생명의 진실"[29]이 환상적인 무늬를 이루고 있음을 목도한다. 노파는 옛날 얘기 하기를 좋아한다. 이 때 '나'는 노파가 알고 있는 무궁무진한 옛날 얘기를 기록해놓고 싶다는 생각을 한다. 민들레 씨앗이 자취도 없이 그 송이를 떠나듯 정지된 시간이 미동만 해도 노파의 목숨 또한 자취도 없이 무산될 것만 같았기 때문이다. 노인의 옛날 얘기는 어떤 형식일까. 그것은 우선 '도란도란이라고밖에 표현할 길 없는 나직하고 정다운 목소리'(91)로 표현된다. 산지기 가족이 연출하는 이 장면은 짧은 시간 '나'의 시선에 들어온 풍경이다. 사소한만큼 무심하게 흘려버릴 수도 있었는데 '나'의 기억 속에 오래 남아 빛을 발하고 있다. 인생의 새로운 국면을 드러낸 장면이기 때문이다. 산지기 내외가 마루 끝에 노모를 모시고 앉아서 도란도란 얘기를 하고 있는 풍경은 이 소설의 주인공인 노부부가 처한 현실이 사람다움의 근거가 와해되어버린 환멸의 현실이라는 것을 부각시킨다. 환멸의 현실을 극복하고 환상을 지켜낸 세대만이 누릴 수 있는 풍경이기에 "세 사람은 볕을 쬐고 있는 게 아니라 충만한 빛 속에 몸을 담그고 있는 것처럼(90)" 비현실적으로 보인다.

늙는다는 것은 "세월로부터 자유롭게 살 수 있(89)"는 특권이기도 하나 정지된 시간이 미동만 해도 자취도 없이 무산될 것 같은 목숨이기에 "노파가 알고 있는 무궁무진한 옛날 얘기는"(90)기록되어야만 할 것 같은 소중한 그 무엇이기도 하다. 그 풍경조차도 이제 곧 흩어져 없어질 것이기에 작가는 이를 기록해야 할 의무감을 느낀다.

여자들의 이야기는 총체적인 소설형식과 다른 층위를 갖고 있다. 특히

---

29) 정호웅, 「스스로 넓어지고 깊어지는 문학」, 『가는 비, 이슬비』(박완서 단편소설 전집5, 문학동네, 1999), p. 358.

리얼리즘 소설은 근대적인 시간 개념과 개별성을 자기 존재의 기반으로 삼고 있다. 근대적 시간에 토대한 소설은 문제적 개인이 새 것을 추구하는 완결된 형식이라고 주장한다면, 원형적인 시간에 의존한 이야기는 나 속에 들어 있는 우리들 이야기의 반복적인 흐름이라고 말한다. 리얼리즘 소설은 집요한 플롯짜기의 단단한 구조와 시중종으로 완결된 서사형식을 고집한다는 점에서 대단히 남성적인 담론이다. 반면 여성의 이야기는 그런 일직선적인 시간에서 처음부터 탈골된 삽화적인 형태다. 중심 담론에서 주변화되고 가려진 이야기는 시선으로 포착되지 않는 다른 감각으로 발굴되기를 요청한다. 이야기는 시선과 다른 감각의 차원에서 비롯된 틈새를 반복하면서 변주한다. 기존 질서의 주변에 맴돌고 있는 여성의 이야기는 그래서 끊임없이 되돌아오는 반복적인 흐름이다[30]

임옥희의 지적대로 박완서는 〈삽화〉라는 형식을 채용하여, 민들레 꽃씨를 날리듯 무심한 형식으로 사람들이 그냥 지나쳐버리는 사소한 풍경, 틈새에서 잊을 수 없는 기억의 실타래를 뽑아낸다.

박완서에게 늙음은 순진무구의 단순성으로 회귀하는 길이다. 이제까지 줄곧 박완서를 괴롭히던 그 만연된 허위와 체면으로부터 자연스럽게 벗어나는 길이기도 하다. 그것은 자유와 평화를 보장하는 것 같기도 하다. 그러나 그것이 얼마나 부질없는 신기루인가를 「저문 날의 삽화5」[31]는 폭로한다. 그림 같은 풍경 속의 노후생활이다. 부부애는 신혼 못지 않을 뿐만 아니라 아름답게 완숙한 사랑의 실체를 보여준다.

파국은 엉뚱한 곳에서 복병처럼 노부부의 일상을 습격한다. 아들부부가 교통사고를 당했다는 한 통의 전화는 평화롭게 늙어 가는 부부의 삶을 산산이 부서뜨리고 만다. 그리고 그 전화와 함께 떠오른 것은 사실은 낡고 너덜너덜한 가족관계의 정체이다. 그것은 우리의 비슷한 일

---

30) 임옥희, 「이야기꾼 박완서의 삶의 지평 넓히기」, 『박완서 문학 길찾기』(이경호, 권명아 엮음, 세계사, 2000), pp.131~132.

31) 박완서, 「저문 날의 삽화5」, 『가는 비, 이슬비』(박완서 단편소설 전집5, 문학동네, 1999).

상이기도 하다. 남들에게 한껏 부풀리고 미화하여 살고 있지만 한 순간 그 남루함이 드러나고 말았을 때 〈전도서〉는 다시 한 번 되풀이될 수 있다.

> 헛되고 헛되다. 세상만사 헛되다. 사람이 하늘 아래서 아무리 수고한들 무슨 보람이 있으랴. 한 세대가 가면 한 세대가 오지만 이 땅은 영원히 그대로이다. 떴다 지는 해는 다시 떴던 곳으로 숨가빠지고, 남쪽으로 불어갔다 북쪽으로 돌아오는 바람은 돌고 돌아 제자리로 돌아온다. (......) 아무리 보아도 보고 싶은 대로 보는 수가 없고 아무리 들어도 듣고 싶은 대로 듣는 수가 없다. 지금 있는 것은 언젠가 있었던 것이요, 지금 생긴 일은 언젠가 있었던 일이라 하늘 아래 새 것이 있을 리 없다[32]

이와 같이 노년에 느끼는 생의 허망함은 「저문 날의 삽화12345」연작을 관통하는 주제이기도 하다. 그러나 작가의 시선은 여기에 머무르지 않는다. 박완서는 인간 사이에서 일어나는 여러 가지 '불합리한 일'들로부터 차원을 달리하여 '불가사의한 일'들을 향해 얼굴을 돌린다. 이러한 방향전환에 뒤따른 철학적 종교적 조명은 인간 삶의 불가해한 부분들을 갈피갈피 비춤으로써 인생에 대한 심오한 성찰과 이해에 도달하도록 이끈다.

박완서는 "가족이 실체는 결코 따뜻하고 화목한 색채가 아니라 아비규환과 혼돈, 섬뜩한 고립감이며, 그것이 가족의 진실이라는 것을"[33] 기왕의 작품에서도 드러낸 바 있다. 「너무도 쓸쓸한 당신」[34]에서 박완서는 장성하여 부모 곁을 떠난 아들에게서 가족의 따뜻함을 기대하는 것이 환상임을 보여준다. 자녀가 결혼하면서 부모세대가 대면해야

---

31) 박완서, 「저문 날의 삽화1」, 앞의 책, p. 16.

33) 권명아, 「〈가족의 기원〉에 관한 역사소설적 탐구」, 『박완서 문학 길 찾기』(세계사, 2000), P. 292.

34) 박완서, 「너무도 쓸쓸한 당신」, 『너무도 쓸쓸한 당신』(창작과비평사, 1998), p. 144~177.

하는 새로운 국면의 현실이기도 하다. 자녀로 인해 관계를 맺게 되는 사돈과의 갈등도 그 중의 하나일 터인데 주인공의 예민한 감각은 이를 "엿물과 같이 달겨붙는 끈끈한 더위"(162)로 인식한다. 결코 벗어날 수 없는 인간관계가 사돈관계이며 이는 자식을 둔 노년 여성이 맺는 새로운 관계이기도 하다.

아들은 결혼 후 처가에 살림을 꾸렸다. 유학을 떠나기 전에 거처를 잠시 처가에 마련한 것이다. 아들 채훈의 대학졸업식 날이다. 아들의 처가 식구들은 모두 선물을 들고 서 있다. 게다가 장모는 제주도 여행 쿠폰을 사위의 졸업선물로 마련하여 채훈 모친에게 전해주도록 부탁한다. 채훈의 어머니인 '그녀'는 "자식에게도 빈손을 부끄러워해야 되나?"며 당황하는데, 문제는 "아무리 부끄러워하지 않으려 해도 부끄럽게 만들고 있"는 주변 상황이다.

사돈네는 스스로 환상을 만들 뿐 아니라 그 환상을 진짜인 양 착각하고 즐거워하는 속물의식의 소유자이다. 그러나 화자는 이것이 허위라는 것을 너무도 재빠르게 간파한다. 코스모스 졸업이라는 말이 무색하게 견고하고 끈끈하게 늘어붙는 여름늦더위처럼 "모든 진술은 엄밀한 의미에서 완전한 사실 진술은 아"[35]닌 것이다. 표출된 언술은 늘 진실에 닿기 전에 미끄러지고 만다. 냉방이 잘된 찻집의 "갑작스러운 냉기가 데친 토마토처럼 농익은 신열을 얄팍하게 개칠해서 그녀의 감각을 헷갈리게"(145)하는 것처럼 안사돈의 '세련된' 삶의 방식 때문에 '그녀'는 일상과의 불화감에 시달린다.

> 더할 나위 없이 상냥하면서도 속셈을 드러내지 않는 이 여자의 진의는 뭘까? 잘못한 것도 없이 사람을 남루하고 비굴하게 만드는 안사돈의 수법에 걸려 넘어진 것처럼 그녀는 무참해지고 말았다. (161)

---

35) 권명아, 앞의 글, p. 289.

이제까지 가족의 행복을 꾸며내야 할 어떤 것으로 생각한 적이 없는 '그녀'는 사돈에게 맹렬한 적의를 느낀다. '그녀'가 "그들이 꾸민 자글자글한 행복"을 훼방하기 위하여 혼신의 힘을 다하는 것은 허위에 대한 혐오감 때문이다. "행복제일주의라든가 소시민적 속기와 같은 것에 대한 박완서의 공격의지"[36]는 노년여성의 체험을 통해 더욱 강화된다.

박완서의 글쓰기는 한마디로 환멸과의 싸움이다. 그것은 인간을 억압하는 각종 이데올로기와의 투쟁이기도 한다. 특히 여성을 억압하는 "현모 양처 효부 이데올로기"[37]의 껍데기를 벗겨내기 위해 쓴 많은 소설에서 남편은 가부장제의 군주로서 박완서의 공격대상이 되곤 했다. 그러나 본고에서 검토하는 일련의 노인성 소설에서 '남편'은 동지이면서 적이다. 박완서는 "일상의 이름으로 속 빈 강정 같은 이데올로기의 헛됨을 직시하고 있는 작가의 생존본능은 언제나 허황한 연애 놀음을 종식시키며 일상의 안정감으로 삶의 균형 감각을 유지시켜주는 남편에게서 일상적 모랄 감각을 확인"[38]하기도 했지만 "자신과 같은 세대에 속하는 남성들의 권위주의적이고 비민주적인 행태에 대해 늘상 날카로운 비판을 제기해 왔다."[39]

그러나 비판이나 경멸보다는 인간에 대한 이해를 바탕으로 연민과 화해와 동지애를 강조하는 변모를 보이게 된 이유는 무엇일까? "이런 변모는(……)그가 줄기차게 비판해왔던 가부장적 남성들도 결국 가부장제의 희생자에 불과하다는 인식을 분명히 보여주는 것"[40]이라고 할

---

36) 조남현, 「한국문학과 박완서 문학」, 『박완서 문학 길찾기』(세계사, 2000), p. 94.

37) 하응백, 앞의 글, p. 358.

38) 신수정, 「자아의 서사, 소설의 기원-진경시대 예술가의 초상」, 『해산바가지』(박완서 단편소설 전집4, 문학동네, 1999), p. 383.

39) 한만수, 앞의 글, p. 468.

40) 위의 글, p. 468.

수도 있겠지만 무엇보다도 늙어가는 남편의 앞에 놓인 죽음을 상정한 노년의 아내에게 일어난 변화로 읽힌다. "우리네 삶을 채우고 있는 허위의식에 대한 비판적 탐구"[41]는 죽음 앞에서 이처럼 깊어져 겸허하고 정직하게 순진무구의 단순성으로 심화된 것이라고 할 수 있다.

질주를 멈춘 남편은 나의 동지가 되어 내 곁에 머문다. 그러나 그 머무는 시간이 과연 얼마나 될 것인가. 박완서는 이런 노부부의 삶을 연민과 애정을 담아 그려낸다. 노년에 들어선 박완서에게서 예전의 날카로운 남녀간의 대립의식은 찾아보기 어렵다. 박완서의 관심은 이제 성과 계급의 문제에서 "나이차별주의의 문제"[42]로 옮겨간다.

노년은 정지된 시간이다. 그런가하면 젊은이들의 시간은 질주하는 시간이다. 질주하는 시간은 문명화의 산물이기도 하다. 근대가 빚어낸 변화에 적응하기 위한 노부부의 안간힘을 담은 소설이 「저문 날의 삽화4」이다. 성묘 날 조카들이 차를 가지고 위세를 떠는 것을 본 남편이 운전을 배우고 중고차를 차서 직접 운전을 하기 시작한다. 정신없이 휘몰아치는 근대화의 소용돌이에 휩쓸려 필사적으로 대세를 따라가는 초로의 남편을 바라보는 '나'는 피가 마르는 듯하다. 이것은 '나'가 상상하던 늙음의 모습이 아니다. 세월에서 자유로워지고, 세상에 휩쓸리는 대신 관망할 수 있는 거리가 유지되고, 기도처럼 화평한 노년의 기다림이 남아있을 줄 알았다. 인간다움을 잃어버리는 대가를 치르면서까지 문명화되기를 강요하는 사회에서 산다는 것은 피가 마르는 일이다. 애물덩어리 중고차가 고속도로에서 드디어 서 버린 날 노부부는 차를 끌고 가며 젊은 시절 리어카에 김장배추를 실어 나르던 추억을 떠올린다. 두 사람의 힘으로 차를 끌고 가면서 비로소 처음으로 차를 소유했다는 느낌이 밀려든다. 차를 밀어버리고 자유로워지리라 다짐한다.

---

41) 정호웅, 「스스로 넓어지고 깊어지는 문학」, 『가는 비, 이슬비』(박완서 단편소설 전집5, 문학동네, 1999), p. 357.
42) 임옥희, 「박완서 문학과 페미니즘」, 『박완서 문학 길찾기』(세계사, 2000), p. 141.

젊은 조카에게는 자유를 부여한 차가 '나'와 남편에게는 소용돌이치는 애물단지였던 것이다. 결코 차에 끌려가지 않으리라는 결심은 "인간으로서의 품위를 회복"[43]하려는 갈망과 통한다.

그러면서도 박완서의 냉정한 관찰력은 소설 속의 화자들을 통해 늙어가는 남편의 모습을 특유의 입심으로 세밀하게 복사한다. 남편이 늙어가는 것을 볼 때마다 '나'는 "담즙처럼 쓰디쓴 혐오감을"(「저문 날의 삽화3」, p. 61)느낄 수밖에 없다. 그러나 항상 "옛날 고릿적 도덕책 같은 소리만" 하는 "체질적인 체제순응"(「너무도 쓸쓸한 당신」, 150~151)자인 남편은 늙어갈수록 소심하고 무기력한 모습을 보일 뿐이다. '나'는 그런 것들이 굴욕스럽다.

「저문 날의 삽화4」에 드러나는 것은 노부부의 삶의 진상이다. 육체가 늙고 병들어가는 것을 서로 지켜보는 것은 싫고 괴로운 일이다. 노부부가 만병통치약에 알고도 속는 것은 '위로받고 싶'(80)기 때문이다. '나'는 이래저래 남편에게 짜증이 난다.

> 벌써 몇 년째 툭하면 도지는 관절염이어서 며칠 푹 쉬면 가라앉는다는 걸 알고 있었지만 제 발로 걸어 다니는 낙까지 제한을 받아야 한다는 게 서글퍼서 짜증밖에 나는 게 없었다. 실상 며칠 푹 쉴 수 있는 형편도 못 됐다. 추석이 댓새밖에 안 남았으니 몇 군데 해마다 인사 치르던 데 인사도 치르고 차례도 지내려면 내일부터라도 꿈적거려야 될 판이었다. 더군다나 그 다리를 하고 성묘까지 가야 할 생각을 하니 울컥 남편에게 야속한 생각이 들었다.[44]

그러나 "이른바 명가는 아니지만 분수껏 사는 것도 근본 있는 가문 아니면 못 할 짓이다 싶은 편안한 긍지를 느끼게 하는 선산"(77)처럼

---

43) 위의 글, p. 142.

44) 박완서, 「저문 날의 삽화4」, 『가는 비, 이슬비』(박완서 단편소설 전집5, 문학동네, 1999), p. 76.

남편은 잔정이 많으나 고지식한 사람이다. 남편의 장점이 오히려 결정적인 약점이 되어왔다는 것도 잘 안다. "어쩌다 접어든 길을 다만 처음 접어든 길이라는 이유 하나로 끝까지 완주하고 난 후 꼭 속임수에 당한 것처럼 갑작스럽게 엄습한 허망감에다 저렇게 허둥지둥 환약을 털어넣고 있는"(81)남편의 모습에서 피할 수 없이 도달한 비소(卑小)의 현장을 볼 수밖에 없다. "부처님 가운데 토막, 법 없이도 살 사람, 이 험난한 세상에 그래도 처자식 안 굶긴 게 신기한 사람"이라는 평가를 받아온 남편의 얼굴을 난감하고 짜증스럽게 바라보는 '나'는 쓸쓸하다. 남편의 무력하고 소심한 모습이 있는 대로 드러나고 있는 현실이, 부부의 산 자취가 쉽사리 그 무의미함을 드러내는 것이 어처구니없고 허망하다. 환상이나 그리움이 조금도 남아있지 않기에 노부부는 서로에게서 '너무도 쓸쓸한 당신'의 모습을 확인하는 것이다.

> 내복을 갈아입을 때마다 드러날 기름기 없이 처진 속살과 거기서 우수수 떨굴 비듬, 태산 준령을 넘는 것처럼 버겁고 자지러지는 코곪, 아무 데나 함부로 터는 담뱃재, 카악 기를 쓰듯이 목을 빼고 끌어올린 진한 가래, 일부러 엉덩이를 들고 뀌는 줄방귀, 제아무리 거드름을 피워봤댔자 위액 냄새만 나는 트림, 제 입밖에는 모르는 게걸스러운 식욕, 의처증과 건망증이 범벅이 된 끝없는 잔소리, 백살도 넘어 살 것 같은 인색함.[45]

위에서 보는 것처럼, 사랑만으로는 견딜 수 없는 늙어가는 남편의 적나라한 육체성과 거울에 비춰본 '나'의 몸에 대한 가학적 폭로는 전율을 일으킬 정도로 세밀하고 생생하다. 늙음의 실체가 바로 손에 잡힐 듯 정확하다.

쌍둥이까지 밴 배꼽 아래는 참담했다. 볼록 나온 아랫배가 치골을 향해

---

45) 박완서, 「마른꽃」, 『너무도 쓸쓸한 당신』(창작과비평사, 1998), pp. 43~44.

급경사를 이루면서 비틀어 짜 말린 명주빨래 같은 주름살이 늘쩍지근하
게 처져 있었다.[46]

이런 '나'와 그는 "아이를 만들고, 낳고, 기르는 그 짐승스러운 시간
을 같이" 살아왔다. 작가는 질문한다. 과연 무엇이 이 두 사람의 관계
를 대신할 수 있겠는가.

늙어가는 체험이 늙은이의 처지를 생생하게 묘사하도록 한 힘이라
는 것을 생각할 때 작가 자신의 연륜이 더해가는 것은 보통사람들을 위
해 다행스러운 일이다. 우리는 박완서의 소설을 통해 새로운 생애의 비
경을 엿본다. 작가는 늙은이의 육체에 현미경을 들이댐으로써 고상하
고 품위 있게 늙어가고자 하는 우리의 환상을 여지없이 깨버린다. 결
국은 육체인 것이다. 그 육체는 세월을 함께 하지 않으면 견딜 수 없는
비밀스러운 부분을 품고 있는 것이다. 짐승스러운 시간을 같이 한 사
이에서 나눌 수 있는 것을 '정욕'이라고 정의한 작가는 정욕이 개입하
지 못하는 '연애'는 다만 겉멋에 불과한 것임을 분명히 한다. 「마른
꽃」에 등장하는 멋진 남성 '조박사'는 남편의 자리에 세워질 수 없다.
그는 다만 '아쿠아마린'처럼 강렬하고 멋질 뿐이다.

그러나 그리움을 가지는 것은 어떨까. 「그리움을 위하여」[47]는 환상
이다. 환상을 눈으로 확인하는 것은 어리석은 짓이다. 환상은 가슴에
품을 때 그 빛을 더하는 법이다. 그러므로 굳이 「그리움을 위하여」의
'나'는 사촌이 시집 가 살고 있는 사량도를 찾을 생각이 없다. 그곳은
"칠십에도 섹시한 어부가 방금 청정해역에서 낚아올린 분홍빛 도미를
자랑스럽게 들고 요리 잘하는 어여쁜 아내가 기다리는 집으로 돌아오
는 풍경이 있는 섬"[48]으로 남아 있어야 한다.

---

46) 위의 책, p. 34.
47) 박완서, 「그리움을 위하여」, 『2001 황순원 문학상 수상 작품집』(중앙일보 · 문예중앙, 2001),
　　 pp. 13~39.

죽음을 앞둔 부부의 사랑을 진지하게 그린 작품은 「여덟 개의 모자로 남은 당신」[49]이다. 박완서의 작품 가운데 이만큼 남편과 화해를 이룬 작품이 있을까. 남편의 지나온 삶은 비로소 서술자인 아내에 의해 의미화된다. 그저 그런 남편이었다는 표현 속에는 결코 그저 그런 남편이 아니었다는 작가의 "초월적 상상력"[50]이 발휘되고 있음을 확인할 수 있다.

> 차 한 잔을 앞에 놓고 외삼촌은 "우리집안으로 말할 것 같으면……"을 서두로 우리가 얼마나 뼈대 있는 집안이란 걸 늘어놓고 나서 그의 지체를 캐묻기 전에 짐짓 난감하고도 동정적인 표정을 지어 보였다. 그러나 그는 그닥 오랫동안 외삼촌의 시험에 들지 않고, 선대가 종로에서 선전을 하던 중인(中人) 집안이라고 그의 지체를 털어놓았다. 양반이 아니면 사람이 아니라고 여기고 싶어하는 사람들 앞에서 스스로를 중인이라고 말하는 그의 태도가 어쩌면 그렇게 담담하고 떳떳한지 나는 속이 다 후련했다.[51]

"물리적으로 회복될 수 없는 과거를 서사 속에서 이념화"[52]함으로써 평범한 남편의 삶에 특별한 의미화를 이루고 있음을 알 수 있다. 「저문 날의 삽화5」에서 작중화자인 남편을 통하여 아내의 삶이 의미화 되었다면 「여덟 개의 모자로 남은 당신」에서는 유명을 달리한 남편의 생전의 삶이 아내인 '나'의 서술에 의해 이념화됨으로써 두 작품은 서로 짝을 이루고 있다고 하겠다.

---

48) 위의 책, p. 39.

49) 박완서, 「여덟 개의 모자로 남은 당신」, 『가는 비, 이슬비』(박완서 단편소설 전집, 문학동네, 1999), pp. 229~255.

50) 우한용, 「소설의 서사기능 상실과 회복의 논리」, 『현대소설연구』제8호(한국현대소설학회, 1998. 6), P. 472.

51) 박완서, 「여덟 개의 모자로 남은 당신」, 앞의 책, p. 241.

52) 위의 책, p. 474.

3. 〈억척어멈〉 딸들의 '홀로 서기'

「가(家)」는 '억척어멈'의 맹목적이고 한 서린 모성이 장성한 자식들에게 철저히 소외되는 현실을 냉정하게 보여준다. '성구'는 홀어머니의 외아들이다. 모자가 살고 있는 '집'은 홀어머니의 전재산이다. 결혼을 앞두고 아들에게 홀어머니는 매우 부담스러운 존재다. 거기에 외할머니까지 들어와 여인 이대와 함께 살지도 모른다는 불안감이 '성구'를 누르고 있는 상황이다. 이 소설은 외할머니의 일생을 그리면서 그 억척스러운 삶의 궁극적 의미를 묻고 있다.

외할머니 교하댁은 집을 소유하기 위하여, 아들을 소유하기 위하여 평생 억척스럽게 살아왔다. 교하댁에게 집은 "개별적 존재로서의 인간의 삶이 시작되고 끝나는 가장 원초적이고도 안전한 공간이면서, 그의 사회적 존재로서의 정체성이 비롯되는 시발점"이라는 각별한 의미를 지닌 신앙의 대상이다. 그러나 〈교하댁〉의 삶은그 녀가 평생 노력하여 얻었다고 생각한 '집'과 '아들' 때문에 뒤틀리고 일그러졌다. 늦게 얻은 아들에게 집은 물질일 뿐이다. 그는 어머니의 집을 팔아 자신의 가족이 살 집을 마련하고 어머니를 쫓아내 버린다.

"박완서 문학에 이르러 가장 뚜렷하고도 선명한 문학적 표상을 얻은 '억척모성'은 우리 격변의 근대사의 산물인 동시에 근대사 과정에서 여성의 자기 정체성 찾기의 특질을 가장 명확하게 보여주"[53]었으나 「가(家)」에서 〈억척어멈〉의 노후는 외손자에게 얹혀 살아야 할 정도로 초라하다. '집'이나 '아들'에 대한 신앙적 집착은 자식들에겐 불쾌한 부담일 뿐이다.

자식을 키워내기에 급급했던 억척어멈은 자식들이 다 큰 이후를 생각해본 적이 없다. 어느 사이에 버려졌다는 자신의 처지를 인정하고 싶

---

53) 권명아, 「박완서-자기상실의 '근대사'와 여성들의 자기 찾기」, 『역사비평』45호(1998. 11). p. 392.

지 않은 어머니는 스스로 자식들에게서 떠난다. 「환각의 나비」에서 노인에게 자식이란 비정한 현실을 뜻한다 특별히 불효를 저지르는 것은 아니지만 노인에게는 딸의 집도 아들의 집도 불편하다. 치매 기운이 있는 노인이 집을 나가 방황 끝에 정착한 곳은, 가족으로부터 이용만 당했던 불우한 점쟁이 처녀의 낡은 집이다. "아무래도 이 대목은 노인 문제를 다룬 현실적인 부분과는 일정한 거리가 있는 '동화' 내지 '환상'의 세계에 가까운 느낌"[54]이라는 지적은 현실을 실감나게 재현하는 솜씨를 자랑하는 박완서 소설에 대한 평가로서는 의외라고 할 수 있다. 그러나 뒤집어보면 이 소설에는 노인으로서 인간적 자존을 누리며 살아간다는 것은 결국 환상일지도 모른다는 작가의 전언이 들어있는 것이다.

> 어릴 때 성폭행을 당하고 점쟁이가 되어 오로지 식구들을 위한 돈벌이 기계처럼 살아가는 독신 여인과 젊어 과부가 된 뒤 평생을 자식들 손주들 뒷바라지를 하다가 늙마에 치매가 되어버린 노인이 한 낡은 집에서 우연히 만나 서로를 구원한다. 그 구원이 낡은 집 속에서만, 즉 환각 속에서만 가능한 일이라는 것은 박완서의 냉정한 리얼리즘이자 우리 사회의 비극이다.[55]

가출한 어머니가 정착한 집에는 '느낌'이 있었다. 저 깊은 중심에 숨이 있는 불변의 것으로부터 풍겨나오는 예감 같은 것을 가지고 있는 집이었다. 그것은 자존감과 연계된 예감이다. "자식밥을 얻어먹기 위해서가 아니라 당신 손으로 자식을 벌어 먹이기 위해 일생 서서 일하면서 터득한 당당함은 어머니만의 자존심"[56]으로서 〈억척모성〉의 소유자들에게서 발견할 수 있는 인간됨의 근거이기도 하다. 「길고 재미없

---

54) 김영희, 「근대체험과 여성」, 『창작과비평』89호(1995. 9), p. 92.

55) 한만수, 앞의 글, p. 463.

56) 박완서, 「환각의 나비」, 『너무도 쓸쓸한 당신』(창작과비평사, 1998), p. 59.

는 영화가 끝나갈 때」[57]의 어머니의 소원은 "방귀를 참을 수 있을 때까지만" 사는 것인데 이 말 속에는 "사람의 체면 유지를 위태롭게 하는 온갖 것들이 포함된"다. 「환각의 나비」「길고 재미없는 영화가 끝나갈 때」「해산바가지」의 노모들은 "생명을 어떤 식으로 대접해야 한다는 것을 본능적으로 알고 있"[58]기 때문에 그런 삶의 태도가 전반적으로 와해된 현실에서 벗어나기를 원한다. 그러나 품위 있게 늙어가고 싶은 소박한 소망은 누구에게도 제대로 전달되지 않는다. 보이지도 않고 만져지지도 않는 '느낌'을 아무도 신뢰하지 않는다. 오직 환각 속에서만 가능한 일이 아니겠는가. 어머니는 환각 속으로 들어간다. 다음은 딸 '영주'에게는 접근할 수 없는 환상 속 풍경이다.

> 널찍한 마루에서 회색 승복을 입은 두 여자가 도란도란 도란거리면서 더덕껍질을 벗기고 있었다. 더할 나위 없이 화해로운 분위기가 아지랑이처럼 두 여인 둘레에서 피어오르고 있었다.(……) 어머니의 조그만 몸은 날개를 접고 쉬고 있는 큰 나비처럼 보였다. (……) 살아온 무게나 잔재를 완전히 털어버린 그 가벼움, 그 자유로움 때문이었다.[59]

노인을 둘러 싼 화해로운 분위기와 자유로움은 현실에 속한 것이 아니다. 그러므로 딸 '영주'는 "어머니를 지척에 두고도(89)" 한 걸음도 앞으로 나가지 못하는 것이다. 자식들은 현실에 발을 딛고 서 있으며 노인이 안주하고 있는 곳은 환상의 세계에 속하므로 "절대로 넘을 수 없는 별개의 세계(89)"인 것이다.

"극성스런 모성의 끝에 외롭고 남루하게 남아 있는 그 여자가 우리

---

57) 박완서, 「길고 재미없는 영화가 끝나갈 때」, 『너무도 쓸쓸한 당신』(창작과비평사, 1998), pp. 120~141.

58) 김종철, 「교양 체험과 욕망의 교육」, 『시적 인간과 생태적 인간』(삼인, 1999), p. 32.

59) 박완서, 「환각의 나비」, 『너무도 쓸쓸한 당신』(창작과비평사, 1998), p. 89.

의 미래임을 그처럼 서늘하게 그려낸 이야기꾼"[60] 박완서의 세밀한 눈은 이제 노년에 이른, 억척어멈의 딸들의 실상을 파헤친다. 맹목적인 〈억척모성〉은 반성을 모르나 당대의 자의식적인 모성은 허세와 자기기만을 냉정한 시선으로 해부할 수 있다. 당대의 모성은 노모의 치매를 통해 모성의 이중성이 어떻게 드러나는지 경험한 세대이다. 〈억척모성〉이 처한 치매는 일종의 광기로서 억눌린 분노와 고통의 표현이다. 일생을 희생하고 침묵 속에 녹여낸 분노의 폭발이다. 그러나 당대의 모성은 그 이중성을 신랄한 말로 풀어낸다. 자신의 내부에 꿈틀대는 끝없는 속물근성과 이기심, 비열함과 탐욕 등 부끄럽고 치사한 내면을 숨김없이 벗겨낸 후 허탈과 고독의 심연에서 생명력을 키워낸다.

본래 자신에게는 "생명을 건강하게 하는 특별한 힘이 있다는 맹신과 그 힘을 정작 쓰고 싶은 데다는 쓸 수 없는 안타까움"[61]을 자신과 이웃을 위해 내놓으려는 행동이 뒤따른다. 「저문 날의 삽화5」에서 소외된 모성은 이웃의 아이를 보살피는 애정으로 대치된다. 자신의 손자가 아니어도 노소간에 천진한 쾌락을 나눌 수 있게 되었다는 변화는 가족 개념의 확장이며 이는 혈연이라는 기대가 무너진 후의 깨달음이라고 하겠다. 아들 내외의 교통사고 소식을 알리는 사돈의 목소리가 '악에 받친 듯한 쇳소리'로 들리는 것은 비극의 와중에서도 자식에 대한 섭섭함과 자식으로부터 소외되었다는 섬뜩함이 공존하고 있음을 드러내는 것이다. 아들내외가 자가용을 산 것을 노부부는 이때까지도 알지 못했던 것이고, 며느리가 운전면허를 땄다는 것도 금시초문이었다. 자식에게서 철저히 소외되었으나 그 자식을 앞세우고는 살 수 없는 노부부의 비애는 인간의 보편적 비애라 할 것이다.

---

60) 임옥희, 앞의 글, p. 140.

61) 박완서, 「저문 날의 삽화2」, 『가는 비, 이슬비』(박완서 단편소설 전집5, 문학동네. 1999), p. 30.

노년에 들어선 '나'에게 어른 대접을 할 줄 모르는 젊은 것들의 "야박한 소갈머리는 괘씸하고 얄미"[62]울 뿐만 아니라 늙은이 대접을 못 받는 나이는 "스산하고 흉흉하기까지(15)"하다. 무시당했다는 느낌은 참담한 고독감으로 이어지고 젊은 것들은 "초롱초롱한 눈으로 빤히 바라"보며 경우에 하나도 어긋나지 않은 말로 이 편을 미련한 늙은이로 무력화시킨다. 결국 그들은 '나'를 짐짝처럼 내려놓고 제 갈 길을 재촉할 뿐이다. 그러나 '나'는 '나'의 어머니 세대처럼 무력하지만은 않다. '나' 또한 그들로부터 놓여난 것이 후련하다. 젊은 것들에게서 놓여난 노년 여성인 '나'는 매력적인 남성과 해후하기도 하고(「마른 꽃」) 경우에 따라서는 재혼을 통해 노후에도 행복을 감지할 생생한 감각을 소유하고 있다는 것을 보여준다(「그리움을 위하여」).

박완서는 자신의 늙어 가는 체험을 통해 늙어간다는 것에 대해 모두가 지니고 있는 막연하지만 그릇된 정식을 깨뜨린다. 인간은 어느 날 갑자기 늙는 것이 아니라 "늙어가는 것"[63]이다. 그의 소설은 인간의 감정이 어느 날 갑자기 없어지거나 변질될 수 없다는 것을 진지하게 보여준다. 박완서는 "젊은이와 똑같이 설레임과 흥분과 질투와 연민의 온갖 감정이 고스란히 존재함에도 불구하고 나이와 체면이라는 허위적 의식에 의해 많은 것을 포기하고 감추어야 하는 인생에 대한 재발견을 시도"[64]하면서 인생의 황혼기에 맛보는 삶의 숨겨진 진실을 다룬다. 그것은 "육체의 마모가 암시하는 연륜과 세월의 힘을 긍정"하는 것이기도 하고 "'세월의 힘'이 만들어내는 깊은 인간 관계와 사랑에 대한

---

62) 박완서, 「마른 꽃」, 『너무도 쓸쓸한 당신』(창작과비평사, 1998), p. 13.

63) 박혜란, 「어쩌면 그렇게 곱게 늙으셨어요?」, 『나이듦에 대하여』(웅진닷컴, 2001), p. 22. "산다는 것은 늙어간다는 것이다. 그럼에도 우린 늙음이란 젊음이 스타카토로 끝나는 어느 날 별개의 삶처럼 시작되는 것으로 생각한다. (……)하지만 노후생활이 어떻게 따로 있을 수 있는가. 노전생활이란 말이 없는 것처럼 노후생활이란 말도 틀린 말이다. 우리는 그저 계속 늙어가고 있을 뿐이다."

64) 백지연, 앞의 글, p. 304.

재발견"이기도 하다.

Ⅲ. 결론

본고에서는『저문 날의 삽화』이후 박완서의 소설에 재현된 노년 여성의 삶의 양상을 살펴보았다.

노인성 문학작품에서 박완서 소설의 특징이라고 할 허위의식에 대한 본능적 혐오감은 보다 더 강화된다. 박완서는 소설 속의 화자를 통해 "이기적이고 그악스러운 자기보존 본능"이 분명 전쟁과 분단, 개발독재 등의 역사적 현실을 경험하면서 형성된 내면화된 규범이지만 그 개인적 기원이 억척모성의 이중성에서 비롯되었음을 드러낸다. 그러나 정작 문제는 억척모성의 이중성을 무비판적으로 수용한 '나'에게 있다. 불합리한 사유방식이 불가사의한 힘으로 '나'를 억압해왔다는 것을 깨닫지만 여전히 출구를 찾지 못한 '나'는 신 앞에 죄를 고백할 수밖에 없다. 이는 오늘 노년 여성의 내면의 현주소이며 한계의 고백이기도 하다.

노년 여성이 주인공으로 등장하는 소설들은 대부분 1인칭 화자 '나'의 고백체를 채용하고 있다. 거기에다 사소하고 사사로운 이야기를 생각나는 대로 늘어놓는 노인의 화법을 연상시키는 특이한 이야기 방식으로 전개되지만 이야기 속에 결코 잊히지 않는 것들을 지극히 선택적으로 배열함으로써 의미화를 통해 가치적 권위를 확립하려는 작가의 "가치적 욕구"가 스며있다는 것을 일 수 있다. 때문에 박완서의 이야기는 수다스러우나 가볍게 지나칠 수 없는 공적 담론의 기능을 수행하게 된다.

다음으로 박완서는 환상과 현실을 넘나듦으로써 현실에서 이룰 수 없는 꿈을 환상적 풍경을 통해 재현한다. 이는 우리가 몸담고 있는 현실이 인간다움의 근거가 와해된, 반생명적 공간이라는 통렬한 인식을 드러내는 방식이기도 하다.

　노년에 느끼는 생의 허망함은 「저문 날의 삽화12345」연작을 관통하는 주제이다. 그러나 작가의 시선은 여기에 머무르지 않고 삶 너머의 죽음을 향한다. 이러한 방향전환에 뒤따른 철학적 종교적 조명은 인간 삶의 불가해한 부분들을 갈피갈피 비춤으로써 인생에 대한 심오한 성찰과 이해에 도달하도록 이끈다.

　「여덟 개의 모자로 남은 당신」에 이르러 남편의 지나온 삶은 비로소 서술자인 아내에 의해 의미화 된다. 작가의 '초월적 상상력'은 '물리적으로 회복될 수 없는 과거를 서사 속에서 이념화' 함으로써 평범한 남편의 삶에 특별한 의미화를 이룬다. 「저문 날의 삽화5」에서 남편의 시선을 통하여 아내의 삶이 의미화 되었다면 「여덟 개의 모자로 남은 당신」에서는 남편의 생전의 삶이 아내인 '나'의 서술에 의해 의미화 됨으로써 두 작품은 서로 짝을 이루고 있다고 하겠다.

　노인성문학에서 박완서의 주인공 세대는 억척어멈의 딸들이다. 이들은 〈억척어멈〉의 이중성과 가족의 냉혹한 실체를 꿰뚫어 보는 세대이기도 하다. 그러나 이들은 〈억척어멈〉세대와 달리 매력적인 남성과 우연한 만남을 현실화하기도 하고(「마른 꽃」), 거리낌없이 재혼함으로써 노후에도 행복해질 권리가 있음을 당당하게 보여준다(「그리움을 위하여」).

　박완서의 연륜은 늙음에 대한 막연하고도 그릇된 공식을 깨뜨린다. 인간은 어느 날 갑자기 늙는 것이 아니라 "늙어가는 것"임을 분명히 보여준다. 그의 소설은 인간의 감정이 어느 날 갑자기 없어지거나 변질될 수 없다는 것을 생생하게 보여준다. 박완서는 젊은이와 똑같이 온갖 감정이 고스란히 존재함에도 불구하고 나이와 체면이라는 허위적 의식에 의해 많은 것을 포기하고 감추어야 하는 인생에 대한 재발견을 시도하면서 인생의 황혼기에 맛보는 삶의 숨겨진 진실을 다룬다. 그것은 "육체의 마모가 암시하는 연륜과 세월의 힘을 긍정"하는 것이기도

하고 "'세월의 힘'이 만들어내는 깊은 인간 관계와 사랑에 대한 재발견"이기도 하다.

그러면서 작가는 노년 여성에게 '가족으로부터 벗어나기'를 조심스럽게 제기한다. 혈연으로 맺어진 가족에 대한 집착으로부터 벗어나 더 넓은 공동체를 향해 풍성한 모성을 나누기를 촉구한다. 그것이 바로 노년이 누릴 수 있는 자유라고 고백한다.

90년대 이후 작가 박완서의 변모를 가리켜 "어른으로서의 한국문학"[65]이라고 규정한다. "자기 변신이랄까 방향 전환에 온몸 던지기를 망설이거나 고집불통인 작가의 운명의 어떠함을 알아차리지 않는다면 작가적 생명이 보장되지 않음을 염두에 둘"[66]때 작가 박완서는 자기 변신 혹은 방향 전환에 자연스럽게 온몸을 던진 작가라고 할 수 있다.

그의 연륜은 겸손한 순응과 포기가 있어서 아름답다. 나이에 걸맞는 삶 욕구의 수위를 적절하게 조절할 수 있다는 것은 인간다움을 지향하는 작가적 태도에서 비롯되는 것이다. 육신이 늙어갈수록 인간으로서의 자존감을 잃지 않기 위해 박완서의 주인공들은 새롭게 태어난다. 그에게 나이를 먹는다는 것은 "인생의 쓰고 불편한 맛을 당당하게 긍정하는"[67] 힘이 된다. 노년에 들어서면서 써낸 작품들을 모아놓은 『너무도 쓸쓸한 당신』에서 그 힘은 말을 부리는 힘이기도 하다. 삶과 너무 가까이 대면하던 시기를 지나 삶과의 사이에 "윤활유 같은 여유"[68]가 생겼다는 작가의 고백은 욕심을 벗어나 삶과 일정한 거리를 가지는 데 성공하게 되었다는 뜻으로 들린다. "제 얘기를 제 얘기처럼" 쓸 수 있다는 것은 이전부터 작가 박완서의 장기였고 이제 완숙의 경지에 들어섰

---

65) 김윤식, 「순서 어긴 죽음, 앞서거니뒤서거니의 죽음, 그리고 순서대로의 죽음」, 〈문예중앙〉(1999. 여름), p. 339.

66) 위의 책, p. 339.

67) 박완서, ''서문', 『너무도 쓸쓸한 당신』(창작과비평사, 1998), p. 6.

68) 이문재, 박완서와의 인터뷰 「나의 문학은 내가 발 디딘 곳이다」, 〈문학동네〉 19호, 1999.

다고 해야할 것이다. 〈삽화〉형식은 박완서의 문학적 미덕을 최대한
발휘할 수 있는 容器로서, 경험과 허구사이를 자연스럽게 넘나들면서
독자와의 공감대를 넓히고자 작가가 채용한 새로운 담론 형식이다. 이
로써 "허위의 삶에 내몰린"[69] 독자들은 작가 박완서의 소설을 읽으면
서 "따뜻한 진실"을 나누어 갖는다. 용서할 수 있는 힘을, 용서받으며
기르게 된다. 이것이 박완서 소설의 힘이라 할 것이다.

---

69) 주철환, "주철환의 스타로지", 중알일보, 2002. 1. 10. 목. 46면.

김동인의 「배따라기」론

고영자*

I. 들어가기

우리 나라 근대소설문학의 기수 김동인의 예술론은 그의 많은 분량의 평론 중에서 명확하게 추출해낼 수 있다. 김동인은 일본에 가서 문학에 뜻을 두기로 마음을 정했고 문학수업을 하고 창작을 하였다. 또한 우리 나라 최초의 문학 동인지 [창조]를 창간하였다. 그러나 「金東仁 평론 전집」에 수록된 평론들에서 볼 수 있는 그의 예술론은 일본 초기 근대문학 생성기의 예술관과는 상당히 다르다는 것을 분석해 낼 수 있다.

그 때는 일본도 아리시마 다께오(有島武郎), 기꾸찌 깡(菊池寬), 아쿠타가와 류노스케(芥川龍之介)[1] 등도 출세하기 이전이요, 기구찌의 스승인 나쓰메(夏目漱石)[2] 등의 시절이었다. 나는 그 때 소년다운 야심이 만만하던 시절이라, 더욱이 나의 아버지가 나를 가르칠 적에 유아독존의 사

---

* 전남대학교. 문학평론가.

1) 문예잡지 『新思潮』는 주로 東京대학 계통의 작가들의 동인지였다. 제1차는 1907년9월 창간되어 1914년 폐간됨. 菊池寬(키꾸치 깡), 芥川龍之介(아쿠타가와 류노스케)는 [新思潮의 동인임.

2) 夏目漱石(나쓰메 소세키, 1867 - 1916). 인간의 에고이즘(自我주의)을 극복하는 방안으로 則天去私를 내세웠다. 夏目은 森鷗外(모리 오가이)와 더불어 일본근대문학의 쌍벽으로 일컬어지고 있다. 그의 문하에는 많은 제자들이 있었는데 그중 가장 특출한 작가가 芥川龍之介.

상을 나의 어린 머리에 깊이 쳐박았으니 만치 일본문학 따위는 미리부터 깔보고 들었으며 빅토르 위고까지도 통속작가라 경멸하리만치 유아독존의 시절이었다.

김동인이 일본에 가 있었던 시절의 일본의 문단 사정을 가늠할 수 있다. 여기서 필자는 김동인의 단편 「배따라기」(1921)는 有島武郎의 단편 「카인의 후예(末裔)」[3](1917년)에서 상당한 힌트를 얻었다고 믿어진다.

김동인이 강조해서 말하고 있듯이 그는 일본 작가를 눈 아래로 보고 있어 그들의 작품을 결코 그대로 모방하려 하지는 않았다. 필자는 김동인 스스로 자신의 문학관을 세우고 그 문학관에 입각하여 작품을 창작한 것으로 본다.

본고에서는 김동인의 예술관을 일본의 초창기 예술관을 확립한 坪內逍遙(쓰보우찌 쇼요)의 문학론인 「소설진수(小說神髓)」와 대비하여 살펴보는 것으로 「배따라기」의 작품성향을 분석해 보려 한다.

Ⅱ. 본론

1. 일본근대문학에서의 서구의 이입

일본의 근대문학은 서구의 문학이입과 그 모방에서 시작되었다. 문

---

3) ① 有島武郎(아리시마 다께오, 1878 - 1923). 內村鑑三(우찌무라 칸조)의 감화를 받아 기독교에 경도됨. 1903년 미국 유학을 하고 온 후는 그간의 기독교 신앙에서 탈피하여 횟트만과 톨스토이에 심취함.
② 「카인의 후예」는 北海道에 있는 작가 有島 자신의 농장의 인물을 모델로 한 작품. 황량한 北海道의 대자연을 배경으로 간척지의 소작인 仁右衛門을 주인공으로 하여 인간사회에서 소외되고 운명의 굴레에서도 벗어나지 못하는 경로를 그려낸 사실적(寫實的)인 작품.
작가는 깊은 애정을 가지고 인간의 본능을 파헤쳐 보여줌. 카인은 구약성서 창세기에 나오는 아담과 이브의 長子.

학이라는 말은 일본에서나 중국에서나 옛부터 써오던 것이었다. 그러나 문학이라는 용어가 서구의 Literature의 의미로서 서구의 문학과 같은 내용을 띠며 널리 보급된 것은 명치기(明治期) 이후다. 즉 명치기 이후에 사용된 문학이라는 말은 서구의 Literature의 번역어였다.

西周(니시 아마네, 1829-1897)는 명치정부 수립과 함께 서양의 학문이 이입되었을 때의 계몽학자다. 20세기 초창기의 그의 활약상은 오늘날의 일본의 철학, 문화, 과학의 발달은 실로 이 사람에 의해 발족되었다 해도 과언이 아닐 정도다.

西周가 문학이라고 부른 것은 대단히 광범위한 것으로 언어 문장의 형태적 연구가 주였다. 그는 서양의 literature의 의미에다 서양의 humanity를 가하여 말했다. 이 humanity(人道)를 동양의 倫理(논어)에 관련시켜 用例를 두고 있었다. 즉 西周가 말하는 '문학' 의 뜻은 belles letters(美文學, 純文學)라고 칭할 수 있다. 영어로는 humanities 혹은 elegant literature인데, 이것은 곧 humanity 즉 人道이다. 이 人道는 서양에서는 mental civilization이라는 뜻이고 이것을 나타내는 것이 文章이라고 설명한다. 그래서 文學은 文의 學, 文章의 學이며 心을 열어 보이는 것이라고 했다.

西舟의 문학 해석에 이어 逍遙가 「소설진수」 상하권을 출간하여 자신의 예술관을 피력했다. 「소설진수」가 나타남으로써 일본의 근대문학은 비로소 서구의 문학개념과 이론을 토대로 하는 실질적인 근대문학이 생성되기 시작했다.

2. 김동인의 예술론

1) '기담(奇譚)'

김동인의 평론 중에서 일본의 예술론과 관계되는 것 중 '기담(奇譚)' 이 있다.

소설이라 하는 것은 무슨 訓話가 아닌 이상에는 그 소설에서 교훈적 의의를 찾아내자 하는 것은 몰상식한 일이겠다. 그러나 소설이라 하는 것이 한 개의 奇譚이 아닌 이상에는 奇譚 이상의 다른 가치를 가지지 못한 이야기를 우리는 소설로서 용인할 수가 없다.[4](*고딕은 필자.)

소설이라 하는 것은 결코 劇話가 아니다. 그렇다고 奇譚도 아니다. 우리에게 도덕적 관념이 생기려는 것을 禁하려 하는 종류의 소설을 우리는 소설로서 용인할 수 없다.[5]

짧은 인용문이지만 여기서 필자는 '기담'은 김동인의 예술관을 살피는 데에 중요한 위치를 차지하고 있고 또한 그의 소설론을 추출해 낼 수 있는 핵심이 되는 두 가지를 추출해 낼 수 있다고 생각한다. (1)은 '소설은 기담이 아니다'라는 것과 (2)는 '소설은 도덕적 관념이 생성되어야 한다'라는 것이다.

여기서 김동인이 말하는 '기담'이 무엇을 뜻하는가는 물론 문자 그대로 '기이한 이야기' '재미있는 이야기'라는 뜻도 있겠으나 좀더 심도 있는 이해를 하기 위해서는 逍遙의 「소설진수」[6]에 나오는 '기이담(奇異譚)'을 참고로 하지 않으면 도저히 이해가 불가능하다고 필자는 믿는다. '기이담'은 「소설진수」 중에서 무척 장황한 설명이 되어 있다. 逍遙는 오늘날 소설이라고 부르는 소설의 기원을 기이담에서 찾고 있기 때문이다.

다음은 「소설진수」에서 소설의 변천을 설명하기 위한 '기이담'에 관한 내용 중 일부분이다.

---

4) 김치홍 편저, 『金東仁 評論全集』, 삼영사, 1984, 55쪽.

5) 상게서, 56쪽.

6) 고영자, 「20세기 일본문학 태동기」, 전남대 출판부, 2002, 참조.

소설은 가작물어(假作物語)의 일종으로서, 이른바 기이담(奇異譚)의 변체이다. 기이담이란 무엇인가. 이기리스에서 로맨스라고 불려지는 것이다. 로맨스는 취향을 황당 무계한 사물에 포착하고, 기괴 백출한 것으로서 일편(一篇)을 이루고, 보통 세계에 나타난 사물의 도리에 모순된 것을 아무렇지 않게 취하는 것에 있다. ……

소설 즉 노벨에 이르러서는 이것과 다르다. 세상의 인정과 풍속을 베끼는 것을 주안점으로 한다. 소위 기이담의 시초로서, 그 전기(傳記)는 대부분 假作에서 나오거나 혹은 와전(訛傳)에 의한 것이라는 것은 본래부터 의심할 바 없는 것 같다. 그렇다고는 해도 소위 신대사(귀신지)는 원래 진실한 이야기로서 결코 유희의 작품이 아니므로, 나중의 소위 기이담과는 그 성질은 거의 같다고 해도 그 쓰임새는 매우 다르다. 필시 잘못된 대로 믿고 잘못 전해진지가 오래되어 후세 사람이 그 전기가 허위라는 것조차 이상히 여기지 않게 되었다. ……

그 신대사는 황당하지만, 그 성질은 소설과 같지 않다. 기이담의 시초도 신대사에 있다.[7]

逍遙는 소설의 시초는 신대사에서 시작되었다고 보고 있다. 신대사는 신대기(神代記)와 귀신사(鬼神史)를 합한 개념이다. 귀신사는 신들의 존재와 그 활약을 이야기 한 소위 신화를 이름한다.

이 신화의 발생의 터전이 된 원인을 3가지에서 찾고 있다. (1) 촌족이 차츰 번창하게 되면 조그마한 일일지라도 거대하게 말하여 다른 종족에게 자랑하려 한다. 조상의 이력같은 것을 대단히 과장하여 말하려 한다는 것 (2) 인간은 태어나면서부터 기이함을 좋아하여 사실이 아닌 가작(假作)을 만들어 퍼뜨린다는 것 (3) 한 나라가 점점 발전하여 문명

---

7) 坪內逍遙의 문학론서 「小說神髓」(1885 - 1889) 상권. 「小說神髓」는 일본근대의 최초의 체계적인 문학론이고 문학비평이론의 선구다. 문학이라해도 아무런 자각도 없이 무척 유치한 것이었는데 이 서책에 의해 문학이 새로운 문학으로 눈뜨기 시작했다. 마침내 문학 본래의 위치에 입각하여 근대문학의 출발점을 구축하여 나갔다는 점에서 큰 의의를 차지하고 있다.

개화의 세계로 돌입하면 견강부회(牽强附會)의 설을 만들어 퍼뜨려 태조의 사적을 꾸미려 한다. 이것이 믿기 어려운 신대사등이라고 하는 것

인용문에서 '소설 즉 노벨에 이르러서는 이것과 다르다.' 라고 한 곳에서 볼 수 있듯이 逍遙는 로맨스와 노벨을 분리한다. 로맨스는 기이담을 말하는 것이고 노벨의 번역어는 소설이다. 노벨은 로맨스와 그 성격을 달리하는 것으로 기이담 형태에서 벗어난 현재 우리가 소설이라고 말하는 개념이 내재해 있다.

또한 逍遙는 노벨 즉 소설은 인정(人情)을 베껴내는(寫) 것이 소설의 본질이라 하여 그 방법으로서 사실주의(寫實主義)를 주장한다. 객관적 태도를 지니며 물사(物事)를 있는 그대로 표현해야 한다는 사실주의는 逍遙가 서구의 소설의 본질을 구명한 데서 나온 결과였다.

逍遙는 종래의 소설이 '권선징악' 에 뜻을 두고 소설을 공리주의적인 실용성에 두고 있는 것을 옳지 않다고 보고 소설을 실용성에서 따로 떼어 독립시키려 했다. 소설은 소설 그 자체로서 독립적으로 존재한다는 주장이다. 소설의 목적은 사회의 도덕에 부수하는 종복같은 역할에 있지 않다고 강조했다.

그러나 김동인의 주장을 보면 '우리에게 도덕적 관념이 생기려는 것을 禁하려 하는 종류의 소설을 소설로서 용인할 수 없다', '소설이 訓話가 아닌 이상 奇譚이상의 다른 가치를 지녀야 한다' 라고 발언하고 있다. 또한 김동인은 자신의 예술론을 설파하면서 특별히 어떤 문학사조에 입각하여 이를 주장하지 않았다. 이는 逍遙의 문학론과는 판이한 예술관이라는 것이 드러난다.

2) '자연의 복제'

김동인의 예술관으로서 다음과 같은 이론을 찾아낼 수 있다.

[창조]에 쓴 나의 예술관의 대의-

'- 대체 사람이란 동물은 하느님의 만든 세계에 만족치 않는다. 자연계에 아름답고 훌륭한 '꽃' 이라는게 있는데도 불구하고 제 손끝으로 제 재간으로 그림으로든 조각으로든 꽃을 모방하여 만들고 (그러니까 따라서 자연계의 꽃과 달라서 빛깔의 아름다움도 부족하거니와 냄새도 없고) 이 초라한 복제품을 좋아한다. 우수한 '자연품' 보다도…… 제 손으로 만든 것이 자연계의 것보다 아무리 너절하고 초라할지라도 자연계만에 만족치 못하고 제 스스로 복제하여 그것을 좋아하는 것이 사람의 심정이다.

이것이 즉 예술이다. 자연계를 모방하여 음성으로 복제한 것이 음악이요, 그림이나 조각등으로 복제한 것이 문학이다. 바꾸어 말하자면 '자기가 창조한 세계' - 이것이 예술이다.[8]

반면 逍遙는 '소설은 미술이다' 라고 자주 말했다. 아트(*art)는 2로 나누면 실기(實技)와 미술(美術)이다. 실기는 유용(實) 즉 실용성을 목적으로 하고 미술은 오락(= 美)을 목적으로 한다 라고 했다.

逍遙는 처음 「소설진수」에서 문학이론을 기술하면서 문학이라는 말 대신에 '미술' 이라고 했다. 즉 미(美)를 기술한다는 뜻이라고 필자는 해석한다. 그래서 이 미술이라는 용어는 통상 우리가 요즈음 사용하고 있는 '회화' 의 '미술' 과는 그 어의를 달리하고 있다.

逍遙는 '로맨스' 를 부정하고 '노벨' 을 소설이라 했다. 소설은 인정(人情), 세태(世態), 풍속의 모사(模寫)가 아니면 안 된다고 주장한다. 여기시의 모사가 逍遙의 사실주의 소설론의 주안점이고 이것이 미술의 본의이다.

이렇게 볼 때 김동인의 예술론은 '복제' 한다는 어휘가 逍遙의 사실주의의 사(寫)와 어의를 같이 하면서도 그 내용은 무척 상반되고 있다. 즉 김동인의 경우는 작가가 '창조한 세계가 예술이다' 가 되므로 여기에서도 동인의 예술론은 逍遙의 예술론과 전혀 일치하지 않고 있다.

---

8) 「김동인 평론전집」, 433쪽.

필자는 김동인은 이 예술론에서 자신이 처음 출간한 동인지를 '창조'라고 이름했다고 믿는다.

3) 김동인의 단편소설론

김동인은 단편소설에 대해 자신의 확고한 견해를 밝히고 있다. 그가 어떠한 자세로 단편창작에 임하였는가를 살펴보는 것도 무척 유용한 일이다.

> 장편소설과 단편소설의 구별은 형식에 있다. 간단히 말하자면 장편소설은 비교적 산만한 인생의 기록이다. 그러나 단편소설이란 '단일한 효과를 나타내이는 압축된 인생기록으로서 단 한 개의 의미를 나타내기 위하여 가장 간단한 필치로 기록된 가장 간명한 형식의 소설이다. 그리고 그 단편소설에 직접 간접간 필요 없는 句는 한마디도 삽입되는 것을 허락하지를 않고 그 이상 한 구절이라도 더 삽입되면 본시 그 소설이 나태내려는 효과를 전연 파괴해 버리거나 적어도 別物로 변하리만치 압축된 기록이다.
>
> 조금 더 구체적으로 예를 들어 말하자면 우에도 말한 바 모팟산의 「殺親者」에 말미에 일행만 더 첨가하면 지금껏 나타내든 원작의 효과와는 별개의 의미를 가지게 되는 것으로도 알 수 가 있을 것이다…… 統一된 印象, 單一의 情緖, 보다 더 기교적인 필치 - 이것이 단편소설의 특징이다.
>
> …… 간단히 그것을 감정하자면 어떤 소설을 讀了한 뒤에 독자의 마음에 단일적으로 예각적으로 보다 더 순수하게 감수되는 것은 단편소설이오, 讀了 후에 침중하게 광의적으로 산만하게 감수되는 것은 장편소설이다.
>
> 소설을 읽음에 있어서 장편소설과 단편소설에 대해서 이만한 막연한 구별점이라도 알고 읽으면 좋겠다. 길면 장편소설 짧으면 단편소설이라는 것은 너무도 무지한 구별이다.[9]

김동인의 단편소설에 대한 견해에는 에드가 알란 포의 단편소설의 이론이 상당히 많이 도입되었다고 필자는 판단한다. 에드가 알란 포의 단편소설에 대한 견해는 나타니엘 호손의 「두 도시 이야기」(*Twice Told Tales*)를 비평한 데서 유명해졌다.

숙련된 작가가 하나의 작품을 구성했다고 하자. 그가 현명하다면 이야기의 사건에 적합하지 않은 자신의 생각을 지어내지는 않는다. 그는 주의 깊게 어느 독특한 유일한 효과가 생겨지도록 고안하여 사건을 만들어낸다. 이어서 이왕에 고안한 효과를 발산하도록 가장 형편이 좋은 그것들의 사건들을 연계해나간다. 만일 도입부분 문장으로부터 이 효과를 내는 데 기여하지 못한다면 그는 제일보에 이미 실패한 것이다. 직접적이든 간접적이든 우선 확립된 하나의 구성의 성격에 맞지 않는 말은 한마디도 작품 전체 안에 있어서는 안 된다.[10]

포가 단편소설의 본질을 파헤친 것으로 오늘날까지 누누이 단편소설의 특성을 말하는데 쓰여진다. 이 포의 견해는 플롯 구성의 기반으로서 단편소설 창작의 특히 오·헨리 엔딩(O·Henry ending = surprise ending)[11]을 지닌 기본적 요청이다. 플롯구성의 정확성, 一語一句의 효과가 적절하고 주제의 선명함, 전체적 통일의 엄밀함, 또한 복선의 자연스런 설치가 가장 요구되는 부분이다. 이는 플롯 구성을 기반으로 하는 단편소설 속에 특히 오·헨리 엔딩을 지닌 플롯 구성이야말로 단편소설에서 최고의 기교를 필요로 한다.

4) 단편소설의 말미의 중요성

김동인은 오·헨리 엔딩의 기교를 상당히 염두에 두고 있었다.

---

9) 상게서, 58쪽.

10) *The Literature of the United States*, an Anthology and a History, vol. 1. 648쪽.

　　조선에 있어서 O·헨리씨의 뒤를 밟은 사람 가운데 李泰俊氏가 있
다……
　　그리고 O·헨리의 작품은 모도 일본의 소위 '落語'와 같이 최종의 奇警
한 一句로서 독자를 아연케 하는 종류의 것이므로 단편소설의 최후의 일
절(클라이막스)과 동일한 것으로 오인되기가 쉬워진다.[12]

　　여기서 김동인은 오·헨리의 단편소설의 말미의 奇警한 一句를 이
미 주의하고 있었다는 것이 나타난다. 즉 이 '말미의 奇警의 一句'야
말로 오·헨리의 엔딩의 기교인 때문이다.

　　[아메리카의 이야기]
　　한 청년과 한 소녀가 서로 연애를 한다. 풋사랑이니만치 사랑의 정도도
매우 기렸다. 크리스마스가 가까웠다. 서양의 풍속으로는 크리스마스에
는 반드시 서로 무슨 선사를 해야한다. ……사내는 생각하였다. 내 애인
은 쉽지 않은 美髮의 주인이다. 그러나 가난하기 때문에 그 미발을 장식

---

11) O·Henry ending(= surprise ending)- 'surprise ending' 'O·Henry ending'을 설명
하기 위해 O·Henry (1862-1910)의 After Twenty Years를 예로 들어본다.
　종래의 소설비평에서는 인물묘사와 성격묘사는 별로 구별하지 않고 있었다. 그런데 이 작품에서
는 작자는 풍모 경력, 성격 심리의 4개의 면에서 '풋프'라는 하나의 인간상을 설정해 놓고 있다.
크라이막스에서 전혀 의외의 사건이 발생하여 이야기는 파국에 도달하여 독자는 풋프와 마찬가
지로 아연하게 만든다. 이 일에 이르기까지에 이야기의 트릭이 비장되어 있다. 이일로 사라졌던
순경이 다시금 독자의 눈앞에 모습을 나타내는 것으로 모든 복선이 명확해진다.
　이 방법을 surprise ending이라든가 O·Henry ending이라 일컬어지는 것은 오 헨리가 이
방법을 가장 많이 사용하여 성공한 때문이다. 이는 이야기 중에 돌리는 것이 있다는 의미로 이
것을 Twist라고 말하는 일도 있다. 이 O·Henry ending은 플롯이 끝났다는 것의 의미 이외에
이것은 항상 이야기의 일부분 적인 요소가 전체적으로 통일을 가져와 이야기 전체의 구성과 의
미가 계시하는 계시의 순간(Moment of Iluminiantion)이어야 한다는 것이다.
　계시의 수난 내지 키 모멘트(Key Moment)는 이전에 일어난 모든 사건이 초점으로 가져와져
그것들의 의미가 해명되는 순간이고 또한 이야기의 전체를 위한 계시적 순간이다. 그것은 이야
기의 골자이고 그 안에 적어도 암시에 의해 이야기의 총괄적 의미가 포함되어 있다. 이러한 요
소를 갖추었을 때, 이러한 계시적 순간이 있음으로써 비로소　비로소 surprise ending은 기교
로서의 의미를 지닌다.(고영자. 「일본의 지성 아쿠타가와 류노스케」전남대 출판부. 2000. 285
- 289쪽 참조)

12) 상게서, 57쪽.

할만한 빗이 없다. 크리스마스 프레센트로 빗을 하나 사주면 어떨까……
고. 여자는 생각하였다. 내 사랑하는 이는 시계를 하나 가지고 있어서 끔
찍이도 애지중지하는데 유감인 것은 시계의 줄이 없는 점이다. ……"당
신의 시곗줄을 사드리기 위해 머리를 잘랐소이다."……"시계 없는 내게
시곗줄은 무슨 필요가 있겠소." ……오우 · 헨리의 「The gift of magi」소
설의 大要다.[13)]

여기서도 김동인은 오헨리의 단편소설을 읽고 그의 오헨리 엔딩의
기교를 말하고 있는 것을 볼 수 있다. 따라서 김동인은 단편의 말미를
대단히 중요하게 여겼다.

　　목공이 살인자가 되어 법정에 서고…… 목공은 자백하기를 그 신사는
　자신의 친부고 자기는 그 신사의 사생아다…… 그런데 여기서 좀더 나아
　가서 생각할 점은 만약 이 소설의 말미에 "재판관은 그 목공에게 무죄의
　판결을 나렸다……"는 일행만 더 가하면 어떻게 될까? 그러면 아직껏 비
　극의 갈등 등을 말하던 이 소설은 홀연히 변하여 '감정' 이라 하는 것을 설
　명하는 소설이 될 것이다. 그 말미를 또 다르게 "배심관도 목공의 심사를
　동정하였다. 그러나 법은 굽힐 수가 없었다. 목공은 드디어 사형의 선고
　를 받았다' 고 하여 놓으면 그 소설은 또한 홀연히 변하여 '법률과 인생문
　제' 라는 또 다른 문제를 말하는 소설이 될 것이다. 여기 단편소설을 붓하
　는 사람이 잊어서는 안될 중대한 문제가 걸려 있다.
　　단편소설이라는 것은 가장 압축된 감정의 표현이기 때문에 一字의 가
　감도 용서할 수 없다. 무지 혹은 몰이해한 일자의 가감은 그 작품 전체를
　별개의 물건으로 만들기 쉬운 것이다. 더구나 단편소설에 있어서는 기교
　상 대개 그 클라이막스를 말미에 두기 때문에 말미의 일점 일점의 가감은
　그 물품 전체의 가치를 좌우하는 것이다.[14)]

중요한 부분이라 생각해서 조금 길게 인용했다. 김동인이 단편의 말

---

13) 상게서, 53 - 55쪽.
14) - 모파상의 '살인자' 에 대하여 - , 상게서, 56쪽.

미에 얼마나 큰 비중을 두고 있었던 가를 확인시키는 대목이다.

3. 김동인과 기독교

김동인은 1900년 6월 2일 평양에서 벼슬을 한 양반집안에서 태어났다. 부호의 가문에서 이곳에서 8대를 살았다. 아버지 김대윤은 평양교회의 초대 장로로서 오랫동안 활동했다. 1913년 동인은 평양 숭진(崇眞)중학교에 입학했다. 숭진중학교는 당시 서양사람이 교장인 밋숀학교였다.

1914년 봄 동경으로 건너가 당시 李光洙, 文一平, 朱耀翰 등 우리 나라 유학생의 대부분이 공부하고 있던 명치학원에서 공부했다. 명치학원은 기독교 계통의 학교로 일본의 많은 문인들을 배출한 명문이었다.

주요한이 장차 문학을 전공하겠다는 말을 듣고 자신도 문학에 관심을 갖게 되었다. 동인은 그 뒤 아사쿠사에 가서 영화도 보고 아오야마(靑山) 연병장을 구경도 하면서 탐정소설을 읽었다.

여기서 김동인은 기독교 집안에서 태어나 기독교 계통 학교에서 공부하며 성서를 배웠다는 것이 판명된다. 이와 같은 사실은 김동인이 기독교와 밀접해 있었다는 것을 말해준다.

4. 방랑인의 허무감 -'배따라기'

1) 화합할 수 없는 불협화음

「배따라기」(1921. 5)는 [창조] 9호에 발표된 단편소설로 김동인의 초기 작품에 속한다.

이 「배따라기」야말로 余에게 있어서 최초의 단편소설 (형으로든 양으로든)인 동시에 아마 조선에 있어서 조선말로 된 최초의 단편소설일 것이

다.[15]

김동인은 「배따라기」에 대해 이처럼 자신감에 넘쳐 있었다. 「배따라기」는 다음과 같이 시작한다.

> 좋은 일기이다. 좋은 일기라도 하늘에 구름 한점 없는 - 우리 '사람' 으로서는 감히 접근 못할 위엄을 가지고, 높아서 우리 조그만 '사람' 을 비웃는 듯이 내려다보는, 그런 교만한 하늘은 아니고, 가장 우리 '사람' 의 이해자인 듯이 낮추 뭉글뭉글 엉기는 분홍빛 구름으로서 우리와 서로 손목을 잡자는 그런 하늘이다. 사랑의 하늘이다.

'사람으로서는 감히 접근 못할 위엄을 가진 하늘', ' 사랑의 하늘이다' 에서 '하늘' 을 '하나님' 의 대치어로 생각해도 좋을 듯 하다. 여기에 대비되어 잠시도 멎지 않고 흐르는 푸른 물이 황해로 흐르고 있는 대동강이 나타난다. 아름다운 하늘과 유유히 흐르는 대동강물은 자연의 대조적인 양극을 보여준다. 이러한 대조적인 자연의 묘사에서 이 작품의 동기가 발생되고 있다.

다시 말해서 '뭉글뭉글 엉기는 분홍빛 하늘' 과 잠시도 멎지 않는 푸른 대동강물' 의 모습은 객관적인 자연의 상태로부터 주관적인 낭만적 분위기를 동시에 연상케 하는 '반대감정의 병존' 을 뜻하는 이중성을 나타낸다.

이런 하늘과 강물 사이를 떠도는 뱃사람의 한없이 슬픔에 젖어들게 하는 '배따라기' 가 있다.

> 비나이다, 비나이다.

---

15) 정한모, 「현대작가연구」, 凡潮社, 1959, 126쪽.

산천후토 일월성신 하나님전 비나이다.
실날같은 우리 목숨 살려달라 비나이다.
에 -야, 어그여지야. ……

매혹적인 자연과 떠도는 방랑인의 허무함을 뜻하는 이중적 암시가 아닐 수 없다. 이 방랑인의 허무함은 기독교적 사상으로 말하면 원죄를 짊어진 인간들이 영원히 벗어날 수 없는 숙명인 것이다.

봄하늘의 따스함과 높이 떠있는 뭉실거리는 구름으로 사람을 취하게 하는 매혹적인 한가한 분위기에 대조되어 떠오르는 근처에서 불어오는 슬픈 음률의 가락은 불협화음 속에서 화합할 수 없는 양극성이 대립되어 있다.

인간세상의 일과는 전혀 무관한 자연과 그 자연 속에 사는 인간과의 상호 분리된 상태로 영원히 평행선을 달릴 뿐이다. 고민이 가득한 황량한 궤도는 비참하게 끌려가는 서글픈 인간사이다.

2) 작품 속의 '그'

「배따라기」는 작가인 '내' 가 대동강 가에서 슬프고도 아름다운 '배따라기' 노래를 듣고 그 노래를 부르는 남자 '그' 라는 뱃사람을 찾아내고 '그' 의 남다른 사연을 듣는 데서 전개된다.

이 때다. 기자묘 근처에서 무슨 슬픈 음률이 봄공기를 진동시키며 날아오는 것이 들렸다. 나는 무심코 귀를 기울였다. '영유 배따라기' 다. …… 넓고 밝은 곳에 혼자서 굴고 있는 그를 찾아내었다.

작품 속의 '나' 는 '그' 의 과거 이야기를 듣는다.

'사람의 일이라니 마음대로 됩니까"

"거저 운명이 데일 힘셉니다."
운명의 힘이 제일 세다는 그의 소리는 삭이지 못할 원한과 뉘우침이 섞여 있다.

'그'는 자신이 무척 사랑하는 이 마을에서는 드물다 할만큼 예쁜 아내가 자신보다 훨씬 미남인 동생에게 친절히 대하면서 호감을 갖고 있는 것을 몹시 질투했다. 동생은 시골사람으로서는 쉽지 않도록 늠름하고 위엄이 있고 얼굴색도 희였다. '그'는 속이 끓어 견딜 수가 없었다. '그'는 번번이 생트집을 잡아 아내를 때렸다.

'못난둥이!'
그 말이 채 끝나기도 전에 그의 아내는 악 소리와 함께 그 자리에 거꾸러졌다…… '그'는 (아내를) 내리찧으면서 부르짖었다…… '그'는 아내를 거꾸러뜨리고 함부로 내리찧었다.

'그'의 아내에 대한 폭력이 얼마나 거세고 난폭했는 가는 가히 짐작할 수 있는 대목이다. 결국 아내는 '그'의 폭력에 견디다 못해 물에 빠져 익사체로 발견되었다.

이전 같은 생기로 가득찬 산 아내가 아니요, 몸은 물에 불어서 곱이나 크게 되고, 이전에 늘 웃음을 흘리던 예쁜 입에는 거품을 잔뜩 문, 죽은 아내였다. 이 모습을 본 아우는 그 조그만 섬에서 자취를 감추었다.
"노형은 이제 어디로 갈테요?"
"것두 모르지요, 덩처가 있나요? 바람 부는 대로 몰려 댕기디요."
그는 다시 한번 나를 위하여 배따라기를 불렀다. 아아, 그 속에 잠겨 있는 삭이지 못할 뉘우침, 바다에 대한 애처로운 그리움.

삭이지 못할 원한과 뉘우침 그리고 가책을 받은 '그'는 아우를 찾아 바다를 떠돌며 방랑한다. 그들 두 형제는 그 마을에서는 제일 부자이고 또 제일 고기잡이를 잘 했다. 배따라기 노래도 잘 불러 이들 형제는 그 동네를 대표할 만한 사람이었다.

그러나 사랑과 질투의 갈등을 '그' 는 '아내' 에게 폭력을 휘두르는 것으로 나태냈고 이로 인해 '아내' 의 죽음을 야기시키고 동생은 자취를 감추었다.

이 형제간의 사연은 족히 성서의 '카인과 아벨' 의 이야기를 상기시키기에 충분하다.

3) 「배따라기」의 모티브 – '카인' 像

필자는 이 「배따라기」가 동생을 질투하여 자신의 아내를 죽이고 '배따라기' 를 부르며 방랑한다는 줄거리여서 성서의 '카인과 아벨' 의 이야기에서 그 모티브를 얻었다고 믿는다.

앞서 기술한 바와 같이 김동인은 기독교와 긴밀해 있어 성서를 배웠다. 더구나 그는 일본에 가 있었을 때 有島武郎이 대두하고 있었다고 말했다. 有島의 데뷔 단편 소설 「카인의 후예」를 그가 읽었을 공산은 크다고 필자는 생각한다. 有島는 「카인의 후예」로서 일약 문단에 그 이름을 떨치게 되었고 有島 또한 기독교를 신봉하고 있었던 때문이다. 설혹 김동인이 이 작품을 읽지 않았다 해도 단편 제목에 나타나는 '카인' 은 김동인의 관심을 끌어드리기에 충분하였을 것으로 믿어진다.

성서의 카인과 아벨

구약성서 창세기에 나오는 카인과 아벨의 이야기에는 주님(하나님) 이 여러번 나타난다. 이 이야기의 기술자의 의도는 단지 인간의 문명의 발달 뿐 아니라 인간의 발 빠른 죄(罪)의 발달을 기술하는 데 있다. 창세기 3장에서 채택된 죄의 기원이 이 이야기에서는 유전적인 성질로서 키워져 무서운 행위가 死를 불러왔다는 것을 기술하고 있다.

최초의 남자는 아담이라 했으며 그의 아내를 아담은 하와(이브)라 불렀다. 두 사람은 멀리 동방의 나라에 있는 에덴이라 불리는 아름다운 동산에 살았다. 그들은 금단의 열매를 따먹었기 때문에 에덴에서 쫓겨나 세상으로 나와 살게 되었다. 하나님의 도움을 받아 첫 아이를 낳았다. 하와는 이 아들을 카인이라 불렀다. 둘째 아이가 태어나자 아벨이라 했다.

카인이라는 어휘의 의미는 '얻다(得)' 이다. 주 즉 하나님의 도움으로 얻었다는 것을 의미한다. 아벨의 의미는 '숨, 호흡(息)' 이다. 이는 한순간의 '숨' 처럼 사라진다. '덧없는 存在' 를 의미하고 있는지도 모른다. 시리아(Syria)어로 아벨은 목양자(양치는 사람)와 관계가 있다는 것을 암시한다.

두 아이는 자라서 부친이 하던 대로 일을 했다. 카인은 밭에서 일하는 농사일을 했고 아벨은 양떼를 길러 양치는 사람이 되었다. 이두 아들은 각기 하나님께 제물을 바쳤는데 하나님은 아벨의 제물을 기뻐하시고 카인의 제물은 마음에 들지 않는다는 표시를 하셨다.

이 이야기의 기술자는 제물의 제도의 기원은 생략하고 있다. 어째서 동물의 희생이 받아들여지고 땅(地)의 농산물은 거부당했는가에 대해서도 확실한 언급이 없다.

이 원인에 대해서는 다만 추측으로 두 가지가 가능할 뿐이다. 하나는 예배자의 기질(氣質)에 의한 것이라는 것, 다른 하나는 제물의 성질에 의한 것이라는 입장이다. 그러나 여기서는 7절에 나타나 보이는 카인의 불평불만에 쌓인 태도와 9절에 보이는 카인의 거친 말들에서 그의 기질이 원인이었다는 추측이 가능성을 띠고 있다. 따라서 제물의 물품이 무엇이었는가에 문제가 있었던 것이 아니라 오히려 제물을 바치는 두 형제의 기질, 심성의 상태에 있다고 했다.

주님은 '너의 그 것을 제어(治)하여야 한다' 고 말씀하시지만 카인은 주님의 이 친절한 경고에 전혀 무감각이고 제 감정대로 제멋대로 할 뿐이다.

카인은 하나님에게 몹시 화를 내며 동생 아벨을 시기하여 때려서 죽인다. 흉포한 인간이다. 주님이 '동생 아벨은 어디 있느냐?' 고 질문하는 형태로 카인의 죄의 고백을 끌어내려 한다. 이에 대해 카인은 아담의 경우보다 더 악랄하게 책임을 부인하는 것으로 대답한다. 카인은 아담처럼 변명하는 것이 아니라 거짓말을 지어낸다. '알 수 없습니다. 제가 동생을 지키는 사람인가요?'

최초의 살인자의 최초의 말은 형제애(兄弟愛)의 의무를 부정하는 말이었다. 가족의 연계에 대한 거부는 사랑(愛)의 부정(否定)이다. 이는 살인자의 정신이다. '너는 무슨 일을 하였는가?' 이는 같은 질문이다. 이는 양심의 소리로서 카인 이래 모든 살인자에게 물어지는 물음이다. 이는 죄를 인정시켜 회개하게 하시려는 주님의 목소리인 것이다.

주님은 카인의 죄에 대한 형벌을 완화시키고 경감한다. 주님의 가호는 죄를 범한 카인에게도 내려졌다. 이것은 인류구제사의 제1보이다. 하므라비 법전이나 모세의 율법에서는 '눈에는 눈, 생명에는 생명' 이라는 것이 통상이다.[16]

이 카인과 아벨은 이 세상에서 가장 먼저 태어난 두 형제이지만 이렇게 형은 아우를 죽이는 것으로 시작되었다. 그리고 동생을 시샘하여 죽인 카인의 후예가 인간인 것이다.

「배따라기」의 주제는 이 작품의 말미에서 찾아낼 수 있을 것같다. 김동인은 단편소설에 있어 그 말미를 대단히 중요시하고 있었기 때문이다.「배따라기」의 말미는 다음과 같다.

---

16)「舊約聖書略解」, 일본기독교교단 출판국, 1957, 20 -21쪽.

끝없는 뉘우침을 다만 한낱 '배따라기'로 하소연하는 그는, 이 조고만 모란봉과 기자묘에서 다시 볼 수가 없었다. 다만 그가 남기고 간 '배따라기'만 추억하는 듯이 기념하는 듯이 모든 잎잎이 속삭이고 있을 따름이다.

'나'는 어디로인가 사라져 모습을 볼 수 없게 된 '배따라기'를 부르는 뱃사람을 다만 안타까운 마음으로 머리에 떠올릴 뿐이다. 하얀 구름처럼 떠다니며 방랑하는 '그'를 생각하며 동정을 금치 못한다. 다시 말해서 작가인 '나'는 '그'에 대한 동정심을 유발하는 대상으로서의 인간상이 나와 있다.

여기서 작가는 '배따라기'를 토대로 하여 인간의 어쩔 수 없는 본능, 에고이즘을 반추한다. 그리고 인간은 구약성서에 나오는 카인의 후예라는 것을 다시금 상기한다.

카인의 죄악은 유전성을 띠고 있다. 여기서 필자는 작가가 '배따라기'를 부르는 '그'를 카인의 자손으로 비견하고 있다고 본다. 그리고 작품의 주제는 인간의 원죄에 대한 서글픔이라고 생각한다.

Ⅲ. 끝맺음

이상에서 논해 온 바를 정리해 본다.

(1) 김동인은 그의 '예술론'에서 소설은 奇譚이 아닌 이상 기담 이상의 다른 가치를 지녀야 한다'고 주장했다. 필자는 이 '기담'을 일본의 「소설진수」의 '기이담'을 참고로 하여 살폈다.

(2) 김동인은 인간이 하나님이 만든 자연상태에 만족하지 않고 '자기가 창조하는 세계를 가지려 한다. 이것이 예술이다'라고 강조한다. 이것이 그의 예술론의 골자다. 여기서 필자는 그가 창간한 동인지 [창조에서의 '창조'의 의미를 발견한다.

(3) 단편 「배따라기」는 '카인과 아벨'의 이야기에 그 근거를 두고 있다고 본다. 「배따라기」에 그려내고 있는 드높은 하늘은 기독교의 하나님이 만든 창조의 세계라면 그 하늘에 떠도는 구름은 '카인'의 죄를 유전적으로 이어받고 있는 '그'의 모습이다. 곧 인간 일반의 모습일 수 있다. 그래서 작가는 '그'를 무척 동정어린 눈으로 바라보고 있다고 보았다.

전후 현실 자각과 행동방식의 모색

― 박경리의 「불신시대」 구조 분석 ―

송경란*

Ⅰ. 머리말

이 글은 박경리의 단편소설 「불신시대」[1]를 구조적으로 분석한 것이다. 「불신시대」는 작가의 개인적인 전쟁 체험을 형상화하였다는 점에서 사소설 계열의 작품이라는 지적[2]을 받기도 하였다. 그러나 박경리 자신은 "나의 신변에 일어난 사건을 소재로 했기 때문에 사소설 계열에 속하는지도 모르나, ……당시의 사회악과 인간정신이 물체화되어 가는 현실을 그리고자 하였다. ……내 의도는 사소설이 아니다."[3]고 말한 바 있다.

이 글에서는 「불신시대」의 의미구조를 분석하여 1950년대 작품들이 가지는 보편성과 작품의 변별성을 밝힘으로써, 박경리의 위와 같은 진

---

* 숙명여대.

1) 「현대문학」32호(1957. 8)에 발표되고, 「한국전후문제작품집」(서울: 신구문화사, 1983)에 수록되었다. 이 글에서는 작품집에 수록된 것을 분석 대상으로 삼고 인용도 거기서 한다.

2) '여성작가' 라는 관점에서 출발한 평가로는, 김용구의 「가족, 그 한의 뿌리」, 「한국현대작가연구」(서울: 문학사상사, 1991)와 정덕준의 「우리 소설 어떻게 읽을 것인가」(서울: 새문사, 1994) 등이 있다.

3) 박경리, 「사소설 이의」, 「한국전후문제작품집」(서울: 신구문화사, 1983), pp. 419-420.

술을 규명해 보고자 한다. 그러기 위해서는 '여성작가' 의 작품을 평가한다는 한정된 시각에서 벗어나 좀더 객관적인 비평방법을 사용해야 할 필요가 있다.

문학비평은 다분히 메타언어적 기능을 가지고 있다. 치밀한 독서를 통해 내용과 형식의 통합체인 문학작품 자체와 작품의 세계관을 구성하는 여러 요소를 분석 · 종합함으로써 작품의 문학적 가치를 발견할 수 있다는 점에서 그러하다. 따라서 문학비평은 '담화에 관한 담화'[4] 로서, 문학적 · 비평적 · 과학적 기능을 수행해야 한다.

이러한 기능을 수행하기 위해서 구조주의적 접근방법이 사용된다. 이 방법은 작품의 내재적 연구—의미작용들의 분석을 통한 문학성 발견—로서, 작품분석을 통한 비평의 논리적 검증작업에 해당한다. 특히 문학기호학적 측면과 밀접한 관련을 맺어 작품 내에 숨겨져 있는 언어구조와 그 체계를 밝혀내는 의미의 재구성 작업을 한다. 그 결과 작품의 의미체계가 발견되거나 작품이 독자에 의해 재구성되었을 때, 그 작품의 언어체계와 창조된 문학적 현실이 문학비평 안에서 밀접한 관계를 형성하며 하나의 융합체가 되는 것이다.

소설의 구조 분석은 작품의 언어적 요소들이 의미의 최소단위를 형성했을 때 시작된다. 바르트에 의하면, 기능단위는 소설문법의 최소단위로서 작품의 전체적인 구조를 전제로 한 개념이다. 이것은 작품 구성요소들 상호간의 관계, 그리고 작품 전체와 그 요소들과의 관계를 포함하며, 이 단위들이 변별적 자질에 의해 구분된다. 그러므로 우리는 여기에 배당될 기능의 일반적 분류방법과 그 특성에 대해 미리 파악하고 있어야 한다.

소설의 모든 진술은 소설내의 사건 진행과 관련된 '동적인 범주' 와 간접적으로 줄거리의 전개를 가능하게 하는 '정적인 범주' 로 이루어

---

4) 김치수 편저, 『구조주의와 문학비평』(서울 : 홍익사, 1980), p. 149.

져 있다. 이를 통해 텍스트의 분절된 단위들을 재구성하는 각 기능단위들이 상이한 선을 따라 모이면서 연속체를 형성하게 되고, 이 일련의 연속체가 모여서 텍스트 전체를 형성하게 된다.[5] 여기서 작품의 문법적 단위인 '기능단위'와 텍스트가 의존하는 '약호 및 인습적 규약'은 배열적(paradigmatic) 관계와 통합적(symtagmatic) 관계를 고려한 텍스트 분석방법으로 사용된다.

이 글에서는 세그레의 언술, 플롯, 스토리, 서술모형의 층위 구분과 바르트의 기능, 행위, 서술의 층위 구분을 통합하여, 크게 의미구조적 층위와 표층구조적 층위로 나누어 작품을 분석하고자 한다. 우선 의미구조적 층위에서 플롯 및 스토리 층위와 관련시켜 기능 및 행위 층위에 해당하는 각 징조단위[6]와 기능단위[7]의 의미기능을 고찰하고, 서술모형의 층위와 관련시켜 작품의 의미구조와 주제의 형상화 문제를 구체적으로 검토하겠다. 다음으로 표층구조적 층위에서는 서술자의 태도와 언술의 특성을 밝혀 서술 층위의 특성은 물론 의미구조와의 관계를 파악해 보겠다. 그리하여 「불신시대」가 갖는 서사적 특성과 1950년대 소설로서의 의의를 밝혀 보고자 한다.

Ⅱ. 자각과 모색의 의미구조

1. 징조단위의 기능 : 인물의 심리와 현실 반영

「불신시대」는 6·25 전쟁을 전후로 하여 남편과 아들을 잃은 한 여

---

5) 최현무 엮음, 『한국문학과 기호학』(서울 : 문학과비평사, 1992), p. 235.

6) 징조단위는 이야기의 줄거리를 이해하는 데에는 필요하지만 줄거리에 직접 영향을 미치지는 않는다. 다만 작중인물의 성격이나 신분, 감정 등과 연관되는 징조나 정보를 제공하는 간접적인 기능을 하므로, 정적인 범주에 해당한다.

7) 기능단위는 이야기의 줄거리에 직접 영향을 미치는 동적인 범주에 해당한다. 인물과 사건을 어떻게 작품 전체 구성에 배치하는가와 관련된 행위 층위이다.

인의 이야기다. 이 작품에서 전쟁의 비극으로 허황해진 주인공 진영의 의식은 전후 현실을 체험하면서 변화해 간다. 특히 이 작품에 나타난 주인공 진영의 심리상태와 당시의 현실에 대한 정보는 의미구조적 측면에서 중요한 기능을 한다. 그러므로 기능단위 즉 행위단위의 분절과 통합에 의한 작품분석에 들어가기 전에, 작품에 나타난 징조 단위의 정보적 기능을 살펴볼 필요가 있다.

1. 진영은 꿈속에 희미한 길을 마구 쏘다니며 아이를 찾아 헤매다가 붕대를 칭칭 감은 눈도, 코도, 입도, 보이지 않는 아이 모습에 소스라쳐 깬다.
2. 아주머니가 말할 적에는 금으로 씌운 송곳니가 알른알른 보였다.
3. 아주머니는 적삼에도 반드시 고름알 달았다.
4. 뜨락에는 연분홍빛 '그라지오라스' 가 피어 있었는데 진영은 불교의 상징인 연화를 왜 그런 지 연상했다.
5. ……눈앞에 시뻘건 불덩어리가 굴러가는 것을 본다. 헤살꾼은 자꾸만 속삭인다.
6. 어둡고 침침한 명부에서 압축한 듯한 목쉰 아이의 울음소리
7. 아이들의 각색의 음계가 합한 성가는 바람을 못 마신 '올갠' 의 잡음처럼 진영의 귓가에 울 렸다.
8. 잠자리채 같은 연금주머니는 슬그머니 뒷줄로 옮겨가는 것이었다. 진영은 구경꾼 앞으로 돌아가는 풍각쟁이의 낡은 모자를 생각했다.
9. ……성당이 가늘게 요동하고 있는 것 같이 진영에게는 느껴졌다.
10. 넓적한 해바라기 잎사귀 사이의 그 찌드른 옆얼굴을 바라보는 진영은 바다에 떠밀려 다니 는 해파리를 생각했다.
11. 완전히 조화를 깨뜨린 소녀와도 같이 카랑카랑하게 맑은 목소리다.
12. ……쨍쨍하게 내리쬐이는 햇빛 아래 늘어진 한 마리의 지렁이 같은 생명이었다.
13. 고급승용차가……한 마리의 딱정벌레 같은 것이라 생각했다.
14. 웬일인지 몸가짐이 평소보다 좀 산란해 보였다.

15. 내장이 터진 소년병이 꿈에 나타났다.
16. 겨울 하늘은 매몰스럽게 맑다. 잡나무 가지에 얹힌 눈이 바람을 타
    고 진영의 외투 깃에 날 라 내리고 있었다.

위와 같은 16개의 징조 단위는 주로 주인공 진영의 의식과 그 변모에
관련된다.

먼저 진영의 죽음과 삶에 대한 의식을 살펴보면, 징조단위 1과 6에서
는 의사의 실수로 아들을 잃고 괴로워하는 어머니의 마음과 그 이면에
숨어 있는 죽음에 대한 두려움이 나타나 있다. 이러한 심리상태에서 탈
출하고자 진영은 신앙을 찾게 된다. 징조단위 10에서 진영은 어머니의
옆얼굴에서 '해파리'를 연상하며, 삶에 찌든 모습으로 살아 남아 있는
인간 존재에 대한 냉소적이고 연민에 찬 시선을 보인다. 그리하여 징조
단위 12에서처럼 그 스스로를 '지렁이 같은 생명'이라고 의식하게 됨
으로써, 전후 피폐해진 인간의식의 일면을 보인다. 이것은 전쟁체험 이
후 죽음과 삶 앞에서 인간이 얼마나 나약한 존재인가를 깨닫게 된 진영
의 의식을 반영한 것이라 하겠다. 그래서 진영에게 징조단위 15의 죽은
소년병에 관한 꿈은 죽음의 예고와 같은 것이었고 언제나 두려움과 공
포의 대상이었다. 그러나 진영은 잠결에 어머니의 잠꼬대를 듣고 어미
로서의 도리가 무엇인가를 자각하게 되자 죽음에 대한 공포는 잊은 채
잠에서 깨어난다. 그리하여 절에 두었던 아들 사진을 찾아 태움으로써
아들의 죽음을 인정하고 비로소 현실에 눈을 뜨게 된다. 한편 징조단위
16의 '매몰스럽게도 맑'은 하늘에서 눈발이 날리는 모습은 현실적 모
순을 상징하며, 진영이 스스로 이러한 모순에 대해 '항거할 수 있는 생
명'이 남아 있음을 깨닫게 되는 결말과 연결된다.

진영의 종교에 대한 의식을 살펴보면 다음과 같다. 먼저 징조단위 4
에서 진영은 '그라지오라스'라는 서양꽃과 '연꽃'이라는 동양꽃을 대
비하여 천주교와 불교를 연상하는데, 이것은 '왜 그런지 연상'한 것일

뿐 개연성은 없어 보인다. 그러나 절실한 필요에 의해 진영이 종교를 찾은 것이 아님을 유추하게 하는 한 근거로 볼 수 있다.

진영은 징조단위 5에서 '시뻘건 불덩이'로 상징되는 '헤살꾼'의 유혹을 받는다. 헤살꾼은 "의식적인 맹목은 끝내 맹목일 수 없다."는 운명론의 거부와 진영의 자의식을 부채질하여 종교와 화합하지 못하게 한다.[8] 징조단위 7에서 성가가 잡음처럼 진영의 귓가에 울리는 것은 진영이 천주교에 귀의하지 못할 것임을 암시하며, 징조단위 8, 9에서 진영이 '연금주머니'를 '풍각쟁이의 낡은 모자'로 생각하는 것은 종교가 세속적인 돈 문제와 결부되는 것에 대한 진영의 불신감을 반영한다. 그래서 징조단위 8처럼 진영은 성당을 '가늘게 요동하는 것'으로 느끼게 된다. 또한 징조단위 11처럼 중의 음성이 조화를 깨뜨리는 소녀같이 카랑카랑하게 맑다고 한 것은 불교에 대한 진영의 부정적 시각을 반영한 것으로 보인다. 이것은 뒤에 이어지는 시주로 받은 쌀을 되팔아 환전하려는 중의 잇속에 밝은 행동을 예견할 수 있게 한다. 그리고 진영과 어머니가 절에 찾아갔을 때 중이 "당신네 같으면 중이 먹구 살갔수."하며 돈이나 신분 차이에 따라 신자 대접을 달리하는 것과 관련시켜 볼 수 있다. 결국 종교가 돈 문제와 결부되면 그 이면에 부조리와 모순을 내포하게 되어 불신의 대상으로 변질된다는 것이다.

반면에 갈월동 아주머니는 진영과 대조적으로 현실 적응적인 인물이다. 징조단위 2, 3과 14에 묘사된 아주머니의 외모나 습관은 이를 암시한다. 아주머니는 금니를 할 정도로 돈을 모았고, 계주 노릇을 하며 현실에 잘 적응해 왔다. 그녀는 청상과부요 독실한 천주교 신자로서 갖추어야 할 몸가짐을 잃지 않고 살아가고 있었다. 그런데 어느 날 그 아주머니가 징조단위 14처럼 흐트러진 모습으로 진영을 찾아온다. 같은 천주교 신자라서 믿고 생계수단인 곗돈을 빌려주었는데 이자도 못 받

---

8) 이인복, 「표류하는 인간상」, 『죽음과 구원의 문학적 성찰』(서울 : 우진출판사, 1989), p. 17.

고 떼이게 된 데다가 곗돈 빚까지 짊어지게 된 것이다. 살아가기 위해 현실 순응이라는 삶의 방식을 선택했건만, 돈 문제와 관련된 현실은 결국 그의 신앙심과 인간에 대한 신뢰감을 부정하게 만든다.

위에서 살펴본 16개의 징조단위가 수행하는 정보적 기능은 작품을 분석하는 근거가 될 뿐만 아니라 그 의미구조와 주제를 파악하는 데 중요한 실마리가 된다.

2. 기능단위의 의미 : 인물의 의식 변모 양상

「불신시대」는 전체 5장으로 구성되어 있는데, 이를 줄거리의 차원에서 14개의 핵단위로 나눌 수 있다. 이 분절된 핵단위들은 기능단위로서 작품의 의미구조를 밝히는 직접적인 의미기능을 한다.

1. 진영의 남편은 9·28수복 전야에 괴뢰군 소년병의 임종 애기를 한 수시간 후 폭사한다.
2. 전쟁이 끝난 얼마후 진영이 비참하게 죽었다는 소년병을 꿈에서 본 그 다음날 아들 문수가 죽는다.
3. 진영은 갈월동 아주머니의 인도로 문수를 위해 어머니와 함께 성당에 간다.
4. 진영은 신앙과는 무관하게 자기의식에 빠져 있다기, 언금주미니를 보고 풍각쟁이 모자를 연상하고는 성당을 나와 버린다.
5. 시주 쌀을 거래하는 중이 다녀간 뒤, 진영은 아들을 위해 절에 가기로 한다.
6. 폐결핵을 앓는 진영은 Y병원에 이어 S병원에 갔다가, 의사와 간호원의 주사약을 다루는 서 툰 솜씨에 놀라 뛰쳐나온다.
7. 백중날에 문수의 시식공양을 위해 절에 간 진영과 어머니는 최저의 돈을 시주한 것 때문에 차별대우를 받고 울분을 느낀다.
8. 여름내 앓다가 H병원을 찾아간 진영은 거기서 빈 병을 파는 것을 보

고 가짜 주사약 생각을 하며 병원을 나와 버린다.

9. 진영은 산에 올라 현실과 자기의식의 모순을 발견하고 자기반성을
   한다.
10. 진영은 인위적인 실수로 인한 아들의 죽음을 용납하지 못하고 인간
    에 부정적인 인식과 반항적인 태도를 갖기로 한다.
11. 진영은 곗돈을 떼이게 되어 찾아온 아주머니의 모습을 보면서 돈과
    종교에 대한 집착이 괴로움과 고독에서 비롯되었음을 깨닫게 된다.
12. 진영은 구멍탄 스토브의 까스로 죽는 것을 생각하고서 꿈에 소년병
    을 보게 되자 잠에서 깨려고 애를 쓴다.
13. 어머니의 말소리에 잠을 깬 진영은 절에 찾아가, 진작부터 벼르던
    문수의 사진과 위패를 찾아오는 일을 한다.
14. 진영은 무순의 사진을 태워 버리며, 항거할 수 있는 생명이 남아 있
    다고 중얼거리며 눈 쌓인 언덕을 내려온다.

핵단위 1과 2에서 소년병의 죽음이 이야기와 꿈으로 등장하는데, 이
것은 죽음을 예고하는 동시에, 전쟁이라는 인위적인 비극 속에서 폭사
한 남편과 의사의 실수로 숨진 아들에 대한 진영의 절망적 의식을 강조
하는 데 기여한다. 또한 징조단위로 존재했던 악몽과 환청은 문수의 죽
음을 인정하지 못하는 진영의 고독과 그리움, 죽음에 대한 공포를 심화
시키는 구실을 한다. 그리하여 사실의 동기화[9]를 이룬다. 이러한 징조
단위에 의해서 진영은 비극적인 죽음의 운명성을 반복되는 꿈속에서
공포로 느낀다. 이를 현대소설과 악몽의 긴밀관계에서 살펴볼 수 있
다. 악몽 내지 불안몽은 인간의 의식 상태에 내재하는 공포와 불안 등
의 이상심리학적인 국면을 나타낸다. 이런 점은 대량적인 살육이 자행

---

9) '죽음의 예고→실현' 이라는 죽음의 실현가능성을 강조하는 언술의 반복은 작가와 서술자, 서술
   자와 사건 사이에 거리감을 줌으로써, 비일상적 사건에 대한 인식의 보편적 인간의 경험 수준에
   두는 역할을 하고 있다. 그리고 서술자가 제한된 입장에서 주관의 개입을 줄이려고 한다는 점을
   그대로 드러내어 주기 때문에 그럴듯하다는 느낌을 받게 한다.

된 6·25전쟁체험을 바탕으로 한 1950년대 소설에 잘 반영되어 있다. 그리하여 역사의 비극적 체험에 대해 실증적으로 인식하게 됨으로써, 적대관계나 보복심리, 잔존하는 상처의 기억에 매달리게 되는 의식은 죽음의 내재성을 관념적으로 수용하는 시대적 양상[10]을 띠게 된다.

핵단위 3에 등장하는 갈월동 아주머니는 현실에 적응하며 살아가는 인물이다. 그녀는 청상과부로 고독과 그리움을 견디기 위해 현실 순응을 삶의 방식으로 선택하고 돈과 종교에 대해 집착하며 살아왔다. 그러나 핵단위 11에서 빌려준 곗돈을 떼이고 빚마저 지게 됨으로써 절망하게 된다. 이것은 현실에 순응하며 산다 해도 모순된 현실 앞에서는 배신당할 수밖에 없다는 현실에 대한 부정적인 인식을 반영한다.

핵단위 3, 4에서 진영은 죽은 아들을 위한다는 명목으로 성당에 찾아가지만, 아들의 죽음을 운명으로 받아들이지 못하는 그녀의 자의식으로 말미암아 신앙에 귀의하지 못한다. 더구나 내면의 갈등을 일으키는 '헤살꾼의 속삭임' 이 등장하여 오히려 진영의 자의식을 심화시킨다. 징조단위와 관련해서 보면, 신의 존재와 문수의 죽음을 운명으로 받아들이지 못하는 진영은, '연금주머니' 가 지니는 종교의 세속적인 면과 자신의 명목에 따라 어설프게 신앙을 추구한 자기의 모순을 인식하고 '성당' 을 빠져나간다.

그러나 신앙에 대한 진영의 기대는 핵단위 5와 7에서도 계속된다. 젊은 중이 시주로 받은 쌀을 거래하는 세속적인 면을 보이는 데도 불구하고, 백중날 죽은 사람의 시식공양을 해 준다는 소식을 듣고 문수를 위해 절을 찾아가는 것이다. 그러나 최저의 시주를 했다는 이유로 차별대우를 받게 된다. 역시 돈은 가치교환의 대상일 뿐만 아니라, 인간의 도덕성 여부를 가름해 주는 잣대의 기능을 하는 것이다. 다시 말해서 현대소설을 돈의 힘에 대한 반응의 문학[11]이라고 할 수 있다면, 물질적

---

10) 이재선, 『한국문학 주제론』(서울 : 서강대 출판부, 1989), p. 132, p. 251.
11) 위의 책, p. 315.

존재로서의 돈은 주인공의 욕망이나 추악한 현실의 세계를 상징하는 것으로서 도덕적 관점과 기능적 관점에서 문제가 된다. 이때 돈은 도덕적 관점에서 인간의 가치를 좌우하는 역할을 한다. 그리고 돈으로 인해 종교의 본질이 변질될 수 있음을 입증할 때도 사용된다.

핵단위 6과 8에서는 병을 치료하는 병원이 영리를 추구하기 위해 오히려 병폐를 저지르고 있음을 고발함으로써 사회에 만연된 부조리의 일면을 보여준다.

핵단위 9와 10에 이르러 진영은 현실적 모순에 대해 뚜렷이 자각하게 된다. 빈부의 격차, 동양적인 것과 서양적인 것이 불균형을 이루는 잡다한 삶의 양상, 이러한 사회 현실을 불신할 수밖에 없다는 것이 곧 진영의 자각적 의식인 것이다. 현실의 모순성이 인간의 상대적 존재가치와 자기모순에 의해 일어난 것임을 알지 못했던 진영은, 인간과 사회에 대한 부정적 인식에만 머무르지 않고 자기반성의 자세를 갖게 됨으로써, 결말에서 죽음에 대한 공포에서 벗어나 항거할 수 있는 생명의 존재를 의식하게 된다.

핵단위 11에서 아주머니의 일을 듣고 진영은 객관적으로 판단할 수 있게 된다. 사실 아주머니에게 있어서 현실에 대한 순종은 일종의 삶의 대응방식이었다. 그러나 같은 종교를 믿는 사람에게 돈을 떼이고 빚쟁이로 전락하였다는 사실은 그녀에게 배신감과 생존의 위협에 대한 불안감을 느끼게 한다. 이러한 아주머니의 절망적인 모습은 진영으로 하여금 현실에 순응하는 사람조차 배반하는 모순된 현실에서 선택할 수 있는 대응방식은 '항거' 뿐이라는 결론을 내리게 한다.

진영은 핵단위 1, 2에서 소년병의 임종 얘기와 그 꿈을 죽음의 예고로 받아들이고 핵단위 12에 이르러서는 죽음에서 벗어나 살아 남으려는 본능을 드러낸다. 그리고 핵단위 14처럼 아들 문수의 죽음과 부재를 인정하여 아들의 사진을 태우고, 종교에 의존하려던 나약함에서 벗어나 현실 속에서 죽음의 공포를 떨쳐버리고 항거할 수 있는 삶을 선택하게 된다. 그래서 진영은 앓고 있는 폐결핵을 치료받고 살아 남기 위해 부패한 병원이나마 여러 곳을 찾아다닌다. 결국 인간은 삶에 대한 본능을 지닌 나약한 존재인 것이다. 그러나 부조리한 현실에 대한 본능을 지닌 나약한 존재인 것이다. 그러나 부조리한 현실에 순종한다면 그 생명은 죽은 상태에 있는 것과 마찬가지가 된다. 그러므로 자기 모순과 현실적 모순을 자각한 진영은 삶의 대응방식으로 '반항'을 택할 수밖에 없는 것이다. 이러한 주인공 진영의 의식적 변모가 주제의식과 관련된 의미구조를 형성하는 것으로 보인다.

3. 서술모형의 층위와 의미구조 : 자각과 모색의 과정

위의 핵단위들이 수행하는 기능단위적 의미를 서술모형과 기호학적 정방향의 도입으로 구체화시켜 본다면, 작품의 기본적인 의미구조를 발견할 수 있다.

우선 진영의 의식적인 측면에서 인간존재에 대한 의식인 죽음의식과 생명의식, 의식의 변화에 따른 본질과 존재의 의미를 도식화할 수 있다.

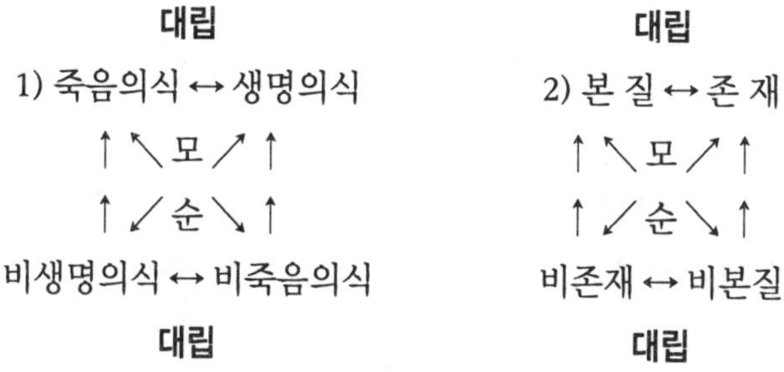

앞의 정방형에 있어서, 1)은 대립적으로 존재하는 듯한 진영의 죽음과 삶에 대한 인식이 모순과 대립 속에서 공존할 수밖에 없는 인간의

이중성과 연관되어 있음을 강조하는 의미구조이다. 2)는 신과 아들 문수의 죽음을 동일한 신비로 파악하던 진영의 오류가 어떻게 보편적인 진리로 발전하게 되는가를 입증하기 위한 의미구조이다. 그러나 이 의미구조의 정방형들은 독립적으로 존재하지 못하고 인간의 내면 속에서 혹은 진리 속에서 이중성을 지니며 공존한다.

　핵단위들을 연속체 즉 시퀀스로 묶기 위해서는 각 단위가 지닌 특성을 파악하는 것이 필요하다. 행위항의 대립적 측면과 이와 관련된 핵단위항의 의미를 의미구조적으로 분석해 보면 다음과 같다.

1.

행위항적 대립	핵단위항
찾아감 : 나와버림 올라감 : 내려옴	3항 : 4항, 5항 : 7항/6항, 8항, 13항 공존 9항 : 10항/14항 공존

2. 핵단위항과 관련된 의미구조의 이중성

3. 아주머니 → 계주 : 신자 = 돈 : 신앙 = 세속성 : 신성성

4. 연금주머니 → 돈 : 종교 = 세속성 : 신성성

7. 시줏돈 → 돈 : 신앙 = 세속성 : 신성성

8. 병원 → 영리 추구 : 환자 치료 = 병폐 : 자유

9. 도시 → 천막집 : 산장 = 누렇게 뜬 얼굴들 : 고급승용차 = 빈 : 부

　1)에서 행위의 대립에 의해서 두 가지로 나누어 핵단위항을 설정하였다. ‘찾아감 : 나와버림’은, 3항 : 4항과 5항 : 7항에서 정신적 치유를 기대하고 찾아간 성당과 절에서 돈으로 표상되는 현실적 가치가 중시되고, 아들을 위한 명목과 어설픈 신앙이 종교의 위선적인 면과 만나 현실적 모순을 심화시킴으로써 행위의 대립구조를 이룬다. 그리고 6항과 8항에서는 병을 치료하기 위해 찾은 병원이 오히려 병폐의 온상지가 되어 가는 현실을 목격함으로써 대립된 행위 양상을 나타내게 된다. 그러나 13항에서 오래 벼르던 일을 하기로 마음먹고 절을 ‘찾아갔

다'가 '나오'는 행위적 대립은 주제의식을 반영한 것으로 보인다. 즉 자의식에서 벗어나서 현실과 자기내면에 존재하는 모순을 인식하고 해결하려는 행동적인 인간이 되고자 한다는 점에서, '자각과 모색의 과정'이라는 주제의식을 반영한 의미구조를 발견할 수 있다.

한편 '올라감 : 내려옴'은 산에 오름으로써 현실인식과 자기반성에 이르고 인간과 사회에 대한 시야를 넓힌 진영이 14항처럼 내려오면서 죽음과 삶에 대한 의식의 변모를 보이며 반항적인 삶의 자세를 갖기로 한다는 결말에 이른다. 그리하여 '인간존재와 현실에 대한 의식의 변모 과정'을 탐색하려는 주제의식의 형상황에 성공한 것으로 보인다.

2)에서는 종교와 관련된 항목과 병원이나 도시의 부조리와 모순을 대상으로 하여 도식화하였다. 이 도식은 인간, 사회, 종교 등이 모두 자체 내에 이중적인 면을 지니고 있다는 사실과, 특히 인간이 느끼는 존재의 상대적 가치를 감안한다면 모순의 계기가 인간의 존재와 그 의식에 있음을 보여준다. 그러므로 의미구조적 측면에서 대립과 이중성에서 비롯된 모순의 양상을 인식하는 것이 이 작품 전체의 의미구조를 파악하는 데 중요하다.

여기에 덧붙여 시간의 흐름에 따라 구성된 「불신시대」의 전체 5장을 계절의 흐름과 상징적 의미에 따라 도식화해 보면 다음과 같다.

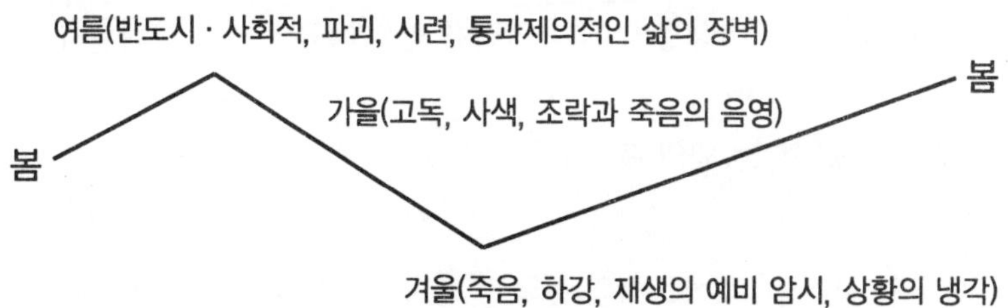

「불신시대」에서, 1장은 내용의 발단과 전개가 병렬적으로 결합되어 있는 부분이다. 진영은 가을(9 · 28수복)에 남편의 죽음을, 겨울(1 · 4

후퇴)에 비참한 피난생활을, 그후 5년이 지난 전쟁 후 초여름에는 아들의 죽음을 겪는다. 본격적인 여름철이 되자 그녀는 종교에 대해 기대감을 가지고 성당에 찾아가지만 불신감만 느끼게 디ㄴ어 좌절한다. 2장에서는 여름동안 폐결핵 치료를 위해 병원을 찾은 진영은 병원의 부조리를 목격하고 놀라게 된다. 3장도 여름이 배경인데, 남아 있는 종교에 대한 기대감으로 모녀가 백중 시식공양을 하러 절에 갔다가 돈과 결탁한 불교 행상의 부조리를 발견하고 울분을 느끼는 부분이다. 4장에서는 진영이 병원의 위선을 재확인하고, 사회에 만연한 모순과 삶과 죽음에 대해 갖고 있는 자기의 내면적 모순을 자각하여 반성하려는 계절로 가을이 설정되어 있다. 5장은 돈 문제로 절망한 아주머니의 모습을 목격하고 죽음의 예감에서 벗어나 '반항'이라는 삶의 대응방식을 선택하게 되는 진영의 의식적 변모를 보여주는 결말로서, 음력설이 임박한 겨울을 배경으로 하고 있다. 이러한 계절적·시간적 순서에 따른 계단식 구성은 시간의 의미가 작품에 중요한 역할을 담당하고 있음을 뜻한다. 주인공의 의식이 심화되어 구체적인 행위를 통해 현실 대응방식을 선택하는 과정을 시간적 흐름에 따라 행위층위와 의미구조 속에서 형상화하고 있는 것이다. 다시 말해서 「불신시대」는 주인공의 자각과 행동방식의 모색이라는 주제에 초점을 맞추어 의미구조를 형성한 작품으로서, 특히 전후 현실에 만연된 부조리와 모순이 불신의 원인이 되었다는 작가의 시대상황에 대한 인식을 반영한 작품으로 이해된다.

Ⅲ. 작가적 서술상황의 표층구조

언술은 능기(parole)로서의 문학 텍스트 자체를 가리키며, 언어기호와 밀접한 관계를 가지고 논의되어야 하는 층위이다. 문학적 기능을 하는 언어는 전달적 기능이 지배적인 규범어의 자동화된 표현요소를 활성화시킴으로서 언어기호와 그 대상 사이의 기계적 관계를 파괴하여,

언어의 힘과 언어 자체에 잠재되어 있는 새로운 가능성의 세계에 대한 통찰을 하게 한다. 이 층위는 작가마다 개성이 다르기 때문에 활용이 가능한데, 현대소설과 관련하여 문체가 많으며 이론화하기에 어려움이 있지만 문학적 기법을 많이 사용하는 점이 시학과 관련된다.

1. 서술자의 태도 : 작가적 서술자의 적극적 개입

우선 서술자와 작가의 문제가 담화이론에서 무엇보다 중요하다. 서사적 텍스트 내에서 독자들은 서술적 자아 역할을 하는 작가의 형상을 떠올리게 된다. 채트만에 따르면 이것은 서사물의 존재에 따라서 어떤 이미지로 서사물을 일으키는 서술자를 고안하는 원리이다. 이러한 작가는 의사소통의 자유도 소유하지 못하는 자로서, 전체 짜임새를 통해 묵시적으로 우리에게 끊임없이 이야기하고 있다. 이를 내포작가라고 하며, 독자는 이러한 서술자를 움직이는 원리를 찾아내야 한다.[12]

「불신시대」에서 서술적 자아는 박경리이고, 머리말에서도 언급한 바 있듯이, 이 작품을 아이를 잃은 후 느낀 사회악과 위선의 탈을 쓴 종교 등 인간 정신이 사라지는 현실을 보며 썼다고 한다. 여기서 작가의 대리자로서 서술자는 내포작가와 동일시되어 독자에게 발견될 수 있다. 특히 서술자가 주인공 진영의 내면세계에 개입하거나 진영을 반영 자화함으로써 서술자는 진영의 의식과 행위에 깊이 관여한다. 이러한 특징은 3인칭 작가적 서술상황에서 흔히 볼 수 있는 작가적 서술자의 태도이다.

"자기가 하는 말에는 별반 흥미를 느끼고 있는 것 같지 않았다."[13] 라든가 "몇 번이나 죽기를 원했던 자기자신이 아니었던가."[14] 등에서 서

---

12) S. 채트만, 『이야기와 담론』, (서울: 고려원, 1991).

13) 박경리, 「불신시대」, 『한국전후문제작품집』(서울: 신구문화사, 1983), p. 199.

14) 위의 글, p. 200.

술자는 주인공의 내면에 대해 깊은 관심을 보이며 그의 심리상태를 밝혀나가고 있다. 이처럼 서술자의 개입이 강하기 때문에 우리는 독자로서 서술자의 태도나 관심에 초점을 맞추어 작품을 읽어나갈 수밖에 없는 것이다. 따라서 주인공 진영의 의식과 관련된 서술자의 목소리가 많이 들릴 수밖에 없다. 채트먼에 의하면 이것은 비유적 시점에 해당한다. 그리고 서술자는 주인공을 카메라의 눈으로 사용하기도 하고 그의 내면과 행동을 가까이 관찰하기도 한다. 즉 의식에 관여함으로써 중개성이 강해진다. 그리고 작품의 서두에서 남편이 소년병의 죽음에 대해 이야기하는 경우에 '-라는 것이다' 라는 인용어미를 사용함으로써 주인공 외의 다른 인물이 하는 이야기는 객관적으로 언술하려는 경향을 보인다. 또 서술시간을 절약하는 요약과, 다른 인물과의 대화를 장면으로 처리하는 방법을 사용하기도 한다. 즉「불신시대」는 3인칭 작가적 서술상황이지만, 주인공의 의식에 초점을 맞추는 제한적 시점을 사용하여 내용을 전개하고 있기 때문에, 주변인물의 의미는 축소될 수밖에 없는 것이다.

2. 언술의 특성 : 주인공 의식과 태도 변화의 초점화

서술자는 일상회화의 음성적 · 문법적 · 어휘적 양식을 모방할 수 있다. 이때 그의 어조나 화법은 그가 실제로 이야기하고 있다는 환상을 불러일으킨다. 또 서술자는 독자로 하여금 자기의 독백을 엿듣고 있는 것처럼 느끼게 만드는 경우도 있다. 따라서 서술자가 지향하는 화법적 특색을 근거하여 문체의 특성이 나타날 수 있다. 그리고 작품의 언술을 발화행위 또는 의사전달 행위의 매개개체로 볼 때, 그와 관련된 다양한 요소들의 상호작용에 대한 관찰이 가능해진다.

우선 서술자의 화법을 직접화법, 간접화법, 자유간접화법으로 나누어 보면, 시점상으로「불신시대」는 서술자의 목소리가 강하다는 사실을 알 수 있다. 그러나 직접화법과 간접화법의 적절한 배합이 있어 서술자와 인물의 목소리가 개별적으로 들리기도 하지만, 자유간접화법이 포괄적인 양상으로 나타나기도 한다. 즉 주인공의 생각이 "진영은 머리를 부여안은 채—도대체 어디를 가야 하며 누구에게 매달려 밥자리를 하나 달라고 하겠는가, 더군다나 폐까지 앓고 있는 내가—(p. 198)"나 "이러한 도시 속에 꿈이 있다면 그것은 가로수라고나 할까! 보라빛이 서린 먼 산을 스쳐가는 구름이라고나 할까.(p. 205)"처럼 서술자의 목소리와 일치하는 것처럼 직접 드러나기도 한다.

어미의 시재 사용에 있어서는 과거시제와 현재시제가 혼용되고 있다. 과거시제는 행위나 과거의 정보를 제공하고, 서술자의 개입을 용이하게 할 때 사용된다. 그리고 현재시제는 과거 행위로 인한 연상 작용, 서술자의 추측, 작중 현실의 변화나 진행, 행위 반복을 통한 의식의 전개 등을 나타낼 때 쓰인다. 특히 현재시제는 행위의 생동감을 주고 단일하고 평면적인 작품의 전개를 극복하기 위한 수단으로 사용되고 있다. 즉 주인공의 의식과 태도의 변모에 초점을 맞춘 작품이기 때문에 극적 요소가 부족하기 쉬우므로, 시제를 혼용함으로서 정적인 면에 변화를 주고, 반복적인 어미 활용으로 내용을 환기시키고자 한 것이다.

언술의 양태를 스토리와 텍스트 사이의 시간 문제와 관련시켜 살펴볼 수 있다. 이때 스토리 시간과 텍스트 시간의 지속적인 면에서 언술의 양태와 상관관계를 형성한다. 채트만에 의하면 여기에는 요약, 생략, 장면, 늘림, 휴지가 있다. 우선 요약은 텍스트 시간이 스토리 시간보다 짧은 것으로, 「불신시대」의 경우 "남편은 마치 자신의 죽음의 예고처럼 그런 이야기를 한 수시간 후에 폭사하고 만 것이다."[15]만이 특별한 요약의 경우로 보인다. 생략의 경우 스토리 시간은 계속되지만 텍스트 시간이 중지되는 것으로 이 작품에서는 보이지 않는다. 장면은 주

---

15) 위의 글, p. 194.

로 두 시간이 같은데, 시간의 지속에서 순수한 장면형식인 대화는 작품
에서 간단하게 접목되어 있다. 늘림은 논평으로서 스토리의 시간이 텍
스트의 시간보다 길다. 이는 작품 속에서 주인공 진영의 생각이나 상
황과 인물에 대한 정보를 제공하는 데에 주로 사용된다. 휴지는 진영
의 시선이나 서술자의 시건에 의해 등장하는 진영과 다른 인물의 모습
과 행동을 묘사할 때 쓰인다. 빈도의 측면에서 볼 때 단회서술과 중첩
반복이 「불신시대」에 많이 사용되었다. 이는 징조단위에서 주로 행동
이나 의식 변화의 계기를 암시하거나 그 의미를 강조하는 데에 사용된
다.

　야콥슨의 '유사성과 연상에 따른 은유적 방법과 환유적 방법' 중에
서 자유연상은 「불신시대」에서 중요한 의미형성의 기능을 하고 있다.
이는 언술 층위에서 기표와 기의의 상호작용을 나타내는 것이다. 성당
의 '그라지오라스' 에서 '연꽃' 을 연상하고, '연금주머니' 에서 '풍각
쟁이의 낡은 모자' 를, '고급승용차' 의 달리는 모습에서 '딱정벌레' 를
연상하기도 한다. 이는 주인공의 부정적인 현실인식을 반영한 것이며,
징조단위와 관련된다. 이러한 연상은 환유적 사고작용에 따른 것으로
보인다. 야콥슨에 의하면 언어의 은유적 작용과 환유적 작용의 구분은
개별적인 언어 표현의 층위에서뿐만 아니라 보다 큰 담화양식의 층위
에서도 인정될 수 있[16)]는 것이다. 어떤 문학작품에서나 담화는 유사성
혹은 인접성의 관계에 따라, 즉 은유적 혹은 환유적 사고 작용에 따라
서 이 주제에서 저 주제로 옮겨 다닐 수 있다. 이는 언술 층위와 관련되
는 부분이기도 하다. 그러나 그 연상이 작품의 의미구조 안에서 개연
성을 띨 때에만 가치가 있는 것임은 말할 필요도 없다.

---

16) 로버트 쇼올즈, 『문학과 구조주의』(서울: 새문사, 1992), p. 26 재인용.

Ⅳ. 맺음말

박경리의 초기작품에 해당하는 「불신시대」를 구조적 방법을 이용하여 분석하는 과정에서 다소 작위적인 해석이 없지 않았다. 그러나 구조주의 방법론과 기호론을 절충한 작품분석은, 작품을 객관적으로 해석하고 검증하는 통합과정으로 나아갈 수 있다는 점에서 의미있는 시도일 것이다.

이 글에서 분석한 박경리의 단편소설 「불신시대」는 1950년대 문제작 중의 하나로 꼽히는 작품이다. 전체 5장으로 이루어져 있으며, '전쟁 체험', '인간', '종교', '사회의 모순' 과 '삶의 대응방식' 이라는 주요 모티프를 사용하여 결말의 장에서 '모순의 자각과 항거라는 대응방식의 선택' 이라는 주제를 형상화하고 있다.

의미구조적 층위 분석에서는, 징조단위를 먼저 분절하여 의미형성 과정을 추적하였고, 플롯이나 스토리 층위와 연관된 핵단위의 분절로 줄거리를 파악하여 그 기능단위적 의미기능을 고찰하는데 주력하였다. 그 결과 서술모형의 층위에서는, '인간의 상대적 존재 가치, 삶과 죽음에 대한 모순적인 자기의식, 현실적 모순의 자각과 반항을 통한 극복의지' 라는 자각과 모색의 과정을 작품의 의미구조로 파악할 수 있었다. 그리하여 '본질과 존재', '죽음의식과 생명의식' 의 기호학적 정방향을 통해, 대립관계의 층위들이 공존하는 현실의 모순을 작품 전체의 축으로 하고 있음을 알 수 있었다. 그러나 이러한 모순을 입증하기 위해 제시된 종교의 위선, 사회적 병리 현상이, 주인공 개인의 의식적 자각에 의지한 채 문제제기에만 머무름으로써 그 한계를 보인다. 이는 작가의 경험이 갖는 한계성 때문이라고 할 수 있다. 즉 6·25전쟁의 비극을 체험한 인물로서 가질 수밖에 없는, 현실에 내재해 있는 죽음에 대한 두려움과 가족적 유대감의 상실로 인한 외로움, 그리고 뜻밖의 현실에 대한 부적응과 자의식의 심화에서 비롯된 것이라 하겠다. 또한 주인공 진영, 그의 어머니, 갈월동 아주머니라는 세 인물이 처한 고독과 가난이라는 현실적인 문제가 절실하게 제시되어 있지 않다는 점도 한계로 지적할 수 있다. 그러나 현실 순응적으로 살아가는 아주머니조차 돈 문제로 빚어진 현실적 모순 때문에 좌절한다. 이는 진영이 현실 대응방식으로 '반항' 을 선택하게 되는 데에 도움을 주지만, 아주머니에게 현실을 자각하고 극복하는 계기를 마련해 주지는 못하였다. 이것은 해결될 수 없는 현실적 모순을 간접적으로나마 고발한 부분이라 하겠다. 그리고 각 장의 계절적 순서에 따른 내용의 전개는, 「불신시대」라는 작품 제목이 나타내는 믿음의 약화, 현실의 모순, 불만과 불신을 주도면밀하게 형상화하는 데 기여한 것으로 보인다. 그리하여 전후 현실의 부정적 측면과 이에 대한 자각의 필요성을 일깨우고 있다. 따라서 「불신시대」는 주인공의 자각과 행동방식의 모색 과정을 의미구조로 한 작품으로 평가할 수 있다.

표층구조적 층위 분석에서 「불신시대」는 3인칭 작가적 서술상황에 해당되는 작품으로 이해되며, 여기서 3인칭 작가적 서술자는 비유적·측자적 시점을 가지고 주인공의 내면과 행위를 관찰하며 간섭하기도 한다. 언술의 특성을 살펴보면, 비교적 직접화법과 간접화법의 적절한 배합을 통해 서술자의 목소리를 강하게 나타내고, 작품 전체의 분위기가 차분하기 때문에 부족해지기 쉬운 극적 요소나 현장감을 보완하기 위해 현재시제와 과거시제의 적절한 혼용과 반복적인 어미 활용을 통해 내용을 환기시키고 있음을 알 수 있다. 한편 자유연상에 의한 환유적 사고작용을 사용함으로써 주인공의 부정적 현실인식을 반영하기도 한다.

결론적으로 박경리의 단편소설 「불신시대」는 1950년대 상황과 소설적 경향을 적절히 수용하여 형상화한 작품이라 할 수 있다. 인간의 존재의식이 가지고 있는 양면성과 관련지어 종교와 사회적 부조리를 제시하고, 현실적 모순과 인간의 내적 모순에 대한 자각과 '항거' 라는 행동의지의 선택과정을 보여주고 있다. 그러나 그것도 의식적인 결론일 뿐 실현 불가능한 꿈일 뿐임을 박경리는 조심스럽게 지적하고 있다. 이 작품은 내용을 단계적으로 심화시키며 언어의 조탁미보다도 직설적이고 자연스러운 어휘 사용으로 평이하게 전개하고 있다. 한편으로 대화나 사건의 강약이 미약하여 극적이지 못한데, 이것은 박경리의 초기 단편의 한계라 할 수 있다. 그러나 박경리는 「시장과 전장」, 역사소설 「토지」 등 일련의 장편소설을 발표하면서 이런 점을 극복해 간 것으로 보인다.

참고문헌

「한국전후문제작품집」, 서울: 신구문화사, 1983.
「한국현대작가연구」, 서울: 문학사상사, 1991
「박경리 특집」, 「작가세계」, 서울: 세계사, 1994. 가을.
구인환 외, 「한국전후문학연구」, 서울: 삼지원, 1995.
김병욱 편, 최상규 역, 「현대소설의 이론」, 서울: 대방출판사, 1983.
김열규 외, 「현대문학 비평론」, 서울: 학연사, 1987.
김준오 외, 「구조주의」, 서울: 고려원, 1992.
김치수 편역, 「구조주의와 문학비평」, 서울: 홍성사, 1980.
김 활, 「현대문학이론과 의미의 부재」, 서울: 탑출판사, 1992.
송효섭, 「삼국유사 설화와 기호학」, 서울: 일조각, 1990.
신동욱 편, 「문예비평론」, 서울: 고려원, 1984.
송하춘 편, 「1950년대의 소설가들」, 서울: 나남, 1994.
이승훈 엮음, 「한국문학과 구조주의」, 서울: 문학과비평사, 1988.
이인복, 「죽음과 구원의 문학적 성찰」, 서울: 우진출판사, 1989.
이재선, 「한국문학 주제론」, 서울: 서강대 출판부, 1989.
전규태 편, 「문학의 구조주의적 접근」, 서울: 세종출판사, 1973.
정덕준 편저, 「우리 소설 어떻게 읽을 것인가」, 서울: 새문사, 1994.
최현무 엮음, 「한국문학과 기호학」, 서울: 문학과 비평사, 1992.

현길언, 「한국소설의 분석적 이해」, 서울: 문학과 비평사, 1990.
김병욱, 「한국현대소설의 시간과 공간 연구」, 서강대 박사학위논문, 1989.
안성수, 「구조주의의 텍스트 분석방법론과 그 실제」, 중대 석사학위논문, 1981.
로버트 쇼올즈, 위미숙 역, 「문학과 구조주의」, 서울: 새문사, 1992.
슈탄젤, 김정신 역, 「소설의 이론」, 서울: 탑출판사, 1990.
채트만, 「이야기와 담론」, 서울: 고려원, 1991.

염상섭 「만세전」 연구*

임영천**

Ⅰ. 머리말

횡보 염상섭(1897~1963)의 초기작에 속하는 중편소설[1] 「만세전」
(1922~24)은 우리 나라 근대소설의 기점을 이루는 작품으로 평가되
어 왔다. 이광수의 작품도, 그렇다고 김동인의 작품[2]도 아닌 염상섭의
작품들 가운데서 근대소설의 기점을 이루는 작품이 나왔으며,[3] 그 해
당작이 바로 「만세전」[4]이라는 의미에서 이 작품이 스스로 지니고 있는
문학사적 의의가 매우 크다고 하지 않을 수 없다.

---

* 이 논문은 1999년도 조선대학교 학술연구비 지원에 의해 이루어졌음.

** 조선대학교. 문학평론가.

1) ※ 중편소설 —김윤식, 김종균, 조동일, 유종호, 염무웅, 최시한, 정호웅, 한 기… 등.
   ※ 장편소설 —정한숙, 채 훈, 한상무, 이동하, 김경수… 등.
   이와 같이 '중편소설'로 보는 견해와 '장편소설'로 보는 견해가 —전자가 다소 우세함을 보이
   는 가운데—양립해 있는 실정이다. (그러나 조연현 · 김우종 등에게서 볼 수 있듯이, 이를 아예
   단편소설로 분류하고 있는 사례도 없지 아니하다.) 한편 김종균 · 정호웅 등의 경우에서 볼 수
   있듯이, 처음에는 장편소설로 보았다가, 뒤에 가서 중편소설로 수정해 놓은 사례도 보인다.

2) 김윤식의 다음 해석이 참조될 수 있다. "김동인이 〈마음이 옅은 자여〉를 써놓고 '참예술'을 한
   다고 주장한 것은 조금도 과장된 것이 아니었다. 이 순간, 우리 소설은 비로소 '근대 소설'의
   문을 연 것이기 때문이다." 김윤식, 『한국근대소설사연구』(을유문화사, 1991), p.211. 그러나
   이에 대한 온전한 해석은 다음의 각주3과 비교적으로 고찰되어야만 이루어질 수 있을 것이다.

조동일을 위시로 한 대개의 논자들은 이 소설이 일제 식민 치하의 한국인의 역사의식, 곧 민족주의적 세계관을 잘 드러내 준 작품이라는 뜻에서 이 작품을 우리 나라 근대소설의 기점을 운위할 수 있는 첫 전범이라고 보는 입장이다.

이광수의 문학에 민족주의적 사관이 결여되어 있는 것은 아니며, 김동인의 문학에도 일부 작품들에서 볼 수 있는 바와 같이 민족주의 정신이 전무한 것은 아니지만, 그러나 염상섭의 소설, 특히 그의 좀 긴 분량의 초기 중편소설 「만세전」에 이르러서 그 점이 확연해졌다고 보았을 때, 이 소설 작품이 지니는 우리 나라의 소설사적 의의는 진실로 크다고 보지 않을 수 없는 것이다.

필자는 본 연구를 통하여 이 작품에서의 시점의 문제를 살펴보고, 이어서 주요 등장인물, 특히 여성인물 상에 대하여 고찰해 보고자 한다. 이 소설에서의 시점의 문제는 그것이 겹의 시각 또는 겹의 시점의 형태로 뒷날 횡보의 대표작인 『삼대』에까지 크게 영향력을 미친다는 점에서 중요성을 띤다고 할 수 있으며, 주요 여성인물 상의 문제도 역시 그의 대표작의 여성인물들과 많은 점에서 텍스트상관성을 보여주고 있다는 면에서 중요성을 띤다고 생각된다.

---

3) 김윤식의 소론이 참조된다. "소위 근대소설이란 서구적인 근대소설을 지칭한다. 그것은 〈내면화된 생의 고민〉을 형상화하는 것이며 이를 〈햄릿식〉이라고 김동인이 주장할 때, 그리고 이를 승인할 때, 김동인 자신은 서구적 의미의 근대소설가가 아닌 것으로 된다. 반대로 염상섭은 서구적 근대소설가의 자격을 갖는 셈이다." 김윤식, "염상섭의 소설구조". 작가론총서 4,「염상섭」(문학과지성사, 1984), p.22.

4) 조동일의 소론이 참조된다. "이 작품(「만세전」—필자 주)은 일제 통치하에서 민족이 겪는 고통을 대담하고 선명하게 나타냈기에 높이 평가된다. 그 점에서 비슷한 예를 찾기 어렵다." 조동일, 『한국문학통사 5』제2판(지식산업사, 1990), p.137; "근대소설의 시작을 1917년에 나온 이광수의 《무정》으로 잡기 일쑤이나, 그 작품에는 미처 근대화되지 못한 이행기의 사고방식이 너무 많이 남아 있고, 민중의 능동적 작용이 보이지 않는다. 염상섭이 1922년에 쓴 《만세전》에 이르러서야 식민지의 현실을 인식하며 타개해 나가는 과업에 관한 시민과 민중의 경쟁이 비로소 표면화되었다." 조동일, 『동아시아문학사비교론』(서울대학교 출판부, 1993), p.424.

Ⅱ. 스토리 요지 및 각 장별 내용

이른바 여로소설인 「만세전」[5]은 전체 9장으로 되어 있다. 김윤식이
그의 '만세전론'[6]에서 그 작품에 대한 줄거리 소개를 채훈의 것[7]으로
대신했던 경우를 전례 삼아서, 필자도 다른 학자의 논문 가운데 요약
소개된 그 작품의 줄거리를 그대로 소개[인용]하는 것으로 대신하고자
한다. 조동일의 것이 다른 사람(들)의 것보다 더 간략한 줄거리 요약문
이기 때문이다.

이인화는 문과대학생이며 문학에 뜻을 두어 자기 나름대로의 정신세
계를 가꾸고, 일 본에서는 일본인과 다름없는 자유를 누렸다. 전보를 받
고서 공연히 이발소에 들르고, 카 페에서 단골 여급을 만나 시간을 보내
고, 고국에서부터 알던 여자 유학생을 특별한 용건 없이 방문하느라고 지
체했다. 다른 어느 여자를 특별히 사랑해 아내에게 냉담한 것은 아 니면
서 귀국을 지연시켰다. 이런 어정쩡한 여유는 일종의 정신적 사치라고 할
수 있으며, 일제와의 관계에서 빚어진 현실문제에 대해서 무관심한 태도
와 무관하지 않았다. 다른 작품에서라면 해결하지 못할 무거운 번민 탓이
라면서 그런 태도를 변호하려 했겠는데, 환상을 깨는 충격을 마련했다.
무관심에서 오는 알량한 여유가 현실과 제대로 부딪히자 남아나지 않게
되었다. 귀국하는 과정에서 뜻하지 않게 일제의 억압과 수탈을 받아 욕되
게 사는 동포들의 모습을 확인하고 분노를 느끼면서 사치스러운 환상에
서 벗어났다. 일 제 경찰이 줄곧 검문하고 감시해 자기를 일본인과 동일

---

5) 김윤식의 다음 해석이 참조된다. "여로의 원점회귀의 전형을 보인 것이 「만세전」이다." 김윤식,
   op. cit.(1984), p.38. 그리고 참고로 덧붙일 것은, 본고에서 텍스트로 삼은 것은 두산동아 판,
   한국소설문학대계 5,「삼대 外」(1997), pp.541~672에 수록된, 1948년 수선사 판 단행본을 현
   대어로 고쳐 내놓은 것이다.

6) 각주3에 나온 논문("염상섭의 소설구조")을 가리킨다.

7) 채훈, 「1920년대 한국작가연구」(일지사, 1982), pp.74~77.

시할 수 있는 가능성을 부정한 것 도 각성의 계기가 되었다.

연락선을 타자 대중목욕탕에 들어갔다가 일본인 거간꾼들이 음흉한 술책으로 조선인 노무자를 유인해다 이득을 올린 이야기를 자랑스럽게 하는 것을 우연히 엿들었다. 선량 한 탓에 멸시당하고 이용당했다. 아침에 배에서 내리자 부산이 일본인 도시로 바뀌는 모 습을 보았다. 발전을 한다고 좋아하는 동안에 사는 터전을 빼앗기게 되었다. 변두리 술집 의 작부가 일본인 아버지에게서 버림받고 조선인 어머니 손에서 자랐으면서, 조선인 남 자는 "돈 아니라 금을 주어도 싫어요"라 하고 멸시했다. 기차를 타고 서울로 가는 도중에 만난 동포들은 아무도 떳떳하게 살아가지 못하고, 일본인 행세를 하거나 아니면 모욕 을 감수하는 데 익숙했다. 희망은 어디서도 찾을 수 없어 "공동묘지다! 구더기가 우글우 글 하는 공동묘지다!"라고 외치지 않을 수 없었다.

주인공 주위의 사람들이 더욱 문제였다. 칼을 차고 보통학교 훈도 노릇을 하는 형은 일본 사람들 때문에 땅값이 올라 치부에 보탬이 되는 데 나 관심을 가지고, 자식을 얻기 위해서라면서 첩을 두었다. 주인공더러 "너같이 극단으로 나가면 이 세상에 살아갈 수 있겠니?"라고 했다. 아버지는 "요새 양의가 무얼 안다던?" 하며 유종을 한약으로 다스리 게 하다가 며느리를 죽게 할 만큼 완고하며 총독부 중추원 부찬의를 하지 못해 안달이었다. 친일파로 나섰어도 할 일이 없어, 동우회라는 회를 결성해 유일한 사업으로 기생 연 주회나 후원하고 지명인사가 죽으면 호상 차지나 했다. 그 주위에는 무능하면서 자존망 대한 사람들이 드나들었다. 주인공은 아버지에게 반발하면서도 가족의 일원으로서 재산 의 혜택을 누렸다. 일제의 억압과 수탈을 방관자로서 살피면서 마음이 암울해진 것 이상 의 피해를 받지 않았으며, 투지가 없을 뿐만 아니라 투쟁할 대상을 발견하지 못했다. 작품의 결말에서 일본인 여급에게 긴 편지를 보내고서 묘지에서 빠져나가 동경으로 되돌아 가고 싶다고 했다.[8]

한편, 전체 아홉(9) 장으로 분장되어 있는 이 소설의 이야기 줄거리

---

8) 조동일, *op. cit.*, pp.136~137.

를 김윤식이 그의 논문(일종의 '만세전론') 가운데서 장별(章別)로 나누어 간략히 제시해 놓은 것이 있어서, 참고로 이를 이하에 인용해 보기로 하겠다.

제1장은 동경 유학생 〈나〉가 학기말 시험 도중 아내 위독 전보를 받고 귀국하기로 결 심, 술집에 들러 여급들과 수작하는 부분이고, 제2장은 동경서 기차를 타고 神戶에 들러 乙羅라는 여자 유학생을 찾아가 만나 수작하는 장면, 제3장은 이튿날 다시 기차로 下關까지 와서 연락선을 탄 데까지이고, 제4장은 연락선에서 내려 부산에 도착한 데까지 이며, 제5장은 부산에 내려서 술집을 기웃거리는 장면, 제6장은 기차로 金泉에 도착, 兄을 만나고 다시 기차로 서울로 향하는 장면이다. 분량상 이 제6장이 가장 길고 소위 식 민지적 현실을 날카롭게 관찰한 부분이다. 그것은 兄의 타락과 변화의 관찰이라는 점에 서, 보다 〈對象〉의 깊이를 드러낸 것으로 파악된다. 제7장은 서울집에 도착하여 그 집안 분위기를 간략히 그린 것이며 제8장은 서울서의 배회, 아버지와의 대화, 乙羅와 사촌형의 관계. 제9장은 아내의 죽음, 동경 술집 여급 靜子에게 편지를 쓰는 일, 그리고 서울을 떠 나는 것으로 이 작품이 끝난다. [9]

이상의 두 인용문은 「만세전」을 이해하는 데 필요한 최소한의 이야기 줄거리, 또는 요약된 내용을 독자들에게 매우 간략하면서도 요령 있게 전달해 주는 것이므로 다음의 논의를 진행하는 데 있어서 많은 이해를 더해 주리라고 보는 것이다.

Ⅲ. 시점(視點) 관련의 문제

필자는 본고의 텍스트 「만세전」을 고찰함에 있어서 먼저 이의 시점

---

9) 김윤식, *op. cit.*, p.43.

(視點) 문제에 대하여 살펴보고자 한다. 이 소설에 대한 시점상의 논의
는 대체로 이 작품이 '1인칭 (주인공) 시점' 의 소설이라고 보는 입장이
일반적이라고 하겠다. 광의(廣義)의 '1인칭 시점' 은 협의(狹義)의 '1
인칭 시점' 곧 '1인칭 주인공 시점' 과, 그리고 별도의 '1인칭 관찰자
시점' 등으로 나뉘는 것이 일반적인 경향인데, 실제로는 후자의 일종
의 아류라고 할 '1인칭 회고자 시점' 이 따로 있을 수 있음을 여러 사례
는 보여주고 있다.

실례로 하근찬의 「슬픈 장난감」(『한국문학』, 2000. 여름)이 '1인칭
회고자 시점' 의 소설에 속하는 것[10]으로 볼 수 있다. 그리고 널리 알려
진 작품으로는 김동인의 「붉은 산」이 이 시점의 좋은 사례가 된다고 보
겠다. '삵' 이란 별명을 지닌 정익호라는 인물은 그 소설의 화자인 의사
의 직접적[실제적]인 관찰의 대상이 되지는 못하는데, 그 이유는 정익
호가 이미 사망한 인물이기 때문이다. 의사 신분의 화자는 살아 있을
때의 정익호를 육안으로 보거나 또는 직접 만난 적이 결코 없었다는 말
이다. 의사가 서술자의 위치에서 스토리를 전개해 나가는 정익호의 이
야기는 그러므로 '1인칭 회고자 시점' 의 소설이라고 할 수 있다는 것
이다.

그런가 하면 이명인의 장편소설 「먼 하늘 가까운 사람들」(1992)에서
볼 수 있는 바와 같이 '복수[복합] 1인칭 시점' [11]이 있을 수 있으며, 한
편 김원일의 중편소설 「도요새에 관한 명상」(1979)에서 보게 되듯이
그런 '복수 1인칭 시점' 과 별도 '3인칭 작가 시점' 의 혼합 형태인 '다
중적 복합 시점' [12]이 나타나기도 하는데, 이처럼 1인칭 관련 시점의 양

---

10) 이에 대해서는 다음을 참조할 수 있다. 임영천, 『땅의 문학과 하늘의 문학』(국학자료원,
2001), pp.187~90.

11) 임영천, 『한국 현대문학과 기독교』(태학사, 1995), p.410 참조. 필자는 이를 '다층적[다각적]
1인칭 시점' 이란 술어로도 사용한 바 있다.

12) *Ibid.*, pp.53~54.

상이 오늘날 매우 다양해져 가고 있으며, 한 작품 안에서도 능히 1인칭 파생 시점들이 서로 얽히듯이 나타날 수도 있다는 뜻이다.

　이런 점을 염두에 두고서 다음으로는 텍스트 「만세전」의 시점 문제에 대하여 고찰해 보기로 하겠다. 전체 아홉(9) 장 가운데서, 제1, 2장에 나타난 것은 분명히 1인칭 주인공 시점이라고 할 수 있다. 제3장은 연락선의 목욕탕 안에서 화자 '나'가 일인들의 대화를 엿듣는 장면이 나오는데, 여기서 다소 관찰자 시점의 특성을 노정하고 있지 않나 하는 생각을 하게 되지만, 전체적인 톤으로 보아 제3장을 관찰자 시점으로 규정할 수는 없으므로 이 장 역시 종합적으로는 1인칭 주인공 시점으로 볼 수밖에 없을 것이다. 제4장 역시 제3장의 경우와 거의 유사하다. 관찰자적 서술의 특성이 엿보이는 것이 사실이지마는 전체적으로는 1인칭 주인공 시점이란 뜻이다. 제5장의 경우도 앞과 흡사하다. 역시 앞의 경우와 비슷한 제6장[13]은 특히 김의관에 대하여 서술하는 장면에 이르러 다소 회고자 시점의 특성을 드러내기까지 한다고 말할 수 있겠다. 화자가 서울의 자기집에 도착한 뒤의 모습을 그리고 있는 제7장은 두말할 것 없는 1인칭 주인공 시점이다. 제8장 또한 앞 장의 경우와 같다고 보겠다. 마지막 제9장도 1인칭 주인공 시점이다.

　전체 아홉 장 중에서 네 장(3~6장)만이 관찰자적[일부 '회고자적'] 서술의 특성을 비교적 강하게 드러내고 있음은 사실이지만, 그러나 그 어느 장(章)도 확연하게 1인칭 관찰자 시점의 장이라고 단언할 수 있는 곳은 실제로 한 군데도 없다고 하는 데에서 「만세전」의 시점은 결론적으로 '1인칭 주인공 시점'이라고 재확인하는 수밖에 없는 것 같다. 지금까지의 일반적인 시점 논의의 결과—「만세전」이 1인칭 주인공 시점이라고 하는—가 결코 하자가 없었음을 재확인하게 되었다고 보아야

---

13) 앞서 김윤식이 평한 말, 즉 제6장이 "식민지적 현실을 날카롭게 관찰한" 부분이라느니 "兄의 타락과 변화의 관찰"로 파악된다느니 한 말들을 함께 떠올릴 필요가 있겠다. 인용문 9) 속의 제6장에 관한 설명 참조.

할 것이다.

그러나 그러면서도 필자에게는 이 문제와 관련해 어딘가 석연치 않다고 판단되는 점이 남아 있는 것 같은 느낌을 스스로 받고 있는 편이다. 또 바로 이러한 이유 때문에 '결론'만은 다시 원점으로 되돌아와 버리고 마는 '시점 논의'를 앞서[지금껏] 시도했었다고 말하지 않을 수 없다. 그래서 다음과 같은 방향의 논의를, 이어서 시도하지 않을 수 없다고 하겠다.

만일 우리가 「만세전」이 무슨 시점의 소설이냐 하고 물을 때에는 불가불 1인칭 주인공 시점이라고 답할 수밖에 없지만—그리고 그 중 제 몇 장의 시점은 무엇이냐 하고 물을 때에도 역시 결론은 1인칭 주인공 시점이라는 쪽으로 답이 모아질 수밖에는 없는 것이지만—이런 분명한 하나의 정답을 요구하는 것 자체가 마치 대학입시생들에게 대입시험을 대비하기 위한 과거(?) 고등학교 식 교육의 한계를 드러내는 일과 흡사하다는 것이다. 이런 획일적 학습이 지니는 문제점에 대한 부정적 비판은 아무리 강조해도 지나치지 않을 것이다.

어떤 이는 염상섭의 한 단편소설을 논하는 가운데 횡보 소설의 '겹의 시각'에 대해 논한 바 있는데,[14] 바흐친의 다성악 소설이론에 자극받아 나온 것으로 보이는 이 술어는 우리의 논제인 시점의 문제에도 그대로 적용될 수 있을 것 같다. 즉 '겹의 서술' 또는 '겹의 시점'이란 술어가 자연스레 만들어져 사용될 수도 있겠다는 것이다. 앞서 사용한 한자어 술어인 '복합 시점'이나 '다중적 시점', 또는 그 둘을 아울러 표현하고 있는 '다중적 복합 시점'이란 것이 여기에 부합하는 표현이라고 할 수 있겠다. 이 다중적 복합 시점이란 한자어를 만일 우리말로 바꾸어 써야 한다면 그 때는 '겹겹의 시점'이란 말로 바꾸어 쓸 수도 있

---

14) 정호웅, "한국 근대소설과 자기반성의 정신". 문학사와비평연구회, 『염상섭 문학의 재조명』 (새미, 1998), pp.189~90 참조. 동시에 임영천, 『한국 현대소설과 기독교 정신』(국학자료원, 1998), pp.98~99를 더불어 참조할 수 있다.

으리라.

가령 이 작품의 제3~6장 등에 나타나는 '1인칭 주인공 시점', '1인칭 관찰자 시점', 또는 일부 '1인칭 회고자 시점' 등이 혼합되어 나타나는 소설 「만세전」은 그 시점의 특성상 '겹의 시점' 또는 '겹겹의 시점'을 드러내고 있는, 환언하면 복합 서술의 특성을 다분히 지닌 소설이란 말이 될 것이다. 이는 이 소설의 시점을 한마디로 말하라고 할 때 우리가 불가불 '1인칭 주인공 시점'이란 식의 단순화한 표현으로 답하는 차원의 문제와는 방향이 다른, 전혀 별도의 논의의 문제라고 할 수 있겠다.

비교적 초기 작품에서부터 '겹의 시각' 또는 '겹의 시점'을 보이기 시작한 염상섭의 소설이기에 그의 이런 소설 세계가 결국은 다원적이며 또한 다성적인[15] 세계로까지 뻗어나갈 수 있을 요소를 애초부터 안고 있었던 것이 아닌가 여겨진다. 횡보 소설의 다성악적인 세계가 지니고 있는 그 나름의 긍정적인 면이 요즘 새롭게 부각되고 있는 실정을 감안한다면, 그의 비교적 초기작이라고 할 중편소설 「만세전」에서부터 보이기 시작한 겹의 시각이나 '겹의 시점'(또는 '겹의 서술')의 일반적인 경향은 횡보 소설의 그 어떤 본질적인 면과 관련이 없지 않으리라고 보아야 할 것 같다. (7년 뒤에 나오게 된 장편소설 작품 『삼대』에서 그 모든 문예미학적 묘체가 한데 어우러지고 집대성되었다고 볼 수 있을 것이다.)

Ⅳ. 등장인물 ── 특히 여성인물 상(像)

염상섭의 「만세전」에는 남성 화자(話者) 이인화와, 두 명의 여성 ── 곧 정자(靜子)라는 이름의 일본 여자 및 을라(乙羅)라는 이름의 조선

---

15) 횡보 소설의 다성적인 세계에 대해서, 임영천, *op. cit.*, pp.73 ff 참조.

여성이 주요 인물로 등장하고 있다. 그래서 이 소설은 '인화·정자·을라' 3인의 무슨 삼각연애 관계의 소설이 아닌가 오해될 면도 없지 않다고 보겠다. 이 작품을 1인칭 주인공 시점의 소설로 볼 때 주인공은 분명히 화자 이인화인데, 어째서 정자와 을라라고 하는 여성들이 인화와 어깨를 나란히 할 수 있을 정도로 그렇게 비중 있는 인물들로 독자에게 인식되고 있는 것일까?

그것은 앞서도 살펴보았던 바와 같이, 이 소설 작품이 자체적으로 지니고 있는 1인칭 관찰자 시점 또는 회고자 시점의 강력한 영향력과 무관하지 않다고 볼 수 있다. 다시 말하면 관찰자[회고자]적 시점의 소설에서는 관찰[회고]의 대상이 되는 인물이 크게 부각되는 일반적 특성이 있으므로 독자는 부지불식 간에 그 대상 인물들—이 소설의 경우는 정자와 을라 등—을 비중 있는 인물들로 인식하게 된다는 의미이다.

정자(시즈코)는 이 소설의 제1장에서부터 나타나 마지막 제9장에까지 등장하는 카페 여급 신분의 일본 여성이다. 일제 치하라는 시대적 배경과 화자 인화가 일본 유학생이란 점 등을 감안하면 남자 주인공[이인화]에게 한 사람의 일본 여성쯤 따라붙어 있다는 게 이상할 리 없겠다. 그리고 제2장에서 비로소 나타나 제9장에까지 출몰하는 조선 여성 을라는 인화의 경우처럼 일본에서 공부하는—그리고 방학을 이용해 잠시 귀국해 있는—음악 전공의 유학생이다.

정자(靜子)와 을라(乙羅)는 「만세전」의 완성보다 7년 뒤에 나온 같은 작가(횡보 염상섭)의 작품 「삼대」에 나오는 조덕기와 친분 관계에 있었던 두 여성 홍경애 및 필순이와 매우 유사한 데가 있는 여성 인물들이라고 할 수 있다. 이렇게 보면 「삼대」의 "조덕기—홍경애—이필순"의 전단계적 인물상이 「만세전」의 "인화—정자—을라"의 인물군이라고 볼 수 있다. 이를테면 양자 사이에 인물설정characterization 면에서의 텍스트상호관련성이 엿보인다는 것이다. 그런 텍스트상관성intertextuality을 양자의 인물상을 중심으로 살펴보기로 하겠다.

이인화와 조덕기의 인물됨의 상관성(相關性)은 몇 가지 이유로 무리 없이 설명될 수 있다. 첫째로 두 청년이 모두 부유한 집의 자제들이란 점이다. 현재는 이인화 집의 가세가 옛날과는 같지 않아서 조덕기네만 한 재력을 소유하고 있지는 못한 것으로 보이지만, 그래도 일본 유학을 보낼 정도의 집안 형편이라면 역시 훌륭한 집안 배경을 지닌 인물들로 볼 수밖에 없다는 것이다. 말하자면 두 사람은 당시의 부르주아[중산 층] 가정의 자제들이라는 것이다.

둘째로 두 사람은 성격적으로 매우 온건한 인물들이라는 것이다. 비록 이인화가 일본에서 고국으로 귀국하는 과정에서 자신이 과거에 알지 못했던 많은 것들—일제 치하의 한국인의 삶의 참상—을 깨닫는 결과에 이르렀으며, 그로 인해 '각성된 식민지 청년' 으로 내적인[의식면의] 성장을 보여주는 것은 사실이지만, 그렇다고 해서 그가 앞으로 행동적이거나 실천적인 삶의 양상을 쉽사리 보여줄 것으로 기대되지 않는다면, 그는 불가불 조덕기의 인물상을 크게 뛰어넘는 존재로까지 변화하기는 어려울 것으로 보이며, 결국 그 점에서 두 청년은 모두 독자들에게 온건하고 중도적인 인물상들로 인상지어질 것 같다.

셋째로 이 두 인물은 모두 결단력이 부족하고 우유부단한 성격의 소유자들이라는 점이다. 어떤 일에 임하여 매우 주저주저하는 타입의 인물들로서 독자들에게도 시원스럽다거나 화끈하다는 인상을 주지는 못하는 유약한 인물상을 보여준다고 볼 수 있겠다. 특히 대(對) 여성의 자세에 있어서 그 면이 선명하게 드러나는 것 같다. 딱히 '햄릿 형' 의 인물들이라고 잘라 말하기는 무엇하다고 하더라도, 그들이 돈키호테 형(形)과는 너무도 거리가 멀다는 의미에서, 거의 그런 형 —햄릿 형—의 인물군에 가까운 청년들이라고 말한다면 대과(大過) 없을 것 같다.

넷째로 지적할 수 있는 점은 두 청년은 독자들에게 일반적으로 신뢰감을 주는—일단 '믿을 만하다' 고 하는 인상을 다분히 풍기는—인물상을 보여주고 있다는 것이다. 온건 중도적이라거나 우유부단하다고 한 것은 그들의 성격 면의 특징들이거나 또는 하나의 약점으로도 비쳐질 수가 있지만, 그러면서도 그 점은 매사에 신중하고 빈틈없는, 또한 철저하고 완벽한 성격을 반영하는 것이기도 하여 일반인들이 대체로 그런 사람들에게 공통적으로 보여주는 신뢰감을 획득할 수 있는 이점(利點)이 없지 않다는 것이다.

다음으로, 홍경애와 시즈코(靜子)의 인물상에서 드러나는 상관성의 문제를 논의해 보기로 하겠다. 먼저 전제해 두어야 할 것은 홍경애는 한국인이고 시즈코는 일본인이라는 것이다. 이런 국적상의 현저한 신분 차이 같은 형식상의 문제는 본 논의에서는 논외(論外)로 치고, 이들 두 여성이 드러내는 보편적인 인간상을 중심으로 양자의 인물됨의 상관성을 논의하겠다는 것이다.

첫째는 이 두 여성의 위치가 매우 불안한 처지에 지금 놓여 있는 그런 상태에서 그들이 독자들과 본격적으로 만나게 된다는 것이다. 시즈코는 일본 어느 카페의 여급 신분으로 이인화와 만나면서 독자에게 다가오는 인물이다. 마찬가지로 홍경애는 여러 우여곡절을 거쳐 지금 그녀의 친구가 경영하는 자그마한 술집 '바커스'의 여급 신분이 되어 있다. 두 여성 다 가정의 불행한 처지가 그녀들을 그렇게 어두운 곳으로 밀어내었다고 하는 공통점이 엿보인다고 하겠다. 단 미혼인 전자가 부모와의 관계에서 불행해진 경우라면, 기혼인 후자는 부군[조상훈]과의 관계에서 불행해졌다고 하는 차이점은 있지만 말이다.

둘째, 이 두 여성은 일종의 상승형 —하강형이 아닌—의 인물들이라는 것이다. 홍경애가 이른바 상승형의 인물로서 점차 인격의 성장—대승적인 삶으로의 변화상—을 보여주고 있다는 점에 대해서는 긍정하는 학자가 많은 것 같으며,[16] 시즈코 역시 같은 관점에서 바라보아야 할 인물이라고 하겠다. 가정적인 불행 때문에 자기 한 몸조차 기탁할 마

---

16) *Ibid.*, pp.89~90(특히 하단의 127~129 각주) 참조.

땅한 곳이 없어서 카페 여급 생활을 하고는 있었지만, 그녀는 그러한 자신의 삶에 결코 안주하지 않으려는 결의가 대단하다. 어떻게 해서든 자신의 앞날을 스스로 개척해 보려고 노력하는 그녀의 진취적 자세에서 밝은 미래가 예약되어 있음을 독자들은 느끼게 될 것이다(그녀가 조선 청년 인화와 깊은 관계로 발전하든 그렇지 않든 그것은 그녀의 성장에 있어 결정적 요인이 되는 것은 아니다.).

셋째, 두 여성은 모두 페미니즘적 관점에서 바라볼 만한 가치가 있는 존재들이라고 하는 공통점이 발견된다는 것이다. 이 점은 앞으로 페미니즘 문학론자들이 깊이 있는 연구를 위해 뛰어들 만한 대상(對象)이라고 생각되는데, 의외로 아직까지는 이 방면의 연구 성과가 별로 발견되지 않고 있음이 퍽 아쉬운 실정이라고 하겠다. 두 인물은 여성이 남성의 노리개가 되어서는 안 된다고 하는 자각을 자신의 삶의 체험을 통해 확고히 한 존재들로서, 여성의 인간적 존엄성을 되찾아 지키려고 부단히 노력할 것으로 예상되는 여성 인물들인 것이다.

넷째, 두 여성은 모두 독자들에게 구원의 여인상으로 비쳐지고 있다는 점이다. 홍경애가 그러한 인물—구원의 여인상—이라고 하는 인식[17]은 이미 자리잡혀 있으며, 그 점에 있어서 시즈코도 역시 마찬가지라고 생각된다. 다소 유탕적(遊蕩的)인 기질의 이인화를 자성하고 각성하게 만드는 데 시즈코의 역할이 적지 않았다고 한다면, 좀 과장된 표현일는지는 모르지만, 그녀의 역할은 거의 『죄와 벌』에서의 소냐의 구원자적 역할을 담당한 셈이라고 할 수 있을 것이다.

다음으로 필순이와 을라의 상관성이 관심의 표적이 될 만하다. 전자는 어느 공장의 여공이요 후자는 일본 유학생이다. 이들의 신분이 현저하게 차이가 나기 때문에 양자 간의 유사성을 표면적인 점과 연결시켜 가지고는 우리가 찾고자 하는 답이 쉽게 나오지 않는다. 또한 실제

---

17) *Ibid.*, pp.110, 187 참조.

상으로도 이들 두 사람 사이의 상관성이 크게 드러날 리가 없다고 판단할 수 있다. 그러나 필자는 다음과 같은 숨은 의미를 찾아내어 이들 상호간에도 분명한 상관성이 있음을 지적하고자 한다. 어쩌면 이 점은 양자 사이의, 피상적이 아닌 보다 본질적인 유사성이 아니겠는가 하는 생각이다.

첫째, 두 여성은 남자 주인공의 이성적(異性的) 호기심의 대상물이라는 것이다. 유부남 조덕기의 호기심의 대상이 필순이요, 역시 같은 유부남인 이인화의 호기심의 대상이 을라이다. 다소 유흥적인 기질의 남성들에게 성적 호기심의 대상이 되고 있는 여성들이 바로 필순이요, 또 을라인 셈이다. 그래서 이 두 남성의 측근 인사들이 그들을 몹시 불안한 눈으로 바라보고 있다. 조덕기에 대해서는 특히 그의 모친이 불안스러운 눈으로 지켜보고 있는 것이다. 그의 모친은 자신의 남편[조상훈]이 자기에게 가했던 학대를 제 아들이 똑같이 자기 며느리에게 가하지 않을까 하는 눈초리로 불안스레 아들을 바라보는 처지이다. 이를테면 부전자전 식의 못된 습관이 아들에게 이어져 나타날까 보아 전전긍긍하는 것이다. 이인화와 을라의 관계에 대해서는 사촌형과 형수가 매우 불안한 눈치로 바라보는 처지이며, 아니 그 지경을 넘어 양인—인화와 을라—의 대면 자체를 막으려는 눈치가 역력하다.

둘째, 두 여성은 남자 주인공의 처분만을 기다리는 수동적 위치에 놓여 있다. 덕기 앞에 놓인 필순이의 처지는 전혀 적극적이거나 능동적으로 남자에게 다가갈 입장이 아니다. 갑부의 손자인 재산가(덕기) 앞에 극도로 가난한 처지의 필순이 무엇을 어찌할 수 있단 말인가? 이 점은 을라의 경우도 크게 다르지 않다. 필순의 처지보다는 을라의 처지가 조금은 더 나은 것인지도 모른다. 어떻든 그녀는 명색이 일본 유학생이 아닌가? 그러나 그녀는 거의 구걸하다시피 하여 유학을 다니는—겨우 의지 하나로써 현실을 버텨나가는—매우 곤궁한 상태의 처녀이다. 그래서인지 양반의 자제인 인화의 눈치를 은근히 살피는 위치에 있는 것처럼 보인다. 그녀의 그 점이 필순이보다는 조금 더 적극적인 면이라고 볼 수 있을 것도 같다. 그러나 그녀인들 고고한 인화 앞에서 무엇을 어찌할 수 있단 말인가?

셋째, 이 두 여성은 끝내 남자로부터 망각의 늪으로 사라지게 된다. 쉽게 표현하자면 결과적으로 그들은 버림을 받는다는 것이다. 아니, 좀더 정확하게 표현하자면, 남자들이 끝내 그녀들을 버려버린다는 것이다. 그러나 이 얼마나 황당무계한 일인가? 언제 필순이 덕기에게 자기를 사랑해 달라고 애원한 바 있었던가. 을라의 경우에는 조금 다른 면이 엿보이기는 하지만, 그녀 역시 인화더러 자기를 사랑해 주십사고 요청한 바 결코 없었던 것이다[18] (결과를 말하자면, 두 남자는 일방적으로 각기 이 여성들에 대해 관심을 기울이다가, 또 자신들의 처지에 따라 일방적으로 그녀들 곁을 떠나버리고 만 셈이었다.).

넷째, 이 두 여성은 결과적으로 전화위복의 상황전환을 맞이하게 된 여성인물들이라고 하는 공통점이 있다. 이 두 여성이 각기 자기가 상대하는 남성의 우월한 위치 때문에 만일 앞 뒤 살펴보지도 않고 상대 남자와 결합하게 되는 일이라도 벌어졌더라면 결국은 어떻게 되었을까. 그게 잘된 일이었을까, 아니면 그 반대였을까 한 번 생각해 볼 만하다고 하겠다. 그러나 그 답은 그녀들과 거의 비슷한 상황에 처했던 홍경애의 전례를 통해 쉽게 얻을 수 있으리라고 보는 것이다. 유부남이었던 조상훈의 한 첩(妾)으로서 얼마 지나지 않아 완전히 일신이 망가져버린 홍경애의 전력이 우리에게 간접적인 해답을 주었다고 생각된다. 필순이도, 을라도 결국 그들이 각기 상대하게 된 유부남과 결합하지 않고, 막바지에 관계가 정리되어 버린 것은 아주 바람직한 일이었다. 그러나 오직 결과가 그렇다는 의미이다(즉 그런 식의 정리를 능동적으로 결행한 쪽은 남성 측이었다는 점에서 그들 남성 쪽에게도 박수

---

18) 을라는 '이 남자가 나를 어찌 하려나' 하고 살피는―눈치를 보는―입장이었지만 말이다.

를 쳐 줄 만한 면이 없지는 않다고 보겠다.).

그러나 "이인화 · 시즈코 · 을라" 이 3인의 소위 삼각관계는 매우 헐거운 관계여서 김말봉의 1932년초 데뷔작 「망명녀」[19]에 나오는 세 인물, 곧 "윤창섭 · 허윤숙 · 최순애"의 삼각관계와 유사한 느슨한 관계이거나, 아예 그것만도 못한 더 헐거운 관계라고 할 수 있겠는데, 실제로 허윤숙과 최순애는 윤창섭을 가운데 놓고 어느 정도 애정 갈등을 일으키는 면이 전혀 없지 않지만, 정자(시즈코)와 을라 사이에는 그런 면이 하나도 없는, 즉 두 여자는 서로 알지 못하는 관계이기 때문이다.

횡보가 이런 식의 삼각관계를 「만세전」에서 보인 것이 「삼대」에 이르러 "김병화 · 이필순 · 홍경애" 식의 헐거운 삼각관계, 또는 "이필순 · 김병화 · 조덕기" 식의 느슨한 삼각관계로 이어지게 만든 단초가 되지 않았나 생각된다. 그러나 「삼대」 속의 이들의 이런 삼각관계는 「만세전」의 '이인화' 중심의 삼각관계보다는 오히려 「망명녀」의 '윤창섭' 중심의 삼각관계 정도의 긴밀감만은 지니고 있는 것이라고 할 수 있다. 즉 「만세전」의 삼각관계의 헐거운 밀도가 「삼대」에 이르러서는 좀더 긴밀한 밀도로 발전해 간 모습을 보여 주었다고 할 수 있을 것이다.

V. 마 무 리

이상으로 염상섭의 좀 긴 중편소설 「만세전」에 대하여 두어 가지 관점에서 살펴보았다.

먼저는 이 소설의 시점 관련 문제에 대하여 고찰하였다. 이 소설이 1인칭 주인공 시점인 것만은 엄연한 사실이다. 그러나 이런 시점을 기

---

19) 이 작품에 관해서는 다음이 참조된다. 임영천, "김말봉의 「망명녀」에 관하여". 「현대소설의 비평적 성찰」(창조문학사, 2001), pp.233~47. 여기서는 「망명녀」가 직간접적으로 횡보 소설—이를테면 「삼대」와 같은—의 영향을 받았을 개연성을 암시하고 있다.

본 골격으로 유지하고 있으면서도 이 소설은 또 다른 시점의 흔적들을 자체 안에 내장하고 있는 작품이라고 볼 수 있다. 대체로 1인칭 관찰자 시점 내지는 회고자 시점과 같은 특성의 시점들이 작품 도처에 산견되는데, 이 작품이 지니고 있는 이런 시점들은 일종의 '겹의 시점'이라고 표현해 볼 수 있으며, 염상섭 소설 일반에 보이는 '겹의 시각'적 특성과 함께 횡보 소설의 개방된 세계를 열어나가는 원동력이라고 할 수 있다는 것이다. 여기서 부수적으로 「만세전」과 「삼대」 사이의 긴밀한 관계 형성에 대해서도 다소 논의된 셈이다.

다음으로는 이 소설의 주요 등장인물 상에 대하여 고찰해 보았다. 특히 여성인물 상에 대하여 더 많은 지면을 할애하였다. 그 이유는 주요 남성인물은 주인공인 이인화 한 사람이지만 주요 여성인물은 정자와 을라 두 사람이기 때문이다.

필자는 이 소설의 주요인물들을 「삼대」의 주요인물들과 대비 고찰하는, 달리 말해서, 양자의 텍스트상관성을 살펴보는 방향으로 접근하였다.

이인화는 「삼대」의 주인공 조덕기와 인물 상에서의 상관성을 보여준다고 보았다. 온건 중도적인 인물이며 양반 자제인 데다가 기혼자로서 을라라는 처녀에 대하여 미묘한 관계를 유지하고 있음이 유부남인 덕기가 필순이와 미묘한 관계를 유지하고 있음과 대비된다고 본 것이다. 이들이 뒤에 가서 자신들의 떳떳하지 못한 행태를 뉘우쳤음인지 각기 을라와 필순과의 관계를 청산한 것은 더욱 닮은 모습이라고 할 만하다.

다음 시즈코(정자)는 「삼대」의 홍경애와 상관성을 보여준다고 보았다. 유흥업소의 여급 신분이었다가 스스로 자각하고 그곳에서 뛰쳐나와 자신의 신분 상승을 꾀하거나 구원의 여인상으로 남게 된 점 등이 깊은 상관성을 보여준다.

마지막으로 을라는 「삼대」의 필순이와 상당한 상관성을 보여준다고 보았다. 유탕적 또는 유흥적 기질의 남성에게 이성적 호기심의 대상이 되었다가 뒤에 가서는 잊혀져 버리고 마는, 곤궁한 집안의 처녀들이라고 하는 점에서 일종의 청순·가련형의 인물상이라고 할 수 있겠다. (여기서 을라만은 청순 형이라고는 할 수 있을지 모르나, 가련형의 인물로 보기에는 좀 무엇한 면이 없지 않지만 말이다.) *

艶情과 風流的 詩風의 正體性
― 景幾體歌를 중심으로 ―

신승행*

I. 머리말

경기체가는 상류층에서 태동된 시가문학의 한 장르이긴 하지만 내용이나 형식면에 있어서 특히 문학적인 시각에서는 일부 소외된 것이었다. 이러한 배경에는 과거제도의 시행과 아울러 교육에 눈이 트이면서 당연하게 성행된 것이 한문학이었기 때문에 우리 문학의 계층 역시 어쩔 수 없는 처지가 되어버린 것이다. 또한 시류를 타면서 귀족계층에서는 한문을 통해서 사회적 심상을 표현하려면 리듬과 흥취를 돋구는 새로운 시형이 필요했던 것이다. 그래서 등장된 것이어서 경기체가는 염정과 풍류로만 그렇게 일관하게 된 것이다.

이 때는 무신이 집권하고 문인들은 조정에서 밀려나와 정치권 외에서 한갓 현실 도피적인 생활에 취해 있었기 때문에 작품 역시 그럴 수밖에 없었을 것이다. 결국 이러한 환경 속에서 지어진 것이기 때문에 내용이나 형식에 있어서도 정상적일 수는 없는 것이다. 그래서, 명칭 역시 관점에 따라 별곡, 별곡체가 또는 경기하여가, 경기체가 등 여러 가

---

* 문학평론가.

지로 지칭되고 있어 다소 혼란을 빚고 있지만, 이것들은 후렴에 나타나고 있는 "景 幾 엇더 니잇고"가 반복되고 있기 때문에 실상 경기체가라 이름하고 있는 것이며 또한 당시의 시대상과 풍류적 시풍을 이해하는 데 도움이 되고 있는 것이다. 『고종 일대 40여 년간은 국세야말로 말이 아니었으나 최우의 집권을 중심으로 한 귀족계급의 문화는 충분히 발달하여 절정에 달하였으며, 퇴폐적 향락은 풍류 . 연악 공히 갈수록 심하였다. 〈한림별곡〉 역시 당대의 작이니 팔경의 내용과 소위 별곡체의 독특하고 유연한 운율이 족히 당시 상류 계급의 반시대적인 호화로운 생활상 . 정신상 그 원숙한 문화에 잠긴 유연한 생활태도, 실은 현실 도피적인 노장적 퇴폐사상을 여실히 표현하고 남음이 있다.』[1] 고 하였다.

『이 경기체가가 문헌상 최초에 나타나는 것이 고종 때인데, 그 때 고려로 말하면 무신이 집권하고 문인들은 조정에서 밀려나와 정치권 외에서 교계를 맺어 한갓 현실 도피적인 淸遊宴樂에 빠져 있었으므로 한학자들이 그러한 환경에서 일종의 유흥기분에 잠겨 문필을 종횡 하던 사이에 그러한 시형이 안출된 것이 아닌가 생각된다. …… 山水를 自娛하면서 喜樂하는 가운데 생겨난 퇴폐문학인 것이다.』[2]라고 말한다.

이 외에도 여러 가지 설이 많지만 어쨌든 고려 고종 때부터 쫓겨난 무신들과 한학자들에 의하여 향락과 유흥적인 생활을 바탕으로 하여 그들의 심상을 읊었다는 사실을 알 수 있다. 특히 조선시대에 와서는 그 형식을 본떠 조선 건국을 칭송하는 내용도 있었고 또한 훈민정음 창제 후에는 한글을 약간 섞어짓기도 하였다. 그러나 그 이전까지는 한학자들에 의하여 순 한문으로만 창작되었던 것이 사실이다.

어쨌든 귀족층에 의하여 전승된 이 경기체가는 비록 기형적인 문학형태로 지속된 장르이긴 하지만 당면한 시대적 양상과 정서를 접근하는 데 없어서는 안 될 소중한 시가문학의 유형임을 잊어서는 안 될 것이다.

---

1) 梁柱東, 『麗諸箋注』, P31.
2) 趙潤濟, 『國文學史』, P91.

Ⅱ. 풍류적인 시풍과 특성

태조는 고려를 건국하면서 서경에 학교를 세워 교육과 문치에 전념했으며, 광종 때는 과거제도를 실시하면서 한문학 발달에 비상한 충격을 주었던 것이다. 이와 같은 한문학의 발달은 상대적으로 우리 고유문학이었던 향가를 쇠퇴의 길로 몰았던 것이다. 그러나 향가문학이 쇠퇴한 후 그것을 표현할 수단을 잃었기 때문에 고려의 시가 즉 경기체가는 사실상 정상적인 발달을 보지 못했다. 말하자면, 한학자들이 아무리 한문에 능하여 詩 . 賦를 잘 한다 해도 그것으로는 우리 민족의 고유한 정서와 사상을 충분히 표현할 수는 없었던 것이다.

특히 무신정변이 겹치면서 조정에서 밀려난 벼슬들이나 한학자들은 산야에 묻혀 살면서 차차 자기 각성이 생기고, 한편으로는 詩 . 賦만이 아니라 우리말을 가지고 우리의 생각과 감정을 현실적으로 표출시키고자 하는 욕구가 자연적으로 발생하게 된 것이다. 노래 끝에 “景幾如何” 혹은 “景 긔 엇더하니잇고”라는 글귀가 바로 그러한 것들이 이를 말하고 있다. 이것은 한국의 전통적인 시가 형식을 떠나서 완전히 새로운 형식을 이룬 기형적인 문학으로 등장된 것이긴 하지만 그러나 형상화 된 인생이나 자연에 대한 관조의 시각은 대단한 것이었다.

1. 사대부들의 풍류와 염정

그러면, 먼저 〈한림별곡〉을 통해서 나타난 상층사회 문신들의 풍류적인 생활 단면들을 접근해 보도록 하겠다. 이 작품의 연대와 작가에 대하여는, 고려사 악지에 “此曲高宗時翰林諸儒作”라고 기록된 것으로 보아 고종 때 유학자들에 의하여 만들어진 것으로 본다. 그리고 내용은 모두 8장으로 되어 있다. 곧 시부, 서적, 명필, 명주, 화훼, 음악,

누각, 추천 등 8경을 노래하여 당시 신흥 사대부들의 호화스럽고 향락적인 생활단면을 그대로 보여주고 있다. 특히 중요한 것은, 안으로는 무신들의 집권과 밖으로는 몽고의 국토유린 이렇게 내우외환으로 인하여 전체적으로 아주 불안한 배경 속에서 놓여 있었기 때문에 노래 역시 향락적이면서 당시 상층사회 문신들의 생활을 은유적으로 표현하였다. 그리고 퇴폐적인 경향으로 갈 수밖에 없었던 사실 역시 당연한 것이다. 형식에 있어서는 전절 / 후절 6구체로 되어 있으며 3.3.4조의 율격에 따르는 정형을 이루고 있다.

1장 [3]

元淳文 仁老詩 公老四六　　　　　俞元淳의 李문장, 李仁老의 시, 李公老의 [4]
　　　　　　　　　　　　　　　　四六문체

李正言 陳翰林 雙韻走筆　　　　　奎報와 陳澕서로 운을 맞추어 지은 글
_압竹敍　光鈞經義 良經詩賦　　　劉冲基의 대책문, 閔光鈞의 경서풀이,
　　　　　　　　　　　　　　　　金良鏡 詩와 賦

위 試場ㅅ景 긔 엇더ᄒ니잇고　　아아! 科試場의 정경 그것이 어떠합니까?
(葉) 금학사의 玉筍門生　　　　　琴儀의 많은 뛰어난 제자들, 琴儀의 많은
　　　　　　　　　　　　　　　　뛰어난 제자들

위 날조차 몃부니잇고　　　　　　아아! 나를 합하여 몇 분입니까?

2장

唐漢詩 莊老子 韓柳文集　　　　　唐書와 漢書, 莊者와 老子의 經書, 韓愈와
　　　　　　　　　　　　　　　　柳宗元의 문집

李杜集 蘭臺集 白樂天集　　　　　李白과 杜甫의 시집, 蘭臺 班固의 문집,
　　　　　　　　　　　　　　　　白居易의 문집

毛詩尙書 周易春秋 周戴禮記　　　詩經과 書經, 周易과 春秋, 大戴(대)
　　　　　　　　　　　　　　　　禮記와 小戴禮,

위 註조처 내외 온ㅅ景 긔　　　　아아! 註釋과 아울러 내내 왼 정경,
엇더니잇고　　　　　　　　　　　그것이 어떠하옵니까?

---

3) 語文硏究會,「古典文學의 理解」, pp.58-60.
4) 崔長洙,「古詩歌 解說」, pp.305-306.

(葉) 太平廣記 四百餘卷   太平廣記 400여 권, 太平廣記 400여 권을
太平廣記 四百餘卷
위 歷覽ㅅ景 긔 엇더ㅎ니잇고   아아! 두루 읽는 정경 그것이 어따합니까

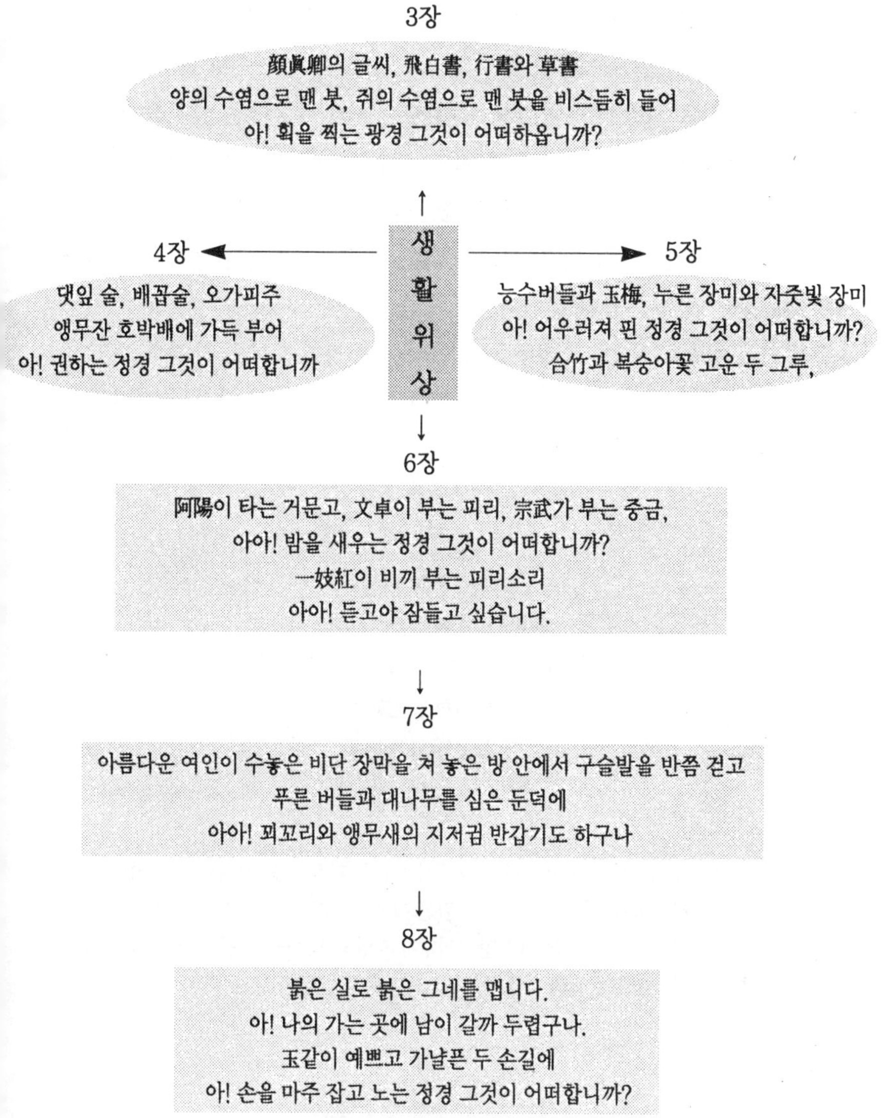

3장

顔眞卿의 글씨, 飛白書, 行書와 草書
양의 수염으로 맨 붓, 쥐의 수염으로 맨 붓을 비스듬히 들어
아! 획을 찍는 광경 그것이 어떠하옵니까?

4장 ←   생활위상   → 5장

댓잎 술, 배꼽술, 오가피주
앵무잔 호박배에 가득 부어
아! 권하는 정경 그것이 어떠합니까

능수버들과 玉梅, 누른 장미와 자줏빛 장미
아! 어우러져 핀 정경 그것이 어떠합니까?
合竹과 복숭아꽃 고운 두 그루,

6장

阿陽이 타는 거문고, 文卓이 부는 피리, 宗武가 부는 중금,
아아! 밤을 새우는 정경 그것이 어떠합니까?
一妓紅이 비끼 부는 피리소리
아아! 듣고야 잠들고 싶습니다.

7장

아름다운 여인이 수놓은 비단 장막을 쳐 놓은 방 안에서 구슬발을 반쯤 걷고
푸른 버들과 대나무를 심은 둔덕에
아아! 꾀꼬리와 앵무새의 지저귐 반갑기도 하구나

8장

붉은 실로 붉은 그네를 맵니다.
아! 나의 가는 곳에 남이 갈까 두렵구나.
玉같이 예쁘고 가냘픈 두 손길에
아! 손을 마주 잡고 노는 정경 그것이 어떠합니까?

「樂章歌詞」

2. 자연과 인생에 대한 관조

서경문학의 모체로는 바로 〈관동별곡〉이 으뜸일 것이다. 이 작품은, 고려 말엽의 문인 근재 안축의 작품으로 1330년 충숙왕 때 작자가 강릉도를 위로 시찰하고 돌아오는 길에 관동의 아름다운 경치를 접하면서 읊은 것이다. 모두 8장으로 이루어져 있는데, 제1장은 序詞로서 巡察景을, 제2장은 鶴城, 제3장은 叢石亭, 제4장은 三日浦, 제5장은 永郎湖, 제6장은 洛山寺, 제7장은 臨瀛, 제8장은 정선의 절경을 노래한 대표적인 서경문학인 것이다.

전체적으로 보면, 사대부들의 이상을 투영하면서도 자연과의 감흥을 시도했다는 시가의 형식이 바로 미학적 특성으로 나타나 시가문학을 더욱 새롭게 하고 있다.

1장

海千重 山萬疊 關東別境

碧油幢 紅蓮幕 兵馬營主

玉帶傾盖 黑朔紅旗 鳴沙路

爲巡察景何如

朔方民物慕義起風

爲 王化中興景 幾何如

바다 겹겹 산 첩첩인 관동의 절경에서 / 푸른 휘장 붉은 장막에 둘러싸인 병마영주가 / 옥대 매고 일산 받고, 검은 창 붉은 깃발 앞세우며 모래사장으로 / 아, 순찰하는 그 모습 어떠합니까 / 이 지방의 백성들 의를 기리는 풍속을 쫓네 / 아, 임금의 교화 중흥하는 모습 그 어떠합니까.

2장

鶴城東 元師臺 穿島國島

轉三山 移十洲 金鰲頂上
收紫霧 券紅嵐 風恬浪靜
爲登望 滄暝景 幾何如
佳棹蘭舟 紅粉歌吹
爲 歷訪景 幾何如

　학성 동쪽(안변)의 원수대와 천도섬 국도섬 / 삼산 돌아, 십주 지나, 금자라
가 이고 있는 삼신산 / 안개 거두고, 붉은 노을 사라져, 바람은 조용 물결은 잔
잔한데 / 아, 높이 올라 바라보는 창해의 모습 그 어떠합니까 / 계수 돛대 화
려한 배에 기녀들의 노래 소리 / 계수 돛대 화려한 배에 기녀들의 노래 소리.

3장

叢石亭 金幱窟 奇岩怪石
顚倒岩 四慕峰 蒼苔古碣
我也足 石岩回 殊刑異狀
爲 四海天下 無豆舍叱多
玉寶珠履 三千徒客
爲 叉來悉 何奴日是古

충석정, 금난굴의 기암괴석/전도암, 사선봉엔 푸른 이끼 낀 옛 비석/아야
발, 바위돌이는 모양도 이상할사/아, 천하 어디에도 없는 절경이러라/옥비
녀 꽂고 구슬 신발 신은 많은 나그네/아, 또다시 찾아오는 모습 어떠합니까

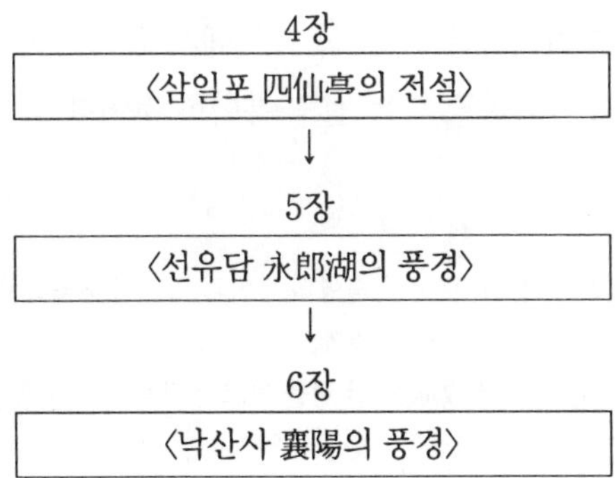

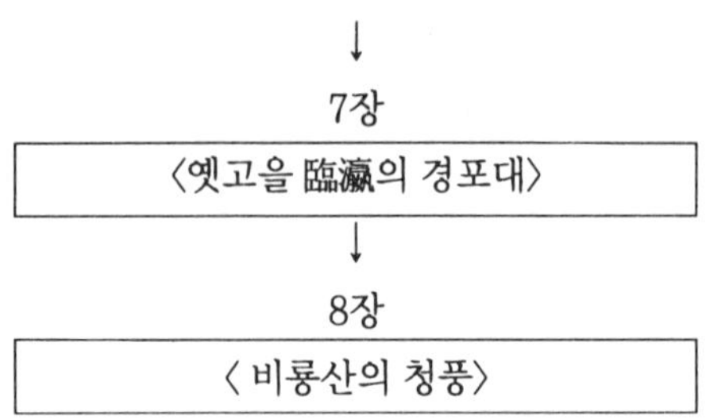

안축은 고려시대 문관으로 자는 當之요 호는 謹齋로서 충혜왕 때 강릉도 안렴사로 있었고 뒤에 감춘추관사가 되면서 문집 〈관동와주〉, 〈관동별곡〉, 〈죽계별곡〉 등을 지어 문명이 높았다. 이 작품 역시 그의 유저인 〈근재집〉에 전하고 있는데 여기에 묘사되고 있는 명승고적과 자연에 대한 관조의 깊이는 그 어느 작품에서도 엿볼 수 없는 것이다.

3. 고향에 대한 그리움

고향에 대한 향수와 서경이 잘 묘사된 작품은 역시 〈죽계별곡〉이다. 이 작품 고려 충숙왕 때 강릉 순무사로 있던 근재 안축(1287-1348)이 지은 경기체가인데, 사대부들이 자연에 접하는 감흥과 위상들이 조화 있게 잘 반영된 작품인 것이다. 그리고, 죽계별곡은 전 5 장으로 되어 있으며 작자의 고향인 풍기 . 죽계의 경치를 노래한 우수한 서경문학으로도 알려진 것이다. 우리는 이 작품을 통하여 고향에 대한 관심과 사랑이 어느 정도인지 원문과 통석 자체에서 음미해 보도록 한다. 대부분은 이두로 표기되어 있다는 점도 특이한 것이다.

1장
竹嶺南 永嘉北 小白山前　　　죽령의 남쪽과 영가의 북쪽 그리고 소백산의
　　　　　　　　　　　　　　　앞에,
千載興亡 一樣風流 順政城裏　천 년을 두고 흥망하는 동안 풍류를 지닌
　　　　　　　　　　　　　　　순정성 안에,

他代無隱 翠華峯 天子藏胎 　다른 데 없는 취화같이 우뚝 솟은 봉우리에는,
　　　　　　　　　　　　　　　왕의 안태가 되므로,

爲釀作中興 景幾何如 　아! 이 고을을 중흥하게끔 만들어준 광경,
　　　　　　　　　　　　그것이야말로 어떻습니까?

淸風杜閣 兩國頭御 　청백지풍을 지닌 杜衍처럼 높은 집에 고려와
　　　　　　　　　　　원나라의 관함을 지니매,

　爲 山水淸高 景幾何如 　아! 산 높고 물 맑은 광경, 그것이야말로
　　　　　　　　　　　　　어떻습니까?

2장

宿水樓 福田臺 僧林亭子 　숙수사의 누각과 복전사의 누대 그리고
　　　　　　　　　　　　　승림사의 정자,

草菴洞 郁錦溪 聚遠樓上 　소백산 안 초암동의 초암사와 욱금계의
　　　　　　　　　　　　　비로전 부석사의 취원루뜰에서,

半醉半醒 紅白花開 山雨裏良 반쯤 취하고 반 깨었는데, 홍백 꽃이 핀 산에는
　　　　　　　　　　　　　　비가 내리는 속에,

爲 遊寺 景幾何如 　아! 절에서 노니는 광경, 그것이야말로
　　　　　　　　　　어떻습니까?

高陽酒徒 珠履三千 　고양지에 노는 술꾼들처럼 춘신군의 구슬
　　　　　　　　　　　신발을 신은 삼천객처럼,

爲 携手相從 景幾何如 　아! 손잡고 서로 의좋게 지내는 광경,
　　　　　　　　　　　그것이야말로 어떻습니까?

3장

彩鳳飛 玉龍盤 碧山松麓 　새는 채봉을 날고 지세는 옥룡을 돌아 서린 듯,
　　　　　　　　　　　　　소나무는 기슭을 안고,

紙筆峯 硯墨池 齊隱鄕校 　지필봉과 연묵지로 문방사우를 고루 갖춘
　　　　　　　　　　　　　향교에서는,

心趣六經 志窮千古 夫子門徒 마음은 육경에 스미고, 뜻은 천고성현과 부자를
　　　　　　　　　　　　　　배우는 제자들이여,

爲春誦夏絃景幾何如 　아! 봄에는 가악을 여름에는 시장을 타는 광경,
　　　　　　　　　　　그것이야말로 어떻습니까?

年年三月 長程路良 　해마다 삼월이 오면 긴 노정으로.

爲 呵喝迎新 景幾何如 　아! 큰 소리로 신임자를 맞는 광경,

그것이야말로 어떻습니까?

4장

楚山曉 小雲英 山苑佳節　　초산효와 소운영 기녀들과 동산에서 노닐던
　　　　　　　　　　　　　좋은 시절에,

花爛　爲君開 柳陰谷　　　꽃은 만발하여 그대 위해 훤히 트인 버드나무
　　　　　　　　　　　　　골짜기로,

忙待重來 獨倚欄干 新鶯聲裏바삐 오길 기다리며 홀로 난간에 기대어,
　　　　　　　　　　　　　꾀꼴 새 울음 속에는,

爲 一朶綠雲垂未　　　　　아! 꽃처럼 검은 머릿결이 구름처럼 흘러내려
　　　　　　　　　　　　　끊임 없는데,

天生絶艶 小桃紅時　　　　타고나 천하절색인 小桃紅 마음이면

爲 千里相思又奈何　　　　아! 천리 먼 곳에서도 그리워함을,
　　　　　　　　　　　　　또 어찌 하겠습니까?

5장

紅杏紛紛 芳草　樽前永日　붉은 살구꽃은 휘날리고 풀은 푸른데,
　　　　　　　　　　　　　술동이 앞에서 긴 봄날이,

綠樹陰陰 畫閣沈沈 琴上薰風녹수 다락은 깊고도 그윽한데, 거문고 타는
　　　　　　　　　　　　　위로는 여름 훈풍이,

黃國丹楓 錦繡靑山 鴻飛後良황국단풍은 청산을 비단처럼 꾸미고 하늘은
　　　　　　　　　　　　　기러기 날아간 뒤라,

爲 雪月交光 景幾何如　　　아! 눈 위로는 달빛이 어리비치는 광경,
　　　　　　　　　　　　　그것이야말로 어떻습니까?

中興聖代 長樂大平　　　　중흥하는 성스러운 시대에, 길이 대평을
　　　　　　　　　　　　　즐기느니,

爲 四節遊是沙伊多　　　　아! 사철을 즐거이 놉시다그려

〈謹齋集〉

4. 노래와 술과 여인들

　상층사회의 유생 호걸들은 한결같이 노래와 술과 여인들을 즐겼고
풍류 또한 대단한 것이었다. 〈花田別曲〉이 그것이다. 이 작품은, 중종

때 자암 김구가 을묘사화로 인하여 해남 화전에 유배되어 있을 때 지은 전 6장으로 구성된 경기체가인데, 여기에서는 원문은 밝히지 않고 다만 통석만을 통해서 "花 + 田 = 꽃밭"이 주는 어떤 이미지처럼 각 장마다 요염하게 흐르고 있는 내용만을 읽으면서 나름대로의 생각을 펴보도록 하는 데 의미가 있는 것이다.

제1장에서는, 산천이 빼어나서 유생·호걸·준사들이 모여들매, 인물들이 번성하느니 / 노래·술·여인들과 더불어 모여들었던 인걸들이, / 아! 나까지 보태어서 몇 분이나 되겠습니까. 이렇게 花와 田의 풍류를 노래하였다.

제2장에서는 유배지에서의 교우관계를 노래하였는데, 박 교수가 손을 저으며 술 취한 가운데 버릇과 / 강륜이 잡담과 방훈이 자는 모습과 정기가 잘 먹는 모습들 / 아! 벼슬들이 모여드는 광경, 그것이야말로 어떻습니까. 겨루는 시 짓기의 풍월에서 운을 부르면 화답하는 광경들 겸하여 비록 유배지라 할지라도 현실적으로는 이해가 어려울 정도임에는 틀림없는 것이다.

제3장은, 화촌의 빼어난 아름다움과 연악을 노래하였다. 강금의 노래와 춤·녹금의 장구소리 버린 학비와 못났는 옥지. / 아! 꽃 수풀의 아름다움을 이기는 광경, 그것이야말로 어떻습니까 / 철석같이 굳고도 단단한 지조라 할지라도 아니 끊어질 리 없도다. 이쯤이면 소위 花林勝美景이 어떠한 경지라는 것을 접할 것이다.

제4장은 연악 중의 좋은 음악을 노래하였는데, 한원금은 시문으로 노래하고, 정소는 풀피리를 잘 부느니, / 혹은 바릿대도 치고·혹은 소반도 두드리고, 잔대도 쳤도다 / 그 취한 모습들 …. 스라렝딩하며 타는 거문고 소리를 듣고서야 잠에 들것이라고 한다. 제5장에서는 각양각색의 주효가 풍요로움을 노래하였다. 綠波酒와 小麴酒에 麥酒와 濁酒 등 여러 가지 술에다 황금빛 나는 닭과 흰 문어 안주에 유자잔을 접시대에 들어 잔을 권하는 광경, 그것이야말로 어떻습니까. 아! 어느 때 슬플 적이 있을고. 감히 짐작이 갈 법도 한 것이다. 마지막으로 제6장에는, 바로 안빈낙도의 생

활에서 행복을 찾는다는 노래로 끝을 맺고 있다.

〈自庵集〉

5. 진충보국하는 정신

　다음은, 창업을 송축하거나 임금에 대한 충정과 만수무강을 기원하는 노래들이다. 이에 대표적인 작품에는 〈상대별곡〉과 〈불우헌곡〉이라 할 수 있는데, 여기서는 먼저 사헌부의 별칭인 상대를 놓고 지은 〈상대별곡〉을 접하도록 한다. 이 작품은 1419년 세종 1년에 權 近이 지은 것인데 전체적으로 보면 새 왕조의 문물제도의 위대함과 창업의 훌륭함을 예찬하고 과시하는 사대부들의 관계의 이야기인 것이다.

　제1장에는, 霜臺 즉 사헌부의 늠름한 모습들과 위상들이 만고에 빛나고 있음을 거침없이 노래하였다. 특히, 맑은 바람이 감도는 자연 경치에 영웅 호걸 같은 뛰어난 인재들의 조화 그 자체가 또한 이색적인 기법이 되고 있다. 제2장에는, 조조 관원들의 등청하는 모습들을 노래하고 있다. 새벽달은 이미 울고 날이 밝아오면 장안의 거리는 온통 아름다운 가마를 타고 사헌부로 등청하는 모습들로 장관을 이룬다. 앞을 꾸짖고 뒤를 옹위하면서 잡인을 물리치면서 관리들은 엄숙하게 이동을 한다. 이것이 바로 사헌부의 기강인 것이다. 제3장에는, 집무하는 모습이다. 등청 그리고 인사가 끝나면 각 방에서는 도를 바로 잡고, 의를 밝혀 고금의 가르침과 규범을 참작하여 정치의 실과 득을 가름하면서 백성을 위한다는 광경이 선하게 나타난다. 여기에는 임금과 충직한 신하와의 관계 속에서 태평성대가 물 흐름으로 표현되고 있는 것이다. 제4장에서는, 집무를 마치고 여유를 즐기는 모습들이 나타난다. 먼저는 의관을 벗고 선생이라는 일반적인 칭호를 부르면서 드디어 여유를 찾는다. 여기에는 진귀한 요리에다 좋은 술이 빠질 수 없는 것이다. 권하면서 받고 하는 그 광경이 또한 즐거운 것이 아닐 수 없는 것이다. 제

5장에는, 산림에 묻혀 사는 것보다는 관계에 나와 진충하는 모습들을 노래한다. 중국 楚나라 때 충신 굴원이의 물가에서 맑은 정신을 가지고 충성하는 내용과, 한말 방덕공이 녹문산에 들어가 약초를 캐며 영영 돌아오지 않았다는 내용의 고사 등을 인용하면서 현실론을 제기하기도 한다.

즉 현명한 임금과 충성스러운 신하들 그리고 훌륭한 인재들이 함께 모여 태평스러운 좋은 시대를 만드는 것이야말로 얼마나 좋은 것인가. 그 자긍심이 대단한 것이다.

일반적으로, 풍류를 전제로 하는 경기체가들은 "참으로 좋다" 또는 "참으로 즐겁다"라는 화답형으로 표현되는데 이 작품은 그것이 아니다. "참으로 굉장하다" 또는 "참으로 훌륭하다" 하는 경이와 예찬이 전부인 것이다. 때문에 〈악장가사〉에 실려 전하는 이 작품은 신흥왕조에 대한 송축의 노래로 조선 초의 경기체가 중에서도 으뜸가는 수작인 것이다.

1장

華山南 漢水北 千年勝地	삼각산 남쪽, 한강 북쪽의 한양은
	천년토록 경치가 좋은 곳
廣通橋 雲鍾街 건너드러	광통교를 건너 운종가로 들어간 곳에는
落落長松 亭亭古栢 秋霜烏府	큰 소나무 우뚝 솟아 있고, 잣나무
	우거진 위엄 있는 사헌부
위 萬古淸風ㅅ景 긔 엇더ᄒ니잇고	아아, 만고청풍의 경치 그것이
	어떠합니까?
葉 英雄豪傑 一時人才	영웅호걸같은 오늘날의 뛰어난 인재 ～
英雄豪傑 一時人才	
위 날조차 몃 분니잇고	아아, 나까지 모두 몇 분입니까?

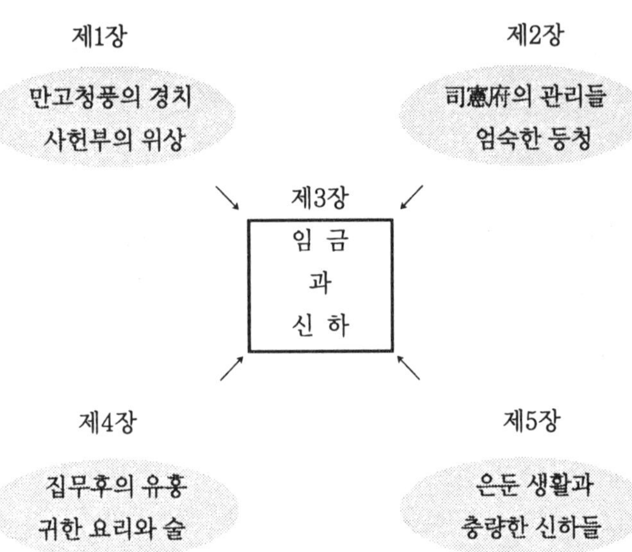

  다음은 〈불우헌곡〉인데, 이 작품은 조선시대의 학자 不憂軒 丁克仁이 지은 장가로서 모두 6장으로 되어 있는 경기체가이다. 이 노래의 일반적인 분위기는 경기체가의 형식을 취하고는 있지만, 당시 붕괴의 운명에 처해 있던 경기체가의 변형으로 잔존하는 것으로 보인다. 세조가 단종을 폐위하자 불우헌은 벼슬을 버리고 향리인 태인에서 후진양성에 힘썼는데, 1472년 성종임금께서 그 공을 인정하여 삼품교관이라는 관직을 내리자 성은에 감동하여 지은 작품이다.

  이 작품은, 작자의 문집인 〈불우헌집〉에 실려 전하고 있지만 전원생활의 즐거움과 교육의 보람 및 성은에 대한 감사와 자신의 진퇴 등을 내용으로 삼고 있다. 여기서는 일부의 원문과 일반적인 해석만을 통하여 학자 정극인의 정신적 가치와 삶의 단면을 지켜보고자 하는 것이다.

  제1장
  山四回 水重抱一畝儒宮

向陽明 開南 名不憂軒

左琴書 右博奕 隨意逍遙

偉 樂以忘憂 景 何叱多

平生立志 師友聖賢 平生立志 師友聖賢

偉 遵道而行 景 何叱多

 산을 네 번 돌아 물을 거듭 안고 있는, 아늑한 곳 협소한 집에는,

 볕이 훤하게 드는 남쪽을 향하여 창문이 났는데, 집 이름은 불우헌이로다.

 왼 에는 거문고와 서책이오 · 오른쪽에는 바둑과 장기요, 뜻에 좇아 거니노니,

 아! 즐거움으로 걱정을 잊는 광경, 어떻습니까.

 평생에 뜻을 세운 바, 스승과 벗 그리고 성인과 현인들의,

 아! 도를 따라가는 광경, 그것이 어떻습니까.

제2장

 늦게 29세에 생원이 되고, 늙마인 53세에 급제하매, 천명을 즐거워할 줄 알았으
니,

 두 번의 훈도와 세 번의 교수를 지내며, 남을 가르치기에 지치지 않았도다.

 삼간 짜리 작은 글방에다 어린아이들을 모아놓고, 구두점을 찍어가며 상세히 설
명하느니,

 아! 선생님께서 말로 타이르는 모습에서 다정스럽고도 · 친절하게 잘 인도해 주
는 광경, 어떻습니까.

 매우 즐겁지 아니한가, 타향으로 공부하러 떠나는 서생들이여,

 아! 먼 곳으로부터 찾아오는 광경, 그것이 어떻습니까.

제3장

 두 번의 상소에서 이단을 폐하게 하고, 중용에 의하게 하였느니,

 예로써 나아가고 의로써 물러남에 자신을 지킴으로써, 불의에 빠지잖게 하는 것
이 중대한 일이로다.

 인원을 잘 정비한 사헌부와 직위나 채우는 신하로 있은 사간원에서,

 나이가 많아 벼슬을 사양하고 물러나니,

 아! 무거운 짐을 푼 듯한 광경, 어떻습니까.

일개의 외로운 신하한테, 이어 임금님께서 내리시는 은총이 넘치느니,
아! 原從功臣으로 두 번이나 참여하는 광경 그것이 어떻습니까.

제4장

요임금 때 늙은 농부가 부른 〈격양가〉에, 밭 갈아 밥 먹고 샘 파서 물 마심에,
임금님의 힘임을 알지 못하랴.
아름다운 시절에 손님 위한 연석을 차리매 형제붕우들이로다.
이야기하고 웃고 하는 동안 다른데 미칠 겨를 없이,
어버이에 효도요·형제간의 우애요·임금에게 충성이오·붕우간의 신의뿐이니,
아! 즐기면서도 또한 법도 있는 광경 그것이 어떻습니까.
춤추면서 임금님의 거룩한 덕을 노래하고 읊조리느니,
아! 길이 오래 살라고 하늘에 비는 광경, 그것이 어떻습니까.

제5장

상나라 이윤은 성인으로서 사명을 자임하였고
춘추때 유하혜는 성인으로서 온화한 성품을 지녔으나, 나는 그것을 행하지 못하였느니,
공자는 성인으로서 때를 알아서 일했고
안회는 안빈낙도의 즐거움을 알았느니, 이것이 원하는 바였도다.
위로는 하늘을 원망치 않고·아래로는 사람을 탓하지 않으면서도,
마음이 넓고 너그러우면 몸도 편안하여지느니,
아! 두려워하지 않고 근심하지 않는 광경, 그것이 어떻습니까.
해치지도 않고 탐내지도 않으니, 어찌 훌륭하지 않은가.
아! 옛적의 밝은 가르침을 본받는 광경, 그것이 어떻습니까.

제6장

임진년 사월 초에 억눌러야 할 기이한 일이 있었으니,
유서가 내려 누추한 문 앞에 다달케 되자, 이를 여항 사람들이 구경하려 모였도다.

청렴결백한 가운데 스스로 분수를 지키며, 이름이 세상에 드날리길 구하지 않고,
어린아이들을 잘 가르쳐 깨우쳐 주어야 하는데,
아! 칭찬과 장려함을 지나치게 입는 광경, 그것이 어떻습니까.
특별히 가자 상품과, 때맞추어 은혜로운 양로가 이르게 되느니,
아! 임금님의 은혜가 깊고도 무거운 광경, 그것이 어떻습니까.

제7장
樂乎伊矿隱底 不憂軒伊亦
樂乎伊矿隱底 不憂軒伊亦
偉 作此好歌 消遣世慮 景 何叱多
즐겁구나! 불우헌이여!
즐겁구나! 불우헌이여!
아! 이 좋은 노래를 지어 부르매 세상의 근심걱정이 사라지는 광경 어떻습니까.

Ⅲ. 미학적 특성

경기체가는, 빈번히 사용된 전통적 율격 양식을 따라 그 내용을 전개시켜 나갔기 때문에 나름대로의 특유한 율동적 개성이나 형식에서 미학적 특성을 찾고자 하는 것이다. 形式의 필연적인 까닭은 그 작품 배경과 작가의 정서에 직결되어 있기 때문에 표현 기교와 의미 역시 특이하다고 할 수밖에 없는 것이다. 이러한 특성을 밝히는 데 가장 중요한 열쇠는 바로 전환의 규범적 격식인 "爲 ~ 景 긔 엇더ᄒ니잇고" 이 부분에 달려 있다고 보는 것이다. 이것은 곧 경기체가를 경기체가답게 해주는 가장 핵심적인 독특한 시적 기능인 것이다. "爲~" 또는 "偉~"로 출발하고 있는 "~ 景 긔 엇더ᄒ니잇고"에는 주관적인 감정 내지는 정서를 환기시켜주는 그러한 미적 기능을 그대로 수행하고 있기 때문이다. 자연과 인간, 환경과 나 그 사이에 인식의 주체인 자아와의 관계 즉 작품 속의 "나"와 연결된 시적 세계가 유기적으로 연결되어 있다는 논

리다. 이것은 바로 정서적 관상물로 치환된 관조적 의미를 충분히 개현(開現)시켜주는 구실을 하고 있다는 것이다. 작품의 일부를 접근하면서 이를 살펴보기로 한다.「안진경의 글씨, 비백서, 행서와 초서 / 양의 수염으로 맨 붓, 쥐의 수염으로 맨 붓을 비스듬히 들어 / 아! 획을 찍는 광경 그것이 어떠하옵니까? / 오생과 유생의 두 분 선생 ~ / 아아! 갈겨 써 내려가는 정경 그것이 어떠합니까?」이러한 표현기법이나 그 의미의 깊이는 현대문학에서는 감히 넘보지 못하는 그 어떤 매력이 있는 것이다. 상층사회의 유생, 호걸들만이 지니는 위상인 것이다. 즉 일반 서민층에서는 찾아 볼 수 없는 사대부들만의 지닐 수 있는 기풍이요 여유인 것이다.

「황금주, 백자주, 송주, 감주 / 댓잎 술, 배꼽술, 오가피주 / 앵무잔 호박배에 가득 부어 / 아아! 권하는 정경 그것이 어떠합니까? / 유령과 도연명의 두 신선 / 아! 취한 것이 정경 그것이 어떠합니까?」

유령과 도연명의 신선주가 부러울 정도의 여유와 주흥을 즐기는 평화향의 정경을 진솔하게 꾸며주고 있는데 이것 역시 귀족층에서나 헤아릴 수 있는 풍요로움이요 해학성인 것이다.

「붉은 모란, 흰 모란, 정홍모란 / 능수버들과 옥매, 누른 장미와 자줏빛 장미, 지란과 영지와 동백 / 아아! 어우러져 핀 정경 그것이 어떠합니까? / 합죽과 복숭아꽃 고운 두 그루 / 아! 서로 비친 경치 그것이 어떠합니까?」옥매와 동백 할 것 없이 인간의 삶과 마음 그 자체는 바로 사랑 그 자체이며 인간이 바라는 미의 도달점 역시 자연과 사랑이라는 일상적인 시각인 것이다.

이러한 기법 외에도, 명승고적들을 두루 살피면서 자연을 관조하는 능력이라든가 여유, 고향에 대한 향수나 그 주변을 묘사하는 서경기법 같은 것들 역시 미의 특성으로 지적할 수 있을 것이다. 윤리 . 도덕관을 주축으로 이어졌던 효의 실체나 교육적인 기대 역시 대단한 것이었다. 임금과 신하 사이에서 진충보국하는 정신적 가치나 그 기준치는 우리

나라만이 지닐 수 있는 숙명적인 사고인 것이다. 이러한 것들을 아무런 부담 없이 조화 있는 기법으로 소화시킨 작품 역시 이 경기체가인 것이다. 특히 〈화전곡〉같은 작품에서 처리된 노래와 술과 여인들을 즐기는 유흥이나 그 표현기법은 당대 아니면 찾아 볼 수 없는 작풍으로 지적하고 싶은 것이다.

이러한 점에서 "爲 ~ 景 긔 엇더ᄒ니잇고"가 포용하고 있는 범주에는, "爲"와 "景" 속에 귀결되는 시적 자아와 정서는 이러한 특성을 지닌 미적 특성인 것이다. 작품들의 배경 자체가 설령 정치적인 혼란이나 사회적인 불안 때문에 야기되는 어떠한 상황이 급박한 처지에 놓여 있었다 할지라도 작자는 이를 충분히 수용할 수 있는 여유가 있었다. 삶의 지혜는 폭넓은 자기 관리와 자신의 인생으로 작품 속에서 누리고 있었던 것이다. 혹 지나쳤을 때 술과 염정이 있었다고 볼 수 있으나 일반적으로 풍류경에 접근되었을 뿐이요, 혹 좌절이란 시각으로 퇴폐적인 경향으로 접근할 수도 있었으나 그것은 구극적인 삶을 기대한다는 조화의 기법에서 해법을 찾을 수 있었던 시가가 경기체가인 것이다. 양자는 다같이 조화와 의지를 갈구하는 지향적인 시의 세계로 바르게 설정하고 싶은 것이다. 곧 자아와 주관에만 의존코자 하는 것이 아니라 시적 자아와 현실적 자아 사이에서 정체성을 찾고자 하는 것이다. 절대적 진실에 대한 갈망보다는 비중이 더 큰 시적 가치에서 심연의 미적 숨골을 찾고자 하는 것이다. 이것이 곧 경기체가의 형식과 내용을 통해서 노리는 미학적 특성인 것이다.

Ⅳ. 결 론

고려시대 후기, 새로운 이념 세력으로 등장한 신흥 사대부들에 의하여 또한 신흥 지식인 특유의 사유방식에 의하여 태동된 이 경기체가는 그 성격이나 형식이 비교적 선명한 것이다. 다만, 특이한 운율형식과 한문 중심으로만 이루어졌기 때문에 우리말 시도 아니요 한시도 아닌 그래서 기형적이라는 어사를 붙여 평가를 내리는 시가이긴 하지만 그 생성력과 전파의 힘은 크다고 볼 수 있다. 그래서 거듭되는 반복과 전환의 구조 그리고 변화와 분방함 때문에 이 시가를 가리켜 일종의 변주 장치라고까지 말하고 있는 장르가 된 것이다.

　이를 입증할 수 있는 것은, 동일한 구조를 지닌 몇 개의 연이 중첩되어 한 작품을 이루는 연장형식이 그것이요, 각 장의 구조 자체 즉 단연형식은 작품다운 시적인 맛을 낼 수 없도록 짜여져 있다는 사실이다. 그래서 3장 이상을 필요로 하고 있다. 그리고, 경기체가는 일반적으로 한 연이 7행으로 이루어지는데 이것이 다시 두 개의 구조적 단위로 양분되는 분절형식을 취하고 있기 때문이다. 이러한 구조적 특성을 주도했던 사대부 계층들은, 불교 중심 문화의 모순과 한계를 인식하면서 유가적 세계관을 영입하려는 현실의식 역시 작품 속에서 강렬했던 것이다. 경기체가에 보이는 미학적 특성은 바로 이러한 의식과 자신감은 물론 지향적인 세계를 객관적인 현실에서 찾고자 하는 의욕이 대단한 것이다.

　결국, 경기체가라는 장르는 사라졌지만 그러나 당시의 강렬했던 신흥 지식인들의 세풍은 영원할 것이다. 말하자면, 초기 한림제유의 〈한림별곡〉과 안축의 〈관동별곡〉, 〈죽계별곡〉 등 고려 작품들이 바로 이러한 신흥 사대부들의 표현기교와 미학적 특성들이 그것이요, 조선의 새 왕조와 건국에 따른 창업 칭송 내지는 충과 효에 대한 윤리 . 도덕적인 노래로 현실성을 중시하고자 했던 것들, 그리고 자연과의 조화를 시도하면서 인간의 심리적 정서까지 일관하고 있는 것들이 바로 그것이 아닌가 싶다.

신석정의 난초관과 작가론적 미질(美質) 분석

— 난초의 기질을 중심으로 —

尹敬洙*

Ⅰ. 머리말

신석정 시인은 전북 부안에서 태어나 유교적 교육을 받고 자랐으나 24세시 불교전문 강원에서 불전을 연구했다.

대개 유학자는 자기들 학문 이외는 이단시하는 경향이 짙었는데 신석정은 도가나 불교를 배척한 사람이 아니었다. 이러한 경향은 그가 신문학에 관심을 기울여, 1924년부터 조선일보와 동아일보에 시작품을 투고한 것에서 알 수 있는데 이는 새로운 사조에 감염되었음을 의미하는 증거이다. 그가 시인으로서의 자격을 인정받게 된 것은 1930년 『시문학』이 창간되고 작품을 발표하면서 비롯되었다. 농촌에 파묻혀 주경야독하는 자연의 생활 속에서 도연명, 타골, 솔로우, 카펜테에 심취된 모습을 우리는 그의 작품 도처에서 볼 수 있다. 그는 또 향리에서 직접 농사를 지으면서 작품을 쓰는 동안 노장철학과 루소, 구미의 자연주의 철학에 경도되기도 했으니, 동서의 사상이 조화된 시인이었다고 하겠다. 흔히 그의 시는 그와 접견한 사람이면 으레 시인의 인간 됨됨이

---

* 전 부산외국어대학교. 문학평론가.

와 흡사하다고 말한다. 그의 시는 깨끗하고 조촐한 맛을 풍겨주는 것이 특징인데 이는 난초기질에서 감화된 때문으로 보인다. 석정의 시를 보면 대다수가 차분한 느낌으로 동양 사군자(四君子)의 맛을 풍겨준다. 따라서 우리는 먼저 사군자에 대해 통찰해 보아야 할 것이다.

그래서 그의 시집에서는 사군자를 소재로 하여 지은 것이 많이 보이는데, 그에게 있어 난초는 자기를 비춰보는 거울이었던 것이다. 첫 시집 「촛불」에서부터 그에 대한 증거가 역력히 보인다. 일제 36년 간의 강점 하에서 그는 전원인 자연과 더불어 살아왔는데 그는 식민지 그늘에서 우울했던 자신의 시각을 통해 자기의 마음을 닦고 달래었다. 「촛불」시집을 위시하여 그의 시집 전반에서도 그런 경향이 보인다. 그가 난초를 애호하여 시로써 형상화하기까지에는 단순히 취미만으로 그것을 대한 것은 아니겠다. 그와 무언의 대화를 하여 여과되어 나온 것으로 보겠다. 따라서 그의 인생관 역시 사군자의 감화를 크게 받아 시에까지 투영된 것으로 본다. 때문에 석정시에 나타난 난초는 그의 심정을 순화시켜 주는 작용을 하기에 중요한 취급을 해야 할 것이다. 주지하는 바와 같이, 난초는 양반의 기질을 가장 잘 반영시켜 주는 것이다. 매죽국(梅竹菊)과 동류이긴 하지만, 그 중에서 난초는 군자의 풍모를 가장 많이 풍모를 가장 많이 풍겨준다. 유교경전에서 군자(君子)는 소인(小人)에 대한 말, 이는 허물이 있어도 일월과 같이 밝아지기를 원하고 위난에 처했을 때도 절개를 변치 않고 곧게 살아가는 인물상의 구현으로 목표한다. 선인(先人)들이 매죽국란(梅竹菊蘭)을 의인화하여 군자로 표현한 것은 그러한 풍모를 지닌 것으로 보았기 때문이다.

석정의 시에 나타난 난도 그렇게 집약되어 있다. 그가 처신한 면모는 난초의 기질과 같았다고 본다. 난은 그의 시에서 줄곧 산견된다. 「촛불」과 「산의 서곡」에서 유독히 많이 보이는데 모두 한결같이 조촐한 것으로 나타나고 있다. 자신도 그것과 닮기를 원하고 바랬다. 때문에 그는 난초와 동화되어 그 바탕 아래 일생을 살다간 시인이라고 볼 수 있다. 그의 시는 도연명과도 일맥 상통한다.

　석정시에서 그의 생활상을 난초와 관련하여 도표로 나타내면 다음
과 같다.

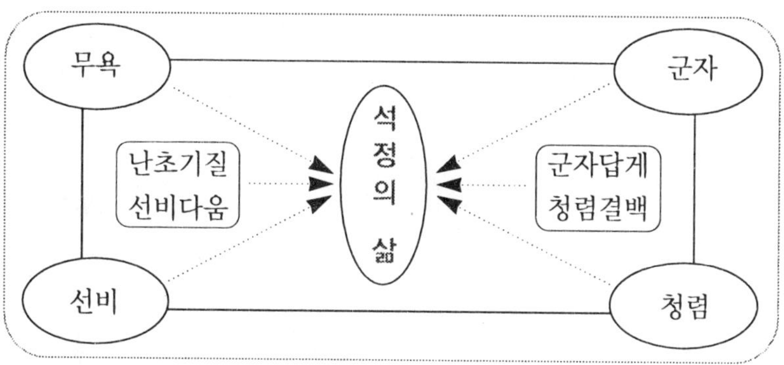

　본 논고는 석정시인의 중추적인 소재가 된 난초에 대해서, 그 기질
로서의 인간 됨됨이를 작가론적 미질에 대해 분석하고자 한다.

Ⅱ. 석정의 난초관과 그 기질의 동화 현상

　난은 이슬만 먹고산다고 한다. 종류에 따라서는 기근(氣根)인 공중
뿌리가 있어 수분만 취하고도 사는 것도 있다. 이는 풍란(風蘭)의 경우
를 보아 알 수 있을 것이다. 정태현(鄭台鉉)씨는 이에 대해서 『한국식
물도감』에서 다음과 같이 기록했다.

　　상록다년생초목(상록(常綠多年生草木), 근(根)은 다수(多數)의 긴 기
　근(氣根)이 있다 …… 화(花)는 녹백색(綠白色) 7-8월(月) 개화(開花), 생
　지(生地) 난지습윤(暖地濕潤)한 수상(樹上) 및 암상(岩上) 분포(分布) 제

주(濟州), 전남(全南) 매가도(梅加島).[1]

이와 같이, 난은 바위틈이나 나무 위에 자생(自生)하는 것, 동양화가
이런 면모를 잘 나타내주고 있음은 주지의 사실인데 석정은 이들이 각
각 사는 곳에 대해서 읊었다. 수상(樹上)에는 「풍란(風蘭)」시가 있고,
암상(岩上)은 「석곡(石斛)」이 보여주는 바와 같다.

위의 풍란에 대한 내용을 도표로 나타내면 다음과 같다.

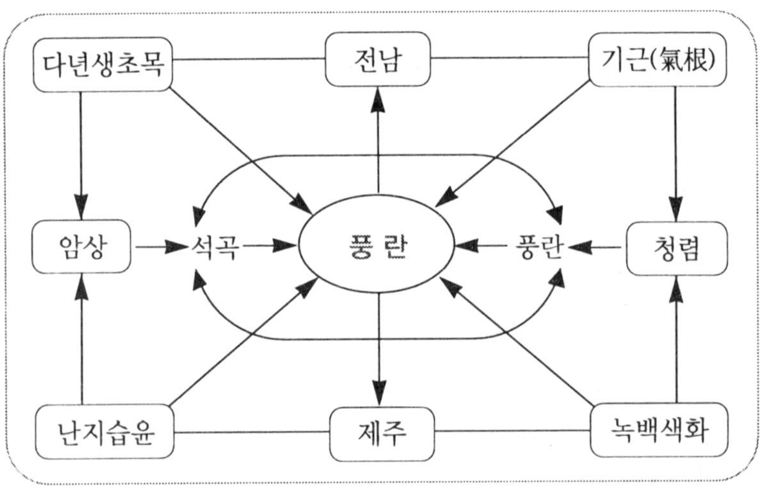

석정은 「석곡」에 대해서 난과(蘭科)라 주하고 상록초목(常綠草木)
산중(山中) 암상(岩上) 또는 고목(古木)에 자생(自生)하는 공기식물
(空氣植物)이라고 했다. 하지만 그 '식물(植物)' 이라고 한 것은 잘못
된 표기이다. 왜냐하면 일찍이 그런 식물이 지구상에는 존재하지 않았
기 때문이다. 다만 그가 편의상 그 명칭을 붙인 데 불과한 것으로, 공중
뿌리라 함이 옳다. 그것이 돌에 살면서 깨끗한 이슬을 마시고 사는 것

---

1) 정태현, 「한국식물도감」, 이문사, 1974, 997면.

에, 석정도 관심을 보였던 것 같다. 그와 관련되는 시로 다음 예시를 보자.

> 돌 하나 비에 젖어 푸른 이끼와 이끼……
> 조용한 황혼이 속속들이 비취일 듯 영롱하여,
> 저 돌 아래,
> 작은 난초나 하나 심거볼까?
> 돌같이 말없이 자라나서 달빛처럼 푸른 향기가 흘러 넘치네……
> 몇 만년 전 옛이야기를 간직하고 있는 듯한 돌……
> 몇 만년 후 뒷이야기를 간직한 채 있을 듯한 돌……
> 돌같이 청수하고,
> 평온한 마음을 가지고 싶다.
> 성당에 켠 촛불처럼,
> 맑고 희게 내가 늙을 때까지…….
>
> —「돌」

본디 난초는 돌 위에 살면서 향기를 발산하는 것으로 사람들의 마음을 매혹시킨다. 이슬만 먹고사니 혼탁한 세상에 홀로 청초한 선비상과도 같은 것이다. 난초는 대개가 깨끗한 곳에 있으면서 향기를 진동시켜주는 것으로 군자라 일컬어진다. 석정도 이런 것으로 매혹된 것이다. 그는 기자와의 인터뷰에서[2] 〈자연은 부동의 자세로 어떤 커다란 것을 교훈 합니다〉(「망각 속에서」)라고 했다. 그는 화초를 좋아하여 그들끼리 주고받는 이야기를 들을 정도로 난에 동화된 시인이다. 그의 시 중에 「나랑 함께」가 있다. 특히 난초의 경우는 '문주란은/ 문주란끼리/제주도 사투릴 쓰고' 에서 보여주는 것처럼 인격화되기마저 한다.

이런 물아일체(物我一體)의 경지로 그들의 대화를 들을 수 있게 된

---

2) 「중앙일보」, 1965. 10. 30.

것은 웬만한 관심이 아니면 어려운 일이다. 그리고 석정은 난의 군자
의 면모를 크게 생각해 그것을 시에서 말하고 있다. 이는 중국인과 우
리 선인들의 작품에서 살펴볼 수 있다. 공자가어(孔子家語)에 (芝蘭生
於深林, 不以無人而不芳, 君子修道立德, 不以因窮而改節.) (지란은 깊
은 수풀 속에 자라서 사람이 없이 꽃다운 향기 아니 풍기지 않나니, 군
자가 도를 닦고 덕을 세움에 곤궁하여도 절개를 고치지 않느니라)라
되고 있어, 군자의 덕으로 비유한 것은 그 좋은 예다. 그도 난을 깨끗한
식물로 보고 그가 동화되는 경지를 읊었다. 또한 곤궁함이 닥쳐와도 절
개를 지킬 것을 다짐하는 내용을 『초사(楚辭)』 도처에서 보여준다. 그
중 그의 인생관과 난의 성격으로 여과되어 나온 시를 한번 살펴보기로
하자.

> 많은 사람들 탐욕스러워,
> 가진 것 많아도 허덕이고,
> 내가 저들 같다고,
> 각각 나를 질투하도다.
> 모두들 욕심에 미쳐있으나,
> 나는 마음이 아무렇지도 안도다.
> 장차 앞으로 늙기 전에 맑은 이름 남기지 않을까 두렵도다.
> 아침에는 목란에 맺힌 이슬 마시며,
> 저녁에는 가을국화 삼키면서 살겠도다.
> 참되게 나의 정과 믿음을 곱게 간직한다면 배고픔쯤이야 무엇이 서러
> 울까.
> 목란뿌리 캐어 향초대를 얽어,
> 다북쑥과 벽려초 꽃술로 얽어 입고.
> 보기 좋은 계수나무 난초띠 매고,
> 향초띠를 둘렀도다.
> 선인의 어진 법을 따르는 나를,
> 세속 무리는 따르지 안도다.

비록 사람에게는 맞지를 않는다고 하나,
바라건대 옛 팽함(彭咸)의 남긴 바른 도리 따르리라.[3]

위의 시는 굴원의 인생관을 나타낸 것이지만 중국의 시인들이나 석정이 난초를 좋아하는 계기를 알 수 있으므로, 이를 도표로 나타내면 다음과 같다.

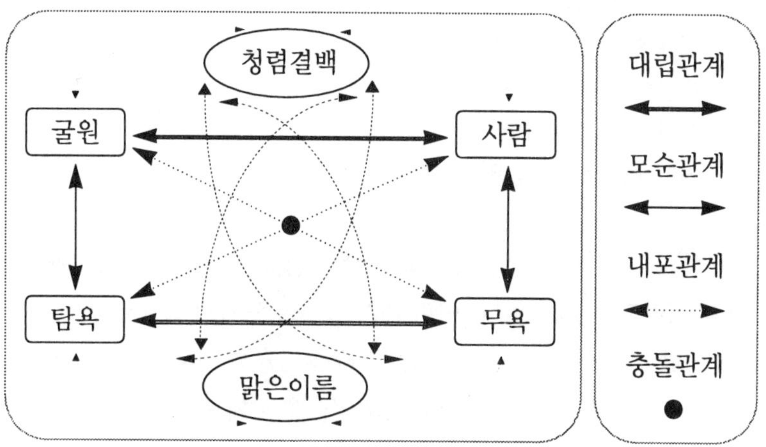

이 시에서 우리는 굴원의 인생관을 그대로 조명해 볼 수 있다. 그가 〈扈江離與群芷兮, 紉秋蘭以爲佩(강리 벽지라는 향초를 감고 추란을 엮어 허리에 찼노라)라고 한 것은 몸을 깨끗하게 닦아 수행하다는 것, 〈朝搴阰之木蘭兮, 夕洲攬之宿莽〉(아침에는 비산의 목란을 뽑고 저녁 무렵은 강기슭에서 숙모를 케도다.) 라 한 것을 보아도 깊은 뜻이 담겨져 있음을 알 수 있다. 여기에서 목란은 껍질을 벗겨도, 숙모는 겨울에도 죽지 않는데서 절개를 뜻한다. 여기서 그의 시와 그 자신의 행적이 잘 부합되고 있음을 볼 수 있다. 즉 난은 몸을 청정하게 수행함으로 절

---

3) 「초사」권1, 이소경구1.

개를 지킨다는 뜻을 내포하는 것이다. 석정도 난을 좋아하는 것으로 자기의 지조를 지켰다. 그에 대해서는 석정과 밀접한 관련이 있다는 도연명의 시에서도 찾아볼 수 있다.

> 그대 산중에서 왔거늘,
> 언제 천목을 떠났는가.
> 우리 집 남쪽 창 아래,
> 국화가 몇 그루 났도다.
> 찔레 잎도 이미 났으니,
> 추란의 향기 그윽하겠구나.
> 돌아가야지 산중으로,
> 거기에는 술이 익었을 것이니.[4]

천하의 시성 이백도 〈孤蘭生幽園 衆草共蕪沒〉, 〈爲草當作蘭 蘭幽香風遠〉이라고 할 정도였다. 이런 데서 그것은 군자의 덕으로 비유됨을 본다. 명 선종(宣宗)도 〈蘭生幽谷兮 曄曄其芳 賢人在野兮 其道則光〉(난이 그윽한 살골짜구니에 나며 그 꽃다운 향기로움이어, 현인이 야에 있으며 그 도가 빛나는 도다)라고 했다.

주지하는 바로 난초는 매죽국(梅竹菊)과 같이 사군자(四君子)라고 일컬어지는데 이 명칭은 명나라 진계유(陳繼儒)가 「매난국죽사보(梅蘭菊竹四譜)」에서 쓰기 시작했다고 전해진다.

우리 선인들도 난초의 그윽한 향기에 대해서 읊은바 있다. 고산(孤山) 윤선도(尹善道)도 「어부사시사(漁父四時詞)」에서 〈방초(芳草)를 바라보며 난지(蘭芝)도 뜯어보자〉라고 했는데 퇴계, 율곡, 노계도 그것이 양반의 기질을 가장 잘 나타낸다는 데서 종종 시의 소재로 쓰였던 것을 알 수 있다. 그러나 석정은 중국인이나 선인들이 향기 발산으로

---

4) 도정절집초(陶靖節集抄), 문래사(問來事).

읊은 것과 다른 차원을 보여 준다. 그는 어떤 깨달음의 암시로서 그것을 지었다고 보아야 한다.

> ……문주란(文珠蘭)· 풍란(風蘭)· 석곡(石斛)……외로운 가족들이 모여서, 더러는 얼굴을 맞대고, 볼에 볼을 문지르고…… 나의 작은 방에서 이들의 의지를 배워야 하고, ……어두운 지층에서 발아를 음모하는 밀어를 나는 믿어야 하고, …… 이러한 엄밀한 자세로 이 가난한 창변에서 새로운 봄에 대비할 예의를 나는 궁리해야 한다.
>
> ―「봄이 올 때까지」

위의 시에서 난이 오순도순 모여 한가족을 이루는 모습을 도표로 나타내면 다음과 같다.

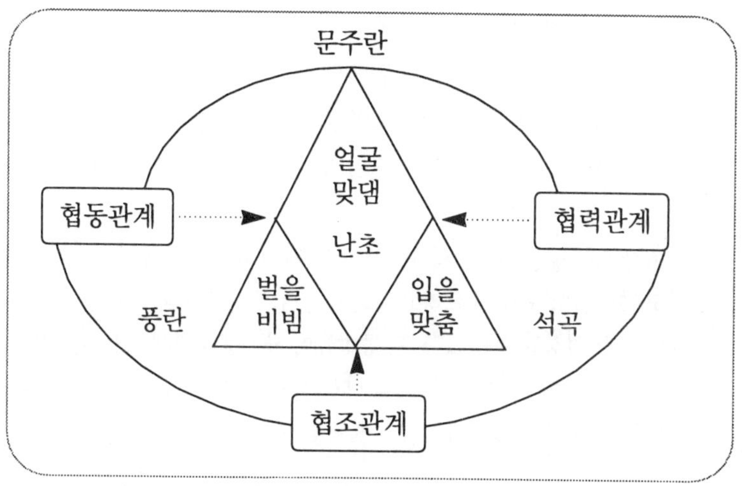

석정도 그의 향기 발산에 대해서 읊기는 했지만 그의 시집 전반에 걸쳐 지은 바를 보면, 그런 상식화된 표현은 벗어나 어떤 각성을 촉구하여주는 내용인 것이 아닌가 한다.

현대시인들 중에서 난초를 좋아하여 글로써 나타낸 이로 가람과 석

정을 손꼽을 수 있다. 가람과 그는 한 고장 교분을 가지고 상면의 기회
도 많았던 관계로 상호 영향이 많았다. 석정은 젊었을 때부터 난을 좋
아했었는데, 가람과의 교분으로 그 애착은 더해지게 된 것이다. 하여
튼 난초는 바위틈이나 수상에서 사는 것이라서, 깨끗함과 조출함의 본
령이 되고 있는데 석정은 바로 그 기질을 닮아 있다. 일제시대에 중앙
진출을 마다한 이유도 그 기질이 크게 작용했다고 볼 수 있을 것이다.
그는 마음이 순수하였기 때문에 일인들과 야합할 수가 없었고, 향리에
묻혀서 농사를 지을지언정 순수하게 살고 시작에 전념하는 것이 그의
삶의 즐거움이었던 것이다. 그의 가계는 조부 때부터 벼슬의 운이 없
을 뿐만 아니라 그의 부친도 관직에 있기를 싫어하는 성미였다고 전해
진다. 따라서 그는 향리에서 전원을 가꾸고 등산과 여행으로 자연과 친
해질 수가 있었던 것이다. 사군자(四君子)를 좋아한 취미도 전원생활
에서 연유한 것이리라. 석정은 사군자 중에서도 유독 난을 사랑했다.
이는 그의 수상집 「난초(蘭草)잎에 어둠이 내리면」[5]의 내용을 보아도
알 수 있는데 여기에는 난초와 도연명과 노장사상을 주된 내용으로 지
었다. 석정이 그와 노장과의 관련을 밝힌 바 다음 글을 보자.

> 책상 위에 놓은 난초잎새가 주욱 처진 게 흡사 절정에 뿌리박은 난초와
> 같고…… 밤이 오기 전 그리고 황혼이 떠나기 전같이 내 작은 방 안의 풍
> 경이 가장 절경일 때는 없다. 이 풍경들이 사라질 무렵에 나는 촛불을 켠
> 다. 그러면 갑자기 이것들은 나를 다시 찾아서 내 앞에 전개된다. 황혼의
> 명상이 내 생활의 큰 일과와 같이 촛불을 켜는 것도 밤의 일과일 것이다.
> ─「촛불을 켤 때」

위의 말은 평범한 그의 생활을 쓴 것으로 노장사상의〈반복(反復)〉원
리를 깨달을 수 있게 해준다. 일찍 그는 노장사상에 심취했다. 그는 거

---

5) 「현대문학」 147호, 1967, 264면.

기에서〈현(玄)〉의 경지를 사랑하여 밤과 어둠을 노래하였고, 그 진리를 드러내는〈현(玄)〉의 논리에 대해서 시로 나타냈던 것이다.

> 어둠이 범람하는 지역에,
> 도도히 범람하는 처참한 지역에,
> …… (中略) ……
> 번갯불 사이사이 천둥소리 들려오고,
> 머언먼 천둥소리 산을 넘어 들려오고,
> 새벽을 잉태하는 뼈저린 신음소리,
> 우리 가슴에 밀려드는 파도소리….
>
> —「밤의 노래」

이와 같이 그는 새벽을 잉태하는 요소로 밤을 노래한다. 그에게 있어 밤은 탄생을 약속하는 위대한 침묵이다. 그래서 석정은 나에게 어둠을 달라고 외쳤던 것이다. 어둠에서 광명을 발현하는 것은 원래 우리 한민족의 의식이다. 한민족의 시조 단군은 그의 조부(祖父)가 태양의 광명과 관계된' 환하다' 에서 온 이름인 환인 환웅이므로 밝음과 밀접한 관련을 맺고 있다. 특히 단군이 세운 고조선에서 조선(朝鮮)은 새벽에 햇살과 관계된 이름이다. 그래서 기원전 7세기에 관자(管子)는 8천리에 떨어진 제(齊)나라에서 밝달조선(發朝鮮)의 호피(虎皮)가 특산물임 음을 알고 있었다.[4] 사마천 『사기』 본기[7]나 『후한서』 동이전[8]에는 슈썬(肅愼)이라고 했는데, 이 말은 좌 (朝鮮)과 발음이 비슷한데서 온 말이다. 고대 중국인들은 조선을 말할 때 조선(朝鮮), 숙신(肅愼), 산융(山戎), 예맥(濊貊), 동이(東夷), 융이(戎夷), 동호(東胡)라고 했

---

6) 『관자』 권23 규도편(揆道篇)

7) 『사기』 오제 본기. '山戎發肅愼, 謂之東北夷.' (산융은 숙신으로부터 생겼는데, 이를 동북이라 한다.)

8) 『후한서』 동이전. '古肅愼氏之東方禮儀之國也.'

다. 그래서 공자는 예맥조선에서 살고 싶다고 하지 않았던가?[9] 우리는
단군신화의 수용으로 고구려 신라 가락국에서 알에서 시조가 탄생하
는 것은 알이 태양과 곡식의 낱알을 상징함과 동시에 설화나 고소설 및
현대문학에서 결말이 해피엔딩으로 맺는 것은 밝음과 깊은 관련이 있
는데, 이는 집단적 무의식에 의한 수용으로 볼 수 있는 것이다.「밤의 노
래」는 어둠에서 광명의 도래를 한민족의 집단적 무의식으로 나타낸 데
의미가 있으므로, 이를 그와 연관해서 도표화하면 다음과 같다.

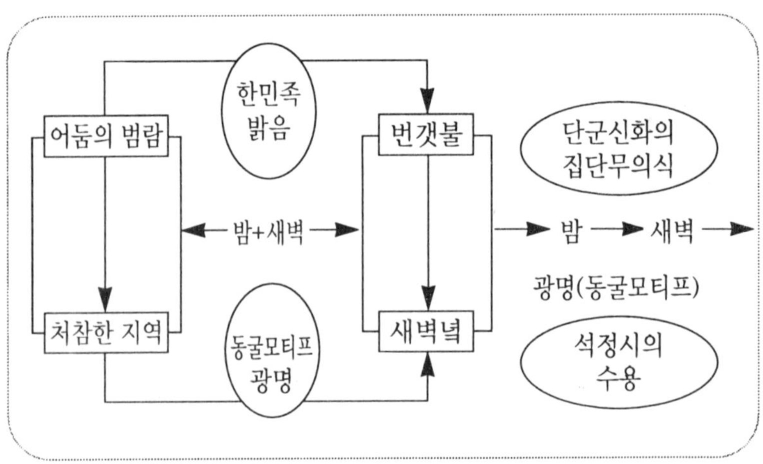

석정시의 광명의식은 단군신화의 집단적 무의식에 의한 수용관계
로 볼 수도 있지만, 본고에서는 노장의 도로 보게됨을 밝힌다. 노장에
있어 〈반(反)〉은 '근본으로 되돌아온다' 는 말, 〈도(道)〉에 궁극적인 진
리를 드러내는 방법이니, 석정은 그 일치를 나타낸 것이다. 그의 시를
알기 위해서는 〈반(反)〉에 대해서 먼저 고찰해 볼 필요가 있다. 그러니

---

9)「후한서」지리지. '濊貊朝鮮 東夷天性柔順 …… 中國失禮求之四夷, 故孔子欲居九夷也.'

까 그 체득은 몸이 깨끗해야 됨은 두 말할 나위도 없는 일. 그래야만 임
진(任眞)의 경지로서 안착하게 된다고 하겠다.

이런 관념에서 석정은 그 실천생활에서, 식물 중 유독 난초를 좋아
하게 된 것이다. 그가 난을 좋아하였음은 「선유도(仙遊島)를 찾아서」
에서도 여실히 나타난다. 그 벽은 의식을 생각지 않을 정도니 한국의
전형적인 학자형이기도 하다. 그를 좋아하여 영애를 〈(난)蘭〉이라고
이름지은 것은 수상집 「소한도(消寒圖)」나 그의 시에서도 찾아볼 수
있다.

> 보리꼽쌀미와 밀주일 죽도 달가운 것은,
> 풀이파리 죽으로 끼니를 잇던 봄을 살아 그렇지.
> 공일날 눈이 빠지게 기다리던 아버지는 텅빈 가방을 들고 찾아가야
> 하거늘,
> 두주를 자조 굽어봐야 하는 너희들이기에,
> 보리가 한 가마만 있어도 한숨을 내쉬겠지?
> 외할머니도 보리밥에 지쳐 뙤약볕에,
> 백릿길을 걸어가셨다는 서글픈 이야기.
> —「〈일림(一林)〉이와 〈난(蘭)〉이에게」

이렇게 보던 석정은 난을 좋아하는 정도가 벽이 되었다고 볼 수 있
다. 그것은 그에게 있어 너무나 가까이하는 친구였기 때문이다. 아마
도 그를 가리켜 양반적인 기질의 소유자라 평하는 것도, 그에서 연유하
는 것이겠다.

석정은 천성적으로 점잖은 기질인 데다가 자연주의 사상가들에게
경도되고, 사군자를 시우로 삼았으니 자연히 그것을 닮을 밖에 없었다.
때문에 내적으로나 외적으로 그의 인격은 그 기질로 동화될 수밖에 없
었던 것이다. 손수 전원을 가꾸고 그를 서재에다 놓고 살았으니 자연
그것을 닮게 되었으리라. 난초의 조촐한 모습과 그윽한 향기 발산이 그

의 인간형성에 큰 영향이 되었다고 본다. 더구나 난을 많이 기르고 글로서 나타낸 가람과도 접촉이 있었으니 더욱 그런 인간형이 형성되었음은 말할 나위도 없다. 이는 석정의 일기에서도 보인다.

석정이 정식으로 가람과 인연이 된 것은 6.25 후라고 보는 것이 옳다. 7. 8년을 같이 전북대학교에서 강의를 맡게 된 데서였다고 「시와 더불어 살리라」에서 술회하고 있다. 같은 고장인 이라서 그에 대한 대화가 있었다는 것은 의심할 여지도 없는 일이다. 하여간 가람은 문인 중 난초에 대해서 글을 많이 짓고, 그 방면에 제일 소양이 있는 분이라 함은 이미 통설로 되어있다. 석정이 가람을 문학스승으로 모시었다고 말한 점에서도 벌써 많은 영향이 있었음을 알 수 있다. 석정은 난을 좋아한 나머지, 난에 대해서 관심이 많았던 지방인과의 대화도 많았다고 한다.

위에 서술된 석정과의 관계를 도표로 나타내면 다음과 같다.

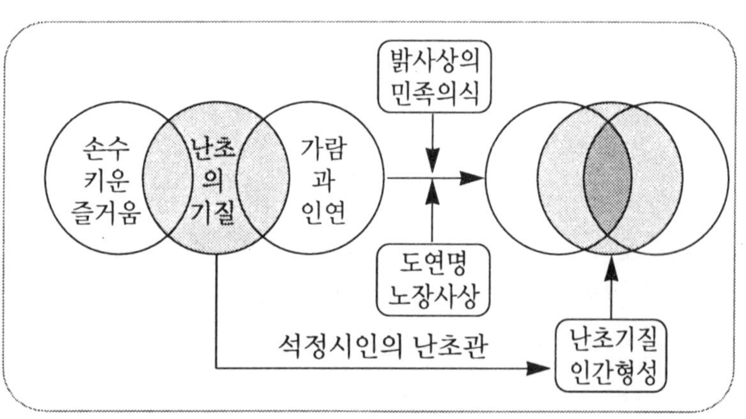

석정의 인간형성은 원칙으로 복합성을 띤다. 한민족의 의식이라 할 밝 사상과 도연명과 노장의 영향과 함께 가람과의 관계로 난초기질이 그의 인간형성을 이뤘다고 할 수 있다. 그러나 여기에서 한민족의 의식이 그의 인간형성으로 이루어 졌다는 것은 앞으로 과제로 남게된다.

석정이 전주 교외에서 40평 남짓 정도의 정원을 마련하고, 사군자도 심고 살았다는 것은 이미 잘 알려져 온 사실이다. 그는 난초를 좋아하여 중국에서 난초 고장으로 유명하다는 이곳을 시로 읊기도 했다.

> 복건성이 고향이라는 난초를 여덟 해나 가꾸시기에,
> 정녕 임께서도 난초와 여덟 해를 늙으셨군요.
> 성근 잎 사이로 꽃도 저리 맑아야만 하는 것이옵니까?
> 난초처럼 곱게 늙으시는 임이 퍽은 부러웁습니다.
>
> —「소공(素空)님께」

이런 예로 보아서, 그의 난초에 대한 사랑의 깊은 심층을 파악해 볼 수 있다. 참으로 밀접하다는 것을 할 수 있다. 난이 제주도에서 많이 난다는 예는 「산(山)의 서곡(序曲)」도처에서 산견되는 바이다. 석정이 난을 기르는 의도는 다른 선비 모양 필수적으로 길러야 된다는 여론과 상식과는 달리 정신적인 뒷받침은 물론 실지로 살아가는 데 있어, 삶의 원동력을 난에서 찾은 것이다. 난초와 그의 인격이 혼연일체가 되었음은 다음 시에서도 잘 드러난다.

> 개미새끼 흙탑을 쌓아올리듯,
> 작은 서가에 틈없이 책을 쌓아놓고.
> 마음이 호수처럼 가라앉는 날……
> 한 권 두 권 내들고 읽는 한가한 날……
> 때로는 서가가 드높은 산같이 보이기도 하고,
> 나는 그 산을 천천히 오르기도 하고,
> 곤륜산보다 더 깊숙한 내 서가여,
> 오늘은 난초향기가 그윽이 흐르는 듯하여……
>
> —「서가(書架)」

이와 같이 그는 「서가(書架)」에서도 그와 같이 살았던 것으로 볼 수 있다. 그가 난초에서 정신적인 자양분을 많이 받았다는 것은, 앞서 말한 〈들〉시에서 볼 수 있는 바와 같다. 난초의 감화를 철두철미하게 받은 석정은 그 깨끗함을 상징하는 하늘에 대해서도 읊었다. 즉

> 하늘이 너무 푸르지 않습니까?/ 햇볕이 너무 빛나지 않습니까? 어머니 / 당신은 아예 슬픈 전설을 빚어내지 마십시오/ 너그러운 햇볕을 안고/ 저 푸른 하늘을 우러러/ 무성한 나무처럼 세차게 서서/ ……슬픈 전설은 심장에 지니고/ 정정한 나무처럼 살아가오리다.
>
> —「슬픈 전설을 지니고」

여기에서 하늘은 석정이 지양해야 될 이상과 희망과 포부를 상징한다. 조국이 일제 식민지 통치에서 짓밟히고 있으니 슬프지 않을 수가 없는 것이다. 석정은 가끔 〈어머니〉에 대해서 읊고 있다. 그것은 현실에서 괴로움을 참지 못하여 목메어 부르는 자연이라 보아 무방하다. 석정은 자연을 사랑한 나머지 자기 자신도 자연화 되려 했다. 그의 詩「화석(化石)이 되고 싶어」는 이를 암시한다. 그런데 그의 자연은 불러도 대답이 없는 것. 그는 그런 것을 더 그리워하며 지었다고 하겠다. 정태용(鄭泰榕)도 석정시의 「어머니」에 대해서 생모(生母) 대지(大地) 자연 우주의 어머니라고 했다.[10] 그러나 위에서의 「어머니」는 모성을 지닌 노장〈도(道)〉라고 봐도 좋은 것이다. 석정의 하늘은 공생(共生) 공존(共存) 공진화(共進化)가 담겨진 그것으로서의 자연이다. 석정시 중이 세 가지를 도표로 나타내면 다음과 같다.

---

10) 정태용,「신석정론」,「현대문학」147호, 1967. 3, p.264.

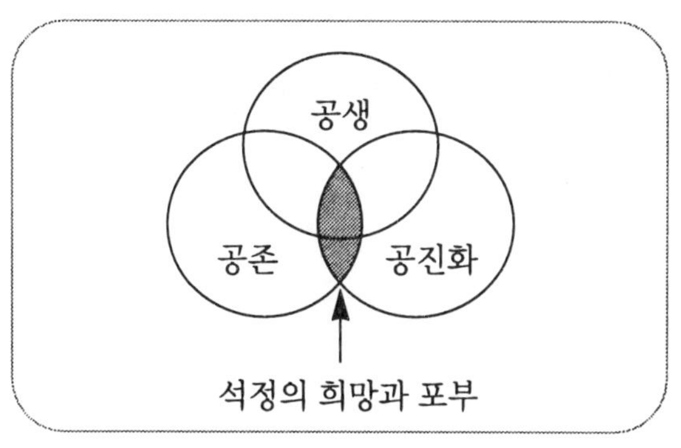

우리가 자연으로 돌아가야 된다는 뜻은, 이러한 경지에서이다. 항상 마음속으로 받아들여 인간 악과 타협하지 않고, 또 그것을 제거하는 것이기도 하다

푸른 산이 흰 구름을 지니고 살 듯/ 내 머리 위에는 항상 푸른 하늘이 있다/ 하늘을 향하고 산림처럼 두팔을 들어낼 수 있는 것이 얼마나 숭고한 일이냐/ 두 다리는 비록 연약하지만 젊은 산맥으로 삼고/ 부절히 움직인다는 둥근 지구를 밟았거니…/푸른 산처럼 든든하게 지구를 드리고 사는 것은 얼마나 기쁜 일이냐/ 뼈에 저리도록「생활」은 슬퍼도 좋다/ 저문 들길에 서서 푸른 별을 바라보자…/푸른 별을 바라보는 것은 하늘 아래 사는 거룩한 나의 일과이거니…

—「들ㅅ길에 서서」

위와 같이 하늘인 자연은 지고지순(至高至純)한 존재. 석정은 식물 중에서 가장 조촐하고 인간이 깨끗함을 배워야 된다는 것으로 난을 통해 암시적으로 드러냈다. 이는 난의 깨끗함에서 이를 깊이 알 때 하늘의 진리를 터득하기 때문인 것이다. 석정은 영애를 난으로 이름지었다. 결국 세상이 다 악으로 감염되어도 난초와 같이 순수한 상태로 살아가야 된다는 의지가 발현된 것으로 보인다.

　　……난아/ 푸른 대가 무성한 이 언덕에 앉아서,,
　　너는 노래를 불러도 좋고 새같이 지절대도 좋다.
　　지치도록 말이 없는 이 오랜 날을 지니고,
　　벙어리처럼 목놓아 울 수도 없는 너의 아버지 나는,
　　차라리 한 그루 푸른 대(竹)로,
　　내 심장을 삼으리라.
―「차라리 한 그루 푸른 대로」

그는 난초를 닮으라는 뜻으로 이름을 지은 여식에게, 대와 같이 살아갈 것을 그에게 교훈 하여 준 셈이다.

난의 깨끗함과 대의 곧은 성격으로 살아가는 것은 하늘을 심증으로 볼 수 있다. 동시에 그로 통하는 길이라고 봐도 된다. 그렇기에 그는 자연에서의 생활이 제왕의 문에 듦보다 부럽지 않다고 읊는다.

　　……국화 향기 흔들리는/ 좁은 서실(書室)을/ 무료히 거닐다/ 않았다, 누웠다/ 잠들다/ 깨어보면/ 그저 그런 날을/ 눈에 들어오는/ 병풍(屛風)의 악지론(「樂志論」)을 / 읽어도 보고……/ 그렇다! 아무리 쪼들리고/ 웅숭그릴지언정/ -〈어찌 제왕(帝王)의 문(門)에 듦을 부러워하랴〉/ 대 바람 타고/ 들려오는/ 머언 거문고 소리……
―「대 바람 소리」

위의 시는 조상님네가 자연에서의 생활을 고황(膏肓)의 경지로 여겨, 삼공불환차강산(三公不換此江山)으로 비한 것으로 상통한다. 자연에서의 생활이 그만큼 유유자적(悠悠自適)의 결벽(潔癖)임을 뜻하게 됨에서 나온 말이라고 볼 수 있다. 석정도 그런 결벽을 지키기 위해서 나무를 심고 가꾸었다. 결국 그는 그런 소박한 마음씨를 시로 읊은 것이다.

난초와 같은 석정의 순박한 마음씨를 도표로 나타내면 다음과 같다.

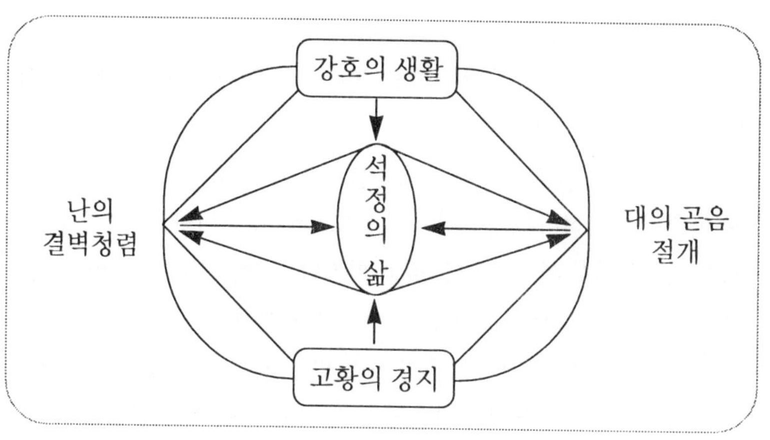

이런 데서, 그는 그와 같이 조촐한 성격을 간직하고 살게 되어, 전원 시인으로 각광을 받으며 행세하게 된 것이다. 때문에 그의 생활에서 유혹과 불의적인 일을 멀리하는 일은 어렵지 않았으리라. 그런 데서, 그는 「지조(志操)」에서 성삼문을 찬양하고 신숙주는 그것을 상실한 비뚤어진 사람이라 혹평을 한 것. 또 괴테도 나무랐다. 세계적 문호라는 것은 인정하지만, 바이마르에 진공해온 나폴레옹에게 달려가서 송시(頌詩)를 봉정하였음을 못마땅하게 나무랐다. 일개 정복자의 마제하(馬蹄下)에 어찌 송시를 써 바쳐야 할 것인가 하고 주책없음을 꾸짖었던 것. 또 「지록위마」(指鹿爲馬)에서는 「우남찬가」(雩南讚歌)로 혁혁한 공적을 세운 모 시인을 혹평했다. 이박사(李博士)의 귀만 보아도 배가 부르다는 절창으로 명성을 떨쳤던 그는 너무나 명예욕에 사로잡혀 있다고 했다. 석정은 이 고사의 유래를 진시황 때에 비롯한 것이라고 말한다. 사슴은 사슴이요 말은 말일진대, 그것을 똑바로 말하는 데서 인간의 인간다운 격이 있다고 했다. 바로 그 격은 지조로 통하는 것이 된다고 강조했다. 한마디로 그는 세상에 아부하는 부류에 대해서 일침을 가한 것이다.

위와 같이 말을 할 수 있다는 것은, 바로 난에서 우러난 기질 때문으로 보인다. 아닌게 아니라, 그의 인품은 난과 같이 시도 깨끗하게 장식되어있다. 「촛불」 시집에서 「슬픈 목가」 · 「빙하」 · 「산의 서곡」 · 「대바람 소리」 등은 모두 이와 관련되어 있다. 그러나 그의 시가 난초의 향기와 같이 읽으면 읽을수록 그윽함을 발산해 주었더라면, 전원시인으로 현대시를 개혁하는 공로자로 추앙도 받았을 것이다. 즉 깎아지른 절벽에서 자라나는 한 포기의 모질고 씩씩한 기상을 싱싱하게 썼거나, 또 향기 발산하는 그에 대해서 좀더 진지하고 개성적인 안목으로 형상화시켰다면, 굉장한 반영이 있었으리라 믿는다. 그러니까 그의 시는 필력의 싱싱함과 난초향기와 같은 은은한 의미 연관(意味連關)이 담겨져야 했을 것이다. 이러한 것이 그의 시에는 결여되어 있다. 현대시는 옛 선인들의 그윽한 향기 발산을 읊은 것만으로 작품화되었다고 볼 수 없다. 그것은 음풍농월 식에 불과한 할 일 없는 사람들이 하는 시작일 따름이다. 말하자면 그의 시는 그 사람이라는 인상을 풍겨준다고 볼 수 있다. 정태용씨는 그의 첫인상에 대해서 〈조용한 거동, 귀공자다운 풍모, 명상하는 듯한 얼굴, 이것이 내가 처음 석정을 보았을 때의 인상이다〉[11]라고 언급해주고 있는 것은 그 좋은 예다.

하여간 그의 인간됨이 전원에서 많은 영향을 받은 것은 사실이다. 게다가 세상의 허황한 꿈을 버린 전원시인 도연명의 영향 또한 다분히 받았으니, 그는 필연적으로 향리로 돌아갈 수밖에 없었다. 그곳에서 그는 동서의 자연주의 사상가와 전원시인에게 경도되어 시를 썼던 것으로 보인다. 그의 시가 전원적이고 목가적인 이미지를 띠고 있는 것도 이런 연유에서라 믿는다. 그의 인격은 다분히 천성적인 성품에서 온 것은 사실이다. 그러던 중 자연과 가까이 하는 데서 더욱 그런 기질로 순화된 것. 따지고 보면 그의 인간미질(人間美質)은 자연에서 얻어진 것이라 볼 수 있다. 그의 시에 나타나는 난초관은 선인들이 보는 안목

---

11) 위의 책, P.263.

을 조금 탈피하여서 그들과 그의 시와는 등거리 선상을 넘어섰다고 볼 수 있다. 그렇다면 그는 그 기질을 닮아 행동하고 처신한 데서, 양반도를 지닌 시인이라 볼 수도 있을 것이다.

Ⅲ. 맺음말

지금까지 석정의 시가 난초의 기질에서 영향 되었음을 작가론적 입장으로 그의 인간미질에 대해 분석적으로 고찰하여 보았다. 그의 시가 자연의 대상 가운데서도 특히 난초에 대해 많은 시를 지은 것은 그의 인생관과 부합됨에서라 볼 수가 있다. 그는 난초기질을 닮았기 때문에 절조 있는 생활을 하였다. 그 면모는 『산의 서곡』의 발문에서도 나타난다. 즉 〈시와 더불어 이순(耳順)을 넘겼고 역사의 흙탕물 줄기가 무참하게도 내 정신세계를 여러 번 짓밟고 달아났다. 그러나 아직까지 허튼 속정(俗情)의 국척(跼蹐)하거나 한눈팔기에 나를 크게 소모한 적이 없음을 자위한다.〉는 말은 바로 그런 기질에서 여과되어 나온 소산으로 보인다. 석정이 전원에서 자연과 친해질 수가 있었던 것도 먼저 그 관계로 규명해야 된다. 특히 그의 시를 읽어보면 점잖은 풍모로 차분한 안정감을 준다. 그래서 그의 용모에 대해 양반도를 지닌 선비로 문인들이 평한 것이다. 아마도 이는 석정이 사군자 중에서 특히 난초에 대한 시를 많이 남긴 것과 연관되리라 본다.

주지하는 바로 난은 사군자 중에서도 가장 양반의 기질과 부합된다. 물론 조선왕조 시대의 양반은 그 본연의 자세로 생활을 못한 것이 사실이다. 그렇기 때문에 건전한 입장에서는 양반도를 실행하지 못한 것. 단지 내심으로 살피고 처신해나가는 사람이라는 것이 그 본연의 인간상이다. 난은 양반의 풍모를 그대로 반영한다는 데서 완상물로 인지되어 왔다. 선인들 모두가 그로 본 것은 군자의 도와 부합하기 때문인데, 역사적으로 탁한 세상에서는 정(淨)하기를 바라게 마련이다. 인류는 언제나 그렇게 변천될 것을 바라고 노력했다. 어둠에서 광명을 찾는 과정이니 이는 한민족의 의식인 단군의 밝사상과도 관련을 맺을 수 있으나, 본고에서는 보류하기로 하였다. 석정시에서 어둠에서 밝음에 과정을 노장사상의 원리로 분석한 바 있다. 바로 노장의 〈극즉필반(極則必反)〉의 원리이니 자연의 진리대로의 삶이다.

선인들이 난을 기르는 것은 건전한 정신을 함양하기 위해서이다. 물론 난의 꽃이 필 때 그 풍기는 취향에 매혹되어서 그를 보려고 기르는 사람도 많았다. 하여튼 그윽한 향기를 온 집안에 가득히 발산해주니, 그 결실의 과정을 음미케 되어 고귀한 정신의 함양임은 당연한 것이다. 난초는 깨끗하고 조촐한 것이 원래의 성질이다. 그런데다 그윽한 향기 발산은 누구에게나 매혹적이라고 하겠다. 더구나 고대 동양사회는 그 배경이 혼란하여 정상적인 궤도를 벗어나는 일이 너무나 많았다. 불의적인 요소가 판을 치는 데서 난을 더 완상하여 왔다고 볼 수 있다

석정은 난에 대한 글을 많이 쓴 바 있다. 첫시집 「촛불」과 제이 시집 「슬픈 목가」에 실려 있는 시들은 일제 강점 하에 지어진 것들이다. 석정은 일본인은 물론 그 앞잡이들과 야합하기를 꺼리고 중앙진출도 거부했다. 향리로 돌아가 자연과 벗하여 노장사상과 그 이외에 서구사상과 문인들에게 탐닉되어 갔다. 그래서 자연에 대한 애착은 그의 시집들에 형상화되어 있다. 1956년 제3시집 「빙하(氷河)」가 발간된 것은 자유당 정권시대. 부조리로 난맥상을 거듭하던 시대였다. 당대가 순탄하지 못했기 때문에 그의 타고난 청렴한 성격은 현실과 괴리를 일으켰다. 이런 상황에서 그의 돌파구는 전원이었다. 타고난 천진한 성품을 간직하고 살게 되니 전원의 수목과 대화가 이뤄지게 밀접하게 된다. 석정은 그렇게 사는 것을 생의 보람으로 여겨 한평생을 전원에서 보냈던 것일 게다.

1967년 제4시집 「산의 서곡」은 「빙하」 이후의 시작품 중에서 고른 시 60여편을 수록하여 상재한 것이다. 그 때는 이미 저항의식이나 암

울한 분위기가 가라앉은 자연귀의(自然歸依) 사상이 더욱 심화된 때라서, 마치 도연명처럼 자연을 그리워하게 된다. 이 시집의 특징은 산과 난에 대해서 읊은 것이 특히 많다는 것이다.

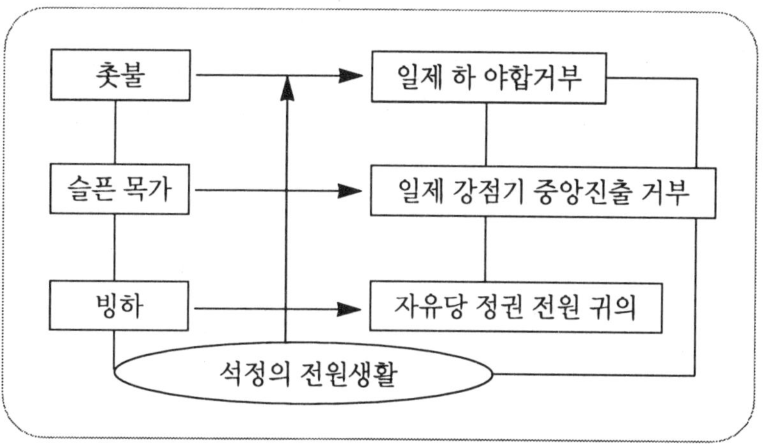

1970년 한국시인협회에서 기획하여 발행한 제5시집 「대 바람 소리」에서도 자연귀의에의 의지는 버리지 않고 전개되어 있다. 여기서도 역시 사군자의 모습이 역연하게 보인다. 이와 같이 곧은 상징이 시상으로 잘 묘사되어 있다. 대는 난과 같이 사군자의 하나로 그와 동질이라 보아 무리가 없다. 석정은 부정과 야합하기만을 일삼았던 부류를 싫어하는 인간상으로 빈한한 생활을 한 것이 사실이다. 다만 깨끗하고 절조 있는 생활로 인생을 마쳤을 뿐이다.

난에도 여러 종류가 있다. 다른 식물과 같이 비옥하다는 조건만으로는 살 수가 없다. 정성과 기술이 수반되어야 기를 수가 있는 것, 대개는 바위틈이나 수상(樹上)에서 자생하는데 이슬과 공기 중의 수분만으로 섭생이 가능하다. 난은 이세상 모든 식물 중에서 가장 정갈하다고 볼 수 있다. 특히 석정의 시는 난이 주류를 이룰 정도로 가까이 하고 길렀음은 작품 도처에서 산견되는 바 사실이다.

　석정이 난을 좋아하여 그의 수상집 『난초 잎에 어둠이 내리면』이 나오게 된다. 그가 세상을 떠난 것은 정확히 1974년 7월 5일 0시 20분이다.[12]

　위의 수상집은 그가 생존시에 썼던 원고를 정리한 것으로 작고한 지 보름 후에 출간한 데서 가장 최근의 작품집이라 추정된다. 그런 의미에서 난초에 대한 그의 천착을 보여주는 작품 1편을 인용하고 끝을 맺는다.

> 내일쯤은 겨우내 방안에 가두어두었던 소심난(素心蘭)도 춘란(春蘭)도 문주란(文珠蘭)도 내놓고 새로운 봄볕 세례를 받도록 해야겠다.
>
> —「경칩」

---

12) 「시인 신석정의 투병기」, 『중앙일보』, 1974. 9, 98호.

지훈 시에 나타난 이미지

임영주*

1. 서언

　시인은 이야기하고자 하는 생각이나 경험, 상상들을 형상화 할 방법을 지속적으로 찾아내고, 이것은 각 시인의 작품에서 이미지로 태어난다. 이러한 이미지는 시인의 시에서 비슷하거나 반복적으로 나타나게 되며, 이를 지배적 이미지(dominant image)[1] 라고 한다.
　이미지는 심상 또는 상(像)으로 번역되며, 상상력과도 관계된다. 상상력은 환상(fancy)과는 구별되는 용어로서, 시인의 창조적 역량을 변별하는 기준이 되기도 하는데, 시인은 이미지를 통해 대상을 비유함으로써 독자에게 자신의 내적 체험을 은밀하게 건넨다.　시의 이미지는 언어에 의해 조직화된 그림이며, 대상에 대한 감각적·지각적 체험을 신선하고 강렬하게 환기시키면서 비유와 상징을 결합한다.[2] 그러므로 시를 이해하기 위해서는 이미지를 파악하는 것이 그 첫걸음이 되어야

---

* 신구대학. 시인.

1) M. Boulton, *The Anatomy of Poetry* (Routledge & Kegan Paul, 1953).
2) 최동호, 「이미지」, 『시론』(현대문학사, 1989), p. 50.

한다.

특히 시에서의 이미지의 중요성은 파운드(Ezra Pound)가 "방대한 저작을 남기는 것보다 한평생에 한번이라도 훌륭한 이미지를 만드는 것이 낫다."고 얘기한 바와 같이 대단한 관심을 가질 만한 것이다.

한편의 시를 읽으며 독자는 마음속에 어떠한 영상을 떠올리게 되고 그러한 영상이 풍부해질 때 그 시는 맡은 바 역할을 훌륭하게 완수해냈다고 볼 수 있다. 최소의 언어를 사용하여 독자에게 최대의 이야기를 전달할 수 있는 시의 장점은 '이미지'가 담당하고 있다고 해도 과언이 아니기 때문이다.

같은 소재를 대상으로 하면서도 시인은 그 대상을 새롭게 창조해 낸다. '님'이 그렇고 '춘향'이 그러하며, '풀'이 그렇고 '꽃'이 그러하다. 어느 시인에게 선택되느냐에 따라 새로운 이미지로 탄생되는 것은 물론이다.

이 글에서는 지훈 시에 나타난 이미지를 중심으로 살펴 보고자 한다. 지훈 시의 주요 이미지는 '꽃'과 '춤=나비', '옛'의 이미지이다. 도식화했다는 느낌이 없지 않으나 지훈 시에서 뚜렷하게 드러나는 주요 이미지며 이에 시사하는 바가 크므로 이 세 가지를 나누어 살펴보고자 한다.

2. '꽃'의 이미지

지훈 시에 자주 등장하는 '꽃'은 단순한 대상물로서의 꽃이 아니라 다양한 상징성을 지닌 존재이다. 이 다양한 상징을 이해하기 위해서는 지훈 시의 전반을 살펴보아야 할 것이다. 전기적인 역사성은 가능한 한 배제한다. 시적 이미지는 전적인 자주성을 가지며, 시적 이미지가 "한 영혼에서 다른 영혼으로 전달된다는 사실에서 고찰될 때 그것의 원인을 알려고 하는 것은 별다른 의미가 없는 것"[3]이기 때문이다. 즉 이미지의 감동을 이미지가 태어나게 했다고 생각되는 시인의 전기적 여건을 이해함으로써 설명하려 하는데, 시인의 전기를 모르는 독자라 하더라도 이미지의 감동을 체험한다[4]는 것을 생각할 때 이는 의미가 없다.

'판단 중지'[5] 상태야말로 한 시인의 시를 '시 자체'로 가장 정확하게 감상할 수 있겠기 때문이다.

꽃이 지기로소니
바람을 탓하랴

주렴 밖에 성긴 별이
하나 둘 스러지고

귀촉도 울음 뒤에
머언 산이 닦아서다.

촛불을 꺼야하리
꽃이 지는데

꽃 지는 그림자
뜰에 어리어

하이얀 미닫이가
우런 붉어라

묻혀서 사는 이의
고운 마음을

---

3) G. Bachelard, *L' Air et les songes*, Jose Corti, p. 129.

4) 곽광수, 『가스통 바슐라르』(민음사, 1995), p. 37.

5) 대상에 대해 선입견을 배제하고 객관적인 태도로 접근하는 훗설의 철학 방법.

아는 이 있을까
저허하노니

꽃이 지는 아침은
울고 싶어라

— 「낙화」⁶⁾

'꽃'은 그 본질로서 만물이 약동하는 봄이라는 계절의 덧없음과 보이는 외면적인 것으로서의 '아름다움'이라는 무상함을 상징하기도 한다. 이 덧없음과 무상으로서의 '꽃'은 「낙화」에서 생명과 죽음, 재생의 반복적 이미지로 나타난다.

1연에서의 '꽃이 지기로소니/ 바람을 탓하랴'는 꽃의 낙화에 바람이 중대한 매개체가 되고 있음에도 꽃이 지는 것은 바람 때문이 아니고 지게끔 되어 있으니 진다는 유교의 이기철학이 담겨 있으며 대자연의 원리가 들어 있다. 즉, 꽃 자체의 떨어짐에 초점을 맞추고 있음을 보게 된다. 바람이 주는 환기적 질서를 일깨우면서도 동시에 꽃의 '스스로 된 떨어짐'을 강조하고 있음이다. 피면 진다는 자연의 순리를 주목하면서 어쩔 수 없는 질서의 무상을 1연에서부터 주목하고 있는 것이다.

'바람'은 융(Carl G. Jung)에 의하면 악마의 이미지(shadow)며 파괴의 행동성을 지닌 역동적 이미지를 의미하는데, 꽃의 짐은 결코 '바람'과 같은 외부의 물리적 힘에 의한 패배가 아니라 '꽃'의 의지임을 천명하고 있다. 떨어짐은 단순한 죽음이 아니라 재생을 기약하는 자신의 선택이기 때문이다.

1연의 무상은 2연에 와서 '성긴 별이 하나 둘 스러지고'라는 구절을 통해 더욱 고조되고 있는데, 지훈 시에 자주 등장하는 '별'의 이미

---

6) 조지훈, 「조지훈전집」1(나남출판사, 1996). 이 글에 실린 시들은 「조지훈전집」1 에서 인용한다.

지를 동원하여 번뇌를 초극한 존재로서의 '별'도 '스러지고' 있음에 하물며 살아 있는 꽃의 스러짐의 당위성을 말해주고 있다. 번뇌를 초월한 '별'과 무상을 의미하는 '꽃'의 이미지는 좋은 대조를 이루면서 시의 힘을 지켜나가고 있는 것이다.

3연에서의 '귀촉도 울음 뒤에/ 머언 산이 닥아서다'는 귀촉도가 가지는 음울하고 서러운 정서 끝에 오는 산의 다가섬으로 꽃의 무상함을 단순한 무상으로가 아닌 '산'이라는 영원의 이미지와 대면하게 만든다. '귀촉도'라는 죽음의 이미지가 '산'이라는 영원성의 이미지 즉, 삶으로 전환되는 것이다.

그러나 불현듯 '촛불을 꺼야 하리/ 꽃이 지는데// 꽃지는 그림자/ 뜰에 어리어'라고 토설함으로써 삶의 이미지, 상승적 이미지의 '촛불'이 '꽃이 지는' 죽음의 이미지, 하강적 이미지로 대치되면서 혼란스러워진다.

그러나 다시 꽃이 지는 자연적 현상과 촛불을 꺼야 하는 인위적인 행위가 자연과 인간의 일치된 행위와 감정으로 합일되고 있음을 보여준다. '촛불을 꺼야 하'는 행위는 죽음으로 가기 위함이 아니라 꽃이 지는 의식을 엄숙히 지켜보기 위함이다. '꽃지는 그림자'까지 보고 느낄 수 있는 경지는 몰아의 경지이며 절대의 경지일 수밖에 없다.

「낙화」는 소멸과 생성, 죽음과 재생의 이미지가 빈번하게 나타난다. '별과 스러짐', '귀촉도 울음과 산이 닥아서다'로 대별되는 지훈의「낙화」에서의 꽃의 이미지는 삶과 죽음의 이중적 이미지이며 피어난 꽃의 아름다움이 '떨어짐'으로써 완성되고 있음을 보여준다. 자신을 소진함으로써 비로소 생명을 태어나게 하는(빛을 발하는) 촛불의 이미지와

---

7) 가스통 바슐라르는 "불꽃의 줄기는 아주 곧바르고 연약해서 그것은 꽃과도 같다."고 하여, 꽃과 촛불의 이미지의 유사성을 언급하였다(G. Bachelard, 이가림 역, 『촛불의 미학』(문예출판사, 2000), p. 85).

도 유사하다.[7]

그리하여 시인은 마지막 연에서 '꽃이 지는 아침은/ 울고 싶어라'라고 노래하고 있다. '눈물'이야말로 인간 감정의 절대 정화의 이미지이며 눈물의 카타르시스에는 텅 비어 있음의 미학이 들어 있는 것이다. '비움'은 채울 수 있는 가능성이며 꽃의 떨어짐은 꽃의 피어남을 대전제로 하고 있다는 강한 의지를 보여주고 있다.

「낙화」의 시적 이미지는 '아침'과 '지는 꽃' 즉, 아침이라는 '열림'의 시간과 지는 꽃의 '닫힘'의 공간을 설정하여 하강과 상승의 변증법적 성격을 띤다. 그러한 변증법이 '꽃이 지는'을 먼저 밝히고 '아침'을 뒤에 놓음으로써 닫힘에서 열림으로의 즉, '꽃이 지는 아침'으로 꽃의 이미지를 상승의 이미지, 재생의 이미지로 형상화하고 있다.

목어를 두드리다
졸음에 겨워

고오운 상좌아이도
잠이 들었다.

부처님은 말이 없이
웃으시는데

서역 만리ㅅ 길
눈 부신 노을 아래

모란이 진다.

— 「고사 1」

오대산 월정사 외전 강사 시절에 쓴 위 시는 시인의 관심이 불교에 상당 부분 닮아 있음을 보여주면서 지훈 시에서 '꽃'의 이미지가 선명히 부각되는 작품이기도 하다.

이 시는 지훈 스스로 고백했듯 시선일여의 경지와 일체의 정서와 주관을 배제하고 자연을 있는 그대로 직관[8] 하는 시이다. 이러한 그의 논지와 '서역 만리길'에 지나치게 천착하여 '선 적'인 시 또는 불교적인 작품으로 대부분 이해하고 있음이 사실이다.

그러나 지훈 시에 나타난 꽃의 이미지를 살펴볼 때 이 시만큼 꽃의 이미지가 선명히 부각되어 있는 시도 드물 것이다. 어쩌면 이 시는 '눈부신 노을 아래/ 모란이 진다'는 것을 이야기하기 위해 쓴 시인 듯도 하다. 아울러 지훈에 있어 「꽃」이 소도구적인 기능에서 상징으로 변모한 최초의 시라는 평가를 받고 있다.[9]

화자가 거리를 두고 관조하는 「고사」를 배경으로 눈부신 노을이 펼쳐지고 그 아래 '모란이 지고' 있음이 어찌 꽃의 죽음에 머물 것인가. '눈부신 노을'이 지면 이튿날 노을은 눈부신 태양으로 거듭남에랴. '노을'이 눈물이 아닌 눈부심의 이미지를 가지고 있으며 이 눈부신 노을을 배경으로 모란이 지고 있음은 분명 모란(꽃)의 낙화가 죽음이 아니라 새롭게 태어날 것을 예고하는 재생의 이미지로 나타나는 것이다.

모란의 떨어짐은 또 다시 모란의 태어남을 예견하는 것이다.

> 나는 어느새 천길 낭떠러지에 서 있었다. 이 벼랑끝에 구름속에 또 그리고 하늘가에 이름 모를 꽃 한 송이는 누가 피워두었나 흐르는 물결이 바위에 부딪칠 때 튀어오르는 물방울처럼 이내 공중에서 사라져버리고 말 그런 꽃잎이 아니었다
>
> — 「절정」1연

---

8) 조지훈, 「청록집 이후」, p. 355.
9) 오탁번, 「지훈 시의 의미와 이해」, 김종길 외, 「조지훈연구」(고려대 출판부, 1978), p. 265.

위의 시는 산문시이면서 연 구분이 되어 있어, 각 연마다 독자적인 이미지를 구축하고 있다. 1연에서는 '낭떠러지'와 '바위' 그리고 '꽃잎'이 주된 이미지를 이루며 시인이 얘기하고자 하는 바를 선명하게 보여준다.

'천길 낭떠러지'에 서 있는 화자는 표면적으로는 제목 「절정」과 연결되어 위기 의식이 고조되어 있는 상태라고 할 수 있다. 그것은 '벼랑 끝'이라는 시어와 부합되어 더욱 위태로워 보인다. 자칫하면 위태로움이 '절명'으로 이어질 것 같은 분위기이다. 이를 구원해주는 이미지로 지훈은 '꽃 한송이'를 제시한다. 그 꽃은 피면 진다는 불변의 자연의 순리를 넘어서는 '사라져 버리고 말 그런 꽃잎이 아'닌 꽃이다.

지훈의 「절정」에서 보여주는 '꽃'은 영원을 상징하는 꽃이다. 지훈의 시에서 빈번하게 보여주는 꽃의 이미지가 생명과 죽음, 재생으로서의 이미지였다면 이 시에서는 죽음으로부터 자유로워진 영원한 생명으로서의 '꽃'이 형상화되고 있는 것이다.

피었다 몰래 지는
고운 마음을

흰 무리 쓴 촛불이
홀로 아노니

꽃 지는 소리
하도 가늘어

귀 기울여 듣기에도
조심스러라.

두견이도 한목청

　　울고 지친 밤

　　나 혼자만 잠 들기
　　못내 설어라.

— 「낙화 2」

　‘고운 마음’ 은 꽃이다. 이 고운 마음은 꽃이 가진 아름다움의 다른 표현이라기보다 시인의 내면을 형상화한 것이다. 고운 마음의 꽃은 현재 ‘피었다 몰래 지는’ 상황에 놓여 있으며, 외부 상황이 여의치 못하다는 것을 시사한다. 꽃이 존재할 수 있는 이유가 적절하지 못하다는 것에 시인의 의지가 빛난다. ‘흰 무리 쓴 촛불’ 은 시인의 현실극복 의지에 다름 아니다. 흰 무리는 아우라(aura)이다. 이 아우라는 촛불의 상승적 이미지와 조화를 이루고 있다.

　그러나 3연에서 ‘꽃 지는 소리’ 조차 ‘하도 가늘’ 만큼 현실적 상황이 녹녹치 않은 아픔을 토로한다. 숨쉬기조차 힘든 이 상황에 ‘두견이’ 도 ‘울고 지친 밤’ 에 시인은 ‘잠들기/못내 설어’ 하며 잠을 이루지 못한다. 꽃이 지는 밤, ‘혼자만’ 이라도 깨어 있겠다는 의지가 그것이다. 이 시에서는 ‘꽃이 짐과 밤’ 이라는 절망의 시점을 설정하였고, 그러나 지고 나면 피어나고 밤이 가면 아침이 온다는 역설적 표현을 통하여 자아를 확인하고 있다.

　‘꽃이 진다’ 는 평범한 자연의 진리 앞에 소멸을 받아들이기보다는 잠들지 않고 지켜보겠다는 의지는 비극적 상황에 굴복하지 않고 극복하겠다는 시인의 의지이며, 「낙화2」에서의 꽃은 지는 꽃으로서의 표면화된 대상이 시인의 잠들지 않겠다는 의지를 천명하여 다시 피어날 꽃으로 환기되고 있다. ‘촛불’ 이라는 장치가 이를 더욱 공고히 해 주고 있으며 이 시에서 꽃의 이미지는 보편적 상징으로서의 꽃이 아니라 지훈만이 갖는 개인적 상징으로 꽃이 더욱 거듭나고 있는 것이다.

　자신을 떨어뜨림으로써 다시 피어날 '꽃'과 자신을 태워서 다시 살아나게 하는 '촛불'은 이 시에서 지훈 시의 꽃의 이미지 즉, 재생과 이상의 이미지를 더욱 빛나게 해주고 있다.

차운 산 바위 우에
하늘은 멀어
산새가 구슬피
우름 운다

구름 흘러가는
물길은 칠백리

나그네 긴 소매
꽃잎에 젖어
술 익는 강마을의
저녁 노을이여

이 밤 자면 저 마을에
꽃은 지리라

다정하고 한 많음도
병인양하여
달빛 아래 고요히
흔들리며 가노니……

—「완화삼」

　'목월에게'라는 부제로 발표된 이 시는 박목월의「나그네」를 낳게 한 시이기도 한데,『청록집』에 수록된 당시에는 5연 16행인데, 5연 10행 또는 6연 12행으로 연과 행에 차이를 보이기도 한다.

이 시에서는 서술어인 '멀다' 와 '울다' 를 주목할 필요가 있다. 멀다와 울다는 공간적 거리의 멀고 가까움이며 삶의 현장에서의 행복과 불행이라는 의미에 연결되어 있다. 즉 '멀다' 와 '울다' 의 시구가 암시하고 있는 의미는 시인을 둘러싼 냉혹한 현실과 시대적 장벽을 상징이며, '하늘' 은 시인이 염원하는 새로운 역사공간과 사회공간을 상징하는 이미지이다.[10]

'나그네' 의 이미지는 어떠한가. 이고 지고 살길을 모색하는 생활인의 모습이 아니라 버릴 것은 다 버리고 허허로이 자연의 공간에 자신을 부려 놓은 무아의 상태가 나그네의 모습이다.

아울러 '저녁 노을', '꽃은 지리라', '구름' 등을 통해 '나그네' 의 의미를 더욱 부각시키는 데 지훈에게 '나그네' 는 '꽃' 의 이미지를 독특하게 환기시키는 장치로 사용되었다. 그러므로 '저녁 노을' 은 태양의 소멸이 아니라 아침을 기약하는 시간적인 깨달음을 상징하며, '나그네' 는 버림의 미학을 실천하는 정서적 등가물이다. 버릴 때 다 가질 수 있다는 미학을 통해 현재의 존재를 파악하려는 역설적 표현인 것이다.

'꽃이 지' 는 자연적 상태는 피어남, 떨어짐, 다시 피어남의 기약이다. 그러기에 '달빛' 의 등장은 '꽃잎' 이 피어날 것을 확신해주는, 지훈 시에서 자주 반복되어 나타나는 '별빛' 의 등가물인 것이다. '달빛 아래 고요히/흔들리며 가' 는 주체는 '나그네' 일 수 있으며 달빛 = 별빛의 의미로 파악할 때 '꽃' 은 또한 시인 자신의 자아이며, 시인이 추구하는 이상향, 영원을 희구하는 상징물이다.

이 밖에 지훈 시에서 '꽃' 의 이미지를 살펴볼 수 있는 작품을 본다.

닫힌 사립에

---

10) 서익환, 『문학과 인식의 지평』(국학자료원, 2001), p. 93.

꽃잎이 떨리노니

물소리도 스미노라

―「산방」 중에서

산이 구름에 싸인들
새소리야 막힐 줄이

안개 자자진 골에
꽃잎도 떨렸다고

―「산 2」 중에서

이른 아침
떨리는 꽃잎과 얘기하여라

―「창」 중에서

복사꽃 고운 뺨에 아롱질듯 두방울이야
세사에 시달려도 번뇌는 별빛이라

―「승무」 중에서

진달래 꽃가지엔
바람이 돈다

―「산 1」 중에서

 짧은 여름밤은 촛불 한자루도 못다녹인 채 사라지기 때문에 섬돌우에
문득 석류꽃이 터진다.

 (중략)

　방안 하나 가득 석류꽃이 물들어 온다. 내가 석류꽃 속으로 들어가 앉
는다. 아무것도 생각할 수가 없다.

— 「아침」 중에서

　「산방」은 제목에서부터 속세와 거리를 견지하고 있는 공간이 설정
되어 있다. '닫힌 사립'과 '구름에 싸인 집'이 그것을 더욱 뒷받침해
준다. 속세와 거리를 일정하게 두고 있는 '구름에 싸인 집'의 화자는
그래서 '꽃잎이 떨리'는 소리를 들을 수 있고 가슴속에 '물소리도 스
미'어 드는 경지에 도달할 수 있는 것이다. 영혼과 대면하고 있는 화
자에게 '꽃잎'은 '떨림' 그 자체로 천상의 이미지를 가진다. '닫힌 사
립'은 '면벽'의 이미지와도 그 궤를 함께 하여 '꽃잎'의 이미지를 영
원한 삶, 상승의 이미지로 확정지어준다. 「아침」 또한 자연(꽃)을 소재
로 하면서 그 자연에 자아의 내면 세계를 심화시킨 상징이 '석류꽃'으
로 현신한다. 석류는 사실 꽃이 가진 의미보다 석류라는 열매가 지닌
상징성이 더 부각된다. 석류는 그 열매 자체가 우주이다. 하나 하나의
알갱이가 그 붉은 속을 드러내면서 우주의 삼라만상이 펼쳐지며 그것
은 곧 도발이며 조화이다. 석류꽃이 터짐은 석류의 터짐과 동일한 이
미지이고, 이러한 석류의 터짐은 도발이며 그로 인해 '내가 석류꽃 속
으로 들어가 있는' 행위는 조화를 의미한다. 이러한 조화는 우주와 나
의 혼연일체이며 곧 영원한 생명으로 귀의함을 뜻하는 것이다.

　「산2」도 '구름에 싸인' '산'에 피어 있는 '꽃잎'을 「고사(古寺)1」
에서는 '모란이 지'는 때를 '서역'과 '눈부신 노을 아래'에 연결시켜
'꽃'의 이미지를 재생과 영원, 승화의 이미지로 고조시키고 있다. 「아
침」에서의 꽃은 "시인이 존재하는 우주이며 모든 번뇌와 환희를 의탁
한 몰아의 세계"[11]인 것이다.

---

11) 오탁번, 앞의 책, p. 266.

'꽃' 은 지훈 시에 있어서 삶의 유한성을 일깨우는 인식의 통로이며 피고 지고 또 피어날 것을 확인해주는 재생의 이미지이다. 지훈에 의해 선택되어진 '꽃' 은 초기에는 단순한 대상물로서의 꽃이었으나 점차 훌륭한 상징으로 형상화되어 유한성의 생명체인 꽃이 영원의 이미지, 재생의 이미지로 거듭나고 있는 것이다.

3. '춤(나비)' 이미지

'춤' 이란 영혼이 한데 어우러지는 엑스타시의 정점이다.

'춤' 이 아름답다고 여기는 까닭은 춤추는 행위 속에 가식을 걸러 낸 순수와 허위를 벗어난 절제된 행위 속에 담아낸 카타르시스가 존재하기 때문이다. 원시종합예술로서도 존재했던 춤은 인간 본연의 모습과 그대로 닮아 있기 때문에 그래서 더욱 인간의 영혼과 가깝다고 느껴진다. 춤을 추는 행위는 영혼과의 만남의 행위에 다름 아니며, 영혼과의 만남으로써의 춤은 육체를 통해서 다다를 수 있는 초월의 이미지에 다가선다.

지훈 시에 나타난 춤의 이미지를 살펴보면 이를 더욱 확실히 알 수 있는데 특히 '나비' 이미지와 춤의 이미지는 같은 맥락에서 이해될 수 있다. 육체가 지상적인 것이라면 육체를 통한 춤의 행위는 영혼의 정화를 뜻하며, 이는 애벌레의 지상적인 것이 날개를 가진 천상적인 존재로 화하는 나비 이미지와 맥을 함께 하는 것이다.

얇은 사 하이얀 고깔은 고이 접어서 나빌네라

파르라니 깎은 머리 박사 고깔에 감추오고

두볼에 흐르는 빛이 정작으로 고와서 서러워라

빈 대에 **황촉불**이 말 없이 녹는 밤에
오동잎 잎새마다 달이 지는데

소매는 길어서 하늘은 넓고
돌아설듯 날아가며 사뿐이 접어올린 외씨보선이여

까만 눈동자 살포시 들어
먼 하늘 한개 별빛에 모도우고

복사꽃 고운 **뺨**에 아롱질듯 두방울이야
세사에 시달려도 번뇌는 별빛이라

휘여져 감기우고 다시 접어 뻗는 손이
깊은 마음 속 거룩한 합장인양 하고

이밤사 귀또리도 지새우는 삼경인데
얇은 사 하이얀 고깔은 고이 접어서 나빌네라

— 「승무」

    1939년 12월 「문장」지에 게재된 위 시는 발표 당시에는 8연 15행이었다가 이후 「청록집」에 이르러 9연 18행의 형태로 고쳐져 수록되는데, 주의를 두게 되는 단위(unit of attention)로서의 행(行)에 변화가 있음은 「승무」에 보이는 지훈의 관심도가 높았음을 보여준다 하겠다.

    「승무」를 이해하는 데는 이 시의 제작 배경이 참고가 된다. 열 아홉 살 적 가을날, 수원 용주사에서 큰 재를 올리는 것을 보고 넋을 잃은 그는 밤늦게까지 절 뒷마당 감나무 아래 서 있었다. 승무의 불가사의한 선율이 그를 그렇게 만들었던 것이다. 그 다음해에는 미술전람회에 갔다가 김은호 화백의 〈승무도〉를 보고 시상을 가다듬었는데, 마침 구왕

궁 아악부에서 〈영산회상〉 연주를 감상하게 되었다. 즉시 영감이 떠올라 이렇게 플랜을 세운다. 무대 묘사를 뒤로 미루고, 직접적으로 춤추려는 찰나의 모습을 그릴 것, 그 다음 무대를 약간 보이고 다시 이어서 휘도는 춤의 곡절로 들어갈 것, 그 다음 움직이는 듯 정지하는 찰나의 명상의 정서를 그릴 것, 관능의 샘솟는 노출을 정화시킬 것, 그 다음 유장한 취타에 따르는 의상의 선을 그리고, 마지막으로 춤과 음악이 그친 뒤 교교한 달빛과 동터오는 빛으로 끝막을 것이었다. 실제 〈영산회상〉을 추는 승려는 남성이게 마련이고, 또 김은호 그림 속의 여성은 장삼 입은 속녀(俗女)였지만, 시인은작품 속에서 승무를 추는 이를 생활과 예술이 둘이 아닌 상징으로서의 어떤 탈속한 비구니로 설정하였다. 승무는 민속무용으로서 흰 고깔을 쓰고, 흰 장삼을 입은 파계승이 법고를 두드리며 번뇌를 잊으려고 추는 춤으로 종교적 색채가 짙은 독무(獨舞)이다. 「승무」는 구상한 지 11개월, 집필한 지 7개월만에 탈고한 작품이었다. [12)]

이 시는 주관적 감정의 개입이 없이 객관적으로 묘사되어 시각적 이미지를 이루는데, 소멸의 유한적 존재이자 동시에 부활을 상징하는 이원적 구조의 '황촉불'과 탈속하고자 하는 중생의 비원과 속세를 초극하려는 인간의 이상이 표상된 '별빛'이라는 시어를 상징하여 '춤'을 통한 영원 불멸의 구원을 상징하고 있다. '먼 하늘 한 개 별빛에 모도우고'의 춤 행위는 화자와 우주가 일치가 되는 세상이며 이러한 일치는 탈속과 구원으로 귀결된다.

「승무」는 인간의 애욕과 갈등의 종교적 승화이며 늦가을의 정경을 회화적으로 묘사하면서 '다시 접어 뻗는 손'의 상승적 이미지와 '오동잎 잎새마다 달이 지는데'의 하강적 이미지를 통하여 역설의 미학을 구현하고 있다. 「승무」에서의 춤의 이미지는 '번뇌'를 '별빛'으로 정

---

12) 조지훈, 「시의 원리」, 『조지훈전집』3, pp. 101~102.

화시키고 '고와서 서러' 운 정서를 '거룩한 합장' 의 종교적 이미지로 승화시키는 것임을 알 수 있다.

또한 이 시는 지훈시에서 율동감과 음악적 효과를 위해 자주 사용되는 유성음이 단적으로 나타나고 있는데 얇은 사 하이얀 고깔 등의 양성모음의 사용으로 율조가 매끄럽게 진행된다. 그러나 이러한 양성모음의 사용이 가볍고 경쾌한 리듬으로 시의 서정성 및 음성에 기여는 하고 있으나 그 의미를 모호하게 하는 단점을 갖고 있다고 보는 견해도 있다.[13] 언어의 음악성과 의미는 홀로 고립될 수 없으며 두 요소가 하나로 되어 시의 경이를 이룬다는 의미에서 적합한 지적이라 할 수 있으나, 번뇌의 그 느린 율조와 혼탁의 농도가 짙은 세사에서 초탈하려는 몸짓이 '살포시', '나빌네라' 와 같이 가볍지 않으면 어찌 '별빛' 의 경지까지 다가설 수 있을 것인가.

조지훈의 시에 나타난 '승무(춤)' 는 춤을 통한 구원의 이미지이며, 아울러 지훈의 시에서 춤은 '나비' 와 동일한 이미지로 형상화되기도 한다. '나비' 는 지훈이 '꽃' 과 함께 그의 시에 많이 사용한 이미지의 하나이다. 그는 '나비' 를 지상에서 천상으로 비상하는 공간적 존재로서 상승과 하강의 이미지를 가진 대상으로 파악하고 있다. 그에게 '나비' 는 '탈속하려는 여인, 곧 이승의 꿈' 으로 인식된 것이다.[14]

여기에서 '춤' 과 '나비' 의 이미지의 등가성이 확인된다. 나비는 애벌레라는 지상적인 몸체에서 날개 달린 나비로의 천상적인 존재로 탈바꿈되며, 춤은 육체라는 지상의 존재에서 춤이라는 행위를 통해 탈속한 천상의 이미지로 탈바꿈되는 것이다. 즉 나비 이미지는 곧 초월의 세계를 상징하며 육체가 가벼워지면서 정신은 정화되어감을 다음의 작품에서 살펴볼 수 있다.

---

13) 박경혜, 「조지훈 문학 연구」, 연세대 대학원, 1992, p. 99.
14) 서익환, 앞의 책, p. 77.

문득 한 마리 흰나비! 나비! 나비! 나를 잡지 말아다오 나의 인생은 나
비 날개의 가루처럼 가루와 함께 절명하기에—아 눈물에 젖은 한 마
리 흰 나비는 무엇이냐 절정의 꽃잎을 가슴에 물들이고 사된 마음이
없이 죄지은 참회에 내가 고요히 웃고 있었다.

—「절정」마지막 연

'나비'와 '가루', '눈물에 젖은 흰나비'와 '절명' 등의 시어로서 허
무감과 상실, 좌절 등이 표면적으로 부상되어 있어 관념이 매우 두드러
진 시로 여겨진다. 이러한 관념을 시인들이 타고나고 또 치러야 하는
하나의 숙명으로 본다면[15], 이 시는 모든 시인에게 나타나는 관념일 뿐
이다. 그러나 지훈은 '나비'의 이미지를 '눈물에 젖은 흰나비'의 극명
한 이미지로 전환하면서 '고요히 웃고 있'는 '내' 모습으로 전환시켜
'춤'이 주는 탈속과 초월의 이미지로 올려놓았다. 언급했듯이 춤은 육
체를 통해 다다를 수 있는 초월의 이미지이며, 춤추는 행위 속에는 엑
스타시와 카타르시스가 존재하기 때문이다. 「절정」에는 '눈물'과 '죄
지은' 육체적인 등가물들이 '사된 마음이 없'는 '참회'의 '고요한 웃'
음으로 승화되는 나비의 배치로 인해 극반전을 이루고, 그럼으로써 이
나비 이미지는 지훈시에서 '춤'의 이미지와 맥락을 함께 한다.

동백꽃
붉은 잎새 사이로

푸른 바다의
하이얀 이빨이 웃는다.

---

15) 박두진, 「조지훈의 시세계 I」, 『한국현대시론』(일조각, 1970), p. 126.

창 앞에 부서지는
물결소리.

노랑 나비가
하나 —

유리 화병을
맴돈다.

꽃잎처럼
불려간다.

— 「춘일」

　이 시에도 지훈 시의 대표적 이미지인 '꽃'이 나타나고 있어 자칫 봄날의 동백꽃에 초점이 맞춰진 듯 하지만, 이 시의 흐름은 '나비'에 주목되고 있다. '꽃잎처럼/불려가'는 주체는 '나비'이며 '부서지는' 물결소리와 '맴도'는 '노랑나비'는 나른한 봄날에 역동성을 불어넣고 있다.

　이 시에서 우리는 "화사와 감각을 만나는 데 이토록 화사한 감각은 현실의 회한적 인식과는 다른 뜻에서 봄날의 자연에 대한 조지훈의 또 다른 시정신"[16]을 만나게 된다. 아울러 이 시에서 '나비'는 시인의 자유로운 정신의 현현이며, 맑게 정화된 영혼을 상징한다고 하겠다. '춤'은 시각적이며 동시에 공간적이다. 춤은 공간을 가로질러 공기를 가르는 행위이다. 공기는 형태를 이룰 가능성이 조금도 없는 현상태일 뿐이다. 공기는 물질성마저 거의 가지지 않기 때문에 우리가 대상으로서 직접적 경험을 통해 쉽게 느낄 수 있는 여지도 거의 없다. 이 대상이 거

---

16) 최병준, 『시와 삶의 미학』(한국문화사, 1997), p. 37.

의 없는 공기를 가르는 '춤'은 지훈 시에 이르러 "시각적 열반세계"[17]
로 이르는 상징으로 나타난다.
　이 밖에 지훈의 시에서 춤(나비)의 이미지를 살펴볼 수 있는 작품을
살펴보면,

　　열두폭 기인 치마가 사르르 물결을 친다.
　　초마 끝에 곱게 감춘 운혜 당혜
　　발자취 소리도 없이 대청을 건너 살며시 문을 열고
　　그대는 어느 나라의 고전을 말하는 한 마리 호접
　　호접인 양 사푸시 춤을 추라 아미를 숙이고…
　　나는 이밤에 옛날에 살아 눈 감고 거문곳줄 골라보리니
　　　　　　　　　　　　　　　　　　　　　　　—「고풍의상」중에서

　　맑은 소리 품은 고(鼓)
　　한송이 꽃을
　　호접의 나래가 싸고 돌더니
　　　　　　　　　　　　　　　　　　　　　　　—「무고」중에서

　바위는 끝내 울지 않는다. 어인 나비 한 마리 이 열리지 않는 돌문에
엎디어 이끼처럼 피고 있는 것— 아 이 간절한 기도를 위해서 육신이 짐
짓 은화의 식물을 닮을 것을 생각한다.

　이는 호접이 아니라 한 마리 아(蛾)로다. 내 그의 고달픈 꿈을 깨우지
않고 서실로 돌아가노니
　　　　　　　　　　　　　　　　　　　　　　　—「언덕 길에서」중에서

―――――――――――――――――

17) G. Bachelard, 앞의 책, p. 195.

등이 있다.

지훈 시 특유의 유장한 가락으로 시각적 이미지와 음악성을 최대한 살린 시라 할 수 있는 「고풍의상」은 '운혜', '당혜', '아미', '호접' 등의 시어와 '아름다운지고', '밝도소이다', '골라보리니', '흔들어지이다' 등의 의도적 종결어미가 제대로 어우러진 시이다. 1행에서 3행까지는 봄밤의 정경이 고요하게 펼쳐지고, 시의 나머지 행들은 봄밤의 정야에 더할 수 없이 제격의 여인이 등장한다. 대비란 있을 수 없는 일치의 정경이랄 수밖에 없다. 「승무」에서의 '춤'이 '번뇌'가 '별빛'으로 승화되는 춤의 이미지라면 「고풍의상」에서의 '호접인 양', '춤을' 추는 '아미를 숙'인 여인의 춤은 육신과 정신이 함께 정화되는 이미지라 할 수 있다.

이 시에서 또 하나 간과할 수 없는 이미지가 '호접' 즉 나비 이미지이다. 애벌레의 지상적인 것에서 날개를 지닌 육신의 탈바꿈으로의 나비는 초월과 상통한다. 「고풍의상」에서의 춤의 이미지는 여성적 화자를 등장시켜 미적 대상으로 나타나고 있다. '열두폭 기인 치마' 또는 '사르르', '운혜 당혜', '살며시' 등의 시어는 사뿐히 날아오르는 즉, 나비의 가벼운 비상과 춤의 이미지를 더욱 부각시키고 있으며 시적 자아의 비상에의 꿈, 또는 이상세계로의 나아감 등으로 해석될 수 있다.

또한 「무고」의 '한송이 꽃'과 '호접'은 '있는 존재'와 '있어야 할 존재'가 서로 조화로운 상태에서의 시적 자아가 나타나 나비 이미지가 조화로운 날아오름의 이미지로 나타난다.

「언덕길에서」에서의 나비 이미지는 비극적 존재로 나타나는데 '호접이 아니라 한 마리 '아' 라는 표현이 이를 극적으로 보여준다고 하겠다. 아(蛾)는 누에나비로서 날개가 자유로운 나비는 아니다. 날고자 하는 의지는 있지만 날개의 기능은 그 의지(꿈)를 배반한다. 그러나 날고자 하는 '내 그의 고달픈 꿈'을 알기에 아직은 '깨우지 않'을 것이다.

날아오름에의 소망은 시적 화자의 유일한 희망이며 누에고치 속에서
도 희망은 자라고 있음을 확신하기 때문이다.

　지훈에 있어 나비 이미지는 날아오름에의 의지이며, 거듭남에의 현
현이고 인간의 육체를 통한 날아오름, 즉 춤의 이미지와 맞닿아 있는
것이다.

4. '옛'[18] 의 이미지

　지훈 시의 있어 '옛' 의 이미지는 그의 시에서만 느낄 수 있는 독특
한 이미지를 확보한다. 이를테면 그의 '옛' 의 이미지는 가만 들여다보
면 그 시대가 환히 들여다보이면서 — 굴곡과 회한과 절망 같은 것 —
다시 확인하면서 찬찬히 짚어가면 그러한 시대적 굴절이 절대적 가치
의 확인작업임을 살필 수 있는 관건이 되기 때문이다.

　아울러 그의 '옛' 의 이미지는 '불꽃' 의 이미지와 어느덧 맥을 함께
하는데 불꽃의 속성은 수직성의 운명을 가지며 그 수직성에는 꿈이 연
결되어 있어 그 꿈은 더욱 높은 곳까지 우리를 데려가고 수직성의 피안
에 이르게 한다.[19] 지훈 시에 나타난 '옛' 의 이미지는 불꽃의 수직성과
많이 닮아 있는데 지훈의 '옛' 에 대한 이미지는 때로 혼의 고요함을 재
는 예민한 압력계이며, 섬세한 조용함, 생의 세부에 이르기까지의 조용
함, 그로부터 파생되는 과거의 모든 추억이 생생하게 머리 속에 떠오르
게 되는 이미지인 것이다.

　또한 촛불의 불꽃이 가치와 반가치가 서로 싸우는 결투장[20]이라 한

---

18) 지훈의 공식적인 초기시를 살펴보면 민족적이고 전통적인 경향의 시로부터 출발함을 알 수 있
　다. 「문장」지 등단의 시 「봉황수」, 「고풍의상」, 「향문」 등이 그러하며, 이후로도 그의 시에는 전
　통지향의 시들이 많이 보인다. 이러한 시들에서 그의 지배적 이미지를 도출하였는데 이를 〈옛〉
　의 이미지라 하였다.

19) G. Bachelard, 이가림 역, 앞의 책, p. 46.

20) 위의 책, p. 55.

다면, 지훈의 '옛' 에 대한 이미지는 또한 그가 처한 시대와 아울러 볼 때 현재의 불합리와 모순을 그의 시적 화자를 통해 극복해 보고자 하는 의지가 함께 하는 것이다. 즉 불합리와 모순, 그리고 극복의지가 반가 치와 가치의 대결로써 나타나고 '옛' 의 이미지는 지난 것을 반추해내 는 회고의 작업이나 복고의 취향성을 떠나서 현실의식이 강하게 작용 하고 있으며, 미래를 펼쳐 보이려는 의지가 보인다.

무너진 성터 아래 오랜 세월을 풍설에 깎여온 바위가 있다.

아득히 손짓하며 구름이 떠가는 언덕에 말 없이 올라 서서

한 줄기 바람에 조찰히 씻기우는 풀잎을 바라보며
나의 몸가짐도 또한 실오리 같은 바람결에 흔들리노라.

아 우리들 태초의 생명의 아름다운 분신으로 여기 태어나

고달픈 얼굴을 마조 대고 나즉히 웃으며 얘기 하노니

때의 흐름이 조용히 물결치는 곳에 그윽히 피어 오르는 한떨기 영혼
이여

― 「풀잎단장」

지훈의 시에서 보이는 '옛' 의 이미지가 미래지향적임을 보여주는 시편이다. '무너진 성' 이라는 몰락의 이미지가 마지막 시행에서 '한떨 기 영혼' 으로 '그윽히 피어드는' 까닭은 그가 추구했던 '옛' 의 이미지 가 결코 회고나 감상이 아님을 보여준다. '오랜 세월을 풍설에 깎여 온 바위' 와 '무너진 성터 아래' 에 선 화자는 때로 '한줄기 바람에 조찰히 씻기우는 풀잎을 바라보며' 자신도 '실오리 같은 바람결에 흔들리' 는

것을 느낀다.

한줄기 바람이 주는 이미지가 부질없음 또는 헛되어 사라짐이라면 화자가 그 바람에 흔들린다는 것은 패배주의적 감상으로 흐를 수 있음을 보여준다. 자칫하면 지훈 시에 나타나는 '옛'의 이미지가 회고주의적, 감상주의적, 패배주의적으로 빠질 우려가 있다. 그러나 '고달픈 얼굴을 마주 대고' '나직이 웃으며 애기 하노' 라면 어느덧 '한떨기 영혼' 으로 '피어오르'고 있음을 알게된다. '고달픈 얼굴'의 '옛'의 이미지가 '태초의 생명의 아름다운 분신으로', '여기' '태어나' 는 것이다.

지훈에게 있어 지나간 '옛' 은 그것이 오욕의 '고달픈 얼굴' 일지라도 '태초의 생명의 아름다운 분신으로' 으로 태어나는 생명을 상징하는 '옛' 인 것이다.

하늘로 날을듯이 길게 뽑은 부연끝 풍경이 운다
처마끝 곱게 늘이운 주렴에 반월이 숨어
아른 아른 봄밤이 두견이 소리처럼 깊어가는밤
곱아라 고아라 진정 아름다운지고
파르란 구슬빛 바탕에 자주빛 호장을 받친 호장저고리
호장저고리 하얀 동정이 환하니 밝도소이다.
살살이 퍼져나린 곧은 선이 스스로 돌아 곡선을 이루는 곳
열두폭 기인 치마가 사르르 물결을 친다.
초마 끝에 곱게 감춘 운혜 당혜
발자취 소리도 없이 대청을 건너 살며시 문을 열고
그대는 어느 나라의 고전을 말하는 한마리 호접
호접인양 사푸시 춤을 추라 아미를 숙이고.....
나는 이밤에 옛날에 살아 눈 감고 거문곳줄 골라 보리니
가는 버들인양 가락에 맞추어 흰손을 흔들어지이다.

— 「고풍의상」

'하늘로 날을 듯' 한 '풍경' 과 '곱게 늘이운 주렴', 그리고 '반월' 이

보일 듯 '숨어' 있는 '아른 아른 봄밤'의 정경에 '파르란 구슬빛 바탕에 자지빛 호장을 받친' '하얀 동정이 환하게 밝'은 여인이 '열 두폭 기인 치마'를 '사르르 물결치'며 '발자취 소리도 없이 대청'을 건너온다. '초마 끝에 곱게 감춘 운혜 당혜'의 월하미인은 '고전을 말하는 한 마리 호접'처럼 '아미를 숙이고' 있다. 치마 끝에 보일 듯 말 듯한 비단신과, 아미를 숙이고 얼굴을 보일 듯 말 듯한 여인은 지훈 시에 나타난 '옛'의 이미지를 여백의 미로 한껏 고조시키면서도 끝내 시적 화자를 '한마리 호접'으로 치환시켜 지나간 것은 모두 아름답다는 식의 전통에 대한 상투적 인식을 절대적 가치를 가진 이상세계로의 나아감으로 대치시키고 있다. 머무르는 전통이 아니라 역동성을 지니고 날아오르는 전통이 지훈이 지향했던 '옛'의 이미지로 나타나게 된 것이다.

> 벌레 먹은 두리기둥 빛 낡은 단청 풍경소리 날러간 추녀끝에는 산새도 비들기도 둥주리를 마구 쳤다. 큰 나라 섬기다 거미줄 친 옥좌 위엔 여의주 희롱하는 쌍용 대신에 두 마리 봉황새를 틀어 올렸다. 어느 땐들 봉황이 울었으랴만 푸르른 하늘 밑 추석을 밟고 가는 나의 그림자. 패옥 소리도 없었다. 품석 옆에서 정일품 종구품 어느 줄에도 나의 몸둘 곳은 바이 없었다. 눈물이 속된줄을 모르량이면 봉황새야 구천에 호곡하리라.
>
> — 「봉황수」

전체가 한 연으로 이루어진 산문형태의 시로 1939년 문단 진출을 가능하게 했던 데뷔 시절의 시로 그 당시 『문장』에 「고풍의상」, 「향문」 등과 문단 추천 완료의 시라는데 의미가 있으며 지훈의 '옛'의 이미지를 살펴볼 수 있는 아주 적절한 시이기도 하다.

특히 지훈의 '옛'의 이미지는 그가 살아낸 시대와 불가분의 관계에 놓이기도 하는데, 「봉황수」는 시인의 인생관과 민족관이 응축되어 단순한 전통문화의 관심이나 민족정서가 바탕이 된 시라기보다는 은유

와 이미지가 결합, 반복되어 '옛'의 상징을 획득하게 된다. 위 시에서
보이는 '옛'의 이미지는 특히 회고의 성격을 띠면서 슬픔과 절망으로
엉켜든다. '벌레', '낡은', '날러간', '거미줄' 등의 시어가 보여주는
과거(옛)는 '봉황새가 구천에 호곡' 하는 바에 다름 아니며 '큰나라 섬
기다 거미를 친 옥좌'만이 남아 있는 절망의 현실이다. 그러나 이 시는
시인의 슬픔을 직설적으로 폭발시키지 않고 신비성이 깃든 비실재적
인 봉황을 등장시킴으로써 이상적 세계를 제시하고 있다. 아울러 슬픔
까지도 절제하며 정적이고도 신비스러운 구천을 끌어오고, 고궁의 전
각을 푸른 하늘에 대비시키며 극도의 비애를 심화시켜 시적 형상화[21]
하고 있는 것이다.

　주목해 볼 것은 시인의 시선이 인간의 이상세계에서 존재하는 봉황
이라는 대상을 형상화하여 시적 자아의 슬픔을 승화시키고 있다는 것
인데, 이러한 승화는 드디어 '푸르른 하늘'이라는 트인 공간을 확보함
으로써 시인의 의지가 슬픈 회한이라는 옛날의 이미지를 과감히 벗어
나 승화와 이상세계로 나아가고 있다.

성터 거닐다 줏어온 깨진 질그릇 하나
닦고 고이 닦아 열오른 두볼에 대어 보다.

아무렇지도 않은 곳에 무르녹는 옛향기라
질항아리에 곱게 그린 구름무늬가
금시라도 하늘로 피어날 듯 아른하다.

눈 감고 나래 펴는 향그로운 마음에
머언 그 옛날 할아버지 흰수염이
아주까리 등불에 비최어 자애롭다.

---

21) 한승옥, 「지훈시의 굴절과 미적 효과」, 김종길 외, 앞의 책, p. 281.

꽃밭에 놓고 이슬 받아 책상에 올리면
그밤 내 벼개 머리에 옛날을 보리니
옛날을 봐도 내사 울지 않으련다.

— 「향문」

1939년 발표한 위 시는 같은 해의 등단작이었던 「봉황수」와는 전체적인 느낌이 퍽 다른 시라고 볼 수 있다. 아울러 지훈의 '옛'의 이미지가 선명하게 드러나고 있는데, '깨진 질그릇 하나'에서 시적 자아의 갈등을 오히려 극복하는 모습을 살펴볼 수 있다. '닦고 고이 닦아' 내면과 대면하는 즉 '열오른 두볼에 대어 보'는 시인은 '무르녹는 옛 향기'에 흠뻑 취한다. '질항아리에 곱게 그린 구름무늬가' '하늘로 피어날 듯' 한 '아른' 함은 무엇인가. 그러므로 '머언 그 옛날'이 '등불'에 비추어 '자애'로운 것이다.

'깨진 질그릇'으로 형상화된 시적 자아의 절망과 회한은 시종여일하게 '옛 향기'로 시적 형상화되어 '하늘로 피어나' 도록 한다. 하늘로 피어나는 향기야말로 낮은 곳에서 위로 퍼져나가는 보이지 않는 꿈과 같은 것이다.

'성터'를 거닐다 깨진 질그릇 하나를 고이 닦아 두 볼에 대는 화자는 지훈이 이야기하고자 하는 전통이며 이 시에서 '옛'의 이미지는 향기롭게 피어오르는 혹은 등불에 비추이는 옛 선조의 모습이다. 그리하여 '옛날을 봐도 내사 울지 않으려'는 슬픔의 극복이며 절대가치에의 확인인 것이다. 즉「향문」에서 지훈은 현재를 더욱 명료하게 부각시키는 장치를 설치해 놓고 독자로 하여금 '지금'의 부재(깨진 질그릇)를 통한 통렬한 아픔 끝에 미래의 확실한 설정을 확신하는 '옛'의 이미지를 보여주고 있다. 그러므로 지훈의 '옛'의 이미지는 옛날을 회고하는 회고적 이미지와는 구별된다. 맑은 동심을 간직했던 어린 시절을 동경

하거나 삶의 굴레를 인식하지 못했던 철없던 시절을 그리워하는 개인
적인 그리움의 이미지가 아닌 것이다.

일반적으로 '옛'의 이미지는 자칫 그림자의 이미지로 부각되어, 이
미 죽어버린 어두운 과거 혹은 선명하지 못한 희미한 미망 등으로 나타
날 수 있지만, 지훈에게 '옛'의 이미지는 시인이 생명을 부여받고 태어
나 숨쉬고 자란 이 땅과 민족의 탯줄을 소중히 여기며 사랑하려는 '생
명'의 이미지이다. '옛'의 존재로 인하여 현재가 살아 숨쉬는, 즉 현재
와 '옛'은 모체와 태아에게 연결된 하나의 탯줄로서 그 자체가 생명인
것이다.

그러므로 지훈 시에 나타난 '옛'의 이미지는 이미 지나버린 과거로
서의 정적이미지가 아니라 현재를 있게 하고 미래를 존재하게 하는 역
동적 이미지이다. '과거에 머물고 있는' 것이 아니라 '현재에도 있는'
의 현재진행형이며 그로 인해 미래가 가능한 '미래진행형'이기도 하
다. 그래서 그의 옛 이미지는 회고적이라 하기엔 너무 편협하고, 민족
적인 재발견이라고 하기엔 그를 너무 전통문화와 억지로 연결하는 듯
하여 부적절해 보이며, 민족문화에 대한 애착으로 나올 법한 시라고 하
기엔 지훈의 고백에 너무 의존한 듯도 하다.[22]

지훈 시에 나타난 '옛'의 이미지는 멋스러움이며 시작 당시 부재했
던 민족혼의 되살림이다. 그리하여 유한한 육체와 대비되는 무한히 살
아있는 '혼'을 일깨우는 정적인 이미지로서의 '옛'이 아니라 부활과
승천의 역동적 이미지로서의 '옛'을 형상화해 낸 것이다.

5. 결 언

한 시인의 시를 이해하기 위해서는 여러 가지 접근 방법이 동원될

---

22) 일찍이 지훈은 「나의 역정」이라는 글에서 "민족문화에 대한 애착, 그 중에서도 민속학 공부에
대한 나의 관심이 감성안에서 절로 돌아나온 작품" 들이 많음을 고백하였다.

수 있다. 그러나 첫 단계는 역시 이미지와 상징을 정확히 파악하는 일
이라 할 것이다. 독자에게 공감을 불러일으키는 훌륭한 작품일수록 다
양한 이미지와 상징이 들어 있기 때문이다.

　지훈의 시에는 다양한 이미지가 있다. 이 글에서는 특히 그의 시에
지배적으로 등장하는 이미지들을 셋으로 분류하여 고찰해 보았는데
꽃과 춤, 옛의 이미지가 그것이다.

　지훈에게 '꽃'은 피고 지는 소멸의 이미지가 아닌 '떨어짐으로써
다시 피어날 것'을 예언하는 혹은 재생과 영원을 의미하는 대상으로서
의 꽃이었다.

　'춤'의 이미지는 애벌레의 지상적인 것에서 날개 달린 나비로 현신
하는 천상적 이미지의 '호접'과 견주되어 상승적 이미지, 즉 구원과 절
대의 이상추구로 나타난다.

　'옛'의 이미지는 굴곡된 과거와 모순의 현재를 딛고 극복하는 미래
지향적 의지의 표현으로 형상화되었으며, 단순한 회고적 이미지가 아
니라 전통을 통한 새로운 미래에의 추구가 나타나고 있다.

　살펴본 바와 같이 지훈 시의 지배적 이미지인 '꽃'과 '춤', '옛'의
이미지는 당대의 현실을 정면으로 직시하고 있는 시인의 자아가 ─ 슬
픈 현실이든 극복하기 어려운 현실이든 ─ 내면 깊이에서 시심으로 발
로하여 현실을 딛고 일어나는 혹은 초극하려는 재생과 영원, 이상적인
미래 추구로 형상화된 것이라 할 수 있다.

참고문헌

곽광수,『가스통 바슐라르』, 민음사, 1995.

김재홍,.『한국현대시인연구』, 일지사, 1986.

김종길 외,『조지훈 연구』, 고려대학교 출판부, 1978.

박두진,『한국현대시론』, 일조각, 1970.

박호영,「조지훈 문학 연구」, 서울대 박사 논문, 1988.

서익환,「조지훈 시 연구」, 한양대 박사 논문, 1988.

오탁번,「지훈시의 의미와 이해」,『조지훈 연구』, 고대출판부, 1978.

윤재근,「조지훈의 파초우」,『한국현대시 작품론』, 문장, 1986.

정한모 · 김재홍 편저,『한국현대시 평설』, 문학세계사.

정한모,「초기 작품의 시세계」,『조지훈 연구』, 고대출판부.

정한모,『현대시론』, 보성문화사, 1987.

조지훈,『시의 원리』, 신구문화사, 1959.

최병준,「조지훈 시 연구」, 국민대 박사 논문, 1994.

Gaston Bachelard,『촛불의 미학』, 이가림 역, 문예출판사, 1975.

자료『조지훈 전집』, 나남출판사, 1996.

비교문학 해제

채규판*

서언

　비교문학이란 실제로 생소한 문학이다. 소설이나 시의 경우처럼 하나의 대상을 확실한 조준의 방법을 통하여 형상화하고 필요하다면 구체화하는 집중적인 표현양식이 아니기 때문에 더욱 그러하기도 하지만, 여러 가지 까다로운 조건을 요구하고 있어서 문학외적인 방법까지도 수반되어야 하기 때문에 또한 그렇지 아니한가 한다.

　원래 국제간의 문학적인 관계를 역사적으로 조사하고 규명하는 학문으로 출발한 것이 비교문학이다. 19세기말경에 영국, 프랑스, 독일 등에서 발생하여 20세기에 들어와서는 프랑스를 중심으로 특히 발달했다. 개인의 문학이나 한 나라의 문학이 그 개인이나 그 한 나라에 국한해서 존재할 수는 없는 것인데, 누군가의 또는 어느 나라인가의 영향이라든가, 관계라든가 하는 것과 직접 간접으로 인연을 맺고 있어서 서로 필요한 만큼의 입장을 주고 받는다고 하는 점에 깊은 관심을 가지게 되었고, 그것을 확대하고 체계화하고 연구하기에 이르는 것이 비교문

---

* 원광대학교. 문학평론가.

학의 원래의 입장이다. 즉, 처음에 Cosmopolitanism의 의식을 앞세우면서 그것을 역사적으로 파악하려는 노력의 일단으로 비교문학의 출발이 있었던 것이다.

유럽의 중세기는 암흑시대라고도 하고 문화와 중심시대라고도 하지만, 중요한 것은 기독교적 신앙에 입각한 나전어의 통일문학이였다고 볼 수 있다.

이 시기 - 낭만주의 시기의 여러 나라 사이의 문학적인 관계, 특히 영국, 프랑스 독일간의 삼각관계는 정치적·사회적 뿐만이 아니라 문화적으로도 깊은 연결을 맺지 않을 수 없을 만큼의 밀접한 관계가 유지되고 있었기 때문에 그것을 보다 선명하게 정리하고자 한 노력이 필요했던 것이다.

어떤 경우든 당연한 필요가 비교문학이라고 하는 말을 만들어 내기에 이르렀던 것이며, 그것은 또 문학적 세계주의라고 하는 이상적인 제의를 실제화의 일단으로 받아들이고자 했다고 본다.

바르땅스페르제(F. Baldensperger), 카레(J. M caree) 등 프랑스의 학자들이 중심이 되어 실증적 방법에 의한 작품의 국제적 영향관계, 문학의 중계자적 역할, 외국에 있어서의 소재의 근원, 문학양식의 문제, 주제의 방향, 소위 문학사조 등의 연구를 추진함으로써 비교문학의 실질적인 태동은 준비되었다고 할 수 있다. 그러니까 프랑스의 실증적 방법은 그것이 요구하는 조건이 까다로운 게 사실이다.

영국의 비교문학 이론 역시 프랑스의 경우와 크게 다르지 않다. 1886년 『비교문학(*Comparative hitterature*)』의 저자 파스넷(M.H.Posnete)이 비교문학의 기치를 처음 든 사람이라 할 수 있다. 그 역시 문학적 세계주의 정신을 굳게 신봉했던 사람으로 역사적이고 비교적인 방법을 문학이라고 하는 입장에 적용시킴으로써 그것이 문학뿐이 아닌 언어학이나, 신학이나, 철학이나 그 밖의 여러 학문에도 적용될 수 있을 것인가 하는 데 대한 가능성을 타진했던 것으로 보인다. 특히 1895년 죠셉 텍스트 『쟝 쟈크 룻소와 문학적 세계주의 기원들』(Jean Jacgues Rousseau et les Drigines du cosmopplitisme Litteraire)이라는 논문이 비교문학에 관한 그 연구태도에 있어 지극히 과학적이라는 점이라는 데서 주목할 필요가 있을 것이다.

물론 텍스트 말고도 여러 사람의 비교문학자가 있었고 그러한 연구는 지속적으로 상당한 성공을 거둔 것도 사실이다.

비교문학의 이론이 프랑스나, 영국이나, 독일 등에서 엄격하고 치밀한 실증주의적 방법을 사용했던 것과 달리 일반문학, 세계문학으로써의 문학적 대비가 특징적으로 중요시된 점이 미국에서 발견된다. 1899년 컬럼비아대학에서 비교문학 강좌가 들어섬으로써 그 역사는 상당히 깊다고 생각할 수 있다.

우리 나라 역시 일본과 비슷한 연대인 1958년을 전후하여 비교문학에 대한 관심이 고조된 것을 알 수 있는데 이에 대한 학술적인 규명이나 활동이 사실상 이루어지기 있기도 하다.

비교문학의 현주소

과연 비교문학이란 어떤 방법을 규명해 나가는 것인가 하는 점이나 비교문학이라고 하는 것이 과연 필요한 것인가 하는 등 부정적인 반응이 없는 것도 아니며 비교문학 그 자체가 잘못 이해됨으로써 의미의 엉뚱한 변질을 초래하는 수도 있음을 지적할 수 있다.

그러므로 비교문학에 관한 한 그것을 연구하기 위하여 그 보조적 측면만을 강조한 나머지 원개념 자체가 하나의 학문으로써의 존재에 의문을 가질 수밖에 없지 않은가 하는 비판도 있다.

그럴 수밖에 없는 것이 문학의 영향관계를 추적하는 데 있어 한국의 경우 유럽이나 미국처럼 직접적인 관련 추적을 할 수 없을 뿐만 아니라, 또한 그 실마리가 애매하고 모호한 형편이기 때문에 비교문학에 대한 부정적 반응이나 회의가 더욱 있기 마련이다.

일본 또한 한국의 입장과 거의 비슷한 상황에 처해 있다고 보겠는데, 그것은 군국주의를 표방했던 일본 역시 한국의 형편처럼 문화적 식민지의 한계를 벗어날 수 없었기 때문이며 중국이나 서양이나 심지어는 불교적 동기에 이르기까지 그 영향관계의 복잡하고 미묘한 내용을 살핀다는 일이 불가능하리만치 어렵기 때문이다.

또한 역사적인 측면이나 사상적인 측면에 편중하여 몰두하기 때문에 문학의 미적인 문제에는 소홀할 염려도 배제할 수 없는 이유에서 비교문학에 대한 방식은 상당한 문제점을 가지고 있는 것도 분명하다. 이 문제점을 척결하기 위해서는 그 연구의 방향이나 방법이 보다 확실히 규명되어야 할 것이고, 그 개념에 대한 이해가 진지하게 거론되어야 할 것임은 물론이다.

비교문학이란 무엇인가

비교문학을 이야기함에 있어서 미국적 비교문학이니 한국적 비교문학이니 함은 원칙적으로 성립될 수 없다. 문학 자체가 한 나라 안에서 독립된 문화권을 형성할 수 있는 것도 아니며, 세계의 이곳에서 세계의 끝까지 알게 모르게 연관되고, 전파되고, 영향을 주고받기 때문에 엄밀한 의미에서의 문학의 독자성은 인정될 수 없는 것이다.

그러므로 당나라의 문학이 신라의 문학에 영향을 끼칠 수 있었다든가, 일본의 문학에 대하여 한국의 문학적 영향과 인연을 맺지 못했다고 하는 것이라든가 하는 것도 국민문학이 세계문학으로서의 가능성을 보여주는 일면이라 하는 것이다.

괴테가 문학의 세계성을 주장한 일도 있지만, 그것을 비교문학의 이상적 목표로 설정한 것이라고 기포드(H.Gifford)가 주장하고 있지만, 모든 문화나 문학은 그것이 어떤 특수한 상황이나 일반적인 것이냐를 불문하고 필요한 만큼의 영향을 서로 주고 받는가에 대하여 이의를 제기할 수는 없다. 다만, 영향관계 이전에 문학으로서의 성취도에 관한 문제는 비교문학의 입장과는 별개의 것으로 택할 수 있을 뿐이다.

적어도 두 나라 이상의 관계를 연구해야 하는 것이 비교문학의 입장이다.

가령, 북구문학의 우울한 분위기가 김억의 주장을 속박했다든가, 중국이나 인도의 고담이 한국의 설화문학이나 고대소설에 영향은 끼쳤다든가, 또는 한시의 풍류적이고 유장한 맛이 조지훈이나 맛이 김관식의 시세계의 구축에 상당한 영향을 주었다든가 하는 따위가 비교문학의 입장을 밝히는 데 문제로 삼을 수 있을 것이다.

물론, 일본문학이 한국의 신문학 운동에 결정적으로 작용했다고 하는 점에도 관심이 집중될 수 있을 것이며, 많은 이미지 시인들에게 영향을 끼친 E. 파운드의 주장에도 주목할 필요가 있을 것이다.

비교문학은 여러 가지 문제, 앞에서도 거론한 바와 같이 작가나 작품의 영향관계, 소재의 국한문제, 문학의 양식에 관한 문제, 주제의 문제, 사상문제 그밖에도 선택할 수 있는 문제가 집중적으로 거론됨으로써 그 차용·변형(借用變形)의 흔적이 밝혀지게 되며 문학의 비교적 요구는 달성되는 것으로 본다.

그러므로 하나의 문학이 "어떤 방식으로 옮겨가고 또 가고있는가"에서 시작하여 어떤 방법으로 옮겨왔고, 발전되고 변형되었는가 하는 데 대하여 구체적인 관찰이 요구된다 할 것이다. 그러니까 영향관계 그 자체에 집중적인 관심이 있는 것인데, 그 영향관계가 분명하면 분병할수록 비교문학으로써의 성취도는 확실해진다고 하는 점이 지적될 수 있다.

바꿔 말하여 비교문학의 연구대상이 문학적 영향의 비교에 잇는 것이지 그 밖의 것과는 크게 연결지을 수 없다고 보아야 된다.

두 나라 이상의 문학적 관계를 추적하는 데 있어서 그 영향관계가 선명해야 한다는 점은 이미 말했거니와 그것은 어떤 작가, 어떤 작품, 무슨 사조, 또 어느 나라라고 하는 분명한 상대가 밝혀짐으로써의 비로소 중요한 것이며 이 총체적인 집합이 곧 비교문학으로서의 연구가치를 높여주는 역할을 하기도 한다.

그러므로 그 연구의 대상이 작품의 테마일 수도 있으며, 그 유형 혹은 사상이나 감정의 흐름 따위도 살필 수 있어야 할 것이며, 그 종합적인 문제에도 관심을 기울여야 할 것이다.

또 외국문학에 미치는 발신자(發信者 = emetteur)로서의 입장과 그것을 영향받는 수신자(수신자 = receptteur)의 입장 그 양쪽에서 모두 밝혀지기도 한다. 이러한 작업은 그 작업에서 얻어진 성과가 문학사의 내용을 거들기도 하고, 문학사를 엮는 데 큰 도움이 되기도 함으로써 비교문학 그것이 문학사연구의 한 보조적 측면 또한 갖고 있다는 것도 그러한 까닭에서이다.

국제간의 문학적 관계의 역사라고 주장한 구야드(M.F. Guyard)같은 사람도 있지만 그렇다고 해서 비교문학이 일정한 개념적 서술로만 끝나는 것이 아니다.

그리하여 바르땅 스페르제나 까레와 같은 프랑스의 비교문학자의 경우, 그 입장이 미국과는 사뭇 다르다. 프랑스적인 실증적 방법은 바로 앞에서 이야기한 관계의 역사 그것에 충실하고 있는 반면에 미국의 경우에는 프랑스의 그것처럼 비록 분명한 추적의 관계가 성립하지 않는다고 하더라도, 비교하고 연구할 수 있다고 하는 주장이다.

가령, 서정주의 시를 비교문학의 측면에서 말할 경우에 미국적 방법은 서정주가 실지적으로 인도와의 관계를 규명하지 못하면서도 불교 그것이 인도에서 발생한 것이라고 하는 그것 하나만으로도 서정주와 인도를 짝지울 수 있다고 보는 것이다.

물론, 이러한 방법은 단순한 대비법(對比法)이라고 해서 프랑스나 영국 쪽에서는 심하게 배척하고 있는 것이 사실이지만, 어쨌든 미국의 비교문학은 그들 나름대로 유럽 족의 상황과는 달리 하나의 체계를 세우고 있다.

미국식 비교문학의 가장 핵심적인 입장은 문학은 무엇이든 작가에게 영향을 끼칠 수 있는 한 그 자체의 발전을 위하여 문학으로 연구되어야 한다는 점이다.

이러한 견해는 작품 그 자체에 비중을 둠으로써 문학적인 역사관계에 특별히 비중을 높이는 유럽의 연구방법과는 큰 대조를 이루고 있다.

그러므로, 유럽의 경우를 대국적인 것이라고 보는 반면에 미국의 것을 보다 구체적인 것이요, 국부적인 것으로 해석해도 무방한 것이다. 문제는 프랑스적인 방법이나 미국적인 방식 그것이 중요한 것이 아니고, 그것에 대한 이해를 새삼스럽게 함으로써 한 나라의 문학이 다른 나라와의 문학과의 관계를 어떻게 의식하고 있었고 그것을 통하여 또 다른 문학을 형성할 수 있었던 것인가 하는 고찰이 중요한 것일 것이다.

그러므로 여기에는 비평적 비평이나 주관적 의견이 거의 절제된 상태이며 객관적인 상태로써 그것들이 추이나 상황을 정리해주는 데 그쳐야 할 것은 물론이다.

비교문학에의 기술적 이해

이미 비교문학이 요구하는 조건이라고 하는 데 대하여 언급한 일이 있다. 이것은 그 연구방법이 정립되어야 한다고 하는 데에 근거를 둔 것이며 그 연구의 한계가 분명해야 한다는 데 비롯된 것이다.

티헴(P. van Tieghem)이 말하는 데서 장비(裝備=equipement)라고 하는 것이 곧 이 조건을 말하는 것이다. 티헴이 비교문학을 말하면서

첫째, 그리이스나 라틴문학과의 관계.

둘째, 중세기 이후의 근대문학이 고대문학에 대하여 짊어지고 있는

문학적 채무,

셋째, 근대의 여러 문학이 어떻게 관계를 유지하고 있는가 하는 점에 대한 연구 등을 하고 있다.

문제는 우리 나라의 입장이 되겠는데. 이웃 일본이나 서구의 문학 그것을 외면할 수 없고 근대 중국의 문학 또한 도외시 할 수 없기 때문에 티헴이 지적한 3항에 관하여는 구애될 수밖에 없는 형편이다.

심하게 말하여 한국의 신문학이 문자 그대로 식민지 문학이라고 하는 말을 듣는 것도 이런 것들을 포함한 복합적인 이유를 갖고 있기 때문이다.

비교문학을 들추다보면 한 나라의 문학적 입장에 다른 나라의 문학적 입장이 포개지고 있으며 참여하고 있는가 하는 것이 중점적으로 대두하게 된다. 그것은 여러 가지 문제를 나타내게 되는데 문체의 변화라든가, 기교의 기술적 영향이라든가, 하나의 사조나 사상의 수인과 그 사조나 사상에 의한 또 다른 정신적 발전이나 형태의 변화 그밖에도 여러 가지 문학적 제작동기에까지도 관심이 집중된다.

그리하여 비교문학에서 사용하는 발신자(發信者 = emetterur), 수신자(受信者 = resepttuer), 중개자(仲介者 = intermediaire)라고 하는 말이 성립되는데 발신자라고 하는 것은 문학적인 국경을 넘어서는 작가나, 작품이나, 사상이나 형태 그것을 지적할 것이고 그것의 영향을 받아 작용되고, 운용되고, 변화된 모습을 일으킨 작가나, 작품이나, 사조나 문체 따위가 수신자로 일컬어질 수 있을 것이다. 그리고 그것은 그 중개자의 입장을 필요로 할 때도 있는데 이 중개자의 역할은 대개의 경우 번역물이 감당하기 마련이다.

번역문화의 중요성도 증대되는 것이기도 하지만, 어쨌든 이광수의 「有情」이 톨스토이의 휴머니즘에서 영향을 받았다고 한다면 톨스토이는 발신자요, 이광수는 수신자가 될 것이다.

또 도스또에프스키, 푸뢰벨, 모파상, 보들레르, 바이론을 발신자로 삼고 있는 많은 수신자가 한국의 경우에 있다. 그리고 한국문학의 경우에는 그 중개자의 입장을 일본인이 번역한 번역서의 의존한 형편이 대부분이었기 때문에 한국의 신문학의 초창기에 있어서의 문학적 중개자는 일본문학으로 돌려야 할 형편이 적지 않다. 여기에는 번역자인 일본의 사상이나 문장이나 하는 데에도 일단의 관심을 가져야 할 것이며, 또 번역자의 원전에 대한 번역태도가 의역인지, 직역인지 하는 것까지도 감안해야 되기 때문에 중개자를 거친 수신자의 입장이 발신자의 원전과는 달리 상당한 괴리를 갖는 것도 사실이다.

한용운의 「님의 沈默」이나, 「나는 藝術家여요」 등 일련의 작품이 수신자의 입장을 갖는 것은 사실이지만, 그 발신자는 타고르적 인도의 명상 그것이 되겠으며, 아마도 중개자로서의 역할은 일문으로 된 「기탄자리」가 아닌가 생각한다.

물론, 일문으로 된 「기탄자리」를 통하여 원전에 대한 충분한 추적이 될 수 없는 것은 분명한 일이지만, 이 경우의 추적은 그다지 어려운 일은 아닐 것이다. 발신자가 확실한 이상 그 발신자에 대한 충분한 이해를 통하여 수신자의 변화를 비교적 자상하게 살필 수도 있기 때문이다. 그것은 어디까지나 비교문학이 요구하는 연구대상에의 분명한 노출이다.

그러므로 발신자와 수신자간의 여러 가지 복합적인 관계를 구명할 수 있을 것이며, 그 영향에 대한 연구 또한 감당하기에 이르른다.

이렇게 발신자와 수신자, 혹은 중개자의 관계를 규명함으로써 비교문학의 본질적인 문제가 해결되어 나가는 것은 사실이다.

그러나 앞에서 말한 바와 같이 중개자의 역할이 상당히 중요한 오류를 범할 수도 있기 때문에 그 오류가 곧 수신자의 오류를 담당하게도 하는 것이므로 이 문제에 대한 구명적인 해결을 역시 수신자 쪽의 잘못으로 돌려줘야 하지 않을까 생각한다.

그렇다고는 해도 중개자나 발신자의 입장과는 달리 수신자 특유의 방법을 통하여 발신자나 중개자의 상황을 필요한 만큼 섭취할 경우 그런 상황 아래에서의 수신자의 발전적 변화에 관하여도 역시 그 공과가 수신자의 쪽에 있음을 지나칠 수 없음이 물론이다.

비교문학이 요구하는 것

그렇다면 비교문학을 연구함에 있어서 가장 긴요하게 요구되는 것이 외국어에 대한 습득훈련일 것이다. 또 외국어를 통한 외국문학의 전문적 해독이다.

그것은 한 작가나 작품의 문제를 떠나서 그 작가가 소속해 잇는 작품이 그 배경으로 삼고 있는 나라와 풍속을 또한 이해해야 하기 때문에 외국어에 대한 깊은 조예는 필연적으로 발신자에 대한 수신자로서의 정확한 입장을 갖추도록 만드는 것이라고 본다.

그리하여 직접 원전을 대함으로써 중개자나 송신자의 불필요한 상황은 일단 배제되기 때문에 수신자의 영향에 따라서 그 영향의 변화하려는 모습이나 차용의 상태가 관찰되는 것이다. 따라서 일본 문학을 발신자로 삼기 위해서 일어에 정통해야 할 것이며, 프랑스나 미국의 문학을 발신자로 삼기 위하여 프랑스나 미국식 영어에 대한 꾸준한 훈련을 쌓아야 한다. 그것은 수신자로 하여금 언어학자나 박물학자가 되기를 요구하는 것이 아니고 외국어를 해독함에 있어 특별한 무리가 없이 충분히 이해되도록 자기 훈련을 가져야 한다는 이야기다.

가령, 조지훈의 시를 비교문학에서 살릴 경우, 당시대에 대한 정확한 지식뿐만이 아니라 한자어에 대한 전문적인 훈련이 되어 있어야 함은 물론이다.

외국어에 대한 훈련과 함께 비교문학의 수신자 자신이 역사에 대한 투철한 의식을 가져야 한다. 실학사상(實學思想)이 대두된 시기의 중국역사를 충분히 섭렵하지 아니하고는 박지원의 「熱河日記」나 그의 사상에 대하여 비교문학적인 방법을 강구할 수 없다는 말이 된다. 이 말은 또 3.1 운동을 전후하여 팽배한 한국의 신문학 내지 근대문학의 입장이 일본 내지 일본을 중개자로 하는, 혹은 송신자로 한 일본문학의 역사적 배경을 구체적으로 관찰해야만이 가능하다는 이야기와도 다름이 없다.

이 역사에 대한 이해는 곧 비교문학의 이해연구를 위한 기본적인 제의보다 기야드(M.F Guyard), 티헴(P.nan Tieghem)은 그의 저서 비교문학에서 장비(裝備)에 대하여 역시 준비물의 필요성을 촉구했는데,

1) 그는 먼저 역사가다. 또 그러기를 바란다. 그들은 문장의 역사가들이다.

2) 그러나 비교문학을 하는 사람은 문학적 관계의 역사가다. 그러 므로 가능하다면 여러 개의 문학에 대하여 알아야 한다.

3) 먼저 원어로 여러 나라의 문학을 읽어야 한다.

4) 마침내 기초가 되는 지식을 어디에서 구할 것인가 또 그 제목이 나서지를 "어떻게 꾸미는가를 알아야 한다."라고 말하고 있다. 그것은 비교문학자로 하여금 역사가적 방법에 대하여 깊이 몰두해야 된다는 점을 강력히 시사한다. 서지를 작성하고 연표를 만들고 하는 일련의 작업뿐만이 아니라 일기라든가, 편지라든, 서평까지도 연구의 대상이 되고 있기 때문에 이러한 역사적 관계의 규명은 본격 역사가의 방법과 다를 바 없다. 그러므로 비교문학자가 곧 역사가여야 한다는 말은 그 역사의 대상이 문학적 관계의 역사를 의미하는 것 그 점이 다를 뿐이요, 역사가라고 하는 사명적 입장에는 변함이 없을 것이다. 그럼에도 불구하고 조심해야 할 일은 거의 무시되다시피 한 일까지도 들추어 내어서 그 영향관계, 즉 발신자나 송신자로써의 입장에 대한 규명 그것이 중요하게 다루어져야 한다는 점이다.

비교문학의 연구나 그 방법은 그 영역을 한정하고 축소해 나감으로써 그 결론이 가능한 것이라고 볼 수 있는 것이다.

외국어에 대한 확실한 이해, 역사가로서의 확실한 자각, 이 두 가지의 관계가 해결됨으로써만이 비교문학자의 조건은 일단 완결되는 것이라고 본다.

그렇다면 언어적 국경을 허물어버리고 어떤 방법과 어떤 경로를 통하여 그것이 반입되었는가 하는 점에 대한 역사적 관계를 밝혀야 하는 것이고, 또 그 영향이나 변화의 모습, 근원적인 증거 따위가 살펴짐으로써 그 명백한 대차관계를 규명돼야 한다는 것이다. 이에 기본적으로 연구의 대상이 되는 것은 무엇인가 하는 점이다.

그것은 김동인을 이해하기 위하여 보들레르적 상징주의를 끌어와야 하고, 향가를 이해하기 위하여 불교문화의 유입경로에 대한 이해도 집요하게 연구되어야 하는 것과 마찬가지다.

그러므로, 형식의 발생 변화에까지도 작용이 되는 이 언어적 이행의 힘은 단순히 한 나라와의 문학적 역사관계를 떠나 중요한 의미를 갖는다고 하겠다.

비교문학 그 문제점과 연구방향

그렇다면, 비교문학은 그 연구의 대상이 어떤 것들인가 하는데 관하여 새삼스럽게 관심할 필요가 있다.

그 한계는 광대하다. 그리고 그것이 해결해야 할 문제 또한 적지 않다.

비교문학의 방법이 한국문학에 적용돼야 할 형편이라면 한국의 고전문학이나 신문학, 현대문학이 모두 발신자의 입장을 갖추지 못하고 있기 때문에 특히 그러하지만, 비교문학적 영향관계를 규명하기 위한 노력에 배가의 힘이 필요하다.

왜냐하면, 한국문학의 독특한 특수성이 발견될 수 없기 때문에 더욱 그러하다.

예로 한국은 상징주의적 문학가는 허다하다. 그러나 한국의 상징주의라고 일컬을 수 있는 또는 상징주의적 사조라고 일컬을 수 있는 사조의 형태가 일어난 일이 없기 때문에, 또 한국적 상황의 사실주의 문학이 주요한이나 염상섭으로 대표되고 있지만, 그들의 입장 역시 수신자의 상황일 뿐이지 한국이 요구한 필연적 사조로써의 자연주의나 사실주의의 상황을 수용하고 있었던 것이 아니었다. 때문에 이 점을 납득할 수 있다면 자연히 이미 이야기한 한국의 비교문학적 입장의 특수성을 긍정할 수 있을 것이다. 이 말은 또 비교문학적인 입장에서의 한국문학은 거의 불모의 상태로 되어 있기 때문에 그 연구의 폭이 복잡하며 복잡한 만큼 주목할 수 있는 측면을 내포하고 있다고 볼 수도 있다. 비약해서 말하자면 한국문학의 근원을 밝히는 데 결정적 역할을 하리라고 생각한다.

티헴의 분류에 의거하자면 비교문학의 연구는 장르(genre), 즉 예술형태, 문체(style), 즉 표현의 방법, 주제(subject), 즉 테마, 유형(type), 전설(legend) 또는 사상(idea)이나 감정(sentiment)이라고 말하고 있다.

먼저 쟝르라고 한다면 장르에 대한 연구란 곧 예술적 형태의 발생과 성쇄와 변화에 대한 이해를 말할 것이다.

「景幾何如體歌」가 왜 사라졌으며, 그것은 가사문학이나 시조에 어떤 영향을 끼치게 되었는가? 그리고 왜 시조만이 오늘날까지 남아 있는가? 그리고 시조는 「경기하여체가」의 진화적 형태인 것인가 하는 데에 대하여 구체적으로 살펴보는 것도 필요할 것이다.

카프카의 「城」이 한국의 소설계에게 어떤 문학형식을 채택하도록 요구했는가 하는 것 따위도 날카롭게 관찰함으로써 그것이 준 변화에 대하여 상호연관 관계를 추적하고, 결국 지우고 하는 일이 연구의 초점이 된다고 하겠다. 여기에는 형식의 모방도 중요한 대상으로 포함될 수 있는 것이며 따라서 형식의 변형이나 진화에 대하여는 더욱 관심이 집중되어야 할 것이다. 그것은 장르와 작가와의 상호작용이 때에 따라서는 무한한 가능적 변화를 연출할 수도 있기 때문이다. 이런 경우 문체에 대해서 연구되어야 할 것은 당연하다.

언어적 국경을 넘어서 어떻게 문장의 모양이 차용될 수 있는 것인가는 반복될 수 있는 것이지만, 그것은 가능한 일이다. 즉, 표현의 특수성 내지 특수성에 대한 관심의 고조가 수신자의 능력에 따라서 각색되고 평가되기에 이르는 것이며, 그것은 곧 수신자로써의 문장의 모습이 하나의 발신자를 가진 표현방법으로 채택되기 때문이다. 제임스 조이스의 문체가 김승옥의 「무진기행」에 영향을 끼쳤다고 볼 수 있는 것과 같이, 주요한의 「불놀이」가 사실주의의 특유한 표현방법을 차용하고 있음은 주지의 사실이다. 또 폴 발레리의 "시는 지성의 축제이다"라고 한 갈파가 신석초의 시의 형태에 결정적 변화를 준 것으로도 이해될 수 있을 것이다. 이렇게 문체의 영향은 언어의 놀라운 장애에도 불구하고 직접간접으로 차용관계를 형성함으로써 발신자의 문제와 수신자의 문제와의 사이에 영향관계가 뚜렷하게 밝혀지는 것이다. 사실상 문체라고 하는 것은 사상이나 주제나 그 밖의 문학적 행위 일체를 형상화하는 원칙적인 도구로써 중요한 의무를 갖는다. 이 도구를 사용하지 아니하고는 어떤 사상이나, 의견이나 감정 따위가 하나의 작품으로 승화될 수 없는 것이다.

공자의 "글은 곧 사람이다"라는 주장도 문체가 얼마나 중요한 입장을 가지고 있는가 하는 데 대하여 이해시키고 있다. 역설적으로 문체라고 하는 것은 결국 그 작품의 내용이나 주제를 파악하는 데 결정적 역할을 담당한다고 보는 것이다. 물론 시대적인 변화나, 환경적 여건이나 작가의 개성에 따라서 문체의 다양성은 인정될 수 있다.

이 문체의 다양성이 곧 작가 특유의 색깔로 표시될 수 있는 것인데, 18세기 문장의 모습과 20세기 문장의 모습이 현격한 변모를 보이고 있는 것과 마찬가지로, 더욱 거리를 좁혀서 같은 사상을 지향하고 있는 같은 시대의 작가나 시인이라고 할지라도 그들의 글의 형태가 동시적 조건 아래에서도 전혀 다른 모습으로 보여주고 있는 것과 같은 이유인 것이다.

그러므로 한국의 한용운의 불교적 영상을 보는 듯한 명상체의 형태나, 서정주의 유창한 형태를 구별하는 것도 이 때문일 것이다. 그리하여 문장에 대한 관심, 즉 문체에 대한 관심의 증대는 표현의 방법에 대한 관심을 의미함으로써 그것은 또 표현의 구성적 측면에 관한 관심이기도 하기 때문에 문체의 특징과 영향을 살핀다는 것은 비교문학의 입장이 그냥 개념적인 연구만으로 끝나는 것이 아님을 증거하고 있는 것이다.

주제에 대한 연구의 중요성이 또한 대두된다. 장르나 문체의 입장을 규명하는 것 못지 않게 주제에 대한 비교문학적인 파악은 중요한 영역이다. 주제에 대한 연구라면 찬반의 영향이 없지 않으나 주제에 대한 관심은 그것이 작품에 대한 관심을 고조시킨다고 하는 점에서 중요하다고 본다.

실상 주제에 대해서라면 그 영역이 무한하게 확대될 수 있다. 하나의 대상을 가지고 여러 개의 주제를 형성시킬 수도 있는 것이며 역으로 하나의 주제 속에 여러 가지의 대상을 동시에 포함될 수 있는 것이기 때문에 이러한 점도 규명해야 할 필요가 있겠지만, 하나의 주제를 가지고 다수의 시인이나 작가가 반복하여 경영하고 조종하기 때문에 그것은 언어적 국경을 넘어선 이행의 과정에도 하나의 문제가 없지 않다.

특히 주제를 연구할 경우 가장 먼저 만나게 되는 난점은 발신자나 수신자 모두가 동일한 주제에 관한 사전의 경험이 있을 수 있다는 점이다. 작품이라고 하는 것 이전에 주제에 대한 작가의 경험이 하나의 체험적 실체로 항상 존재하고 있기 때문에 이 경우에는 발신자 혹은 수신자로써의 입장을 규명함에 있어서 그 처음과 끝이 모호한 결과를 노정할 수도 있다는 말이다.

그런 의미에서 주제의 문제는 그것이 하나의 작품의 이행을 지목하게 되는 경우, 선후가 밝혀지는 것이기도 하지만, 어쨌든 주제에 대한 연구의 입장은 적지 않게 복잡한 면이 있는 것이 사실이다.

주제에 대한 연구의 대상은 일반적으로 작품의 문학적 우열과는 상관없이 되지 않는다. 다만, 그 대상이 보편적 유형, 전설적 유형, 민족적 유형, 역사적 인물 따위로 인정될 수 있을 것이다.

보편적 유형 (type legendaires)에 대하여

가령, 모파상의 「女子의 一生」에서 여인들이 어떻게 표현되었는가? 또 러시아의 체홉이 「도박사」를 어떻게 다루고 있는가? 독일의 소설가나 시인이 전쟁에 관하여 어떤 입장을 취하고 있는가 하는 것을 관찰함에 있어 그것이 서로 어떤 영향관계를 맺고 있는가 하는 데에도 초점을 두는 것이다.

물론, 이것은 대비적인 비교에 만족하는 수가 허다하지만, 문제는 이 나라의 작가의 문제가 자기 나라의 작가의 주제와 동일하다거나 유사할 경우 여기에 대한 발신자와 수신자의 판별에 대하여 깊은 관심을 가져야 한다는 것이다.

전설적 유형(type legendaires)에 관하여

전설이나 설화가 문학에 끼친 직접적인 영향은 대단하다. 전성이나 설화 그 자체가 작품의 주제로 설정되고 있다.

예로 성경에 나오는 「살로메」나, 「삼손」, 또 「트로이의 木馬」에서 볼 수 있는 「헬렌」이나, 「율리시즈」나, 「헬라클라스」가 언어와 국경과 시대의 장벽을 허물어버리고 다른 나라의 작가들에 의하여 형상화되고 있는 것이다.

설화적 인물이 작품의 등장인물로 설정되는 경우도 허다하다. 한국의 겨우 「春香傳」이나 「沈淸傳」이 오늘날의 문학에도 깊이 영향을 끼치고 있음을 이해하고 있다면 「파우스트」나, 「프랑케인슈타인」같은 전설적 인물이 역시 「춘향전」, 「심청전」의 비교문학적 대상으로서의 형편과 일맥을 이루고 있다 하겠다.

좀 비약이 될지는 모르겠으나 「춘향전」과 「로미오와 줄리에트」와의 비교문학적 관계를 고찰한다고 가정한다면, 이 점은 미국적 비교문학의 측면에서 해석할 수도 있는 일이 아닌가 생각한다.

민화적 유형(type solkorque)에 대하여

국민들 사이에 전해 내려오는 특별한 근거를 갖지 못하는 이야기 자체가 문학이라고 하는 전문적인 작업과 투합됨으로써 작품상의 훌륭한 주제로 등장하는 것이다. 「이솝」과 같은 상황이 세계적인 것으로 긍정될 수 있을 것이며, 톨스토이의 「바보 이반」, 세르반테스의 「돈키호테」 등이 특히 중요한 연구의 대상이 된다.

「토끼와 거북이」에 대한 민화는 세계 곳곳에 흩어져 잇는 것이 사실이지만, 그것들이 이행을 관찰하고 추적함으로써 그 원전을 밝혀낼 수도 있는 것이나 그 작업이 비교문학의 방법에 의해서 이루어진다고 본다. 「콩쥐 팥쥐」가 서양의 「신데렐라」와 어떤 인물 설정이 민화적 유형에 의하여 설정된 인물의 진행이란 것을 알 수 있다.

「鄕歌」에 나오는 처용이 오늘날에도 형상화되고, 「삼국사기」에 나오는 민화적 인물이 오늘날의 작가에 의해서 작품화되고 있다는 점에 조명한다면 그것은 주제가 시대를 건너뛰어 재창조의 방향으로 옮겨가고 있다는 것을 증명하게 된다. 그러므로 민화적 전승은 그것이 작품의 주제를 긍정하게 하는 실질적인 조건이 되고 있는 것이다.

역사적 인물(personna historique)에 대하여

역사적으로 유명한 인물이 작품의 주제인물로 설정되는 경우를 많이 보게 된다. 「을지문덕」이나 「이순신」, 「세종대왕」, 「연개소문」, 「수양대군」 같은 인물도 여러 사람에 의하여 작품화되고 있다. 한가지 주목해야 할 점이 있다면 민화적 유형이나 전설적·신화적 유형에서와 같이 설정 인물에 대한 조명을 작가의 상사의 범주에 포함시킬 수 없다는 것이다. 역사적 인물의 등장은 적어도 그 인물의 행적이나 성격이나 하는 것이 본격 역사적인 관점에서 객관적으로 채택되어야 할 것임은 물론이다.

감정과 사상에 대하여

문체가 언어의 장벽을 허물어버림으로써 그 이행이 가능한 것과 마찬가지로 사상이나 감정 또한 언어의 벽을 뛰어넘는 것은 당연하다.

문체와 비교하여 그 전파나 진동의 힘은 막대한 것이어서 또 그런 만큼 사상이나 사조도 감정의 이행과정에서 발생하는 오류 또한 적지 않다.

사상이라고 한다면 작가가 지니고 있는 가치관 일체가 하나의 영향관계의 대상으로 등장하게 되는 것인데, 그것이 작가의 능력과 비례하여 작품의 영향관계가 확대되고 증진되는 것은 물론이다. 사상의 이해는 책에 의해서 이루어지는 경우가 대부분이라고 본다. 그중에는 송신자로부터 받아들인 수신자의 입장도 있을 것이고 발신자와 직접 만날 수 있는 수신자 또한 있을 것이다.

종교적이라든가 철학적·윤리적 혹은 예술적 사상 등을 검토의 대상으로 삼기도 있기도 하고, 「鄕歌」와 불교문학과의 상관관계, 기독교의 한국문학과의 관계, 보들레르의 상징주의와 한국의 시인들과의 관계 따위를 연구하고 규명하는 그러한 일이 사상의 이행문제를 다루는 작업의 하나로 이해될 것이다.

이러한 연구는 사상이나 사조가 나라와 나라 사이에 어떤 교류를 이루고 있었고, 그 발전이나 퇴보의 상황이 어떤 것이었는가 하는 데 대하여 주목함으로써 비교문학의 연구영역이 존재한다고 본다.

한국의 경우, 이 글의 앞부분에서 지적한 바와 같이 일본을 송신자 또는 중개자로 삼았던 것이기 때문에 수신자의 입장을 살펴야 할 때 상당히 복잡하고 난해한 사상적 내용을 갖고 있음을 감안해야 할 것이다.

역시 감정의 문제가 문학을 이해하는 데 있어서 가장 중요한 요소일 것 같다.

또한 이것은 작가나 시인의 정신적 집중을 결정적으로 도와주고, 마름질해주는 질서로써 감정의 중요성은 경이에 가깝다. 동시에 감정은 개성과 비례하면서 창조의 능력을 가지고 있으며, 전달의 방법을 개발한 것이며, 독자의 공감력을 확대시키는 것이다. 그런 만큼 감정의 표현은 작가의 유일한 특권이다.

비록 그렇다고는 해도 사상이나 문체 등의 영향을 받음으로써 감정의 실제적 변화가 일어날 수 있다는 것은 모순점이 없지 않다. 감정의 표현이 곧 사상의 변화와 밀접한 관계를 유지함으로써 당연한 가치를 도출할 수 있기 때문이다.

미국 작가 윌라 캐터의 「개척자」와 어떤 감정상의 특이점이 있는 것인가? 동일한 상황에 대한 조준의 위치에 있어 스탕달이 창조해낸 인물의 감정과 김동리가 창조해낸 인물의 감정과의 차이에서 어떤 발견을 볼 수 있는 것인가? 감정의 변화는 시대에 따라서 또한 그 가치적인 측면이 달라지는 것도 사실이다.

감정은 시대적인 산물이 아니면서도 시대적인 정신과 특별히 함수관계를 갖고 있기 때문에 그러한 것이기도 하겠지만, 오늘날의 신사가 이조시대의 선비와 그 개념을 같이 하고 있고, 또 그것이 신라시대의 화랑의 개념과 같은 줄기에 있다는 점을 상기하면서, 이 변화가 결국 시대적인 조건에 의한 변화임을 긍정하도록 만들고 있다고 보겠다. 이 말은 감정이란 시대적인 상황이 적존해야 할 필요를 갖는 것이며, 민족의 특성이나 한 국가의 지리적 조건에 의해서도 특유의 반사적 변화를 받음으로써 그러한 상황을 동시에 포함해야 하는 감정의 변화나 차용의 관계에 대한 규명이란 지극히 중요한 비교문학의 영역으로 인정된다. 그것은 또 가치관념의 변화된 모습을 동시에 긍정하게 한다.

서구의 진취적인 인물형이 전형적인 것과 마찬가지로 동양의 정서적이요, 보수적인 인물의 형태가 서로 다르다고 하는 점을 전제한다면, 그것이 오늘날에도 그런 것인가 하는 점에 이르러 이의를 제기하게 된다.

즉, 오늘날의 한국의 소설이나 시 내용이 그 인물이나 인물의 감정의 전개에 있어서 서구적인 그것을 자연스럽게 표시하고 진행시키고 있음을 알게 되었기 때문이다.

결과적으로 오늘날의 한국의 시대적 상황이 서구적인 진취적 방법과 많이 근접하고 있다는 것인데 이러한 근원은 어디서 비롯된 것이며 어떤 영향 때문에 이루어진 것인가 하는 데 대한 연구도 중요하게 다루어져야 할 줄로 안다. 춘향이의 사랑이 안으로만 가두어진 「순애보」적인 입장임을 감안할 때 「살로메」나 「헬렌」에서 느낄 수 있는 애정의 모랄은 개방적이고 투쟁적인 것임을 알 수 있게 된다. 그것이 현대에 와서는 그다지 큰 차이를 보이지 않음으로써 문학의 세계적 지향에 관하여 일단 긍정하게 하는 징조이기도 하다면, 감정의 교류에 대한 이해나 비교의 연구는 언제까지든 중요한 관심의 대상이 되지 않을 수 없다.

결론

20세기를 전후해서 일어난 비교문학의 방법이 과연 문학사 발전에 얼마나 큰 기여를 할 것인가 하는 방법에는 아직까지는 속단할 수 없다.

소위 문학적 세계주의라고 하는 이상적인 목표를 위하여 비교문학의 존재가 긍정되는 것이라면 어떤 방식으로든 이 주장의 확대와 이 주장에 대한 실질적인 연구는 계속되어야 하리라고 본다.

그것은 세계문학사를 일목요연하게 볼 수 있다고 하는 이유 이전에 문학의 발전속도, 문학적 사상의 다양한 변화 그것과 함께 문학이 결론적으로 요구하는 문학적 이상의 문제에도 비교문학의 연구방법은 집요하게 집중될 수 있다고 보기 때문이다.

한국의 경우에는 비교문학에 관한 것이 거의 불모의 상태나 다름없다. 하나의 문학적인 체계를 세워 놓음으로써 그것이 한국의 문학의 발전에 혹은 한국의 문학적 현실에 어느 정도의 결과로 나타나게 될 것인가 주목할 일이다.

왜냐하면, 비교문학적인 주장에 의한 한국문학에의 새로운 해석은 실제로 많은 연구대상을 보유하고 있기 때문이며, 그런 만큼 상당히 중요한 위치에 있는 것이 비교문학의 입장이기도 하다.

그러므로 비교문학의 한국적 이해가 어떤 방향으로 받아들여질 것인가 하는 점에 우선 진지한 관찰이 있어야 할 것이다. 이 관찰의 노력이 한국적 비교문학으로 하여금 한국문학이 세계문학으로의 가능성에 대하여 결정적 비약의 동기를 마련하게 될 수 있으리라고 본다.

「명문」(김동인)과 「신들의 미소」(아쿠다카와 류노스케)에 비친 기독교 사상

진병도*

I

　김동인(1900-195)과 아쿠다카와 류노스케(1892-1927)는 한국과 일본의 작가이지만 거의 동시대에 기독교를 소재로 한 작품을 발표한 작가들인 바, 그 가운데서 김동인의 「명문」(「개벽」제55호, 1925)와 아쿠다카와 류노스케의 「신들의 미소」(「신소설」1992.1)를 들고, 그 가운데 응축된 〈신〉과 〈신들〉의 특성을 고찰코자 한다.

　비교하는 방법은 국제간의 영향관계를 전제로 한 문학 상호간의 비교방법(프랑스파적 방법)을 지양하고, 문학의 상호 영향관계의 전제나 혹은 지역적 제한에서 벗어나서 문학의 내용을 비교하는 웰렉(Rene wellck)이나 워렌(Austin warren)의 주장대로[1] 두 작품에 내재한 내면적 미학을 살피면서 〈신〉과 기독교에 대해 보는 눈의 다름이나 유사성 등을 살펴 보고자 한다.

---

* 문학평론가.

1) 르네 웰렉/오스틴 워렌 공저, 백철 · 김병철 공역, 「문학의 이론」, 제5장, 신구문화사, 1980.

Ⅱ

아쿠다카와의 「신들의 미소」는 그가 쓴 〈기리시단물〉 중의 하나이다. 〈기리시단〉이란 1549년(천문18)야소회사 프란시스 사비엘이 가고시마에 가져온 다음 일본국내에 퍼진 카톨릭교, 그리고 그 신도를 의미한다. 전래한 당초에는 〈남만종〉, 〈반천련〉종이라고도 불리었고 나중에 〈길리시단〉이라 불린 것이 일반화되었다. 다음에 에도시대에 들어서 5대장군 도꾸가와 쓰나요시 때부터 〈절지단(기리시단)〉이란 자로 불린 다음 1883년(명치16)까지 계손되었다. 따라서 〈기리시단물〉이란 1549년부터 1883년까지를 시대배경으로 하는 〈예스스회〉의 카톨릭, 즉 〈기리시단〉을 소재로 한 작품들을 지칭하는 것이 된다.

아쿠다카와는 「신들의 미소」에 문명비평이나 종교비평의 측면을 담고 있기에 일본에서의 종교나 사상의 문제를 부상 시켰다. 여기에는 〈신〉과 〈신들〉의 대립이 선명하게 묘사되어 있다.[2]

「신과 신들」을 개관해 보면 네 부분으로 되어 있다. 첫째 부분은 어느 봄날 저녁 무렵, 유럽에서 온 올간티노(padre Organtino)[3] 신부가 남만사(천주교회당)의 뜰을 거닐면서 향수에 젖는다. 그 쓸쓸함을 털어 버리기 위해 데우스(Deus:라틴어. 〈신〉)의 존호를 외우나 그의 가슴은 더욱 무겁기만 하다. 그는 이 나라는 풍광도 좋고 기후도 따뜻할 뿐 아니라, 신도들도 요즈음엔 몇만을 넘을 정도가 되었고, 수도 한복판에 사원(예배당)도 솟아 있게 되었으니 유쾌하지는 혹 못할지라도 불쾌할 어떤 요인은 없는 것으로 생각해 보지만, 자신은 어쩐지 우울

___

2) 세계구치 · 야스요시, 「국문학」 41권 5호. 평성 8년 4월, p.94 참조

3) 올간티노 신부. 이태리 사람. 포르투갈. 예수회 선교사. 1570년 내일, 교토에서 포교. 오타노부 나가의 신임을 받아 1581년, 안토에 일본 최초의 신학교(세미나리)를 세움. 노부나가가 죽은 뒤, 나가사키에 이주하다.

속에 빠질 때가 있다. 그것은 향수 때문만은 아닌 듯하나, 이 나라를 떠나 마음만 먹으면 어느 나라에든 갈 수 있기에 이 우울은 향수 때문 만은 아니라, 이것은 일본에 존재하는 무엇인가의 힘 때문이라고 그는 생각한다.

둘째 부분에서는, 올간티노 신부를 우울하게 만드는 것이 무엇인지가 열거된다. 그는 열심히 기도한다. 「남무대자대비의 테우스여래시어[4], 이나라에는 산이나 숲이나, 혹은 집들이 즐비한 도시에도 무엇인가 불가사이한 힘이 잠겨있습니다. 그리고 그것이 알게 모르게 나의 사명을 방해하고 이유도 없이 우울의 구렁텅이에 빠지게 하나이다」라고 빌며 그 힘의 정체가 무엇인지 모르기 때문에 번민한다고 하면서, 그힘은 마치 지하의 샘과 같이 이 나라 전체에 가득 차있으며, 먼저 이 힘을 깨뜨리기 전에는 사교에 빠져있는 일본인은 하라이소(천계)의 장엄을 뵈올 수가 영원히 없을 것 같다고 호소한다.

빌고 있는 도중, 그는 일본의 〈신들〉의 광연을 보게 된다. 기도 중에 갑자기 닭의 울음에 기도를 중시하고 보니, 흰 꼬리를 늘어뜨린 무수한 닭이 날거나 달리면서 예배당 안은 온통 움직이는 닭벼슬의 바다가 되어 있다. 그리고 빛이 비쳐오면서 수없이 많은 남녀의 무리가 유쾌한 웃음을 웃고, 고대의 복장을 한 일본인들이 서로 술잔을 주고 받으면서 둘러 앉아 있는데 한 가운데는 당당한 체격의 여자가 하나, 큰 통을 엎어 놓고 그 위에서 미친 듯이 춤을 추고 있다. 그것은 기기신화(記紀神話)의 여신인 천조대신[5]이 바위집의 문에서 나타난 장면과 흡사하다. 그 뒤에는 건장한 사나이가 비쭈기나무의 가지에 구술과 거울 따위를 주렁주렁 걸어 놓고 으젓하게 그것을 치껴 세우고 있다. 마침내 바위집의 문이 열리고 빛이 홍수처럼 가득 차기 시작하자, 수많은 남녀군중

---

4) 南無大慈大悲 데우스如來 : 하나님을 불교적으로 각색해서 부른 것.

5) 천조대신 : 일본 황실의 조신, 해의신으로 추앙되어 이세 고따이 신궁에 위해 놓고 황실과 국민 숭경의 중심으로 삼음. 이사나기노미꼬도의 딸임.

이 "오오히루메무찌! 오오히루메무찌!"[6]라고 외치며 기뻐한다. 올간티노 신부는 여기서 의식을 잃어 버린다. 의식을 회복한 그가 "이 나라의 영과 싸우는 것은……"」하고 중얼거리자 "집니다!"라고 속삭이는 소리가 들려온다.

셋째 부분은, 이튿날 저녁무렵 남만사의 뜰을 올간티노 신부가 걸으면서 어딘지 기쁜 빛을 얼굴에 띠고 있다. 그것은 그날 일본의 무사(사무라이) 서너 사람이 봉교인(그리스트교 신자)의 반열에 들어왔기 때문이다. "역시 십자가의 위력 앞에서는 더럽혀진 일본의 영의 힘도 승리를 얻기는 어려운 것으로 보인다"고 생각하고 있는 그의 앞에 '이 나라의 영의 한사람' 이란 한 노인이 나타난다. 그리고 올간티노와 그 노인과의 대화가 아래와 같이 계속된다.

"데우스(하나님)를 이길 자는 당연히 없습니다."란 올간티노의 말에 그 노인은 일본의 사상의 이입사를 말한 다음 "우리들의 힘이란 것은, 파괴하는 힘이 아닙니다. 그것은 변조하는 힘인 것입니다"라고 말한다. 노인은 다시 말을 이으면서 "그러니까 당신도 정신차려야 합니다. 데우스도 반드시 이긴다고는 볼 수 없습니다."라고 말하고 "형편에 따라서는 데우스 자신도 이 나라의 토인으로 변할 수 있습니다. 지나나 인도도 변했어요. 서양도 변하지 않으면 안됩니다. 우리들은 나무들 가운데도 있습니다. 얕은 물 가운데에도 거기 있습니다. 장미꽃에 흐르는 바람 속에도 있어요. 절의 벽에 남은 저녁햇빛 속에도 있어요. 어느 곳에서 어느 때나 있습니다. 정신 차리세요. 정신을 차리세요……"라고 경고한 후 사라진다.

넷째 부분에서 올간티노는 한 쌍의 남만병풍의 그림 속으로 귀환한다. 그것은 3세기 이전의 고병풍이었다. 개신교의 선교사로 보이는 화자는 이 고병풍 속의 남만선 앞에 서있는 올간티노에게 고별인사를 한

---

6) 오오히루메무찌 : 천조대신의 별명

다. "데우스가 이길까, 오오히루메무찌가 이길까"는 쉽게 판정할 수 없는 일이라고 화자는 말하고 "과거의 해변에서, 조용히 우리들을 보고 있어주오' 라고 말한다. 대략 이상과 같은 내용으로 소설은 끝난다.

김동인의 「명문」은 8단락으로 되어 있다.

첫째 부분에서는 전주사가 18세까지 공·맹자의 도를 배우다가 어느날, 우연히 예배당에 가서 설교하는 것을 듣고 문득 아직껏 자기네의 삶의 이상 이라는 것을 무시한 데 놀라 그날부터 대단한 예수교인이 된다. 예수교인이 되어 맨 처음 한 일은 그의 아내를 예수교인이 되게 한 일이었고, 그는 머리를 삭발한 후 그의 부모에게 예수교를 전하여 보려고 하였다. 그러나 "너나 천당에 가라" "사람이 죽는다는 것은 혼백이 죽느니라. 몸집은 그냥 남아 있고…… 몸집이 죽는 게 아니라 혼백이 죽어, 혼백이 천당엘 가?" 하며 그의 부친은 거부한다.

그리고 아들의 예수와 인복대감과 싸움을 붙인다는 뜻에서 매일 무당과 판수를 불러 들여서 무당굿으로 집안을 요란하게 한다. 아들 전주사는 아비의 죄를 용서해달라고 골방에 가서 기도를 드린다. 하나님 이외의 신을 섬기는 것이 가장 큰 죄라 했더니, 전판서는 질투심한 여편네를 싫어하는 자신은 질투심한 아들의 하나님을 섬길 수 없다고 한다.

둘째 부분에서는 예수믿는 죄 때문에 전주사는 집에서 쫓겨났으나 원망치 않고 예수 잘 믿고, 정직 겸손하게 장사를 잘 하였으나 밑천은 늘어나지 않는다. 그 이유는 인색한 소문이 난 아버지를 위하여 아버지 이름으로 백원내지 오백원을 여기저기에 기부행위를 하기 때문이다. 어느 예배당 건축헌금으로 아버지 명의로 거금 천원을 헌금하고, 그 행위로 인해 아버지의 죄를 용서해주시기를 기도한다. 그 기부한 사실이 신문에 났는데, 아버지가 전주사를 찾아와서 "네가 내 이름을 팔아서 돈 천원을 예배당 건축헌금으로 기부를 했다는 것을 알았다.

이 뒤에는 결코 내 이름을 팔아먹지 말라. 그돈 천원을 도로 찾아 보내니 다시는 결코 그런 짓을 말아!" 한다. 전주사는 이튿날 그 천원을 다시 그 예배당에 기부한다. 그리고 그는 공자 · 맹자를 위해서도 기도한다.

셋째 부분에서는 전주사가 집을 나온 지 십년이고, 이젠 삼십대가 되었지만, 번돈으로 계속해서 아버지 이름으로 기부금을 내고 아버지와 어머니를 위해서 기도에 힘쓸 뿐 아니라, 정직하고 겸손하며 질박하게 장사를 계속한다. 아버지가 위독해졌다. 막상 임종 때가 되자 아들에게 "내게는 하나님보다 네가 귀엽다. 자 애비의 손, 찬손을 잡아라" 하고, 밤이 깊어서 전판서는 숨을 거두었다.

넷째 부분에서는 전주사는 새대감으로 본가에 돌아와서 맨처음 한 일이 거금 오십만원을 들여서 공회당을 하나 만들었고 그 공회당은 아버지 이름을 빌어서 「성철관」이라 하였다. 뭇사람은 그 공회당 낙성식 때 돌아간 전판서의 혼백을 축복하였다.

다섯째 부분에서는 전주사의 모친이 치매에 걸렸다. 모친을 위해 전주사는 기도를 했다. 어느날 사내종녀석들이 모친 뒤에서 주먹질을 하면서 경멸하는 것을 본 전주사는 모친을 처치해야겠다고 결심했다. 그 이유는 무식하고, 노망기가 들어서 하루를 더 살면, 자기 모독의 행위의 지속에 불과하므로 모친 자신과 남을 위해서, 효도를 위해서 사면에서 종들로부터 모욕당하지 않게 하기 위하여 모친을 저세상으로 보내야겠다고 결심한다. 그리고 하나님께도 어머니를 하나님 앞에 돌려 보내는 일이 옳은 일로 안다고 기도를 드린다. 이제 일년을 더 살지 못할 만큼 몸이 쇠약하여 껍질을 쓴 한 바보에 지나지 못하니, 어머니에게 조금 손을 더하려고 작정하였다. 이틀 뒤에 그의 어머니는 몹시 구역을 하고 이 세상을 떠나 버리게 되었다.

여섯째 부분에서는 전주사는 존친 교살범으로 공판을 받았다. 전주사는 그가 모친을 살해했다는 것은 "천부당 만부당한 말"이며 "일년

이내에 돌아가실 숙명을 안고 그냥 살아 계시다고 할 수가 없는 어머니를 손을 댔을 뿐이지 죽인 것이 아니"라고 변명한다. 검사가 "일년 이상 더 살지 못할 사람은 죽여도 괜찮다는 법이 어디 있느냐"고 반박한다. 전주사는 "검사가 똑똑한 이치도 모른다"고 대꾸한다. 검사는 "좌우간 죽인 것은 사실 아니냐"고 하나, 전주사는 "아니"라고 한다. 그럼 말을 바꾸어 "어머니를 주무시게 한 것은 사실이지?" 하자 "네 그렇습니다." 하니, "그것은 죄가 아니냐?"고 힐난하자 "그것은 어머니를 가련한 경우에서 건져내는 일이지 결코 못된 일은 아니"라고 대답한다. "그래도 사람을 죽여?" 하니, "아니올시다." 한다. "사람을 잠재우는 것은 죄가 아니냐?" 하니, "그 사람을 위해서 행한 일은 오히려 선행이올시다." 라고 응수한다. 재판은 끝났고, 열흘 뒤에 전주사는 사형선고를 받았다. 전주사는 "하나님만 아시지 당신네는 모른다"고 외친다. 그리고 하나님께 가서 다 여쭙겠다면서 머리를 수그리고 법정을 나왔다.

일곱째 부분에서 전주사는 사형집행 직전, 교회사가 그에게 "회개를 하라"고 권했으나 "나는 회개할 일이 없다. 하나님의 뜻대로 어머니를 주무시게 한 것은 죄가 아니다. 당신네들이 법률의 명문에 그것을 사형에 처한다 했으면 그대로 하라. 그러나 내 마음까지는 간섭하지 말라. 나는 하나님을 믿는 예수교인이다. 십계명 중 제오계명에 부모께 효도 하라신 말씀을 지킨 것 뿐"이라고 대답하고, 한 시간쯤 뒤, 그의 혼은 그의 몸집을 떠났다.

마지막 부분은 그의 혼은 천당엘 가서 천당 재판석에 이른다. 재판장은 그에게 "그의 전생의 일동일정을 모두 이야기 하라"고 한다. 그는 빠짐없이 모두 다 아뢰었다. 그러자 "세상에서 가장 양심에 쓰리던 일을 말하라." 하니, "없습니다." 라고 대답한다. "없어? 그럼 그중 양심에 유쾌하던 일을 아뢰어라." 하니, "그것은 세번 있었는데, 첫번은 예수의 도를 처음으로 들은 때였고, 둘째는 아버지가 돌아간 후 아버지

이름으로 큰 공회당을 세운 일이고, 세번째는 어머니를 주무시게 한 것인데, 그것 때문에 어머님의 명예를 보존했고, 어머님이 없으심으로 집안 모든 사람이 유쾌하고 마음 놓고 살 수가 있게 되었고, 그것 때문에 어머님께서는 저절로 선행을 하신 셈"이라고 대답한다.

　재판관은 뚫어지도록 잠시 그의 혼을 내려다 보다가 좌우를 돌아보며 "저 혼을 지옥에 갖다가 가두라"고 명한다. 그는 "저를 왜 지옥으로 보내십니까, 당신은 대체 누구외까?" "나? 나는 여호와로다." "네? 당신이 하나님이시외까? 그럼 당신은 잘 알게외다. 저는 당신 말씀을 지켜 정직하고 겸손했고, 당신이 하지 말라신 일은 하나도 안한 사람이며, 제가 행한 모든 일이 다 잘한 일로 압니다." "너는 거짓 애비의 이름을 팔아서 세상을 속인 것으로 아홉째 계명인 거짓말 말라고 한 율법을 어겼느니라." "그러면 어머님을 편하게 한 것은 다섯째 계명인 효도를 한것 아닙니까?" "효도? 부모를 죽인 것이 효도? 어미를 괴로움에서 건지려 했다 하나 그 당시 네 어미는 아무 괴로움도 모르고 있지 않았느냐?" "그러나 마음은 어머님께 효도……" "마음? 마음만 좋으면 아무런 죄를 지을지라도 용서받을 줄 아느냐?" "그렇습니다. 천국은 마음의 나라라. 마음만 착할 것 같으면 그 결과가 얼마간 차질이 있을지라도 괜찮은 줄 압니다. 당신께서는 사람의 마음을 꿰뚫어 보시고 마음의 선이며 죄악을 다스리십니다." "아니다, 네 생애에 양심에 유쾌했다던 일이 제5, 제6, 제9의 계명을 범했으니, 이 혼을 지옥에 데려가라!" "그것은 세상에서나 그렇지 여기는 명문과 규율밖에 더욱 긴한 것이 있지 않습니까?" 하나님은 눈을 내리 뜨고 잠시 동안 전주사의 혼을 내려다 보다가 웃으시며, "하하하하! 여기도 법정이다."로 끝내고 있다.

Ⅲ

1. 질투하는 신

아쿠다카와의 「신들의 미소」에서 신부 올간티노가 일본나라에는 산이나 숲이나 도시에도 무엇인가 불가사의한 힘이 잠겨 있어서, 그것 때문에 자신의 전도사명이 방해를 받고 있다고 느낀다. 그런 올간티노 신부에게 '이나라의 영중의 한사람' 이란 노인이 말하기를 「우리들의 힘이란 것은 파괴하는 힘은 아닙니다. 변조하는 힘입니다.」라고 말한다. 여기서 「파괴하는 힘」과 「변조하는 힘」이 대비되는데, '파괴하는 힘' 이란 것은 유일신을 믿는 기독교를 지칭하고 '변조하는 힘' 이란 혼합종교를 지칭한다.

김동인의 「명문」에서 아들인 전주사가 아비인 전판서에게 기독교를 전도하자 전판서는 아들의 예수와 자신이 섬기는 인복대감과 서로 싸우게 하기 위해 매일 집에서 무당굿을 하도록 하였다. 그때 전주사는 우상을 섬기는 것을 가장 싫어하는 하나님께 아비의 우상숭배죄를 사해주옵시기를 위해 골방에 들어가서 기도를 한다. 전판서는 그때 「너의 하나님은 질투가 꽤 세다. 다른 죄보다 질투하는 것을 나는 제일 싫어한다」고 한다. 그것은 기독교에서 우상숭배하는 죄를 가장 큰 죄로 정하고 있는 것을 힐난하고 있는 것이다. 출애20:5에 "그것들에게 절하며 그것들을 섬기지 말라. 나 여호와 너의 하나님은 질투하는 하나님인즉……"이라 한 것이 보여준 것처럼, 기독교는 타종교에 대하여 철저하게 비관용적 결벽성을 가지고 있다. 그것이 「신들의 미소」에서 지적한 '파괴하는 힘' 에 해당한다. 「명문」의 전주사는 우상숭배를 철저하게 배격하기 때문에 '파괴하는 힘' 을 사수한 것이 되며, 전주사의 아버지도 사실은 토속신앙인 무당굿을 통해 극한적으로 기독교를 배척하는 일종의 '파괴하는 힘' 을 구사한 것이 된다. 한국인들은 기독교인만이 아니라 타종교인도 타종교에 맞서서 극한적 대립을 하는 결벽성과 비관용성이 돈독한 점이 있다는 것을 보여준 것이 된다.

　　그러나 그와 반대인 '변조하는 힘'은 일본적인 혼잡성이나 허용성을 지칭한다. 일본인들은 이른바 '팔백만신'들을 수용하는 씽크레티즘(Syncretism : 제교혼합)에 빠져 있다. 올간티노 신부에게 그 노인은 "일본인은 중국의 공자 · 맹자 · 장자의 가르침과, 인도의 불타의 가르침을 받아들이면서도, 한편으로는 천조대신을 신앙한다"는 사실을 설득하려고 노력하고 있다. 새벽에는 교회에 가서 빌고 점심때는 절에 가서 빌고 오후에는 신사에 가서 빌고 저녁에는 나무 앞에서 비는 일본인이 많다고 한다. 집안이 대대로 불교의 한 종파에 속하지만, 신축의 지신제 때는 신주를 부르고, 결혼식은 교회에서, 장례식은 절에 가서 지낸다는 일본인이 많다고 한다. 씽크레티즘은 일본인의 종교나 사상을 연구할 때 중요한 길잡이가 된다. 그것은 일본인들의 관용성 허용성과 그리고 어느쪽도 상관없다는 애매모호성이 되기도 한다.[7] 이런 일본인의 민족성은 일본 국기인 일장기가 잘 상징하고 있다고 볼 수 있다. 태극기는 위 아래가 분명해야 하지만, 일장기는 위아래나, 좌우의 구분이 없어도 된다. 다양한 면에서 보아도 상관이 없는 획일성을 상징하는 특성을 지니고 있다. 하나님에 대한 호칭 「신과 신들」에서는 '남무대자대비의 데우스여래'로 되어 있다. '남무대자대비'와 끝의 '여래'는 불타를 부를 때 붙인 말이고, 데우스는 폴투갈 말의 하나님을 뜻한다. 그것은 외래 종교와 기독교를 혼합해서 〈신〉의 이름을 변조한 것이 된다. 한때, 일본에서 천주교를 박해했을 때, 마리아상이 전통적 신불과 동화되었고, 조상숭배의 축이 된 혼성종교의 형태를 갖게도 되었다. 일제시대에, 제2차대전 때, 국론통일을 위하여 기독인의 가정에서도 천조대신을 섬기는 신도의 신상(가미다나)을 모셔놓고 참배하였고,

---

7) 세끼구찌 야스요시 : 전게서

당시 한국의 각교회 강대상 뒷면 벽의 중앙에 '신도의 신상'을 걸어 놓고 그것에 먼저 참배한 다음 예배를 시작하도록 강요했던 것도 일인들의 씽크레티즘에서 나온 탄압 정책의 하나였던 것이다. 그러나 한국의 기독교인들은 일제가 강요한 신도의 신상이나 신사에 목숨을 걸고 참배하지 않은 대가로 많은 순교자가 생기게 되었던 것이다.

아쿠다카와는 「신들의 미소」에서 천주교 성당을 남만사(남쪽 오랑캐의 절)라 불렀고, 기도하고 있던 올간티노 신부에게 닭소리를 들려줌으로써 중단하게 한다. 눈을 뜬 신부는 흰꼬리를 느린 닭 한 마리가 제단 위에서 가슴을 벌리고 날이 샜다는 듯 함성을 지르자, 그 닭을 좇아 내려고 달려가니, 어느새 수많은 달이 온 성당 안을 닭벼슬의 파도로 가득 차게 해버린다. 그뿐 아니라 일본 신도의 주신인 여신 천조대신이 통을 엎어 놓고 그 위에서 춤을 추는 데 합세해서 수많은 남녀가 광란의 춤으로 온 성당 안을 수라장을 만들어 버린다. 그리하여 신부가 기절을 하게 한다. 겨우 정신을 차린 신부에게, 이 나라의 영의 한 사람이라고 자처한 노인이 말한다. "경우에 따라선, 데우스(하나님)도 이 나라의 토인으로 변할 것입니다. 지나(중국)나 인도도 변했어요. 서양도 변해야만 됩니다. 우리들은 나무 속에도 있어요. 얕은 물줄기에도 있어요. 장미꽃을 스쳐 지나가는 바람속에도 있어요. 절의 벽에 남은 저녁 햇빛 속에도 있어요. 어디에나, 또 어느 때나 있어요. 조심하시오. 정신차리세요." 이 나라 영 중의 하나라 자처한 노인의 이 말은 일본에 들어온 모든 외래문물이 하나도 제대로 있지 못하고 변조된다는 것을 선언한 것이지만, 그가 말하기로는 '변조하는 힘'에 불과하지 '파괴하는 힘'은 아니라고 역설한다. 그러나 그 '변조하는 힘'은 외래사조나 외래문물을 하나도 제모습 대로 놓아두지 않는 무서운 파괴력을 가지고 있다고 보아야 하며 더욱이 그 힘을 가진 영은 전국 어디에나 편재해 있고 언제나 있는 막강한 영력을 가진 불가시적 힘이니, 그보다 더 '파괴적인 힘'이 어디 더 있을 수 있겠는가? 일본 전국에 편재

해 모든 자연 속에, 일본인들의 영속에도 스며 들어 있다는 이 범신론
적 파괴의 영은 가공할 불가시적 힘이 아닐 수 없다. 그 변조하는 힘을
가진 영은 파괴의 힘을 가진 영보다 더 파괴적이다. 파괴된 것은 그 파
괴된 형해나 파편이라도 그 본래의 모습의 편린을 지니고 남아 있게 두
지만, 변조하는 힘은 그 나라에 들어온 문물을 모조리 변조해 버린다
니, 혹 겉모양의 일부는 남을지라도 내면적으로는 형체의 조각조차 찾
아 볼 수 없게 만들어 버리는 가공할 파괴의 힘이 아닐 수 없다. 쇠부치
를 닥치는 대로 삼켜 버리는 불가사리 같은, 외래 문물의 불가사리가
일본의 온땅과 온 민족의 영속에 도사리고 있는 무서운 힘을 간과할 수
없게 한다. 일본에 들어온 외래 문물은 그 뿌리가 다 썩어 버리게 하는
무서운 힘을 가지고 있는데 아쿠다카와는 그것이 파괴하는 힘이 아니
라 단순히 변조하는 힘이라고 평가를 하고 있다. 그러나 엔도 슈사쿠
는 짧은 엣세이에서 다음과 같이 말하고 있다.

> 이 「신들의 미소」의 두려움은, 아쿠다카와 류노스케가 노인의 입을 빌
> 어서 어 떠한 외국의 종교도 거기에 이식하면 그 뿌리가 썩고, 그 실체가
> 소멸하며, 겉모 습만은 옛 그대로 남아 있지만, 실은 사이비한 것으로 변
> 하게 해버리는 일본의 정신적 풍토를 지적하고 있는 데에 있다.[8]

엔도 슈사쿠가 지적한 대로 아쿠다카와는 일본에 들어오는 외래 종
교를 변조해 버리는 정신풍토를 긍정하고 있는 일면을 보여주고 있다.
아쿠다카와가 자라는 과정에서 그의 그러한 민족지상적 국수적 정
신 풍토를 지니고 자랄 수 밖에 없었으리라고 짐작할 수 있게 하는 다
음과 같은 한 토막의 그의 「추억」이 있다.

---

8) 엔도 슈사쿠, 「신들의 미소」의 의미」 (「일본 근대 문학 대계 38 아쿠다카와·류노스케」 부록 월
  보사 쓰노가와 서점. 1967. 2. 10.

나의 집 대문 곁에는 우편함이 하나가 붙어 있었다. 어머니(역자주:양가의 어머 니)와 백모(역자주:그의 친모의 언니로, 평생 독신으로 살면서 아꾸다기와의 실 질적 편의를 보아준 어머니역을 담당)가 해거름이 될 때면, 번갈아 가면서 대문 곁에 가서 그 작은 우편함의 구멍으로 거리를 내다보곤 하였다. 봉건시대 다운 여인의 기분은 명치 32·3년(1899~1900년)경에도 아직 희미하게 남아 있었던 것이리라.[9]

생후 7개월 되던 때 실모가 발광하여 외가에 맡겨져서(만12세에 정식으로 아쿠다카와가에 양자로 입적)양모와 큰 이모(백모) 밑에서 자랐는데 위와 같이 그들이 밖을 구경하되 우편함의 작은 구멍으로 밖에 내다보지 못했을 정도로 보수적인 여인들이었다고 하니, 아쿠다카와가 얼마나 보수적으로 양육되었을까 짐작이 가게 한다. 그가 「신들의 미소」에서 일본인의 정신적 풍토의 배타성을 역설할 수 밖에 없게 된 연유를 그의 어린 시절의 보수적 교육에 둘 수도 있을 법하다. 그러나 아쿠다카와가 「신들의 미소」에서 보여준 것 처럼 '변조하는 힘'인〈신들〉에 대해서 전적으로 긍정만 한 것이 아니라 '파괴하는 힘'인 〈신〉에도 매료되었다는 점에 그의 비극이 있었다. 그는 저울의 한쪽 끝에 머무르지 못하고 저울의 양 끝에 같은 무게를 두는 이른바 중용을 행복의 조건으로 삼았다.

절반은 자유의지를 믿고, 절반은 숙명을 믿어야 한다. 혹은 절반은 자유 의지를 의심하고, 절반은 숙명을 의심해야 한다(중략) 자유의지와 숙명에 관계없이, 신 과 악마, 미와추, 용감함과 나약함, 이성과 신앙 ― 기타 모든 저울의 양끝에는 이런 태도를 취해야 한다. 옛 사람은 이것을 중용이라 했다. 중용은 영국의 good sense이다. 내가 믿는 바로는 good sense를 못 갖는 한, 행복을 얻을 수는 없다.[10]

---

9) 아쿠다카와 류노스케, 「추억」

그는 숙명적으로 양가치성을 지닌 작가였다. 그것은 양자가 된 어린이가 그의 아버지와의 동일시에 실패했을 때, 숙명적으로 양가치적 가치관을 가질 수 밖에 없는 기질을 갖게 된다고 한다. 그는 실부와 양부의 사이에서 동일화의 대상을 찾지 못했다. 그러나 어떻게 보면 동일화의 대상을 두 아비에게서 다 얻었기 때문에 양가치성에 길들여 졌을 수도 있다. 그것을 더 가중시킨 것은 그의 어머니는 넷[11]이었던 관계로 동일화의 혼동이 가중 되었을 수도 있다. 그러니까 아쿠다카와는 '파괴하는 힘(신)'과 '변조하는 힘(신들)'을 모두 수용하며, 그 둘을 모두 거부하는 모순 · 이율 배반의 특성을 지닌 작가였다. 그리고 또 '파괴하는 힘'이라는 아쿠다카와의 〈신〉은 김동인이 믿는 절대자로서의 〈신〉과는 거리가 있다. 아쿠다카와는 〈신〉에게 절대성을 부여하지 않는다. 아쿠다카와는 '시인 괴테(Goethe)는 그의 눈에는 그리스도보다 더 위대했다' '그리스도는 저널리스트였다', '다른 그리스도들', '그리스도 다음에 태어난 그리스도들', '그의 뒤에 태어난 성령의 아이들(괴테)를 상징한다.', '노자는 거기서 연소한 공자와 — 혹은 지나의 그리스도와 문답하고 있다.[12] 등에서 볼 수 있듯이 그리스도의 유일신으로서의 권위 · 삼위일체신의 권위를 격하 · 비하해 버린다. 하나님의 절대성, 절대 존귀성을 아쿠다카와는 믿지 않는다. 일본의 천조대신과 여호와 하나님을 서로 겨루는 동격으로 배치한다. 그래서 「신들의 미소」의 말미에서 보면, 삼백년 이전의 그림 가운데 있는 구교의 신부 올간티노에게, 막말[13]의 개신교(protestant)의 선교사로 보이는 화자가 이야기를 시작

---

10) 아쿠다카와 류노스케 「난쟁이의 말」 (자유의지와 숙명과) 「아쿠다카와 류노스케」전집 제7권. 지꾸마 문고 160면.

11) 어머니가 넷 : 실모 : 후꾸, 이모: 실모 후꾸의 언니인 후끼. 실부 니이하라 빈소의 아내 : 실모의 여동생이며, 류노스케의 계모인 후유. 양모 : 도모

12) 아쿠다카와 류노스케 「난쟁이의 말」 전집 제7권 지꾸마문고 참조.

13) 일본의 막부의 마지막 무렵. 그러니까 19세기경을 이름.

하는 데서 소설을 그치고 있다. "데우스가 이길까. 오오히루메무치(천조대신)가 이길까" 하는 것은 현재로서는 단정할 수가 없으나 머지않아 「우리들의 사업」이 단정을 줄 수 있는 문제라고 신교의 선교사가 말한다. 맺는 말에 「우리들의 흑선의 석화시(이시비야)[14]의 소리는 반드시 오래묵은 너희들의 꿈을 파괴할 때가 올 것임에 틀림없다」라고 한 곳에서도 작가의 이율배반적 양가치성을 내다볼 수 있다.

김동인의 〈하나님〉은 아쿠다카와의 〈신〉과는 이질성을 지니고 있다. 우선 김동인은 여호와 하나님을 불타나 공자 · 맹자와 동등한 위상에 두기를 거부하고, 오히려 공자와 맹자의 구원을 하나님께 전주사로 하여금 간구하게 하고 있다. 전주사는 아버지인 전판서의 죄사함을 여호와께 빌고, 모친의 미래를 위해 기도하고 있다. 전주사의 영이 천국재판에 항의하기는 하지마는 결국은 승복한다. 아쿠다카와는 〈신〉의 권위를 평가절하하여 일본의 신도의 〈신들〉과 대등한 위상에 두되 오히려 일본신도의 신에게 패배할 수 있다는 가능성을 제기하나, 김동인의 하나님은 유일신으로 추앙된다. 그러나 김동인은 〈죄〉의 문제에서 전통적 대속론과 구원론 그리고 하나님의 권능에 흠집을 내는 것을 〈죄〉의 문제에 관한 다음 항에서 살펴보기로 한다.

2. 〈죄〉의 문제

김동인은 「명문」과 그가 주장한 〈동인미〉와 결부시키고 있다.

전작의 임의의 일행을 읽고라도 "이는 동인의 작이며 동인만의 작이라"고 인 식할 수 있을 만한 강렬한 동인미가 있는 독특한 문체와 표현방식을 발명치 않 고는 만족할 수 없었다. 1924년 8월에 이전 「창조」의 잔당들이 모여서 「영대」를 발행하였다. 거기 유서를 썼다. (중략) 우연히 그

____

14) 이시비야 : 돌조각 또는 철, 납 등을 발사해서 성을 공격하는데 사용한 활, 에도 초기에 서양에서 전래한 대포를 이름.

「유서」 가운데 〈동인미〉를 발견하였다. (중략) 나는 마침내 동인만의 문체 표현방식을 발명하였다. 그리고 거기에 대한 충분한 긍지와 의식하에 「명문」과 「감자」를 발표하였다.[15]

동인이 추구했다고 하는 〈동인미〉를 가진 문체표현방식이란, 그가 이광수도 하지 못했던 구어체를 완성하였고, 삼인칭 단수(He, she)를 「그」라고 쓰기 시작한 공이 컸다고 호언했던 그런 문체표현 방식과는 차원이 다른 방식으로 보인다. 그것은 동인 자신 만이 구유한 독특한 철학과 세계관, 인생관의 구현을 위하여 창출해 낸 참신하고 생소한 창작방법론을 의미한 것으로 보는 것이 옳다. 물론 동인은 그 당시 슈크로브스키(Shklovscky)를 몰랐겠지마는, 문학의 문학성을 강조하는 러시아 형태주의의 기본적인 이론을 주장한 슈크로프스키의 '생소성' 과 유사한 것을 추구하였던 것이 아니었다고 생각해 보게 한다. 슈크로프스키는 일상적인 언어와 문학적인 언어를 구별하면서 문학적 언어의 특성을 일상적 인식으로부터 벗어나서 새로운 인식의 공간을 창조하고 개방하는 창조적 장치라고 하였다. 이같은 전제에서 슈크로프스키는 문학적 텍스트가 일상적인 언어와는 달리 언어에 '억제된 폭력'(Controled violence)을 가함으로써 일상적이고 관습적인 언어의 의미를 변경시킨다는 점을 강조하였다. 그는 이러한 변형의 계책을 '생소성'(ostranenie, defamiliarization)이라고 불렀다. 생소성은 대상을 '낯설게 함' 으로써 새로운 인식으로 이끄는 문학적 계책이다.[16]

그런 '생소성' 이 〈동인미〉와 등가성을 가지면서 「명문」 속에 부조된 실상을 찾기는 그리 어렵지는 않다. 그것은 전주사를 빌어서 '하나님이 지어놓은 구원론' 을 동인다운 구원론으로 생소화하고, 전통적 효

---

15) 김동인, 「한국근대소설고」(「사상계」, 1955.11).

16) 이경재, 「현대문에 비평과 신학」(러시아 형태주의와 슈크로프스키의 '생소성' 도서출판 호산 1996.11.

와 전통적 살인죄에 대한 인식의 범주를 해체하고, 대신 다른 차원의
미학적 세계를 생소성 위에 건립하려한 것이다. 동인은 개신교 장로가
부친인 가정과 교회 주일학교와 미숀계 초 · 중등학교에서 배운대로
여호와 하나님은 인정하되 하나님이 지어 놓은 자연에는 만족하지 못
하겠기에 자신이 스스로 좋을 대로 지어놓고 마음 대로 조종하겠다고
다음과 같이 선언한 바가 있다.

> 하나님이 지은 세계에 만족지 아니하고, 어떤 불완전한 세계이던 간에
> 자기의 정력과 힘으로써 지어 놓은 뒤에야 처음으로 만족하는, 인생의 위
> 대한 창조성 에서 말미암아, 예술이 생겨났다.[17]

인류의 처음 사람 아담의 탈에덴의식은 뱀의 유혹을 수용해 스스로
하나님과 동등한 능력을 얻기 위해 원죄를 자청한 의식이나, 김동인은
그보다 더 한층 높은 단계의 욕구 즉, 하나님이 지어놓은 세계보다 더
자기다운 세계를 짓기 위해 예술을 한다는 것이다. 하나님의 전지전능
성에 흠집을 냄으로써 하나님의 권위를 평가절하하고 자신을 하나님
보다 더 나은 위치에 격상시키려는, 감히 아무도 착상해 보지 못한 낯
선 구상을 이른바 〈동인미〉로 선정한 것이 된다. 〈동인미〉는 곧 〈생소
성〉과 등식으로 맺어지면서 인본주의의 발판을 한층 격상시키려는 발
상이었다고 할 수 있다. 그 〈동인미〉가 「명문」에 있다고 한 동인의 장
담은 다음 몇 가지 점을 지칭한 것으로 보인다. ①〈동인미〉는 전통적
구원론과 그 구원에 이르는 통로를 차단하고 새로운 동인만의 맛이 나
는 구원의 통로를 개설했다는 뜻이다. 전통적으로는 죄의식 각성 회개
─ 그리스도의 대속의 복음 전달 ─ 성령님이 죽은영을 일깨워 믿게 하
심 ─ 믿게 됨 ─ 믿음으로 중생하여 ─ 구원에 이름이란 수순을 밟는

---

17) 김동인, 「자기의 창조한 세계」(「창조」제7호(2-4), 1920.7.23)

전통적 입교절차와 다른 생소한 절차를 제시함으로써 〈동인미〉를 과시하려는 의도를 보인다. 전주사는 공·맹의 도를 배우던 자이나 거기서는 이상과 장래라는 것을 무시한 데 놀라 그날부터 대단한 예수교인이 되어 버리게 하고 있다. ② 전주사는 머리를 깎아 버리고 나서 그의 부모에게 전도를 시작한다. 데릴라가 삼손을 무릎에 잠들게 한 후 머리 일곱가닥을 밀어 버리니, 삼손은 태산을 움직였던 괴력이 사라지게 되어서 마침내 실패의 잔을 마시게 되었다.(삿20:19-25)는 구약성경의 삼손의 역사와는 정반대로 오히려 전주사는 삭발을 하고 나니, 전도하고 기도하고 신행을 수행할 수 있는 힘이 솟아나게 된다는 생소성이 깔린 사건을 만들어 낸다. ③ 창세전에 그리스도 안에서 택함받은 백성을 아무 공로가 없고 완악한 죄인이라 할지라도 하나님께서 독권적 은혜로 구원한다는 선택자의 구원론을 근본적으로 뒤집어서, 아비의 구원을 위하여 자식이 아비의 이름으로 여기저기 기부금을 내고, 거금을 아비와는 전혀 관계가 없는 교회에 건축헌금으로 기부하는 행위를 전주사로 하여금 하게 한다. 마틴 루터(Martin Luther:1483-1546)가 당시 로마 카톨릭교회에서 면죄부를 사면 자신만 아니라 자신의 친족의 구원도 살 수 있다는 행위를 사이비로 규정한 것이 종교개혁 덕목 중의 하나였는데, 김동인은 개신교에서 행위구원을 은혜구원으로 대체한 바로 그점을 뒤바꾸어서 행위구원을 위하여 진력하는 전주사를 형상화 한 것이다. 개신교에서 볼 때 전혀 생소한 구원관이 되도록 의도화한 것이 된다. ④ 치매에 걸렸고 짐작컨대 한 일년 남짓 밖에 살 수 없어 보이는 전주사의 모친을 전주사가 살해하게 한 사건이다. 구차한 인생을 더 고통스럽게 살게 두느니 차라리 손을 좀 써서 하나님 앞으로 미리 보내는 것이 효도이며 선행 이라고 전주사가 믿고 모친 살해 행위를 단행하게 한다. 이 사건도 생소성 지닌 사건이며 바로 〈동인미〉가 깃든 사건으로 만든 것에 틀림이 없다. 김동인은 춘원 이광수를 다음과 같이 평한 일이 있었다.

춘원에게선 내재적 동경과 의식적 선욕구가 있었다. 그런고로 의식적 욕구(선) 만 포기하면은 그는 미의 예술가가 될 만한 소질이 있었다. 그러나 그는 (반대 로) 선의식을 보존하고 미관념을 버리려 하였다. 가능한 자를 버리고 불가능한 자를 보유하려 하였다. 여기 그의 파탄이 있다.[18]

위와 같은 논리로 본다면 전주사로 하여금 모친을 살해케 한 것은 의식적 욕구(선) 버리고 미의 예술가가 되기 위한 것이 된다. 김동인은 다시 이어서 아래와 같이 기술하고 있다.

나는 선과 미, 이 상반된 양자의 사이에 합치점을 발견하려 하였다. 나는 온갖 것을 〈미〉의 아래 잡아 넣으려 하였다. 나의 욕구는 모두 다 미다. 미는 미다. 미의 반대의 것도 미다. 사랑도 미이나 미움도 또한 미다. 선도 미인 동시에 악 도 또한 미다.[19]

탐미주의적 미의 관념이다. 김동인은 전주사가 모친을 살해하면서 모친의 영적 평안을 위하여 굴욕적 삶에서 해방시켜 주겠다는 생각이 바로 선인 동시에 미가 된다는 고차원의 가치지향적 행위라고 역설한 것이 된다. 그래서 전주사는 사형언도에 대하여 억울하다고 말한다. 어찌 모친의 괴로움을 덜어 드리기 위하여 주무시게 한 것에 지나지 않는 선행이 사형이란 극형으로 판결되어야 하느냐는 논리로 저항한다. ⑤ 죄의식의 부재란 생소성이다. 사형을 당한 전주사의 영이 천국에 가서 심판을 받을 때, 모친을 살해한 데 대하여 죄책감을 갖느냐는 재판장의 질문에 죄책감을 갖지 않는다고 답한다. 그것은 나의 욕구 대로

---

18) 김동인, 「한국근대소설고」(「사상계」, 1955.11).

19) 위와 같은 글.

한것은 다 미이며 미의 반대의 것도 미이기 때문이다. 즉 악도 미이며 미는 선이니, 죄가 될 수 없고, 죄가 될 수 없으니 회개할 필요가 없다는 것이 된다. 그것은 John keats(1795-1821)의 시의 한구절인 Beauty is truth, Truth is beauty! 를 연상시키는 발상이다. 나의 욕구는 모두 미라면 그 미는 진리이다. 모든 욕구 중 미의 반대의 것(악)도 미이니 악도 진리가 된다는 논리가 된다. 김동인의 이러한 미와 선과 진리의 순환 관념은 '광화사' 나 '광염소나타' 에 나타난 살인이 미가 되고 미는 진리이기에 벌받을 수 없다는 전주사의 모친살해의 변과 상통한 것이 된다. ⑥ 하나님께서 전주사의 미의 철학을 오해하고 있기에 자신을 지옥으로 보내란 명령을 한 것이라는 항변장면이다. 앞의 다섯번째의 주장 대로 모친 살해가 내면적으로는 선이며 미이며 진리인데도 일반사회 법정에서는 존속살해범에게는 사형을 언도하고 집행한다는 〈명문〉 대문에 자신은 사형을 당하게 되었으나, 이제는 자신의 영이 하나님 앞에 와서 심판을 받게 되었으니, 인간의 내면세계를 꿰뚫어 보시는 하나님께서는, 존속살인자는 사형에 처한다는 세상 법정의 〈명문〉을 버리고 〈명문〉이나 〈규례〉밖의 긴한 것으로 자신을 무죄라고 판정하여 낙원으로 가도록 판정할 줄 알았는데 하나님께서 여기도 법정이라면서 세상법정과 하나도 차이가 없는 오판을 하셨다는 것이다. '나의 욕구는 모두 미다. 미는 미다. 미의 반대의 것도 미다. 선도 미인 동시에 악도 미다' 란 〈동인미〉의 고차원성에 하나님도 도달하지 못한 것이 아쉽다는 결론이 「명문」 속에 형상화 되어 있는 셈이다. 하나님은 인정하되 자신은 하나님께서 실패작으로 창조하신 세계에 만족하지 못해서 자신의 세계를 창조하기 위해서 예술작품을 만든다는 신념으로 동인은 걸작들을 창작했다. 그러나 「순교자」를 1932년에 동아일보에 발표한 시기를 전후해서 김동인은 야담작가로 되고 말았다. 그것은 「순교자」속에 자신이 창작의 기조로 삼는다고 선언한 「자기의 창조한 세계」(1920.7)를 다 버리는 즉, 하나님보다 높은 위치에서 내려오기로 작정한 일대 개혁이 숨어 있기 때문이다. 하나님께 저항했기에 걸작이 씌어졌으나, 하나님을 하나님으로 모시기로 작정을 하자, 그의 창작력은 훨씬 수그러 들게 되었다고 볼 수도 있다.

　아쿠다카와 류노스케의 죄의식을 살펴 볼 차례이다.
　아쿠다카와는 〈신〉과 〈신들〉의 대결에서 〈신〉이 더 나약함을 종종 그의 기리시단 물에서 보여 주었다. 「오긴」(「중앙공론」1922.9)에서 육친의 정을 못이겨 신앙을 버리자 함께 순교키로 사형장에 슨 양부모까지 순교를 버리게 되는 것을 그렸고, 「오시노」(「중앙공론」1923.4)에서는 사무라이의 아내가 신부에게 죽어가는 아들을 위한 기도를 부탁하러 갔다가 예수의 십자가 최후의 장면의 설명을 듣는 데서 (예수의 참모습을 곡해하고) "비열한 자를 숭상하는 교리에 무슨 쓸모가 있겠는가?"라고 신부에게 내뱉고 사라지는 것을 묘사한 바 잇다. 그리고 이 「신들의 미소」에서는 〈신〉 즉 기독교적 유일신과 〈신들〉 즉, 혼합종교의 신들을 대립시켜서 〈신들〉을 우위에 올려 놓았다. 처음에는 친구가 선사한 성경을 읽고 교양에 좋은 종교로 기독교를 수용하였으나, 발광하여 고생하다 죽어간 실모의 환영과 그리스도교를 연루시켰고, 1915년의 실연사건을 당한 다음 성경을 더 탐독하게 되었고, 말년에 가서는 갖가지 지병과 실모같은 발광증 증후군과 그리고 일종의 불륜사건에 대한 죄의식 대문에 〈신〉과의 관계가 치열해지기 시작하였다. 더 젊었을 때 〈신〉보다 〈신들〉에게 기울었던 관계가 말년이 되자 〈신〉 쪽으로 기울기 시작하였다. 「톱니바퀴」(유고(「문예춘추」1927.10)의 주인공의 심정을 빌어서 자신이 지은 죄 때문에 지옥에 추락할 것을 두려워하는 모습을 보여준다. "주여, 나를 벌하옵소서. 그러나 노하지 마옵소서. 그러면 저는 망하나니!"라는 기도를 하고 있다. 「톱니바퀴」의 2. 「복수」에서 〈죽음〉과 〈죄〉의 문제가 다루어져 있고, 「톱니바퀴」의 주인공은 작가 자신의 그림자로 보고들 있다. 그리고 〈S코〉라고 적혀있는 유부녀와의 불륜관계를 회상하고 있는데, 아쿠다카와는 그녀와의 관계 때문에 깊은 상처를 받았고, 그 불륜의 죄의식이 그를 괴롭히고 있는 양상을 묘사해 놓았다. 그녀는 히데시게코인데 그녀와의 과실을 비롯해 자신이 평생에 걸쳐 저지른 죄를 깊이 뉘우치고 있는 모습을 「어느 바보의 일생」(「개조」1927.)에서도 보여주고 있다. 그러나 그는 사죄의 확신을 얻지 못하였다. 다윗이 우리아의 아내를 범했으나 통회 자복하니 나단이 다윗에게 대답하되 여호와께서도 당신의 죄를 사하셨다(삼하12:13)는 것과 "인자가 세상에서 죄를 사하는 권세가 있는 줄을 너희가 알게 하려 하노라" 등의 말씀을 믿지 못했던 아쿠다카와는 스스로 자결하는 비극을 자초할 수 밖에 없었다. 「신들의 미소」에서 처럼 범신론적 종교의식에서 〈신들〉이란 싱크레티즘에 기울던 그가 만년이 되자 유일신 쪽에 다가왔다. 「서쪽 사람」(「개조」1927.8)의 모두에서 "그리스도는 오늘의 나에게는 행로의 사람처럼 볼 수 없다"면서 「나의 그리스도」를 쓰겠다고 했다. 그리고 「속 서쪽 사람」(「개조」1927.9)에서도 "나는 사복음서 가운데서 갖가지로 나를 부르는 그리스도의 모습을 느낀다"고 했다. 이렇게 그는 그리스도에게 접근하였으나, 끝내 자결을 하고 말았다. 그 이유는 무엇보다도 하나님과 그리스도를 평가절하했기 때문에 거기서 오는 여러가지 불신앙 탓이라고 할 수 있다. 그가 진 죄짐이 결코 사함을 받을 수 없으리란 의구심과, 구원에 관한 확신이 없었고, 자신의 지병인 정신질환이 발광증에 의해 일찍 죽은 그의 실모의 유전자 계승 때문이란 의구심 등이 그가 죽음을 선택한 이유인 「막연한 불안」의 저류였으리라고 본다. 양가치성을 중용으로 본 그에게는 하나를 선택할 수 없는 비극을 버릴 수 없었다. 자살은 살인이기에 죄가 되는데, 그런 죄의 죽음을 선택했으면서도 죽음 직전까지 성경을 읽고 시신의 머리맡에 성경이 놓여져 있게 한 양가치성의 그림자는 아쿠다카와를 끝내 떠나지 아니 하였다.

문학적 신념과 자유의지의 만남
―황지우의 시세계

서익환*

I.

80년대에 들어서면서 한국 시단에 놀랄만한 충격을 주며 나타난 시인 중에서 황지우 시인을 들 수 있다. 황지우는 30년대 이상(李箱)이 시 〈烏敢圖〉로 한국 시단에 커다란 충격을 준 것처럼 〈沿革〉을 들고 중앙일보 신춘문예로 등단하면서 고감도의 신선한 충격을 준 시인이다. 그가 그처럼 충격을 준 것은 그의 시세계가 1960년대 후반에 프랑스의 J. 데리다와 M.푸코로부터 대두된 해체시적 형태를 수용한 데서 비롯된 것이기 때문이 아닐까.

해체시는 M.푸코가 지적했듯이 지식과 권력 그리고 지식인과 사회의 관계에 대한 역사적 고찰을 기본 전략으로 삼는다.

M. 푸코는 우리가 지금까지 생각했던 과거의 이성관, 지식, 권력, 역사의 체계를 뒤엎고 허구성을 비판함으로써 또한 시인과 작가에게 새로운 역사의식과 현실비판의식을 요구한다. 그는 〈글쓰기〉란 곧 이 복합적인 힘들이 권력투쟁을 벌이는 장소라고 생각하여, 그것은 결코 그것을 산출해낸 역사적, 사회적 요인들로 고립되어 혼자 존재할 수 없으

---

* 한양여대. 문학평론가.

며, 저자 역시 단순히 글을 쓰는 개인이 아닌 당대의 언술행위에 동참하는 정치적, 사회적 존재로 본다.[1]

이러한 관점에서 특히 해체이론은 결국 문학과 현실, 시인과 현실인식의 관계를 재정립시켜 놓았다고 할 수 있다. 곧 시인이 작품을 통해 정치와 사회와 역사를 어떻게 인식하고 있는가에 따라 독자는 시인의 언술의 힘에 억압당하고 사고체계를 지배당하게 되고, 그 결과 독자의 현실인식은 무디어진다. 이와 같은 기존 질서나 서구 이성체계에 대한 해체전략은 문학전반에 영향을 끼친다. 따라서 80년대 등단한 시인 황지우는 미학적 인식체계와 시적 그것을 결합하여 60년대 이후 계속되어온 군부독재권력과 경제지배 이데올로기에 반기를 든다. 더욱이 80년대 초기부터 권력을 강점한 신군부세력은 철저하게 자유민주주의를 억압하고 인권을 유린하는 독재지배를 획책한다. 시인 황지우도 이들 지배 이데올로기의 희생물이 된다. 그가 자유와 기존 질서에 대한 반항과 반란은 여기서 싹트기 시작했다. 그러므로 본 비평의 중심 논의는 그의 문학적 신념과 자유의자가 어떻게 만나서 그의 시에 변용 되어 하나의 구조를 형성하고 있는가에 초점을 맞추어 진행된다.

Ⅱ.

시가 시인이 추구하고 전달하려는 어떤 진실을 언술행위를 통해 형상화된 하나의 유기적 구조라는 사실을 시인들은 지금까지 거의 부인한 적이 없다. 운문관습에서 벗어난 어떤 시행이나 이미지들을 추구하거나 정서의 법칙들에 예속되지 않는 상징어를 추구하는 시적 기법이 현대시에서 강력하게 제기된 것은 20c의 정신사적 변화에 발맞추어 일어난 필연적 상황이다. 60년대 이후 프랑스를 중심으로 시작된 해체이론은 기존의 서구 정신사적 체계에 지각변동을 일으키는 계기가 되었

---

1) 김성곤 편, 〈탈구조주의의 문학적 의의와 전망〉, 「탈구조주의의 이해」(서울, 민음사, 1988) p. 24.

고, 이러한 새로운 정신운동은 60년대 이후 형성된 군부 중심의 독재 지배이데올로기에 저항하는 대다수의 지성인들에게 나름대로의 명분을 확립하는 계기를 가져다 주었다. 시인 황지우의 시세계를 성형하고 있는 시정신도 여기에 맞닿아 있다고 본다.

시인 황지우는 시인 이성복이나 박남철들과 함께 당대의 지배 이데올로기를 어느 선에서 인정하는 공식적인 언술행위와 그것의 억압에 의해 오랜 동안 제외되어 온 또다른 '소외된 언술행위'에 적극 동조한 시인이다. 운문의 기존체계를 구축하는 의도적 행위를 시에서 찾는다. 그는 운문의 기존체계를 해체하고 새로운 체계의 구축을 시도한다. 그것은 정영호 교수가 「황지우, 문학과 정치의 대립화」에서 황지우의 시를 '형태실험적인 시', '형태파괴의 시'라고 해석한 데서도 입증된다. 그의 시를 그렇게 해석하는 것은 시집 「새들도 세상을 뜨는구나」의 자서를 읽어보면 곧바로 알 수있다.

> 나는 내가 쓴 시를 두 번 다시 보기 싫다. 혐오감이 난다. 누가 시를 위해 순교할 수 있을까? 나는 시를 불신했고 모독했다. 사진과 상형문자 사이를 오락가락 하며, 아 그러니까 나는 시가, 떨고 있는 바늘이 그리는 그래프라는 것을, 피동역학이라는 것을, 독자께서 알아주시라고 얼마나 시의 길을 잃어버리려고 했던가. 죄송합니다.

그는 자신을 억압하는 모든 정치적, 사회적, 문화적 지배요소들을 부정하고 해체하듯이 자신이 쓴 시마저 불신하고 모독하며 해체한다. 그는 시를 사진 (=지시대상)과 상형문자 (=지시어, 기호) 사이를 오락가락하는 그래프로 인식하고 그러한 기존의 시적 형태를 해체한다. 그리고 해체의 시적 움직임은 시의 길을 잃어버릴 때만이 가능하다고 그는 이해한 것 같다. 그는 인간에 의해 만들어진 대상을 '있는 것'으로부터 '있어야 할 것'으로 이상화 시킨다.

　대상을 본래의 대상으로 해방시킴으로써 지시어와 지시대상의 거리
를 좁히고 의미의 차이를 해소하는데 그는 민감하게 반응을 보인 시인
이다. 따라서 그의 시는 '인간화'의 진상을 밝히고, '있는 시'가 아니
라 '있을 수 있는 시[2]'로서 의미를 확보하는데 있다.

　　저는 바다로 가는 대신 뒤안 장독의 작게 부서지는 파도소리를 들었습
　니다. 빈 항아리 마다 저의 아버님이 떠나신 솔섬 새 울음이 그치질 않았
　습니다.

- 〈沿革〉 중에서

　　그때 거기서 나는 웃었다
　　이름을 대고 나이와 직업을 대고
　　꽝 내리치는 주먹
　　떨어지는 국화꽃잎 아래서
　　그때 거기서 나는 웃었다.

- 〈대답 없는 날들을 위하여 3〉 중에서

　시 〈沿革〉에서 황지우의 상상력은 신화적 이미지와 결합하여 견고
성을 획득한다. '섣달 스무 아흐레', '시루떡', '흰상여꽃'과 '바다',
화자인 '나'와 '아버지'(아버지의 죽음)의 상관성이 그것이다. 거기에
'자궁'과 '빈 항아리'를 연결시켜 출생과 사후, 재생의 이미지를 가지
고 해석하려는 시적 의도 역시 신화적 모티브에 근원한다. 그는 역사,
문명, 윤리, 도덕, 정치의 의미를 인간적 삶의 순수한 도구로 해석한다.
그러나, 현실적 상황이 그것을 부정하기 때문에 그는 고민한다. 그에
게 고민은 정신적 고통과 억압을 의미한다. 시 〈대답 없는 날들을 위하
여 3〉은 이런 관점에서 우리의 관심을 끈다. 이 시는 정치와 권력의 억

---

2) 황지우, 「사람과 사람 사이의 신호」(서울, 한마당, 1986), pp. 9~24.

압 속에서 고통 당하는 나 (=인간)의 의식을 냉소적으로 형상화시키고
있다. 그의 의식 속에서 잉태된 냉소는 분명 기존의 권위주의적이고 절
대적인 지배적 가치체계에 도전해서 새로운 질서와 가치체계를 창출
해보려는 강렬한 「의도[3]」의 표현이라 하겠다. 황지우가 진술하려는
인간 존재와 자유에 대한 강렬한 「의도」는 시 〈動詞〉와 〈메아리를 위
한 覺書〉 그리고 〈새들도 세상을 뜨는구나〉 들에서 더욱 더 명징성을
확보한다.

  한다. 시작한다. 움직이기 시작한다. 온다. 온다. 온다. 온다. 소리난
  다. 울린다.
  엎드린다. 연락한다. 포위한다. 좁힌다. 맞힌다. 맞는다. 맞힌다. 흘
  린다. 흐른다.
  뚫린다. 넘어진다. 부러진다. 날아간다. 거꾸러진다. 패인다. 이그러
  진다.
  떨려나간다. 뻗는다. 벌린다. 나가떨어진다. 떤다. 찢어진다. 갈라진
  다. 뽀개진다.
  잘린다. 튄다. 튀어나가 붙는다. 금간다. 벌어진다. 깨진다. 부서진다.
  무너진다.
  붙든다. 깔린다. 긴다. 기어나간다. 붙들린다. 손 올린다. 묶인다. 간
  다. 끌려간다.
  아, 이제 다 가는구나. 어느 황토 구덕에 잠들까. 눈감는다. 눈뜬다. 살
  아 있다.
  있다. 있다. 있다. 살아있다. 산다.

                                          - 〈動詞〉 전문

  불 속에 피어오르는 푸르른

---

3) 김성곤 편, 위의 책, p. 225.

풀이어 그대 타오르듯

술 처마신 몸과 넋의 제일 가까운

울타리 밑으로 가장 머언

물소리 들릴락말락

(우리는 어느 *溪谷*에 묻힐까 들릴까)

줄넘기하는 쌍무지개

둘레에 한 세상 걸려 있네

- 〈메아리를 위한 *覺書*〉 전문

　시 〈動詞〉는 구문상 주어나 목적어들 문장을 형성하는 모든 요소들이 생략된 전통적 구문 법칙을 해체하고 있다. 이 시에는 오직 서술어만 존재한다. 이 시는 기존의 운문관습을 벗어나 새로운 형태의 구문으로 형성된 형태파괴적 시이다. 또한 이 시에서 그는 어떤 논증적 법칙들에 예속되지 않는 비유어도, 운률적 질서에 순종하는 문체도 일체 배제하고 있다. 다만 시인 황지우가 절규하고 있는 자유에 대한 갈망과 참된 '나'의 존재를 확인하려는 강력한 「의도」[4]만이 이 시를 지배하고 있다.

　'한다, 시작한다, 움직이기 시작한다'에서 '있다. 있다. 있다. 살아 있다. 산다'로 끝맺는 이 시에서 시인 황지우는 상명하복의 군대식 논

---

4) 위의 책, p. 225.

리를 가지고 밀어붙이는 군부독재 지배권력의 폭력 속에서 어떻게든 살아 존재해야 하는 피지배계층의 고통과 비애를 강한 신념과 애정어린 시각으로 노래한다. 그리고 그러한 비논리적이고 비합리적인 이분법적 지배이데올로기의 해체를 요구한다, 따라서 시 〈動詞〉는 운문관습에 있어서나 정치지배 논리에 있어서나 이분법적 지배이데올로기를 과감하게 해체하기 위해 일체의 형식논리나 관습을 배제하고 역동적 이미지를 통해 시의 견고성을 확보한다.

시 〈動詞〉가 보여준 시적 해체는 시 〈메아리를 위한 覺書〉에서도 발견하게 된다. 메아리는 이편 산과 저편 산 그리고 그 사이에 인간이 개입되어 형성되는 대화의 한 형태이다. 이 시는 이러한 메아리의 원리를 불과 물 그리고 그 사이에 풀을 개입시켜 힘의 논리에 의해 신음하고 고통받는 민초(풀)들의 절망적 상황을 진술하고 있다. 그리고 '줄넘기 하는 쌍무지개/ 둘레에 한 세상 걸려 있네'라고 실낱같은 긍정적 신념 곧 미래를 긍정적으로 바라보는, 자유에 대한 애정을 잃지 않는다.

시인 황지우는 우리의 현실적, 시대적 상황을 이렇게 암울하게 죽음의 계곡으로 몰아넣고 있는 사람들을 군부독재자도, 정경유착의 장본인인 기업가도 아니고, 오히려 그들 세력에 항거 하나도 제대로 못하고 체념하며 살아가는 민초, 민중들이라고 역설적으로 고발한다. 시 〈새들도 세상을 뜨는구나〉는 황지우가 자신의 그러한 현실인식을 고백한 시이다.

>映畫가 시작하기 전에 우리는
>일제히 일어나 애국가를 경청한다
>삼천리 화려 강산의
>을숙도에서 일정한 群을 이루며
>갈대숲을 이룩하는 흰 새떼들이

자기들끼리 끼룩거리면서
자기들끼리 낄낄대면서
일렬 이열 삼렬 횡대로 자기들의 세상을
이 세상에서 떼어 메고
이 세상 밖 어디론가 날아간다
우리도 우리들끼리
낄낄대면서
깔쭉대면서
우리의 대열을 이루며
한 세상 떼어 메고
이 세상 밖 어디론가 날아갔으면
하는데 대한 사람 대한으로
길이 보전하세로
각각 자기 자리에 앉는다
주저앉는다.

-〈새들도 세상을 뜨는구나〉 전문

　이 시를 읽으면서 나는 혼란에 빠졌다. 사실 90년대까지 나에게는 조국인 한국을 떠나고 싶은 마음이 눈곱만큼도 없었다. 구소련의 파스트레나크가 「닥터 지바고」로 노벨 문학상을 받아 소련 정부로부터 추방령을 받았을 때 그가 조국을 버리고 떠나지 않았던 것처럼 말이다. 하지만 이 즈음은 정말 이민을 가고 싶은 심정이 나를 압박한다. 이러한 나의 딜레마가 잘못된 현실 인식이기를 바라면서 이 시를 읽은 것이다.
　시 〈새들도 세상을 뜨는구나〉에 접근해 보면 우리는 이 시의 구조를 있게 하는 몇 가지 중심 언어들을 발견하게 된다. 그것은 '애국가, 을숙도, 새떼들, 날아간다, 우리, 자기 자리, 주저앉는다.' 들이다.
　영화관이라는 현실 공간은 M.푸코의 정신병동이나 교도소를, 영화라는 감시병에 의해 통제가 가능한 공간으로서 현대의 한국적 현실상황이다. 그리고 애국가는 정신질환자나 죄수들을 세뇌시키는 언어군이다. 결국 영화관이라는 공간의 어둠 속에서 애국가를 들어야 하는 그것도 타인의 의지에 한마디 항거도, 이의도 달지 못하고 들어야 하는 '우리'이다. 그래서 새떼들이 자기들의 보금자리인 을숙도를 떠나 '자기들끼리 끼룩거리면서/자기들끼리 낄낄대면서', '자기들의 세상을 떼어메고/어디론가 날아가듯이' '우리도 우리들끼리/ 낄낄대면서 / 깔쭉대면서' 이 세상 밖 어디론가 날아가고 싶은데 애국가가 끝나는 것이다.

지독한 역설이다. 시인 황지우는 결코 조국을 떠나 다른 곳에 가고 싶은 마음이 없다. 그래서 더욱 울분하고 좌절하고 절망하는 것이다. 어쩔 수 없이 정말 불가항력적으로 우리는 주저앉을 수밖에 없는 것이다. 따라서 '주저앉는다'는 우리가 우리 자신도 통어하지 못하는 비참한 딜레마를 역설적이고도 아이러니하게 표현한 역동적 이미지이다.

시인 황지우가 그토록 해체하고 싶은 이분법적 지배이데올로기는 시 〈파란만장〉에서도 어김없이 표출된다.

> 율도국에 가고 싶다
> 내 흉곽의 江岸을 깎는
> 波瀾萬丈
> 물결 하나가
> 수 만 겹의 물결을 데리고 와서
> 나의 애간장 다 녹이는
> 조이고 쪼이는
> 내 몸뚱아리 빨래가 되고
> 오 빨래처럼
> 屍身으로 떠내려가도
> 저 율도국으로 흘러가고 싶다.

-〈파란만장〉 전문

시 〈파란만장〉을 읽으면 우리는 시인 황지우의 정신적 의도가 어디에 초점을 맞추어 맞닿아 있는가를 확실하게 발견할 수 잇다. 그것은 인간성 존중과 인간의 천부적 자유의 확보 그리고 행복하고 평화롭고 인간답게 살 수 있는 권리들이다. '율도국'은 그러한 시인의 정신적 이상 세계를 표상하는 공간이다. 그래서 그는 '내 몸뚱아리가 빨래가 되고 / 오, 빨래처럼 / 屍身으로 떠내려가도' 율도국에 가고 싶은 것이다.

역사와 정치권력에 대한 그의 해체전략은 시 〈심인〉, 〈의혹을 향하여〉, 〈묘지·안개꽃·5월·시외버스·하얀〉, 〈그대의 표정 앞에〉, 〈徐伐,셔 , 서울, SEOUL〉, 〈한국생명보험회사 송일환씨의 어느날〉에서 시도된다.

김종수 80년 5월 이후 가출
소식 두절 11월 3일 입대 영장 나왔음
귀가 요 아는 분 연락 바람 누나
829-1551

-〈심인〉 중에서

뉴욕, 흐림, 0 ﾟC 레이건 국방비 증액
런던, 짙은 안개, 4~2 ﾟC, 무가베, 엔코모 비난
파리, 비, 2 ﾟC, 미테랑 무기 판매 결정
본, 눈, -5 ﾟC, 波 계엄 위반자 14만 5천명
모스크바, 폭설, -5~-11 ﾟC, 행정 조직에 黨 통제 중요
동경, 흐림, 11~5 ﾟC, 波 수천 명 검거
리오데자네이로, 폭우, 37~20 ﾟC, 美, 엘살바도르 파병 부인

-〈그대의 표정 앞에〉 중에서

위의 시 〈심인〉과 〈그대의 표정 앞에서〉에 접근해보자. 그의 해체전략은 신문, 방송의 매스컴의 내용과 광고문, 안내문, 악보, 도표, 활

자형 등을 시행 속에 인용하거나 끼어 넣는 수법으로 나타나고 있다.

그의 시는 오규원이 〈인용적 묘사〉라고 기술한 현실의 표절이 전체 구조를 형성[5]한다. 그는 시에 현실의 표절을 접합시켜 정치, 경제, 문화 등 우리들의 삶을 억압하고 탄압하는 주범인 기존 질서를 현실감 있게 폭로한다. 그는 우리 사회가 안고 있는 정직성, 도덕성이 당대의 지배이데올로기와 담합함으로써 타락하였다고 인식했기 때문에 해체되어야 한다고 확신한다.

그의 시 형식과 시 세계는 그러한 현실인식에 근원한다. 따라서 황지우의 시학은 김준오 교수가 지적한 바와 같이 김춘수 · 이승훈의 시에 나타난 의미의 영점화가 황지우에 와서 예술 자체의 영점화[6]로 대치된다. 대부분의 그의 시는 〈미적 자유이론〉이 그 형성 원리가 되고 있다. 이것은 삶과 예술을 구분하지 않는 것이다. 소재가 바로 작품이 된다는 시학이다. 이와 같은 김준오 교수의 지적은 황지우의 해체의 문체가 무엇에 근거하고 있는가라는 질문을 던지게 한다. 그 질문의 해답은 초월적 의미의 부재로 대신할 수 잇다. 즉 텍스트 자체 속에서도 말과 글이 갖는 불확정성과 텍스트 자체 내의 부단한 변형으로 인한 텍스트 내에서의 또다른 텍스트와의 관계, 즉 상호 텍스트성 때문에 해석 혹은 독서 행위는 보이지 않는 실재, 본질, 진실에 대한 끊임없는 재생산의 행위일 뿐, 그것이 본질이나 현존, 진실 그 자체가 아니기 때문에 언어로써 표현될 수 있는 절대적 진리란 사실은 부재 하는 것[7]이라는 J.테리다의 해체이론으로 가능하다.

Ⅲ.

우리는 그가 시의 표현 매체로 언어의 능력을 불신하고 있음을 일련

---

5) 김준오, 「현대시사상」 (서울, 고려원, 1988), p. 70.

6) 위의 책.

7) 김성곤 편, 앞의 책, p. 91.

의 시작품에서 발견하게 된다. 그리고 이러한 그의 언어관은 장르 해체의 문체를 생산하는 계기가 되었다. 동시에 그것은 시의 통일성을 새롭게 하여 현실감과 신선한 충격을 준다. 그러므로, 황지우의 시학은 바로 모든 기존의 체계를 해체하는 전략 속에서 형성되었다. 그러나 이와 같은 해체 전략이 실험적 · 형태파괴적 시도로 끝날 것인가의 여부는 아직 미지수라는 점을 우리는 감안해야 한다.

참고문헌

김성곤 편, 『구조주의의 이해』, 서울, 민음사, 1988.
김준오, 『현대시사상』, 서울, 고려원, 1988.
황지우, 『새들도 세상을 뜨는구나』, 서울, 문학과 지성사, 1983.
황지우, 『구반포 상가를 걸어가는 낙타』, 서울, 미래사, 1991.

바람과 匕首의 詩魂

— 任粲淳의 詩 世界 —

蘇漢震*

歷史는 바라보는 차원에 따라, 바라보는 시각에 따라 전쟁과 피의 흐름일 수도 있고, 사고와 인식의 변화된 모습, 혹은 정신과 미래 또는 미에 대한 '새로운 해석의 江' 일 수도 있다. 어쨌든 不斷의 변화를 그 특징으로 하는 歷史는 이제 「20세기라는 '현란한 장'」을 무대 위에서 퇴장시킬 준비를 하고 있다. 그런가 하면 인간의 맞수 時間은 당사자의 의사와는 상관없이 항시 「인간의 가능성의 '폭 또는 깊이내지 그 계속성'」을 중도에서 차단해 버리는 과오를 범한다. 때문에 광범위한, 허무적 관점에서는 모든 예술이 '저, 허무의식의 범주 밖을 벗어날 수 없다' 는 지론도 있으나, 저 허무적 상황 속에서도 인간은 '끝까지 금광을 파내려 가는 일' 을 포기해서는 아니되고, '끝까지 문제제기의 자세' 를 흐트러트려도 아니된다. 그 길만이 인간을 인간이게 하고, 인간을 다른 동물과 변별케 하며, 인류의 미래를 '보다 나은 상태로', '최상의 상태로', 혹은 '구원' 또는 '구원으로 나아가는 길' 로 모셔갈 것이기 때문이다.

이러한 時代에 '한 편의 詩' 로서 歷史 앞에 나서는 시인의 책무는 아

---

* 시인.

무리 크다고 지적하여도 지나치는 법이 없다.

따라서 20세기가 저물어가는 이 시점에서, '20세기 말의 마지막 타자' 로서 필자는 任粲淳 詩人을 다음에 소개하려 한다.

이 지면의 주인공 任粲淳 시인은 70년대에 『月刊文學』을 통하여 등단한 유수한 극작가 중의 한 사람이다. 희곡집, 에세이집을 비롯한 몇 권의 저서가 있고, 대학에도 출강하면서 '충북을 대표할 만한 문인' (충북문인협회 회장)으로 기억하고 있는데, 어느 날 '신인 코스' 를 밟아서라도 「시인이 되고 싶다」라는 의사를 표시해 왔다.

다시 신인 대접을 받는다는 일이 '중진문인으로서의 씨의 모습' 에 혹 티가 되지 않을까 염려하면서, 결과적으로 씨의 결연하고 겸손한 자세를 받아들여 『文藝韓國』의 지면을 통해 씨를 詩人으로 등단시켰는데, 그때 필자는 다음과 같은 심사평을 썼던 것이다.

씨의 작품을 읽고, 선자들 역시 '착잡한 마음의 무게' 에서 벗어날 수가 없었다. 그것은, 우리들 모두가 끊임 없이 뭔가를 쌓아가야 하고, 뭔가를 위해 정신을, 마음을 닦아 갈 수밖에 없는 존재라는 점 때문이다.

임찬순씨의 시 《등산》의 제1연은 〈되도록 많은 소유를 위한 것/가득 채움〉 등을 의미한다. 제2연의 〈실같은……〉 〈발톱만한……〉 〈앙징맞은……〉 등의 비유내지 시어에서 작자의 신경은 매우 예민해져 있어, '세모시를 짜는 듯 하다.' 〈바람소리〉 〈나뭇잎 사이에 떨어지는 한 줌 햇빛〉 〈고산식물의 꽃잎〉 등을 '〈맹열히〉 끓어 안던' 작자는 제3연에서 뭐라고 했던가?

그러나 한껏
산 위에 오르면
맨 위의 것부터 하나씩
갖은 것은 모조리 내려 놓아
마지막에는 아무 것도 손에 잡지 않고

끝없이 털어 내어
아주 없음(不在)과 비움(空虛)만으로
산을 내려 오고 만다

결국 뭔가를 위해 끊임없이 쌓아가고, '〈맹열히 끓어 안는 일〉' 이 '〈끝
없이〉 털어 내는 일' 과 만나는 것이다. 그를 선자는 「뭔가를 위해 정신
을, 마음을 닦아 갈 수 밖에 없는」일' 이라고 한 것이다. 生은 이토록, 우리
들에게 왜 〈없음〉을 요구하는가? 그것도 〈아주 없음〉을? 육신을 지닌 인
간이 〈(不在)〉와 〈(空虛)〉를 어디까지, 어느 선까지 받아들일 수 있을 것
인가? 때문에 그를 선자는 '착잡한 마음의 무게' 라고 한 것이다.
그리고 최종연은 '얼마나 달관한, 어느 경지에 다달은 사람만이 할 수
있는 진술인가?' 생각해 보자. '혹 〈뻐꾸기 소리나/ 한 조각/옷자락에 살
짝〉 얹고' 내려오는 작자의 어깨는 얼마나 가벼울 것인가?
이상과 같은 씨의 세계는 '한국의 대표적인 시의 경지' 에 비해 손색이
없다는 점을 확인하고, 씨를 「문예한국」의 가족으로 맞게 된 기쁨을 전하
며, 심사평을 대신하는 것이다.

任粲淳의 시편을 읽고 필자가 받은 감동의 대부분은 故鄕意識과 관
련이 있는 대목이었다. 충북 청원에서 출생하여, 평생을 충북 안에서
살았다는 점 또한 그가 누구보다도 '한국적인 사람' 이라는 데 기여한
다. 동시에 저 고향의식은 그의 家系을 통해 숙명적으로, 내면 깊숙한
곳에서 그를 짓누르고 있었다.
그의 시의 전편을 통해 30여회 등장하는 〈바람〉이라는 시어, 및 특
이한 〈匕首〉라는 말의 이미지 또한 고향의식과 관련이 있어 보였다.

① 텅 빈 하늘에
구름 한 점 뿐이로다
혹은 산마루에
바람 한 점 뿐이로다

바람 한 점

—《달빛》에서

② 산맥을 넘지 못하는 바람은
진정 바람이라 할 수 없다

산맥은
온전한 하나를 절반으로 가르고
세계를 둘로 나누며
완전한 것을 깨트리면서
벽을 쌓아 올리고
차단을 일 삼는
해발 일 천 미터가 넘는 철조망이다

—《산맥을 넘는 바람 (1)》에서

③ 산맥을 넘지 못하는 바람은
바람이 아니라 했거니
나는 큰 바람이 되어
산맥을 넘으리라
큰 바람이 되어 자신을 넘으리라
큰 바람이 되어 별을 넘으리라
맹세했거니
큰 바람이 되어
산맥을 넘고 자신을 넘고 벽을 넘으리라
맹세했거니

—《산맥을 넘는 바람(2)》에서

〈바람〉이란 일종의 '움직임'이다. 공기의 流動을 의미하기에. 따라서 〈바람〉은 문학에서 「능동적이고, 창조적인 숨결, 발산」(이승훈) 등을 암시하는 것이다.

예시, ①의 경우, 〈바람〉은 '자연으로서의 바람'이다. 《달빛》 아래 펼쳐져 있는 현상; '觀賞의 대상'일 수 있는 바람이다.

허나 예시, ②로 넘어오면 의미의 진폭은 보다 커진다. 산맥을 〈해발 일 천 미터가 넘는 철조망〉으로 비유하고, 〈온전한 하나를 절반으로 가르고/세계를 둘로 나누며/……차단을 일 삼는다〉라고 진술하고 있다. 이는,「분단된 국토의 '분열상'」을 지시하고 있음이다. 〈산맥을 넘지 못하는 바람은 바람이 아니다〉라는 대목은, 당연히「우리는 분단된 상황을 넘어야 한다」는 현실적 당위성, 또는 요청 때문에 씨가 시집의 표제를 「산맥을 넘는 바람」이라고 작명한 의도를 읽을 수 있다.

이상과 같은 차원에서 任粲淳의 〈바람〉은 일반적인 의미의 고통 · 수난 등의 의도를 넘어 막힘 · 나눔 · 분열 · 어둠 · 분단 등에 대한 '대칭적인, 지양적인 의미'로 사용되고 있음이 분명하다. 그 점, 그의 시편들이 일반적인 정서를 환기시키는 서정시라기보다는「'역사적 비장감'을 지닌 어조」, 곧 오늘의 靑馬를 떠올리게 한다.

물러설 수 없는 言語

―소한진 론―

정귀영*

초현실주의의 언어는 뿌리가 깊고 샘이 깊은 언어다. 우리 마음 속에 깊이 뿌리를 내리면서 우리 전체에 뻗는 언어다. 「뿌리가 깊은 나무는 바람에 흔들리지 않아 꽃이 아름답고 열매가 풍요로우며, 샘이 깊은 물은 가뭄에 마르지 않아 내를 이루어 바다로 흐른다.」(龍飛御天歌)의 언어다. 떠도는 유목민이 아니고 인류 "집단무의식"의 깊은 지층(地層)을 뒤흔드는 파동역학(波動力學)이다. 한 시인의 언어가 아니고 전체적 시혼(詩魂)의 근본적이고 절대적인 뿌리와 원천의 언어다. 우주의 씨앗 터지는 어근(語根)이며 꿈이 물결치는 어간(語幹)이다. 이러한 언어가 뿌리 없는 일과성(一過性)일 수 없으며, 스쳐 지나가는 바람일 수 없다. 거기에는 절대의 불가피성(不可避性)이 있고 순수의 필연성이 있으며, 이 불가피성과 필연성이 초현실주의의 언어를, 절대와 순수의 언어를 창조한다.

---

* 문학평론가.

여기엔 반대 이유도 있으며 자문(自問)의 소리도 있음직하다.

쉬르레알리스트라고 하는 가혹한 시인들은 무수한 언어를 무자비하게 끌고 다니면서 물구나무 세우기도 하고 의미 방향을 완전히 역전(逆轉)시키기도 하여, 그것들을 종이 위에 멋대로 난잡하게 또 무차별하게 뿌려 놓고 독자들에게 읽으라고 오만하게 요구한다. 도대체 무엇을 읽으라는 말인가? 시인 자기와 함께 미쳐 버리자는 말인가? 정상적인 독자들까지를 저 무서운 광란의 세계로 끌고 들어가려는 것일까? 그러나 이러한 질의(質疑)는 관습이 우리에게 지시하는 길 위에서만 할 수 있는 것이다. 관습의 눈으로는 볼 수 없고 관습의 귀로는 들을 수 없고 관습의 머리로는 판단할 수 없고 관습의 정서로는 느낄 수 없는 시가 있고 언어가 있음을 시인은 먼저 깨달아야 한다.

시는 이야기하지 않고 제시만 한다. 이론적 논리를 삭제해 버리고, 우주적 성격의 신화에서 빌려 오는 계시성의 언어는 평균화의 질서를 무시한다. 여기서 일상적 언어가 해체된다. 이론적 논리는 바깥 사물을 구분, 차별, 분류, 비교하여 무수한 경계선을 정립(定立)하고 그 여러 경계선들의 상호 접근을 금지한다. 이렇게 해서 이루어진 지적(知的) 관습과 행위가 고정 관념의 성벽을 쌓고, 이렇게 해서 얻어진 기성 요소를 언어에까지 강요한다. 그러나 이러한 관념과 요소는 베르그송(Henri Bergson)의 비유에 의하면, 「못(池)의 물위에 떠 있는 마른 잎」과 같은 것이다. 상투적인 기성 관념에서 볼 때, 초현실주의의 시는 치유할 수 없는 착란이며 환각이며 미망(迷妄)이다. 지적(知的) 요소의 행방을 찾을 수 없고, 의미의 정체를 파악할 수 없고, 언어의 방향을 잡을 수 없다. 한 마디로 말해서 공허며 전무(全無)다. 표면적인 물리적, 논리적 현실이 없기 때문이다. 이리하여, 보들레르의 「악(惡)의 미」가 재구성되고 로트레아몽(Isidore Ducasse Lautréamont)의 「신에 대한 도전」이 계속된다. 왜 언어를 이렇게까지 메치는가. 왜 언어를 이렇게까지 먼 변방(邊方)으로 귀양보내는가. 왜 언어를 이렇게까지 멋대로 주물럭거리는가. 왜 언어에 이렇게까지 가혹한 매질을 하는가. 언어로 언어를 매질하고 언어로 언어를 추방하는, 언어에 대한 시인의 사디즘에 유죄 선언(有罪宣言)을 할 정당한 이유는 진실로 부재(不在)인가. 이 역설적인 질문은 시와 언어가 가지고 있는 본질적인 현대의 과제다.

「태초에 언어가 있었다.」

그렇다면, 이 〈태초의 언어〉에 이론적 의미가 있었을까? 상투적 기성 개념 이전의 것이 아니었을까? 순수한 무위(無爲)의 언어였다. 〈무위〉의 언어는 인위적 의미 가공(意味加工)을 받지 않는 언어며, 인위적 논리 규정을 받지 않는 언어를 말함이다. 다시 말해서, 사물의 언어가 아니고 영혼의 언어다. 사물에 이름과 장소를 부여하는 언어는 이미 〈유위〉(有爲)의 언어가 되어 버린 것이다. 위에서 말한 「인위적인 의미 규정」, 「인위적인 논리 규정」 등의 작용을 하는 언어가 되어 버린 것이다. 물리적 고찰에 의하여 시야(視野)는 이미 우울하게 조명되고, 그리고 이미 먼 옛날부터 이 우울한 시야의 범위 밖에서는 시의 어떠한 요소도 취해지지 않았다.

그런데, 시는 이미 현실을 표현하지 않고 현실을 초월하려고 하며, 시 자체의 사정 거리까지를 초월하려고 한다. 이때, 언어는 초월의 전위 부대가 되며, 이 전위성(前衛性)이 아이러니칼하게도 퇴행성(退行性)의 방향을 찾는다. 그리고 이 퇴행의 방향이 바로 태초의 언어가 메아리치는 곳이다. 거기에 시의 음향이 있고 시의 꿈이 있다. 모든 물리적 고찰에 의하여 우울하게 조명되는 이 시야라는 것은 도대체 무엇인가? 물리적 고찰에서 태초의 언어는 하나도 채택되지 않는다. 우스꽝스러운 존재에 불과한 인간의 눈과 같은 감각 기관의 구조와 배치에 의한 제약만을 받는 이 시야는 하나의 풀잎 그늘과 같은 것이다. 이러한 인간의 눈의 시야에서 보다 다른 시야로 비약하려는 시인의 몸부림, 이것이 바로 광기(狂氣)라는 것이다. 그리고 보다 다른 시야라는 것은 인간의 눈의 시야가 아니고 시적 영혼의 시야다. 이 시야에서는 모든 사물이 경이적인 변모를 일으키면서 무한성이 끊임없이 전개된다. 그런데, 이 전개가 21세기로의 전진이 아니고 선사시대로의 퇴행의 뒷걸음질이다.

말도 없는 馬車가 달린다 어디선가 꽹 꽹 꽹 悲鳴소리 꽹과리 소리 산꿩의 목소리 고양이의 가슴 찢어지는 소리 저게 다 뭐야? 哭聲이 그치질 않는다 모두들 잠들어 있다 왜 나만 물기가 끈적이는 碑를 세우고 한입한입 碑를 깨물다 만 時刻이 나를 따라와 나는 山그늘에 휩싸여 산이 되고 새가 되어 날아다닐까? 速度 違反 꽃상여 톱밥 튀기는 소리 구두 발자국 소리 엉켜든다 죽음의 妄想 저 絕滅을 떠난 貸借對照 쿵 絕望의 피 흘리네 냅다 던져야 할 나의 詩 나의 全術 가죽모자의 앞창이 꽹과리 꽹따라지 꽹과리 꽹과리……

- 《無題》의 全文

「죽음의 주제(主題)」가 말(馬)도 없는 환상의 마차로 달린다. 그냥 달리지 않고, 인간의 거리에 숱한 소리를 뿌리면서 달린다. 비명 소리, 꽤과리 소리, 꿩과 고양이 소리 그리고 곡성 등, 온갖 소리가 하나가 되어 마구 뿌려진다. 그러나 이렇게 뿌려지는 소리라고 해서 아무나 들을 수 있는 것이 아니고 또 아무에게나 들리지 않는다. 능력 있는 정신만이 들을 수 있으며, 이 능력을 심령학에서는 영능(靈能)이라고 하며, 이러한 영능의 작용을 영청(靈聽)이라고 한다(시각의 경우에는 靈視가 된다). 모두들 잠들어 있기 때문에 저 곡성도 들리지 않는 것이다. 소리는 듣는 자에게만 도달한다. 비(碑)를 깨물다 간 시각을 지키는 자에게만 들린다.

〈碑를 깨물다 간 時刻〉은 어떤 시간인가? 진실로 불가피하고 필연적이고 절대의 시간이며, 다른 무슨 말로도 바꿀 수 없는 절대 순수의 단위다. 이런 말에서 평균적 의미를 찾는다는 것은 불가능한 일이다. 〈碑를 깨무는 時刻〉은 죽음과의 대화의 시간이며, 죽음의 깊은 속으로 깊숙이 잠입(潛入)한는 물러설 수 없는 불가침의 시간이다. 이러한, 「죽음의 주제」 안의 절대, 이 절대를 표현하는 언어 역시 물러설 수 없다. 개화(開化)라고 하는 사치스러운 인간 역사의 단계를 밟지 않은 태초의 시발적(始發的) 언어의 야행성(夜行性)이 작가를 따라와 「죽음의 주제」로 이끌어 산이 되고 새가 되어 날아 다니게 한다. 피할 수 없는 엄청난 환상의 꿈의 날개가 꽃상여 요령(搖鈴)의 소리로 난다.

이 절대 환상의 세계는 신성(神性)의 세계를 연상케 한다.

> 태초, 아직 하늘도 땅도 없고, 빛도 어둠도 없고, 육지도 바다도 없는 암흑의 경지에서 낮게 감도는 불꽃이 있었으니, 이는 살아 있는 신(神)에서 흘러 나오는 신성(神性)의 빛이다. 이를 〈세피로스〉(Shefiroth)라고 한다.

이것이 카발리즘(cabalism)의 천지 창조론이며 우주론이다. 또한 태고성의 우주며 신성(神性)의 우주다. 〈산이 되고 새가 되어 날아 다니는〉 절대 환상도 이러하 세피로스의 경지에서 가능한 것이 아닐까? 〈낮게 감도는 불꽃〉, 이것은 최초의 생명의 원형(原型)의 빛이며, 싹트는 시발성(始發性)의 요람의 빛이다. 그런데, 이 시에서 요람과 무덤이 "환상"이라고 하는 한 의식 안에서 동시 공존(同時共存)한다. 작자는 지금 우주 정신의 요람기(搖藍期)인 세피로스의 단계에서 「죽음의 주제」를 거느리고 산이 되고 새가 되어 날아다닌다. 태초의 선사 시대(先史時代)와 현대의 문명 시대의 그 엄청난 시간의 거리를 뛰어넘어서 환상의 한 의식 안에서 초현실적으로 용해(鎔解)되고 융화(融和)되어 버렸다. 그리고 이 용해와 융화의 실체는 인간 의식의 실재적(實在的) 현실 즉, 「심적 레알리테」와 「우주적 레알리테」 안에 동시 존재하며, 또 용해와 융화의 언어 즉, 동시 존재의 언어는 우주 창조의 어근(語根)이며 예술 창조의 어간(語幹)이다. 필자는 이런 언어를 「〈하나〉(1)의 언어」라고 명명한다.

여기서 〈하나〉는 신화적 이마쥬의 수(數)다. 「절대 단위」며 「순수 단위」다. 그리고 〈1〉은 원초적 수를 상징한다. 파네트(Dr I. Paneth)는 그의 저서 **《무의식에서의 숫자의 상징성》**에서 〈1〉에 대하여 다음과 같이 말한다 :

「꿈에서 〈1〉은 항시 〈2〉와 대립한다. 내가 수집한 꿈에서는 〈1〉이 좀처럼 나타나지 않음은 이상한 일이다. 그러나 그것이 사실인가? 우리는 물론 수학상의 〈1〉을 이야기하는 것이 아니다. 수학상의 〈1〉은 모든 수조직(數組職)의 기본이며, 첫번째의 정수(整數)며 마음대로 곱할 수 있는 정수다. 그러나 우리가 말하는 〈1〉은 논리 이전의 〈1〉이며, 아주 별개의 장르며, 둘로 나투기(二分化) 이전의 단일(單一)이며, 회의(懷疑) 이전의 신뢰며, 모순 이전외 화합이다. 일종의 특수한 의미에서, 〈1〉은 분석 이전의 순수 단계며, 분석에 뒤따르는 종합과는 근본적으로 다르다. 만일 어떤 사람이 조형적(造形的) 표현을 내게 보여 준다면, 나는 지식과의 만남을 능가하는 천국과 같은 상황이라고 말할 것이다. 이러한 상황에서는 심리적 갈등이 거의 일어나지 않을 것은 분명한 사실이며, 이 심리적 갈등 때문에 건강한 사람의 경우도 신경증 환자의 경우도 꿈에서 〈1〉이 잘 나타나지 않는다. 이 숫자 〈1〉이 갑자기 나타날 때에 그것이 홀로인 경우는 극히 드물며, 반대되는 다른 수, 그 중에서도 특히 〈1〉을 위협하는 〈2〉와 함께 한다.」

필자는 초현실주의 시를 「〈하나〉의 시학」 또는 「세피로스의 시학」이라고 명명하고 싶다. 「절대 단위」며 「순수 단위」인 신화적 이마쥬의 〈하나〉는 하늘도 땅도 없고, 어둠도 빛도 없고, 육지도 바다도 없는 즉, 창세기 이전의 질서 있는 혼돈의 순수한 절대의 경지에서 감도는 불꽃이기 때문이다. 이는 영원히 꺼질 수 없는 불꽃이며, 초현실주의의 언어도 영원히 그 빛을 잃지 않을 것이며, 유목민과 함께 떠나가지 않을 것이다. 〈비를 깨무는 時刻〉이 떠나가기에는 너무나 깊이 시의 골수(骨髓)에 사무쳐 버렸다. 비를 깨무는 고뇌를 서정 시인에게는 강요하고 싶지 않다. 시의 골수에 사무친 언어의 고뇌를 서정이 담당할 수 없다. 운명과 필연과 절대의 언어며 불가피한 언어다. 그러니만큼 반드시 表現되어야 하고 또한 표현해야 한다. 「표현해야 한다는 것」, 이것이 현대시와 현대시인이 짊어진 십자가다. 그래서 「죽음의 주제」가 물러서지 않는다. 그러나 이것이 「종말의 주제」가 아니고 「소생의 주제」임을 잊지 않아야 한다.

「속도 위반 꽃상여 톱밥 튀기는 소리 구두 발자국 소리 엉켜든다 죽음의 妄想」에서 필자는 「소생하는 주제」를 읽는다. 여기 언어가 소생하고 상황이 소생하고 관계가 소생한다. 〈꽃상여-톱밥 튀기는 소리-구두 발자국 소리〉의 "소리"의 연결 상태가 상호 이질성(異質性)의 결합 형태를 이루고 있다. 일찍이 비교주의자(秘敎主義者)들은 「비교(比較)-시스템의 무한 영역(無限領域)」을 강조해 왔다. 그러면 「비교-시스템의 무한 영역」은 무엇인가? 그것은 「서로 관계가 먼 것 즉, 외관상 아주 멀리 떨어져 있는 두 사물의 결합에 의해 가능한 관계성이며, 우주적 상징 역학(象徵力學)의 나타남이다.」. 이에 대하여 브르통은 「금세기의 위대한 시인들은 놀랄 만큼 이것을 깨달았다」고 말한다.

「비교 -시스템의 무한 영역」은 초현실주의 시법(詩法)과 완전 일치한다. 「이마쥬는 비교에서 생기는 것이 아니고 멀리 떨어져 있는 것끼리의 결합에서 생긴다」고 브르통이 《제2선언》에서 주장한 바 있으며, 「초현실주의 예술의 미술의 비결」에 대한 이야기도 하고 있다. 「멀리 떨어져 있는 것끼리의 결합」이 「비교-시스템의 무한성」에서 가능하며, 여기에 초현실주의 예술의 마술의 비결도 존재한다.

〈꽃상여〉는 죽음의 떠나는 소리의 형상화며, 〈톱밥〉은 인간 작업의 유물이고, 〈구두 발자국 소리〉는 움직이는 생명의 소리다. 이렇게 세 소리가 원격 조종의 상호 결합을 수행(遂行)한다. 그리고 이 세 소리의 결합은 이미 비교 형태를 넘어섰다. 바로 이런 것이 「비교-시스템의 무한 영역」의 마법(魔法)이다. 무한하니까 초월하고 비교가 결합으로 이어진다.

　여기 또하나의 마법이 있다. 즉 〈구두 발자국 소리〉다. 이 소리는 위에서 말한 바와 같이, 〈움직이는 생명의 소리〉만이 아니고 통과하는 유령의 소리도 된다. 이것이 상징의 복합성이다. 형태의 복합만이 아니고 동시에 상징의 복합이다. 이러한 것을 살봐도르 달리(Salvador Dali)는 이마쥬의 이중영상(二重影像) 또는 다중영상(多重影像)이라고 한다.

　마침내는 「비교 - 시스템의 무한 영역」이 「결합 - 시스템의 무한 영역」으로 발전한다.

저승길이 하 멀어서, 하 심심해서
트레머리 머리칼을 삼층탑으로 올리고
망자의 신위, 사진, 과일, 떡
촛대 등을 차려놓은
굿당 앞에서
죽은지 三年이 지난 신랑의 屍身을
기다리는
새색씨
먹물의, 처절한 바다 속으로
눈으로 본 것, 귀로 들은 것
입으로 말한 것, 모두
씻어 버리고
아, 동해 광연왕, 남해 광이왕
서해 광덕왕, 북해 광태왕
용궁차사 동참하소서
대한민국 경상북도 지행면 기축생……
수중 孤魂을 불러 술을 권한다
절을 시킨다

－ 《婚禮》의 한 대문

일종의 광란의 현장이다. 결혼식장 · 제단(祭壇) · 굿거리장단이 합쳐서 언어와 이마쥬의 혼성팀을 만들고 있다. 「삼위일체」의 혼성팀이다. 더 놀라운 것은, 예식장에 제단을 차리고, 주례사의 굿거리장단이 요란하고, 새색씨와 죽은 신랑의 백년 가약의 웨딩-마취등, 이는 실로 지구촌 대광란의 현장이며 정신적 대(大) 지진의 시간이다. 창조 전야의 카오스다. 전체적으로 말해서, 「죽음의 주제」와 「생명의 주제」(인간과 우주의 전체적 테마)가 삶과 죽음의 갈림길에서 서로 나누어지지 않고, 「세피로스 시학」의 「〈하나(1)의 언어」로 형태화(形態化)하여 「절대의 단위」, 「순수의 단위」를 제시하고, 불가분(不可分) · 불가해(不可解)의 원리의 존재를 추구한다. 이러한 추구는 시인의 운명적 과제다.

새색씨의 꽃다운 생명과 시신의 〈혼례〉는 모든 거리(距離)의 소멸을 선언한다. 우주의 궤도(軌道)를 도는 포에지의 놀라운 국면(局面)을 제시한다. 확실히 「비교 - 시스템의 무한 영역」이 「결합 - 시스템의 무한 영역」으로 전개한다.

「결혼 식장」· 「제단」· 「굿거리장단」은 비교-시스템에서 머물지 않고 다시 결합-시스템으로 나아간다. 다시 말해서, 비교 사상의 비교-시스템이 쉬르레알리슴의 결합-시스템으로 열리는 것이다. 사물과 사물의 관계가 삶과 죽음의 관계로 열리면서 우주가 새로워지고 예술이 깊어진다. 그리하여 이승의 모든 것 즉, 본것, 들은 것, 말한 것, 모든 것을 〈먹물의, 처절한 바다〉 속으로 씻어 버리는 정토(淨土)의 사상이 등장한다. 여기, 또하나의 주제 「정토의 주제」가 파악되며, 「죽음의 주제」· 「생명의 주제」· 「정토의 주제」의 시리즈가 형성된다. 정토의 사상은 죽음을 「왕생극락」(往生極樂)으로 인도하는 부활의 이념이다. 부활은 죽음의 딴 모습이다.

부활은 분명한 배리(背理)다. 그러나 배리(불합리)가 있으므로 생명의 기적(奇蹟)이 가능하며, 기적 없는 생명은 빛도 없고 영광도 없다. 생명은 원리적으로 기적의 표현이며, 포에지는 생명적 표현이기 때문에 기적의 표현이며, 원천적으로 배리의 표현이다. 신랑과 신부가 백년 가약을 맺으며 백년 해로를 맹세하고 있는 현재성의 결혼식장에 〈망자의 신위, 사진, 과일, 떡, 촛대 등을 차려 놓은〉 비현재성(非現在性), 주례사의 굿거리 장단 등, 모두가 배리의 절정에 이르고 있다. 「배리는 가장 귀중한 정신적 재산이다.」라고 융은 말한다.

어떻게 어머니가 처녀일 수 있을까? 종교의 모든 표현은 논리적 모순과 원칙적으로 불가능한 주장을 내포하고 있다. 그러나 이것이 바로 종교적 주장의 본질인 것이다. 테르툴리아누스(Tertullianus)는 아래와 같이 고백하고 있다 : "이렇게 해서 신의 아들은 죽었다. 이 사실은 그것이 불합리하기 때문에 믿어지는 것이다. 이렇게 해서 그는 매장되고 부활했다. 이 사실은 그것이 불가능하기 때문에 확실한 것이다." 만일 기독교가 이러한 모순을 믿도록 요구하는 것이라면 이밖의 다른 배리를 인정하려는 것을 비난하기는 어려운 일로 생각된다. 더욱이 배리는 가장 귀중한 정신적 재산이다. 이와는 달리 일의성(一義性)은 허약함의 표시다. 그러므로 만일 종교가 그 배리성을 잃거나 약화(弱化)할 경우에는 내면적으로 가난하게 되고, 강화할 경우에는 풍부하게 된다. 이렇게 충만된 삶을 대략이나마 파악할 수 있는 것은 오직 배리뿐이다. 일의적인 명백성 또는 비모순성(非矛盾性)은 사물의 일면(一面)에만 통용되며, 파악하기 어려운 것을 표현하기에는 적당하지 않다.(C.G.Jung)

《혼례》는 분명히 다의적(多義的) 모순과 배리의 표현이며, 일의적(一義的)인 명백성으로는 표현 불가능의 경지다. 이 표현 불가능을 가능케 하는 것은 오직 강화한 배리의 힘이며, 이 힘이 시적 확신의 최고(最高)의 근거다. 이 배리를 받아들이고 표현하는 강력한 시적 정신에 뿌리를 내리는 초현실주의 언어는 결코 물러설 수 없는 언어다.

더 줄여서 말하면 이 시는 예식장과 굿당의 공동 장소의 언어다. 하늘과 땅을 놀라게 한다. 경천 동지(驚天動地)가 바로 이런 것이라고 생각된다. 참으로 물러설 수 없는 주제다.

七星板 위에 앙당그러지게 누웠던
屍身이 일어나고
哭소리가 무너져 버린다(위와 같음)

죽었다. 그리고 부활한다. 칠성판에서 생명이 일어난다. 배리의 선동(煽動)이며 불가능의 열정(熱情)이다. 이런 것을 쉬르레알리슴의 악덕(惡德)이라고 한다.

쉬르레알리슴이라고 하는 악덕은 경이(驚異)를 일으키는 이마쥬의 착란적이고 열정적인 구사(驅使)며, 더 정확히 말해서, 이마쥬 자체가 예측하기 어려운 교란과 변용(變容)의 영역으로 끌고 가는 것에 대한 무한정한 선동이다. 그것은 하나하나의 이마쥬가 하나하나 작용할 때마다 전(全) 우주에 대한 점검을 강요하기 때문이다.(Louis Aragon)

필자는 여기서 쉬르레알리슴의 악덕을 배리의 악덕이라고 하고싶다. 문제는 이 배리의 악덕을 감당해 낼 수 있는 정신력이며, 그것은 오직 초현실주의 시인의 몫이다. 모든 사람이 모두 이 강력한 정신의 소유자는 아니다. 더욱이 과학에 도취해서 약해질대로 약해진 현대인의 정신력으로는 배리의 진리를 감당할 수 가 없다. 그래서 현대인은 배리의 진리를 도피하려고까지 한다.

프랑스 계몽주의 이후, 사태는 점점 악화(惡化)해 왔다. 왜냐하면, 어떠한 배리도 감당할 수 없는 하찮은 오성(悟性)이 한번 눈을 뜨게 되면서부터는 어떠한 설교(設敎)도 이를 억제할 수 없기 때문이다. 여기서 새로운 과제가 발생한다. 이와 같이 미숙(未熟)한 오성을 차차 고차원의 단계로 끌어 올려서, 배리적 진리의 깊이에 대하여 다소 예감이라도 할 수 있는 사람들이 많아지게 하는 일이다. 만일 이것이 불가능하다면, 기독교에의 정신적 통로가 완전히 막혀 버리는 것이다. 교의 (敎義)에 나타나는 모든 배리가 무엇을 의미하는지를 전혀 이해하지 못하며, 마침내 배리가 과거 의 기묘한 유물로 변하여 돌보지도 않게 될 것이다. 이러한 사태가 헤아 리기 어려운 정신적 손실을 의미한다. (C.G. Jung)

예수는 무덤에서 일어나고 蘇漢震은 칠성판에서 일어난다. 종교의 배리와 포에지의 배리가 한 언어의 구성 영역에서 만나면서 「신 · 영 혼 · 세계」의 전망이 열린다. 바로 이러한 배리를 감당해 낼 수 있는 정 신과 언어가 시를 쓸 수 있다. 우리 주위의 시인들이 이런 정신의 십자 가를 짊어지고 시를 쓸 수 있겠는가? 대부분이 시를 너무 쉽게 생각하 고 한가로이 쓰고 있지 않은가? 세계는 칠성판을 짊어지고 시를 쓰는 시인을 기다린다. 칠성판을 짊어진 언어가 그리 쉽게 물러날 수 있겠 는가? 어떤 지성도, 어떤 서정(抒情)도 이 말을 감당하기 어려울 것이 다. 참으로 처절할 정도로 순수하고 절대적이다. 죽음은 인간의 영원 한 주제며, 시는 이 영원한 주제의 담당자며, 언어는 불멸하는 시의 화 신(化身)이다. 어떤 이론도 어떤 철학도 다른 어떤 언어도 접근할 수 없 는 예외의 리듬이며, 예외의 어근(語根)이며, 예외의 어간(語幹)이다.

찻잔 속엔 검은 바다의 무덤이 있다
저승의 물결이 끝없이 일렁이는
찻잔 속
멍석말이의 나를, 나의 심장을
내게서 무르겠다는 문서에
지장을 찍고

검은 물결이 물살도 없이 흘러가는
여주에서 구입한
찻잔 속
저승의 물여울 속에서 무르기 이를데 없는
나의 屍身을 만지작거리며 나는, 염을 한다

-《찻잔 속의 殮》전문

　죽음의 일상화(日常化)다. 죽음과의 싸움이 아니고 죽음과의 친숙한 유희를 한다. 한 잔의 차를 마시듯 죽음을 마시고 있다. 〈찻잔 속 검은 바다의 무덤〉, 〈저승의 물결이 끝없이 일렁이는 찻잔 속〉은 장송곡(葬送曲)이 아니고 출렁이는 환상곡의 행진이다. 〈찻잔 속의 무덤〉은 거대한 꿈의 기상도(氣象圖)며, 〈검은 바다의 무덤〉은 죽음의 심층도(深層圖)다. 삶과 죽음의 결합의 무한 시스템에서 시인은 두 영역을 드나들면서 자기의 시신을 만져 보고 염을 한다. 허황하다고 하기에는 너무나 진실하고, 황당하다고 하기에는 삶의 에로스(Eros)와 죽음의 타나토스(Thanatos)가 너무 심각하다. 지금 시인은 죽음에서 살고 있다. 자기 시신(屍身)을 만져 보고 염을 한다. 삶과 죽음과 꿈의 일원화며, 이 "삼위 일체"가 생명의 지고(至高)한 원형상(原型像)이고 이 원형상에서 신과 혼과 세계가 즉, 전체적 생명의 조응(調應)이 형성되고, 삶과 죽음의 동시 공존(同時共存)이 이루어지면서, 삶이 죽음을 만지고 죽음이 삶을 바라보는 생명의 드라마가 연출된다. 죽음은 먼 곳에 있지 않다. 바로 찻잔 속에 있다. 찻잔 속에 검은 바다의 무덤이 있고 찻잔 속에서 저승의 물결이 일렁이고 있다. 차를 마시듯 죽음을 마시고 산다. 삶의 환상이 죽음을 마시고 죽음의 액체가 삶의 혈관을 흐른다. 찻잔 속에 생명의 우주가 유동(流動)한다.

　腦動脈 속으로 겨울 기관차는 달리고
　저 露天 火葬場에서

정귀영 : 물러설 수 없는 言語　307

무덤까지 가야 하는
우리의 肉身
靈界의 푯말 위에 떨고 서 있는
眞紅色 포도주 한 잔

시커먼 피의 바다
통곡의 脈
피고름으로 뒤덮인 우리네 열두 바다
八字에도 없는
손바닥 위
불청객의 새들이 날아와
칼잡이가 없이도 잘도 짜른다
바른 팔 다리 허리

– 《詩哭》의 한 대문

우주의 대동맥이 피를 뿜는 것 같다. 죽음의 애도(哀悼)가 아니고 영혼의 검은 행진곡이다. 보들레르의 죽음의 흙 속 구더기가 아니고 靈界의 푯말 위 진홍색 포도주의 취기(醉氣)다. 비록 화장터에서 무덤까지 가야 하는 육신의 운명이지만, 생명은 둘이 아니고 하나다. 시인은 살아서 죽음의 바다를 건너며 죽음의 맥을 짚는다. 삶과 죽음의 논리가 아니고 삶과 죽음의 공동 작품이다. 작품에는 작품 이외의 논리가 존재할 수 없으며 삶과 죽음에는 생명의 숙제만이 남는다. 이 숙제를 위하여 그는 집을 짓는다.

비가 오면 비를 맞고
무작정, 어설픈 달이 뜨면
夢幻의 달 속에서 발가벗으며
언어의 집을 짓는다

철책 밖의 꿈이 감나무가 되고
시퍼런 감나무 위의 감이 곶감이 될 때까지
天動 번개 속에서
달 가까이
夢幻의 집을 짓는다

- 《夢幻의 달 속에서》의 한 대문

〈언어의 집〉과 〈몽환의 집〉은 시인이 짓는 생명의 집이며, 생명의 집에서는 삶의 페이자와 죽음의 페이지가 하나로 엮어진다. 〈언어의 집〉에서 「죽음의 주제」와 「삶의 주제」의 대화가 전달되고 〈몽환의 집〉에서 삶과 죽음의 꿈의 예술이 피어난다.

이 〈집〉에서는 우주의 예식(禮式)이 거행되고 구름과 흙의 메뉴가 차려진다. 〈저승과의 婚談〉·〈天體말이의 김밥〉(《死者의 발걸음 소리》에서)가 바로 그것이다. 〈저승과 이승의 백년가약(百年佳約)〉, 〈하늘과 땅의 차림표〉에서 초현실주의 언어가 물러설 수 있겠는가? 「절대어간」(絶對語幹)이며 순수 어근(純粹語根)이다. 초현실주의 시인은 왜 이런 표현을 해야만 하는가? 꼭 이렇게 표현해야만 하며, 이렇게 표현하지 않고는 견디어 낼 수 없기 때문이며, 이렇게 표현되기만을 기다리고, 또 이렇게 표현해야만 하는 시인을 기다리는 숨은 비밀이 이 우주 어디엔가 반드시 있기 때문이다. 또 이런 비밀만이 이러한 시인과 포에지에 공감할 수 있기 때문에 포에지와 시인의 고독이 있고 고뇌가 있다.

〈천체말이의 김밥〉은 참으로 독창적이며, 초현실주의 언어의 정상(頂上)이라고 할 수 있다. 「의미의 언어」가 아니고, 의미 이전에 창조되는 「형태의 언어」다. 여기서 우리는 「다다는 아무것도 의미하지 않는다」는 트리스탕·차라의 말을 다시 음미(吟味)할 수 있게 된다. 또한 의미 개념(意味槪念)이 달라진다. 〈천체〉와 〈김밥〉의 거리는 상식

(常識)의 잣대로는 잴 수 없다. 그런데 이 엄청난 거리를 〈천체말이의 김밥〉이 단숨에 뛰어넘어 버렸다. 이는 상식이 아니고 마술이다. 여기서 시인은 마술사와 공통 분모를 가지고 있다. 초현실주의 시인은 언어의 마술사다. 〈천체말이의 김밥〉은 분명히 마술의 언어다. 피부를 간지럽히는 간사스러운 언어가 아니고 〈뇌동맥 속으로 달리는 겨울 기관차〉다. 이 차가운 기관차 소리는 피부의 간사스러운 언어가 아니고 시인의 피 속의 진액(眞液)이 흐르는 소리다. 간사스러운 시인들은 화장품의 언어로 독자들에게 아첨을 부린다. 그런가 하면, 어떤 시인들은 사물의 거푸집을 본떠서 그것을 기존(旣存) 형식과 법칙에 맞추어서 짜맞춤식의 나열(羅列) 형태의 언어로 작품을 대신하면서, 리얼하다느니 아름답다느니 하면서 거드름을 부리기도 한다.

여기서 필자는 「모든 것을 버려라. 네 여인을 버려라. 그렇지 않으면, 네가 버려야 할 것이 너를 버리게 될 것이다」라는 차라의 말을 재음미(再吟味)하게 된다.

구하는 자는 버릴 줄도 알아야 한다. 다다이슴의 청소차에 실려 보낼 것은 실려 보내야 한다. 우리는 〈약산의 진달래꽃〉까지를 버릴 용기를 가져야 한다. 구하는 자의 모랄만 있는 것이 아니고 버리는 자의 모랄도 있다. 〈시커먼 피의 바다〉가 흐르고 〈통곡의 맥〉이 뛰고 있는 상황에서의 언어에는 예술 철학의 근본적인 개조가 요구되며, 언어학, 미학, 예술론 등의 철저한 반성이 불가피하게 된다. 피부층(皮膚層)의 시 문학의 개론, 미용술의 언어학, 짜맞춤식의 말초신경적 운율론 등등은 정신의 언어의, 자유의 철학이 참여할 수 없다.

지금 시인은 죽음을 바라보고만 있지 않고 그 재생(再生)을 환시(幻視)한다. 스스로 날아온 영혼의 새들의 죽음의 해부학의 환상도(幻想圖)를 투시(透視)하면서, 초현실주의 특유의 「초감각적 지각 작용」(超現實的知覺作用)의 무한 영역(無限領域)을 과시하고 있다.

〈잘도 짜른다 바른 팔 다리 허리〉는 죽음의 해부학의 사디슴

(Sadisme)이며, 경우에 따라서는 이 사디슴이 「초현실주의 공화국 헌법」의 제1장일 수도 있다. 〈잘린 팔 다리 허리〉는 죽음의 비극이 아니고 재생을 위한 정화(淨化) 형태다. 「재생의 사디슴」이라고 해도 좋을 것이다. 「재생의 사디슴」에서 생명은 이렇게 아프고 괴롭다. 달콤한 몇 줄의 시로 읊어서 보낼 만큼의 싸구려 생명이 아니다. 그냥 묻어 버리거나 태워 버리거나 하면 그만인 인간의 육신이 아니고 다시 자르고 씻어서 이승의 오염에서 구해 내야 할 귀중한 영혼의 생명이다. 〈영결 종천〉으로 끝나지 않는다.

> 지극히 천한 너의 생명은 永訣終天 끝나고
> 저 세상 벼랑 끝
> 질기디 질긴 너의 목숨은 흰 갈대와 함께……
> 저승길 30리
> 새까맣게 타 들어가는 터널을 뚫고
> 接命再生, 男根을 등에 업고
> 佛前에서 바라춤을 추다가
> 코뼈가 부러지는
> 비길 데 없는 이 황홀
> 우리의 龍은 왜 계속 잠만 자는가?
>
> — 〈詩哭〉의 한 대문

〈터널을 뚫고 接命再生〉의 죽음의 프로그램이 〈男根을 등에 업고〉로 나타난다. 「죽음의 생명적 구조 형태(構造形態)의 스타일」이다. 〈영결 종천〉의 황홀한 길이 시작되는 듯하다. 〈죽음〉과 〈男根〉이 죽음의 「역학 구조 형태」를 구성하고, 〈男根〉을 등에 업는 죽음의 행동 양식이 죽음의 막강한 생명적 에너지를 과시하며 죽음의 애정 행각(愛情行脚)의 시나리오를 상영(上映)한다. 이 시나리오에서 〈接命再生〉의 위대한 생명 과업(生命課業)이 수행(遂行)된다. 이 과업을 위해서는 시인은 〈진달래꽃〉, 〈모란꽃〉, 〈국화꽃〉도 버릴 용기를 가져야 한다. 시인들은 꽃의 허약함을 붙들고 안타까워하는 약자(弱者)가 되지 않기를 바란다. 꽃의 사디스트가 되어라. 로맨틱한 계절의 시를 쓰지 말고 잔인한 계절의 시를 써라. 〈새까맣게 타 들어가는 터널을 뚫고, 男根을 등에 업고〉 출현하는 사자(死者)를 보고 있지 않은가. 시는 생명의 과학이 아니고 생명의 신화다. 〈생명 과학〉은 생명의 물질화며, 〈생명의 신화〉는 생명의 영화(靈化)다.

> 인간은 유전에 의하여 일정한 형태로 배열된 물질의 잠정적 운동에 불과한 것이다.(Le Dantec)

이것이 과학자들의 생명에 대한 소견이다. 인간의 생명체를 「물질의 잠정적 운동체」로 밖에 보지 않는다. 육신의 생명체 안에 꿈의 실체(實體)가 들어 있음을 인정하지 않고 눈에 보이는 물체만을 본다. 인체의 소우주를 어디에 버리고 물질의 집합체로밖에 보지 않는가? 다만 물질의 구성적 기구(構成的機構)로 밖에 보지 않는다.

> 내가 생각하는 바로는, 내가 A라는 모기 한 마리를 으깨어 버리면 A라는 모기는 이미 존재하지 않게 된다. B라는 개 한 마리를 죽여 버리면 B라는 개는 이미 존재하지 않게 된다. 모든 생물은 완전히 죽는다. 나도 생물이니까 완전히 죽는다.(Le Dantec)

한심스럽기까지 하다. 생명과 영혼을 물질의 막다른 골목으로 끌고 간다. 무엇을 〈완전한 죽음〉이라고 하는가? 육신과 함께 생명이 완전히 문드러진다는 뜻일 거다. 이것이 레알리스트들이 말하는 「물질적 결정론(決定論, déterminisme)」이라는 것이다. 이는 「물질적 운명론」이기도 하다. 물질의 잣대로 생명을 잰다는 것은 실로 허망한 일이며 슬프기도 한 일이다. "남근을 등에 업은 죽음"의 형상은 강력한 생명력의 에너지의 상징 형태로서의 물질적 규정 형태를 벗어 버리고 무력한 물질론의 한계성을 벗어나서, 살아 있는 독립적인 생명체로서의 유기적 활동력을 과시한다. 이는 생명의 초월적 의지며, 열망이며, 정열이며, 새로운 생명의 모랄이며, 생명의 새로운 이마쥬의 화신(化身)이다. 한 마디 말 속에도 생명의 탯줄이 걸려 있다. 언어는 이 탯줄을 버리고 물러설 수 없다. 그래서 포에지의 언어는 생명의 동반자다. 만일 초현실주의 언어가 물러선다면, 먼저 생명이 물러서야 하는 비운(悲運)을 맞게 될 것이다.

이호우론(李鎬雨論)

—「개화(開花)」를 중심으로—

진창선*

1

삶과 문학을 하나로 가꾸어 살다 간 이호우 시인, 1940년 「달밤」외 2편으로 「문장지(文章誌)」를 통해 문단에 데뷔한 뒤 시조집으로는 1955년 「이호우시조집(李鎬雨時調集)」과 1968년에 누이인 이영도와 공동시집인 「비가 오고 바람이 붑니다」를 제2시집으로 출간했는데 이 가운데 1권인 휴화산(休火山)」은 다시 2부로 나누어졌다.

광복 이후에는 언론계에도 관여 대구 매일신문 편집국장과 논설위원 등을 역임했으며 특히 자유당 치하에서는 선비의 의지로 굳건히 저항했던 것은 그의 작품 세계를 더욱 높여 놓았다고 본다.

두루 아는 바와 같이 가람의 추천을 받아 등단한 이 시인은 한국 현대 시문학의 정상을 일직이 개척한 자리는 이왕의 한국 문학의 전통 장르인 시조 문학을 새롭게 혁신한 3연 6행의 단형 시조로 지평을 열었던 것이다.

김윤식 교수도 "정형시적 성격에다 시조를 되돌리고, 그 본령 정계

의 정도(正道)를 모색하고, 마침내 새로운 현대 시조의 장을 연 것이 이호우의 시조학(時調學)"이라고 높이 평가했다.

우선 그의 후기 시집인『휴화산』을 장르별로 살펴보면 121편 단형 시조가 80여 편이 넘는다. 이 단형 시조의 특징은 짧은 3장이지만 알맞은 정조(情調)를 또 때로는 울분의 상황, 더 나아가서는 가슴을 파고드는 듯한 감흥까지도 담아내는 장르라 실로 중용적 특성을 갖춘 서정시의 양식이기에 더욱 가꾸고 장려되어야 한다고 황진이론(黃眞伊論)에서 강조한 바 있다. 그러므로 이호우(李鎬雨)시인이야말로 한국 현대 시문학에 우뚝 솟은 공적이 바로 이 3연 6행의 창조적 혁신에 있음은 몇 번을 강조해도 지나치지 않으리라. 아울러 많은 작품 중에서도 특별히 대표 작품으로「개화(開花)」를 뽑아 우선 분석해 보는 것은 그 장르의 혁신에 있음을 밝혀둔다.

이호우 시인의 작품에 대해서는『문장』지를 통해 가람은 "범상한 제재를 가지고 이와 같이 좋은 작품을 지은 건 그의 천품과 조예(造詣)가 어떠한가를 능히 짐작하게 했으며 우리 시단(詩壇)의 한 장래를 그에게 허여하지 않을 수 없다."고 호평을 아끼지 않았고, 석정(夕汀)도「명시조감상(名時調鑑賞)」에서 "이 시인의 시조를 읽고 나는 강렬히 풍겨오는 생활의 벅찬 체취에 오직 숨이 막힐 따름이라."고 극찬을 했다. 그리고 문덕수 교수도『휴화산(休火山)』에 대해 평하기를 "다양한 소재를 바탕으로 내적·신비적 생명감을 긴밀하고 압축적인 조직으로 표현한 시조로서, 고도의 세련미와 능숙한 수사를 볼 수 있다."고 밝힌 바 있다.

이호우 시인은 이른바 가람의 혁신파에 속하면서도 가람 시조학(時調學)을 뛰어넘은 한국미의 높은 경지를 이룩한 시인이었다. 특히 그 파격적인 형식은 물론 내용면(주제)에 있어서도 후기 작품 세계에서는 다양한 소재를 통해 사회적 현실 및 인간 생활과 조국(祖國)의 아픔에 대해 도도(滔滔)한 가락으로 큰 울림을 주었다. 흔히 우리 시조 문학에서 논의되는 도락주의적(道樂主義的) '즐김'의 문학 세계와는 달리 삶의 깊은 철학을 통해 사랑과 비판을 아끼지 않았음을 우리는 그의 작품 도처에서 쉽게 만날 수 있다. 또 한편 그의 전기적(傳記的) 배경을 보더라도 소위 정부 요직에다가 친일파들을 앞세운 자유당 정권의 파쇼들과는 한 시민으로서 또한 언론인으로서 그의 지조 높은 선비 정신으로 맞섰던 것은 우리 문학사에도 길이 남을 일이라 하겠다. 이런 관점만 참고해도 "문학을 삶에 접근하고 현실을 인식(認識)하는 험난한 길로 보지 않는 망상을 저질러 왔다"고 한 시조 시인들에다 이호우 시인을 포함시킨 것은 마땅히 재고되어야 할 것이다. 이호우(李鎬雨)의 강렬한 의지와 그 높은 기개(氣槪)며 시 정신은 그의 생활과 문학이 한 눈에 보여주고 있지 않은가.

또 가람의 맥(脈)을 훨씬 뛰어넘은 3연 6행의 우리 전통 문학인 시조(時調)에 대한 혁신이야말로 실로 이호우 시인의 불타는 예도(藝道)로 성공시킨 한국미의 한 개척이었다. 덧붙여 말하면 연시조와 자유시의 장르적 특질을 뽑아서 변증법적으로 발전시킨 것이 이호우 문학의 「개화(開花)」요 우리 시 문학의 새로운 지평이었다. 흔히 시 정신의 가열성(苛熱性)이란 표현도 이를 두고 하는 말인지도 모른다. 이같은 짧은 3연 6행에다 응축시킨 깊고 넓은 시 게계는 무엇보다도 이 시인의 자기 붕괴를 통한 창조적 건설이었다. 이 짧은 형식 속에 피워낸 시혼(詩魂)과 이미지, 에즈라 파운드(Pound, Ezra)같은 시인이 세계 최단의 시라고 한 일본의 하이쿠(俳句)에 반해 버린 것은 새삼 우리 시조를 되돌아 보게 한다. 여기 참고로 한 편만 소개한다면,

古池や蛙とびこむ水の聲
(낡은 못풀이여, 개구리 뛰어드는 새봄의 소리)

"예술이 생의 재현이다."라는 뒤랑티(Duranty)의 말을 빌릴 것도 없

이 우리 이호우 시인은 문학이 곧 삶이요 신앙이었다(염불… 내 시조
는 나의 염불).

여기 그의 작품 두세 편을 임의로 골라본다면 먼저 「깃발」은 세 수
로 된 연시조로 여기에서는 강인한 의지의 표상으로써 힘과 불꽃 같은
절대의 표백(表白)을 형상화 하였다. 다시 말해 다함없는 젊음과 주어
진 상황(狀況)을 극복하려는 힘을 보였다. 두 번째로 「학(鶴)」을 보면
이왕에 우리 시조 작가들이 흔히 빠졌던 화조월석(花鳥月夕), 음풍농
월(吟風弄月) 등 인생이나 시대를 외면했던 풍류적 세계와는 대조적으
로 삶의 여러 풍파로부터 부딪쳐 일어나는 '한'의 응어리까지 높은 예
술적 차원으로 승화시킨 인고(忍苦)의 시 정신과 만나게 된다. 세 번째
로 들 수 있는 작품은 「휴화산(休火山)」이다. 이 작품은 3연 6행의 단
형 시조로 인간 욕성(人間欲性)을 초월해 정작 고고한 '인간정신'을
보인 인내(忍耐)는 곧 구도자(求道者)의 참 모습 그대로다. 특히 마지
막 3행의 '함부로 하지 않은'의 구절에서는 어떤 상황에서도 강인한
선비의식과 지조로써 이를 극복, 더 나아가선 미래 지향까지도 내포한
실존(實存)의 세계를 형상화했다고 본다.

2

이제부터는 서두에 제시한 그의 대표작 「개화(開花)」에 대해서 살
펴보기로 한다.

꽃이 피네 한 잎 한 잎
한 하늘이 열리고 있네

마침내 남은 한 잎이
마지막 떨고 있는 고비

바람도 햇볕도 숨을 죽이네
나도 아려 눈을 감네

생명 탄생과 우주적 질서의 신비경 앞에 우리 또한 눈이 아려 숨조차 죽일 수밖에 없는 이 한국 현대시와 마주하고 보면 다시 한 번 경건해진다. 그러니 이 이호우 시인의 「개화(開花)」야 말로 한국 시조 문학 사상(文學史上)으로도 스스로 황홀한 '개화(開花)'라 이를 만하다. 정녕 자연의 생명 탄생을 통해 인간의 삶에 대한 그 신비의 찬란함과 오묘함의 탐구 그것은 분명 문학의 실크로드가 아니겠는가. 더구나 이 어렵고 고독한 작업의 결실, 실로 우리의 순수한 고유어와 우리글로 다듬어 낸 3연 6행의 한 편 속에 높고 값진 체험을 무르녹였으니 정작 시(詩)의 다보탑(多寶塔)으로 모국어를 빛냈지 않은가. 그야말로 작품 「개화(開花)」는 우주가 새롭게 열리는 신비의 한 순간을 경건하게 펼쳐보인 바로 선적(禪的) 경지 그것이리라.
다시 1연부터 그 구조를 분석하자.

꽃이 피네 한 잎 한 잎
한 하늘이 열리고 있네

기나긴 시련과 온갖 역정을 참고 이겨내 바야흐로 탄생하려는 외경의 순간, 이와 더불어 한 우주가 결국 찬란한 제 모습으로 자리한다. 여기 그 반복은 참으로 엄숙하면서도 장중한 첫발걸음의 형상화로 하나의 서주(序奏)이다. 이렇게 눈부신 탄생의 찰나를 단 한 문장으로 압축해 놓았으니 가장 적은 말로 더없이 큰 뜻과 깨달음을 얻었다 할 것이다. 특히 첫줄에서는 도치와 반복의 기법으로서 정밀(靜謐)의 세계를 고요히 펼쳐놓는다. 원래 우주 질서의 섭리는 그 반복이 원형(原型)이라 설화는 물론 역사(歷史)에 이르기까지 살아있음의 호흡과도 같은 것일지도 모른다. 그리고 또 이 시에는 쉼표, 마침표까지 철저히 축약된 스타일이다. 한편 전통적으로 써 온 운율을 과감히 깨뜨린 시조학으로서 예도를 개척했다. 다시 말해 진정 다른 시조 시인들한테서 찾아볼 수 없는 형식의 창조이기도 하다. 예술의 형식에 대해서는 저 쇼펜하우어(Schopenhauer)가 남긴 "모든 예술은 음악의 양식을 동경한다."란 명제를 떠올리게 한다. 그리고 이 작품의 1연 2행에서는 개화(開花)를 일러 "한 하늘이 열리고 있네"라고 했으니 여기서도 "시어(詩語)는 언어를 초월한다."고 말한 인류학자 레비스트로스(Levi-Strauss)의 명구도 이런 수작을 두고 한 것이 아닐까. 아무튼 이 2행은 은유와 과장의 혼합으로 더욱 조화를 이룬 시 세계의 장관을 바라보는 기쁨이다. 다음은 제2연.

마침내 남은 한잎이
마지막 떨고 있는 고비

다함없는 진통의 물기둥처럼 우뚝 솟아 생명 탄생의 절정 앞에 마냥 엄숙해질 따름이다. 깊숙한 내면 세계의 본질까지 바라볼 수 있게 하는 정히 '고비'와 마주한다. 표현 기법상으로 여기가 최상의 봉우리인 것 같다. 그러니까 "떨고있는 고비", 이 짧은 시구(詩句)가 한결같이 긴장감을 형성하였으니 독자로 하여금 호기심을 사로잡기까지 했다. 그중에서도 '고비'야말로 작품 전체의 핵(核)이며 벼리[綱]와 같아 이끌어 다스리는 근본으로 삶의 바탕까지도 깨치게 하는 으뜸이다. 절제된 시어의 절정이라고 이름하고 싶다. 한편 어떤 생명 탄생에도 절정(진통)이 있는 것은 오로지 자연의 순리요, 그것이 크면 클수록 안으로 축적된 내면의 신비는 깊고도 넓은 것. 이렇게 하나의 단어로 응축했으니 여운(餘韻)은 한층 길고도 가득할 수밖에 없다. 삶이란 결국 '고비'

로 엮어지는 행로(行路)가 아닐까. 또 하나 "떨고 있는" 역시 어법상으로 보면 현재 진행형으로서 생명의 동작성을 표상한 것이 분명하다. 끝으로 마지막 3연을 보자.

    바람도 햇볕도 숨을 죽이네
    나도 아려 눈을 감네

이 종장인 3연에서도 파격은 여전하다. 이제 생명 탄생의 신비경 역시 한 고비를 넘어서 다소곳이 종장으로 다스려 옷깃을 여미는 장이다. 일언지하 생명 탄생의 침묵 앞에 감히 이 이상의 다른 어떤 진언도 여기에 차마 미칠 수 있을까. 진실로 이 찬란하고 엄숙한 생명 탄생의 순간을 위해서 바람과 햇볕 곧 삼라만상과 더불어 시적 자아도 끝내 그만 아려 눈까지 감을 수밖에 없으니 모두가 하나로 되지 않는가. 이야말로 물아일체(物我一體)의 경지를 이룬다. 이를 일러 즉 자연 또 무위자연(無爲自然)의 경지와 통하는 것이라고 한다면 실로 동양사상의 숲이야말로 더없이 넓고도 깊다 아니 할 수 있으랴.

또 1연과 3연에서는 보드랍고 감각적 여운을 남긴 어미 '네' 의 시적 여운은 무한한 시간적 정조와 운율미까지 더했다. 여기다 3연 첫째 행에서의 의인과 대유적 기법은 내면 세계를 그려내는 데도 제 몫을 다했다. 또한 둘째 행의 4 · 4조의 리듬은 안정감을 더했으니 3 · 4조네 4 · 4조네 하는 율격은 우리 모국어의 특질에서 비롯된 자연적 생성으로 보는 것이 타당하겠다. 그러므로 이호우 시인의 이 「개화(開花)」는 흔히 천년 미학이라 일컫는 시조로 피워 놓은 언어 예술의 꽃이다. 여기에다 전체 구조 또한 점층적 수법으로 탑같이 괴어 다듬은 입체라 더욱 인상적이다.

3

이상으로 작품 「개화(開花)」에 대한 감상을 대략적이나마 마치고 한두 가지만 첨가하면서 매듭을 지을까 한다. 이와 같이 한국 시문학사를 빛낸 이호우(李鎬雨) 시인은 오직 창조적 혁신을 통해서 그의 문학 세계의 꽃인 이 「개화(開花)」를 안았지만 더 알찬 결실을 보지 못하고 일찍 떠난 것은 심히 애석한 일이었다. 그러나 서두에서도 잠깐 언급한 것처럼 진실로 강인한 선비 정신과 기개를 가진 이 나라 큰 시인으로 푸름 시맥(詩脈)을 이루어 놓았다. 한편 실러(Schiller)의 말대로 "시인이 시보다 위대했다."고 하면 되는지 모르겠다. 더러는 우리 한국 시조 문학에서 형식의 개혁과 전통의 부활을 위해서 각고의 노력을 했거나 또 하고 있지만 아직껏 성공은 보지 못했다. 예컨대 '양장(兩場)시조' 네 사설 시조 등 나름대로의 시험들은 다 이에 속한다.

그러나 오직 이호우 시인의 시조 문학에 있어서의 창조적 혁신은 확실히 새로운 지평을 열어 주었을 뿐만 아니라 문학사에도 큰 공적을 이루었다. 하나만 더 보탠다면 그의 시 세계를 일러 관념적 낭만주의란 이름을 붙이는 것도 일단 의미 있는 지적이다. 이런 관점을 조금만 더 고구(考究)해 보면 황진이의 작품 세계와도 무관하지 않을 것이다.

그리움과 절제의 시학

— 김정숙 시조집 『당신이 숨은 바다』 서평 —

최재선*

시인은 불행하기 때문에 시를 쓴다는 말이 있다.

세상 속에서 시인이 불행하다는 것은 그 정신의 깨어있음과 영혼의 순수로 인해 세계와 화합하지 못하는 갈등 때문일 것이다. 인간사의 관계 속에서 겪는 아픔이거나, 삶의 어떤 결핍으로 인한 욕망 때문이거나 시인의 불행, 세계와의 부조화는 그만큼 시인의 자아를 흔들고 사유하게 하는 원천이 된다. 이는 시인의 아픔은 그만큼 시적 사유와 깊이를 더하는 에네르기일 수 있다는 의미이기도 하다. 익숙한 일상의 사물과 존재 앞에서 생명의 의미를 찾아내는 일, 그 생명의 소중함에 전율하는 일이 시인의 삶이다. 하여 세계 속에서 시인은 불행하고, 그렇기 때문에 행복한 존재일 수 있다는 역설의 언어가 성립되는 것이다.

김정숙은 시조 시인이다. 생의 연륜만큼이나 오랜 詩作 생활은 그녀만의 세계를 구축하고 있다. 그녀의 시에는 시인이기 때문에 삶이 오히려 무거운 짐으로 여겨지는 듯한, 외부의 현상은 너무도 평화롭고 안온하지만 끊임없이 내출혈이 이는 시인의 고통이 담겨있다. 시인이기에 감당해야 하는 세계에 대한 책임. 그녀가 느끼는 생의 무게와 삶의

---

* 한국산업기술대학. 문학평론가.

흔적은 보다 원초적이고 생래적인 것이어서 아무도 대신 짐 질 수 없는 자기만의 것이다. 하여 그녀만이 지닌 시적 감수성과 시인이 느끼는 사물과 사람 사이의 관계를 파헤치는 일은 그 자체가 무의미한 일이기도 하다. 이미 시의 의미와 개념의 무게를 벗어날 만큼 시인의 詩作은 시적이며 압축되어 있다.

김정숙 시인의 시조 속에서 얻을 수 있는 정서는 '시인됨의 아픔', 시인이기 때문에 느낄 수 밖에 없는 그리움. 그런 감각의 촉수로 인한 자아의 떨림 같은 것이다. 그것은 외부로부터 오는 것이 아니기에 다소 추상적이고 비현실적이며, 감상적이고 절대적인 이미지를 동반한다. 이는 시인의 자아로 침잠하는 내향성의 기미로 느껴지기도 하는데, 이를 통해 김정숙 시인이 형상화한 생명과 존재하는 것들에 대한 관심과 詩化는 매우 시적이라는 사실을 알 수 있다. 무심히 지나칠 수 있는 사물을 대하는 시인의 태도는 생명의식에 대한 경외와 세상에 대한 포용을 여성적 정서의 충일로 표현하고 있다.

김정숙 시인의 제2 시집 『당신이 숨은 바다』 (마을, 2001)에 담긴 시세계의 특징은 몇 가지로 살펴볼 수 있다. 첫째는 동시대의 사회문제에 대한 관심과 비판, 그로 인해 고통받는 이들에게 보내는 시인의 위로의 메시지다. 「생명시대의 위기」, 「경제위기」, 「참게의 반란」, 「봄을 잃은 그단스크」 등에서는 문명의 미명 아래 파괴되는 환경문제와 자연의 위기를 보여주고 민주화의 흔적을 지닌 폴란드 자유노조의 근원지에서 그 의미의 퇴색을 가슴 아파한다. 이러한 시편들은 현상적인 세상의 문제 속에서 보다 근원적인 인간의 오류와 이기를 읽어내는 시인의 혜안을 보여준다. 이는 자기만의 방에 갇힌 삶이 아니라 더불어 함께 사는 세상에 대한 시인의 관심이며, 여성이 지닌 모성성의 긍정적 발현이라 할 수 있다.

맑은 물 가득한 세상

눈 뜨고 싶었네

어두워진 밤 달 뜨면 숨겨진 본능 감출 수 없어 두고온 고향을 기억하네
경남 하동의 봄 찾아 섬진강 물 그리워 80리를 걸어 예까지 왔네
발가락이 부르트고 온 몸이 상처 투성이래도 그리워 그리워 고향 강
이 그리워져
허기진 배 움켜잡고 여기까지 찾아왔네

고백은
끝나지 않은 싸움
내 쉴 곳은 여긴데.

떠나온 친구들
어디로 흘러갔나

빛 찾아 눈 비비고 몸 풀고 있건마는

강으로
찾아드는 동무 없어
맞이할 길 영영 없네.

- 「참게의 반란」 전문

양식장을 뛰쳐 나와 강으로 나가는 참게의 모습을 그린 시조다. 사설
시조의 형식으로 이어진 두 수에 나오는 참게의 모습은 김광규 시인의
「어린 게의 죽음」에서 구덕을 빠져 나와 죽음에 이르는 게의 이미지와
도 통한다. 양식장을 벗어나 고향 강을 찾아 가는 게의 여로는 인생의
여정을 은유하기도 한다. 세상의 구조 속에서 자유를 잃고 살아가는 인
간들 역시 참된 자유와 평화가 있는 낙원, 인간의 始原으로 돌아가고픈
꿈을 꾼다. 인간이 만든 인위적인 공간이 아니라 풍요로운 자연과 함

께 호흡할 수 있는 인간의 대지. 자연의 강으로 돌아가고픈 욕망이다. '강'은 어머니 자궁의 상징. 모태는 영원한 회귀의 원천, 그리움의 근원지가 아닐까. 그러나 혼탁한 세상을 벗어나는 일은 용기를 필요로 한다.

게가 맑은 물을 그리워하여 고통 속에도 고향의 강을 찾는다는 시 속의 서사처럼 굴레를 벗기 위해 치러야 하는 자기만의 아픔. 그 아픔과 눈물을 시인은 알고 있다. 시의 화자는 게의 모습을 대신한다. 문명의 이기 속에 갇혀있거나 억지로 생명을 만들어 내는 인위 속에서 참 생명의 의미를 찾고 우리가 회복해야 할 생태계의 질서에 대한 무언의 메시지를 미물인 참게를 통해 전하는 것이 아닌가.

둘째는 格物致知의 정신과도 통하는, 사물을 대하여 배우는 지혜와 살아있는 것들의 생명의 호흡 느끼기이다. 김정숙 시인이 생명을 보는 눈, 생명을 느끼는 마음은 감정의 절제로 견고하게 형상화된다. 운율과 리듬은 시조의 근본이니 이에 대해 말하라면 그녀의 시편들은 가장 잘 짜여진 형식을 지니고 있다. 더러는 지나치게 절제되고 아껴진 언어가 시의 여운을 반감하기까지 한다. 사물의 존재 속에 담긴 생명의 호흡을 느낀다는 것과 물상에 이름 붙이기는 세상의 만물을 대하는 시인의 감각이 살아있음을 보여준다. 나아가 사물을 대하여 시인의 감정이 이입된 서정은 자연의 산수를 읊어 자신의 감정을 표현하던 옛 시조 미학의 현대적 변용으로 인식될 수 있다.

날마다 환생을 꿈꾸는
아픔의 여울 저쪽

화두(話頭)의 끝머리는
그래도 사랑이라

몸살로
도사리는 빚 갚음은
전생을 깎는 넋두리.

- 「덕진 공원의 연꽃아」 전문

　김정숙 시인의 시에 담긴 이미지는 대체로 절대적 심상으로 나타난다. 상대적 심상이 대상을 지닌 시의 이미지로, 삶의 의미를 전달하기 위한 수단이거나 객관적 대상을 재현한 것이라면 절대적 이미지의 시들은 무언가를 의미하기보다는 단지 '존재하고' 있다. 위의 시에 나타난 이미지 역시 연꽃이라는 실재 대상을 재현하여 보여주지 않는다. 시인이 표현하는 것은 시인의 상상과 시적 세계 속에서 존재하는 이미지들이다. 그러한 심상은 관념이나 의미를 전달하지 않는다. 시의 의미가 열려있어 읽는 이로 하여금 느낌 그대로를 자유롭게 수용하게 하는 개방성이 있다. 이는 곧 김정숙 시인의 시적 형상화 양식의 미덕이며 단점이 되기도 한다.

기도같이 다가와
몸을 푸는 푸른 약속

사랑도 예고된 이별처럼 도사리고

매달린
저 깊은 열병
눈물임을 보겠네.

- 「풍란을 붙이며」 전문

　더 이상의 언어의 조합을 불허할 만큼 꽉 짜여진 언어의 절제와 함축미가 돋보인다. 김정숙 시인의 서정성의 특징은 사소한 것에도 배어있

다. 詩題「덕진공원의 연꽃아」는 「덕진공원의 연꽃」과는 그 어감이 다
르다. 호격같기도 하고 감탄을 나타내는 의미같기도 한 '아' 라는 조사
의 사용은 시의 느낌을 증폭시킨다. 시조 「돌아오는 길」에서도 종장은
여운으로 남겨진다. /만남은 /끝없는 소리로 /연등 달고 흐르는./, 둘
째 수의 종장도 /먼 발길/ 모롱이 지나/ 몰래 몰래 감기는./ 으로 '-는'
으로 마친다. 이어질 듯 아쉬움과 의미를 남기는 종장 결구는 감정의
절제와 언어를 아끼는 시인 의식의 특징적 표현이다. 사물에 이입되는
시인의 감정은 이미 사물의 형상을 초월하는 것이기에 시적 은유와 상
징은 풀 수 없는 기호처럼 견고하게 형상화된다. 하여 그녀 시의 독법
은 시가 주는 이미지를 따라 시적 심상을 그대로 받아들이는 것이 필요
하다. 詩題가 의미하는 사물의 형상이나 보다 시각적인 보여주기의 흔
적을 찾고, 나아가 시의 의미를 묻게 되면 김정숙 시인의 시의 맛은 놓
치고 만다. 이미 시인의 마음 속에서 시적 영감으로 창조된 시 속에는
사물은 존재하지 않기 때문이다. 사물을 넘어서 하나의 물상, 하나의
존재가 전하는 순간의 영감과 느낌만이 살아있다.

1
겨울로 가는 달빛도
숨 죽이는 산녘에

산기(山氣)를 품어내는
보랏빛 몸살은

저리도
깊숙한 눈빛에 갇혀
흔들리고 있는가

2

노을을 물고 섰는
빛깔들의 환한 잔치

눈물도 방울방울
향기로 맺혀있어

외로움
깊은 성(城)을 쌓고
목숨 한 줄 피었다.

-「산국(山菊)」 전문

늦가을 산녘에 핀 산국화의 외로움을 본 시인의 서정이다. /산기를 품어내는 보라빛 몸살/이나 '향기로 맺혀있는 눈물' 역시 시인의 정서로 인한 사물 읽기다. 이는 곧 지고 말 꽃의 운명을 예감하는 아픔이며, 보아줄 이 없는 산녘에 피어있는 꽃의 외로움을 알아챈 시인의 감각이자 사물에 이입된 시인의 정서 표출이다. 김정숙 시인의 시편에서 보편적으로 찾을 수 있는 외로움, 고독, 눈물, 그리움, 목마름의 심상은 시인의 내면에 깃든 원초적 정서의 표현이다. 이는 시인과 세계 사이에서 겪는 불화나 부조화로 인한 것이 아니라 시인이기 때문에 경험하고 느낄 수밖에 없는 시인의 고통. 세상의 사물을 대하는 방식인 것이다. 모두가 무심히 지나치는 것들 속에서 존재의 아픔을 보는 일, 작은 것들에 이름을 붙여 주는 일, 모두가 떠나버린 빈 자리에서 그 존재의 흔적을 찾아내고 아쉬워하며 그리워하는 일들이 시인의 몫이며, 그의 고통이자 행복이다.

세 번째로 찾을 수 있는 것은 그리움과 눈물의 시학이다. 한 편의 시란 어쩌면 시인의 눈물의 결정 속에서 피어나는 꽃일지도 모른다. 우리 고유의 소리를 만드는데 있어서도 절창을 얻기 위해 목에서 피가 나는 소리의 다스림뿐만 아니라 마음에서 사무치는 소리를 얻기 위해 가

슴에 恨을 심는 일까지 서슴지 않았던 이야기가 있다. 그만큼 예술의
영역에 있어 살아있는 감수성은 중요한 것이다. 시조「땅에 묻은 노래
는」 시인의 정서가 그대로 묻어나온다.

1
물줄기 뜨겁게 눈떠
노래되어 흐르네

목기운 그리움이
화살되어 박히는

그것은
치유되지않는
사랑의 열병이네.

8
접을 수 없는 소리있어
기다림의 촉수를 세우고

빛으로도 잡을 수 없고
눈으로도 줄 수가 없어

한발짝
가슴에 묻어두는
뜨거운 이 노래는.

　이별의 정한과 사랑의 아픔은 여류시인들의 시 세계를 대변하는 주
제이며, 서정시의 내용을 이룬다. 위의 시조는 시인의 내적 세계를 보
여준다. 아무런 갈등이나 대립 없이 수락하는 슬픔의 자리는 시적 화

자의 목소리를 통해 그대로 전해진다. 시가 근본적으로 우리의 지성과 이지에 호소하기보다는 감정과 정서에 어울리는 이유는 시의 세계가 정서적 구조이기 때문이다. 이런 의미에서 김정숙 시인은 시의 정서를 가장 진솔하게 표현하는 시인이라 할 수 있다. 서정적 시의 구조 속에서 시인의 자아는 세계 또는 존재하는 사물들과 결코 대립하지 않는다. 있는 그대로 받아들이고, 주어지는 그대로를 자아의 세계 속에 수용하는 마음, 그래서 고독하고 외로운 정서가 시인이 지닌 의식이다.

시는 리듬과 이미지와 의미의 세 요소가 유기적으로 구성되었을 때 시적 효과를 얻는다. 리듬은 시간적 동일성의 규칙적 반복이기 때문에 경험을 질서화하고 그 속에서 자아발견을 가능케 한다. 무형식과 무질서, 무의미로 가득한 현대시의 세계 속에서 김정숙 시인이 시조의 율격을 지키며 시적 형상화를 이루어 가는 것은 자아의 정체성을 확립할 수 있다는 점에서 의미 있는 일이다. 그리움의 절대적 심상과 정신적 이미지의 충일은 절제와 압축의 미와 함께 김정숙 시인의 시적 형상화의 특징이다. 이 때 의미의 약화가 이루어질 수 있다. 그러나 시적 체험이란 시인의 의식 속에서 부단히 변화하며 다양한 양식으로 형상화될 수 있고, 시인의 의식 역시 끊임없이 변모해 가는 것임을 생각할 때, 시적 체험이 감각적인 것에 집중되는 아쉬움 역시 극복될 수 있으리라 믿는다. 김정숙 시인의 시 세계가 지속과 변이의 양상을 거쳐 보다 심원한 시조의 세계로 나아갈 것을 기대한다.

엄현옥 수필의 자기 정체성 찾기

한상렬*

1. 타기(唾棄)해야 할 선입견과 작가의 문제

2000년 한국문인협회에 등재된 수필가의 수는 자그마치 1,003명이다. 엄청난 수필가의 팽창이 아닐 수 없다. 각 지역의 수필동인이나 수필동호인을 포함하면 그 수효는 아마도 배수(倍數)는 되리라 여겨진다. 이런 수적(數的)인 면만 보아도 오늘 우리의 수필문학이 얼마나 양적으로 팽창해 가고 있는가를 짐작할 만하다. 굳이 아놀드·토인비의 "수필이 모든 문예를 주름잡을 날이 멀지 않았다"는 말을 인용하지 않더라도 미래문학의 대표 주자가 수필임을 알게 한다. 그러나 이런 외적인 사실만으로 수필을 평가할 수 있을까? 과연 그런 평가는 정당할까.

혹자는 이렇게 말한다. "피천득이나 이양하, 김태길 정도의 수필이 아니면, 수필이란 그냥 시간 나는 사람들이 문학에 대한 그 영원한 갈망을 조금이라도 충족시키기 위해 그 흔한 문화센터나 다니면서 끄적거리는 것이 아니냐, 혹은 갑자기 유명해진 사람이나 유명 연예인이 급

작스럽게 대필자를 구하거나 윤문해서 장삿속으로 내는 것이 아니냐, 혹은 종교인들이 '마음을 비우라' 는 식의 대책 없는 '무심(無心)을 표리부동하게 내세워 혹세무민하는 것이 아니냐' 식의 의심이 팽배해 있다. 그것은 대개 사실이기도 하거니와, 한편으로는 수필을 시나 소설에 비해 하위 장르로 치부하는 선입관이 작용하고 있기 때문이기도 하다."(하응백의 염혜정의 작품 해설에서) [1]라고. 그는 이어서 오늘의 수필을 혹평하면서 "자화자찬이나 자기 현시는 읽는 이의 이맛살을 찌푸리게 한다. 타인에 대한 배려 없는 자기만의 독백도 공허하게 읽히기는 마찬가지다. 보편성에 기반을 둔 진정한 자기 반성이나 통찰이 있어야 한다는 뜻이다." [2]라고 말하고 있다. 이 말은 일견 수필문단의 현실에 대한 따끔한 고언(苦言)으로 들린다. 물론 그의 견해가 수필을 비하 또는 폄훼하기 위한 언술이기 보다는, 필자로 하여금 아직도 수필문학에 대한 독자성이나 문학성을 바로 이해하지 못하는 작가들이 이렇듯 많구나 하는 생각을 떨치지 못하게 한다. 여기서 필자가 '혹자' 는 이라 지칭한 것은 이 같은 견해를 가진 작가들이 아직도 상당수 있기 때문에서다.

앞서의 언술에서 필자에게 관심을 갖게 하는 부분이 있다. '첫째로 우리 수필의 앞자리에 피천득, 이양하, 김태길 등의 작가를 거론하고 있다는 점이며, 둘째로 수필에 대한 인식의 편협함, 셋째로 수필문학을 시나 소설의 하위 장르로 인식하고 있지 않나 하는 우려, 넷째로 수필이란 흔히 자화자찬이나 자기 현시에 빠져 독백 수준의 공허하게 읽히는 글 정도' 로 이해하고 있지 않나 하는 우려에서다. 물론 이런 언술은 오늘 우리 수필문단의 문제를 상당히 심도 있게 천착하고 있다는 점에서는 긍정적이다. 하지만, 그의 견해의 저변에는 적어도 수필을 '붓 가

---

1) 하응백의 염혜정의 작품 해설에서, 염해정 수필집 『어둠의 고개를 넘어서 가다』, 청동거울, 2000, 261-262쪽.
2) 같은 책, 262쪽.

는 대로’ 정도로 인식해 온 문단의 오도된 통념이나 수필이 독자성을 획득해 오지 못한 결과에서 온 인식의 결핍이 아닐까 생각된다. 실상 위에 제시된 예들은 수필이 수필문학으로서 위상을 잡지 못했던 이유에 해당한다. 문학적이지 못한 수필이 문단에 횡행하듯 타 문학 장르도 이와 한가지다. 문학에 대한 독자의 관심이 고조되면서 악화가 양화를 내몰 듯 수필답지 못한 수필이 횡행하는 것은 말할 것도 없다. 때문에 문제의 초점을 작가 정신의 여하에 두어야 할 것이다. 우리는 지금 진정한 작가의 출현을 기다리고 있다. 수필의 경우에도 매한가지다. 문학 인구의 저변 확대라는 측면에서 최근에 일고 있는 문화센터 중심의 창작 열기를 기꺼워 할 일이지, 이 때문에 수필문학의 질이 타락 일보직전이라 한다면 그건 매도요, 비약일 수밖에 없다.

어떻든 우리는 진정한 작가의 탄생을 소망한다. 그리고 작가는 마땅히 아마츄어가 아닌 프로 정신에 입각한 작가 정신으로 무장할 필요를 느낀다. 그렇다면 여기서 작가란 도대체 어떤 사람일까?

작가(作家)란 사전적 정의를 따르면 “문학의 창작 활동을 전문으로 하는 사람”이다. 영어의 author는 ‘저자’ 라는 뜻이지만 작가를 뜻하는 말로도 쓰인다. 여기서 ‘작가’ 란 진수(陳壽)의 『삼국사기』에 의하면 “집안을 다스리다”라는 의미로, 『경세통언(警世通言』에는 ‘절약하다’ 라는 동사였으나 이것이 명사로 쓰인 것은 송나라 이후라고 한다. 이때 비로소 작가란 어떤 분야에 성취가 있는 사람, 전문가, 고수(高手)로 쓰였다. 즉 장인성(匠人性)에 초점을 맞춘 것이었다. 김병익은 이런 작가는 “한 없는 외로움과 고통, 절망과 도전, 모험과 패배의 무거운 짐을 지겠다는 실존적 결단” [3]이 있는 사람으로 보고 있다. 그런 작가가 지금은 죽어가고 있다는 것이 최근의 담론이다. 이미 1968년 바르트에 의해 제기되었던 ‘작가의 죽음’ 은 “그의 작품들이 그 자신에게로 귀속

---

3) 김병익, 「작가란 무엇인가」, 『전망을 위한 성찰』, 문학과 지성사, 1987, 123쪽.

되는, 완전무결하고 자족적인 작가, 작품에 존재하는 고정된 의미를 만들어 내는 장본인이며 그 의미의 기원에 해당하는 그러한 작가다.”[4] 라고 하였다. 결국 ‘author’는 폐기되더라도 한자말의 ‘작가(作家)’는 살아남아 있다는 것으로 곧 ‘작가는 장인(匠人)’이어야 함을 말한다. 여기서 우리는 20세기말 우리를 곤혹하게 했던 ‘문학의 위기, 저자의 죽음’과 같은 담론을 다시금 떠 올려야 한다. 일찍이 시인 황지우는 “세계는 모순의 신호들로 가득 차 있다.”[5]고 하였으나, 푸코는 오히려 “글을 쓰는 주체가 한결같이 사라지는 그런 공간을 창조해 낸다”[6]고 지적하고 있다.

작가는 누구인가라는 질문에 대한 답으로 정과리의 말을 인용하도록 한다. 그는 「문학 언어의 미래, 문자와 비트 사이」라는 글에서 이성복의 예술가의 초상이란 글을 인용하면서 다음과 같이 말하고 있다.

예술가로서의 삶의 완성의 문제는 나에게 완성된 예술보다 훨씬 중요하게 생각된다. 한 예술가로서 살아간다는 것은 무엇을 의미하는가. 이 물음에 대한 우회적인 대답으로 나는 내 자신에게 언제나 매순간 죽어야 한다고 타이른다. 이때 죽는다는 것은 언젠가 그날, 나는 죽어야 한다는 명확한 사실을 기억하는 것이며, 그럼으로써 지금 내가 살고 있는 이 삶을 죽은 그날의 나, 마지막으로 세상을 바라보는 내가 되어 바라보는 것이다. 나는 매순간 죽어야 하고, 그럼으로써 나의 삶, 혹은 현실의 풍경들은 되살아나야 한다. 내가 죽음으로써만이 이 세상은 현전하고, 존재하고, 기억된다. 나의 삶은 나의 것이며, 동시에 나의 것이 아니다.

—「그대」, 단장 757

이 진술은 한 시인의 문학관을 넘어서서 문자 예술의 본성(nature)이

<hr>

4) 성민엽, 「21세기 작가란 무엇인가」, 『21세기 문학이란 무엇인가』, 민음사, 27쪽.

5) 황지우, 『사람과 사람 사이의』, 한마당, 1986, 26쪽.

6) 우찬제, 「21세기 자자와 열린 텍스트」, 『21세기 문학이란 무엇인가』, 민음사, 1999, 49쪽.

라고 할 수 있는 것에 대한 중요한 암시를 담고 있는 것으로 보인다. 우리는 이 진술에서 몇 개의 명제들을 떼어낼 수가 있다.

① 예술은 완성된 삶이 아니라 삶의 완성이다.
② 예술가는 매번 죽어야 한다.
③ 예술가가 죽음으로써 세상은 현전하고 기억된다. [7]

라고 말하고 있다.

여기서 ①은 예술과 삶이 일치함을 말한다. 예술이란 그저 아름다운 것이 아니라, 삶을 통과해 간 실존의 두께요 깊이라 하겠다. 여기서 중요한 것은 '완성된 예술' 이 아니라, '예술가로서의 삶의 완성' 이 보다 중요하기 때문에 결국 '문학이란 영혼의 싸움의 기록' 이라는 것이다. 위에서 ②는 ①이 촉발시킨 독자의 의문에 대한 우회적인 대답이며, ③은 ②의 뜻풀이라 하겠다.

이제 지금까지의 논의의 마무리를 해야 할 단계가 되었다. 새로운 21세기의 문학, 그 문학을 담당해야 할 작가는 어떤 사람이어야 할까. 한 마디로 말해 작가는 마땅히 외로움과 고통 속에서 그 절망에 도전하고 모험과 패배의 무거운 짐을 진 사람이어야 한다. 때문에 작가는 철저한 장인 정신으로 무장해야 한다. 따라서 작가는 마땅히 자신의 삶을 통해 실존과의 싸움으로 영혼의 기록을 남겨야 할 것이다. 위대한 문학 작품은 바로 이 같은 과정에서만이 얻어질 것이어서다.

특히 수필문학은 다른 장르와 달리 1인칭의 자아 성찰 자기 관조의 문학이다. 따라서 수필 속의 자아는 '나' 라고 하는 작가일 수밖에 없다. 그렇기에 수필문학은 무엇보다 자신의 정체성을 밝히는 데에 있을 것은 자명하다.

---

7) 정과리, 「문학 언어의 미래, 문자와 비트 사이」, 『21세기 문학이란 무엇인가』, 민음사, 1999,
   593-594쪽.

2. 고뇌의 창조와 자기 정체성의 확인

문학은 환경과 풍토 속에서 자신의 독특한 얼굴을 만든다. 그 얼굴은 도식적이거나 획일적인 합리의 그릇으로 잴 수 없으며 자유로운 탄생과 정신을 담고 있다는 데서 그 신비로움을 갖고 있다.

"흔히 수필을 관조의 형식이라고 하듯이 자기 삶의 내부를 깊숙이 들여다보아야 한다. 쓰는 사람의 아픔이나 진실이 전해지지 않으면 수필은 읽는 맛이 없다. 자화 자찬이나 자기 현시는 읽는 이의 이맛살을 찌푸리게 한다. 타인에 대한 배려 없는 자기만의 독백도 공허하게 읽히기는 마찬가지다." [8]

이는 하응백의 말이다. 지당한 언술이다. 이런 견해는 오늘의 수필이 너무 안이하게 쓰여지고 있음을 드러낸 말이다. 다시 말하면, 고뇌의 창조를 통해서만 훌륭한 작품은 탄생한다는 말이겠다.

일반적으로 한 편의 수필은 작자의 마음을 진정으로 대변해 준다. 이는 진솔한 인간 체험이 언어적 형상화를 통해 작가 자신을 드러내주기 때문일 것이다. 때문에 수필은 작자의 마음이라고도 한다. 이런 면에서 장백일은 "수필은 인생의 해석과 생명의 이해를 위한 정서와 상상과 사상을 하나로 용해시키는 문학으로서의 '인간학'이다. 궁극적으로 수필은 인생의 표현이기 때문이다." [9]라고 하였다. 희랍의 시인 아이스큐러스의 "삶의 지혜는 고뇌에서 생긴다."라는 말과 같이 우리는 고뇌를 통해 삶의 환희를 깨닫게 된다. 따라서 여기 고뇌는 곧 환희로 가는 길일 수 있다. 그러므로 작가의 고뇌와 진통은 위대한 창작의 힘이 될 것이 분명하다. 앞서의 장백일의 말을 조금 더 인용한다.

---

8) 앞서 하응백의 작품 해설, 262쪽.

9) 장백일, 「고뇌와 창조」, 『한국수필』 1992 여름호, 169쪽.

위대한 생명이 위대한 진통에서 태어나듯 좋은 수필, 훌륭한 수필은 소
재를 작자의 정서와 상상 속에서 여과시키는 창작에의 진실된 진통과 고
뇌로부터 피어난 꽃이다. 수필의 감동은 그로부터의 결과이다. 소재의 새
로운 해석과 이해를 위한 진통과 고뇌가 없는 수필은 마치 폭발력을 상실
한 불발탄처럼 깊은 감동과 감명을 주지 못한다. 그러기에 거세된 회색의
이론이 아니라 작열하는 삶에의 감동을 그리워한다. [10]

위의 장백일의 언술 중에서 우리는 "위대한 생명이 위대한 진통에
서 태어나듯 좋은 수필., 훌륭한 수필은 소재를 작가의 정서와 상상 속
에서 여과시키는 창작에의 진실된 진통과 고뇌로부터 피어난 꽃이
다."라는 말에 주의해야 할 줄 안다. 위대한 진통 그리고 정서와 상상
의 여과. 이런 주문은 문학만이 아닐 것이다. 이는 어떤 의미에서는 작
가 정신과도 통한다. 수필작가 엄현옥의 수필이 독자에게 주는 미감은
이런 진통과 정서와 상상의 여과의 산물이라는 점에서 돋보인다.

수필 「나무」[11]는 연갈색 나무가 주는 온화한 분위기를 서두로 하여
나무의 생애를 여러 형태로 비유하고 있다. 현(絃)을 고르는 미세한 음
이 흐르고 서정적 분위기의 연주가 시작된다. 은발의 노연주자의 품에
안긴 더블베이스 그리고 중년 단원과 포옹하는 첼로. 이들은 나무라는
재질의 악기가 아니다. 이미 연주자의 분신으로 변용한 창조물이다.
여기에서 화자는 창조의 극치를 바이올린으로 꼽는다.

날렵한 미모의 젊은 바이올리니스트의 어깨에 실려, 그녀의 턱에 몸의
일부를 맞대고 있다. 그 모양이 여인의 몸매를 닮았다는 사실을 지금 처

---

10) 위의 글, 170쪽.

11) 엄현옥, 수필 「나무」, 『제물포수필』, 2001년 상반기호, 제38집, 287-290쪽.

음 느낀다. 검은 롱원피스를 입은 미녀 주자(奏者)의 어깨에 지그시 기댄 채 사랑을 나누다가, 새처럼 솟구치는 지휘봉에 따라 움직이는 활에 몸을 맡기고 있다. 그들이 만들어낸 화음은 유장하고 거침없는 테너를 더욱 돋보이게 한다. 그러다가 중후한 음색의 베이스나 바리톤이 깔리면 커펫처럼 낮게 드리워진 포근함으로 실내를 감싼다. 그리고는 끝나기가 무섭게 감당하기 힘든 박수세례를 받기도 한다.

―수필 〈나무〉에서

이렇게 만인의 공경과 찬사를 받는 바이올린의 경지가 하루아침에 이루어진 것은 아니다. 나무의 변화 그 변용의 위대한 창조는 마침내 화려한 변신의 웅자가 된다. 여기 중요한 사실은 어느 장인(匠人)의 정교한 손놀림에 자신을 단련시킨 연후에야 비로소 그처럼 우아한 자태로 서게 된다는점에 있다. 애초 하찮은 보통의 나무로 출발하여 이렇듯 최고의 경지에 이르고, 무대 공연이 끝나도 애장품으로 줄곧 사랑받게 되는 나무의 변용이야말로 우리가 바라는 최고 지선의 경지가 아니던가. 이른바 진통과 고뇌를 통한 창조가 이루어지는 장면이다. 이렇듯 위대한 생명은 위대한 창조로부터 꽃핀다는 사실. 작가는 이런 삶의 경지를 나무를 통해 의미화 내고 있는 게 아닌가. 이런 의미의 구체화가 다음에 이어진다.

인천항 제8부두를 빠져 나오는 나무의 저마다 다른 삶의 양태가 이를 보이고 있다. 여기서 화자는 나무에게도 내세가 있다면, 전생의 베푼 덕(德)으로 인해 다른 용도로 태어난 것이 아닌가 하는 의문을 갖는다. 그 구체화가 열대 밀림에서 생을 마감한 나무의 팔려나감으로 이어진다. 그 중에서도 광산의 버팀목이나 레일의 버팀목으로 쓰임이 결정되는 것은 나무의 또 다른 삶의 양상이다. 여기서 화자는 하루아침에 뒤바뀐 삶의 환경으로 당혹해하는 드라마 속의 주인공을 대비시켜 필요에 따라 다른 용도로 쓰여지는 나무를 떠올린다. 자기 정체성의 발견이 뒤따른다.

그렇다면 나는 어떤 나무인가. 바이올린처럼 사랑하는 이에게 살갑게 다가가지도 못할 것이고, 천성이 상냥하거나 외모가 빼어나지도 않으니 관상용 분재나 근사한 정원의 수목은 아닐 것이다. 내가 만일 나무로 태어난다면, 청아한 울림으로 남아 있는 칼릴 지브란의 '참나무와 사이프러스 나무'와 같은 사랑을 하고 싶다. 함께 있되 너무 가까이 서지 않고, 서로에게 그늘이 되지 않아 근사하게 자라는 것을 지켜보리라.

시골집 울에 아담하게 서 있는 싸리나무나, 마을의 고샅을 지키는 회양목이어도 좋겠다. 아니면 양지바른 묘지 둘레에 선 도래솔이 되어, 세상의 힘든 여행을 끝낸 망자(亡者)와 긴 대화를 나누고 싶다. 그러나 어느 가난한 문사(文士)의 앉은뱅이 책상이라면 더욱 좋겠다.

다만 연소되지 못하고 생 연기만 폴폴 내면서, 불을 지피는 아낙을 눈물 짓게 만드는 희나리만은 아니기를 바랄 뿐이다.

—수필 〈나무〉에서

그의 수필은 이렇게 자기화의 멋을 지닌다. 고뇌의 창조를 통한 자기 발견은 정체성의 확인이다. 나무의 삶을 의미화하여 자기화함으로써 의미 없는 제재에 생명을 불어 넣는데에 수필의 미적 감수성을 발견하게 한다. '사랑하는 이에게 살갑게 다가가지도 못하고, 천성이 상냥하거나 외모가 빼어나지도 않고'라는 겸손한 태도가 화자를 더욱 돋보이게 하면서 '싸리나무나 회양목, 도래솔, 아니면 문사의 책상'이라면 더욱 좋겠다는 무위와 무욕의 삶의 태도가 화자의 인격을 한결 멋스럽게 한다. 어찌 이런 삶의 태도가 거저 얻어지랴. 아픔을 겪어보지 않은 이는 인생의 참 의미를 깨닫지 못하듯 참다운 수필문학의 경지는 이 같은 작가의 삶의 태도에서 자연 유로 되는 게 아닐까 싶다. "수필이 독자에게 주어야 하는 것은 독자의 상상을 환기시키고 감정을 자극하여 독자를 감동시키는 데 있다. 단순히 지식을 전달하는 데 목적을 둔다면 그에 의해 독자는 어느 정도 무엇인가를 배울 수는 있을지언정 감정적으로 감동되지는 않는다." [12]고 한 장백일의 말은 이런 수필의 경지를 두고 한 말이겠다.

  자기 정체성의 확인 작업은 엄현옥 수필의 중요 인자로 작용하고 있다. 이런 경향은 수필 「나는 나」, 「꼴찌의 대물림」, 「작은 배」에서 확연히 드러난다.

  수필 「나는 나」[13]에서의 화자는 개성이 뚜렷하다. 대개의 사람들은 남들의 시선을 의식하고 살아간다. 아니 삶 그 자체가 그런 의식 아래서 치러진다. 의식주의 향유 대부분을 타인에 대한 시선에 고정시키는 경우가 허다하다. 그래서 때로는 허위와 가장 속에 자신을 감추고 살아가는 세상. 이 수필은 방송사 라디오 프로그램에 초대되어 주차장에서 자신을 여자가 아닌 남자 PD로 착각한 일을 화제로 하여 전개된다. 이어서 또 다른 에피소드. 문방구에서 있은 비슷한 또 다른 착시(錯視)가 중첩된다.

  엊그제는 문방구에 들어서니 하교시간인지라 남자 고등학생들로 가득하다. 나는 잠시 뒷전에서 기다리고 있는데 주인 아주머니는,
  "학생은 뭐 줄까?"
  당당한 반말이다.
  나도 기분이 썩 좋지 않아,
  "A4 파일!"
  똑같이 반말로 대답하니 그제서야 찬찬히 쳐다본다.
  "어머 남학생이 아니라 여자네."
  미안해 죽겠다는 표정이다. 여자들만의 장소에서 케주얼한 옷을 입고

---

12) 장백일, 「왜 수필을 써야 하는가」, 『수필문학의 이해』, 세손, 1998, 183쪽.
13) 엄현옥, 수필 「나는 나」, 『창작수필』 35호, 2000 봄호, 223쪽.

나가면 '남자가 분명해' 라는 미심쩍은 시선을 받기 일쑤다. 모두 다 지나
치게 짧은 내 머리 때문이다. 이외에도 나의 헤어 스타일에 관한 한 에피
소드는 수없이 많다.

—수필 〈나는 나〉에서

이런 착시의 현상을 화자는 자신의 머리에 있다고 생각하면서도 이
야기는 그런 통상적 관념을 뛰어넘어 실용성을 강조하는 자신의 언술
로 풀어나가고 있다. 왜 그에게는 대부분의 여인들이 정성을 쏟는 보
통의 일, 아니 어쩌면 생명과도 같이 집착하는 그 일에 대해 별무 관심
일까. 자신의 머리 치장이 여자로서의 아름다움을 가꾸기 위한 지극히
평범한 일임에도 그는 실용성에 대한 강조로 이를 제어한다. 그 이유
는 다름 아니다.

한두 시간씩 뼈다귀 같은 플라스틱 도구에 머리를 말아 독한 약을 뿌
린 후 비닐 모자를 덮어쓴 채 뜨거운 김을 쏘이며 시간을 죽여야 하는 번
거로움이 싫다. 그것을 관리하는 것도 만만한 일이 아니다. 촉촉한 느낌
을 주기 위해 적당히 물을 뿌리고 트리트먼트를 바르거나 스프레이를 뿌
려 그 칙칙한 기분으로 하루를 견뎌야 한다.

—수필 〈나는 나〉에서

아름다워지기 위한 여인의 노력은 자연스러움이다. 유행을 좇는 적
당한 허영은 그런 여인들의 원초적 기원이다. 그럼에도 화자는 그런 보
통의 여인이길 애써 외면하고 있다. 무엇 때문일까. 다름 아닌 생활인
의 모습에 충실하고 싶어서다. 매양 자신의 얼굴을 가꾸기에 온통 삶
을 걸어놓은 듯 한 그런 생활인의 모습은 그의 얼굴이 아니다. 여기 생
활인이길 강조하는 화자의 생활이 있다. 아름워지려는 여성의 천재성
을 초월하고자 함은 바로 화자의 정체성에 대한 의지라 하겠다. 아마
도 그는 톨스토이의 말과 같이 "남편에게 사랑 받는 아내라면 화장을

하지 않아도 미인"이라는 말을 떠올리는가. 그래 그는 "이 땅의 많은 남성들이 여자의 멋진 헤어스타일에 찬사를 보낸다해도, 지금의 머리 모양을 버릴 생각은 없다."고 했다. 그것은 바로 '나'는 '나'이기 때문이다. 이런 '나'를 향한 정체성의 확인이 바로 화자의 자기 얼굴 그리기라 하겠다. 혹여 그가 찰랑거리는 드라마 속의 여주인공에서 느끼는 유혹이 있을지라도 청순가련형의 여인으로의 변모가 힘들 것임을 지각하고 있어서인가. 아니다. 그 보다는 그에게 더 중요한 생활이 있어서다. 그 보다 더 가치 있게 생각하는 삶이 있어 그에게서 그런 여유로움을 빼앗아간 것일 게다. 여기 단호한 화자의 의지가 자신을 변호하면서 동시에 독자를 유인한다.

수필은 자기 변호를 일삼아서는 독자를 잃게 된다. 지나치게 현학적이거나 분수없이 자랑을 늘어놓는다면, 읽기를 포기한다. 그래 좋은 수필은 "자기의 인품이 탁월함을 과시하고자 할 때 결정적으로 실패한다. 자신의 결함, 또는 실패담을 솔직하고 꾸밈없이 다름으로써 좋은 작품을 얻을 경우가 있다." [14] 이 같은 김태길의 언술은 지당하다. 앞의 수필 「나는 나」가 그러하고, 수필 「꼴찌의 대물림」이 또한 그러하다.

숫자 감각이 무딘 나는 3학년 때 몇 반이었는지 기억이 희미하고, 4학년 때는 우리가 같은 반이었다는 친구들의 말에도 어름어름해진다. 도대체 나는 몇 반이었단 말인가? 아무리 생각해 봐도 아리송하다. 이어서 운동회 때 달리기는 몇 등이었나에 관심이 모아지면 제각기 자기는 1등이었다느니, 장거리 계주 선수였다느니 하면서 소시적의 화려한 경력을 펼치며 신바람을 낸다. 왕년에 화려하지 않았던 사람이 있을까. 그러나 그 방면에 있어 나의 과거는 어두운 상처뿐이다.

이쯤 되면 주눅이 들어서 미리 백기를 들고 이실직고할 수밖에 없다. 자수를 하지 않는다 해도, 미구에 나의 이력은 처참하게 드러날 것이니 결

---

14) 김태길이 발표(제2회 한국수필문학회 주관 세미나, 1983.7) 내용을 인용한 한상렬의 『수필창작의 길라잡이』, 도서출판 서해, 1998, 132쪽.

과는 마찬가지가 아닌가.

"그래, 너흰 좋겠다. 나는 여섯이서 달릴 땐 6등이었고, 여덟 명이 한 조일 땐 8등이었어."

좌중은 웃음바다로 변했지만 그놈의 꼴지 망령은 수십 년이 지난 지금까지도 나를 따라붙는다.

어릴 적에 운동회는 가장 거북스러운 행사였다. 마스게임이며 단체 경기까지는 그런 대로 넘어갔지만 맨손달리기가 말썽이었다. 안간힘을 다해 달려도 내가 결승점에 가까스로 다다른 지 얼마 되지 않아, 바로 다음 조의 1등이 흰 결승 테이프를 가르며 들어오곤 했다.

'나는 언제나 저 자랑스런 테이프를 가슴으로 받아볼까.'

출발을 알리는 신호 총소리가 터지는 짧은 순간은 공포 그 자체다. 아니 그 이전부터 가슴은 두 방망이질 해대는 것이다. '하늘이 무심하지 않아 천재지변이라도 일어났으면 ⋯⋯.' 하는 심정이었다. 갑자기 쏟아진 폭우에 운동회가 중단되어 집으로 달려가는 환상 속에 사로잡힌 적도 있다. 고학년이 되면서부터는 불안감 속에 갖은 상상력이 동원되기도 했으나 그렇다고 출발 신호가 나를 비껴간 적은 한 번도 없다.

—수필 〈꼴찌의 대물림〉에서[15]

누구에게나 남에게 보이기 싫은 부분이 있게 마련이다. 수필은 이런 경우 그 진솔함을 산다. 꾸미지 않은 소박함이 엄현옥 수필의 매력이자 장점이다. 앞서의 「나는 나」에서의 경우나 「꼴지의 대물림」이 그러하며 서두의 「나무」의 경우도 이와 맥을 같이 한다. 여기서 그의 정체성의 확인 작업이 수필이라는 언어예술을 미적 장치로 하여 나타나고 있음을 보게 한다. 망령과도 같이 화자를 쫓아다니는 꼴찌에의 환상은 화자의 고뇌의 창조이자 이를 통한 자기 정체성의 확인 작업이다. 해학과 페이소스를 동반한 이 수필은 '대물림'이라는 운명과도 같은 에피소드의 연결을 통해 자아투영의 인생 단면을 보여준다. 그것은 도피

---

15) 엄현옥, 수필 「꼴찌의 대물림」, 『제물포수필』 제34집, 1999 상반기호, 120쪽.

가 아닌 삶과의 맞부딪힘. 좌절이 아닌 극복의 의지를 고뇌의 승화로
서 보여주고 있다. 결미의 언술이 이를 잘 보여준다.

　　많은 이들은 인생을 달리기에 비유하기도 한다. 시작점에서의 출발과
과정을 지나 도착이 모두 만족스러울 수는 없다. 그러나 달리기의 목적이
우승에만 있는 것이 아니라 끝까지 내달음에 최선을 다했다면 그 또한 값
진 일이다.
　　미루어 짐작하건대, 지금껏 내가 달려온 길로 보아 앞으로도 모든 일
에 1등을 할 것 같지는 않다. 그렇다고 매번 꼴찌만 하라는 법도 없고, 비
록 꼴찌라도 도중에서 포기했던 적은 없다. 완주에 의미를 두고 힘 닿는
대로 달렸던 것이다. 사랑하는 딸애에게 꼴찌의 대물림과 아울러 희망도
물려주고 싶다.

—수필 〈꼴찌의 대물림〉에서

　　여기서 이 수필의 보석과 같이 반짝이는 생활인의 자세는 바로 꼴찌
의 대물림과 함께 희망도 물려주고 싶다는 데에 있다. 겸양과 자기 낮
춤. 그러나 그 안에 내재된 미래에 대한 희망은 이 수필을 보다 건강하
게 채색하고 있으며, 이런 작가적 태도는 독자로 하여금 희망적 메시지
로 전달된다. 신변적인 소재임에도 불구하고 화자의 목소리를 통한 강
렬한 주제와 진솔한 삶의 제시가 있음은 이를 두고 한 말이겠다. 그저
치장된 언어의 남발이 아니다. 설익은 교시적 언어의 성찬도 아니다.
모자람 투성이의 보편적 일상의 모습이자 어쩌면 화자의 어눌한 언술
에도 불구하고 이를 통한 미적 감수성은 현란한 현대문명의 주눅 들거
나 왜소해져 가는 현실에서 스스로 비상케 한다. 여기 수필의 미학이
존재한다. 수필이 어차피 화자 자신으로부터 출발한다고 할 때, 치부
의 노출은 피할 수 없다. 문제는 이를 어떻게 미적 감수성으로 표현하
느냐에 있을 것이다.
　　"예술은 완성된 삶이 아니라 삶의 완성이다."라고 이 글의 모두에서

정과리에 말을 인용한 바 있듯, 문학은 환경과 풍토 속에서 자신만의 독특한 얼굴을 만들게 된다. 엄현옥의 수필은 어느 수필에서나 흔히 보듯 자화 자찬과 자기 현시에서 일정한 거리를 유지하면서 자신의 얼굴을 그려내고 있다. 이는 한 마디로 고뇌의 창조요, 자기 정체성의 확인이 아닐 수 없다.

3. 팽팽한 긴장과 삶의 무게

"수필의 생명은 인생의 무게를 담은 중후함에 있다. 경박스럽거나 허둥대는 모습이 아닌, 진지함에 의해 그 가치가 있는 것이다. 삶을 관조적 안목으로 응시하고 사색의 과정을 거쳐 서두르지 않는 관조의 자세가 생명력을 지닌 건강한 수필의 밑바탕이 된다." [16]고 윤재천은 말하고 있다

수필 「가끔 외줄을 타고 싶다」에는 이런 화자의 팽팽한 긴장과 삶의 무게가 나타난다. 소재는 코엑스 전시관의 관람 테마 '과자의 나라' 와 동춘서커스의 공중무예다.

> 붉은 코의 곡예사가 누워서 두 발로 통을 굴린다. 균형을 유지하다가 일부러 떨어질 듯 아슬아슬한 장면을 연출하자 아이들은 감탄을 터트린다. 얼굴보다 더 큰 링을 공중에 던졌다가 주고받는 곡예는 눈으로 그 움직임을 따라잡기도 버겁다. 가느다란 막대 끝의 접시는 바람개비처럼 멈출 줄 모른다. 시대가 바뀌고 나라도 다르건만 레퍼토리는 별반 달라진 게 없는 모양이다.
>
> —수필 〈가끔 외줄을 타고 싶다〉에서[17]

---

16) 윤재천, 「서정수필의 한계와 그 극복」, 『수필문학의 이해』, 세손, 1995, 355쪽.
17) 엄현옥, 수필 「가끔 외줄을 타고 싶다」, 『인천수필시대』, 2000, 72-73쪽.

아이들과 함께 한 코엑스 전시관의 서커스 관람에서의 한 장면이다. 화자는 여기서 문득 회감에 젖는다. 동춘 서커스의 공중 곡예다. 손에 땀을 쥐는 팽팽한 긴장을 체험하던 장면이 이어진다. 작가는 사라져가는 것들에 대한 아픔과 함께 외줄타기에 의미를 부여하고 있다. 긴장감은 무엇인가? 타성화된 삶에 새 바람이다. 현실에 안주하고자하는 나태와 안일을 몰아내고 새 옷을 갈아입고자 하는 변화의 몸짓이다. 그런데 현대인은 그런 내적 욕구를 지니면서도 일상에 몰입한 채 삶의 쳇바퀴를 돌린다. 화자의 창작 의도는 여기서 생명력을 갖는다. 다시말하면 삶의 무게에 짓눌려 나태와 안주를 거부하고 팽팽한 긴장감을 맛보고자하는 소망이 그에게는 있다. 그래 그는 스스로 외줄을 타고 싶은 욕망을 불러온다. 작가 엄현옥의 자기 정체성의 확인은 여기서 다시 시작된다.

> 많은 것들이 내게서 사라져 갔듯이 곡마단에 대한 아련한 추억도 기억의 저편으로 사라질 것이다. 단 한 번만이라도 외줄타기를 다시 보고 싶다. 방황의 끝에서 자신이 찾은 한 줄기 삶인 양, 외줄에 서서 가볍게 오르내리기를 되풀이하던 스릴 속에 나를 내맡기고 싶다. 그로 인해 가슴 두근거리던 시간이 그립다.
>
> 어느 한 곳에 머무르기보다는 자신들이 가진 공간에 대한 끊임없는 파괴로 생의 깊이와 폭을 넓혔을 그들의 곡예를 다시 한 번 보고 싶다. 그 열정적인 삶을 대하고 싶은 것이다. 시들해진 삶의 의욕과 반복되는 일상은 나를 무력하게 만든다. 이렇듯 나태해진 마음을 외줄에 올려 팽팽한 긴장 속에 선 나를 꿈꾼다.
>
> ―수필 〈나는 까끔 외줄을 타고 싶다〉의 결미

외줄이 주는 팽팽한 긴장감 속에 자신을 내어던지고자 하는 화자의 마음은 변화를 꿈꾸는 피터뻬나와 같다. 삶에 지친 영혼을 불러일으키고자 하는 화자의 끝없는 생명력이 의미화의 과정을 겪으면서 새롭게 탄생되는 장면이다.

  이렇게 변화의 주모자이길 바라는 작가의 소망은 수필「작은 배」에
서도 구체화된다. 이 수필은 사뭇 사색의 농도가 짙게 나타난다. 오늘
날 그저 수필을 '붓 가는 대로' 정도로 이해하는 작단의 오해는 그의
수필에서 새로운 경지를 보여준다. 쉽게 씌어진 글이 아니다. 마음 안
에 상념이 고이고 고여 드디어 마그마가 폭발하듯「작은 배」는 사색적,
명상의 세계로 진입하고 있다. 산문시와도 흡사한 수필적 언어들이 행
간에서 생명력을 얻어 꿈틀거린다. '나 지쳐 바다에 갔다.'에서 시작
하여 '바람이 거세다', '배는 이제 떠나고 싶다'로 이어지다가 '사위
는 어두워진다', '뒤척이기를 그만 두고 베란다로 나간다', 로 절정을
이루다가는 드디어 '그때 나는 환상을 보았다.'로 결미가 맺어진다.
변산반도 해변가에 바다를 거스르지 못한 채 몸부림치며 떠 있는 고깃
배. 그 배를 바라보는 작가의 사색은 무한으로 뻗어있다. 여기 바다를
향해 떠나가고자 하는 고깃배의 항해는 다름 아닌 화자의 욕구다. "그
때 나는 하나의 환영을 보았다. 굵은 동아줄을 팽개치고 떠나는 작은
배, 형제바위를 지난 홀연히 항해에 오르고 있다. 저 먼 바다를 향해.
이제 나도 떠나야 한다."라는 화자의 목소리는 바로 팽팽한 긴장감 속
에서 삶의 무게를 벗고 자유롭고자 하는 소망의 상징일 것이다. 이런
엄현옥의 수필경향은 앞서 살펴본 바 있는 '고뇌의 창조요, 자기 정체
성의 확인'과 맥을 같이한다고 하겠다.

  4. 원형 속의 자아 찾기, 자신으로 향하는 여행

  인간이 타인을 알고자 하는 노력의 흔적은 쉽게 눈에 띄지만, 자신
을 알고자 하는 노력은 대체로 희소하다. 그래 너 자신을 알라는 델포
이 신전의 말이나 지적으로 단정할 수 없는 궁극에서 소크라테스가 다
이모니온(Daimonion)의 소리를 들으려는 노력으로 자신을 강화하면

서 진리에 순사(殉死)했던 것이다. 여기 '나'를 알고자 하는 노력과 자신을 발견한다는 것은 같은 맥락이지만, 반드시 일치하지는 않는다. 즉 내가 무엇인지의 존재 가치를 아는 것이 전자라면, 나의 내심에서 우러나오는 본질적인 파악은 후자의 경우라 하겠다. 때문에 전자에 인간미가 나타난다면, 후자에서는 인간적 성숙이 이루어진다. 그러므로 원초적 인간의 모습을 통해 자신의 정체성을 확인하는 일이야말로 원형 속의 자아 찾기라 하겠다. 이런 과정이 수필문학에서는 특별히 기행수필을 통해서 그 정신적 흔적을 찾게 한다.

고향은 인간의 뿌리를 확인하는 공간이다. 누구에게나 이런 본래적 고향은 존재한다. 그러나 현대인은 그 뿌리를 외면하고 현실의 삶에 집착한다. 그리곤 자아를 찾기 위한 방편으로 여행을 떠난다. 따라서 여행이야말로 진실로 자신을 찾아가는 행위가 아닐 수 없다. 여기에서 자아는 바로 존재의 의미를 규명함이다. 수필문학이 이런 존재에 천착하여 나를 찾고자 하는 문학이라면 기행수필이야말로 수필문학의 진수가 아닐 수 없다. 그러나 여기 함정이 있음을 간파해야 한다. 항용 기행수필이 여정과 견문 중심으로 이루어져 주제 구현에 실패하기 때문이다. 그러므로 기행수필은 어떠해야 하는가하는 문제가 제기된다.

『월간문학』 2000년 8월호에 발표한 엄현옥의 기행수필 「사북, 그 아름다운 폐허」는[18] 기행수필의 진수를 맛보게 한다. 영동선 무궁화호를 타고 여행하는 일은 존재의 의미를 끌어올리기 위한 사색의 여정이다. 그 중 사북에 대한 화자의 감회는 남다르다. 과거와 현재의 대비를 통해 옛영화를 떠올리게 하며, 대상의 관조를 통해 삶의 영욕, 삶과 죽음의 문제에 천착할 수 있는 공간이 되기 십상이다. 문제는 작가가 현실의 삶을 어떻게 보느냐하는 데에 있을 것이다.

---

18) 엄현옥, 수필 「사북, 그 아름다운 폐허」, 『월간문학』, 2000 8월호, 257쪽.

① 삶에 필요한 최소한의 공간만이 주어졌을 사택은 작은 슬레이트 지붕을 맞대고 바스러질 듯 앉아 있다. 그 앞을 흐르는 개울에 지천으로 널린 자갈은 황토색이다. 폐광의 구덩이에 고인물이 흘러들어 철분이 엉켰기 때문이다. 좁은 시멘트 다리 밑은 화공약품을 풀어놓은 듯 진초록의 개울만 남았다. 폐촌은 이제 적막만이 감돈다. 그렇게 그들은 떠났다.

산기슭에 따라 구부러진 몇 가닥 길과 다닥다닥 붙은 초라한 집들은 텅 비어 있다. 그들은 어디로 갔을까. 어느 도시의 빈민이 되어 노숙하고 있을까. 아니면 '진폐증'이라는 이름표를 평생 떼지 못하고 가쁜 숨만 쉬는 것은 아닐까. 긴 노동 뒤의 안정된 노후를 보내고 있으면 좋으련만. 그들은 검은 땀을 흘리며 가족의 생계를 꾸려가던 우리의 힘센 가장들이 아니던가.

—수필 「사북, 그 아름다운 폐허」에서

② 저들 탄광의 인부들도 막장에서의 나날이 지치고 힘들 때면 저렇듯 잠시 가던 길을 비켜나 후진하여 다시 오를 만한 길 한두 개쯤 지니고 싶었으리라. 그들 삶에 스위치백 구간이 있었더라면……. 아니 나의 삶에도 달려온 길을 되돌아가 잠시라도 머무르고 싶다. 문득 앞만 보고 치닫는 세상의 속도가 버겁게 느껴진다.

—앞의 수필에서

③ 시간이 허락된다면 저 아픔의 땅에 며칠이라도 머무르고 싶다. 그곳은 멋드러진 자연에의 심취나 주민들의 넉넉한 웃음은 없을 것이다. 그럼에도 불구하고 오직 나 자신과 마주하여 허식과 위선을 벗은 또 다른 나를 만나고 싶기 때문이다.

—앞의 수필에서

작가의 미적 감수성이 돋보인다. ①에서의 장면이 현실 그 자체에 대한 관조라면 ②와 ③에서는 이를 자기 것으로 수용하여 원형 속에서 자아를 찾아가는 자기 탐구와 자기 발견에 초점이 맞춰지고 있다. 그래서 그에게 있어 여행은 그저 육안으로 관조하는 가시적, 지엽적인 것

이 아니라 심안으로 사물을 바라보는 자신으로 향하는 여행으로 승화
되고 있다.

　이런 경향은 수필 「우울했던 시대의 시인을 기리며」에서도 한가지
다. 여기서 한 가지 짚고 넘어갈 특기할 작법이 있다. 그는 기존의 통상
적 구성의 틀에서 벗어나 공간적 추이에 따른 변화 있는 구성법이나 소
재의 의미화를 의한 나름의 단락의 변화를 보이는 구성법을 사용하고
있다. 이는 그의 수필을 읽히게 하는 요소라 하겠다.

　봄은 싫었다. 지천으로 흐드러진 녹색의 향연도 나날이 빛을 더해가는
그들의 광합성도 내게는 너무 부셨다. 붉고 노란 봄 꽃은 너무 화사해서
나와는 무관해 보였다. 계절이 주는 정서의 변화는 우리가 느끼는 것 그
이상이다. 계절을 앓고 보냄으로써 마음의 마디가 하나씩 늘어갔던 것을
나는 알고 있다. 한 매듭씩 지어진 그것들은 더 오래 기다리고 더 깊이 사
고하는 것을, 더 많이 사랑하는 법을 남기고 갔다. 그러나 유난히 봄만은
넘쳐났다. 지천에 널린 녹빛과 화사한 꽃무리로 인해 자신이 너무 초라하
기만 했다.

　시방 낙화에 온통 마음을 빼앗기며, 봄도 저렇듯 찬란한 슬픔과 쓸쓸
한 얼굴을 지녔다는 것은 그나마 다행이다. 이제부터 봄도 내 마음에 자
리할 것이 분명하다. 꽃의 계절이 아니라도 좋겠다. 대청호반을 왼편으로
끼고 나 있는 이 길은 굳이 나의 찬사가 곁들어지지 않는다해도 충분히 아
름답다. 산과 물, 그리고 바람이 있음에 이렇듯 길손들은 길을 떠나온 것
인가.

　　　　　　　　　　　　　—수필 「우울했던 시대의 시인을 기리며」에서[19]

　이 수필은 '만남이 없어도 좋을 날 → 부재를 확인하는 여정→꽃잎
만 날리고→꿈엔들 잊힐리야→우울했던 시대의 시인을 기리며' 로 사

---

19) 엄현옥, 수필 「우울했던 시대의 시인을 기리며」, 『제물포수필』 35집, 1999 하반기호, 131-
　　132쪽.

넘이 연결되고 있다. 작가의 사색의 깊이를 느끼게 한다. 이렇게 그의 여행은 원형 속의 자아 찾기이자, 자신으로 향하는 길이 되고 있다. 이런 엄현옥 수필의 패턴은 다음의 수필 「호반에서 만난 산골 나그네」이나 「탐라의 겨울」에서도 찾을 수 있다. 즉 이 수필의 결미 부분을 보면 "결국 돌아오기 위해 떠났던 짧은 여행, 우린 모두 언젠가는 떠나갈 유한한 세상길의 나그네이기에, 서둘러 떠난 산골 나그네 김유정과의 만남은 내게 무언가를 쓴다는 것에 대한 또 하나의 화두를 무겁게 안겨준 여정이었다." [20]라고 하였는가하면, "아담한 감귤나무는 팔이 늘어지도록 아프다. 황금색 열매가 탐스럽다. 그토록 거센 바람에도 과실을 주저리주저리 달고 끄덕 없이 남아 있는 것이다. 사람들이 지나친 아우성으로 바람이 거세다고 이리저리 몸을 피할 때에도 제자리에서 의연하게 서 있다. 피할 수 없는 숙명으로 그 힘든 고통을 감내하면서 열매를 지키고 있는 저들에게서 위대한 모성을 본다." [21]하고 하여, 여행이 결국은 자신으로 돌아오기 위한 과정임을 보인다.

5. 나가는 말

작가는 마땅히 외로움과 고통 속에서 그 절망에 도전하고 모험과 패배의 무거운 짐을 진 사람이어야 한다. 그러므로 그는 마땅히 철저한 장인 정신으로 무장해야 하며, 자신의 삶을 통해 실존과의 싸움으로 영혼의 기록을 작품으로 남겨야 할 것이다. 위대한 문학 작품은 바로 이같은 과정에서만이 얻어질 것이다. 특히 수필문학은 다른 장르와 달리 1인칭의 자아 성찰, 자기 관조의 문학으로 수필 속의 자아는 '나' 라고 하는 작가일 수밖에 없다. 그렇기에 수필문학은 무엇보다 자신의 정체

---

20) 엄현옥, 수필 「호반에서 만난 산골 나그네」, 「제물포수필」 34집, 1999 상반기호, 48쪽.
21) 엄현옥, 수필 「탐라의 겨울」, 「수필과 비평」, 2000, 3-4월호, 336쪽.

성을 밝히는 데에 있을 것이다.

지금까지 살펴 본 수필작가 엄현옥의 수필세계는 이런 작가 정신에 투철해 있다. 철저한 장인 정신으로의 무장, 언어의 미적 효과를 살린 작법, 의미화에 충실한 수필 쓰기는 그의 수필세계의 깊이를 보여준다. 이제 이 논의를 마치면서 지금까지 주마간산격으로 살펴본 그의 수필세계를 요약하면 다음과 같다.

첫째로, 그의 수필은 작가 자신의 고뇌의 창조이자 자기 정체성의 확인이라 하겠다. 여기 고뇌는 곧 환희로 가는 길로서 작가의 고뇌와 진통은 위대한 창작의 힘이 될 것이 분명하다. 위대한 진통 그리고 정서와 상상의 여과. 이는 어떤 의미에서는 작가 정신과도 통한다. 수필작가 엄현옥의 수필이 독자에게 주는 미감은 이런 진통과 정서, 상상과 여과의 산물이라는 점에서 돋보인다. 여기서 고뇌의 창조를 통한 자기 발견은 정체성의 확인으로, 의미 없는 제재에 생명을 불어 넣는 데에 수필의 미적 감수성을 발견하게 한다. 또한 그의 수필은 겸양과 자기 낮춤. 그러나 그 안에 내재된 미래에 대한 희망이 그의 수필을 보다 건강하게 채색하고 있다. 이런 작가적 태도는 독자로 하여금 희망적 메시지로 전달된다. 화자의 목소리를 통한 신변적인 소재들이 독자에게 주는 강렬한 메시지와 진솔한 삶을 제시하고 있음은 이를 두고 한말이겠다.

둘째로, 팽팽한 긴장감과 삶의 무게가 그의 작품을 형성하는 하나의 인자라 하겠다. 즉 안주를 거부하고 긴장을 맛보고자하는 소망이 그에게는 있다. 그래 그는 스스로 외줄을 타고 싶은 욕망을 불러온다. 작가 엄현옥의 자기 정체성의 확인은 여기서 시작된다.

셋째로, 원형 속의 자아 찾기다. 그의 기행수필은 자신으로 향하는 여행으로 나타난다. 여기 원초적 인간의 모습을 통해 자신의 정체성을 확인하는 일이야말로 원형 속의 자아 찾기라 하겠다. 기행수필을 통한 정신적 흔적을 찾고자 하는 노력인 것이다.

이런 수필적 경향을 그의 전반적 경향으로 단정지을 수는 없을 것이다. 다만, 이런 가정은 그가 수필 창작에 바친 문력이 그리 길지 않다는 데에서 가능성과 함께 변화의 징후를 발견할 수 있어서다.

고향, 그 한국적 서정과 인간의 길

─배석권 수필을 중심으로─

하길남*

1. 머리말

사람을 흙으로 빚었다 했으니 사람의 본질은 흙이요 우리의 고향 또한 흙이니, '나의 문학도 흙에서 싹튼 것'이라고 한 것은 지극히 당연한 말을 한 셈이다. 흙은 또한 고향이요 어머니가 아닌가. 그래서 배석권 수필가의 수필에는 고향 이야기가 많이 나오고 어머니 이야기가 애잔하다.

이 '흙으로 돌아가는 인생행로'에는 적잖이 흙먼지도 많이 묻게 될 것이 아닌가. 이 흙 묻은 구비마다 잡풀이 밟히고 찢겨져도 그 '진흙에서는 연꽃을 뽑아내는 심정으로 가꾸어 온 것이니' 그 중 몇 송이라도 영롱하게 피어날 것이 아닌가. 그렇다. 여기에 배석권 수필가의 문학 그 글 쓰기는 진을 치게 된다.

사람은 흙을 떠날 순 없다. 인생도 하나의 나무처럼 흙 속에서 꽃을 피우고 열매를 남 기면서 한 줌의 흙으로 돌아가는 것이 아닌가 생각된다. 한 사람의 생애는 성장환경에서 발아하여 뻗어나가는 것인 만큼 그 근원

지와 발원지는 바로 고향이며 흙이 아닐 수 없 다. 나의 문학도 따지고 보면 흙에서 싹튼 것이라고 생각된다.

- 흙의 자장가

서산에 지는 해도 때로는 어둡고 노을에 비칠 때도 있듯이, 잡문이면 어떻고 명문이면 어떠리요. 이 글들이야말로 그대로 나의 삶의 흔적이요, 내 인생의 발자취인 것을...

- 흙에서 자란 마음 서문

그래서 나는 천방지축 글을 써왔다. 좋은 것이 어떤 글인지, 또 나쁜 글이 어떤 글인지 그냥 쓰기만 했다.
닭이 천 마리면 그 가운 데 학이 한 마리라는 일념으로 단 한 편의 훌륭한 글이라도 쓰 려고 있는 힘을 다했다. 그러나 자세히 되돌아보니 학은 없고 닭뿐인 것 같다

- 묵은 생각 속의 빛, 서문

여기서 우리는 '학은 없고 닭뿐인' 화자의 겸손을 읽게되지만, 또한 작가의 무의식적 방황을 읽게된다는 것도 역시 주목하게 된다.
그것은,

나는 글을 쓸 때 인생의 참된 가치를 최우선으로 했다

- 묵은 생각 속의 빛, 서문

는 진술에서 문학에 정진하게 된 그 단서를 찾게 된다. 또한 우리는 이른바 '예술을 위한 예술이 아니라 인생을 위한 예술이라는 관점' 에서 배석권 수필가를 바라보게 됐다는 사실이다. 이러한 자세는 그 자신의 작품을 푸는 관건으로 우리에게 다가서지만, 여기에는 그의 인간적 자아의식과 더불어 형성된 견해와 그 초조와 조바심의 여세가 여러 작품들을 들러리로 서게 했다는 것도 알게 된다. 이는 또한 배석권 수필가

의 글이 흙에서 싹텄지만 여기에 적막의 사상이 합류했듯이, 이 적막사
상의 한 터울을 읽게 되는 이치와 상통하는 것이라 하겠다.
　여기서 우리는 그의 글이 흙과 어머니, 그 대지(大地)의 사상과 더불
어 인간 가치라는 축을 두고, 한국적 사상의 원형을 조망해 나가는 과
정을 지켜보게 된다. 이와 같은 인간의 길이 바로 배석권 문학의 길이
요 수필의 진면목이 되는 것이다.

　2. 흙의 이미지 그 모향(母鄕)

　배석권 수필가에 있어 흙의 이미지 곧 대지(大地)의 사상이 되고 대
지의 사상은 곧 향수의 고향이 되고, 우리네 고향은 한국적 토양 즉 모
향(母鄕)으로서 한국적 정서의 산물이 되는 것은 말할 나위도 없는 일
이다. 한 걸음 더 나아가서 이것이 한국적 예술의 밑바탕이 되는 셈이
다. 그 단적인 표상의 하나가 한국의 초가지붕이 될 수도 있다. 이 초가
지붕은 바로 흙의 향연이 되는 것이다. 이러한 정서적 산물이 우리가
모두에서 지적해 온 것처럼, 화자의 문학적 발아점이 되면서 그 정서적
귀착점이 된다 하겠다.

　재기를 차고 팽이를 치던 우리는 기러기 울어대는 소리를 들으며 하늘
을 보노라면 연이 날아간 쪽으로 기러기도 자취를 감추고 만다.
- 우수절의 일기

　어린 시절 종아리에 묻은 흙먼지를 털어 주시던 어머님과 할아버지의
생각도 불연 듯이 솟구쳤다.
- 흙의 자장가

　하루 종일 들판에서 곤충을 잡으며 동무들과 해가 지는 줄도 모르고 노
는 데만 빠졌다 가 애타게 찾고 계실 어머니의 얼굴이 떠오를 때에야, 도

둑고양이처럼 집에 몰래 숨어들 어 가던 어린 소년의 모습-. 고향 속의 나
는 언제나 꿈 많고 철모르는 소년으로 숨쉬고 있다.

- 고향의 바다

바닷가 갯벌에서 먹을 것을 구하고, 산수(山水)가 수려(秀麗)한 산 속
을 헤매면서, 더덕 과 칡 등 여러 가지 먹거리로 산나물을 캐고 배를 채웠
다.

- 나의 고향

논밭에 나간 사람들의 점심을 이고, 한 손에는 목이 긴 백자 술병을 들
고 들로 가는 아 낙네도 있었다. 날이 저물어 그 길로 일꾼들이 오고 호미
든 아낙네와 그리고 어디선가 '음매' 하고 송아지 우는 소리도 들렸다.

- 정들었던 오솔길

우리는 흔히 고향을 등진 사람을 탕아로 치부하곤 한다. 고향을 등
졌다는 것은 곧 부모와 형제자매를 등졌다는 이야기가 되기 때문이다.
사실 우리는 고향을 생각하면 명절날 귀성길을 떠올리게 되지만, 또한
벼슬 깨나 하고 돈깨나 벌었다는 위인들이 거들먹거렸던 영상도 떠올
리게 된다. 그래서 우리는 외지에 나가서 벼슬도 하고 돈도 번 이들이,
고향을 위해 정성을 쏟는 모습들을 보고 쉽게 감동하게 된다.

고향은 동심의 요람이요 유아적 저 무의식의 바다 우주의 꿈이 되는
까닭이다. 그 양수(羊水)의 출렁임, 사랑의 텃밭이 되고 인간적 교감의
시원(始原), 그 원시림의 교교(皎皎)한 율동이 되기 때문이다. 그래서
고향은 늘 정서의 늪, 우리들 그 삶의 지평이 되어온 것이 아닌가. 그 삶
의 원형 속에는 언제나 어머니가 있었던 것이다. 배석권 수필가의 고
향의식 속에는 이처럼 늘 어머니의 영상이 드리우고 있다. 그리고 배
고팠던 시대의 꿈이 늘 서걱거리고 있는 것이다.

하길남 : 고향, 그 한국적 서정과 인간의 길 **357**

시래기국물은 뜨끈하고도 구수하다. 겨울이면 날마다 먹는 음식이기에 너무나 친숙하여 어머니의 마음처럼 푸근하다...시래기 국을 보면 평생동안 화장 한번 하지 않고 일 속에 파묻혀 평생을 보내신 어머니의 따뜻한 손길과 마음이 전해오는 것만 같다.

- 시래기국

배문(裵門)으로 시집오신/김영 김씨 우리 어머님 낡은 사진 속에서/먼 바다 냄새가 들 려오고 있고/수월리 뒷산/신비의 산새소리가 풍겨오고 있다.//그 품에서 자라며/요산요수 를 익히려했건만/안개 짙은 저녁/고향을 울며 등지는 아들에게/바다 소리, 산의 신비를/ 가슴 가득히 안겨 주셨다.//산의 아들 바다의 아들 되어/파도처럼 푸르게/산처럼 높게/고 향을 바라보며 자라고자/그 큰 가르치심 갚아드리려 했건만/고향을 다시 찾았을 때/유인 김녕 김씨 돌 하나 앞에 남겨 두시고/파도 소리 남겨 두시고/산새소리 남겨 두시고/효부 상도 저쪽으로 밀어 두시고/먼 길 떠나셨으니.

- 어머니의 초상

어머님은 조금도 누구를 원망하거나 부부간에도 싸우는 경우가 없었다. 심지어는 아버 지가 골패나 마작 등으로 소일할 돈이 떨어진 기색이라도 보이면 할아버지와 어머님은 손쉬운 소를 팔아서라도 풍류행각의 길을 열어주는 것을 보았다.

- 부모님 영전에(1)

내가 살아가는 방식 중에 적어도 남들에게 베풀지는 못하더라도 절대로 피해를 줘서는 안 된다는 것이다. 그래서 나보다 먼저 남을 생각하고 이웃을 생각하는 태도를 견지해 왔다. 이와 같은 정신은 어머니로부터 받은 훈육의 영향이었다.

어머니는 동무들과의 싸움을 말릴 때도 언제나 나를 먼저 꾸중하셨으며, 먹을 것을 나눠주실 때는 어김없이 동무들에게 큰 것을 베풀어 주셨

다. 이런 어머니의 태도가 좀 섭 섭하긴 하였어도 어쩐지 기분이 나쁘지
는 않았다. 항상 배려하고 이해하려는 마음을 지 니신 어머니의 태도를 보
며 자랐다.

- 순리대로 살면서

배석권 수필가가 밝힌 어머니 상은, 우리가 흔히 볼 수 있는 부지런
하다거나 남의 입장부터 먼저 생각하면서 이해하고 베려하는 마음 이
외, 일반적으로 우리가 생각하고 있는 것과는 달리 특이한 일면도 있었
다. 이처럼 우리들이 일상적으로 느끼고 있는 선입견과 거리가 먼 부
분에 대해 살펴보면 다음과 같다.

첫째, 평생 동안 화장 한 번하지 않고 살아왔다는 사실이다. 물론 옛
사람들은 지금처럼 그렇게 요란하게 화장을 한 것은 아니지만, 그래도
먼 곳에 나들이를 하게 될 때에는 얼굴에 크림이라도 바르고 입술에 립
스틱이라도 바르는 것이 상례가 아니던가. 그러한 겉치레에는 전혀 관
심이 없었던 것이다.

그리고 두 번째는 한번도 부부싸움을 하지 않았다는 사실이다. 어느
통계에 의하면 부부싸움을 하지 않은 내외는 불과 3.7프로에 불과하다
고 한다. 그것도 사실상 금실이 좋은 탓이라기보다 의식적으로 싸움을
기피할 수밖에 없는 사정 탓이라 했다. 이러한 사실을 감안한다면 배
석권 수필가의 어머니는 가히 이상적인 모친상이 아니었나 싶다.

세 번째는 남편이 결코 건전하다고만 할 수 없는, 골패나 마작 등을
하는 데 필요한 용돈까지 마련해 줄만큼 철저하게 남편 위주의 생활을
해왔다는 것이다. 그것도 농촌에서 가장 아끼는 소를 팔아 그 돈을 마
련해 주었다니, 요즘 사람들의 상식으로는 도저히 납득이 가지 않는 노
릇이라 하겠다.

특히 배 수필가가 어머니의 생활에서 얻은 교훈은 '죽으면 썩을 몸
인데 살아서는 쉬는 일 없이 부지런히 일을 해야 한다' 는 것이었다고

술회하고 있다. 이 말이 바로 자신의 좌우명이 되었다고 한다. 이러한 교훈은 어머니의 말을 통해서가 아니라, 일상적 삶을 통해서 터득하게 해준 것이라는 데 보다 큰 의의가 있다 하겠다.

이와 같은 계기에 대해 작가는 우리들에게 다음과 같은 실례를 들고 있다.

<blockquote>
자다가 눈을 떴을 때도 어머니는 물레를 잦고 계셨던 일이 있다.
"어머니 쉬엄쉬엄 하시지요."
잠에서 아직 깨어나지도 못한 채 하는 나의 말에,
"죽어지면 썩을 낀데……."
</blockquote>

이보다 더 절실한 이야기는 배 수필가가 '직선 아닌 곡선에 심취' 한 사례에서 보게 된다.

수필 「어머니의 곡선」에서 '일곱 남매를 기르신 우리 어머니, 만년에 허리가 휘어 계셨던 우리 어머니, 한 가정의 주부였던 그 어머니의 곡선을 보면 충분히 알 수 있기 때문이다.

언제부턴가 나는 곡선에 심취되어 있었다.

지금 생각하니 어머니의 그 곡선이 무의식 가운데 나의 심미안의 중심을 이루고 있었기 때문' 이 아닌가 생각된다.'

물론 옛 우리 할머니들은 어려웠던 시절을 살아온 만큼, 대체적으로 농사일이나 가정 일에 일생을 희생하면서 보낸 것이 상례였다. 그러나 배 수필가의 어머니 상은 범상한 가운데서도 결코 범상하지 않은 일면을 가졌던 것을 알 수 있다.

아무리 가정에서 성실한 일꾼 구실을 하면서 살아온다 하더라도 아내의 입장에서는, 남편이 미처 생각하지 못하는 여러 집안 사정들을 감안한다면, 선뜻 매번 적잖은 돈을 그것도 농촌에서는 재산의 제일 목록이라 할 수 있는 소를 팔아서 돈을 준다는 것은 어려운 일이 아닐 수 없다. 남편의 한량다운 편력, 그 기질적 취향을 배려할 수 있다는 아량은 아무에게나 가능한 일이 아니다. 그래서 화자의 어머니는 여장부다운 풍모를 지닌 분이라 생각된다.

3. 한국적 정서와 그 문화

배 수필가가 이와 같은 어머니로부터 받은 정신적 유산은 절대적인 것이었다는 것을 우리는 작품 「어머니의 곡선」에서 본 바 있지만, 이러한 영향은 결국 화자로 하여금 한국적인 정서, 그 한국적 문화를 체질화하는데 결정적인 모태가 되었다는 것을 알게 된다.

가만히 홍송을 보노라면 이 나무야말로 가장 한국적인 나무가 아닐까 하는 생각이 든 다. 황토빛의 나무 둥치와 가지가 거문고 가락처럼 정한하게 뻗은 모양새는 한국 여인의 허리선 같고 위쪽의 솔잎은 참빗으로 빗어 내린 쪽머리처럼 단아하다.
- 홍송의 미

우리나라처럼 산이 많은 땅에서 산 능선, 산허리 곡선과 가장 잘 어울리고 구름, 바위, 달과도 기막히게 조화를 이루는 비법을 가진 나무이기 때문일 것이다.
백년 이상된 홍송을 보면 그냥 한 그루 나무로만 느껴지지 않고 마치 신선처럼 여겨진 다. 한국인은 어쩌면 홍송처럼 아름답게 늙어가서 마침내 신선이 되었으면 하는 꿈을 가 졌는지 모른다.
- 홍송의 미

우리는 여기서 홍송이 어머니의 휘어진 허리 같고, 산 능선, 산허리가 또한 늙은 어머니의 굽은 허리를 닮았기 때문이다. 그것은 어쩌면 우리네 할머니들이 죽어서 신선이 되고자했던 것처럼, 그러한 꿈을 백

년 이상된 나무의 신비에서 유추할 수 있다는 이야기는 바로 한국정서
의 백미가 아니겠는가.

　이처럼 배 수필가의 수필은 마침내 흙에서 고향으로, 고향에서 어머
니로, 어머니로부터 한국적 정서로 이어지는 것을 보게 된다.

　온통 흙이 엉기어 뭉쳐진 집이라면, 그것은 사계절을 조절하고, 수 천
년의 토속에 젖으 며 살아온 향수(鄕愁)의 덩어리라고 할 수 있을 것이다.
이 같은 초가집…… 고향의 초가지 붕을 멀리서 쳐다보면 거기에는 민족
의 혼이 숨쉬고 있음을 느끼게 된다.

- 초가지붕

　정과 흥이 많은 민족의 미학은 무위자연 속에서 초가지붕에 의해 형상
화되는 것이었다.
　나는 한국의 예술이 무엇을 말해주고 있는가를 이 초가지붕의 곡선에
서 발견할 수 있다 고 자신 있게 말할 수 있다.

- 초가지붕

　초가지붕 위로 넘나들던 별들과도 뒷간에 혼자 앉은 채로 속삭이곤 했
던 기억이 내게는 있다. 시렁에선 메주 뜨는 냄새와 할머니의 옛이야기를
들으며 실실이 잠을 자던 소년시 절의 행복함을 느껴본 것도 그 초가지붕
아래서의 일이다.

- 초가지붕

　초가지붕의 곡선에서 '우리 민족의 혼을 불러오고, 한국 예술의 진
수를 발견하고, 우주와 넘나드는 교감'을 갖게 된다면, 이 초가집이야
말로 우리 한국인과 한국을 대표하는 상징물이라 할 수 있을 것이다.
이처럼 화자의 한국적 미학을 드러낸 작품으로는 「홍송(紅松)의 미
(美)」, 「우수절의 일기」, 「흙의 자장가」, 「시래기국」, 「한복의 진가」,
「들국화」, 「까치」, 「호박꽃과 흑별의 사연」, 「강강수월래」, 「유교정신

과 현대정신」, 「은빛 항아리」, 「박달나무를 그리며」, 「느티나무와 고
향」 등이 있다.

4. 선비정신과 오륜

이와 같은 배석권 수필가의 한국정신, 그 배달정신은 곧 널리 인간
세계를 이롭게 한다는홍익정신이요 인륜도덕을 실천하는 것이니 오륜
(五倫) 오상(五常) 정신이 밑바탕이 된다. 오륜은 인간으로서 마땅히
지켜야 할 다섯 가지 덕목 즉 부자 유친(父子有親), 군신 유의(君臣有
義), 부부유별(夫婦有別), 장유 유서(長幼有序), 붕우 유신(朋友有信)
을 일컫는 것으로, 인륜의 근본이라는 뜻으로 인륜 오상(人倫五常)의
길이라 했던 것이다. 그런 까닭에 배석권 수필가는 이와 같이 한국 사
람으로서 지켜야 했던, 옛 성현들이 가르친 이러한 덕목들에 어긋나는
사항들을 하나하나 지적하면서 비판하고 있는 것을 보게 된다. 그것은
중상 모략, 불신 혼탁, 허욕 이기심, 권모 술수, 거짓 술책 등 헤아릴 수
없이 많다.

평생을 통해 얻고자 한 것은 모나지 않게 나를 아는 사람들로부터 나
쁜 소리를 듣지 않 으며, 소탈하게 유유자적하게 살아가는 삶을 원했다...
부모님을 공경하고 효노할 수 있는 자식이 되고 자녀들이 제 길을 걸을 수
있게 양육할 수 있었으면 불만이 없을 성싶었다. 나는 천성 탓인지 몰라
도 남하고 싸우거나 불화를 싫어한다. 사귐에 있어서는 정직하고 신뢰를
바탕으로 정(情)의 교류가 있기를 바란다.
내가 고희가 되도록 삶을 통해 실천하고자 한 정신이 있었다면 일찍이
배웠던 홍익정신이다. 되도록 개인적인 이익보다 공익을 먼저 생각하고
우리 이웃이 함께 유익하도록 실 천하려는 정신이다.

- 순리대로 살면서

어떠한 사회든 사회와 인륜은 불가분의 관계라고 본다. 여기에 인륜을 지키는 법도란 오륜이 있다. 그러나 이런 것이 아니더라도 인간을 중시하는 것이 올바른 민주사회로 가 는 지름길이 될 수도 있다. 핵가족 시대니 산업사회니 하는 것은 삶의 편의만을 가지고 하는 말에 불과하다.

눈을 감아야 잘 보이는 인륜 도덕! 내가 찾아야 하고 만나야 하고 그리고 받아야 할 것 이 인륜이다. 이 인륜은 삶의 도리요 인간의 도리, 세상의 도리이며 흐르는 법도이다. 고 금으로 이어질 이 도리를 소중히 존중하고 보면 인정이 살아있는 세상이 되리라고 본다.

- 부산의 추억(2)

우리들의 유교사상 공맹사상의 맥을 이어온 이러한 입장에서 지금의 사회상을 바라볼 때, 배석권 수필가의 눈에는 세상 모든 일이 하나같이 개선하여야 할 항목으로 비칠 것은 자명한 이치가 아니겠는가. 그러나 화자는 그러한 사상을 모두 그대로 하나하나 실천해 나가야 한다는 교과서적 교시를 말하고 있다기보다, 우리가 세상을 살아가면서 지켜야 할 사람의 도리로서 계연성을 말하고 있는 것이다.

예컨대 효라는 문제를 보더라도 무조건 그 옛 실천 요목들을 그대로 답습하라는 이야기가 아니라, 자식으로서 부모를 위하는 일은 생활인의 도리이며 인간뿐만 아니라 생명을 타고난 모든 것들이 생래적으로 주어진 본능과 같은 것으로 보고 있는 것이다. 말하자면 '부모가 시름시름 노병으로 앓게 되면 그 자식의 공경과 효도가 나타난다. 부모가 치매한 병동을 하여 방안에 냄새가 고약하고 추해도 일과를 마치고 집으로 돌아온 자식이라면, 아무리 불효하다 할지라도 하루 두 번쯤 부모가 계신 방문을 열고 아버지라든지 어머니라든지 "오늘 차도가 좀 어떠십니까"하고 한마디쯤은 해야 함이 아닌가.

늙은 부모가 계신 방문을 쳐다보지도 않은 채 말없이 제 방으로 직행하는 자식이라면 그것이 어찌 자식이라 할 것인가.' 하고 수필 〈부산의 추억 (2)〉에서 술회한 바와 같이 다만 사람다운 덕목을 이야기하고 있을 뿐인 것이다. 다시 말하자면 효의 개념을 무슨 교시적(敎示的) 개념이 아니라 그 시대나 혹은 시대를 초월한 본능적이며 운명적인 관점으로 본다는 것이다.

그런 입장에서 배석권 수필가는 현대적인 선비정신의 구현이 현대사회의 여러 병폐를 치유할 수 있는 덕목의 하나가 된다. 그것은 '물질적 가치보다 오히려 정신적 가치를 더 우위에 둔 유교는 휴머니즘 요소, 봉사 정신, 자연경외사상 등으로 현대사회의 여러 병폐를 치유할 수 있는 사상의 체계를 가지고 있다고 본다.「유교정신과 현대문명」고 한 진술에서 극명하게 나타난다.

5. 버려야 할 유산

이와 같은 관점에서 볼 때 배석권 수필가는 그러한 인간적 덕목을 팽개친 꼴을 더 이상 봐주지 못하게 된다. 그런 까닭에 교통법규 하나라도 안 지키는 사람들을 보면 '어째서 거리에 나가 보면 천벌 받을 짓을 하는 사람들이 저렇게 많은지 도무지 알 수 없는 노릇이라' 고 수필「두 가지의 질서」에서 흥분하게 된다.

사람들은 사람들의 필요에 의해서 인공적으로 질서를 만들어 놓고 그 것을 외면한다. 그 외면의 정도가 한국이 세계적으로 으뜸이다. 그래서 목숨을 잃는 경우가 수없이 많으니 결국 자연의 질서나 인공의 질서나 할 것 없이 지키지 않으면 불행은 불을 보듯 뻔하다.

- 두 가지의 질서

빗나간 노사문제 등으로 나라가 안정되기는 멀었구나 하는 허탈감밖에 느낄 수 없었다 는 것이다. 겉과 속이 다른 서울의 교통지옥, 그리고 있는 자와 없는 자와의 갈등, 광적 인 부동산 투기와 치솟는 물가, 과소비 풍조 등 무엇 하나 개선되어 가는 것이 없으니 나라꼴이 뻔히 내다보여 희망은커녕 실망만 더했다는 것이다.

- 재미교포들의 꿈

그 옛날 지천에 빛나던 기상, 고유한 풍습, 그 어느 하나도 청정 사회에서 만들어지지 않는 것은 없었다. 그러나 우리 주변에 일어나고 있는 온갖 재앙 그 어느 하나도 이제는 환경파괴와 관련 없는 것이 없다. 그럼에도 함부로 버리는 그 부당한 병고를 꼬집어 이 렇다할 아무런 의사전달의 수단도 방법도 없고 가령 있다해도 먹혀들지 않는다.

- 개천이 없는 도시에서

이상에서 본 것은 우리가 마땅히 지켜야 할 것을 지키지 못해서, 건전한 인간적 삶을 영위하지 못하고 있다는 사회적 규범에 대해 이야기하고 있는 것이다. 이러한 사실은 나라마다 모두 차이는 있겠지만, 일반적으로 사회적 문제가 되고 있는 사항이라 하겠다. 그래서 나라마다 강력한 법 제정이나 법 집행을 통해 개선하려고 고심하고 있는 것이다.

이러한 사회 규범이나 실천 사항들은 사회적 법질서 확립이나, 대중적 계몽이라는 다분히 타율적 규제 등에 의해 선도되고 개선될 것이 분명하다. 그러나 이와 같이 타율적 규제나 대중적 교육이나 법에 의해 해결될 수 없는, 인간의 근본적 심성의 문제에 이르러서는 오랜 세월을 두고 국민 의식개혁이라는 측면에서 접근하지 않으면 안 될 것이다.

우리의 경우 이웃 간에 사소한 시빗거리가 생기더라도, 당사자끼리 잘 타협을 해서 원만하게 처리하는 것을 바라게 된다. 만일 어느 한 쪽에서 '법대로 합시다' 하고 언성을 높이면, 곧 그 말이 무슨 불구대천의 원수가 최후의 통첩을 보내는 것처럼 흥분하게 되는 것을 보게 된다. 그만큼 우리는 법대로 하자는 것에 대해 알레르기 반응을 보이고 있는 것이다.

사실 따지고 보면 이 법대로 하자는 것만큼 공평한 일이 어디 있는가. 가장 합리적으로 공평하게 잘 처리하자는 말을, 이렇듯 인간으로서는 참아 못할 말처럼 취급하게 된 배경을 더듬어 보면, 우리가 얼마나 법을 지키는 일에 대해 생리적으로 거부반응을 보여 왔는가 하는 것을 알게 된다.

그래서 많은 사람들이 법을 지키면 자기만 손해라는 피해의식을 갖게 된 것이라 하겠다. 권력 있고 돈 많고 빽 있는 이들이 법망을 피해가고 있는 사실에 대해, 적잖은 사람들이 이들을 오히려 부러운 얼굴로 쳐다보게 되는 것이다. 그렇듯 불법을 행한 이들이 오히려 그러한 힘을 은근히 자랑하게 되는 경우까지 우리는 보고 있는 것이 아닌가.

오죽하면 '준법 투쟁'이라는 용어까지 생겼을까 하고 한탄해 보게 된다. 준법투쟁이란 무슨 말인가. 불법을 관행적으로 오랜 동안 행해 왔기 때문에, 그것이 오히려 적법한 일인양 우리 생활 속에 습성화된 것이 아닌가. 그런 까닭에 이러한 오랜 관행이 우리들에게 생리화되어 준법 즉 법대로 하게 되면 오히려 불편해지고 불법적인 사실처럼 느껴지는 형상이 아니던가.

얼마나 불법에 물들어 왔으면 적법 행위가 오히려 불법적인 행위로 간주되어, 공권력까지 동원 처벌하게 된 것일까. 참으로 다른 나라에서는 상상도 할 수 없는 기이한 일이 아닐 수 없다 하겠다. 우리는 이러한 사실을 지하철 노조의 그 '준법 투쟁' 사례에서 자주 목격하게 되는 것이다. 그만큼 우리는 법을 지키지 않는 민족이 아니던가. 이러한 토양에서 온갖 불신이나 혼탁 등이 또한 독버섯처럼 자라날 것이 아닌가.

오늘날 우리가 안고 있는 이상 풍조는 불신과 혼탁이다…… 정치는 중상 모략이 그칠 날이 없었다. 서로 미워하는 양심은 마치 매점 매석을 하는 듯했다. 어려운 사람에게 끼친 고통은 더욱 컸고 신뢰는 산산조각이 났던 것이다.

- 불신하는 사회

마음의 병은 허욕과 자기만의 평안함과 이기심과 사회를 어지럽히는 선동까지...누군가 앞서 가면 그 앞서 가는 사람을 기어이 잡아당기세 같은 정, 남이 비싼 물건을 사 면 따라 사는 병폐적인 정들이 마음의 병에서 치솟는 것이 아닐까 싶다.

- 마음의 병

과도한 물욕과...권모 술수가 난무하는 세상이다. 거짓과 술책으로 일시에 순진한 사람의 마음을 꾀어서 재물에 손실을 입히고, 막다른 생사에 이르도록 하는 사람들도 있다.

- 고비를 넘어서는 지혜

지나친 탐욕으로 인간은 돌이킬 수 없는 번뇌와 갈등에 허우적거린다. 재산이 많은 사 람일수록 탐욕의 손길을 더욱 뻗치고 번뇌와 갈등이 많아진다는 것은 세상 다반사인 듯싶다.

- 가난의 행복

이러한 부정적 정서들을 열거해 본다면 끝이 없을 것이다. 학자들은 이러한 사실에 대해 교육의 실패를 꼽는가 하면, 역사적 격동기나 변혁에의 영향, 혹은 문화적 소산이나 농경시대의 생활양식이나 오랜 가난에서 오는 타성 등에서 그 원인을 찾기도 한다.

여기에 대해 「한국인의 의식구조」라는 책을 펴낸 심리학자 윤태림 교수는 평소에 한국인에 있어 가장 우려할 만한 단점은 정직하지 못한 것이라고 술회한 바 있다. 예컨대 부정직성에 대한 우리들의 견해만 하더라도 사실상 그 뿌리는 가히 놀란 만한 것이었음을 쉽게 짐작할 수 있다. '곧은 나무는 쉽게 베어진다'거나, '사나이의 거짓말은 서마지기 논밭보다 낫다'는 말 등은, 우리가 얼마나 정직성에 대해 올바른 이해를 하지 못했는가 하는 것을 증명해 주고 있는 단적인 실례가 된다 하겠다.

사실 어느 험구가는 지난 몇 년간 정부에서 국민에게 발표한 사항들을 일일이 분석해 본 결과를 신문에 발표한 일이 있었다. 그 중 한 가지만 예를 들면 공공요금을 '올리지 않겠다''고 발표하고 나면 얼마 지나지 않아 틀림없이 공공요금이 인상되었다는 것이다. 이 하나의 작은 예에서 보는 것처럼, 우리 사회가 얼마나 정직하지 못하는가 하는 것을 미루어 짐작할 수 있다 하겠다.

국민의 지도자 중에는 조직이나 자기가 모시는 사람을 위하여 이렇듯 진실을 말하지 않고 버티는 것이, 의리 있고 충성스러운 행위로서 사나이다운 덕목쯤으로 생각하고 있는 이들이 적잖은 것은 그만큼 우리의 의식이 황폐하고 말았다는 증거라 하겠다. '책임 있는 지도자로서 자기와 습득한 비밀을 지키는 것이 인간의 도리'라고 역설한 경우들이 그것이다.

잘못된 일에 대해서 시정을 건의하기는커녕 그것마저 덮어버림으로써 세상 사람들은 물론, 결과적으로 양심까지 속이게 되는 것을 영웅시하다니, 얼마나 우리들의 마음이 잘못 길들여 왔는가 하는 것에 대해 우리들은 새삼 놀라게 되는 것이다. 이와 같은 어록이나 실례를 들라면 한이 없을 정도이니 말이다.

그래서 철학자들이 이와 같은 '거짓 행태'에 대해 이를 응징하는 행사까지 치렀다니 망연자실할 일이다. 또 어느 학자는 우리나라에 유독 거짓, 사기, 부정부패가 말썽이 되는 것은 서구의 경우 행동의 준거가 양심이 되지만, 한국은 양심이 아니라 창피가 그 잣대가 되기 때문이라고 진단한 바 있다. 양심의 소리는 남이 들을 수 없어도 스스로를 징벌하지만, 창피는 남에게 들키지 않는 한 문제가 될 것이 없기 때문에 마음놓고 일을 저지르게 된다는 것이다. 이 얼마나 무서운 이야기인가.

어디 그뿐인가. 그까짓 한탕 크게 해먹고 나서 재수 없게 걸리면, 그 해먹은 것의 반만 쓰면 끄덕 없이 법망을 피할 수 있을 것인데 무슨 걱정들이냐고 자조 섞인 이야기까지 없지 않으니 큰 일이라 하겠다. 그리고 어쩔 수 없이 감옥살이를 몇 년 동안 하게 된다고 하더라도 평생

먹고 살 돈을 벌었다면 무슨 걱정이냐고 하는 풍조까지 없지 않으니 문제라는 얘기다.

아니 한 술 더 떠서 그렇듯 큰물에서 놀다가 크게 한 탁 해 먹는 이들을 오히려 부러워하는 이들까지 없지 않으니 심각하다 하겠다. '못해 먹는 놈이 바보지, 언감생심 우리 같은 숙맥들이야 그 근처에 얼씬거리지도 못하니 말이야' 하는 형국에 이르러서는 말문마저 막히게 된다.

사실 여기에서 우리가 더 무서워하는 것은 권모 술수, 중상 모략, 거짓 술책 등이 아닐까 한다. 이승만 정권 때 남을 모함하고 헐뜯고 중상 모략하는 투서가 무려 한 트럭이나 되어, 미 군정청 사람들이 놀라고 말았다고 했으니 이 한 가지 예에서 보듯 우리나라 사람들의 좋지 못한 심성의 일단을 짐작할 수 있지 않을까 싶다.

우리 민족은 외세에 쫓기여 죽음을 당한 사람들보다 6·25나 양민학살 사건, 광주민주화운동 등에서 보듯, 동족의 손에 의해 죽은 원혼들이 눈을 못 감고 있는 슬픈 민족이라 해도 과언이 아닐 것이다. 현재 진행되고 있는 양민학살 진상조사과정에서 드러났듯이, 어느 양민이 순경에게 불만을 털어놓았다는 사실 하나만으로, 전후 사정을 헤아려 보지도 않고 그냥 학살한 사실 등이 이를 증명해 주고 있다 하겠다.

한 두 마디 자기에게 불평을 했다는 것만으로 내 형제를 죽여버렸다고 하니, 상상조차 할 수 없는 일이 아닌가. 젊은이들이 살인공장을 차려놓고 무작위로 닥치는 대로 사람을 죽여왔던 그 끔찍한 사건들이, 결국 남을 헐뜯고 비방하고 중상 모략하고 미워하는 생리에서 비롯한 것임은 두말할 나위도 없는 일이다. 지금 인도네시아에서 제일 잘 팔리는 책이 「한국인 개새끼」라는 신문보도도 예사로 들리지 않는다. 이 처참한 증오의 몸부림은 대체 어디서 온 것일까.

그것은 말할 것도 없이 정에서 왔다. 우리나라 사람들처럼 정이 깊은 민족은 없을 것이다. 사랑하지 않는 사이에 미움이 끼어 들 틈이 별로 없듯이 정 때문에 미움이 시샘하게 된다. 질투가 사랑의 강도에 비례할 수도 있었다면 관심은 그만큼 좌절을 부를 수도 있게 되는 것이 아니겠는가. 정의 칼날이 예리하면 할수록 베이기 쉬운 것이다.

한 곳에 정착하여 오랜 동안 조상 대대로 농토를 지키면서 농경생활을 해온 우리들은, 같은 시기 같은 기간에 논물을 대고 비료를 뿌리며 또한 수확한 곡식을 거두어야 했다. 그래서 서로의 협동이 필요했던 것이다. 그러나 반면에 가뭄이 심해 논에 물이 모자라면 일시에 모내기를 해야 하기 때문에, 물싸움이 벌어지는 경쟁적 시스템 속에서 급기야 충돌이 빚어지고, 종래 반목에까지 이르게 되는 사례마저 없지 않았던 것이다.

정착 농경사회에서 조상 대대로 반복적으로 빚어지는 이러한 서로 도우면서도, 때에 따라서는 격심한 경쟁을 되풀이해야 하는 생활습성이 오랜 기간 누적되어온 결과, 오늘날과 같은 정과 그 정의 난도질이 공존하는 사회로 이끌어오지 않았나 싶다. 우리가 어느 때는 '몹쓸 놈의 사회'라고 발을 동동 굴리다가도, 나라가 어려울 때는 온 국민이 단합하여 '금모으기 운동을 편 것'처럼 말이다.

끝없이 이동하면서 개척정신을 길러가야 했던 민족들에 비해, 정착 농경민들은 한정된 테두리 속에서 개미 쳇바퀴 돌듯 마냥 복닥거릴 수밖에 없었으니, 그 고인 물이 더러 쉰내도 풍기지 않을 수 있겠는가. 이렇듯 배석권 수필가의 그 못마땅한 눈치는 끝없이 이어지는 것이다.

6. 행복 서설과 수필 담론

앞에서 우리는 배석권 수필가의 선비정신이나 홍익정신에 대한 신념을 들은 바 있지만, 화자의 행복론은 이외라 할 만큼 너무 소박해 보였다. 세상 사람들이 흔히 말하고 있는 돈이나 명예와 같은 것과는 너무나 거리가 멀었다.

대빗자루를 들고 골목에 나가 먼저 우리 집 대문 앞을 깨끗이 쓸고 난 다음 옆집 앞까 지 청소한다. 그러고 보면 그 옆집이 좀 어수선하여 그만 두면 그 옆집 사람들에게 어쩐 지 미안한 생각마저 든다. 에라, 시작한 김에 저 집 앞도 깨끗이 쓸어주자. 이렇게 해서 골목 안을 전부 청소하고 만다...살아가면서 이런 작은 일들이 생활의 활력소가 되고 기 쁨을 선물해 준다.

- 순리대로 살면서

예부터 구도자들은 자신의 소유물을 다 버리는 것에서부터 구도의 길을 걷기 시작하였 다. 재물과 욕망을 벗어버림으로써 참다운 자아와 마음의 평온을 맞아들였던 것이다.

- 가난의 행복

행복은 멀리 있는 것도 아니요, 일부러 만들 수도 없는 일이다. 아침에 일어나 새벽의 맑은 공기를 마시며 아내와 산책을 할 때, 따끈한 차를 마시며 살아온 얘기를 나눌 때, 우리는 행복감을 느낀다.

- 행복

퇴근길에 술에 거나하게 취해서 콧노래를 부르며 길을 걸을 때 행복하다고 느낄 수도 있고, 장사를 잘해서 가게문을 닫고 번 돈을 세는 사람은 그 순간 무척 행복하다고 말할 수 있다.

- 행복

옛날에 두 형제가 같은 마을에 살고 있었다. 형님 집에서는 늘 웃음이 있으나 동생 집 은 싸움이 잦았다. 부모로부터 똑 같이 재산을 물려 받았는데, 동생은 이상히 여겨 형님 집을 찾아갔다. 형은 길지도 짧지도 않은 어중간한 바지를 입고 있었다.

"형님, 바지가 왜 그렇습니까?"

동생이 묻자 형님은 빙긋이 웃으며,

"바지가 길어서 좀 줄여달라 했더니, 네 형수가 10cm 줄이고, 큰딸이 어머니가 바쁘니 내가 해야지 하며 또 10cm를 줄였지, 그래도 고맙지 않느냐?"……

동생은 비로소 형님 집에서 웃음소리가 끊이지 않는 이유를 알았다.

- 행복

이런 것을 행복이라니 하고 놀라는 독자가 있을는지 모른다. 그러나 남의 집 앞 쓸고, 맑은 공기 마시고, 아내와 산책하면서 살아온 이야기 나누고, 퇴근길에 술 한잔 걸치고 콧노래 부르고, 장사해서 번 돈 세어 보는 일 따위는 사실상 삶의 원초적 조건이 되는 것이며 행복의 단서가 된다. 물론 당장 배가 고파서 세상이 바로 보이지 않는 이들에게는 그것 무슨 잠꼬대 같은 소리냐고 항변할는지 모른다. 겨우 입에 풀칠이나 하고 사는 사람들에게는 이것저것하고 싶은 일이 너무 많아서 안달복달인 판에, 그것 다 배부른 사람이 하는 소리라고 치부할 수도 있을 것이다.

물론 그럴 것이다. 가져보지 못하고 누려보지 못한 자의 입장으로서는 오죽하겠는가. 그래서 그들의 눈에는 이 너무나 평범한 사실들이 배부른 자의 흥정쯤으로 들릴 수밖에 없을 것이다. 하지만 곰곰 따져보면 돈이나 명예가 행복을 가져다 주는 기계가 아닌 것을 알게 된다. 행복지수가 가장 높은 나라가 소득이 가장 낮은 방그라데시라는 사실 하나만으로도 이를 알 수 있다. 행복은 물질의 다과에서 빚어지는 물량지수가 아니라 심리적 상태일 뿐이기 때문이다. 행복할 조건을 갖춘다는 것과 실지로 행복을 느낀다는 것과는 다른 차원의 이야기다.

그렇다면 우리는 배석권 수필가의 행복관을 한 두 마디로 우리는 무엇이라고 정의해야 할 것인가. 사람 사는 일이 바로 행복이다. 다만 그것을 행복이라고 느낄 줄 아느냐 모르느냐에 따라, 그 사람이 불행한 사람인가 행복한 사람인가가 결정될 뿐이라고 정의할 수밖에 없을 것이다. 기쁘다고 생각하면 기뻐질 것이요 슬프다고 생각하면 슬퍼질 뿐이다. 이처럼 역시 행복하다고 생각하면 행복해질 것이요 불행하다고 생각하면 불행해질 뿐이다.

이런 말을 듣고 그 무슨 해괴하고 철없는 소리냐고 말하는 이들도 있을 것이다. 그것은 평생 누더기 옷을 입고 벽을 향해 눕지도 않고 앉아서, 생을 마친 고승들을 생각해보면 알 수 있는 일이다. 그러면 또 중생들을 어찌 득도한 스님에 비기겠느냐고 말하는 이가 있을 것이다. 득도한 이들은 사람이 아니고 무엇인가. 우리는 '칭찬합시다' 라는 TV프로에서 너무나 가난한 사람들이 너무나 행복하게 서로 도우면서 살고 있는 아름다운 모습들을 많이 보게 된다. 눈물이 나도록 불쌍한 사람들이 말이다. 그들 한 사람 한 사람이 명색이 우리나라의 지도자라고 하는 이들보다 어느 면에서 몇 배 더 훌륭하다는 것도 우리는 잘 알고 있는 것이 아닌가.

그래서 배석권 수필가는 '나의 길' 이라는 수필에서,

> 나는 수필을 통해서 보다 인간적인 사회, 도덕적인 사회의 건설을 주장하고 싶은 마음 이 간절하다.

고 술회하고 있다. 그리고 한 걸음 더 나아가서 '인간성 회복' '자연회복이야말로 수필이 가져야 할 정신이라' 고 선언한다. 그러한 덕목들은 결과적으로 '겉치장이 아닌 속마음의 아름다움에서 비롯할 것이며, 그러한 감동에서 주효하게 될 것' 이라고 보고 있는 것이다. 그리고 '수필을 통해서 농경시대의 정서와 사라져버린 고유한 민속들을 들려주고 싶다' 고 말하고 있다. 그런 까닭에 화자는 흙의 사상 그 대지의 정신을 일깨워왔던 것이다.

7. 서정의 질감과 미학, 그 사상성

그렇다. 화자가 수필에서 '주장하고 싶은 것'이란 결국 사상이 된다. 우리는 앞장에서 많은 이야기 즉 배석권 수필가의 주장을 들어 왔다. 서정적 미학이 그 주장하는 바 무게를 감당하지 못하게 될 때 수필의 문학성이 위축될 수밖에 없다 하겠다. 「새마을 운동」, 「노사분규」, 「경제 성장과, 근검 절약」, 「산업대학원의 산업시찰」, 「발전하는 사회로」, 「노인 복지시설」, 「문단과 문학」 등 주장을 내세운 작품들보다, 「홍송의 미」, 「흙의 자장가」, 「정들었던 오솔길」, 「어머니의 곡선」, 「초가지붕」, 「소리의 미인」, 「까치」, 「기와 지붕의 곡선」, 「은빛 항아리」, 「초록과 곤충의 나라」, 「먹을 갈며」 등이 돋보인 것은 그 때문이라 할 수 있을 것이다. 그런 의미에서 여기서는 작품의 주제 그 사상성에 문제보다 기법의 문제 즉 구성이나 표현의 측면을 살펴보고자 한다.

여기서 짚어보고자 하는 화자의 정선된 작품들은 대부분 고향이나 어머니 그 대지의 사상, 한국적 정서들을 머금고 있는데, 이러한 맥락들은 두루 서정적 질감이 주는 미학적 영상, 그 사상성을 띠고 있었다.

> 우리나라처럼 산이 많은 땅에서 산 능선, 산허리 곡선과 가장 잘 어울리고 구름, 바위, 달과도 기막히게 조화를 이루는 비법을 가진 나무이기 때문일 것이다……
> 한국인은 어쩌면 홍송처럼 아름답게 늙어가서 마침내 신선이 되었으면 하는 꿈을 가졌는지 모른다.
>
> - 홍송의 미-

가만히 홍송을 보노라면 이 나무야말로 가장 한국적인 나무가 아닐까 하는 생각이 든 다. 황토 빛의 나무 둥치와 가지가 거문고 가락처럼 정한하게 뻗은 모양새는 한국 여인 의 허리 선 같고 위쪽의 솔잎은 참빗으로 빗어 내린 쪽 머리처럼 단아하다.

　　　　　　　　　　　　　　　　　　　　　　　　　　　　－ 홍송의 미

　　사찰 주변에 하늘 높이 솟아오른 적송을 보노라면, 이 나무들로 인해
절이 고요 속에 자리잡고 있는 게 아닐까 느껴진다. 한국의 빛깔과 곡선,
지조까지도 어떻게 쏙 빼놓았을 까 감탄하지 않을 수 없다.
　　　　　　　　　　　　　　　　　　　　　　　　　　　　－ 홍송의 미

　　이 홍송에 무엇인들 어울리지 않으랴. 둥근 달이 걸리면 어디서 피리
소리가 들려올 듯 하고, 학이 앉으면 신선이 나타날 듯하다.
　　　　　　　　　　　　　　　　　　　　　　　　　　　　－ 홍송의 미

　　위에 예시된 작품 〈홍송의 미〉는 바로 한국적인 정서와 토양 그 문
화의 상징목이 된다. 그것은 흡사 나무가 바로 우리의 신당수(神壇樹)
로서 세계수(世界樹)가 되고 '우주의 배꼽' 이 되어 세계의 원형상징이
되는 것과 같이, 홍송은 곧 한국적 원형상징이 된다. 바른 홍송은 지조
가 되고, 둥치는 향토빛 그 대지를 상징하게 된다. 나무 가지는 거문고
가 되고 또 우리나라 여인들의 등 굽은 허리가 된다. 잎은 참빗이 되는
가 하면 학이 홍송에 앉으면 신선이 되고, 달이 홍송에 걸리면 피리소
리를 듣게 된다.
　　그렇다면 홍송에 구름이 머물면 무엇이 될 것인가. 아마도 우리의 요
람이 되고 신선의 마을이 될 것이 아닌가. 거기서 '구름을 바람결에 흘
러보내면서 홍송은 가만히 거문고를 켜게 되는 것' 이다. 산 능선에 구
름이 머무는 서정적 공간에서 화자는 숨을 쉬고, 산허리를 휘감듯 작은
구릉처럼 바위의 곡선이 요람의 놀이터에서 꿈을 키워왔던 것이다. 그
래서 홍송의 미는 화자의 흥취가 되고 한국미의 한 상징이 되는 셈이다.
　　이 수필에서 한국적인 체취를 빼고 나면 남는 것이 없게 된다. 철두
철미 한국적인 향기와 정서 그 의식을 근간으로 이루어진 것을 알게 된
다. 서두에 고찰(古刹), 명찰(名刹)과 전개부분에 신선도(神仙圖), 송

학도(松鶴圖) 이야기가 홍송에 얽힌 여운이듯이, 한국적 서정의 질감이 미적 윤색에 의해 한국의 혼으로 비상하는 것을 느끼게 된다.

그러한 한국적 상징의 잣대가 또한 '신선'이 되고 있다는데 우리는 주목하게 된다. '신선'이란 말이 5번씩이나 반복되는가 하면, 신선도, 목신(木神) 등 무려 7회에 걸쳐 '신선'을 의미하는 말이 이어진다. 또 이와 같은 사실을 뒷받침해 주는 낱말들이 눈에 뜨인다. 그것은 '늘씬하고 의젓한', '늙을수록 멋들어지고', '신비롭다'. '단아하다'. '늠름하다', '거문고를 켜고 있다'.

신선을 한국정신의 축으로 본 것은 한국적 달관과 원숙(圓熟)의 미학을 이상으로 생각했던 화자의 정신 때문이라 하겠다. 이러한 '신선'은 화자에 있어서 '학'으로 상징된다. 그런데 화자에 있어서 신선을 부르는 소리는 '피리소리'가 된다. 그런데 피리소리는 또 '달'의 산물이 된다. 달은 무엇인가. 한국의 문화는 달의 문화가 아닌가. 서구가 햇빛 문화라면 말이다.

달빛 속에 우리는 이상형을 꿈꾸어 왔던 것이다. 계수나무로 집을 지어 천년 만년 잘 살고 싶었던 것이 아닌가. 여기에 배석권 수필가의 혼이 살아 있었다. 이 신선의 혼이 명제가 되었으니 이 수필은 귀납적 구성에 의해 쓰여진 작품이라 하겠다. 또 그 표현적 기법은 사물이 주는 정서적 질감이, 미학석 영상에 의해 어떻게 하나의 사상이나 형상을 구체화해 나가는가 하는 점에 초점을 맞춘 상징적 추리형이 된다 하겠다. 이 밖에 한국적인 서정이 밑바탕이 된 몇몇 작품들은 대체적으로 이와 유사한 형식에 의해 쓰여진 것을 알 수 있다.

아른거리는 속으로 빛 바랜 초가지붕들이 정다웠다. 개나리 환히 핀 울타리하며, 그 마 당에 널린 흰 빨래도 손에 잡힐 듯했고, 해가 저물어 가면 저녁 연기가 뿌얗게 어리어 하나의 풍경화를 만들고 있었다. 정과 흥이 많던 민족의 미학은 무위자연 속에서 초가지 붕에 의해 형상화되는 것이다.

- 초가지붕

항아리의 입체는 반쯤 안으로 오그라졌다. 모나지 않고 유연한 곡선에서 조선시대 옹기장(甕器匠)의 애달픈 사연들이 선연하게 비친다. 불에 녹아 내린 그 모습은 투박하면서도 유순한 여인을 닮았다. 항아리가 오그라들면서 생긴 모양새는 궁각(弓角)의 양쪽 끝 부분 에서 합수(合手)를 이루어 우람해 보인다. 삼각형으로 오그라든 그 괴상하고 아담한 산세 에 따라 좌청룡 우백호의 능선을 닮은 듯도 하였다.

- 은빛 항아리

어린 시절 대밭에 보름달이 걸려, 장독대에 항아리가 대 그늘에 가리워 얼룩지던 때도 있었다... 볕에 그을리고 설한 풍에 얼고, 그러면서 우리와 함께 긴긴 인연을 이어오던 투박한 그 항아리는 우리 여인들의 운명 같아 결코 미울 수가 없었다.

- 은빛 항아리

한옥의 기와지붕 선형(線型)은 가히 선의 미학을 보여준다. 눈이 내려 덮었을 때, 백설 속에 선명히 드러나는 기와지붕의 완곡미(婉曲美)는 가야금 가락처럼 절묘한 느낌을 안 겨준다.
하늘이나 뒷동산을 배경으로 가장 선명하게 나타나는 용마루의 곡선은 기둥에서 솟아 오르는 직선의 힘과 지붕의 물결치는 듯한 곡선의 힘이 부딪쳐 일으키는 조화의 리듬과 미를 그대로 하늘에 피어놓은 연꽃이다.

- 기와지붕의 곡선

그 곡선이란 게 어디서나 볼 수 있는 산 능선과 고향의 시냇물과 한복의 맵시와 그리고 떡쌀, 절구통, 장독간 김치 항아리의 곡선과도 호흡을 맞추고 있어, 아마도 우리 겨레가 터득해낸 가장 오묘하고 깊은 삶의 가락이 지붕에 얹혀진 게 아닐까 여겨진다.

- 기와지붕과 곡선

작품「초가지붕」은 개나리 울타리와, 마당의 흰 빨래, 저녁 연기가 우리들의 정과 흥으로 이어지면서 무위자연의 사상에 이르게 된다. 또한 작품「은빛 항아리」는 오그라진 항아리 그 유연한 곡선이 주는 애달픈 사연이, 투박하면서도 유순한 여인을 그려낸다. 그것은 바로 이 나라의 산세요 능선이 주는 곡선미 그 은유의 창조적 모습일 것이다.

역시 같은 계열의 작품「기와지붕의 곡선」에서도 지붕의 완곡미가 주는 은은한 율동이 가야금 가락으로 이어지고, 용마루 곡선 그 진동과 파장은 은은히 피어올라 하늘에 한 떨기 연꽃을 맺게 되는 것이다. 그러한 융화와 조화의 흔들림이 바로 우리네 삶의 가락이 된다.

이것이 바로 수필가 배석권이 말하고자 하는 한국적 정서 그 서정의 원류다. 여기서 우리는 화자의 동양적 선비사상이라는 담론이 한국적 서정과 만나게 되는 것을 지켜보게 된다. 뿐만 아니라 우리는 여기서 또 화자의 이른 바, 그 주장(主張)이라는 논조(論調), 그 외침과 더불어 사색(思索)이라는 설득, 그 표현의 의미를 새삼 되새겨 보게 된다.

이 말은 결국 이 작가의 경우 글을 쓰면서 과연 어느 쪽으로 기울어졌는가에 따라, 작품의 격이 판가름났다는 것을 증명해 주는 지렛대가 역할을 하게 되었다 하겠다. 다른 측면에서 말하자면 화자는 아직 중수필로서 스스로를 시험하고자 한 것은 아니라는 것이다. 그런데 배 수필가는 너무 하고 싶은 말이, 욕심이 많았던 것이다. 그렇듯 외치고 싶었던 한 마디는 결국 '사람의 길' 이었던 것이니, 그 성급했던 말 한 마디와, '닭 중에 학(鶴)' 이 어쩌면 화자의 초조감과 맞물려 작품의 우열을 극으로 치닫게 했던 것이라 하겠다.

7. 마무리

우리는 화자의 주장을 여러 곳에서 다양한 방식으로 접근해 왔기 때문에, 다시 요약을 해본다는 것이 도로가 될는지 모른다. 예컨대 단편적으로 드러난 용어들만 나열해 보더라도 '홍익정신' 이나 '오륜', '인륜', '선비정신', '공맹사상', '인간성 회복' 이니 '자연회복' 이니 '인간의 길' 이니 하는 것들 이외, '흙의 이미지 그 어머니상과 대지의 정신을 이은 한국적 정서와 문화' 등 많다. 그리고 오늘을 사는 우리가 버려야 할 유산으로서는 '거짓 술책', '권모 술수', '중상 모략', '광적인 투기', '허세 허욕', '이기심 탐욕', '번뇌 갈등', '불신 혼탁', '과소비 풍조', '빗나간 노사문화', '교통지옥' 등등이 거론되고 있다. 그리고 특히 자연 보호에 깊은 관심을 나타내고 있는 것도 보게 된다. 그래서 배석권 수필가는 그 나이에 걸맞지 않게 수필에서 "천벌을 받을 사람들이 많다"고 흥분하게 되는 것이다.

이렇게 본다면 이 글의 담론은 자명해진다. 그것은 새 시대 새로운 인륜 도덕, 홍익정신, 선비정신으로 무장하여 인간성 회복을 통한, 새로운 이상적인 한국인 탄생을 주문하고 있다는 이야기가 될 것이다. 앞에서 지적했다시피 '참된 인간의 가치, 그 인간의 길을 가라' 는 다그침이 된다. 또한 기법상 그러한 주제를 담으면서 귀납적 구성법을 원용하여, 사물을 통한 정서적 질감이 미적 영상을 통해, 한국의 문화 그 맛을 우리들에게 보이려한 것을 알게 된다.

그래서 화자의 작품들은 이러한 전통적 천지인(天地人) 사상, 일원론적 이념을 제시하면서 한 사람의 수필가로서의 신명을 다한 대서사시라는 것을 새삼 느끼게 된다. 배석권 수필가의 성공한 작품들은 우리 수필사에 길이 남아 그 빛을 더하게 될 것으로 믿는다.

신문매체를 통한 신문연재소설의 문학성

―1992년 6월, 중앙지 중심으로―

河柄宇*

Ⅰ. 서론

문학의 형태가 다양하지만 그러나 본론에서 설명하고자 하는 신문연재소설은 다른 문학의 형태보다 신문이라는 매개체를 통해 독자에게 전달되는 것이 다른 점이고 또 특이성이 있다고 하겠다. 「저널리즘」이라는 본질에 기인한 현실에서 문화와 문학적 의미를 부여하고 있을 뿐만이 아니라 오늘날 저날리스트는 점점 전문적인 분야가 생기므로 해서 또 매일 연재되는 소설이 문학성을 내포되어 교육적이고 문학적인 사고를 일어키게 하는 경향이 얼마간 독자들에게 주고 있었던 것은 사실이다. 그러므로 유달리 우리 나라와 일본에서만 필수요건처럼 되고 있는 신문지상의 신문연재소설을 볼 수가 있다. 한 때는 신문사의 경쟁건으로 인식되고 있으며 그에 따라 기성 작가와 신문의 제작자간의 중대한 대사로 이어 왔다. 보도체를 이용하여 다각적으로 내면을 도출할려는 의도가 있다고 하겠으며 그러나 차츰 집필자에 대해 문학적인 기대 보다는 다소 독자에 영합하는 신문제작자의 상업주의가 기인하는

---

* 문학평론가.

경향이 생기게 되었고 이에 따라 독자의 심리적 이용으로 신문의 판매 정책상 연재소설의 목적이 형성되는 경우가 있다. 과거 신문이 4면으로 나올 때는 대개 정치면, 경제면, 사회면, 문화면으로 이루어졌다. 그동안에 많은 변화와 발전으로 8면이 나왔다가 다시 24면, 더 나아가서는 현재 52면(sports, money 포함)까지 다양하게 제작되고 있다. 또한 작가도 오늘날 저널리즘의 양상을 의식하여 틀에 맞는 즉 시사성의 탓으로 순문학성을 발휘할 수가 없는 것이 다소 있다고 하겠다. 신문제작자의 의향이 반영되고 독자의 흥미를 인식한 나머지 작가는 순수문학의 방향을 잃고 저속된 작품이 생긴다. 미국의 사회 철학자 어네스트 반 덴 하그(Ernest Van Den Haag)는 소비에 대한 대중시장은 잠재적인 재능을 가진 엘리트들을 끊임없이 유혹, 예술적 창작활동으로부터 이탈시킨다고 주장했다. 따라서 창작활동에 대해 사회적 위신과 소득을 부여할 수 있는 힘과 주도력이 문화의 생산자로서의 대중에게로 옮겨가게 된다. 작가는 독자의 지배적인 평균 취향에 영합하게 되면 자연 저속성을 명하기는 힘들 뿐만 아니라 저널리즘을 통한 문학의 발전은 기대할 수 없다. 대중성을 띤 독자들은 으레 학문적인 것, 문학적인 것을 싫어 한다. 또한 신문으로 그들은 스릴과 휴식을 찾아 저속성 위주의 작품에 탐닉하게 되고 현실도피를 위해 감정적 내용과 시사성의 심리적 내용을 인식하게 된다. 대중적 독자들의 요구가 신문제작자의 제의에 결부되어 문학성을 잃게 되는 것이 바로 신문연재소설에 대한 비리와 모순이라고 할 수 있다. 대중문화는 독자들로 하여금 저속하고 피상적인 내용에 탐닉하고 중독되게 함으로써 즉 흥미위주로만 하게 되면 독자들이 자주적인 성장과 문학성을 기하고 자신을 풍요하게 할 기회와 가능성을 박탈하게 된다. 작가가 지나친 타의를 의식하다 보면 본의가 아닌 소설 내용의 계획과 방향이 어긋나게 흐르고 더구나 맺음이 있기 전에 불행하게도 빛을 보지도 못하고 중단되는 예를 볼 수가 있다. 그것은 문학성이 상실됨으로써 작자의 양심이 손상되지 않은 범위 안에서 불가피 중도에 멈추는 경우가 생긴다. 이유야 어떠든지 신문이란 저 널리스트의 매체속에 과연 그 의의를 저버리고 독자의 인식과 문학의 입장이 성립되지 않은 과오를 범하게 되는 것이다. 여기에 신문연재소 설의 매개체에 대하여 저널리스트이니 저널리즘이니 하는 어느 회답이 그 자체만으로는 완전한 것이 될 수 없으나 이들의 해답속에 내포되어 있는 한 가지 근거적인 요소가 있다. 그것은 타협을 모르게 원칙에 충 실하고 털끝만한 부정확이나 완벽에 대한 조그마한 불비나 또는 우둔 도 이것을 경멸하는 태도이다. 그러한 관련성에 부합되는 현실을 외면 하고 또한 작가로서 문학의 순수성을 생각하고 있을지 의문시 된다. 비 문학적인 야심과 정치와 책모를 떠나 오로지 빛나는 문학정신만을 옹 호하려는 의연한 태도를 두고 말하는 것이며 문단의 사조가 전면적으 로 혼돈속에서 해매일 때, 문학인, 지식인의 긍지와 특권을 유지 옹호해 주는 것을 오직 순수에의 열정이 있을 뿐이다.[1] 일반적으로 소설은 작 가의 필연적인 사건을 꾸며 나가기 때문에 그 소설 속에 작가가 나타내 려는 의도나 계획대로 창작의 기본문법을 활용하여 우연적인 사건의 발단이나 전개가 되는 것이다. 사실 우연적인 계기를 전적으로 무시하 고는 어떠한 작품의 구성이 형성될 수가 없는 것이다. 과거의 신문에 연 재된 소설은 대개가 전개되는 것이 애정 문제를 주가 되었든 것이 사실 이다. 김동인이 춘원의 문학을 연구 비판한 가운데 "소설의 흥미를 그 대로 이야기의 재미와 연애, 혹은 정사의 재미로서 빚으려 했다"고 했 다. 저널리즘이 개입된 신문연재소설이 얼만큼 우리의 사회에 파고 들 수 있는 순문학성을 독자들에게 문학의 일면도를 어떻게 전개했는지 고찰해 볼 여지가 있다.

---

1) 현민, 「순수에의 지향-특히 신인작가에 관련하여」, p.139.

Ⅱ. 문학성의 내재

소설이란 흔히 이야기를 체계화 하여 좀 더 미화시킨 것이라 하며 국어사전에는 문학 형식의 하나, 현실적 인생을 작가의 상상에 의하여 구성적으로 서술한 창조적 이야기라고 한다. 또 문학적인 의미는 영어의 plot를 우리말로 '짜임새' 라고 번역하는 사람고 있고 '줄거리' 라고 번역하는 사람도 있는데 그것을 '줄거리' 라고 하는 의미는 구성을 이야기와 같은 개념으로 해석하는 태도에 원인이 되어 있다. 그것은 '줄거리' 란 이야기의 윤곽이나 골자인 것이기 때문이다. 소설에 6하원칙을 적용시키는 이유도 여기에 있다고 하겠다. 오늘날과 같이 영화, 텔레비젼, 라디오, 컴퓨터 등 가지각색 매스콤들의 영향을 받지 않고 독단적인 의미를 갖는다는 것이 사실 어려운 것이다. 그러나 독자간의 먼 거리를 두고 문학의 주장만 한다면 목적을 상실하게 되는 관계가 형성하게 된다. 신문제작자의 의도를 무시하고 저질적인 흥미를 타파하는 소위 문학적 흥미라는 것을 작가로서도 고려하지 않을 수가 없다. 문학작품이 독자에게 미치는 영향이 여러 가지 있겠지만 신문연재소설에서 지나친 성묘사가 사회의 도덕적 윤리를 저버릴 뿐만 아니라 문학적 가치를 상실하게 된다. 룰론 신문연재소설이라 성묘사를 전연 무시하라는 뜻은 아니다. 그러나 표현 방법에서 직접표현이 아닌 간접표현으로 해야 할 것이며 미적 구성을 형성하려는 즉 문학적 표현을 구상하여야 할 것이다. 춘원이 신문학 사상 획기적인 장편 「무정」을 〈매신〉에 연재하여 민족주의적인 이상의 격렬한 미적 욕구며 그 환상이다. 「무정」의 민족주의 사상이 비단 「무정」뿐 아니라 중요한 작품마다 심화·확대 되어 갔으며 특히 계몽주의적인 정열이 가장 노골적으로 표현된 의도를 불어 넣었던 작품이기도 하다. 조연현씨는 중대한 전통에의 반역은 그것이 그대로 하나의 선구적인 혁명이 되어졌다. 이러한 춘원의 혁명적인 반역은 물론 봉건성에 대한 비판과 부정으로서 행하여 진 것이기도 하지만 과거의 지나가는 역사 보다도 미래에 닥쳐오는 역사를 더 중시할 수 밖에는 없었던 당시의 국치와 미개한 민도에 대한 한 반발이기도 했던 것이다. 그러기 때문에 대중적인 신문지상을 통해 널리 보급 전환하고자 하는 심정을 헤아릴 수가 있다. 이것은 소년을 시나 소설의 주인공으로 선택함으로써 조국의 장래와 운명을 소년들에게 의탁해 보려던 신문학운동의 중요한 한 경향으로서 한층 더 적극적으로 발전되어 갔다. 이러한 반봉건적인 그의 혁명적 성질은 「무정」에 표시된 애정의 자율성과 근대적인 자아의 각성 등으로 절정에 달했다고 하겠다. 그 반면 오늘의 비평이라 말로 춘원의 「무정」은 설교의 과잉을 통하여 제시된 그의 사상의 세계가 또한 너무나 추상적이며 비현실적이라는 점이다. 「무정」과 같이 완품 제작이 되기 까지 신문연재소설은 소위 요즈음 유행하는 생활용품의 1회용 제품 밖에 볼 수 없다고 할 것이다. 시간과 공간을 활용하고 사회의 소식을 전하는 신문지상에 한정된 문화와 문학의 영역 범주를 최대 활용해 볼려는 것으로 생각할 수가 있다. 그러나 우리의 일상 생활에서 문학 정신을 혼란시키는 경우를 엿볼 수 있다. 소설가인 김동인씨가 서울로 이사를 했다. 행촌동 셋집을 들었는데 조만간에 팔리면 동인 다시 이사를 해야 할 평편이었다. 그는 동아일보사를 찾아갔다. 고료를 일시불 하겠다는 이광수(편집국장)의 약속을 듣고 그 날 부터는 두문불출의 배수진을 치고 말았다. 이리하여 연재 회수 136회인 소설 「아기네」가 탄생하였다. 그와 동시에 「떠오르는 해」, 「형과 아우」, 「빛나는 우물」, 「골육」, 「말 탄 온달」 등 모두 2백 4회에 걸쳐서 연재된 이들 소설은 약 1천 6백장이었다. 그것은 동인의 정확히 한 달을 걸쳐서 탈고했던 것이다. 돈으로 바꾸면 매 회분 3원에 6백 12원이다. 한 달만에 집을 산 동인을 보고 마을 사람들은 혀를 둘렸다. 그리고 숫제 돈을 낳는다고 했다. 이러한 사담들은 과연 신문연재소설이 아니였다면 이런 광경이 일어났으리라고 생각하게

된다. 물론 그 당시의 독자들이 그 소설에 대해 잘 평가했으리라 생각
되지만 과연 작가의 문학성을 갖고 작품에 성의 있는 집필을 했을 지
의심이 간다. 또한 모방과 자극의 심리를 가장 크게 불러 일으키는 것
은 말할 것도 없이 성적이며 선정적인 장면 묘사인 것이다. 되도록 독
자에게 저속한 심리발동을 하지 않게 하는 것이 작가의 양식이요 이것
이 바로 〈건전한 상식〉 아래 이루어진 성묘사라면 그것은 독자에게 우
선 불쾌감을 주지는 않을 것이다. 또 여기에는 저속한 표현이 발 붙일
자리를 용납 안하게 된다. 뿐만 아니라 불필요하게 성묘사를 남용하는
폐단도 없어 질 것이다.[2] 또 인간이 체험한 인간경험에서 얻어진 작품
이 때로는 미적 요소를 생각게 된다. 그렇다고 인간 생활이 곧 예술이
라고 할 수 없다. 현실성을 미화하는데는 작가의 능력에 따라 형성 과
정이 달라지고 미적 의미를 다르게 부여 하게 되는 것이다. 또한 미적
요소의 본질을 잃게 되면 따라서 독자가 흥미를 잃게 되면서 작가의 가
치가 없어지는 것이다. 그러므로 작품 세계에 미적 경험과 미적 의식
을 살려 작가의 구상이 형상화 되면 독자도 자연적으로 흥미를 갖게 되
는 것을 알 수가 있다.

Ⅲ. 흥미 위주의 탈피

유독 우리나라의 신문에는 약방의 감초 처럼 틀림 없이 끼는 것이 신
문 소설이다. 더구나 하잘 것 없는 지방 신문에까지 지면을 채우는 연
재소설이 필수 조건으로 등장했던 것이다. 1992년 6월 현재 중앙지에
연재된 신문소설을 보면 조선일보의 「왕도의 비밀」(최인호작, 김영주
화), 동아일보의 「야정」(김주영 작, 김세종 화), 한국일보의 「세상에서
제일 쓸쓸한 사나이」(김성종 작, 박남화 화), 경향일보의 「비밀의 애

---

2) 신동한, 『신문소설의 반성』, 어문각, 1976., p.311.

인」(김성종 작, 김영덕 화), 「낙양성의 봄」(유현종 작, 이양원 화), 서울신문의 「수적」(홍성원 작, 안재후 화), 중앙일보의 「무지개가 머무는 곳」(송영 작, 김광대 화) 「길 없는 길」(최인호 작, 이우범 화) 등이 연재되고 있다. 신문소설이란 신문지상을 통해 1일 보도 되는 소식과 더불어 전달하는 매개체으로서 대중적인 문화의식을 고려하여야 하며 대상을 전연 무시 할 수 없는 관계가 있다. 또 광범위한 의미를 들자면 국민들 사이에 독서습성을 보급하는데 의미에서도 도움이 된다고 하겠다. 심리적 이용으로 신문소설의 절정적인 장면을 읽기 위해 신문을 기다리는 습관으로 대중들이 책을 더욱 가까이 할 기회를 가지게 될 것이다. 과거 춘원의 「무정」에도 계몽적인 설교는 비단 몇 개의 작품에만 국한 되어 있는 것이 아니며 어떠한 작품을 막론하고 이 폐단에서 벗어난 것이 없다. 춘원의 문학을 총괄해서 하나의 계몽학으로 간주하는 이유가 여기에 있지마는 그의 계몽적인 설교의 과잉은 도리어 계몽문학으로서의 가치까지도 손상시켰다고 볼 수 있다. 목적의식의 이러한 과도한 노출은 어떠한 경우에 있어서도 문학적인 감명을 저하시킬지언정 그 효과를 돋구어 줄 수는 없는 것이다. 그러나 더욱 중요한 것은 지나친 설교형적인 내용성에서 추상적이며 비현실성이라 하겠다. 또한 작가의 의도를 무시하고 신문제작자의 압력에 의하여 때로는 문학성이 상실되는 현실을 외면할 수는 없으며 오늘의 상업적인 견해를 무시할 수 없는 처사가 생기게 되는 경우가 있는 것이다. 물론 그 신문소설에 대하여 작품 중에는 작가의 철학과 문학성을 내재된 내용을 전개해 나가는 작품도 없는 것은 아니다. 그러나 신문지상이란 매체를 의식하고 독자들을 우롱하는 마음으로 아슬아슬한 장면을 묘하게 넘기고 다음 지면에 표출하는 경우가 있다. 즉 TV 연속극에서 시청자에게 심리적 이용으로 묘한 절정을 넘겨 버리는 수법, 다음 날을 기대케 하는 심리적 작전을 모색하는 경향이 다소 있다. 그러나 이와 같이 부정적인 면만을 이야기할 수 없으며 그와 반대로 긍정적인 면을 다소 찾아 볼 수 있다. 모든 내용과 형식이 저속하다고 할 수 없으며 그와 반대로 긍정적인 면을 다소 찾아 볼 수 있다. 모든 내용과 형식이 저속하다고 할 수 없으며 대중적인 문화 형성에 기여하고 있는 저널리즘과 신문연재 소설이 커다란 영향이 주어진다는 것을 잘 인식해야 할 것이다. 그러므로 상호 균형적이어야 한다. 보도와 신문소설, 즉 둘 중의 한 쪽에만 치우친다면 구독자를 잃게 된다. 쌍방의 서로 상대성이 있는 것이다. 잘 맞는 색상을 갖어야 서로 엉클어지는 현실 속에서 원만히 생존하면서 회전될 것이다. 신문 구독자의 계층이 다양하다. 그것을 균등하게 전달되고 소화시킬 능력도 없을 뿐만 아니라 작가의 방향과 목적을 계층간의 수준을 얼만큼 잘 조화시켜 나갈수 있는가 하는데서 문제가 된다고 하겠다. 한정된 범위에서 신문소설이 구성법 및 전개법이나 기법 면에서 볼 때에 매우 좋은 여건과 인생을 줄 수가 있는 작품이 드물다고 하겠다. 즉 소설의 구심점은 대체로 중요 인물들의 행동성에 있다. 그들의 행동 미학에 큰 충격을 받게 되는 것은 그들 행동의 근원적 동기가 언제나 개인적 자아를 초월한 집단의 연대 의식에서 발화하고 있다는 점이다. 우리가 소설문학을 동적인 것이라고 말하게 되는 이유도 여기에 있고 소설에 역사성과 사회성이 농축된 이유도 또한 바로 여기에 있다. 개인으로부터 집단적 자아로 뻗어가는 인간의 연대 의식은 사람이 자기 존재를 주체적인 것으로 확인하는 가장 뚜렷한 행적이다.[3] 소위 지식층에서는 작가의 심혈을 기울여 펴낸 작품이 문학성이 있고 예술성이 있더라도 신문이라는 선임감에 사로잡혀 오직 완전 제품만이 인정을 받고 연재소설은 으레 외면을 당하는 것이 과거의 상례라 하겠다. 또한 이때까지 작가에게 문제가 없었던 것은 아니다. 그 원인은 신문이라는 매체가 독자로 하여금 부담감을 주고 문학성이 결여되어 내용 자체가 저속한 한편 지나친 대중을 의식하여 흥미 위주로만 역점

---

3) 하병우, 「한국소설의 미적요소와 우연성」, 『동양문학』, 1991 가을호, p.49.

을 두고 집필한 경우가 있음을 알고 있다. 실제적으로 작가의 계획성
이 반영되지 않고 다만 신문제작자의 주도 하에 연재소설이 좌우되는
경향을 볼 수 있으며 신문의 관점에서 연재소설이 신문의 판매 관계에
서 기여도의 여부가 존재 가치를 평가받는 것이다. 신문사측이 소설에
대한 내용의 계획이 신문사측이 소설에 대한 내용의 계획이 이미 주어
지고 또 작가가 선임되는 틀에 박아 놓은 듯한 인상을 주게 된 것이라
면 신문사의 인기 정책과 판매 정책면을 벗어 낼 수가 없는 것이다. 작
가의 문학적 내용과 구성면의 계획을 인정하고 내정 간섭 없이 작가에
게만 맡겨 두는 것이 현명한 처리일 것이며 솔직하게 책임을 지우면 작
가로서의 책임 의식을 버리고 한 쪽으로만 심혈을 쏟다 신문사를 불리
하게 하지 않을 것으로 인식된다. 더 나아가서 명작이 생산되게 재정
적이나 여건 조성에 뒷받침해 주는 것이 타당하리라 생각된다. 오늘의
신문, 잡지, 출판물들의 저널리즘이 다양한 형태로서 전문성을 지니고
있는 현실에서 그 이용하는 독자들도 점점 수준이 향상되어 독자의 마
음을 거슬리는 것은 용납하지 않을 것이다. 또한 청소년들에게 자극을
주는 삽화에 대한 것도 지나친 그림의 형태를 좀 지양해야 할 것이다.
젊은이들에게 항간 그 날의 신문연재소설의 삽화 그림에 따라 즉 표현
의 색깔이 짙은 것에 따라 읽는 빈도가 많아진다는 것이다. 저널리즘
이 발달된 이 시점에서 작가가 문학의 순수성을 저버리지 말고 오직 저
널리즘과 발 맞추어 공동적인 운명을 같이 해야 할 것이다.

Ⅳ. 시사성의 기능

저널리즘에서는 저질의 대중매체내용과 프로그램이 대중문화의 수
준을 더욱 저하시키기 때문에 공해의 요인이 된다는 론리는 대중문화
에 대해 너무 지나친 것은 그 기반이 흔들리게 된다. TV의 프로그램과
신문의 문화면을 어떤 것을 선호함에 있어 독자나 시청자들의 교육정

도와 소득 등이 상호 관계를 이루어진다. 어느 사회에서나 고급문화는 사회 상층부의 소수가 해당되는 영역이고 고급문화 자체가 사회 전체의 문화가 될 수 없는 것이다. 따라서 고급문화는 항상 불안한 상태에 있으며 이를 대중문화의 침식으로부터 유지 보존하는 것은 어느 사회에서나 문제가 되고 있다는 것이다. 이러한 대중적인 관점에서 신문의 매체는 작가로 하여금 대중문화와 연재소설에 전적으로 참여하고 있음을 부인할 수는 없을 것이다. 즉 매체에 대한 영향력을 무시할 수는 없으며 대중적인 매체의 수준이 정해지는 것은 고급 수준의 영역에 속할 수 없다. 여기에 신문소설이 순수문학성을 유지하려면 작가의 결심과 저널리즘의 이해가 있어야 지탱할 것이다. 어떤 사회학자는 텔레비전의 이른바 '저질 내용'이 자유주의 경제체제에서 매스커뮤니케이션 체제를 지탱하는 기능을 수행한다고 주장하고 있다. 최대 다수의 시청자를 동원해야만 텔레비전 산업은 유지할 수 있다. 최대공약수적인 프로그램을 방영하게 됨으로서 프로그램의 질이 낮아질 수밖에 없다는 것이다. 이런 뜻에서 저질 프로그램은 자못 기능적이라는 이론을 내세운다. 신문연재소설도 신문 보도와 아주 상관된 것이다. 많은 구독자를 포섭키 위해서는 보도의 신뢰성과 정확성, 신문에 연재된 그 소설의 내용에 있어서도 일반 문학과 달리 시사성이 어느 정도의 내재되어야 신문소설의 존재 가치가 형성되리라 생각한다. 신문과 신문연재소설이 동질성을 은연중 그 신문사의 냄새와 색채가 띄우게 하려는 노력이 엿보일 때가 있다. 사실 지면은 한정되어 있지만 활동 범위는 그렇게 협소하다고 할 수는 없다. 서민 즉 대중에게 지도적인 입장이 있으므로 연재소설의 활동 범위를 소홀히 해서는 안될 매개체라는 것을 인식해야 한다. 신동한 씨는 문학 작품의 본래의 목적인 인간의 마음에서 생활에 대한 미학적 태도를 불러일으키게 하는 임무를 신문소설에서

---

4) 신동한, 전게서, p.312.

도 망각해서는 안될 것이다. 또한 생활에 대한 미학적 태도를 불러일으키게 하기 위해서 문학 작품은 생활을 적극적으로 반영하고 생활에 있어서의 행동의 지침도 제시하게 된다. 이런 의미에서 신문소설은 독자에게 하나의 '인간교과서'의 역할을 하여야 한다.[4] 그러나 지나친 도덕이나 설교문조로 내용이 형성되는 것이 아니라 좀더 과감하게 틀에 박힌 형식을 벗어나서 보통 인간들이 바라는 우리의 생활 주변에서 흔히 볼 수 있는 체험과 경험을 작품 속에 담겨 대중의 감동과 용기를 주고 또한 저속한 문학성과 흥미를 위주로 한 문학 형태를 좀 탈피하고 독자들에게 오해를 해소할 수 있는 절충식인 장르를 구성해 보는 것이 타당하리라 생각한다. 작가가 지금 글을 쓰고 있거나 아니면 계획하고 있는 작품에 대하여 과대 평가하는 것도 문학에서 연유하는 것이다. 이미 체험한 것은 기껏해야 기법면에서 소용될 뿐이며 근본적으로 만약 익숙해질 타당적 작품을 만들 생각이 없다면 새로운 체험은 새로운 기법을 요구하는 것이다. 우리들이 생각지 못한 현실사항에서 안타깝게도 우리 사회에는 무성의하게 만든 작품이 다소 있는 것을 볼 수가 있다. 이런 작품을 독자들이 읽을 때 초점을 못 잡고 실망을 안겨주고 만다. 흔히 이런 작가가 형식적인 옷을 잘 입히려고 노력하고 위선한다. 인간에게 화장을 시키고 화려한 옷을 입히면 독자들은 방향을 잡지 못하고 우왕좌왕하게 되는 경우가 허다하다. 그러나 작가는 화려한 옷을 입히기 위해서는 감성에 신경을 쓰는 교묘한 용어의 묘사가 절대 필요한 것이다. 또한 생활세계의 사회적 본질을 체계화한 현상학은 개인의 의미 수준과 지식의 사회적 성격을 모두 고려하고 있다는 점에서 예술 사회학이나 문학세계의 출발점이 된다는 것이 작가의 입장이라 할 수 있다. 독자와 작가는 모두 공통된 점을 갖고 있다. 신문연재소설에는 작가의 자기 자신에 대한 철학적인 소신과 지침이 필요한 것이다. 자기가 지킬 인생의 규범이 있고 우리들의 마음을 지배하는 도덕성과 윤리성도 간직하고 있는 것이다. 우리의 뉴스의 매개체는 전반적으로 보다 더 효율적으로 할 수 있을 것이며 대중으로 하여금 좀 더 예민한 반응을 보여 주게 할 수 있을 것이다. 대중으로 하여금 읽게 하고 듣게 하고 또 머리 속에 기억하게 하는 문제는 「메스·콤」계의 공통된 문제이다. 신문에 있어서 신문소설이던 문화성이 있는 것이던지 어떤 종류의 자극에 대해서 대중이 아주 미약한 반응이 있을 때 이것을 보고 「매스콤」에서는 「미약한 접촉반응」이라고 한다. 이러한 경우에 신문연재소설도 예외가 될 수 없다. 뉴스를 보내는 자와 받아들이는 자 사이에는 불가피하게 여러 가지 장애가 있는 법과 같이 신문소설을 읽는 독자들에게도 미묘한 영향과 반응이 일어나는 경우가 있다고 하겠다.

V. 결론

문학은 미의 문학이다. 그것은 인간과 현실을 보다 아름답게 보려고 한다. 이것은 이미 문학이 부여받은 임무이다. 소설 작가의 의도에 따라 형성되는 내용이 정하여지는 것은 당연하겠으나 그 이전 소설의 기법을 생각하지 않을 수가 없다. 이 문제가 너무나 광범위한 것이 사실이다. 그러나 소설 작가의 진실성을 떠날 수 없는 내용과정의 대원칙이 있을 것이다. 인간 주변에서 떨어질 수가 없는 환경의 대상물을 이용하는 경우가 허다하겠다. 현대 사회에서는 「매스」라야 말로 대중매체, 대중문화, 대중행동, 대중정치, 대중민주주의, 대중설득, 대중생산, 대중소비, 대중보도 등 인간의 오늘을 표징하는 현상이 난무하고 있다. 또 현대 사회를 혹은 대중사회로 불어 짖고 있지만 대중사회는 인구의 거대한 증가, 도시생활의 복잡성, 생산체제의 기계화, 대중의 참여에 의한 정치구조의 변화, 생활수준의 급격한 상승, 대규모 오락생산의 발전 등으로 지적될 수 있듯이 이러한 관점에서 신문소설도 분명히 「매스」에 개입된 필수적인 존재가치가 부여된다고 하겠다. 그러나 신문의 매체로 통한 신문소설은 장·단점을 겸비하고 있는 것이다. 첫째로,

작가가 신문제작자를 너무 의식하다 보면 문학성을 상실하게 되며 둘째는, 독자와 영합하여 성 묘사에만 치우쳐 흥미 위주를 벗어나지 못한 도덕적인 문제와 더 나아가서 상업주의적인 경우를 볼 수 있으며 결국 본의 아니게 문학자로서 양심을 저버린 저속한 작품 형태로 변하고 마는 것이다. 셋째, 1회만 쓰고 버리는 1회 용품과 같이 1일 신문지의 역할 밖에 볼 수 없는 의미를 줄 수 있다. 그러나 다른 이면에 매일 매일 전개되는 사건의 현실을 지면에서 작가가 우리 인간에게 주는 생활의 지침을 정하게 되며 대중사회를 기인할 독자들에게 독서의 습관을 기르는 계기가 될 것이다. 신문연재소설의 기본적인 요소가 흥미라 하겠지만 신문제작자가 의도하는 저속한 흥미를 벗어나서 즉 통속적인 흥미가 아닌 참된 문학성이 내재된 흥미로서 대중독자를 유도해야 할 것이다. 신문이나 방송이 「데마」에 취해 주관적인 논조를 읽고 대중과 야합하려 한다는 자세를 비판한 것이었다. 이렇게 주관적인 판단의 기준을 흐리게 만들고 새로운 목적으로 사람의 심리를 유도하는 것이 「데마」의 효과이라 한다. 여기에서 신문, 잡지들이나 방송은 대량소비를 위해 존재하는 것이며 그것에 의해 연명하고 있다. 이것에 의해 그들의 방법이 결정이 된다. "자유 저술가"는 매일 매일 문화를 위해 쓰고 있는 원고로 돈을 벌고 이 사회에 명성을 내기에는 옛날보다 훨씬 용이하게 되었다. 또 하나는 논리적 측면이다. 예술가나 작가나 그들이 한 일의 경제적 수익성을 첫째로 생각하는 것이 아니라 그들이 바라는 바가 영향을 주고 관심을 끌게 하는 것이며 더 나아가서 독자들에게 환심을 사게 하는 비열한 심리가 작용하는 즉 인기만을 얻고자 하는 비문학성이 내포되어 있는 것을 알 수가 있으며 또 승인을 얻고자 한다는 것이다. 흔히 보통 말하는 허영심이나 명예욕하고는 아주 거리가 먼 것으로 알 수가 있다. 독일의 헤르만 헤세가 표현한 것처럼 잡문 시대라고 했거니와 좀 더 포괄적으로 표현하면 레크리에이션 문학과 상통한다고 말할 수가 있다. 오늘날 그 대하소설을 읽어 내려가듯 자기의 개인적인 흥미만을 생각하거나 자기의 욕구를 만족시크는데 급급해 있기 마련이다. 이러한 현상이 저속된 대중층에서 생기는 것이며 신문의 대상이 광범위함으로 작가의 활동 범위가 단조롭고 협소한 것이 아니라 횡적으로나 종적으로 넓은 영역을 부여하고 있는 만큼 신문소설의 작가는 자기에게 주어진 주관성과 계획성을 최대 활용하여 쓰는 방법에 따라 그 효력을 크게 작용하게 된다. 신문소설이 차지하는 내용구성은 그 장르가 아주 다양하게 전개되는 것을 볼 수가 있다. 오늘날에 와서도 아직 일부 신문사가 연재소설을 끈질기게 신문에 연재하고 있으며 그 반면 다른 신문사는 과감히 신문연재소설을 폐지한 것을 볼 수가 있다. 또 사실 상위층에서는 신문소설을 등한시하고 문단에서까지도 외면하였다. 그러나 대중사회에서 문학의 일부분이 명맥을 이어가게끔 한 기여도는 대단히 크다고 하겠다. 과거에는 계몽적인 내용으로 형성되어 있었으나 오늘날 시대에 따라 많은 변화를 가져온 것이다. 그러나 작가는 신문제작자의 입장에 서다보면 대량 소비에 대한 의식에서 작품을 형성하게 되며 일시적으로 끼어 맞추는 엉성한 묘사 장면을 이루게 하는 경우가 다소 있는 것이다. 즉 독자들에게 외면시 되는 것은 소설의 우연성 그 자체가 아니라 오히려 우연적이 아닌 것을 흥미를 잃게되고 비난과 거부하는 경우도 있다. 오늘의 문학 비평이라 말로 이광수의 「무정」과 같이 완전 제작품이 되기까지는 신문연재소설을 요즈음 유행되는 생활의 1회용 제품이라고 할 수 있다. 시간과 공간을 활용하고 「매스」에 의존되어 한정된 문화와 문학의 영역을 되대 활용해보려는 의도가 감겨 있다. 끝으로 필자는 신문소설에 대해 비관적인 의미보다 낙관적인 의미를 더 주고 싶다. 매일 매일 전개되고 미완성품으로 이어가는 것이 문학가로서 볼 때 좀 미숙한 점이 없는 것도 아니다. 그러나 그것이 하나의 완성품으로 갈고 닦으면 때로는 대역작이 될 것으로 본다. 또한 과거 신문사의 연재소설을 단행본으로 묶어냈을 때 그 신문연재소설이 "사회주의에 일응 동조하는 듯 하면서도 민족주의적 입장을 견지했다는 측면에서 한국 문학과 한국 지식인이 나아갈 길을 밝혀주고 있었다"는 문예부흥운동의 중심적 역할을 해왔으며 문학평론가 조동일씨는 "일제하 신문들과 지금의 신문은 많이 다르다면서 지금은 신문에 많은 오락적인 측면이 침투돼 있지만 당시에는 신문이 사명감을 갖고 문화사적인 측면에서 최상의 작품, 최상의 학술 논문을 발표하는 지면으로 기능했다."고 강조하고 있다.[5] 각 신문사의 신춘문예는 문학 지망생들에게는 가장 당당한 등용문 중 하나로 기능하면서 많은 문인들을 배출했다는 사실을 부인할 수 없는 것이다. 문학은 인간 사회적, 생산적이며 그 미치는 영향력도 대단히 크다고 하겠다. 우리들은 단순히 작품의 감상이나 비판에만 그쳐서는 안될 것으로 생각한다. 사회가 변함에 따라 문학도 변하는 것은 당연하다. 신문연재소설이 갖고 있는 의미나 시대적 정신을 인식하고 민족이 나아갈 방향을 바로 잡아 주는 일과 더 나아가서 문학적 가치성을 올바르게 심어주는 것도 매우 중요하다고 하겠다.

---

5) 조선일보, 8면 2001년 3월 19일.

SF문학의 이해

호승희*

멀티미디어시대의 SF

문자, 도형, 음성, 음악, 동영상 등 모든 형태의 정보가 디지털로 변환되어 전달된다. 지구 전역으로 분포된 수많은 컴퓨터들을 하나의 그물망으로 연결하여 거대한 사이버스페이스를 구축한 '네트의 바다' 인터넷에서 일상적으로 부유한다. 인쇄와 문자텍스트 기반의 시, 소설, 드라마 즉 근대적 의미의 문학이 무한대로 세력 확장하는 영화, 텔레비전, 애니메이션, 만화와 같은 인접장르의 위세에 밀려 문화 주변부로 밀려난다. 20세기 후반 컴퓨터와 함께 출현하여 문학은 물론이고 인접장르마저 잠식하는 멀티미디어[1]의 결정체 컴퓨터게임 또는 비디오게임이 나날의 증식을 꾀한다.

문학을 둘러싼 21세기초 문화환경은 문학의 미래에 대해 더 이상 예견할 수 없을 정도로 급변하고 있다. 문학장르와 인접장르와의 관계 정

---

* 경문대학. 문학평론가.

1) "멀티미디어multimedia는 이른바 '대화형 통합미디어' 로서 가장 단순한 개념으로는 텔레비전, 보다 넓게는 비디오의 통신능력과 컴퓨터의 위력 및 대화형과의 결합으로 요약된다." 도미니크 모네, 『멀티미디어』, 영림카디널, 1997년, 10쪽.

립, 문학 안에서의 주류와 주변의 자리바꿈, 문학 하위장르들의 격심한 부침 앞에서 문학 본연의 모습에 대한 근본적인 사색마저 요구하고 있다.

변화의 징조는 1980년대 중반부터 개인용 컴퓨터가 통신망에 연결되고 통신망의 사이버스페이스에 문학의 장이 마련되었을 때 어느 정도 예고되고 있었다. 통신망의 사이버스페이스는 기본적으로 인쇄활자와 종이 책으로부터 자유로운 공간이다. 누구에게나 열린 공간이기에 문학 창작에 있어 프로와 아마추어를 구분하지 않는다. 오랫동안 문학의 장(場)을 장악해 온 작가와 평론가, 출판사의 집단적 취향에 구속되지 않으며, 대중문학과 굳이 같은 취향을 나누려 하지 않는다. 통신망의 문학공간에 참여하는 개인이나 문학 커뮤니티(동호회)는 반드시 통신공간 밖의 문학 취향을 끌어들일 필요는 없다.

디지털코드, 사이버스페이스, 아마추어리즘, 문학 동호회, 문학 취향의 색다름은 초기에는 사소한 차이를 보였지만, 90년대의 성숙과 확장 속에서 SF, 판타지, 호러, 추리소설, 무협소설 이라는 장르문학의 외피를 쓰고 분명한 실체를 드러내고 있다. 사실 국내의 출판문학과 문학시장에 있어 장르문학은 매우 낯선 용어지만, 이는 미국의 상업출판과 대중독자들의 특화된 문학 취향이 결합되어 나타난 대중문학으로 그 초기부터 영화, 만화, 애니메이션과 가장 가깝게 상호 교류하면서 발전해온 20세기형 문학이라고 할 수 있다. 그러나 국내의 경우, 90년대 이전 추리소설이나 장르문학의 중국적 산물인 무협소설이 창작되기는 했으나, 이를 장르문학으로 인식한 경우는 드물었다. 하물며 장르문학의 본령인 SF나 판타지, 호러, 로맨스 등이 창작되는 것은 몇몇의 예를 제외하고는 거의 없었으며, 이러한 작품들을 고정적으로 읽는 독자층도 없었다. 다만 외국작품을 원서 또는 번역본으로 읽고 즐기는 소수의 마니아층만 있을 뿐이었다.

장르문학이 문학의 화두로 등장하기까지 컴퓨터 통신망과 인터넷은

색다른 문학 취향의 마니아들을 결속시키는 적절한 후원자가 되었다. 영국의 SF작가 올더스 헉슬리의 작품명을 딴 '멋진 신세계'가 1989년 11월23일 천리안에 SF문학의 터전을 마련하자 12월부터 곧바로 국내 창작 SF가 게시판에 올라온 것은 이를 증명한다. 그리고 그해 천리안의 제1회 백일장에서 당선된 이성수는 『아틀란티스 광시곡』이란 제목으로 SF를 연재함으로써 향후 사이버스페이스에서 전개되는 장르문학의 선성이 되고, 성실한 연재, 네티즌의 적극적인 호응, 이를 종이책으로 출판한다는 아마추어 작가, 게시판 글쓰기, 독자로서의 네티즌, 출판이라는 사이버스페이스 장르문학의 창작과 독서, 출판과정을 일괄적으로 보여주었다.

이처럼 90년대의 사이버스페이스가 이성수와 같은 수많은 아마추어 작가들을 양성하고 SF를 비롯한 무협소설, 호러, 판타지 등의 유력한 장르문학 작품들을 배출하는 일종의 문학창고와 같은 역할을 해주었음에도 기존의 평론가나 문학연구자들은 장르문학으로서가 아닌 사이버스페이스라는 공간적 특징에 더 많은 비중을 둔 '통신문학' '사이버문학'으로 취급해 온 것도 사실이다.[2] 현재 해외의 장르문학들이 인접 장르와 활발하게 소재와 아이디어를 나누면서 하나의 문화코드가 되어 문화 저변으로 확산되고 더욱이 본격문학과 서로 넘나드는 혼합현상마저 보이는 시점에서 문학연구의 대상으로 진지하게 검토한다는 것 자체가 시기상으로 이미 때늦은 감이 없지 않으나 본고에서는 컴퓨터와 통신망·인터넷이라는 과학기술의 결정체를 만난 뒤에야 비로소 작품 창작이 가능해진 국내 SF의 전반적인 활성화를 위해 SF 장르의 역

---

2) 1986년에 통신망 서비스가 시작되어 사이버스페이스에는 여러 형태의 문학이 창작되고 발표되었는데, 90년대 전반에는 이를 사이버문학 또는 통신문학으로 정의하면서 새로운 흐름의 문학 경향으로 간주했다. 그러나 95년을 전후로 하여 이우혁의 『퇴마록』이나 용대운의 『태극문』 그리고 이영도의 『드래곤라자』가 발표되자 SF, 호러, 무협소설, 판타지의 태생인 장르문학에 대한 인식이 뚜렷해지고 장르문학 웹진의 활성화로 사이버문학 또는 통신문학을 표방하는 일은 줄어들고 있다.

사적 맥락을 짚어보고 향후 국내 SF의 특징과 전망을 뒤늦게나마 가늠해 보고자 한다.

SF 전사(前史)

SF—Science Fiction(과학소설)은 과학의 지식이나 사상을 응용하여 창작한 픽션이다. 가끔 SF를 공상과학소설로서 번역되지만, 이는 1949년에 창간된『더 매거진 오브 판타지 앤드 사이언스 픽션』지를 일본판으로 수용하면서 나온 번역어일 뿐, 세계적으로 통용되는 용어는 아니다.[3] SF는 19세기 후반에 뿌리를 내린 산업혁명의 여파로 과학에 대한 관심이 사회 전반에 확산될 때 나온 문학적 산물로서 근대과학문명으로 야기되는 사회·문화적 변화에 문학적 잣대를 댐으로써 그 형태를 가다듬기 시작했다. 물론 그 전대에도 주제나 문학적 수법이란 면에서 SF의 선구가 될 만한 작품들은 있었다. 예를 들어 토머스 모어의『유토피아』(1516)와 같은 작품은 유토피아 섬에서의 삶은 매우 과학적인 논리로 묘사하고 있으며, 시라노 드 베르주라크의『달나라 이야기』(1657),『해나라 이야기』(1662)는 달과 해를 향한 상상의 여행 이야기를 당대의 철학자이며 수학자인 피에르 가생디의 과학이론을 바탕으로 정치적 풍자를 가하여 후세의 많은 작가들에게 영감을 주기도 했다.

그러나 SF의 효시는 훗날 SF와 호러와 같은 장르문학의 원천이 된 고딕소설 메리 쉘리의『프랑켄슈타인』(1818)에서 찾을 수 있다. 이 작품은 스위스의 젊은 의학도 빅터 프랑켄슈타인이 지식에 대한 강렬한 호기심으로 인해 생명의 창조라는 신의 행위를 과학의 힘으로 패러디하

---

3) 사실 일본에서는 제2차 세계대전 이전에는 SF를 '과학소설'이라 호칭했다. 이것이 60년대 이후에 '공상과학소설'로 바뀌어 정착된 것이다. 물론 중국에서도 SF를 과환소설(科幻小說)로 표기하고 있지만, SF의 역사를 전체적으로 조람해 볼 때 판타지와 긴밀하게 연관되어 융합되기 시작한 것은 1960년대 이후의 SF에서 본격적으로 발견되는 하나의 경향에 불과하다.

는 과정을 그린다. 여기서 프랑켄슈타인은 신이 생명을 창조했을 때 가졌던 만족감 대신 자신의 창조물에 대한 심한 역겨움만 느낄 뿐, 그 창조물의 연속살인이라는 고난, 창조자와 피창조물간의 증오와 죽음이라는 비극을 당한다.

『프랑켄슈타인』이 SF의 효시가 될 수 있었음은 괴물 창조의 과정에서 보여준 과학적 기반—당시의 첨단과학 이론인 루이기 갈바니의 동물전기 이론, 화학자 험프리 데이비의 자연을 정복하려는 과학의 위험에 대한 경종, 유기체는 점진적으로 진화하기 때문에 한순간의 생명창조는 있을 수 없다고 경고한 에라스무스 다윈의 진화론 등을 원용하여 과학의 비윤리적 이용이 가져오는 위험을 예고했다는 데 있다.

쉘리의 『프랑켄슈타인』이 나온 18세기 전반은 과학을 테마로 한 작품이 10편 이상 발표되었으며, 그 가운데 미국의 에드거 앨런 포의 『한스 팔의 환상적인 모험』(1839)은 열기구를 타고 달나라로 여행하는 과정에서 다양하고 치밀하게 묘사되는 수학과 물리, 화학에 이르는 과학지식을 문학적 상상력으로 전개하여 훗날 단편소설의 형태로 대량 창작되는 1920년대 미국 초기 SF의 전범이 되기도 했다.

베른과 웰스

19세기말에서 20세기초에 걸쳐 유럽을 비롯한 미국 등지에서 190편 이상의 많은 SF 작품들이 집중적으로 창작되었다. 영국 로버트 루이스 스티븐슨의 『지킬박사와 하이드씨』(1886), 코넌 도일의 『잃어버린 세계』(1912), 미국 에드워드 벨라미의 『뒤돌아보면』(1888), 마크 트웨인의 『코네티컷의 양키, 아서 왕궁에 가다』(1889), 잭 런던의 『강철도시』(1900), 프랑스 빌리에 드 릴라당의 장편 『미래의 이브』(1886)는 과학을 주제로 한 이 시기 대표적인 작품이다.

그러나 19세기 후반의 SF는 프랑스의 쥘 베른과 영국의 허버트 조지

웰스라는 양축에 의해 구축되었다고 해도 과언이 아니다. 베른은 과학의 미래에 대한 낙관적인 믿음, 과학이 약속하는 경이로움을 모험소설의 형태로 쓴 이른바 '경이의 여행' 시리즈를 연이어 발표, 대중적인 인기작가가 되었다. 베른은 작품을 쓰는 데 단순히 상상에만 의존하지 않고 충분한 사전조사와 연구를 하고 이를 통해 잠수함, 비행기, 텔레비전과 같은, 훗날 등장하는 과학적 산물을 작품에서 세밀하고 묘사하여 근미래의 과학기술이 인간에게 주는 충격들을 즐겨 보여주었다. 또 실제적인 과학지식을 바탕으로 기상천외한 모험이야기를 담은 베른의 작품들은 거의 동시기에 각국어로 번역되어 전 세계적인 인기를 끌었는데, 『해저2만리』는 1907년 『해저여행기담』이란 제목으로, 『인도왕녀의 오억프랑』은 1908년 이해조의 『철세계로』로 일본역을 중역하는 형태로 국내에 수용되기도 했다.[4]

반면 웰스는 과학에 대한 진지한 사변이나 과학적 결과를 유추하는 데 흥미를 보이지 않던 베른과 달리, 비관적인 미래를 담은 공상적 요소가 강한 작품들을 내놓았다. 진화론자 T.H. 헉슬리의 생물학적 세계관을 수용하여 전문적으로 훈련받은 자신의 과학지식과 독특한 상상력을 결합한 『타임머신』(1895), 『모로 박사의 섬』(1896), 『우주전쟁』(1898), 『달세계여행』(1898) 등 새로운 포맷의 작품을 발표하면서 도덕적 억제력이 없는 과학의 힘을 과신한 결과 생기는 위험, 영지를 수반하지 않은 과학의 진보가 원인이 되어 자기 파멸을 일으키는 인류의 미래를 경고했다.

과학을 성찰의 우언의 도구로 활용하여 당시 사회를 비판하는 외삽적 특징을 보이는 웰스는 『타임머신』에서 80만 년 후의 지구가 원시세계로 되돌아가 인류가 지상의 엘로이족과 지하의 몰록족으로 갈라져

---

4) 김창식, 「서양 과학소설의 국내수용 과정에 대하여」, 『과학소설이란 무엇인가』, 대중문학연구회 편, 국학자료원, 2000, 58-65쪽 참조.

투쟁하는 모습을 통해 다윈이 제창한 진화론이 가지는 무목적성과 무방향성에 대한 공포를 드러내고 있으며, 『프랑켄슈타인』의 뒤를 이어 『모로 박사의 섬』에서는 동물의 무분별한 지성화를 도모하려는 유전공학의 윤리적 책임의 무거움을, 『우주전쟁』에서는 화성의 침략자를 설정하여 인간 내부에 있는 악의 개념을 외면하고 이를 외계인이라는 괴물에 주입시키는 것을 반대하는 강렬한 사회비판적 메시지를 남겼다.

유럽 SF의 전통

과학에 대한 웰스의 비판적 성찰은 과학에 대한 무한한 경이를 추구하는 베른에 비해 유럽의 몇몇 작가들에게 더 많은 영향을 끼쳤다. 사실 1920년 후반 미국에서 SF란 용어가 정식으로 등장하기 전까지 유럽 특히 영국에서는 과학을 주제로 한 일련의 소설을 과학적 로망스 Scientific Romance 또는 의사과학소설Pseudo-Scientific Story라고 부르는 것이 보통이었으며, 과학기술적 변화와 1890년대라는 세기의 전환과 맞물려 소설적 의미에서 미래에 대한 생각을 표현하려는 많은 작가들의 작품들이 주로 중산층들이 읽는 몇몇 잡지에 실리고 출판되었다.

그러나 이러한 잡지들이 1910년을 전후로 부흥한 일일신문에 밀려 사라지자 과학을 주제로 한 작품들에 대한 일시적인 유행도 수그러져 소수의 흥미를 끄는 하나의 문학형태로 축소되었다. 유럽의 SF는 제1차 세계대전 이후 책으로 곧장 출판되는 형태를 취했기 때문에 작가들은 창작 초기부터 소설 형식을 염두에 두고 작품을 써야 했다. 작가들 또한 주류문학에 고립되지 않은 채 SF를 이른바 20세기에 가장 적합한 소설양식이라는 자부심으로 격조 높고 수명이 긴 작품을 쓰는 데 힘썼다.

이런 가운데 웰스의 작품이 보인 과학에 대한 진지함과 인류의 미래라는 무거운 주제를 하나의 전통으로 받아들여 디스토피아 소설이나 문명에 대한 통렬한 비판의식을 담은 작품들을 20세기에 들어서도 꾸준히 발표되었다. 체코의 카렐 차페크를 비롯하여 예브게닌 자먀틴, 미하일 불가코프, 알렉세이 톨스토이 등 일련의 소련작가들, 영국의 올더스 헉슬리와 같은 작가들은 과학이 유토피아를 가져올 것이라는 막연한 낙관을 거부하고 당대 사회현실에 대응하는 강한 풍자의 일면을 작품으로 형상화했다.

로봇이란 말을 세계 최초로 만들어 훗날 로봇에 관련된 SF, 영화, 애니메이션, 만화 등에 지대한 영향을 끼친 차페크는 20세기 전반 유럽 SF의 주요작가로서 작품 대부분이 철학사상에 대한 탐구라고 할 정도로 깊은 문제의식을 드러내고 있다. 기계인간인 로봇들이 인간에게 일으킨 치명적인 반란을 그린 『유니버설 로섬의 로봇』(1920)은 인간이 자신의 창조물에 의해 멸망의 위험에 직면한다는 『프랑켄슈타인』, 『모로 박사의 섬』의 비관적인 전망을 그대로 펼치고 있으며, 기계장치의 발명으로 인간생활의 향상을 도모하지만 그로 인해 인간생명도 위협받을 수 있다는 인식에서 원자로에서 새어나오는 방사능의 파멸을 예견한 『절대자제조공장』(1921), 체코의 자본가가 도룡뇽의 대량양식을 기업화하지만 급속하게 진화한 도룡뇽들이 파시즘과 결탁하여 인류와 전쟁을 일으키고 세계를 정복한다는 『유니버설 로섬의 로봇』의 속편 격인 『도룡뇽 전쟁』(1936)에 이르러서는 이미 과학에 대한 장밋빛 미래가 유럽의 SF작가에게는 별반 설득력이 없음을 보여주고 있다.

물론 유럽의 SF가 과학에 대한 비관적인 내용으로 일관되는 것은 아니다. 영국의 데이비드 린지는 아크투러스 성운의 한 혹성으로 여행한 남자가 겪는 다양한 경험을 지극히 환상적으로 표현한 형이상학적 모험 SF 『아크투러스로의 여행』(1920)을 발표하고 있으며, 러시아 최초의 SF 전업작가인 알렉산드르 벨랴예프는 『도웰 교수의 목』(1925)이라는 과학적 아이디어를 문학과 결합시킨 수준 높은 오락작품을 쓰기도 했다. 또한 『최후와 최초의 인간』(1930)에서 20억 년간 진행되는 진화의 역사를, 『별의 창조자』(1937)에서는 우주의 운명이라는 거시적 전망으로 인류의 미래역사를 부감하면서 SF를 주류문학의 경지까지 올려놓은 영국의 올라프 스테플든과 같은 작가는 그 추상적이고 심오한 사상에 있어 아서 C 클라크를 비롯한 현대의 많은 SF작가들에게 큰 영향을 끼치는 등 유럽 SF의 다양성은 여전히 유지되고 있었다.

그럼에도 유럽 SF의 과학에 대한 비판적 입장은 동구권 SF의 대표적 작가인 폴란드의 스타니슬라프 렘에 이르러 인간이 가지는 인식의 근본적 한계점에 대한 깊은 천착으로까지 진전되고 있다. 50년대 이후 전업작가의 길로 들어선 렘은 웰스와 스테플든의 SF를 수용한 위에서 문학성이 풍부한 세밀한 묘사, 유럽 문학 특유의 지적 실험이라는 전통을 살려 인간과 우주의 본질을 끈질기게 추구하는 작품을 내놓아 인간과 지구 외의 지성체와의 조우를 다룬 장편 『에덴』(1959)이나 『솔라리스』(1961), 『무적』(1964)을 통해 인간의 인식력에 대한 회의와 지성의 상대적인 측면을 강조하고 있다. 렘의 경우, 작품 창작뿐 아니라 SF 비평에서도 주요한 성과를 올려 사이버네틱스에 관한 선구적인 저서인 『대화』(1957), 과학기술의 미래를 논한 『기술대전』(1964), 문학이론서인 『우연의 철학』(1968), 현대 SF를 체계적으로 다룬 『SF와 미래학』(1970) 등은 해박한 지식을 바탕으로 예리한 비평정신을 발하면서 미국과 다른 SF의 이론적 근거를 세우고 있다.

펄프잡지와 장르 SF

SF를 지적인 실험양식으로 간주하는 유럽의 문학풍토와 달리, 미국에서는 초기부터 자신들의 문학적 풍토에 맞는 SF를 독자적으로 발전시키고 있다. 19세기 후반부터 독서능력을 갖춘 독자층이 증가하면서 문학시장을 키운 미국은 일반적으로 수준 높은 심오한 문학에는 관심을 보이지 않아 미국판 영국잡지를 통해 수용된 유럽 SF를 있는 그대로 받아들이지는 않았다. 예를 들어 웰스가 1897년 영국의 극심한 팽창정책, 개발주의와 원주민에 대한 무차별 학살, 전쟁기술의 급속한 발달로 만들어진 초강력 무기로 대량학살되는 인류의 재앙을 화성인의 지구급습이라는 외삽적 방법으로 비판한 『우주전쟁』의 연재가 끝나자마자 미국의 작가 게리트 P. 서비스는 천재발명가 에디슨이 자신의 기술로 화성인을 지구로 물리치고 화성을 정복했다는 『에디슨의 화성정복』을 『우주전쟁』의 속편격으로 연재[5]하고 있는 것을 보면 유럽 SF의 미국식 수용을 단적으로 알 수 있다.

미국 SF는 베른에게서 과학에 대한 무한한 낙관을, 웰스에게서는 오로지 풍부한 아이디어와 허구로서의 미래, 모험소설 형식이란 면을 집중적으로 수용하고 있으며, 이러한 미국 SF의 초기 특징은 1910년부터 활약한 에드거 E 버로스의 작품군에서 집약적으로 드러나고 있다. 버로스는 『정글왕 타잔』 시리즈를 비롯하여 SF, 판타지 등을 쓴 전업작가로서 전 작품을 펄프잡지에 기고함으로써 SF를 불특정 다수의 독자들을 대상으로 한 대중문학의 영역으로 고정시키는데 한몫을 했다.

펄프잡지는 남북전쟁 이후 미국의 대중용 문학 팜플렛이었던 다임노벨을 잡지 형태로 바꾸어 값싼 갱지로 대량생산하여 10센트의 파격적인 가격으로 선보인 새로운 문예잡지로서 1896년 처음 등장할 당시에는 주로 다임노벨이 개발한 웨스턴소설이나 범죄소설, 모험소설을 무작위로 실었으나 버로스가 작품활동을 시작한 1920년대에는 차츰 편집방침을 세워 하나의 장르만을 특화하여 싣는 전문지 형태로 발전하고 있었다.[6]

---

5) 브루스 프랭클린, 「민주주의의 영원한 안전 : 미국 SF 소설의 최종적 해법」, 『외국문학』, 1996년 겨울호, 90-95쪽.

펄프잡지 『올스토리』에 게재된 버로스의 처녀작 『화성의 달 아래서』 (1912)는 기본적으로 남북전쟁 후 버지니아주에 사는 존 카터라는 전 남부군 대위가 바숨이라 불리는 붉은 혹성(화성)으로 전송되어 모험을 펼친다는 내용으로, 바숨에서 주인공은 신장 4미터나 되고 4개의 팔과 8개의 다리가 달린 괴물을 탄 녹색의 화성인과 한 자루의 검으로 싸우기도 하고, 휴마노이드형 화성인 공주 데쟈 도리스를 만나 왕국을 되찾아 결혼하기도 한다. 그리고 공주가 알을 낳는 순간 지구로 재전송된다는, 이전에는 전혀 볼 수 없었던 우주에서의 사랑과 모험이라는 기발한 아이디어의 작품이었다.

이 작품은 30년대 장르문학으로 완성되는 SF 특히 스페이스 오페라의 출발을 알리는 작품이 되었으며, 1926년 휴고 건스백의 『어메이징 스토리스』에 화성 시리즈를 전적으로 게재함으로써 장르 SF와 팬덤 (애호가 동지의 활동이나 친목회) 탄생의 기반을 마련하는 작품이 되기도 했다. 말하자면 펄프잡지를 진짜 펄프잡지답게 만든 새로운 작가 버로스를 만남으로써 펄프잡지는 장르문학의 공급원으로 자리잡게 된 것이다.

버로스와 함께 장르 SF의 초기 기반을 닦은 휴고 건스백은 과학기술이 미래사회를 번영시킨다는 확고한 신념을 갖고 출판업에 진출했다. 1923년 『사이언스 앤드 인벤션』 8월호를 「사이언티픽 픽션」 특집호로

---

6) 다임노벨은 10센트 가격으로 서부개척을 둘러싼 영웅 로맨스를 선정적인 투로 쓴 웨스턴소설, 범죄소설, 모험소설을 개척하여 성인독자에서 어린 청소년에까지 깊숙히 파고든 대중문학이었다. 그러나 소설의 내용들이 점점 속악해지면서 사회의 지탄을 받게 되자 그동안 받아온 정부의 우편료 보조라는 특혜를 박탈당하고 쇠퇴하게 되었다. 다임노벨의 뒤를 이어 곧바로 등장한 펄프잡지는 1906년에 창간된 『레일로드 맨스 매거진』을 시작으로 하여 전문펄프잡지의 형태를 띠기 시작했다. 이 잡지는 당시 철도망이 미국 전역에 설치된 시대적 배경 아래 증기기관차 철도원들의 이야기를 주로 실었다. 또한 1910년에 창간된 『어드벤처』는 모험소설을 주된 테마로 하여 헐리우드 영화와 관계를 맺고 세계의 비경을 무대로 모험소설을 특화시켰다. 1920년대에는 스포츠, 웨스턴, 미스테리, 탐정물, 호러, 판타지 그리고 SF 등 다양하게 분화되어 갔다. 아라마타 히로시, 『펄프매거진—오락소설의 전당』, 평범사, 2001, 25-48쪽 참조.

꾸미면서 게재된 작품들을 총칭하는 용어로 사이언티픽 픽션 즉 과학적 소설로 이름했으며,[7] 그후 3년 동안의 치밀한 준비단계를 거쳐 1926년 3월 세계 최초의 SF 전문잡지인 『어메이징 스토리』를 창간, 창간호에는 1877년에 발표된 베른의 『혜성을 타고』를 실었다. 근미래에 혜성과 충돌한 충격으로 지구의 지표 일부가 우주공간으로 날아가는데, 운 나쁘게 그 지표 위에 있던 사람들이 혜성에서의 엄동을 겪은 뒤 다시 그 조각을 타고 원래의 지점으로 되돌아왔다는 매우 황당한 베른의 작품을 선택하면서 건스백은 과학적 사실이 25%만 있어도 사이언티픽 픽션이 될 수 있다는 입장을 밝혔다. 정당한 과학적 근거보다는 독자들이 느끼는 오락과 즐거움을 우선적으로 생각한 것이다. 또한 버로스의 장편 『화성의 인공두뇌』를 싼값에 사들여 이 작품을 기둥으로 한 특별증간 『어메이징 스토리스 애뉴얼』(1927)을 내놓는가 하면, 게재한 작품에 대한 독자들의 열렬한 반응을 확인하고 창간 1년 후에는 팬클럽을 조직하고 잡지의 지면을 할애하여 독자들의 편지를 게재하는 등 오늘날의 SF 주변에서 손쉽게 볼 수 있는 다양한 팬덤 활동을 활성화시키기도 했다.

스페이스 오페라와 하드 SF

SF 전문잡지의 출현은 30년대 장르 SF가 뿌리를 내리는 기반이 되었다. 그러나 인기만을 추수하는 선정적이고 경박한 우주소설이나 미래소설이 거의 대부분이었으며, 조잡한 겉표지와 삽화, 허술한 등장인물, 질 낮게 씌어진 괴물 이야기들을 호기심 강한 청소년에게 제공하는 수준에 불과했다. 또한 주류문학과는 완전히 분리된 상태에서 135,000

---

7) 『어메이징 스토리스』는 1929년의 대공황으로 인해 파산되어 결국 매각되었지만, 건스백은 2개월 후에 다시 『사이언스 원더 스토리스』를 창간하여 그해 6월호에 처음으로 사이언스 픽션 즉 SF라는 용어를 사용했다.

단어 정도의 단편과 연재물을 공급하는 다수의 무명작가에 의해 과학적 아이디어와 기발함, 다양성을 거듭 추구하여 흡사 장르 SF라는 하나의 거대한 작품을 만드는 모양새를 띠기도 했다. 그 가운데 가장 먼저 장르 SF적 특징을 드러내기 시작한 분야가 스페이스 오페라라고 불리는 일련의 우주 모험소설이었다.

스페이스 오페라는 웨스턴소설의 전통을 마련한 19세기 후반의 다임노벨이 SF와 결합하여 나타난 결과물로 호스 오페라 즉 서부대활극의 무대인 서부의 사막을 그대로 우주공간으로 옮기고 인디언을 화성인으로 바꾼다는, 황당하면서도 활력 넘치는 영웅들의 끝없는 모험 이야기를 가리킨다. 1928년에 발표된 에드워드 엘머 스미스 박사의 『우주의 종달새』 시리즈를 시작으로 『렌즈맨』 시리즈, 에드먼드 해밀턴의 『캡틴 퓨처』 시리즈, 여성작가 C. L. 무어의 노스웨스트 스미스를 주인공으로 한 일련의 시리즈를 대표적으로 들 수 있으며, 우주공간 혹은 지구 외의 천체공간에서 용맹하면서도 다정다감한 남자 주인공이 은하의 교활한 악당 또는 그 세력과 싸우는 연속적인 액션장면, 해피엔딩, 스토리나 연출이 과학적 고증과 어긋날 경우 기본적으로 스토리를 우선하는 장르 내적인 규칙이 두드러지고 있었다.

스페이스 오페라는 대공황의 여진이 가시지 않은 1930년대 대중들의 현실도피 욕구를 풀어주는 범박한 읽을거리로서 자리잡아 1930년대 말에서 1940년대 초에 집중적으로 창간된 우주모험 전문잡지인 『플래닛 스토리스』, 『스타드림 스토리스』, 『수퍼사이언스』, 『캡틴 퓨처』에 집중적으로 실렸으며, 60년대 이후에는 텔레비전 드라마 『스타트랙』을 비롯하여 영화 『스타워즈』, 일본 애니메이션으로도 제작되어 SF영화와 애니메이션에 지대한 영향을 끼친, 수명이 긴 SF의 유력한 하위장르가 되었다.

한편 30년대 후반에 이르러 장르 SF에 대한 질적인 향상을 시도하는 주요한 움직임이 나타났다. 매사추세츠 공과대학교 출신인 존 캠벨 주니어가 1937년 『어스타운딩 사이언스 픽션』의 편집을 맡으면서 테크놀로지 지향의 정확한 과학지식과 세련된 소설기법을 구사하는 작품만을 엄선하여 싣는 방침을 세운 것이다. 캠벨은 이런 작품들을 확보하려면 수준 높은 SF작가를 발굴하는 일이 급선무임을 깨닫고, 로버트 A. 하인라인, 아이작 아시모프, 영국의 아서 C. 클라크와 같은 작가들을 적극적으로 키워 이른바 하드 SF의 3대 거장을 배출하는 전성기를 구가했다.

하드 SF란 하인라인의 정의로 설명하자면 현실세계와 과거, 미래에 관한 충분한 지식을 갖고 자연과 과학적 방법의 중요성을 완전하게 이해한 위에서 앞으로 실현 가능한 미래의 사건들에 대해 현실적으로 예측하는 다분히 기술지향적 미래주의를 표방하는 SF를 말한다. 이는 SF를 만들어낸 사회의 이데올로기와 가치관을 작품을 통해 읽어 내릴 수 있다는 메타기법으로서의 외삽extrapolation과, 과학에 대한 경이감이 독자에게 불러일으키는 센스 오브 원더sense of wonder라는 패러다임의 전복 즉 인식의 낯설게하기를 겨냥하는 작품이기도 했다.

실제로 장르 SF는 캠벨의 『어스타운딩』지를 거치고 나서야 개성적인 SF작가의 출현, 과학적 논리에 입각한 ESP나 워프항법, 초공간 이동, 평행우주, 시간여행, 로봇, 우주스테이션과 같이 현재에도 자주 접하는 과학기술을 소재로 택하는 일련의 작품들을 양산할 수 있게 되었다. 그 가운데 완성도 높은 작품들을 발표하여 장르 SF의 수준을 높인 하인라인은 현재의 우주는 누군가에 의해 만들어졌다는 평행우주의 개념을 확립하고, 미래역사라 불리는 연작물의 개발, 꾸준한 청소년 SF의 창작, SF의 고정독자를 넘어서 일반독자까지 SF를 인식시키는 폭넓은 활동 등을 통해 향후의 장르 SF에 지대한 영향을 끼쳤다.

하인라인은 1938년 캠벨의 잡지에 인간의 탄생과 죽음의 시기를 예측하는 장치를 발명한 남자의 이야기인 단편 『생명선』을 발표한 이래, 냉동수면과 시간여행이 뒤얽힌 연애소설 『여름으로 가는 문』(1957),

달세계의 혁명을 다룬 서사시 『달은 무자비한 밤의 여왕』(1966), 성적 자유의 예찬과 신비주의로 인해 60년대 히피문화의 성전(聖典)이 된 『이상한 나라의 이방인』(1961) 등을 통해 과학기술에 대한 확고한 지식을 바탕으로 어설픈 설명보다는 인물간의 시원시원한 대화 위주로 스토리를 전개하고, 현실사회를 우주공간과 미래로 끌어들여 이를 사실적으로 묘사하는 이야기꾼으로서의 능력을 마음껏 발휘하고 있다.[8]

하인라인보다 1년 늦게 『어스타운딩』지에 작품을 발표한 러시아 이민 출신 아이작 아시모프는 은하제국의 흥망사를 다룬 『파운데이션』 3부작(1952-3)과 로봇공학 3원칙을 낳은 연작물 『나는 로봇』(1950)을 양축으로 한 일관된 작품세계를 구축했다. 기원의 땅 지구가 이미 먼 과거로 잊혀진 은하기원 12068년부터 기원 4세기에 걸친 거시적 역사원리에 입각한 『파운데이션』 시리즈는 수많은 행성에 흩어져 사는 인류를 통합한 은하제국의 쇠퇴를 예측한 심리역사학자가 문명을 재구축하고자 새로운 문명의 근원—' 파운데이션' 이라는 두 개의 엘리트집단을 은하 양끝에 설립한 후 제1 파운데이션의 번영과 쇠퇴, 그에 이어지는 부활과 제2 파운데이션의 등장 등을 장대하게 펼친 대서사시라고 할 수 있다.

아시모프는 또한 프랑켄슈타인과 모로 박사에 이어 차페크의 로봇이라는, 노예상태이기를 거부하는 기계인간이 자신을 창조한 인간을 살해한다는 유럽 SF의 전형성을 '프랑켄슈타인 컴플렉스' 라고 이름하

---

8) 하인라인에게서 빼놓을 수 없는 주요한 작품군은 바로 청소년을 대상으로 한 SF다. 『달세계정복』으로 영화화된 『우주선 갈릴레이호』(1947)를 비롯하여 화성에 사는 소년이 아카데미에서 기숙생활을 하다가 우연히 알게 된 이주금지정책의 비밀을 자신의 콜로니에 알리고자 탈출하는 『레드 플래닛』(1949), 외계탐험을 지망하지만 부적격 판정을 받고 마지막 서바이블 시험에 도전하는 『하늘의 터널』(1952), 우주연방우주군에게 전언을 전달하고자 온갖 행성을 돌며 노예매매조직의 수수께끼를 파고드는 『은하의 시민』(1957), 그리고 평범한 한 소년이 강화복을 장착한 기동보병으로 성장하는 모습을 그려 우주전쟁의 스타일을 일변시킨 밀리터리 SF 『우주의 전사』(1959)와 같은 작품들은 당시의 청소년들에게 큰 영향을 끼쳐 사후에 그 공적을 기려 NASA에서 수여하는 NASA 메달을 받기도 했다.

고, 이에 대한 대안책으로 로봇공학 3원칙이라는 안전장치를 제시했다. 여기서 인간과 로봇을 서로 공존해야 한다는 신념 아래 종교를 가진 로봇, 독심술을 하는 로봇, 교정용 로봇을 다룬 여러 단편 로봇 SF를 거쳐, 궁극적으로는 200년을 산 로봇이 스스로 만든 예술품을 팔아 재산을 모으고 이를 통해 자유를 얻음으로써 법적으로도 신체적으로도 인간에 가까워지는 『바이센테니얼맨』(1976)에 이르러서는 인간 또는 이성적으로 사고하는 존재를 어떻게 규정하는가 하는, 인간 정체성에 관한 근원적이고 실존적인 화두를 던지고 있다.

반면 영국의 작가 아서 C. 클라크는 우주과학과 SF를 표리관계에 놓고 작품을 썼다. 화성의 개발이나 근미래를 배경으로 대규모 우주스테이션, 인류의 증가에 따른 식량자원을 해결하기 위해 해양으로 진출하는 인류 등을 그린 『화성의 모래』(1951), 『우주군도』(1952), 『해저목장』(1957)과 같은 작품을 쓰는가 하면, 10억 년 후의 인류가 다이어스퍼라는 고도로 발달한 불멸의 지하문명도시에 살면서 영구보존회로와 중앙컴퓨터의 힘으로 정신과 육체를 패턴화시키고 수치로 계산하는 사회를 설정한 『도시와 별』(1956), 외계에서 날아온 거대한 우주선의 모습을 물리학적으로 완벽하고도 생생하게 묘사하여 천체역학이나 우주비행이론의 교과서가 된 『라마와의 랑데부』(1973), 고도의 외계문명을 가진 존재 오버로드의 출현에 의해 인류라는 종의 종말이 오고 정신적인 방향으로 진화한 인류의 새로운 자손이 지구를 에너지를 삼아 우주로 떠나간다는 『유년기의 끝』(1953)과 같이 원미래를 배경으로 한 작품을 내놓았다.

주류문학과의 조우

캠벨이 발굴한 작가들의 하드 SF는 컴퓨터를 비롯한 핵에너지 남용이 초래하는 인류의 멸망과 신인류의 출현, 인공두뇌학이나 정보이론,

미사일, 반도체와 같은 최첨단의 현대과학을 다루어 40년대에는 과학을 앞서가는 전문성을 자랑했으나, 1950년을 기점으로 『어스타운딩』지의 전성기는 막을 내리게 된다. 이는 제2차 세계대전 이후 SF 작품들이 단행본으로 출판되는 추세가 강해지고, 1949년에 창간된 초기부터 문학적 성향을 강하게 추구한 『더 매거진 오브 판타지 앤드 사이언스 픽션』과 1950년에 세련된 도회풍의 사회성을 강조한 『갤럭시 사이언스 픽션』이 등장하면서 새로운 경향의 SF를 추구하는 데 원인 일부를 찾을 수 있다.

특히 『갤럭시』는 50년대를 주도한 SF 전문잡지로 40년대의 테크놀로지 기반의 SF에서 사회학, 생물학, 생태학, 심리학과 같은 분야에 중심을 두고 보다 폭넓은 사회문제와 인간의 미묘한 심리를 아우르는 SF를 추구했다. 이러한 경향을 가장 잘 드러내 주는 작가로 디어도어 스터전과 레이 브래드버리를 꼽을 수 있다. 스터전은 『갤럭시』에 3부에 걸쳐 발표한 뮤턴트 소설의 금자탑 『인간을 넘어서』(1952)에서 불완전한 육체를 가진 5명의 뮤턴트가 하나의 의식으로 합체된 통일체로서의 호모 게슈탈트로 진화하는 과정을 통해 삶의 의미와 존재의 가치, 애정을 갈망하는 심리를 생생하게 그리고 있으며, 브래드버리는 1951년 『갤럭시』에 『소방수』라는 제목으로 처음 실린 단편을 2편의 다른 단편과 엮은 『화씨 451도』(1953)에서 작품이 씌어진 당시의 미국에 휘몰아쳤던 매카시즘의 폭거에 항거하여 금서(禁書)가 입법화된 SF적 미래를 배경으로 개인주의적 자유를 옹호하고 있다.

50년대 말에는 대학에서 SF를 연구하거나 강좌가 열렸으며, 크고 작은 규모의 SF 강연회나 국제 규모의 컨벤션이 개최되는 등 SF의 학문적 연구가 활성화되었으며 이런 변화 속에서 60년대 초에 데뷔한 로저 젤러즈니와 어슐러 르 귄은 주류문학의 훈련으로 키운 문학적 소양을 바탕으로 전혀 새로운 SF를 쓰기 시작했다. 그들은 60년대 중반 영국에서 일어난 뉴웨이브 운동[9]에 동조하면서 그때까지 엄격하게 지켜왔던 과학적 합리성에 입각한 우주공간에서의 이야기보다는, 인간의 내면 즉 내우주에 펼쳐지는 무의식을 의식의 흐름 기법으로 탐구하는 사색소설 또는 추론소설을 쓰거나, 그 동안 독자적인 장르를 형성해 온 판타지와 결합하여 이른바 사이언스 판타지를 발표했다.

문학을 전공한 젤러즈니는 미국 뉴웨이브 운동의 기수로서 신화에서 소재를 가져온 신화 SF를 썼다. 핵전쟁 이후 살아남은 지구인들과 지구를 정복한 외계인과의 갈등과 공존에 다가서는 과정을 그린 처녀장편 『내 이름은 콘라드』(1965)에서는 그리스신화를 차용하고, 『신들의 사회』(1967)에서는 클라이맥스 전의 사건을 이야기 도입부에 서술하여 기승전결이라는 전형적인 서술구도를 의도적으로 파괴하는 실험성을 선보이면서 우주공간에 희랍신화의 상상력, 힌두교와 불교의 교리, 사회체제를 가져와 초인적인 힘을 가진 영웅이 자기가 속한 공동체에 반역을 일으키는 과정을 그리고 있다.

젤러즈니와 같은 해에 데뷔한 르 귄 또한 중세불문학을 전공한 작가로 SF를 사고를 실험하는 하나의 문학이며 실제의 세계 즉 현재를 기술하는 일종의 비유로 인식하고 생태학과 높은 윤리철학을 기반으로 한 사변적인 SF를 내놓았다. 르 귄은 헤인이라는 모행성에서 퍼져 나가 여러 행성에 살고 있는 인류종족의 세계인 헤인우주를 창조하여 3-400년 후부터 시작하여 약 2,500년에 이르는 광대한 미래사를 작품으로 엮으면서 문화적 차이와 상호이해, 자기와 타자, 정체성과 소외라는 절실한 현실문제를 상징과 암유가 풍부한 문체로 그려냈다.

이 헤인우주 시리즈의 하나인 『어둠의 왼손』(1969)은 혹성 게센을 무

---

9) 영국의 뉴웨이브 운동은 초현실주의의 의식의 흐름을 차용하여 고도의 상징성과 시각적 이미지를 많이 사용하며, 문체에 대한 깊은 관심과 현대문학에 걸맞은 소설기법을 도입했다. 더욱이 모험 지향적인 SF를 거부하고, 인류의 미래를 진지하게 사색하는 문학적 실험을 거듭했다. 뉴웨이브 운동의 중심에는 이론적 토대를 닦은 J.G. 발라드와 브라이언 올디스, 1964년 영국을 대표하는 SF잡지 『뉴월즈』의 편집장으로 취임하여 실질적인 뉴웨이브 운동을 일으킨 마이클 무어콕이 있다.

대로 양성구유 종족의 사회를 사실적으로 묘사하는데, 평소에는 중성 상태로 있다가 케멜이라는 발정기 동안에는 남자 혹은 여자가 되는 게 센인과 빙원을 가로지르는 기나긴 여행 끝에 좀처럼 도달하기 힘든 상 호이해와 일종의 사랑을 교감하게 된 한 외교사절의 경험을 다루고 있 다. 이와 같이 익숙한 것과 낯선 것의 상호작용을 통해 현실세계에서 일 어나는 성적 차별이나 문화적 소통 문제, 성차 없는 세계상의 추구를 제 시하는 르 귄의 작품은 70년대 조안나 러스, 케이트 빌헬름과 같은 페 미니스트 SF, 성 젠더를 사변 제고하는 SF의 물꼬를 트기도 했다.

SF영화, 만화, 애니메이션

SF가 단행본 출판으로 전성기를 구가한 1950년대부터 본격적으로 제작되는 SF영화와 드라마, 만화. 애니메이션의 출현은 장르문학으로 한정되어 있던 SF를 문화 전반의 주요코드로서 확산시키는 기폭제가 되었다. SF영화는 탄생 초기부터 SF와 궤를 같이하여 19세기부터 널리 유행한 SF적 소설에서 소재를 빌려오고 있었다. 1902년 프랑스의 멜리 에스는 베른의 『지구에서 달로』(1865)와 웰스의 『달세계 최초의 인간』 (1901)에서 모티프를 따와 21분 러닝타임의 『달여행』을 제작함으로써 SF영화의 선두를 끊었으며, 1905년에는 베른의 『해저 2만리』, 1908년 에는 웰스의 『투명인간』, 1910년에는 에디슨이 쉘리의 『프랑켄슈타 인』을 제작하여 SF영화와 소설이 어느 정도 밀접하게 연관되었는가를 보여주었다.

1920년대의 SF가 하나의 장르로 특화된 것처럼, SF영화 또한 이 시 기에 하나의 독립된 영화장르를 구축했다. 특히 유럽에서는 다양한 형 태의 작품들과 함께 대작이 나왔는데 독일 프리츠 랑의 『메트로폴리 스』(1926)는 미래도시를 배경으로 노동자와 지배계급의 갈등을 조장 하는 금속성 외피를 한 차가운 이미지의 여성로봇이 등장하는데 이는 훗날 SF영화와 애니메이션에 등장하는 로봇의 선례가 되었다.

　그러나 SF영화가 문화 전체에 확산되고 정착된 것은 우주시대의 막이 오르는 1950년 이후의 일이다. 미국과 소련의 본격적인 우주개발 경쟁을 접하면서 그때까지 SF를 통해서만 접하던 인류의 우주진출, 방사능에 의한 돌연변이 출현, 로봇, 우주여행, 미래사회, 외계인 등 대표적인 SF의 소재들이 거의 영화로 만들어졌다. 특히 조지 팔과 같은 헝가리 출신 감독 등에 의해 SF영화 제작에 필요 불가결한 무대장치와 SFX의 괄목한 발전이 이루어지면서 SF영화 제작의 단단한 기술적 기반이 만들어졌다.

　이러한 기반에서 제작된 텔레비전 연속프로 『스타트랙』이 1966년부터 일반가정에 방영되자 광적인 스타트랙 팬인 '트레키trekkie' 라는 속어가 영어사전에 새롭게 올려질 정도로 천문학적 성공을 거두게 되었으며, 1968년에는 클라크와 공동으로 각본을 쓴 스탠리 큐브릭의 『2001:우주 오디세이』가 나오면서 영화예술로서의 SF영화가 완성되었다. 이 영화는 사실적인 감각의 뛰어난 특수효과와 함께 인류의 문명에 외계의 지성에 의해 진화되었다는 심오하고도 웅장한 관점을 구현하여 세계 영화사상 10대 명작의 하나가 되었다. 또한 이를 계기로 70년대부터 SF의 침투와 확산이 본격화되어 『스타워즈』(1974)와 『수퍼맨』(1979), 『에어리언』(1980)의 각 시리즈, 『이티』(1982) 등이 연이어 나오게 되었다.

　SF영화가 SF의 신규 독자층을 개척하는 데 결정적인 힘이 된 것처럼, SF만화와 애니메이션 또한 주로 일본에서 집중적으로 제작되어 젊은 독자층을 SF의 영역으로 끌어들였다. 19세기 후반에 이미 베른의 소설을 동시기에 번역한 이래, 제2차 세계대전 전에는 주로 유럽 SF를 수용한 일본은 SF만화를 SF소설에 앞서 내놓았다. 데츠카 오사무의 SF만화 3부작인 『로스트월드』(1945)와 『메트로폴리스』(1949), 『와야만 하는 세계』(1951)는 환경의 파괴와 핵전쟁으로 인한 지구의 위기 상황, 지구

멸망이라는 디스토피아적 미래관을 그려내고 있으며,『철완아톰』
(1951)에서는 지구로 이주하려는 우주인과 이를 저지하는 지구인과의
전쟁에서 평화의 사절로 활약하는 자립적인 로봇 아톰을 창조했다.『철
완아톰』에서는 인간에게 헌신하고 인간을 부모로 불러야 하며 남에게
상처를 입히거나 살해하면 안 된다는 규정을 엄하게 법문화시킴으로써
아시모프의 로봇 3원칙보다 앞서 로봇과 인간의 관계를 독자적으로 설
정하여 인간에게 반기를 드는 유럽 SF의 로봇상을 바꾸기도 했다.

그러나 일본 SF만화와 애니메이션은 데츠카의 아톰이 아니라 전쟁
도구로서의 로봇을 창조한 요코야마 미츠테루의『철인28호』(1956)에
서 전통을 만들었다. 인간이 리모콘으로 조작하고 인조피부도 갖지 않
는 완전기계인 요코야마의 로봇은 이후 국내에도 방영된 나가이 고의
『마징가Z』(1972)에 이르러 로봇에 인간이 탑승한다는 새로운 개념을
선보여 조종사와 거대 로봇이 합체하여 여러 가지 무기로 함께 싸우는
수퍼로봇의 시대를 열었다. 여기에 마츠모토 레이지의『우주전함 야
마토』(1974)가 가세하면서 SF만화와 애니메이션은 우주를 무대로 거
대한 스케일과 인물들의 섬세한 내면묘사와 관계설정, 첨단 메카닉이
어우러지면서 그때까지 아동용으로 한정된 SF물에 성인을 끌어들이
는 계기를 마련했다. 이러한 SF물의 성행은 1979년부터 시작되는『기
동전사 건담』시리즈에 이르러 단순히 교환 가능한 무기가 된 로봇으
로 싸우는 세밀한 전투장면과 선악의 모호한 구분, 전쟁으로 드러나는
인간의 추악한 행동, 자기 파괴적인 주인공의 등장 등 리얼로봇물 특유
의 독자적인 사상과 세계관을 구축하면서 SF애니메이션의 특화된 하
위장르로 자리잡기도 했다.

문화코드로서의 사이버펑크

80년대 들어서 SF에서 또 하나 주목할 조류가 컴퓨터 하이테크의 현

저한 발달로 인해 등장한 사이버펑크라는 문화현상이다. 사이버펑크는 사이버네틱스(인공두뇌학)와 70년대 말 주류사회에 반항하는 과격한 락음악이나 패션경향인 펑크와 결합된 용어로 기본적으로 인간과 과학에 대해 부정적인 물음을 하는 일종의 디스토피아 관념이라 할 수 있다. 이러한 관념은 멀리는 웰스의 사회비판적 작품이나 헉슬리의 디스토피아 소설에서 찾아볼 수 있지만, 사이버펑크 SF에서 주로 다루는 테마를 실제적으로 다룬 선구적 작가로는 필립 K. 딕을 손꼽을 수 있다.

이 딕의 작품 『안드로이드는 전기양을 꿈꾸는가?』(1968)를 영화로 만든 리들리 스코트의 『블레이드 러너』(1982)는 사이버펑크 영화의 효시로 방사능재로 오염된 암울한 제3차 세계대전 후의 근미래를 무대로 인간보다 더 인간적인 안드로이드 리플리컨트와 인간과의 갈등과 투쟁을 통해 인간의 정체성에 대한 근본적인 물음을 발하고 있다. 이 영화는 이후 사이버펑크 SF는 물론이고 오토모 가츠히로와 시로 마사무네의 만화를 애니메이션으로 만든 『아키라』(1988)와 오시이 마모루 감독의 『공각기동대』(1996)와 같은 사이버펑크 애니메이션을 낳는 원천이 되기도 했다.

사이버펑크 SF는 이렇듯 하이테크 정보혁명이 치열하게 전개되는 현실에 적극적으로 대응한다는 목적으로 80년대를 전후로 활동하기 시작한 몇몇 신진작가들을 중심으로 발표되었다. 이들은 70년대의 SF가 현실을 외면한 판타지로 기울거나, 하드 SF라고 해도 현실과는 너무 동떨어진 낡은 꿈만을 쫓고 있다는 공통된 인식 아래 1981년부터 1986년까지 실질적인 사이버펑크 운동을 주도하면서 영화나 락음악 심지어는 MTV와 같은 새롭게 등장한 미디어에서 일어나는 큰 변화를 적극적으로 받아들였다.

이 운동의 이론적인 선도 역할을 한 브루스 스털링을 비롯한 존 셜리, 윌리엄 깁슨, 그레그 베어, 루디 러커, 패트 캐디건 등은 60년대의 뉴웨이브를 하나의 전통으로 받아들이고 테크놀로지의 급격한 발달과 정보혁명으로 인해 소외되는 인간상을 집중적으로 부각시켰다. 사이버펑크 SF의 초기 작품으로 셜리의 『도시가 걸어온다』(1980)는 미국 각 도시경제에서 암약하는 악덕자본가와 마피아에 분노한 도시가 하나의 의식을 지닌 인간으로 실체화, 자신의 독자적 이론에 근거하여 이에 맞서 싸운다는 독특한 근미래 스릴러를 내놓았는데 여기서 하이테크나 뉴사이언스를 도입하여 사이버펑크의 반체제성이라는 급진적 성향을 드러내고 있으며, 스털링은 미래의 태양계에서 벌어지는 생체공학자와 기계주의자들의 투쟁을 외삽에 입각한 생생한 필치로 묘사한 급진적인 하드SF 『스키즈매트릭스』(1984)를 발표하고 있다.

사이버스페이스라는 용어를 처음으로 사용한 윌리엄 깁슨의 『뉴로맨서』(1984)는 전기공학과 유전자 조작기술이 비약적으로 발달한 근미래의 일본 도시 지바를 무대로 유체가 이탈하듯 매트릭스 시뮬레이터라는 신경변환장치를 통해 사이버스페이스에 잠입, 정보를 훔쳐내는 콘솔카우보이의 활약과 신이 되는 컴퓨터, 암울한 그림자가 짙게 드리운 기술세계를 컴퓨터시대의 독특한 슬랭이나 하이테크 조어를 구사하면서 그려내고 있다. 또한 패트 캐디건의 『프리티보이 크로스 오버』(1986)에서는 인간과 미디어의 새로운 관계를 설정, 스스로를 자의식이 있는 데이터 즉 지성을 가진 비디오의 스크린칩으로 변용시킨 대가로 프리티보이라 불리는 영원한 젊음과 불사라는 특권을 얻는 아이돌을 통해 인간과 컴퓨터 인터페이스의 본질을 되묻고 있다.

90년대 국내 SF

80년대 사이버펑크 SF 이후 90년대의 SF에는 뚜렷한 경향을 집단적으로 보이기보다는 각자 자유롭게 작품을 쓰는 풍조가 강해진다. 이는 80년대부터 RPG 게임의 등장에 힘입은 판타지 장르의 강세와 SF뿐 아니라 장르문학 전체가 지금까지 쌓아온 독자적인 아이덴티티를 잃고 서로 복잡하게 크로스오버되는 90년대 문화 전반의 흐름에서 기인된 면이 없지 않다. 따라서 사이버펑크는 이미 90년대 초반에 이르러 분해되고 해체되어 대중문화의 한 코드가 되었으며, SF적 요소를 담은 텔레비전 드라마, 영화, 만화, 애니메이션 그리고 게임 등의 독자가 SF문학으로 유입되는 것이 일반적인 현상으로 되었다.

이런 시대적 흐름에서 통신망의 사이버 스페이스를 통해 발표되기 시작한 국내 SF가 처음부터 사이버펑크의 영역권 안에서 뿌리를 내리게 된 것은 어느 정도 자명한 일이다. 통신망 SF에 앞서 SF의 가능성을 진지하게 모색한 복거일의 『비명을 찾아서』(1987) 또한 사이버펑크 이후에 등장한 스팀펑크 SF라는 동시대적 흐름을 받고 나온 작품으로 1980년대 일본의 황국신민이 된 조선인 주인공이 잊혀진 조선말과 뿌리를 찾아 방황하고 편력하는 이야기를 대체역사 기법을 활용하여 엮어내고 있다.

통신망 SF 또한 컴퓨터 테크놀로지 시대에 걸맞게 사이버펑크의 주된 테마인 신이 된 컴퓨터, 해커, 인간복제 등을 다루는 것이 대부분이다. 이성수의 『아틀란티스 광시곡』(1991)이나 『스핑크스의 저주』(1993)는 아틀란티스와 스핑크스999라는 선과 악의 속성을 모두 지닌 절대적인 존재가 된 컴퓨터를 등장시켜 인간을 철저하게 통제하고 복종시키는 과정으로 그리는데, 여기서 인간 본연의 감정을 갈등 해결의 실마리로 내세워 기술과 이성 위주의 과학기술이 인간의 목숨을 담보로 하여 게임을 하고 있다는 비판적인 경고를 발하고 있다.

컴퓨터가 갖는 부정적인 면모는 해커들의 전쟁으로 이어져 김온영의 『사과전쟁』(1996)에서는 머드게임인 에덴동상을 사이에 두고 민족적 자존심을 건 일본과 한국의 해킹전쟁 즉 컴퓨터(사과)전쟁으로 확산된다. 여기서 해커는 신의 소유였던 불을 인간에게 가져다준 프로메테우스로 비견되어 특정한 소수에게만 제공되는 정보를 해킹하여 만인에게 공개하려는 해커를 통해 앞으로 더욱 가속화될 정보의 집중과 독점에 대해 비판의 잣대를 들이밀고 있다.

그리고 유전공학의 게놈을 소재로 다룬 염승호의 『하이브리드』(1995)는 범죄의 유전성을 연구하여 범죄 유전자를 가진 인간을 단종시키려는 계획을 분쇄하는 과학자를 설정하고 있으며, 노성래의 『바이너리 코드』(1999)는 인간의 질병을 치료하기 위해 장기이식용을 개발된 복제인간이 1과 0이라는 바이너리 코드 즉 이진수라는 컴퓨터식 사고체계로 인해 수퍼컴퓨터의 오작동을 일으켜 인간들을 공포의 도가니로 몰아놓는 이야기를 엮고 있다.

인간복제 기술로 인해 파생될 인간의 정체성을 묻는 이 작품은 명백히 『블레이드 러너』의 배경을 연상시키는, 컴퓨터로 작동되고 통제되는 메탈 브레인이라는 마천루, 사이보그를 대량생산하여 독점판매를 통해 대량의 부를 획득하는 기업을 등장시키고 있어 하이테크놀로지와 자본주의의 결합에 가져오는 부정적인 측면을 극명하게 보여주고 있다.

SF의 현재와 전망

유럽에서 배태되어 미국에서 완성된 SF는 60년대 이후 전 세계적으로 확산되어 호주나 캐나다를 비롯한 일본, 중국 등에서 활발하게 창작되고 있다. 일본의 경우, 60년대 소수 엘리트층의 고급 오락거리로서 SF가 수용되어 꾸준한 작품 번역과 출판, 일본의 문학풍토에 가장 적합한 SF 형식을 실험하여 1975년에는 일본 대중소설과 접목한 고마쓰 사쿄의 『일본침몰』이 베스트셀러가 되면서 일반독자에게도 익숙한 장르가 되었다. 이에 비해 SF의 오랜 역사를 지닌 영국은 미국의 상업출판이나 일본의 만화, 애니메이션을 통한 SF의 대량소비라는 기반을 갖추지 못해 동인지 위주의 아마추어리즘에서 벗어나지 못하고 있다.

　가장 먼저 사이버스페이스에 등장한 국내 SF 또한 90년대 전반기에 몇몇 작품들을 배출했지만 무협소설이나 판타지에 비해 그 결과는 지극히 미미한 수준이다. 이렇게 된 원인은 일차적으로 SF 작가와 독자의 절대적 부족에서 찾을 수 있으며, 이는 60년대부터 수용하여 이를 번역 소화시킨 다음 국내 작가와 고정적인 독자층을 개척한 무협소설이나 게임과 애니메이션으로 판타지를 익숙하게 인지한 다음 작품을 창작하고 이를 읽는 판타지처럼, SF가 성장할 수 있는 문학 인프라가 거의 마련되지 못한 것이 가장 큰 원인이라 할 수 있다. 또한 멀티미디어 시대라는 문화 전반의 흐름이 장르문학의 영역 안에서 독립적으로 SF를 진행시키는 데 큰 걸림돌이 되고 있다.

　이런 의미에서 멀티미디어 시대를 대응하는 영국 SF의 전방위 활동은 뿌리 내리기가 요원한 국내 SF에 하나의 적절한 시사점을 던져준다. 영국 SF는 90년대 이후 자신들의 아마추어리즘을 최대한으로 극대화시켜 SF를 장르문학에 한정시키지 않고 주류문학이나 판타지, 호러 장르와 상호 교류하고, RPG 게임 시나리오와 그래픽 노벨의 창작, 유일한 동인지급 SF잡지인 『인터존』을 중심으로 SF 컨벤션이나 사인회 개최, SF영화평론, SF 앤솔로지, 용어사전의 편집 등의 다양한 활동을 펼치면서 상업적인 성취보다는 고급한 놀이문화로 SF를 활성시켜 왔는데, 그 결과 킴 뉴먼이나 이언 맥도널드, 이언 M. 뱅크스와 같은 작가가 배출되어 21세기의 새로운 SF를 탐색하는 견인차 역할을 하고 있다. 현재 SF 단편집 『면세구역』(2000)으로 작품성 있는 SF의 가능성을 타진하는 듀나 일당이 벌이는 사이버스페이스를 터전으로 영화, 잡지나 신문의 칼럼 집필이라는 전방위 활동은 멀티미디어 시대에 국내 SF가 나갈 방향에 대해 일정 정도 가늠해 줄 수 있다고 본다.

문학의 이념과 표현방법의 변화

인쇄일 초판 1쇄 2002년 06월 21일
        2쇄 2015년 06월 16일
발행일 초판 1쇄 2002년 06월 28일
        2쇄 2015년 06월 20일

저   자 한국문학비평가협회
발행인 정 찬 용
발행처 국학자료원
등록일 1987.12.21, 제17-270호

서울시 강동구 성내동 447-11 현영빌딩 2층
Tel : 442-4623~4 Fax : 442-4625
www.kookhak.co.kr
E-mail kookhak2001@hanmail.net
ISBN 978-89-8206-699-3 *93800
가 격 21,000원

*저자와의 협의 하에 인지는 생략합니다.